W0105378

Fantasy

Herausgegeben von Friedel Wahren

Von JENNIFER ROBERSON erschienen in der Reihe
HEYNE SCIENCE FICTION & FANTASY:

Der Schwerttänzer-Zyklus

Schwerttänzer · 06/5072
Schwertsänger · 06/5073
Schwertmeister · 06/5074
Schwertmagier · 06/5178

Der Cheysuli-Zyklus

Wolfsmagie · 06/5671
Das Lied von Homana · 06/5672
Das Vermächtnis des Schwerts · 06/5673
Die Fährte des weißen Wolfs · 06/5674
Die Ehre der Prinzen · 06/5675
Die Tochter des Löwen · 06/5876 (in Vorb.)
Der Flug des Raben · 06/5877 (in Vorb.)
Ein Gobelin mit Löwen · 06/5878 (in Vorb.)
Löwenmagie · 06/5879 (in Vorb.)

Jennifer Roberson

Die Ehre der Prinzen

5. Roman
des Cheysuli-Zyklus

Deutsche Erstausgabe

WILHELM HEYNE VERLAG
MÜNCHEN

HEYNE SCIENCE FICTION & FANTASY
Band 06/5675

Titel der Originalausgabe
A PRIDE OF PRINCES
Übersetzung aus dem Amerikanischen von
Karin König

Das Umschlagbild malte Attila Boros
Die Karte auf Seite 6/7 zeichnete Erhard Ringer

2. Auflage

Redaktion: Joern Rauser
Copyright © 1988 by Jennifer Roberson O'Green
Erstausgabe 1988 bei DAW BOOKS, Inc., New York
Copyright © 1997 der deutschen Ausgabe und der Übersetzung
by Wilhelm Heyne Verlag GmbH & Co. KG, München
Printed in Germany 1998
Umschlaggestaltung: Atelier Ingrid Schütz, München
Technische Betreuung: M. Spinola
Satz: Schaber Satz- und Datentechnik, Wels
Druck und Bindung: Presse-Druck Augsburg

ISBN 3-453-11984-3

INHALT

Ozean von
Thule

Valgaard

Atvia

Andemir

Rondule

Homana

Kilore

Mujhara

Erinn

Lestra

Idrianischer
Ozean

Solinde

Hondarth

N

Kristallinsel

Prolog

Die Höhle war voller Rauch. Die Frau trat durch ihn hindurch, der ihr folgte und Wirbel hinter ihr bildete. Er sammelte sich am Saum ihrer Röcke wie Welpen um eine Hündin und umspielte ihre Füße.

Sie trat von den Schatten ins Licht, in das reine lautere Licht des *Gottesfeuers,* das einer kreisrunden Öffnung im Steinboden entsprang. Eine Öffnung wie eine Wunde in der Erde, aus der Flammen bluteten.

Funken drangen hervor, fielen herab und bildeten auf dem Gewebe ihres Samtgewandes eine glühende Kette. Aber sie rührte sich nicht, während sie erstarben, denn das Feuer – und die Funken – waren kalt.

Jenseits der Flammen sah sie ihren Bruder. Er stand da, wie er so häufig dastand, stundenlang, tagelang, am Rande der Unterwelt. *Gottesfeuer* badete sein Gesicht in seinem gespenstisch lavendelfarbenen Schein und betonte seinen prächtigen Knochenbau. Ihr Bruder war ein gutaussehender Mann. Einst wäre sie vielleicht eifersüchtig auf ihn gewesen, aber sie wußte, daß sie mehr Macht besaß.

Er bemerkte sie. Er lächelte. Seine Augen glänzten in dem Licht wie Spiegel.

Die Flammen erstarben kurzzeitig, wurden hinabgesogen, zurückgezogen wie eine Zunge in einen Mund. Aber das Nachglühen blieb und hüllte ihn in Licht ein, eine übernatürliche Lumineszenz, die sie blinzeln ließ.

Der Boden unter ihren Füßen war hart und rauh. Die ganze Höhle bestand aus schwarzem, glasartigem Basalt und war wie ein Edelstein mit Facetten versehen. Es gab aus Achtung vor dem *Gottesfeuer* keine Fackeln.

Sie brauchten kein von Menschen gestaltetes Licht, wenn ihnen der Sucher seines lieh.

Säulen schimmerten rund um sie herum. Sanfte Windungen sollten an mundgeblasenes, zierlich gestaltetes Glas erinnern. Gedrehte, seltsam verlockende Stränge erstreckten sich vom Boden bis zur Decke. Das Licht verlor sich in unendlichen Glaswindungen. Die Welt wurde von Feuer durchdrungen.

Sie durchquerte die Höhle, hörte das Echo ihrer Schritte und das Glockenklingen – Silber auf Schwarz – ihres im Gewicht des Samtes fast verlorenen Gürtels. Sie konnte, wie stets, den Atem des Gottes riechen. Aber er war ihr nicht unangenehm. Das Versprechen der Macht war ein berauschender Duft, der ihre Haut kribbeln ließ.

Sie blieb am Rand der Öffnung stehen. »Wie lange hast du nichts mehr gegessen?«

Er lächelte. »Das paßt zu dir, daß du dir um Dinge wie Essen Sorgen machst.«

»Wie lange, Strahan?«

Er zuckte die Achseln, und der Rauch folgte der Bewegung. »Einen Tag, zwei, drei ... was macht das schon, Lillith? Ich werde im Dienst des Gottes wohl kaum dahinsiechen.«

Sie schaute kurz hinab. Sie standen nur sechs Fuß voneinander entfernt, aber zwischen ihnen lag eine ganze Welt. Die Welt Asar-Sutis.

Sie mußten nur das Tor öffnen.

Noch nicht. Es war noch Zeit.

Zeit, ihre Ziele zu erreichen.

»Komm hoch«, sagte sie. »Du solltest etwas essen.«

Sein Haar war ebenso schwarz wie ihres. Und es floß von einer Stirn zurück, die so glatt und faltenlos wie die eines Mädchens war, obwohl sonst nichts Mädchenhaftes an ihm war. Das Haar umhüllte seine Schultern und Oberarme und wurde von einem mit eingearbeiteten Ihlinirunen versehenen Silberzierstreifen zurückgehalten. Seine graue Wildlederkleidung wurde vom Schein des *Gottesfeuers* unheimlich lila gefärbt, während die Falten purpurfarben schimmerten. Sein Wams stand über Kehle und Brust offen, und sie sah im Spalt den weißen Saum einer Leinentunika. Weiche graue Stiefel reichten bis zu seinen Oberschenkeln. Sein breiter Gürtel war mit einer zweiköpfigen Silberschlangenschnalle geschlossen.

Lillith seufzte, als er nicht antwortete. Sie war seine Schwester, nicht seine Mutter oder sein Vater. Aber beide Eltern waren schon lange tot, und so fiel diese Aufgabe ihr zu. »Kommst du herauf?«

»Ich bin hungrig«, gab er zu, »aber auf mehr als nur auf Essen. Und ich bin auch durstig, aber ich will Blut, das Blut von Nialls Söhnen.«

Seine Augen wurden von mehr als nur dem Widerschein des Feuers erleuchtet. Ein braunes und ein blaues Auge – es war sogar für sie schwierig, an dem nicht zueinander passenden Augenpaar vorbei die Empfindungen in den Tiefen dieser Augen zu erkennen. Aber sie schaute hin, und sie sah und erkannte, daß seine Geduld fast am Ende war.

»Noch ein wenig länger«, sagte sie. »Du kannst sicherlich noch etwas warten.«

»Nein. Ich *habe* bereits lange genug gewartet. Ich bin das Warten *leid*.« Er lächelte sein wunderschönes, betörendes Lächeln. »Lillith ... ich bin *hungrig*.«

»Es ist noch Zeit«, sagte sie. »Wir haben alle Zeit unseres Lebens.«

»Aber *sie* haben sie nicht. Sie sind Menschen, wenn auch Cheysuli. Sie sterben. Sie leben siebzig, achtzig Jahre, und sie sterben. Während *wir* noch Kinder sind.«

»*Du* bist noch ein Kind.« Lillith lachte, und der Gürtel klang. »Als ich *meine* Lebensjahre das letzte Mal zählte, waren es fast zweihundert.«

Er brummte unbeeindruckt. Er war im Vergleich zu ihr zwar noch jung an Jahren, aber seine Macht wuchs mit jedem Tag. »Ich brauche sie, Lillith. Die Söhne sind keine Kleinkinder mehr, keine Jungen. Sie sind Männer. Krieger. Wenn wir noch viel länger warten ...«

»Aber wir werden warten.« Lillith zuckte die nackten Schultern. »Wir werden solange wie nötig warten, und länger. Bis die Zeit reif ist.«

»Zwanzig Jahre, Lillith!« Sein Aufschrei hallte in den verborgenen Schatten der Höhle wider. »Zwanzig Jahre ist es her, seit Niall meine Pläne durchkreuzt hat.«

»Zwanzig Jahre sind für uns nur ein halber Tag.« Aber sie merkte, wie enttäuscht er war, was in gewissem Sinn auch für sie selbst galt. »Ich weiß. Ich weiß, Strahan ... Ich bin es auch leid. Aber wir sind fast am Ziel. Das Spiel beginnt ... alle Teile sind an ihrem Platz. Wie du schon gesagt hast – ihr jetziges Alter macht einen Unterschied.«

»Sie sind im richtigen Alter, mir gut zu dienen.« Seine ungleichen Augen wirkten in dem Licht unheimlich. »Ich will sie. Ich will sie hier haben, in den Mauern Valgaards, damit ich sie zu den meinen machen kann. Damit ich sie beherrschen kann, wie ich *sie* herrschen lassen werde.« Plötzlich lachte er, und ihre Blicke verschränkten sich über das Tor Asar-Sutis hinweg in vollkommenem Einverständnis. »Wenn Nialls Söhne mir gehören, werde ich sie auf ihren Thron bringen, sie alle drei ... Ich werde ihnen ihre *Lirs* und ihren Geist nehmen, *ihnen allen dreien*, und werde sie zu treuen Ihlinigünstlingen machen ...« Er unterbrach sich, wog seine Worte ab und fuhr dann mit ruhiger, beständiger Zufriedenheit fort »... und dann werde *ich* durch ihre leeren Körper im Namen Asar-Sutis herrschen.«

Lillith lächelte, nickte und zeichnete zwischen ihnen müßig eine Rune in die Luft, die vor purpurfarbenem *Gottesfeuer* pulsierte. Sie drehte sich, wirbelte umher, wand sich, verknotete sich und war wieder fort. »Natürlich. Das ist zu erwarten. Wir haben unsere Pläne geschmiedet.« Sie hielt inne. »Kommst du *jetzt* herauf?«

»Herauf«, wiederholte er. »Ja. Gleich. Ich muß noch etwas tun.«

Und in dem unheimlichen, gespenstischen Licht kniete Strahan der Ihlini in tiefem Gehorsam vor dem Gott der Unterwelt nieder.

Teil I

Kapitel Eins

Die Sonne hing tief im Westen und malte die Stadt rosenrot, ockergold und rostbraun. Das von unterteiltem Glas eingefangene und vervielfältigte Sonnenlicht machte die zahllosen Fenster zu Spiegeln. Mujhara funkelte in vergoldetem Glanz.

Der einäugige Mann stand allein auf der Außenmauer um den wuchtigen Palast von Homana-Mujhar. Die königliche Stadt, die Heimat von Königen und Königinnen, sowie zahlloser anderer von minderer Geburt, breitete sich von den Befestigungsanlagen in alle Richtungen aus. Er konnte Mujharas Bevölkerungszahl nicht einmal annähernd abschätzen. Er wußte nur, daß sich diese Zahl während der letzten zwei Wochen hundertfach vergrößert hatte, vielleicht sogar *tausend*fach. Die Festlichkeit war noch größer geraten, als sein Bruder vorausgesagt hatte.

»*Jedermann wird kommen*«, hatte Ian gesagt, »*von überall her, sogar aus den anderen Reichen. Spotte nur, Niall, aber es ist an der Zeit, daß die Homaner ihrem Mujhar Ehre erweisen. Und es ist schon lange an der Zeit, daß sie ihre Dankbarkeit für eine zwanzigjährige friedliche Regierungszeit zeigen.*«

Zwanzig Jahre. Es schien länger gewesen zu sein. Aber andererseits schienen manchmal auch nur Tage vergangen zu sein, seit er den Löwenthron von seinem Cheysulivater, Donal, übernommen hatte, der sich nach den Toden seiner *Lirs*, die an der Seuche gestorben waren, dem Todesritual überantwortet hatte. Als Taj und Lorn verloren waren, war Donal nichts geblieben außer dem Wahnsinn. Und kein Cheysulikrieger überließ sich dem Wahnsinn freiwillig. Nicht wenn er die Wahl hatte. Nicht wenn es das Todesritual gab, das sicherlich gnädiger war als der Wahnsinn.

Niall seufzte tief und blickte stirnrunzelnd auf die Straße weit unter der Außenmauer und auf den glatten Erdwall hinab, der die unteren Teile der dicken Mauer umgab. Er konnte die entfernten Feiergeräusche hören: die schwach klingenden Trommeln der Straßentänzer, die Rufe der Händler, die Rufe und Schreie von Kindern in ihrem Sonntagsstaat, die zum Spielen in den bevölkerten Straßen und Gassen laufengelassen worden waren.

Mein Jehan ist schon so lange tot. Er nahm den noch immer vertrauten Schmerz bereitwillig an, und empfand Kummer. Bedauern. Sogar Bitterkeit darüber, daß ein so starker und gesunder Mann wie sein Vater sein Leben fortwerfen mußte.

Homanisches Denken, warf er sich vor, als ihm wieder einmal seine gespaltene Haltung bewußt wurde und auch die Tatsache, wie allgegenwärtig diese Spaltung sein konnte. *Hast du die Schwüre vergessen, die du geleistet hast, als du die Verantwortlichkeiten des Lirbundes vor dem Stammeskonzil annahmst?*

Nein. Natürlich hatte er sie nicht vergessen. Aber es war schwierig, zwei Menschen auf einmal zu verkörpern: zum einen das Kind einer homanischen Mutter, die die Tochter eines Königs war, und zum anderen das Kind eines Cheysuligestaltwandlers, eines Kriegers mit einem *Lir,* der alle Magie besaß, die die Götter der Rasse gegeben hatten.

Er schaute unwillkürlich nach Serri, aber der Wolf war nicht bei ihm. Er kniff verärgert die Lippen zusammen. Wie konnte er vergessen haben, daß sich Serri in den königlichen Gemächern befand?

Weil du Glück hast, daß du dich an deinen eigenen Namen *erinnern kannst, geschweige denn an Serris Aufenthaltsort, solange all dies weitergeht,* sagte er sich ironisch und in einem Anfall von Abwehr.

Dennoch mißfiel ihm, daß er es auch nur einen Augenblick vergessen haben konnte. Ein Zeichen von Alter, fragte er sich?

Plötzlich lachte Niall laut auf. Vielleicht. Seine Kinder würden zweifellos zustimmen, daß er alt wurde, aber *er* glaubte es nicht. Mit seinen vierzig Jahren lagen noch immer Jahrzehnte vor ihm.

Und dann erinnerte er sich daran, daß sein eigener Vater nicht viel älter als vierzig gewesen war, als der Verlust seiner *Lirs* sein Leben beendet hatte. Auch seine Mutter war tot. Aislinn, die Königin von Homana, war zehn Jahre nach Donal gestorben. Einige sagten, sie sei gestorben, weil der Kummer überhand genommen hätte.

Sein Lachen erstarb. Erinnerungen brachen auf, die Niall überwiegend für zu tief begraben gehalten hatte, als daß sie ihm noch Kummer bereiten könnten. Die Götter wußten, daß er *versucht* hatte, sie zu begraben, durch Trinken, durch tägliche Ratssitzungen von der Dämmerung bis Mitternacht, durch den plötzlichen Aufbruch – *Flucht* – mit Serri in die Wälder, wo er in seiner *Lir*gestalt Ruhe gesucht hatte. Aber Deirdre hatte ihn erkennen lassen, daß nichts davon die Antworten enthielt, daß er für jede Erinnerung einen Platz finden und sie dort bleiben lassen mußte, wo er sie von Zeit zu Zeit betrachten konnte, um zu wissen, was verloren, was gewonnen war und was er daraus gelernt hatte.

Deirdre. Die Erinnerungen an sie waren frisch, geliebt, wertvoll und sehr nahe unter der Oberfläche. Aber es gab auch andere, tiefer verborgene: Erinnerungen an Schuld, an Angst, an Selbsthaß, weil er einst geglaubt hatte, sie sei durch seine unbeabsichtigte Tat ermordet worden. Ganz gleich wie hilflos, wie unwissend er, gefangen im Ihlininetz des Wahnsinns, der Falschheit und der Hexerei, gewesen war, konnte er nicht an diesen Abschnitt seines Lebens denken, ohne erneut Scham, Schuld und Schmerz aufbrechen zu spüren.

»Aha.« Sie näherte sich ihm von rechts, von seiner blinden Seite her. Und er hatte sie auch nicht gehört. »Wenn sich dein ganzer großartiger Palast im Aufruhr befindet, kommst du also hier heraus, um dem zu entfliehen.« Deirdre lächelte und schaute über die nächstgelegene Schießscharte hinweg auf die bevölkerte Stadt. »Du suchst also die Ruhe im Sturm?«

Obwohl sie jetzt schon zwanzig Jahre bei ihm in Homana war, hatte sie den Eigenklang der erinnischen Sprache nicht verloren. Er lächelte. »Ja, Flucht, nur daß es keine Fluchtmöglichkeit *gibt*. Wo immer ich mich hinwende, taucht ein Diener auf, um mir zu sagen, ich solle hierhin oder dorthin gehen... sogar Ian tut es. Und sogar *du*.«

Deirdre lachte, die grünen Augen blitzten, und sie trat nahe an ihn heran. Sein Arm legte sich dabei um ihre Schultern. Sie trug wie so häufig Grün, das gut zu der Farbe ihrer Augen paßte: wie auch die Halskette aus gedrehtem Gold und geschnitzter grüner Jade, die er ihr in der Nacht zuvor geschenkt hatte. »Aber dies alles geschieht für *dich*«, erinnerte sie ihn streng. »Willst du diese vielen Menschen enttäuschen, die hergekommen sind, um ihre Achtung zu zeigen?«

Er verzog das Gesicht. »Das klingt, als wäre ich tot.«

Deirdre lehnte ihren Kopf an seine Brust. Sie war weder groß noch klein, aber er überragte die meisten Menschen ohnehin, sogar die Cheysuli. »Nein, du bist nicht tot«, sagte sie ruhig. »Du bist sehr lebendig – zumindest vermittelst du *mir* diesen Eindruck, mir, die dein Bett teilt.«

Niall lachte und drückte sie an seine Brust. »Ja, nun, das ist eine Sache.« Seine Finger glätteten ihr geflochtenes Haar. Obwohl sie nur ein Jahr jünger war als er, sah sie mit ihren neununddreißig Jahren nicht älter aus als seine Töchter. Ihr Haar wirkte noch immer dicht und messinggolden, die Haut noch hell und glatt, mit kaum sichtbaren Fältchen an den Augen, und auch ihre Hüften und Brüste waren noch immer schlank und fest wie die eines jungen Mädchens.

»Was hast du gerade gedacht?« fragte sie.

»Ich habe mich erinnert«, antwortete er. »An die Nacht, als ich auf dem Drachenkopf in Atvia gestanden und das Signalfeuer entzündet habe.«

Deirdre erstarrte. »Warum?« fragte sie. Sie zog sich von ihm zurück und sah ihn an. »Warum, Niall ... warum das? Das ist über zwanzig Jahre her.«

»Eben darum«, belehrte er sie. »Zwanzig Jahre. Die Homaner feiern jetzt gerade zwanzig Jahre meiner Regierungszeit, und ich kann nur an das denken, was ich vor so vielen Jahren beinahe getan hätte.« Seine Stimme schwankte, und er zwang sich zur Ruhe. »Ich habe deinen Vater getötet, Deirdre. Und fast auch die restlichen Adler.«

Sein Schmerz spiegelte sich auf ihrem Gesicht wider. »Du Narr«, sagte sie weich. »O du großer, einfältiger Narr. Liam würde dich gehörig zurechtweisen, genau das würde er tun. Und ich sollte es auch tun.« Sie schüttelte den Kopf und seufzte. »Ja, Shea ist gestorben, aber er hat den Mörder mit sich genommen. Sonst wären wir tatsächlich alle tot, und du könntest dir deswegen Vorwürfe machen.« Sie schüttelte fest den Kopf. »Es stimmt, daß du das Feuer entzündet hast, aber es war Alarics Werk. Dank seiner verwirrten Tochter.«

Seine verwirrte Tochter. Gisella von Atvia, selbst zur Hälfte Cheysuli und Nialls Cousine. Arme wahnsinnige Gisella, die den Prinzen von Homana geheiratet hatte, Niall, der jetzt der Mujhar genannt wurde. Die Königin von Homana, die jetzt in Atvia im ständigen Exil von dem Geburtsland ihrer Mutter regierte.

Er seufzte. »Ja. Es ist vorbei, wie du sagen würdest. Aber ich kann es nicht vergessen.«

»Dann tu es nicht. Aber jetzt komm mit hinein, wo ein Bad für dich bereitet wird.« Sie nahm seine Hand.

»Hast du es vergessen? In der Großen Halle wird ein Fest für dich stattfinden.«

»O Götter, nicht schon wieder«, platzte er heraus. »Wer ist heute abend der Gastgeber?«

»Prinz Einar, der Erbe des Königs von Caledon«, antwortete Deirdre lächelnd. »Derjenige, mit dem du ein neues Handelsabkommen treffen willst.«

Er schlenderte mit ihr den Wehrgang entlang. »Ja, das habe ich vor. Das alte Abkommen ist längst überholt. Wir können weitere Zugeständnisse bekommen. Ohne sie verlieren wir mehr Geld als wir einnehmen, was Homana überhaupt nicht dienlich ist. Was ich erreichen *will* ...«

»Nein«, sagte Deirdre fest. »Nein, behellige meine Ohren nicht *damit*. Ich habe während dieser letzten zwei Wochen schon zuviel davon gehört, und ich werde beim Essen noch mehr davon hören. *Nein*, Niall ... nicht jetzt.«

Er lachte. »Nun gut, *Meijha* ... nicht jetzt. Ich habe es selbst auch satt.«

Der Wehrgang war nicht breit genug, daß zwei Menschen bequem nebeneinander hergehen konnten, nicht wenn einer der beiden so groß war wie Niall. Er führte Deirdre vom Rand fort, näher an die Mauer heran, und nahm das Risiko selbst auf sich. Unter ihnen, im äußeren Palasthof, übten bewaffnete Krieger in neuer karmesinroter Kleidung geschlossenes Exerzieren. Die gebrüllten Befehle des Hauptmanns wurden mühelos zu dem Wehrgang hinaufgetragen, obwohl Deirdre und Niall noch immer recht weit entfernt waren. Es schien bequemer, auf der Mauer zu bleiben und die Geschehnisse von dort zu verfolgen als in die Höfe hinunterzusteigen, die mit königlichen Eskorten und Ehrengarden anderer Reiche bevölkert waren.

Niall seufzte. »Ich glaube, Homana-Mujhara wird auseinanderplatzen, bevor der Monat vorüber ist. Und Mujhara wird dieses Schicksal erst recht erleiden.«

Deirdre runzelte abwesend die Stirn. »Einar«, sagte sie. »Er war es, der mit seinen Räumen so unzufrieden war, nicht wahr?«

Niall schnaubte. »*Du* bist die Herrin dieser gewaltigen Ausdehnung roter Steine, *Meijha,* nicht ich.«

Deirdres Gesicht klärte sich wieder. »Ja, er *war* es. Er forderte eine bessere Unterkunft.«

»Nun, er *ist* ein Königssohn – und der Erbe Caledons.«

»Und was ist mit dem Erben von Ellas?« fragte Deirdre. »Soll ich Diarmuid ausweisen, weil Einar seinen Raum haben will?«

»Was *hast* du unternommen?« fragte Niall neugierig.

Deirdre grinste. »Homana-Mujhar ist bis zum Bersten voll, Mylord Mujhar. Ich habe sie sich die Räume teilen lassen.«

Nialls brüllendes Lachen wischte die Falten der Anspannung fort, die sich als Ergebnis des Versuchs, mehrere Prinzen, Gesandte, Cousins und Erben zufriedenzustellen, ohne einen von ihnen zu beleidigen, in sein Gesicht gegraben hatten. Deirdre spürte, daß er, ungeachtet seiner Verantwortlichkeiten, keine weiteren Falten gebrauchen konnte. Strahans Dämonenfalke hatte sein Gesicht bereits genug zerstört. Eine Augenklappe verbarg die rechte, leere Augenhöhle und den größten Teil des Narbengewebes, aber die alten Klauenstriemen markierten noch immer seinen Nasenrücken und einen großen Teil seiner rechten Wange und teilten auch eine lohfarbene Augenbraue sauber in zwei Hälften.

Sie betrachtete sein Gesicht. Für sie war es vertraut, geliebt, unauffällig bis auf den unverkennbaren Stempel des Cheysulistolzes, auch wenn es nicht die übliche Hautfarbe der Cheysuli besaß. Aber für andere, für die die Entstellung ungewohnt war, war er nur in dieser Beziehung bemerkenswert. *Sie* hatte ihn als jungen Mann von achtzehn Jahren zum ersten Mal gesehen, als das gute Aussehen seines Großvaters mütterlicherseits, Carillon, noch frisch, jungenhaft und von Nöten unbeeindruckt gewirkt hatte. Aber der dämonengeborene Falke Asar-Sutis hatte ihn seiner Jungenhaftigkeit und seines Aussehens beraubt.

Dafür, wenn für nichts anderes, haßte Deirdre Strahan.

Durch die Fenster des Palastes drang der schwache Schein gerade entzündeter Kerzen herein. Das rötliche Schimmern des Steins vertiefte sich von Rosa zu dumpfem, blutähnlichem Grau, als die Sonne hinter den wuchtigen Mauern unterging. Deirdre unterdrückte ein Schaudern. Manchmal erinnerte Homana-Mujhar eher an ein Mahnmal für Krieg und Tod, dachte sie, als an ein Heim homanischer Könige.

Niall führte sie von dem Wehrgang in einen der äußeren Ecktürme und dann eine Wendeltreppe hinab ins Innere des Palastes. Deirdre hatte Homana-Mujhar immer als verwirrender empfunden als Kilore, die Festung auf den Klippen, von der aus ihr Bruder Liam Erinn regierte. Kilore, als Adlerhorst von Erinn bekannt, war einfacher, zweckmäßiger und hatte nicht die zahlreichen Treppen und Turmzimmer Homana-Mujhars. Aber andererseits ließen vielleicht nur die Zeit und die Entfernung es so erscheinen. Deirdre war seit achtzehn Jahren nicht mehr zu Hause gewesen.

»Wir sollten wegfahren«, sagte sie jäh, während Niall sie in seinen Raum führte. Das Protokoll erforderte es, daß sie getrennte Gemächer behielten, und so geschah es – es wäre auch dasselbe gewesen, wenn sie geheiratet hätten –, aber sie verbrachten die Nächte häufiger in seinem Zimmer. »Wir sollten Liam besuchen, bevor wir alt und grau geworden sind.«

Niall beugte sich herab, um den Silberwolf mit der schwarzen Maske zu begrüßen, der von seinem Platz auf dem riesigen, drapierten Himmelbett aufgestanden war, um sich an ein mit einem hohen Stiefel bekleidetes, königliches Bein zu schmiegen. Ihre kurze Verständigung war äußerst persönlicher Natur und ganz einzigartig, aber Deirdre war daran gewöhnt. Niemand gelangte zwischen einen Krieger und seinen *Lir*, nicht einmal die Frau, die er liebte.

Nach der Begrüßung ging Serri zum Bett zurück. Niall lächelte, strich sich eine Haarsträhne aus der Stirn und sah Deirdre belustigt an. »Das Ergrauen beginnt bereits, *Meijha* ... vielleicht sollten wir morgen nach Erinn aufbrechen.«

»Ach, du *Skilfin*, du bist nicht grauer als ich!« Aber sie führte dennoch eine Hand zu ihrem schweren Zopf, als wollte sie sich davon überzeugen, daß keine verfärbten Strähnen darin waren. »Es ist mir ernst, Niall ... wie viele Male muß Liam uns einladen? Und das, obwohl ich seine eigene Schwester bin?«

»Und immer noch eine Prinzessin von Erinn.« Niall blieb jäh stehen, als er die schwere Tür hinter ihr geschlossen hatte. »Ach, Deirdre, wirst du mir das jemals vergeben? Du verdienst es, Königin zu sein.«

Sie sah überrascht zu ihm hoch, mit einer schlanken Hand in seinem einfachen braunen Wams. »Niall ...« Sie schüttelte zögernd den Kopf. »Ach, nein ... glaubst du, daß ich das will? Nein, nein, mein Geliebter ... Titel bedeuten mir nichts. Ich schwöre es.« Sie preßte den Mund zusammen und verzog ihn dann verächtlich. »Königin von Homana, tatsächlich. Nun, Gisella soll den Titel behalten ... er ist alles, was sie hat. Aber ich habe *dich*.«

»Nicht so ganz, glaube ich«, sagte er sanft, beugte aber den Kopf, um sie zu küssen.

Sie wurden von einem Klopfen an der Tür gestört. »Mylord? Mylord Mujhar? Hier ist Taggart, Mylord ... seid Ihr da?«

Niall seufzte. »Es dauert nur einen Augenblick«, versprach er ihr und trat zur Tür. »Ja, Taggart, ich bin da. Was gibt es?«

Taggart war ein schlanker, drahtiger Mann von fünfzig, der die homanischen Farben trug: eine schwarze Tunika mit einem auf die linke Brust gestickten roten, wilden Löwen. Auch seine Hose war schwarz, mit einem roten Ledergürtel samt Goldschnalle um die Taille. Das bereits ergrauende Haar war ordentlich geschnitten. Er verbeugte sich kurz. »Mylord ... es geht um die Prinzen.«

Niall schaute an dem Mann vorbei in den leeren Gang. »So? Wo sind sie?«

Taggart fühlte sich offensichtlich unbehaglich. »Mylord ... sie sind nicht *hier*. Darum bin *ich* hier.« Er hielt inne. »Weil sie es *nicht* sind.«

Der Muhjar hob die lohfarbenen Brauen ein wenig an. »Taggart, was versucht Ihr mir zu sagen? Und beeilt Euch – mein Badewasser wird kalt.«

Taggart verbeugte sich erneut in vielfacher Entschuldigung. »Mylord, ich ... nun ...« Er hielt inne. »Sie werden vermißt.«

»Vermißt?« Niall lächelte nachsichtig. »Vielleicht im Augenblick, aber ich bin sicher, daß sie sich hier irgendwo aufhalten. Ihr könntet es bei den Ställen versuchen. Brennan hat einen neuen Hengst. Oder im Wachraum, wenn Hart genug Geld für ein Glücksspiel hat.« Er zuckte nachlässig und offensichtlich unbesorgt über das zeitweilige Verschwinden seiner drei Söhne die Achseln. »Und nur die *Götter* wissen, was Corin zum nachmittäglichen Zeitvertreib vorgeschlagen haben mag.«

»Oder Keely«, fügte Deirdre trocken hinzu.

»Mylord, nein«, sagte Taggart einfach. »Ich habe alle jene Orte aufgesucht. Sie sind nicht da. Sie sind nicht in Homana-Mujhar.«

Deirdre trat links neben Niall, wo er sie deutlich sehen konnte. Es war eine Angewohnheit, zu der sie jedermann ermutigte, damit Niall nicht unangemessen in Verlegenheit gebracht oder unvorbereitet angetroffen wurde. »Sie wußten von dem Bankett«, sagte sie, obwohl es eher wie eine Frage als wie eine Feststellung klang. »Ich weiß es. Brennan hat eine Bemerkung darüber gemacht. Er sagte, er hielte nicht viel von Einar oder Einars Cousin Reynald.« Sie nickte und runzelte die Stirn. »Das hat Brennan über die caledonesischen Prinzen gesagt ...«

Niall stieß verdrießlich einen tiefen Seufzer aus und kratzte an den Narben auf seiner rechten Wange. »Nun, wenn *Brennan* diese Bemerkung gemacht hat, dürfte das Hart dazu veranlaßt haben, ihn zu überreden, so kurz vor dem Bankett davonzulaufen. Und Hart ist wahrscheinlich von Corin dazu überredet worden. O Götter ...«, er warf einen ergebenen Blick zur Decke, »als ihr es für angemessen erachtet, mich mit drei Söhnen zu segnen, hättet ihr mich mit schicklicheren beschenken können. Mit Söhnen, die die Wünsche ihres *Jehan* zu würdigen wissen.« Er schüttelte den Kopf. »Wie kommt es, daß *ich* drei Rebellen aufgezogen habe? Ich war selbst niemals besonders rebellisch.«

Deirdre lachte. »Tatsächlich nicht, Mylord? Aber du *mußt* es, glaube ich, gewesen sein, denn ich erkenne dich in ihnen allen wieder, wenn auch eher in Brennan als in den anderen, wie ich zugeben muß.«

»Er ist der Erstgeborene«, sagte Niall abwesend. »Und er weiß, daß er nach mir Mujhar werden wird. Das macht einen Unterschied.«

»Wahrscheinlich weiß Keely, wo sie sind«, vermutete Deirdre ganz offen.

Niall warf ihr einen angewiderten Blick zu. »Nach allem, was wir wissen, könnte *Keely* ihren Ausbruch sehr wohl ermutigt haben. Sie ist genauso schlimm wie die Jungen. Manchmal denke ich, daß sie mehr Kriegerisches an sich hat als ich selbst.«

»Soll ich sie fragen, Mylord?« bot Taggart an.

Niall winkte ab. »Nein, nein – Keely würde Euch niemals etwas sagen. Wenn Corin darin verwickelt ist, wird sie allein schon nichts sagen, um ihn zu schützen, auch wenn sie selbst nichts damit zu tun hat. Sie würde wohl sogar *mir* nichts sagen.« Er schüttelte den Kopf und runzelte erneut die Stirn. »Brennan weiß es besser. Hart und Corin vielleicht nicht, aber *er* schon.«

»Ja«, sagte Deirdre sanft, »aber er beschützt Hart und Corin *jetzt* noch immer genauso, wie er es getan hat, als sie Kinder waren. Glaubst du, er würde damit aufhören, nur weil sie inzwischen erwachsen sind?«

»Sind sie das?« fragte Niall gereizt. Er wartete nicht auf ihre Antwort, sondern wandte sich an Taggart. »Ihr könnt gehen. Ich mache Euch keinen Vorwurf. Es ist nicht Euer Fehler, wenn der Mujhar seine unfolgsamen Söhne nicht im Überblick behält.« Taggart lächelte, verbeugte sich und ging davon. Niall schloß die Tür und wandte sich wieder Deirdre zu. »Nun, was sollen wir also tun? Es wird drei leere Stühle geben, wo Prinzen sitzen *sollten*, und Einar wird das zweifellos als Kränkung ansehen.«

»O *Einar!*« Deirdres Tonfall verdeutlichte ihre Meinung über den caledonesischen Erben nur zu deutlich. »Ich werde Maeve neben ihn setzen, so daß er die Abwesenheit der Prinzen nicht bemerken wird. Und ich werde Keely auf seine *andere* Seite setzen.« Ihr blühendes Lächeln war verdächtig unaufrichtig. »Zwischen *ihnen* beiden gefangen, wird er nicht mehr wissen, wo ihm der Kopf steht.«

»O Götter«, bettelte Niall, »errettet mich vor einer Frau, die Intrigen allzu sehr liebt.« Und dann lächelte er plötzlich. »Einar wird sich niemals wieder davon erholen.«

»Nein«, stimmte Deirdre ihm zufrieden zu. »Darum will ich es ja tun.«

»Dennoch ...« Niall trat an ihr vorbei zum nächsten Sessel, ließ sich hineinfallen und stützte seine Stiefel auf einen Tisch mit einer Karaffe Wein und zwei Bechern, »... sie hätten sich einen besseren Abend aussuchen können, um ihre Pflichten zu schwänzen. Ich will dieses Handelsabkommen *wirklich*. Und ich *wollte*, daß Brennan soviel wie möglich der Verhandlungen führt. Er braucht die Übung.«

»Brennan weiß genug über Verhandlungen.« Deirdre goß etwas Wein ein und reichte ihm den Becher. »Er ist ein reifer, verantwortungsbewußter Mensch, Niall, kein Junge mehr. Bewahre dir deinen Abscheu vor Corins schlechten Launen oder Harts Spielschulden oder Keelys Eigensinn – aber empfinde keinen gegenüber Brennan. Er hat ihn nicht verdient.«

»Komm her.« Er nippte an seinem Becher, während sie sich auf die Armlehne seines hölzernen Sessels setzte. »Sage mir, was *du* verdienst.«

»Deine Liebe«, erwiderte sie prompt. »Bin ich mit meiner Liebe nicht großzügig? Und ich habe dir eine wunderschöne Tochter geschenkt.«

»Maeve ist *wirklich* wunderschön«, stimmte Niall ihr sofort zu und reckte sich in väterlichem Stolz. »Und sanftmütig, und beeindruckend und leicht zu erfreuen ... alles das, was Keely entschieden nicht ist.«

»Und liebst du sie deshalb weniger?«

Niall schüttelte lächelnd den Kopf. »Sie ist eine stolze, starke Frau, Cheysuli bis in die Knochen ...« Er grinste Deirdre an, als er die erinnische Sprache nachahmte. »Und ich würde sie nicht anders haben wollen.«

»Und die Jungen auch nicht?« Deirdre hatte die grünen Augen über den Rand ihres Silberbechers hinweg zurückhaltend gesenkt, aber Niall kannte sie viel zu gut.

»Nein, und ich weiß, was du mir zu sagen versuchst, *Meijha* – daß ich mir auch *sie* nicht anders wünschen sollte, sie alle. Meistens tue ich das auch nicht. Aber manchmal ...«

»Manchmal«, sagte sie. »So wie jetzt? Das Badewasser ist sicherlich schon kalt, und doch sitzt du immer noch hier und trinkst deinen Wein. Ihr seid nicht besser als Eure Söhne, Mylord Mujhar.«

»Aber, siehst du, ich *bin* Mujhar. Das Bankett muß auf mich warten.« Seine Finger waren in den Schnüren ihres Gewandes verschränkt. »Das Bankett muß auf uns *beide* warten.«

Deirdre unterdrückte ein Kichern. Sie fand, sie sei schon zu alt zum Kichern. »Und deine Söhne?« fragte sie. »Was ist mit deinen Söhnen?«

»In diesem besonderen Augenblick sorge ich mich weniger um meine Söhne als um die Knoten, die du in deine Schnüre gebunden hast. Hast du dich dem Zölibat verschrieben?«

Das Kichern entrang sich ihrer Kehle »Nein. Ganz entschieden *nein.*« Sie griff abwärts, nahm sein Gürtelmesser aus der Scheide und reichte es ihm mit dem Heft voran. »Mylord Mujhar, muß ich noch deutlicher werden?«

Niall nahm das Messer lächelnd entgegen und schnitt die erste Schnur geschickt durch. »Das Bankett«, sagte er ruhig, »wird auf unbestimmte Zeit verschoben.«

Deirdre saß ganz still.»Natürlich nur, um sicherzustellen, daß deine Söhne anwesend sein werden.«

»Natürlich«, stimmte er ihr ruhig zu und durchschnitt den zweiten Knoten.

Kapitel Zwei

Es war eines der besten Gasthäuser Mujharas. Es lag an der Hochstraße, wo die Geschäftswelt den Adel Homanas versorgte, wo Jungen mit Besen die Pflastersteine sechsmal am Tag abkehrten, Wasser auf die von Pferden hinterlassenen Urinpfützen schütteten und erneut kehrten, damit sich die Kunden nicht um den Zustand ihrer Stiefel sorgen mußten. Der Wilde Löwe war ein sauberes, helles, gutbesuchtes Gasthaus, das sich eines ausgezeichneten Rufs erfreute und sich auch gegen starke Konkurrenz gut behaupten konnte.

Rhiannon hatte nicht erwartet, als Bedienung im Wilden Löwen angenommen zu werden. Aber sie hatte zwei Tage vor ihrer Bewerbung sechs Kupfermünzen für ein Bad bezahlt, ihr Haar wie eine Dame aufgesteckt und ihr sauberstes Gewand angezogen. Sie hatte dem Wirt in ihrer reinsten Sprache sorgfältig dargelegt, daß sie zwar aus guter Familie stamme, ihr aber Mittel fehlten. Gab es hier einen Platz für eine junge Frau, die ihren Lebensunterhalt in einem *ehrbaren* Geschäft verdienen mußte?

Sie freute sich, als sie die Stelle aufgrund ihres Aussehens und ihrer gut eingeübten Vornehmheit bekam, und sie arbeitete sehr hart, um sie zu behalten. Sie entstammte einer minderbemittelten Familie und hatte gedacht, ihr Leben in Armut und Götzendienst verbringen zu müssen. Aber die Götter hatten sie mit einer hellen Haut, dichtem, schwarzem Haar, großen schwarzen Augen und einer Figur gesegnet, die die Aufmerksamkeit jedes Mannes erregen würde.

Diese Vorzüge verfehlten auch jetzt nicht ihre Wirkung. Sie glitt leichtfüßig zwischen den Tischen hindurch und servierte die besten Weine, die der Wilde Löwe anbot. Der falianische Weißwein, der von vielen als der beste erhältliche Jahrgang angesehen wurde, verkaufte sich auch am besten. Aber der süße caledonische Rotwein und der vollmundige, dunkle Jahrgang aus Ellas waren fast ebenso begehrt. Die Biere wurden weniger verlangt. Die homanischen Adligen hatten eine Vorliebe für Wein und tranken selten mindere Getränke und fast niemals gewöhnlichen Alkohol wie den *Usca*. Er wurde unter den Adligen, die sich eines edleren Geschmacks rühmten, für zu scharf befunden.

Dennoch sollte Rhiannon *Usca* zu einem rechteckigen, glänzenden Hartholztisch in der Nähe des breiten Dachbalkens in der Mitte des Schankraumes bringen. Sie setzte den Steingutkrug genau in der Mitte des Tisches ab, stellte die Becher ohne das laut klappernde Geräusch, das man in den meisten Gasthäusern hörte, wo es die Bedienungen nicht besser wußten, daneben und beobachtete, wie die drei jungen Männer die blau glasierten Becher randvoll gossen. Aus der Art, wie sie den *Usca* in sich hineinschütteten, wurde deutlich, daß er ihren Kehlen nicht fremd war.

Sie knickste so anmutig sie konnte und hoffte auf ein großzügiges Trinkgeld. Sie wußte, daß diese Männer es sich leisten konnten. Sie hatte ein Auge für Reichtum. Diese drei jungen Herren kleideten sich mit ihrem einfachen, wenn auch schweren Samt und weichgegerbtem Leder weniger auffällig als viele andere in dem Schankraum, aber sie trugen Gold um den Hals und in den Ohren. Zumindest in *einem* Ohr: Nur das linke Ohr war bei ihnen allen geschmückt.

Rhiannon fand, daß sie vornehm wirkten. Die Götter hatten sie mit einem edlen Knochenbau und schönen, klaren Gesichtszügen gesegnet, die von kräftigen, geraden Nasen und schön geformten Mündern noch betont wurden. Allen drei Männern fehlte, auch wenn sie noch jung waren, die Härte, die sie sich erst während der Jahre und durch Erfahrung aneignen würden. Rhiannon bevorzugte *Männer*, nicht hübsche Jungen. Diese drei waren sowohl schön als auch von edler Herkunft und sehr reich.

Aber einer war eindeutig ein Cheysuli. Rhiannon erkannte es, obwohl er der erste Gestaltwandler war, den sie jemals gesehen hatte. Sie hatte Geschichten über sie gehört, daß sie mit Tieren anstatt mit Frauen schliefen, ihre Gestalt ändern konnten und nicht ganz menschlich waren. Man konnte sie an ihrer Hautfarbe und an ihrem Gold erkennen. Cheysuli waren alle schwarzhaarig und dunkelhäutig, und ihre Augen waren stets von einem so klaren, unheimlichen Gelb wie seine.

Aber wo war sein Tier?

Rhiannon sah sich vorsichtig um, suchte unauffällig nach der Bestie, die sein anderes Selbst war. Aber das einzig Sichtbare unter dem Tisch waren ihre insgesamt sechs Beine, alle mit kniehohen Stiefeln und muskulösen Oberschenkeln unter engen, weichen Lederhosen ausgezeichneten Schnitts und ebenso ausgezeichneten Wertes.

Sie schaute auf, runzelte die Stirn und sah seinen Blick auf sie gerichtet. Rhiannon atmete erschrocken hastig ein. Es genügte nicht, Cheysuliaugen als gelb zu bezeichnen. Es genügte nicht *annähernd*, um sie zu beschreiben. Sie waren gelb, ja, und dadurch schon seltsam genug, aber es war etwas daran, was sie einen Schritt zurückweichen und die Hände in ihrer Leinenschürze verkrampfen ließ.

Er sah sie an, und sie erstarrte, unfähig, auch nur noch einen Schritt zu tun.

»Ja?« fragte er, als sie ihn weiter anstarrte.

Eine menschliche Stimme. Kein Knurren. Kein Bellen. Kein Winseln.

Rhiannon war wie gelähmt und konnte nicht antworten.

»Ja?« fragte er erneut, und seine schrägstehenden schwarzen Brauen senkten sich.

Er war ein Dämon, dachte sie, ganz schwarz und bronzefarben und gelb.

»Bist du schwer von Begriff, Brennan?« fragte einer der anderen. »Sie arbeitet für mehr als nur freundliche Worte und Kupferpfennige.« Er ließ fast abwesend Würfel und Runenstäbe in einem Holzkästchen klappern. Ein schwerer Saphirsiegelring glitzerte an einem langen Finger. Er hatte Künstlerhände, dachte sie, die Hände eines Musikers.

»Natürlich.« Der Gestaltwandler griff in seine Gürteltasche und entnahm ihr ein Silberstück. Er reichte Rhiannon die Münze ohne hinzusehen.

Als sie sie nicht annahm, sah er sie erneut an und wandte sich von dem Spiel mit den Würfeln und Runenstäben der anderen ab. Das Silber glänzte sehr hell auf der dunklen Haut seiner Finger.

»Ich glaube, sie hat gerade zum ersten Mal Cheysuli gesehen«, sagte der Mann mit dem Holzkästchen gedehnt. Er grinste und sah zu ihr hoch. »Und dann auch noch drei auf einmal.«

Drei? Rhiannon schaute schnell zu ihm. Auch er war schwarzhaarig, ja, und seine Haut war genauso sonnengebräunt wie die des Gestaltwandlers, aber seine Augen waren entschieden blau. *Sehr* blau, von der Art Blau, die sie an den Frühling und die Üppigkeit des Himmels erinnerte. Seine Augen ließen sie an Liebe denken, wie auch sein Lächeln.

Verwirrt wandte sie den Blick auch von ihm ab und ließ ihn zu dem dritten Mann schweifen, bei dem sie endlich Gewißheit hatte. Er war offensichtlich ganz Homaner, mit lohfarbenem Haar, dunkelblauen Augen und homanisch heller Haut. Und als *er* sie ansah, tat er es nicht stirnrunzelnd wie der Gestaltwandler oder einladend lächelnd wie der zweite Mann. Nein, nichts dergleichen. Als er sie ansah, sah er *sie* an, um herauszufinden, was sie wollte.

Nun, was wollte sie *tatsächlich?*

Rhiannon reckte das Kinn. »Ja«, stimmte sie ihm offen zu. »Ich habe noch niemals zuvor einen Gestaltwandler gesehen.«

»Einen Cheysuli.« Der Gestaltwandler legte die Münze auf den Tisch, wo sie auf dem glatten Holz schimmerte. »Nicht ›Gestaltwandler‹, *Meijhana* … es sei denn, du *wolltest* uns beleidigen.«

Da war es wieder: uns. Sie runzelte die Stirn, warf einen Blick auf den blauäugigen Mann mit dem Glücksspiel und schaute schnell wieder fort, als er weiter lächelte. Und der hellhaarige Mann lachte nur.

»Soviel zum Vertrauen der Homaner in uns«, sagte er. »Nun, Brennan, wie fühlt es sich an, wenn eine Frau *Angst* vor dir hat, anstatt sich mehr als eine einzige Nacht lang um deine Gunst zu bemühen?«

»Grausam, *grausam,* Corin«, sagte der Mann mit dem Holzkästchen gedehnt, und doch strafte sein Lächeln seine Worte Lügen. »Du willst mich glauben machen, daß du auf deinen ältesten *Rujholli* eifersüchtig bist.«

Rhiannon dachte, daß der blonde Mann – Corin hatte der andere ihn genannt – in ihrem Alter war, ungefähr zwanzig Jahre alt. Die anderen beiden waren älter, dessen war sie sich sicher, aber höchstens ein Jahr. Der Gestaltwandler sah sie an. »*Hast* du Angst vor mir?«

Rhiannon schluckte. »Ja.«

Sie hatte ihn verletzt. Sie konnte es ganz deutlich und augenblicklich erkennen. Sein Gesichtsausdruck hatte sich kaum verändert, aber seine Augen verrieten es. Solch ein beredtes, unheimliches Gelb.

»Nun«, sagte er nach einem Augenblick nachdenklichen Schweigens, »vielleicht solltest du lieber die anderen Tische bedienen und irgendein anderes Mädchen zu uns schicken.«

O Götter, wenn das geschehen sollte, würde sie bestimmt ihre Stelle verlieren! »Nein«, sagte sie schnell. »Nein. Ich ... ich werde Euch bedienen.« Sie deutete mit einem Kopfnicken auf den Krug. »Ihr habt jetzt Euren *Usca*. Ihr werdet nicht mehr brauchen.«

»Werden wir nicht?« Corin lächelte und hob seinen Becher. »Ihr beurteilt uns zu schnell, *Meijhana*.«

Da war es wieder, das seltsame, fremde Wort. Gestaltwandler? Rhiannon hielt es für wahrscheinlich. Wenn sie zusammenwaren, verständigten sie sich zweifellos durch Knurren und Bellen.

»Brennan ängstigt das Mädchen, und Corin macht ihr den *Hof*.« Der dritte junge Adlige lachte. »Und was bleibt für mich?«

Der gelbäugige Brennan schaute zu Rhiannon hoch. »Willst du wetten?« fragte er ruhig und ohne die Spur eines Lächelns. Und doch sah sie ein deutliches Lächeln in seinen Augen. Es galt dem Mann mit dem Glücksspiel. »Sage ja, und du wirst Harts Abend vollkommen machen.«

»Nein, nein«, wandte der andere – Hart – ein. »Du vergißt, was *danach* kommt, wenn es um eine Frau geht.«

Das verstand Rhiannon nur zu gut. Sie waren vielleicht Gestaltwandler, aber offensichtlich stimmte es nicht, daß sie nur mit Tieren schliefen. Sie erkannte nämlich Begierde, wenn sie sie sah.

»Nein, ich will nicht wetten«, erklärte sie ihnen kurz angebunden. »Nicht einmal um Silberpennies.« Und sie ging und ließ die Münze auf dem Tisch liegen.

Sie betrachteten wie ein Mann das verschmähte Trinkgeld. Das Königssilber schimmerte im Licht der Hängelaternen.

»Nun«, sagte derjenige, der Hart genannt wurde, »ich frage mich, ob sie die Münze noch holen würde, wenn sie wüßte, was sie wert ist. Silberpenny, also wirklich!«

Als er vorgab, die Münze aufnehmen zu wollen, verbarg Brennan sie unter einer Handfläche. »Wette mit deinen eigenen Münzen«, sagte er grimmig. »Oder hast du keine mehr?«

»Nein, ich habe keine mehr«, sagte Hart heiter. »Ich hatte eine Pechsträhne.« Wie auf ein Stichwort rollte einer die Runenstäbe beiseite.

Corin schnaubte herablassend. »Du hattest nur deshalb Pech, weil ich der Bessere war, als du mich heute nachmittag zu besiegen versuchtest.« Er nahm den Runenstab auf und ließ ihn wieder in das Holzkästchen fallen. »Was bedeutet, daß Brennan und ich den *Usca* bezahlen müssen.«

»*Du* kannst bezahlen«, belehrte Brennan ihn. »Ich kam nur hierher, weil ich euch beide lieber nicht allein ausgehen lassen wollte und nicht, um etwas zu trinken.«

»Und doch tust du es.« Hart deutete auf Brennans vollen Becher. »Das ist wohl kaum Wasser, *Rujho* – ich kann es von hier aus riechen.«

Corin lächelte. Brennan zuckte nur die Achseln. »Jedermann bringt Opfer.«

»Und du bringst mehr Opfer als die meisten?« fragte Corin. »O ja ... wenn du Homana besitzen wirst!«

Brennan seufzte. Das war ein alter Streitpunkt zwischen ihnen. »Und du wirst Atvia besitzen.«

»Und ich Solinde.« Hart legte die Würfel und Runenstäbe vergnügt in das Holzkästchen zurück. »Wir sind drei Prinzen, die zusätzlich zu einem edlen Titel auch noch Ruhm erlangen werden. Aber ich glaube, im Augenblick könnte ich mit weniger Ruhm und mehr Reichtum leben.« Er beäugte das Königssilber. »Bist du sicher, daß das Mädchen die Münze bekommen soll, nach dem, was sie gesagt hat?«

»Ja, ich möchte, daß das Mädchen sie bekommt«, bestätigte Brennan. »Und wenn du auch nur *versuchst*, sie zu nehmen, wenn ich nicht hinsehe, werde ich dir einen Finger abschneiden.«

»Wie willst du es wissen, wenn du nicht hinsiehst?«

»Ich würde es ihm sagen.« Corin zuckte die Achseln, als Hart ihn stirnrunzelnd düster ansah. »Was hast du erwartet?«

»Ein wenig Unterstützung, *Rujho*.«

»Brennan ist dein Zwillingsbruder, nicht ich. Suche bei *ihm* Unterstützung.« Corin trank weiteren *Usca*.

Harts Stirnrunzeln vertiefte sich. »Warum ärgerst du dich darüber? Du hast in Keely auch einen Zwilling.«

»Wer sagt, daß ich mich darüber ärgere?« erwiderte Corin. Und dann sagte er grimmig: »Keely ist ein Mädchen. Wir stehen uns nahe, ja, so nahe wie du und Brennan ... aber sie ist dennoch ein Mädchen. Das macht einen Unterschied, *Rujho*.«

»Keely ist eine *Frau*«, verbesserte Brennan wie abwesend.

Hart lachte. »Ja, das ist sie. Oder würdest du dich mit deinen zwanzig Jahren jetzt noch als Junge bezeichnen?«

»*Sie* sieht sich nicht als Frau«, stellte Corin schlicht fest.

»Nein.« Harts Brauen hoben sich bis unter das rabenschwarze Haar. »Nein, sie sieht sich als Krieger.« Er lächelte belustigt. »Die einzige *Schwierigkeit* dabei ist, daß die Götter es für angemessen erachtet haben, ihr den Körper einer Frau zu geben.«

Corin runzelte die Stirn. »Sie verspürt nicht den Wunsch, ein *Mann* zu sein. Sie zieht es nur vor, etwas anderes als ein zerbrechliches Wesen wie Maeve zu sein.«

»Keely *ist* überhaupt nicht wie Maeve«, bestätigte Brennan.

Hart schnaubte. »Nein. Und ich wette, daß Sean von Erinn eine schwere Zeit bevorsteht, wenn er sie zähmen will, nachdem er Anspruch auf unsere Kriegerschwester erhoben hat.«

»Keely wird niemals *gezähmt* werden«, sagte Corin einfach, »und du wirst umsonst wetten.« Er sah Hart düster stirnrunzelnd an. »Abgesehen davon, würde ich eher Keely mein Leben anvertrauen als den meisten Männern.«

»Ja, ja, das würde ich auch tun.« Hart stellte das Holzkästchen vor Brennan ab. »Hast du Lust auf ein Spiel, *Rujho?*«

Brennans Augen verengten sich. »Ich dachte, du hättest kein Geld mehr.«

»Ich habe das, was Corin mir schuldet.« Hart sah seinen erstaunten jüngeren Bruder an. »Ich habe letzte Woche fünfundzwanzig Goldstücke von dir gewonnen.«

»*Wann?*«

»Als wir darum gewettet haben, wie bald Brennan von seinem neuen Hengst abgeworfen werden würde.« Hart grinste seinen älteren Bruder an. »Der dritte Sprung, erinnerst du dich? Ich habe die Wette gewonnen.«

Brennan starrte ihn an. »Du hast gegen *mich* gewettet?«

»Nein, ich habe auf *das Pferd* gewettet.«

Brennan schlug Corins Hand beiseite, als er nach seiner Gürteltasche griff. »Laß dein Geld stecken. Du solltest es besser wissen, als ihn noch zu ermutigen.«

»Aber er hat *gewonnen*«, protestierte Corin.

Brennan beugte sich über den Tisch zu ihm hinüber. »Ein Vorschlag, *Rujho* – wir lassen das Spiel entscheiden. Wenn ich gewinne, gibt Corin mir das Geld. Wenn *du* gewinnst, gibt Corin *dir* das Geld.« Er grinste, und die blauen Augen strahlten. »Sicherlich eine gerechte Entscheidung.«

Brennan seufzte und stützte seinen Kopf auf eine Hand. »Eines Tages«, murmelte er in seine Handfläche, »*eines* Tages, Hart, wirst du bedauern, diese Spiele jemals erlernt zu haben.«

Hart klapperte mit dem Holzkästchen. »Willst du darauf wetten?«

»Ob er *darauf* wetten will?« Corin schaute an ihnen beiden vorbei zu einem Tisch unmittelbar hinter dem ihren.

Hart und Brennan wandten sich ebenfalls um, um zu sehen, was Corins Aufmerksamkeit erregt hatte. Es war Rhiannon, Rhiannon und ein junger Adliger, der offensichtlich mehr von ihr wollte als nur Wein.

Als er sie ergriff und auf seinen Schoß zog, schrie Rhiannon auf und versuchte fortzukommen. Der Weinkrug, den sie in der Hand hielt, schlug gegen die Tischkante, zerschellte und vergoß blutroten Alkohol über den Tisch und die edle Kleidung des jungen Adligen.

Er schob sie zur Seite und fluchte, während er aufsprang. Rhiannon stolperte gegen den Tisch und streckte beide Hände aus, um sich abzufangen. Als sie nach dem weingetränkten Holz griff, zerschnitt eine Scherbe des zerbrochenen Kruges ihre Hand.

Als Rhiannon zitternd vor dem zornigen Herrn zurückwich, folgte er ihr. Er schien nicht zu bemerken, daß ihre Hand, die sie an die Brust gepreßt hielt, Blutspuren auf der Schürze hinterließ, und auch nicht, daß sie sich durch die Geschehnisse offensichtlich gedemütigt fühlte und Angst vor ihm hatte. Er sprach in einer fremden Sprache ärgerlich auf sie ein und schlug ihr dann so fest ins Gesicht, daß sie gegen den nächsten Tisch stolperte.

Aber sein Schlag war erwartet worden.

Brennan fing Rhiannon auf, stützte sie und hielt sie fest. Rhiannon sog erschreckt den Atem ein, als sie erkannte, wer sie gerettet hatte. Und dann sah sie, daß sie sein schwarzes Samtwams mit Blut beschmutzt hatte. »O Mylord, es tut mir *leid* ...«

»Es braucht dir nicht leid zu tun. Nicht *dir*.« Er schob sie sanft zur Seite und richtete sich dann zu seiner vollen Größe auf. Sie hatte nicht gedacht, daß er so groß war, aber andererseits war sie selbst recht klein. »*Er* muß sich entschuldigen.«

Rhiannon warf einen bestürzten Blick auf den fremden Herrn. Nein, dachte sie, *sie* mußte sich entschuldigen. »Mylord ...«

»Nein.« Der Gestaltwandler schüttelte den Kopf, und das schwarze Haar wogte um seine Schultern und den Kragen seines gleichfarbigen Wamses. Er ließ sie los, und Rhiannon sah den schwarzen Ledergürtel um seine Taille, der mit Plättchen aus gehämmertem Gold beschwert war. An seiner linken Hüfte steckte in einer Scheide ein Messer. Das Goldheft war glatt, schimmernd und wunderschön. Es hatte die Gestalt eines Rotluchses. Aber gerade als sie den Mund öffnete, um erneut zu widersprechen, schaute er zu dem fremden Herrn. »Entschuldigt Euch bei ihr.«

Das Haar des jungen Mannes war lockig und mit parfümierter Pomade geölt, weshalb es schwarz glänzte. Seine Nase stand ein wenig vor und war leicht gekrümmt, so daß seine Augen zu weit auseinanderzustehen schienen. Seine edle Seide-und-Samt-Kleidung, die einst hell cremefarben und rötlichgelb gewesen sein mochte, war jetzt schwach purpurrot gefärbt.

Rhiannon mußte fast kichern.

Die gebogene Nase erschwerte es dem Fremden, auf sie hinabzusehen, aber seine Einstellung wurde dennoch überdeutlich. Er sagte in befremdlichem Homanisch: »Ich entschuldige mich nicht bei einer Gasthausdirne.«

»Entschuldigt Euch«, wiederholte Brennan. »Ihr habt sie geängstigt, geschlagen und verletzt. Daher ist eine Entschuldigung das mindeste, was Ihr tun könnt.«

»Bei Obram, das werde ich nicht tun!« schrie der andere. »Glaubt Ihr, *ich* hätte das nötig? Ich bin der Neffe des Königs von Caledon!«

»Prinz Einars Cousin?« Brennan nickte, während der andere ihn betrachtete. »Dann seid Ihr also Reynald.

Ihr kamt mir schon bekannt vor.« Sein Lächeln war weder freundlich noch belustigt. »Mylord, ich schlage vor, daß Ihr Euch homanischen Bräuchen unterwerft, solange Ihr in Homana weilt. Entschuldigt Euch bei dem Mädchen.«

Reynald war offensichtlich nicht eingeschüchtert. »Das werde ich nicht tun«, erklärte er tonlos und machte eine Geste, die die anderen an seinem Tisch dazu veranlaßte, sich neben ihm aufzureihen. Messer und Schwerter glitzerten vor Edelsteinen, aber die Waffen waren trotz ihrer zeremoniellen Überladenheit doch tödlich.

Hart und Corin erhoben sich wie ein Mann.

Reynald lächelte. »Ihr seid zu dritt. Wir sind elf.«

»Er kann *zählen*«, stellte Hart fest.

»Er riecht«, fügte Corin hinzu. »Was für ein Öl ist das auf seinem Haar?«

In dem Augenblick kam der Wirt hinter einem Weinfaß hervor. »Bitte«, sagte er, »das ist nicht nötig. Ich werde Euch für den Schaden an Eurer Kleidung entschädigen, Mylord.«

Reynald blickte an seiner gekrümmten Nase hinab. »Und auch für die Beleidigungen durch diesen Mann?«

Der Wirt sah Brennan hilflos an. »Mylord, bitte ...«

»Bitte *was?*« fragte Brennan gereizt. »Es war sein Fehler. Das habt Ihr gesehen. Er verdient keine Entschädigung.«

»Er verdient es, hier hinausgeworfen und wieder dahin zurückgeschickt zu werden, woher er gekommen ist«, verkündete Corin tonlos. »Habt Ihr vergessen, mein fremdes Herrchen, daß Ihr Euch in *unserem* Land befindet?«

»Genau«, stimmte Reynald ihm kalt zu. »Und ist das Eure Art, die Gäste zu behandeln? Ist das Eure Art, einen Mann zu behandeln, der heute abend Gast des Mujhar selbst sein wird? Ist das Eure Art, ein Mitglied der königlichen caledonesischen Familie zu behandeln?«

Hart lächelte. »Weiß Einar, daß Ihr hier seid?«

»Mein Gasthaus«, stöhnte der Wirt.

Brennan legte eine Hand auf Rhiannons Schulter und schob sie sanft dem Mann entgegen. »Bitte verbindet ihre Wunde. Dies hier sollte nicht lange dauern.«

Reynald gab seinem Wächter einen knappen Befehl in caledonischer Sprache. Der Mann zog ein Messer und sprang vorwärts.

Brennan wich dem Caledonier nur zu leicht aus, wodurch der Mann durch den Schwung seines Eröffnungsangriffs an ihm vorbeischoß. Während dies geschah, schlug Brennan seine verschränkten Hände auf den Nacken des Wächters und schickte ihn zu Boden. Der Mann rührte sich nicht mehr.

Brennans Brüder betrachteten den Körper zu ihren Füßen. Hart nickte ernst. Corin grinste nur.

Ein blutroter, in Gold gefaßter Rubin schimmerte an Brennans Finger. Er lächelte Reynald an und verhakte die Daumen in dem mit Goldplättchen geschmückten Gürtel, der in kohlrabenschwarzen Samt gekleidete, schmale Hüften umgab. Er war erheblich größer als Reynald. Hart, der hinter ihm stand, hatte die gleiche Größe und das gleiche Gewicht wie er. Corin war kleiner und leichter, wirkte aber beharrlich wie ein Terrier.

»Werdet Ihr Euch *jetzt* entschuldigen?« fragte Brennan ruhig.

Reynald schrie als Antwort verärgert auf, ergriff einen Becher und schleuderte Brennan den Inhalt ins Gesicht. Während Brennan fluchte und sich die Augen auswischte, verteilten sich die neun verbliebenen caledonischen Wächter, um die drei homanischen Prinzen einzukreisen. Brennan fand sich plötzlich gegen seinen Tisch zurückgedrängt. Als sich seine Sicht wieder geklärt hatte, stellte er fest, daß eine Messerklinge an seinem Hals lag und eine Schwertspitze sein Rückgrat kitzelte.

»Seid Ihr noch immer nicht überzeugt?« sagte er

beiläufig zu Reynald und hob ein Handgelenk zur Abwehr des Messers, während er gleichzeitig herumfuhr, um das Schwert abzuschlagen.

Corin, der der Tür am nächsten stand, duckte sich unter einem weiteren, auf sein Gesicht gerichteten Messer hindurch und zog schnell sein eigenes. Klingen schlugen zusammen, verfingen sich, gingen wieder auseinander. Corins Heft blieb in seiner Hand, während der andere Mann sein Messer verlor. Der Caledonier starrte bestürzt auf seine leere Hand.

Erfreut, wenn auch ein wenig überrascht – es war seine erste Begegnung bei etwas anderem als einem Übungskampf –, grinste Corin glücklich und wandte sich um, um sich den nächsten Gegner auszusuchen.

Hart, der zwischen Brennan und Corin gefangen war, fand sich fast augenblicklich von ihnen beiden abgeschnitten und auf drei Seiten von Caledoniern eingekreist. Seine Unentschlossenheit verging schnell. Er sprang auf den Tisch, zerbrach dabei die Runenstäbe und verstreute alle Würfel seines vergessenen Glücksspiels. Eine Schwertklinge schoß auf sein rechtes Bein zu, aber er wich ihr leicht aus und sprang über noch eine weitere hinweg. Vier der Gegner näherten sich ihm. Hart erkannte schnell, daß es töricht wäre, auf dem Tisch stehenzubleiben, da er dort ein leichtes Ziel bot, und suchte nach einem schnellen Fluchtweg. Ein Blick nach oben zeigte ihm die einzige Möglichkeit.

Hart sprang nach einem niedrigen, dicken Balken des massiven Daches. Er ergriff ihn, schwang seinen Körper leicht über seine Angreifer und fiel auf sie wie ein Rotluchs auf seine Beute.

Tische stürzten um, als sich die Kampfhandlungen über den ganzen Schankraum verteilten. Krüge und Becher zerschellten und vergossen Ströme von Wein über Tische, Bänke und den festgestampften Erdboden mit seinem sorgfältig geprägten Zeichen des wilden homanischen Löwen.

Brennan, der den Caledonier, dessen Schwert an seinem Rückgrat gelegen hatte, erledigte, machte plötzlich einen Salto rückwärts über einen Tisch, um einem weiteren Schwertstreich auszuweichen, und landete mit dem Messer in der Hand wieder auf den Füßen. Er hatte es nicht ziehen wollen, da er inmitten eines solch törichten, albernen Gezänks scharfe Waffen lieber vermieden hätte, aber er hatte anscheinend keine Wahl. Und so warf er das Messer achselzuckend in glitzerndem Bogen auf einen Feind und sah den Wächter dann vor Reynalds Füße fallen. Er war nicht tot, wie Brennan wußte, weil das Messer – wenn auch bis zum Heft – nur in die Schulter und nicht ins Herz eingedrungen war. Genau wie immer. Brennan nickte zufrieden.

Die Zufriedenheit hielt jedoch nicht lange an. Ein zweiter Wächter sprang mit dem Messer in der Hand auf ihn zu. Brennan ergriff Händevoll des gelben caledonischen Gewandes und zerriß es, während er versuchte, den Wächter gegen einen Tisch zu schleudern. Aber er verlor den Halt am Gewand, als der Stoff riß, rutschte auf vergossenem Wein aus und fiel schwer auf ein Knie.

Die caledonische Messerklinge schnitt leicht durch seinen Samtärmel in die darunterliegende Haut, schnitt tief hinein und verfing sich dann in dem schweren *Lir*band über Brennans linkem Ellenbogen.

Der Wächter riß das Messer heraus, um erneut zuzustechen, wobei der Stahl am Gold entlangschabte. Der zerreißende Samt fiel auseinander. Das mit Runen versehene Gold mit seinem Rotluchs, der aus dem Metall herauszuspringen schien, war plötzlich für jedermann deutlich sichtbar.

Blut floß reichlich und füllte die eingravierten Runen aus. Brennan fluchte in der Alten Sprache, verzichtete auf das Homanische und zwang sich, den Schmerz zu mißachten. Als der Mann erneut zustach und dabei

Haut, nicht Gold suchte, stieß sich Brennan vom Boden hoch und rammte ihm eine Schulter in die Brust.

»Brennan!« rief Hart. »Das Messer ...!«

»... hat wenig Schaden angerichtet!« rief Brennan zurück. »Kümmere dich um dich selbst, *Rujho!*«

Hart folgte der Aufforderung, während er geschickt einem gefährlich nahe an seiner rechten Hand ausgeführten Schwertstreich auswich. Er stieß dem anderen die bedrohte Hand in die Rippen, trat mit einem Fuß zu und entriß dem Feind das Schwert.

Corin, der weitaus schneller in der Minderheit war, als er erwartet hatte, schob sich unter einem bewußtlosen Caledonier hervor und schlug schwach auf das nächste gelbgewandete Bein ein, das er finden konnte. Die Klinge schnitt träge und ohne großen Schaden anzurichten in den Lederstiefel ein, aber sie erweckte zumindest die Aufmerksamkeit des Stiefelträgers. In unverständlichem Caledonisch fluchend, trat der Wächter auf Corins freiliegendes Handgelenk und stieß ihm das Messer aus der Hand.

Schmerz schoß Corins ganzen Arm hinauf. »Ku'reshtin!« schrie er wütend, »laßt mich *hoch* ...«

Der Wächter, der Corin seinen Angriff übelnahm, legte nur noch mehr Gewicht auf den gefangenen Arm.

Corin stieß eine Reihe von Cheysulikraftausdrücken aus und rief dann – zu stolz, zu unterliegen, aber nicht zu stolz, um Hilfe zu bitten – nach seinen Brüdern.

Als keiner von ihnen antwortete, erkannte er plötzlich, daß sie ihre eigenen Kämpfe auszufechten hatten und er für seine *allein* verantwortlich war. Das war kein erfreulicher Gedanke. Er hatte sich daran gewöhnt, in Notfällen nach dem einen oder anderen seiner Brüder zu rufen, wenn nicht nach beiden. Jetzt erkannte Corin unglücklich, daß niemand anderer da war, auf den er sich verlassen konnte, als er selbst.

»Bei allen Göttern Homanas«, murmelte er dem Erdboden, nahe an seinem Gesicht, zu, »warum haben wir die *Lirs* in Homana-Mujhar gelassen?«

Der Wächter blickte auf ihn herab. »Was sagt Ihr, Homaner? Erfleht Ihr bereits meine Gnade?«

Corin, der auf dem Bauch lag und das gefangene Handgelenk vor sich ausgestreckt hatte, wandte den Kopf, um hinaufzublicken. »Gnade?« Er starrte den Caledonier erstaunt an. »*Ich* werde *Euch* Gnade erweisen ...« Corin streckte sein schmerzendes Handgelenk plötzlich ganz aus, stieß sich hoch und legte seinen linken Arm fest um den schweren Lederstiefel. Bevor sich der Wächter zurückziehen konnte, hatte Corin sein Knie mit einem wütenden Biß aufgerissen.

Der Caledonier heulte vor Entsetzen und Schmerz auf, stolperte rückwärts, ließ Corins Handgelenk los und riß ihm fast die Zähne aus dem Mund. Corin, der sein geschwollenes Handgelenk im Knien bewegte, war insgeheim überrascht über seinen Erfolg. Dann senkte sich eine Hand herab, ergriff sein rostbraunes Samtwams und riß ihn hoch. »Du kannst Kämpfe nicht auf dem *Boden* gewinnen«, sagte Hart milde.

»Ich *habe* diesen gewonnen.« Corin grinste den fluchenden Caledonier an. Und dann verging ihm das Grinsen, weil der Mann mit dem zerbissenen Knie an Corin vorbeisprang und Hart zu Boden riß. »*Ku'reshtin!*« schrie Corin und warf sich auf den Feind. Hart, der unter beiden eingequetscht war, versuchte vergeblich, sich freizuwinden. Schließlich verlegte er sich darauf, den Feind *und* seinen Bruder zu verfluchen. »Corin ... geh *runter* ...«

»Ich *versuche* es ...« Corin kroch ungeschickt rückwärts, pflanzte ein Knie auf Harts linken Oberschenkel und zog den Caledonier mit sich. Hart setzte sich langsam und mit pfeifendem Atem auf und griff sich an die gequetschten Rippen.

Die Gasthaustür, der Hart so sehr nahe war, schwang auf. Er zuckte unwillkürlich zurück, krümmte die

Schultern und umfaßte seine Rippen noch fester. Stiefel dröhnten auf dem festgestampften Boden, und Schwerter wurden rasselnd gezogen. Hart erhaschte einen Blick auf karmesinrote Seide und Kettenpanzer und spürte, wie sein Herzschlag jäh aussetzte.

Er blinzelte zögernd zu dem Mann hoch und schloß dann die Augen. Ja. Es *war* die Königlich Mujharische Wache. Jedenfalls ein Teil davon.

»*Jehan* wird dafür unseren Kopf fordern«, bemerkte er enttäuscht und lächelte den nächsten der bewaffneten Männer seines Vaters unschuldig an.

Brennan, der noch damit beschäftigt war, einen Caledonier zu besiegen, der einfach nicht zu Boden gehen *wollte,* spürte plötzlich einen Lanzenschaft an seiner Kehle. Er drückte sanft, so sanft, dagegen, warnte ihn kaum merklich, drückte aber doch auch fest genug zu, um eine Bedrohung für seine zerbrechliche Luftröhre darzustellen.

Langsam ließ Brennan seine Hände sinken. Erfreut und überrascht beobachtete er, wie sein Gegner stolperte, sich wieder aufrichtete und dann auf dem Boden zusammenbrach. Der Prinz von Homana nickte, lächelte und wandte sich mit der Lanze langsam um, um seinem neuen Gegner gegenüberzutreten.

Plötzlich erstarrte er in der Bewegung. Auf der karmesinroten Tunika über dem Kettenpanzer sprang ihm ein schwarzer, wilder homanischer Löwe ins Auge: das königliche Zeichen seines Vaters. Es paßte gut zu dem schwarzen Löwen in Brennans Rubinsiegelring.

Der homanische Wächter erkannte seinen Gefangenen im gleichen Augenblick. Die Lanze wurde ruckartig gesenkt. »Mylord!«

Corin, der die Neuankömmlinge noch nicht bemerkt hatte, kroch unter zwei gerade zu Boden geschickten caledonischen Wächtern hervor. Sein Gesicht war blutverschmiert, aber seine Augen strahlten verdächtig. Er grinste erfreut. Aber als er aufstand, wich sein Grinsen.

Brennan stand einem Wächter in dem schwarz-kar-mesinroten Gewand des Mujhars gegenüber. Hart, der auch nicht sehr erfreut über die Entwicklung der Dinge wirkte, lehnte an einem Tisch und umfaßte seine Rippen. Sein hübsches Gesicht war voller blauer Flecke, und ein Auge – das rechte – war deutlich geschwollen und würde bald ebenfalls blau werden.

Corin sah seine Brüder an. Er bemerkte die plötzliche Ruhe in dem Gasthaus. Er betrachtete die vier mujharischen Wächter neben sich. Und dann seufzte er, setzte sich auf eine weingetränkte Bank und barg sein verletztes Handgelenk.

Kapitel Drei

Reynald von Caledon durchschritt steif den Schankraum, stieg über hingestreckte Körper seiner königlichen Eskorte hinweg und trat Bruchstücke zerschellten Steinguts beiseite. Sein fremdartiges Gesicht zeigte einen Ausdruck des Ekels, der Verärgerung und der Überheblichkeit. Sein Entsetzen über die Ergebnisse des Kampfes war offensichtlich, auch wenn er es zu verbergen versuchte.

Er straffte sich vor dem mujharischen Wächter, der den Lanzenschaft an Brennans Kehle gelegt hatte. Brennan übersah er bewußt völlig. »Euer Name?« fragte er.

»Dion«, antwortete der Wächter. »Hauptmann dieses Kontingents der Königlichen Mujharischen Wache.«

Reynalds dunkelbraune Augen verengten sich. »Die Männer des Mujhar?«

»Ein Teil seiner persönlichen Wache«, antwortete Dion. »Dem Palast selbst zugehörig.«

Der fremde Prinz nickte. »Ich bin Reynald, Cousin des Prinzen Einar von Caledon«, sagte er tonlos. »Ich wünsche diese drei Homaner anzuklagen – ich möchte, daß Ihr dafür sorgt, daß sie in Ketten gelegt und eingesperrt werden, bis Gerechtigkeit walten kann. Ich beabsichtige den Mujhar selbst zu bitten, meine Zeugenaussage anzuhören.«

»Mylord, Ihr habt das Recht, dies zu tun«, sagte Dion ruhig. »Aber dürfte ich Euch vorschlagen, noch einmal zu überdenken ...«

»Nein, das dürft Ihr nicht, und ich *werde* es nicht«, antwortete Reynald. »Ich kam mit meiner Eskorte hierher, um in einem, wie man mir sagte, noblen Gasthof einen unterhaltsamen Abend zu verbringen.« Er warf einen vernichtenden Blick durch den Schankraum des Wilden Löwen. »Diese Männer drangen hier ein und legten es auf einen Kampf an, und ich fordere Wiedergutmachung für die Verletzung meiner Ehre und der meines Cousins, Prinz Einar.«

»Oh, ist Einar hier?« fragte Brennan gelassen. »Ich habe ihn nicht gesehen.«

Reynald starrte ihn an. »Es ist unwichtig, daß er nicht hier ist. Ihr habt meine Ehre verletzt, und da ich ein Mitglied der caledonischen Gesellschaft bin, die hierhergekommen ist, um die Regentschaft des Mujhar zu feiern, beleidigt das, was mich beleidigt, auch meinen Prinzen.«

»Verzeiht, Mylord.« Jetzt war Hart an der Reihe. »Aber ich kann nicht erkennen, wodurch *Ihr* überhaupt verletzt wurdet. Ihr habt Eure Eskorte für Euch kämpfen lassen.«

»Ja«, warf Corin ein, bevor Reynald antworten konnte. »Ihr und Brennan hättet die Angelegenheit *tatsächlich* untereinander klären können, aber Ihr habt einen Kampf herausgefordert. *Ihr* gabt den Befehl zum Angriff.« Er hielt inne. »Zumindest glaube ich das. Er wurde zwar auf caledonisch erteilt, aber was auch immer Ihr gesagt habt, es *hat* Eure Eskorte zum Angriff veranlaßt.«

Reynalds verdrießliches Gesicht rötete sich. »Ich war gezwungen, mich zu schützen. Dieser Mann wollte *mich* herausfordern.« Er deutete mit ausgestreckter Hand auf Brennan.

»Mylord?« Dion sah Brennan an.

Brennan öffnete den Mund, aber Reynald ergriff das Wort, bevor er sprechen konnte. »»Mylord««, äffte er Dion nach und sah ihn an. »Ihr erweist ihm mehr Ehre als mir.«

»Ja«, antwortete Dion glatt. Seine Meinung über das caledonische Herrchen war offensichtlich, ungeachtet seines nüchternen Gesichtsausdrucks und des Tonfalls seiner Stimme. »Ich will Euch gegenüber nicht unhöflich werden, Mylord, aber dieser Mann wird eines Tages mein König sein.«

Reynald schloß geräuschvoll den Mund. Er blickte prüfend von Dion zu Brennan. »König«, wiederholte er. Plötzlich war eine winzige Spur des Zweifels in seiner Stimme zu hören.

»Eines vielleicht nicht mehr allzu fernen Tages«, bestätigte Brennan. »Obwohl mein Vater, der Mujhar, den Göttern sei Dank, ein recht gesunder Mann ist.« Seine Mundwinkel zuckten leicht. Er untertrieb absichtlich, was seinen Worten eine noch vernichtendere Wirkung verlieh.

Reynald schaute zunächst zu Hart, dann zu Corin. Und ganz plötzlich wich alle Farbe aus seinem Gesicht. »Obram schütze mich«, flüsterte er, »Ihr seid alle die Söhne des Mujhar. Ich erinnere mich jetzt ...«

»Ihr erinnert Euch *jetzt*.« Hart grinste. »Ihr seid ein wenig langsam, nicht wahr, Reynald? Wir sind uns erst gestern begegnet, nicht wahr? In der großen Halle vor dem Löwenthron?«

»Wo Ihr unserem Vater, dem *Mujhar*, die besten Wünsche für eine beständige Gesundheit überbracht habt.« Corin betonte ihre königliche Abstammung. Reynald war ein Mensch, der solche Überheblichkeit verstand, da er seinen eigenen Anteil daran hatte.

»Ketten sagte er, glaube ich«, sprach Brennan zu Dion. »Habt Ihr welche mitgebracht?«

»Nein, Mylord. Sollte ich sie holen?« Der Hauptmann genoß Reynalds Niederlage offensichtlich.

Hart spürte seine Rippen. »Genug«, sagte er. »Ich glaube, Reynald versteht, was wir meinen. Und ich glaube, es ist an der Zeit, daß wir nach Homana-Mujhar zurückkehren, bevor unser *Jehan* Männer auf die Suche nach uns schickt.« Er blieb jäh stehen und sah Dion an. »Wer *hat* Euch überhaupt gerufen?«

»Das war *ich*.« Rhiannon trat vor. Die Leinenschürze zeigte noch immer Blutspuren, die jetzt dunkler wurden, und ihre Hand war in ein sauberes Tuch gewickelt. »Es war mein Fehler, daß dieser Unsinn begann. Und ich dachte, daß es dann auch an mir wäre, ihn aufzuhalten. Also lief ich zum Palast und holte die Männer.« Sie sah Brennan an. Ihr Blick verweilte einen Augenblick auf dem Ohrring in seinem linken Ohr, der jetzt sichtbar war, weil er sich das Haar aus dem Gesicht gestrichen hatte. »Ich ... ich war vorhin undankbar«, sagte sie leise. »Ihr habt das für mich getan.« Sie bewegte die Finger am Rand des Tuchverbandes. »Ich wollte nicht, daß Ihr verletzt würdet – *keiner* von Euch.« Ihr Blick schweifte kurz zu Hart und Corin, kehrte aber fast sofort wieder zu Brennan zurück.

Hart lachte. Corin verzog den Mund.

Brennan lächelte zögerlich. »Dann danke *ich* dir«, sagte er und sah Reynald an. »Ich glaube, die Lage ist ziemlich verfahren, mein caledonisches Herrchen. Ihr könnt uns natürlich anklagen – wir haben *tatsächlich* den größten Teil Eurer königlichen Eskorte, mit drei Mann gegen zehn, kaltgestellt ...«, er grinste, »... aber vielleicht lassen wir Vergangenes einfach vergangen sein und kommen überein, bei dem Bankett zu Ehren meines Vaters, bei dem Ihr und Euer Cousin, Prinz Einar, heute abend zu Gast sein werdet, neu anzufangen.« Brennan hielt inne. »Und wenn wir *jetzt* nicht gehen, werden wir erheblich verspätet ankommen.«

Reynald betrachtete die Überreste seiner königlichen Eskorte. Einige der Männer waren zweifellos ohne Bewußtsein. Andere waren nur benommen und kamen erst jetzt wieder langsam zu sich. Zwei standen unverletzt aufrecht und betrachteten stirnrunzelnd finster ihre niedergestreckten Kameraden.

Ihr Herr in seiner weingetränkten Seide- und Samtkleidung nahm alle ihm noch verbliebene Würde zusammen. »Kommt mit«, befahl er den beiden noch aufrecht stehenden Männern und verließ augenblicklich das Gasthaus.

Corin blickte ihm nach und wandte sich dann wieder Hart zu. »Was ist mit den anderen?«

Hart grinste sein schiefes, einnehmendes Grinsen. »Er ist der Neffe des Königs von Caledon, *Rujho,* und der Cousin des Prinzen Einar. Es ist nicht *seine* Aufgabe, sich um Männer zu kümmern, die bei seiner Verteidigung verletzt wurden.«

»Aha.« Corin nickte pflichtgemäß verständnisvoll.

Brennan seufzte und löste seine Gürteltasche. Er übergab sie dem Wirt. »Für den Schaden.« Und dann zog er mühsam einen Ring von einem seiner Finger. Es war nicht der seinen Rang anzeigende Rubinsiegelring, sondern ein kleinerer, in Silber gefaßter Saphir. Er legte ihn in Rhiannons Hände. »Als Ersatz für das ›Silberstück‹.« Er lächelte freundlich. »Wie du siehst«, sagte er, »sind Cheysuli gar nicht so schlimm.«

Sie sah ihm nach, als er seinen Brüdern aus dem Wilden Löwen hinaus folgte. Und dann küßte sie den Ring.

Der Mujhar stieg in einen der weichen, grau gefärbten, kniehohen Stiefel und schaute ruckartig auf, als Taggart zu sprechen aufhörte. »Sie haben *was* getan?«

Taggarts Gesicht war sehr starr. Er wiederholte seine letzte Feststellung. »Sie haben den größten Teil von Reynalds Eskorte kaltgestellt, Mylord.«

»›Kaltgestellt‹.« Niall richtete sich auf, während ein Leibdiener sich hinkniete, um den Stiefel zu schließen. »Ist jemand *tot?*«

»Soweit wir wissen, nicht, Mylord. Anscheinend sind mehrere der Caledonier verletzt, aber nicht ernsthaft.« Taggart verschränkte die Hände hinter dem Rükken und wartete.

Niall stand stocksteif mitten im Vorzimmer, das den größten Teil der Kleidung des Mujhar enthielt. Er zog das weiche Lederwams und die dazu passende Hose der Cheysuli vor, denn er war sonst nur zu häufig gezwungen, homanische Kleidung zu tragen. Heute abend war solch eine Gelegenheit.

»Mylord ...« Der Leibdiener hielt ihm den anderen Stiefel hin.

Niall blickte hinab und runzelte zerstreut die Stirn. »Ach, ja.« Er nahm den Stiefel, zog ihn an und wartete, während er geschlossen wurde. »Sie alle drei?« fragte er.

Taggart nickte.

»Sogar Brennan«, murmelte Niall. »Oh, verflucht seien diese Narren, alle drei. Ich kann das heute abend nicht *gebrauchen – ganz besonders* heute abend nicht.« Er winkte den Leibdiener fort und durchschritt den Raum zu der Tür, die in sein Schlafgemach führte. Serri schlief schon wieder auf dem Bett.

»Mylord, Dion berichtete, daß es anscheinend nicht allein der Fehler der Prinzen war. Und wenn Mylord Reynald sie *wirklich* herausgefordert hat, muß es einen guten Grund gegeben haben.«

»Einen Grund vielleicht, aber keinen *guten* Grund«, sagte Niall grimmig. Er schüttelte den Kopf und fuhr wieder herum. »Ich kann nicht glauben, daß *Brennan* an dieser Dummheit teilhatte. Das sieht ihm nicht ähnlich. Hart und Corin, ja – sie würden sich einen Kampf kaum entgehen lassen, gleichgültig ob sie herausgefordert wurden oder nicht –, aber Brennan?«

Deirdre betrat durch einen anderen Eingang eilig den Raum. »Mylord Mujhar, Eure Bevorzugung zeigt Ergebnisse.«

»Tatsächlich?« Niall bewunderte wie abwesend das üppige blaue Gewand, das sich eng an ihren schlanken Körper schmiegte. Ihr messinghelles Haar war auf dem Kopf zu einem Knoten aufgesteckt, der von dicken Nadeln aus Silberdraht gehalten wurde, und sie trug noch ein weiteres seiner Geschenke, eine mit Diamanten und dunkelblauen Saphiren besetzte Silberkette, die an ihrem Hals glitzerte. »Ja, nun … sogar *du* mußt zugeben, daß das Brennan nicht ähnlich sieht.«

»Was haben deine Söhne getan?« Deirdre richtete sein schwarzes, mit dunklen Gagaten und sehr kleinen, unregelmäßig geformten Perlen besetztes Wams.

»Sie haben ein Wirtshaus auseinandergenommen – eines der *besseren*. Ich könnte noch hinzufügen: Und sie sind für zahlreiche Verletzte verantwortlich«, antwortete Niall. »Kurz gesagt, sie haben vielleicht eine geringe Hoffnung auf eine Erneuerung des Handelsvertrages zwischen Homana und Caledon für immer zerstört.«

»Das haben sie also getan?« Sie tätschelte die silberne Amtskette, die Niall von Schulter zu Schulter reichte, und lächelte insgeheim.

»Du verstehst anscheinend nicht.« Niall trat von ihr fort, um sich erneut Taggart zuzuwenden. »Wo sind sie jetzt?«

»In Eurem Sonnenraum, Mylord.« Taggart hielt inne. »Ich glaube, sie wußten, daß Ihr mit ihnen zu sprechen wünscht. Es war Prinz Brennans Vorschlag.«

»Kluger Brennan«, bemerkte Niall düster. »Ja, ich wünsche mit ihnen zu sprechen. Geht und holt sie her, Taggart. Holt sie *jetzt*.«

Taggart war offensichtlich überrascht. »*Hierher*, Mylord?«

»Hierher.«

»Ja, Mylord.« Eine Verbeugung, und fort war er.

»Niall«, sagte Deirdre beklommen, »was willst du ihnen sagen?«

»Was immer in diesem Augenblick aus meinem Mund zu hören ist.« Er nahm ihren Arm und führte sie in noch einen dritten Raum, ein privates Ruhegemach.

»Also wirst du ihnen eine *Chance* gewähren.« Aber sie klang gar nicht überzeugt davon.

Niall hieß sie sich auf einen der x-beinigen Stühle

setzen. »Versprich mir, *Meijha,* daß du mir die Bestrafung überlassen wirst.«

»Mit anderen Worten: Du willst, daß ich Schweigen bewahre.« Sie sah ihn stirnrunzelnd an, während sie sich hinsetzte, aber es erzielte nicht die gewünschte Wirkung. »Also wirst du es tun«, stimmte sie ihm zu. »Es sind deine Söhne, nicht meine.« Und sie faltete ihre Hände geziert im Schoß.

»O Götter«, sagte Brennan, als Taggart ihnen gesagt hatte, wohin sie gehen sollten. »Er ist *tatsächlich* zornig.«

»Und bist du ein Weib oder ein Krieger?« fragte Corin schroff. »Wir sind zu alt, als daß er uns *schlagen* könnte, Brennan. Warum fürchtest du die Begegnung mit ihm so sehr?«

»Wahrscheinlich weil ich nur selten gerügt werden mußte. *Du* hast dir sehr oft seine Ungnade zugezogen.« Brennan wandte sich auf dem Absatz um und marschierte aus dem Sonnenraum hinaus.

»Hart auch«, sagte Corin verteidigend und folgte Brennan. Er barg noch immer das wunde Handgelenk und fragte sich, ob es gebrochen oder nur schwer gequetscht war. »Ich bin nicht der einzige, der schon zuvor zu unserem *Jehan* geschickt wurde.«

»Ist das ein Grund, stolz zu sein?« fragte Brennan bissig.

»Dein Arm tut weh«, stellte Hart, der herankam, fest. »Du bist reizbar, *Rujho.*«

»Wenn ich reizbar bin, dann deshalb, weil ich mit einem jungen *Rujholli* geschlagen bin, der nicht genug Verstand besitzt zu erkennen, wann er sich bescheiden sollte«, erklärte Brennan. »Er wird es nur schlimmer machen, wenn er unserem *Jehan* Trotz anstatt Reue entgegenbringt.«

Corin fluchte angewidert. »Es war *Reynalds* Fehler, nicht meiner. Und ich habe mich erst als letzter an dem Kampf beteiligt. *Du,* Brennan, warst als erster dabei.«

58

»Ja«, stimmte Hart ihm zu. »Und das ist genau der Grund, warum ich denke, daß er nicht *so* zornig sein wird. Er ist unsere Schnitzer gewöhnt, Corin. Aber da Brennan dieses Mal beteiligt war, wird er wohl denken, daß es einen Sinn hatte.«

Brennan seufzte. »Das könnte vermutlich sein.« Und er betrat den Eingang zu den königlichen Räumen des Mujhar.

Niall beobachtete, wie sie der Reihe nach eintraten, wobei Brennan natürlich wie immer zuerst kam. Der Älteste war sowohl von der Kleidung als auch von seiner Stimmungslage her aus dem Gleichgewicht geraten, obwohl er beides durch einen gezwungen ruhigen und unbeteiligten Gesichtsausdruck zu kaschieren und den Sitz seines Samtwamses zu richten versuchte. Niall sah Wein- und Blutflecke und klaffende Risse. Durch die Überreste seines linken Ärmels schimmerte schwach das *Lir*gold.

Hart, der jetzt als zweiter herankam, sah bedeutend schlimmer aus. Sein dunkelblaues Wams war genauso fleckig und zerrissen, aber zusätzlich war sein Gesicht schlimm zugerichtet, und es war bereits zu erkennen, daß er bald ein blaues Auge haben würde. Es waren weder Blut noch eine Wunde erkennbar, aber er kam mit der seltsam steifen und aufrechten Haltung eines Mannes heran, der sorgsam bemüht war, die Körperteile oberhalb der Taille nicht zu bewegen. Also waren es die Rippen.

Corin, der Jüngste, trottete hinter den anderen beiden her, als wollte er seinem Vater trotzen, das Kinn vorgereckt, um seinen Widerwillen zu zeigen, Verantwortung für seine Handlungen zu übernehmen. Diese Haltung war Niall vertraut, der in sich hineinmurmelte, daß Corin vielleicht eines Tages, wenn es den Göttern gefiele, *tatsächlich* erwachsen werden würde –, und er war erleichtert zu sehen, daß der Sohn, der ihm so ähnlich sah, keinerlei Anzeichen ernsthafter körperlicher Beschwerden zeigte, auch wenn er sein rechtes Handgelenk barg, das verdächtig angeschwollen wirkte.

Brennan schaute kurz zu Deirdre, die still auf ihrem Stuhl saß, und trat dann vor seinen Vater. Niall stand an einem der Fenster und hatte die Hände auf dem Rücken verschränkt. Er wartete, bis auch Hart herangekommen war, und dann Corin, der sich prompt auf den nächsten Stuhl setzte.

Hart beugte sich ein wenig in Corins Richtung und zischte: »Steh auf.«

Corin blieb stur sitzen. Er sah seinen Vater mit verstocktem, festem Blick an.

Niall seufzte innerlich. »Einer nach dem anderen«, sagte er. »Wer macht den Anfang?«

Brennan öffnete den Mund, um wie immer als erster zu antworten, aber Corin kam ihm zuvor. »Es ging um ein Mädchen«, sagte er beiläufig, taktlos, was seine Brüder mißbilligend die Stirn runzeln ließ. Er errötete. »So *war* es.«

»Ein *Mädchen*.« Niall hatte das so nicht erwartet. Üblicherweise ging es um mehr oder um etwas anderes.

Hart befeuchtete seine Lippen. »Es handelte sich um ein Schankmädchen«, sagte er. Und dann, als hörte er, wie lächerlich das klang, fügte er hinzu: »Aber um kein gewöhnliches Schankmädchen, und es war auch kein gewöhnliches Wirtshaus.«

»Es sollte meinen Söhnen auch fernliegen, ein *gewöhnliches* Wirtshaus mit *gewöhnlichen* Schankmädchen zu besuchen.« Der Mujhar sprach trügerisch sanft.

Brennan ließ sich nicht täuschen. Seine Augen verengten sich, während er die Stimmung seines Vaters einzuschätzen versuchte. Niall war erfreut zu erkennen, daß keiner von ihnen dazu in der Lage war. Er lächelte und ließ sie zappeln.

»Da war auch noch ein caledonischer *Ku'reshtin*«, fügte Corin hinzu. »Das kann dir jedermann erzählen.«

60

»Willst *du* es tun?« fragte Niall.

»Das habe ich gerade getan.«

»Corin …«, begann Hart warnend.

Niall unterbrach ihn mit einem erhobenen Finger, wodurch sein mittlerer Sohn sofort zum Schweigen gebracht war. »Sprich weiter.«

»Er hat das Mädchen geschlagen«, erzählte Corin ihm ernst. »Er hat sie fast niedergeschlagen, und das hatte sie nicht verdient. Sie hatte sich bereits die Hand an einem zerbrochenen Weinkrug verletzt.«

Hart nickte. »Er wollte sich nicht bei ihr entschuldigen.«

Niall hob die linke Augenbraue. Die rechte, die von einer Klauennarbe geteilt wurde, war fast unter dem schrägen Strich eines Lederbandes verborgen, das die Augenklappe auf ihrem Platz hielt. »Ein Schankmädchen hat die Entschuldigung eines caledonischen Prinzen gefordert?«

»Nein«, antwortete Corin leichthin. »Das hat Brennan natürlich getan.«

»Aha.« Nialls Blick aus dem einen Auge zuckte zu seinem ältesten Sohn. »Dann hast *du* damit angefangen?«

Brennan blieb vom Tonfall seines Vaters unbeeindruckt, der Überraschung, Enttäuschung und Mißbilligung zugleich ausdrückte. »Ja«, antwortete er.

»Du.«

»Ich«, bestätigte Brennan. »*Jehan* … er war unnötig grob. Er hat sie verletzt.«

»Also hast du eingegriffen und ihre Ehre verteidigt, wenn sie eine solche überhaupt noch hat.«

Deirdre öffnete den Mund, als wollte sie etwas einwenden, schloß ihn dann aber wieder und wartete, daß die Befragung beendet würde.

Brennan sah seinen Vater stirnrunzelnd an. »Willst du damit sagen, daß sie keine Hilfe verdient, wenn sie jemand mißhandelt, weil sie ein Schankmädchen ist?«

»Nein«, antwortete Niall. »Ich will damit sagen, daß ich hoffe, sie ist den Verlust eines Handelsabkommens zwischen Homana und Caledon wert.«

Brennan begriff die Bedeutung seiner Worte eher als die anderen. »Oh.«

»Ja. *Oh*.«

»Glaubst du das im Ernst?« fragte Hart. »Glaubst du, Prinz Einar wird sich deshalb weigern zu verhandeln?«

»Möglicherweise.«

»Aber du *weißt* es nicht«, stellte Corin pfiffig fest. »Nicht wahr, *Jehan*?«

»Es besteht die Möglichkeit, daß die Verhandlungen aufgeschoben oder sogar aufgehoben werden. Es ist sicherlich schon früher vorgekommen, daß sich Prinzen in Staatsgeschäfte eingemischt haben, obwohl sie eher dafür geeignet waren, in *un*gewöhnlichen Wirtshäusern Wein zu trinken.«

»*Usca*«, verbesserte Corin ihn ruhig. Hart sah ihn an, als hätte er den Verstand verloren.

Niall nickte. »Vielleicht war es richtig, daß du die Ehre des Schankmädchens verteidigt hast. Dagegen ist gar nichts zu sagen. Das ist einfach gutes Benehmen. Aber es ist *sehr wohl* etwas gegen deine Unbedachtheit hinsichtlich der Beziehungen zwischen den Reichen zu sagen. Und es ist auch etwas gegen deine Unfähigkeit zu sagen, dich daran zu erinnern, daß in fast jeder Lage – und in dieser ganz besonders – Diplomatie notwendig ist. Und es ist auch ganz entschieden etwas gegen deine Unfähigkeit zu sagen, dich daran zu erinnern, daß Cheysulikrieger sich *nicht in Wirtshäusern prügeln*.« Er hielt inne und bemerkte ihre erschreckten Gesichter. »*Prinzen* prügeln sich nicht in Wirtshäusern. Meine *Söhne* prügeln sich nicht in Wirtshäusern.« Er hielt erneut inne und hörte das Echo seiner Stimme im Raum widerhallen. »Habe ich mich klar ausgedrückt?«

Corin sah ihn trotzig an. »Wir haben das auch früher schon getan.«

Hart trat näher an Brennan heran, wich entschieden einen Schritt von seinem jüngeren Bruder ab.

Niall trat langsam von dem Fenster fort. Er ging zu seinem jüngsten Sohn und blieb vor dessen Stuhl stehen. Und plötzlich, bevor Corin sprechen oder einen Einwand machen konnte, griff Niall hinab, packte das verletzte Handgelenk und riß Corin hoch.

»*Jehan* ...« Aber Corin brach trotz offensichtlicher Schmerzen ab, als er den Gesichtsausdruck seines Vaters sah.

»Du hast in der Gnade deiner Geburt zwanzig Jahre in Homana-Mujhar verbracht«, sagte Niall in einem Tonfall, der trotz seiner Sanftheit mehr Mißfallen offenbarte als es ein Schreien vermocht hätte. »Deine *Jehana* war die rechtmäßige Prinzessin von Atvia, denn sie stammte von Cheysulikriegern und homanischen Königen ab. Es ist mir ziemlich gleich, was du von mir oder von dem, was ich tue, hältst –, aber du *wirst* das in deinen Adern fließende Blut achten.« Niall atmete tief durch, wodurch die zunehmende Verärgerung in seiner Stimme aber nicht verbannt werden konnte. »Jenes Blut, das du nur allzu oft bei unbedeutenden Wirtshausprügeleien vergossen hast. Das muß aufhören, Corin. Es *muß* aufhören. Befreie dich von diesem Haß und dieser Feindseligkeit und verhalte dich so, wie es ein Prinz und Cheysulikrieger tun sollte.« Er hielt inne und suchte nach etwas in Corins Augen. »Es ist deiner nicht wert«, sagte er ruhiger.

Corin biß die Zähne zusammen. »Und *ich* bin *deiner* nicht wert.«

Niall ließ das verletzte Handgelenk sofort los. Sein Kinn entspannte sich vorübergehend und etwas Seltsames schimmerte in seinem gesunden Auge, etwas, das von Erschrecken, Erinnerungen und einem unerwarteten Schmerz, wie auch dem plötzlichen Aufflammen eines heftigen, anhaltenden Bedauerns erzählte.

Deirdre wollte sofort zu ihm gehen, aber sie unterließ es. Es würde seine Würde untergraben, wenn sie seinen Söhnen zeigte, wie sehr Corins Worte ihn verletzt hatten. Jetzt, in diesem Augenblick, brauchte Niall alle verfügbare Kraft und Entschlossenheit, wenn er die Achtung und den Gehorsam seiner Söhne bewahren wollte.

Der Mujhar wandte sich kurz ab und dann wieder ihnen allen zu. Er sah Hart und Brennan an und überging Corin, als habe er ihm nichts mehr zu sagen. Oder als könne er es nicht ertragen, ihn anzublicken und den Sohn zu sehen, der sowohl von seiner Hautfarbe als auch von seiner Unsicherheit her so sehr an den jungen Niall erinnerte.

»Was ich zu Corin gesagt habe, gilt genauso für euch«, erklärte er seinen Zwillingssöhnen. »Ich habe keinen von euch dazu erzogen, sich wie gewöhnliche Krieger zu benehmen, die sich wegen unbedeutenden Kränkungen und eingebildeten Beleidigungen prügeln, und auch nicht wie Kleinpächter, die ihr weniges Geld für Alkohol und Schankmädchen ausgeben ... und *auch nicht*, törichte Wetten einzugehen.« Sein Blick schweifte zu Hart und kehrte dann zu Brennan zurück. »Von *dir* hätte ich ein solches Verhalten am allerwenigsten erwartet.«

Brennan stand sehr aufrecht, aber seine Schultern sackten jetzt leicht herab.

Schnell ergriff Hart das Wort. »Du darfst ihm nicht mehr Schuld zuweisen als mir, *Jehan*.«

»Nein«, stimmte Niall ihm zu. »Sondern *weniger* als dir, jawohl. Es war deine Idee dorthinzugehen, nicht wahr?«

Hart öffnete den Mund und schloß ihn dann wieder. Kurz darauf nickte er. »Wir wollten nur etwas trinken, *Jehan*, nicht uns prügeln. Du weißt, daß ich lieber mit Würfeln und Runenstäben spiele, als mich zu prügeln.«

»Reynald hatte es verdient, *Jehan*«, sagte Corin tonlos. »Und wenn die restlichen Mitglieder des Königshauses von Caledon genauso auftreten wie *er*, wirst du ohnehin kein Bündnis mit ihnen schließen wollen.«

»Tatsächlich?« Niall betrachtete seinen jüngsten Sohn ruhig. »Ich verstehe ... ich muß die wirtschaftliche Zukunft Homanas einzig auf die Persönlichkeiten der caledonischen Regenten gründen. Zumindest hast *du* das gesagt.«

»*Jehan* ...«

»Corin, ich glaube, du hast über den Umgang mit anderen Königreichen noch viel zu lernen«, sagte der Mujhar freundlich. »Und ich schlage vor, daß du jetzt damit beginnst, denn in zwei oder drei Jahren wirst du nach Atvia gehen, um deinen rechtmäßigen Platz als Erbe von Alarics Thron einzunehmen.«

»Atvia«, sagte Corin angewidert. »Und wenn ich lieber hierbleiben würde?«

»Nun, du hast die Wahl«, antwortete Niall. »Du kannst als enteigneter und enterbter Sohn hierbleiben oder dein *Tahlmorra* annehmen und nach Atvia gehen.«

Corin kniff die Augen zusammen. »Ich könnte auch hier bei den Stämmen bleiben, *Jehan*. Du kannst mir weder dieses Erbe noch meinen *Lir* nehmen.«

»Ich müßte dir dein Cheysulierbe nicht nehmen«, belehrte Niall ihn ruhig. »Ein Krieger, der seinem *Tahlmorra* den Rücken kehrt, ist für seine Enterbung selbst verantwortlich, was auch den Verlust der Nachwelt beinhaltet.« Er hielt einen Augenblick inne. »Corin, dies führt zu nichts und ist nicht notwendig. Notwendig ist jedoch, daß ihr alle erkennt, daß ihr unreif und unverantwortlich gehandelt habt und eure Bestrafung annehmt.«

»Das kommt darauf an, um welche Art von Strafe es sich handelt«, murmelte Corin leise, während Hart ihn offen ansah.

»Es handelt sich zunächst darum, daß ich euch verbiete, heute abend an dem Bankett teilzunehmen.«

»Das ist *alles?*« platzte Hart heraus und zuckte zusammen, als Brennan ihn heimlich trat.

»Da ihr nicht an dem Bankett teilnehmt, werdet ihr euch in euren jeweiligen Zimmern aufhalten«, erklärte Niall, »und ihr werdet dort bleiben, bis ich euch erlaube, sie zu verlassen. Keine Bankette, keine Wirtshäuser, kein Stammeskeep.« Er sah jeden seiner Söhne einzeln an. »Keine Pferde«, sagte er zu Brennan. »Keine Wetten«, befahl er Hart. Und schließlich sagte er an Corin gewandt: »Und keine Besuche von einer von Deirdres Damen.«

»Für wie *lange?*« fragte Brennan entrüstet und vergaß damit alle Diplomatie, die er sich so sorgfältig angeeignet hatte. »Wenn ich Bane auch nur einen Tag vernachlässige, wird mein ganzer Fortschritt umsonst gewesen sein, und ich werde ganz von vorn anfangen müssen.«

Hart runzelte die Stirn. »Und was soll ich tun, *Jehan*, während ich darauf warte, daß du mir erlaubst, das Zimmer wieder zu verlassen?«

Aber Corin lachte. »Ein aufgezwungenes Zölibat, *Jehan?* Nun, die Damen werden nur noch eifriger um mich bemüht sein, wenn ich ihre Gesellschaft wieder teilen *kann.*«

Deirdre lächelte heiter. »Es fällt meinen Damen schwer, eifrig bemüht zu sein, wenn ihre Stellung in Gefahr ist.«

Corin sah sie überrascht an. »Das würdest *du* tun?«

»Ich würde alles tun, um den Mujhar zu unterstützen«, sagte sie ruhig. »Genauso wie es alle seine Kinder tun sollten, Söhne und Töchter gleichermaßen.«

Das brachte sie zum Schweigen, wie nichts sonst es vermocht hätte.

Niall nickte. »Ihr könnt gehen«, sagte er ruhig. »Das Essen wird euch von den Küchen heraufgeschickt.«

Schweigend verließen seine drei noch immer stolzen, aber entschieden gemäßigten Söhne nacheinander den Raum.

Kapitel Vier

Corin schloß die Tür zu seinen Räumen mit lautem Knall. Er wußte, daß es kindisch war, aber es verschaffte ihm dennoch Befriedigung. Und dann bedauerte er seine Handlungsweise fast augenblicklich, weil er sein rechtes Handgelenk in die Bewegung mit einbezogen hatte und es nun schmerzte.

Er fluchte, untersuchte das Handgelenk kurz und stellte fest, daß es sehr wund und gequetscht, aber nicht gebrochen war. Dennoch würde es ihn eine Woche oder länger von seinen Waffenübungen fernhalten, und das gefiel ihm nicht.

War es nur meine Schuld?

Warum? erklang im Muster ihrer Verbindung der vertraute, leichte Tonfall seines *Lir. Was hast du jetzt wieder getan?*

Er suchte Kiri und fand sie zusammengerollt mitten auf seinem Bett. Sie war kaum mehr als ein rotes Fellknäuel, dessen schwarze Nase ganz unter dem Schwanz mit der schwarzen Spitze verborgen war.

Corin seufzte, setzte sich auf den Rand des Bettes und betrachtete untröstlich sein Handgelenk, während er die Finger bewegte. *Ich war in eine Wirtshausprügelei verwickelt, was unter meiner Würde ist – zumindest hat mein Jehan das gesagt – und habe einen Caledonier blutig geschlagen, was zerstörte Handelsbeziehungen zwischen Homana und Caledon zur Folge haben könnte.* Er hielt inne. *Außerdem war ich meinem Jehan gegenüber ziemlich unhöflich und wenig respektvoll.*

Tatsächlich?

»Ja«, sagte er laut und überzeugt. »Kiri, warum sage

67

ich immer Dinge, die mir hinterher leid tun? *Besonders meinem Jehan gegenüber?*«

Weil dein Mund unabhängig von deinem Verstand arbeitet. Die Füchsin stand auf, schüttelte ihr glänzendes rotes Fell und setzte sich neben ihren *Lir.* Ihr Gesichtsausdruck wirkte durch die schwarze Maske und die schrägstehenden, bernsteinfarbenen Augen seltsam. *Lir, du wirst es eines Tages lernen.*

»Wirklich?« Er seufzte und ließ sich zurücksinken, streckte sich auf dem riesigen Bett aus. »Er droht, mich in einem oder zwei Jahren nach Atvia zu schicken, *Lir* ... und die Götter wissen, daß ich nicht dorthin will.«

Atvia ist dein Platz, sagte die Füchsin. *Du wirst zu seinem König gekrönt. Ist das nicht schön und ein Grund, sehr stolz zu sein?*

»Eine schöne Sache, ja«, sagte Corin mit einem noch heftigeren Seufzer, »und zweifellos ein Grund, sehr stolz zu sein. Die Schwierigkeit ist nur, daß ich wenig Stolz besitze. Ich betrachte Hart und Brennan und sehe wirkliche Krieger und Prinzen, während mir nur bleibt, mich minderwertig zu fühlen.«

Das ist Unsinn. Kiri legte ihren Kopf auf seinen muskulösen Oberschenkel und schloß die schrägstehenden Augen. *Du hast einen Lir ... du hast mich – wie könntest du dich da minderwertig fühlen?*

»Das ist eine Angewohnheit, die ein Krieger oft annimmt, wenn er seinen *Lir* spät bekommt«, erwiderte Corin. »Ich war sechzehn, Kiri, wie du dich sehr wohl erinnern solltest – meine beiden *Rujholli* waren dreizehn. Ich hatte drei Jahre lang Zeit zu befürchten, niemals einen *Lir* zu bekommen, während Brennan mit Sleeta herumstolzierte und Hart mit Rael fliegen lernte.«

Und der Mujhar war bereits neunzehn Jahre alt. Kiris Tonfall drückte lediglich aus, daß Corins Klage unbegründet war.

Eine Faust hämmerte gegen die Tür. Corin kannte

das Geräusch ausgesprochen gut. »Keely«, rief er, »jetzt ist nicht die Zeit für Häme.«

Von der anderen Seite der Tür erklang ein gedämpfter Ruf. »Ich bin nicht hier, um Häme zu zeigen ...« Die Stimme seiner Schwester brach kurz ab und begann dann erneut. »Was *hast* du denn getan, Corin, was mir Anlaß zur Häme geben könnte?« Ohne auf seine Erlaubnis zu warten, eintreten zu dürfen, stieß sie die schwere Holztür auf, schlüpfte hinein und schloß sie entschlossen wieder zu. Sie blieb auf einmal stehen. Die Ellenbogen stachen hervor, als sie die Hände in die Hüften stützte. »O *Rujho* ... nicht schon wieder eine Prügelei.«

»Nein.« Corin richtete sich mühsam auf. »Ich wirke so zerschlagen, weil sich Deirdres Damen nicht zurückhalten konnten.« Er blickte auf sein zerrissenes und beschmutztes rostfarbenes Wams hinab. Er roch nach Wein, Rauch und Laternenöl.

»Hast du gesiegt?« fragte Keely.

»Wir haben alle drei gesiegt.«

»Ihr alle drei.« Ihre blauen Augen, die den seinen so ähnlich waren, verengten sich. »Hart, natürlich ... und Brennan? *Brennan?*«

»Brennan.« Corin begann seinen rechten Stiefel auszuziehen. »Er kam mit uns, um uns von Schwierigkeiten fernzuhalten, *sagte* er – und dann begann prompt der Streit mit Reynald.«

»Mit Reynald? Einars Bruder?«

»Sein Cousin.« Schmerz schoß durch sein Handgelenk, und er fluchte. »Der *Ku'reshtin* hat versucht, sich einem Schankmädchen aufzuzwingen, und als sie seine Werbung ablehnte, hat er sie geschlagen. Sie zerbrach einen Krug und schnitt sich in die Hand.«

»Und Brennan kam zu ihrer Rettung«, sagte Keely trocken. Ihr Gesichtsausdruck zeigte, daß ihr, genau wie Corin, Brennans Stellung als der Älteste – und der Lieblingssohn – wenig gefiel. »Wie ähnlich ihm das sieht.«

Corin fluchte erneut, während er mit dem widerspenstigen Stiefel kämpfte. »Keely ... komm und hilf mir dabei.«

Sie durchquerte kopfschüttelnd den Raum und beugte sich hinab, um mit beiden Händen Absatz und Spitze des braunen Stiefels zu umfassen. Erst in diesem Augenblick bemerkte er, daß sie ein üppiges, kupferfarbenes Gewand aus Seide und Samt anstatt der üblichen Lederkleidung trug. Ihr lohfarbenes Haar war auf Cheysuliart geflochten, auf dem Kopf aufgesteckt und mit goldenen, klingenden Glöckchen geschmückt. Ein Topas und ein Granatdiadem umgaben ihren schlanken, zierlichen Hals.

Keely brummte, zog an dem Stiefel und bemerkte dann seinen Blick. Sie errötete sofort. »Mußt *du* mich auch noch anstarren?« Sie war sowohl verärgert als auch beunruhigt. »Deirdre hat darauf *bestanden* – sie sagte, ich könnte nicht in Hose und Wams an dem Bankett teilnehmen.«

»Nun, nein«, bestätigte er. »Keely ...« Er grinste, zuckte die Achseln und lachte dann laut. »Soviel zu der unabhängigen *Rujholla*, die ich so gut kenne.«

»*Ku'reshtin*«, murmelte sie und zog erneut an dem Stiefel. »Sie werden *dich* in ein Bad gesteckt und geölt und parfümiert haben, bevor du weißt, wie dir geschieht, und was sagst du dann?«

Er verzog angewidert das Gesicht. »Nein«, sagte er. »Ich wurde auf mein Zimmer verbannt.«

Der Stiefel löste sich. Keely richtete sich steif auf und starrte ihn an, während sie den Lederstiefel mit beiden Händen umklammerte. »Was? Du ... wurdest verbannt? *Wer* hat dich verbannt?«

»Der Einzige, der das tun kann«, antwortete er trocken.

»Das hat er *nicht* getan.« Die Glöckchen klangen, als sie ungläubig den Kopf schüttelte. »Warum?«

»Ich bin in Ungnade gefallen.«

»Wegen der Wirtshausprügelei?«

»Ja. Er war ... wenig erfreut.« Corin seufzte. »Er hat alles Recht dazu, wie ich finde. Wir haben Reynalds Stolz *tatsächlich* ein wenig verletzt.« Er lächelte. »Wir haben ihn *erheblich* verletzt.«

»Reynald verdient es«, sagte sie tonlos und beugte sich erneut hinab, um ihm den anderen Stiefel auszuziehen zu helfen. »Und Einar ebenso – weißt du, daß *ich* bei dem Bankett seine Partnerin sein soll?« Sie zerrte angewidert an dem Stiefel, was einen Fluch von Corin zur Folge hatte, weil sein Handgelenk dadurch erschüttert wurde. »Soll er doch *Maeve* bekommen, wenn er eine Prinzessin braucht, um seinen merkwürdigen Stolz zu stärken.«

»Ich glaube, sein Stolz wird ausreichend gestärkt werden, wenn er die drei leeren Stühle sieht«, murmelte Corin. »Er wird wissen warum, und er wird zweifellos Schadenfreude empfinden.«

»Dann werde ich dafür sorgen, daß ihm die Häme vergeht«, sagte Keely fest. Eine letzte Drehung befreite Corin von seinem Stiefel. Sie ließ den Stiefel zu Boden fallen und setzte sich auf seine rechte Seite, um Kiri zu seiner Linken nicht zu stören. »Laß mich dein Handgelenk sehen.«

Er streckte den Arm aus. Keely rollte vorsichtig den Ärmel des Samtwamses und den seidenen Ärmel des Untergewandes hoch und legte das geschwollene Handgelenk frei. Ihre Finger untersuchten es sanft, aber nüchtern. Sie hatte genauso wenig Geduld mit Verletzungen wie ein Krieger.

»Es ist nicht gebrochen«, sagte sie kurz darauf und schob den Arm beiseite.

Corin runzelte die Stirn. »Und wirst du auch um Sean so eifrig bemüht sein, wenn du verheiratet bist?«

»Sean wird mich so nehmen müssen, wie ich bin. Er heiratet kein Kindermädchen«, sagte sie düster. Dann ballte sie die Fäuste und bearbeitete damit die Luft.

»O *Götter*, Corin, ich möchte nicht nach Erinn gehen! Ich möchte nicht die *Cheysula* irgendeines erinnischen Inselprinzchens sein!«

»Ja, nun, unser *Jehan* kümmert sich herzlich wenig um unsere Wünsche«, sagte ihr Bruder grimmig. »Ich erzählte ihm, daß ich nicht nach Atvia gehen wollte, und *er* sagte, ich hätte die Wahl zu gehen oder als besitzloser, enterbter Sohn hierzubleiben.«

Keely verzog angewidert den Mund. »Aber wenn *Brennan* ihn bitten würde …«

»Er braucht nicht zu bitten. Ihm wird Homana gehören. Er geht nirgendwohin.« Corin seufzte und stand auf, um sein zerrissenes Wams auszuziehen. Nach einem kurzen Versuch, dies mit der linken Hand allein zu schaffen, bat er Keely erneut um ihre Hilfe. Sie antwortete auf seine Hilflosigkeit mit einem Zungenschnalzen, löste aber dann das Wams. »Wenigstens ist Brennan auch in seine Räume verbannt worden.«

Keely hielt in ihrer Tätigkeit inne. »Tatsächlich?«

»Ja, wir alle drei.«

»Dann war er *wirklich* wenig erfreut.«

»Was ebenso wahr sein wird, wenn ich dich noch länger hierbehalte.« Corin schob ihre Hände fort. »Ich werde einen Leibdiener rufen … Keely, du mußt gehen. Gib Einar eine Kostprobe deines Verstandes.«

»Mit der süßen Maeve an seiner Seite?« Keely schüttelte den Kopf. »Er wird mich für ein zänkisches Weib halten.«

Corin hob nur beredt die lohfarbenen Augenbrauen.

»*Ku'reshtin*«, murmelte sie und verließ den Raum.

Hart ließ sich von einem heißen Bad durchdringen, trank eine halbe Karaffe Wein und erduldete dann, daß der Leibdiener seine Rippen verband. Als der Mann fertig und entlassen war, trat Hart zu dem an einer der Wände seines Schlafraums hängenden polierten Silberspiegel und betrachtete düster die Verbände, die ihm das Atmen so erschwerten. Aber die Leinenbinden zogen seine Aufmerksamkeit nicht so sehr auf sich wie das blaue Auge. Er betastete die Verletzung vorsichtig.

»Du bist ein armseliger Sohn«, sagte er finster. »Ein armseliger Sohn und ein noch armseligerer Prinz. Du weißt es besser.«

Er fühlte sich fast augenblicklich wohler. Nun hatte er seine Unzulänglichkeit zugegeben und konnte ohne übertriebene Schuldgefühle weiterleben. Er versuchte, über das zerschlagene Gesicht im Spiegel zu lächeln, stellte fest, daß es nicht so sehr schmerzte, wie er erwartet hatte und wandte sich dann ab.

Du weißt es besser, aber das hindert dich nicht, erklang die Stimme, die ihm als Gewissen diente. Alle Cheysuli besaßen diese Stimmen. Sie waren als *Lirs* bekannt.

»Nein«, stimmte Hart leichthin zu. »Warum sollte es mich auch hindern?«

Der Falke regte sich auf seinem Platz in der dem großen Himmelbett am nächsten gelegenen Ecke. Rael war bis auf den kohlrabenschwarzen Rand jeder einzelnen Feder weiß, und seine Augen hatten die Farbe hellsten Biers.

Es sollte dich hindern, wenn es falsch ist, erklärte der Falke.

»War ich im Unrecht?« Hart, der noch nackt vom Bad kam, nahm die frische Lederkleidung von seinem Bett auf und zog sie ganz vorsichtig an. Er brummte, fluchte und bedachte die Eltern des Caledoniers, der ihn so zerschlagen hatte, mit Schmähungen. Und dann erinnerte er sich daran, daß Corin genauso viel damit zu tun gehabt hatte wie der fremde Wächter und bezog seinen Bruder prompt in seine Mißbilligung mit ein. »Wie könnte ich im Unrecht gewesen sein, Rael. Ich habe mich nur verteidigt.«

Es wäre übertrieben zu sagen, daß du dich nicht hättest verteidigen dürfen, bemerkte Rael, der es ungeachtet der

73

Übertreibung nun doch gesagt hatte. Das war bei Hart oft notwendig.

»Genug«, sagte Hart barsch. Er fuhr mit den Händen durch sein dichtes schwarzes, vom Waschen noch immer feuchtes Haar. Das jetzt freiliegende *Lir*gold an seinen Armen schimmerte im Kerzenschein. Das Licht lag auf den eingravierten Linien des kunstvoll gearbeiteten Gefieders, auf dem Bild eines triumphierenden Falken im Flug, die Schwingen ausgebreitet, um das breite, von Runen gesäumte Armband zu umrunden. Dem *Lir* zuliebe versuchte Hart jetzt zu schweigen.

»Rügst du deinen eigenen *Lir*?« fragte Ian vom Eingang her. »Ein deutliches Schuldeingeständnis, *Harani*... aber du irrst dich. Und wenn du mir jetzt noch erzählen willst, daß du dieses ›Exil vom Bankett‹ verdienst, weiß ich, daß du verrückt geworden bist.«

Hart verzog das Gesicht. All seine neugewonnene Zufriedenheit wich vor seinem Onkel. »Nein, nein... ich werde dir die Verrücktheit ersparen, *Su'fali*. Ich habe getan, was notwendig war und verdiene sicherlich keine Bestrafung.«

»Ah, jetzt bin ich beruhigt.« Ian grinste. Er war fünf Jahre älter als sein Bruder, der Mujhar, aber wie bei den meisten Cheysuli war ihm sein Alter nicht anzusehen. Sein Haar war noch immer schwarz, bis auf eine einzige silbergraue Stirnlocke, die über die linke Augenbraue fiel. Seine Haut war noch immer straff über deutlich sichtbare Muskeln gespannt, und es zeigten sich nur vereinzelt schwach ausgeprägte Falten in den Augenwinkeln. In seiner blau gefärbten Hose, den Stiefeln und dem Wams, sowie mit dem *Lir*gold an seinem linken Ohr und an den bloßen Armen, war Ian körperlich ganz Cheysuli, obwohl er einen oder zwei Spritzer homanisches Blut besaß.

»Also hast du meinen *Jehan* gesehen.« Hart seufzte. »Er hat dir bestimmt gesagt, daß es meine Idee war, in das Wirtshaus zu gehen.«

»Nein.« Ian schloß die Tür und lehnte sich mit gekreuzten Armen dagegen. »Er *brauchte* es mir nicht zu sagen – als ich hörte, daß es um ein Wirtshaus ging, wußte ich, daß es deine Idee gewesen war.« Er lächelte als Antwort auf Harts Grimasse. »Corin ist vielleicht der wildere von euch, der gegen dies und jenes rebelliert, aber er folgt eher, als daß er anführt. Brennan weiß es natürlich besser, als Homana-Mujhar zu verlassen, wenn sein *Jehan* es ihm ausdrücklich verboten hat, es sei denn er hat einen sehr guten Grund für seinen Ungehorsam. Und Keely war *hier*. Wenn es ihre Idee gewesen wäre, wäre auch sie fort gewesen.« Er zuckte die Achseln. »Wer bleibt dann noch, Hart? Maeve?«

Hart antwortete mit einem Schnauben spöttischer Belustigung. Dann seufzte er und kratzte wie abwesend über seine Verbände. »Also war es offensichtlich ich.«

»Für mich schon«, bestätigte Ian ihm. »Für andere nicht. Du hast die seltsame Fähigkeit, dich zu verschließen, selbst wenn du zahlreichen Menschen gegenüberstehst. Ich glaube, du genießt das.«

»Nein, nein, nicht immer.« Hart schüttelte den Kopf. »Ich verschließe mich nicht vor dir, *Su'fali*.«

»Nur weil ich dich schon dabei beobachtet habe und weiß, *wie* du es tust.« Ian lächelte. »Aber sogar Niall bemerkt es nicht.«

»Weil er an keinem von uns viel bemerkt.«

»Du tust ihm unrecht, *Harani*. Er achtet auf Brennan, weil der sein Erbe ist und er auf ihn achten muß. Er achtet auf Corin, weil Corin häufig und oft absichtlich Streit sucht. Und Keely natürlich, weil sie sich stur weigert zu erkennen, daß andere sie als Frau ansehen, obwohl sie lieber als Cheysuli behandelt werden würde.«

»Und in Maeve sieht er Deirdre.« Hart seufzte. »Lieblingssohn, Lieblingstochter.«

»Ich hätte nicht gedacht, daß dich das stört.«

Hart sah ihn überrascht an. »Es stört mich auch

nicht, *Su'fali*. Ich bin mit meinem Los recht zufrieden – *mehr* als zufrieden. Ich meinte nur, daß er kein Geheimnis aus seiner Voreingenommenheit macht.«

»Wenn du einmal ein *Jehan* – und ein König – bist, wirst du merken, warum es für ihn schwierig ist, Zuneigung mit Autorität in Einklang zu bringen«, belehrte Ian ihn. »So war es bei deinem Großvater, und jetzt ist es bei deinem *Jehan* ebenso.«

»Aber bei *dir* scheint es doch anders zu sein, *Su'fali*«, schoß Hart zurück. »Wo ist deine *Cheysula?* Wo ist deine *Meijha?* Bist du so von deinem *Rujholli* erfüllt, daß du deine eigenen Verantwortlichkeiten hintanstellst?«

Ian lächelte nur unbeeindruckt. »Ich bin noch nicht tot, *Harani*. Es könnte durchaus noch geschehen, daß ich einer bestimmten Frau einen *Lir*halsreif schenke. Aber bis dahin ...«

»... bis *dahin* läßt du die Hälfte aller Frauen im Stammeskeep nach dir schmachten.« Hart grinste. »Ganz zu schweigen von einigen von Deirdres Damen.«

»Das ist, glaube ich, eher Corins Domäne als meine.«

»Nicht für alle, *Su'fali*. Ich bin nicht blind.«

»Nein. Nur verwirrt von der Verlockung des Glücksspiels und anderer ebenso nutzloser Zeitvertreibe.« Ian schüttelte den Kopf. »Wunderst du dich, warum der Mujhar seine Geduld mit dir verliert? Du handelst, als sei dir das Blut in deinen Adern gleichgültig. Du bist genauso ein Teil der Prophezeiung wie der Mujhar, mein junger *Harani*, genauso wie Brennan, Corin und Keely. Wenn du glaubst, du kannst diese Tatsache achselzuckend abtun, dann wirst du bald lernen müssen, daß sich ein *Tahlmorra* zu sehr ungeeigneten Zeiten bemerkbar machen kann.«

»Wie bei dir?« Hart sah Ian gerade an, und alle Leichtfertigkeit war aus seinem zerschlagenen Gesicht gewichen. »Wie es bei dir gewesen ist, als die Ihlinihexe dir deinen *Lir* und deinen Willen genommen und dich gezwungen hat, mit ihr zu schlafen?«

Er bedauerte seine Worte sofort. Nur wenige Menschen kannten diese Geschichte, und noch weniger sprachen darüber. Kein Cheysulikrieger – am wenigsten der Bruder und treue Gefolgsmann des Mujhar – gab gern zu, daß er von den Ihlini verhext worden war. Und das Wissen, daß die Verhexung in diesem Fall sogar den *Beischlaf* mit Lillith enthalten hatte – gegen seinen Willen, da er durch zeitweise *Lir*losigkeit willenlos gemacht worden war –, bedeutete eine Wunde, die niemals heilen würde. Selbst sein alljährliches *i'toshaa-ni*-Ritual hatte ihn nicht von dieser Demütigung befreien können.

Und jetzt hatte ihm sein Lieblingsneffe diese Tatsache ins Gesicht geschleudert.

»*Su'fali* ...« Hart machte einen Schritt auf Ian zu und blieb dann stehen. »*Su'fali* ... verzeih mir. Ich hätte das nicht sagen sollen.« Er fuhr von sich selbst angewidert mit gespreizten Fingern durch sein trocknendes Haar. »Es gibt so *viele* Dinge, die ich nicht sagen oder tun sollte.«

»Ja«, stimmte Ian ihm grimmig zu. »Und eines Tages wirst du vielleicht sogar lernen, sie nicht mehr zu sagen oder zu tun.«

Hart beobachtete, wie sein Onkel davonging. Und dann verfluchte er sich geradeheraus und mit sorgfältiger Wortwahl.

Der Prinz von Homana stand vor seinem großen Bett und schaute auf die schlanke Rotluchsin hinab, die mit einer nur ihrer Art eigenen Anmut darauf ausgestreckt lag. Der buschige Schwanz war um ein Hinterbein gelegt. Er zuckte ebensowenig wie ihre Pinselohren, aber Brennan wußte, daß sie wach war. Er hatte es in dem Augenblick über die Verbindung gespürt, als er den Raum betreten hatte.

»Ich hätte dich mitnehmen sollen«, sagte er müde und mißmutig. »Ich hätte dich mitnehmen sollen, damit du mich von Schwierigkeiten hättest fernhalten können, obwohl ich ja eigentlich mit meinen *Rujholli* mitgegangen bin, um *sie* von Schwierigkeiten fernzuhalten.« Er seufzte. »Wie du siehst, war das Ergebnis wenig großartig.« Er dachte noch einmal darüber nach. »Nein. Es *war* großartig. Ich sollte lieber sagen: wenig zufriedenstellend.«

Die Katze öffnete ein goldenes Auge. *Es war nicht deine Schuld, Rujholli. Es war die deiner Rujholli.*

»Das ändert nichts. *Ich* habe den Streit begonnen.«

Aus gutem Grund?

»*Natürlich* hatte ich einen Grund.« Brennan sah sie stirnrunzelnd an. »Ich bin nicht Hart, der so etwas in der Hitze des Gefechts bedenkenlos tut. Und ich bin auch nicht Corin, der so etwas aus Eigensinn tut. Ich bin *ich*, erinnerst du dich? Der älteste, der reifste, der verläßlichste aller Söhne des Mujhar.« Er hielt inne. Und dann fluchte er. »Ich hätte sie allein gehen lassen sollen.«

Und wenn du das getan hättest?

»Oh, ich denke, es hätte trotzdem einen Kampf gegeben. Was genau der Grund ist, warum ich mit ihnen gegangen *bin*.« Brennan setzte sich auf das Bett. »Götter, Sleeta, ich denke manchmal, ich werde verrückt.«

Du bist nicht wie ein Jehan für deine Rujholli verantwortlich, erklärte sie. *Sie haben bereits einen.*

»Ja, ja, ich weiß.« Brennan zupfte an dem zerrissenen Ärmel seines schwarzen Samtwamses. Sein Arm schmerzte unter dem blutverkrusteten Stoff. Er wußte nicht, wie tief die Messerwunde ging. Er versuchte, das Wams mit einer Hand zu öffnen und stellte fest, daß er es nicht konnte. Er ging zur Tür und rief nach seinem Leibdiener.

Der Mann kam sehr schnell – aber ebenso Maeve. Sie entließ den Leibdiener sofort wieder, auch gegen Brennans Einspruch, und erklärte, sie würde sich selbst um ihren verletzten Bruder kümmern. Der Leibdiener brachte, wie befohlen, heißes Wasser, frische Kleidung und Heilsalbe, und Maeve begann Brennan das Wams abzustreifen.

Er half ihr so gut er konnte, wand seine Schulter aus dem Samt, als sie ihn von der seidenen Untertunika zurückgeschlagen hatte, und setzte sich auf den dreibeinigen Stuhl, als sie es ihm befahl. Sie wusch die Wunde mit einem weichen Tuch und zarten Fingern geschickt aus.

»Du solltest das Gold abnehmen.« Maeve tippte mit einem Finger auf das *Lir*band.

»Nein.«

»Ich glaube, daß du wohl kaum deinen Rang oder Stellenwert als Krieger aufgibst, wenn du es tust«, sagte sie wie abwesend, während sie vorsichtig die verkrustete Wunde abtupfte. »Es ist nur ein Stich, Brennan.«

Er lächelte, als er den schwachen erinnischen Akzent bei ihr wahrnahm. Mit dreiundzwanzig Jahren die Älteste von ihnen allen, hatte Maeve alle bis auf zwei Jahre ihres Lebens in Homana verbracht, aber die enge Beziehung zwischen Mutter und Tochter schlug sich gelegentlich in ihrer Sprache nieder.

»Du wirst dich schmutzig machen«, sagte er und versuchte, ihren schweren gelben Samt von seiner mit Blut und Schmutz und Wein befleckten Lederhose fortzuhalten.

»Ich kann mich umziehen. Warte … entschuldige! …«, als er vor Schmerz zischte, »… da. Nur ein wenig Blut.«

Er reckte den Kopf, um die Wunde zu betrachten. Der Schnitt teilte seine Haut sauber in zwei Hälften und endete irgendwo unter dem *Lir*band. Er erinnerte sich an das Schaben von Stahl auf Gold.

Brennan beugte den Muskel. Er schmerzte, schien aber unverletzt. »Verbinde die Wunde einfach, Maeve. Das wird genügen.«

»Geduld, Geduld, mein Prinz.« Sie lächelte und bedachte ihn mit einem Blick aus grünen Augen. »Wie kannst du mit einem linken Arm zu einem Bankett gehen, der die Gäste mit Blut befleckt?«

»Leicht, da ich nicht eingeladen bin.« Er machte sich einen Augenblick an dem schweren Armband zu schaffen und zog es von seinem üblichen Platz oberhalb des Ellenbogens zum Unterarm herab, wo es lose umherbaumelte. Kerzenlicht verfing sich in dem Gold, blitzte auf und überzog seine gebräunte Haut mit einem ockerfarbenen Schimmer. Die Haut, die sonst unter dem Band verborgen war, schien heller, wenn auch nicht weiß. Brennan runzelte die Stirn und berührte die Haut an der Stelle, da ihm ihre Nacktheit mißfiel.

Maeve hörte auf, die Wunde abzutupfen. »Nicht eingeladen!«

»Oder laß uns sagen: *ausgeladen*.« Er kratzte an der hellen Haut über seinem Ellenbogen. »*Jehan* hat angeordnet, daß wir in unseren jeweiligen Räumen bleiben, bis er seine Anordnung widerruft.«

»Wieder Hart und Corin«, sagte sie düster und seufzte. »Brennan, eines Tages wirst du ihnen zu Hilfe eilen, und sie werden für deinen Tod verantwortlich sein.«

»Sollte ich mich also deshalb nicht mehr um sie kümmern?« Er zuckte zusammen. »Maeve, dies ist lebendige menschliche Haut und nicht die gegerbte Haut eines Tieres.«

»Sie nutzen dich aus, Brennan, und haben es schon immer getan. Besonders Hart.« Sie preßte die Lippen fest zusammen, während sie vorsichtig Heilsalbe um die Wunde auftrug, die Haut zusammendrückte und die Wunde mit Leinen fest verband. Er dachte, daß der grimmige Gesichtsausdruck die Harmonie ihrer Züge verdarb. Maeve hatte, genau wie ihre Mutter, grüne Augen und blondes Haar und war auf eine auffallende, aber angenehme Art anziehend. Sie hatte keinerlei

Ähnlichkeit mit Niall. Maevé verkörperte die erinnische Seite ihres Erbes, und es waren keinerlei Cheysuligaben oder die entsprechende Hautfärbung zu erkennen.

Und das ist eines, dessen Keely sich rühmen kann, sann er. *Meiner stolzen Cheysulirujholla fehlt vielleicht die übliche Hautfärbung, aber keine der Gaben. Das alte Blut verschafft ihr einen entschiedenen Vorteil.*

»Nun«, sagte er laut, »ich kann Hart wohl kaum allein ausgehen lassen, wenn ich weiß, daß er wahrscheinlich in Schwierigkeiten geraten wird.«

»Doch, das kannst du«, widersprach sie ihm. »Er ist nicht dein *Lir*, daß du immer auf ihn aufpassen mußt.«

»Nein, er ist nicht mein *Lir*. Aber mein Zwilling, was eine mindestens ebenso bindende Vereinigung bedeutet, wie diejenige, die mich mit Sleeta verbindet.« Brennan betrachtete ihr Gesicht. »Ich will dich nicht verärgern, *Rujholla*, aber du kannst nicht einmal ansatzweise verstehen, was Zwillinge verbindet.«

Ihre Finger, die das Leinen festgebunden hatten, hielten jetzt in der Bewegung inne. Maeve trat steif zurück und stellte sich dann unmittelbar vor ihn hin. »Nein«, stimmte sie ihm mit seltsam flacher Stimme zu. »Nein, das kann ich nicht. Ich kann es nicht besser verstehen als ich verstehen kann, warum zwei meiner Brüder *und* meine Schwester mich ablehnen, nur weil ich das große Glück hatte, als einziges Kind aus der Verbindung zwischen dem Mujhar und seiner Gespielin hervorzugehen.«

»Du kannst nicht behaupten, daß *Hart* dich ablehnt. Er lehnt niemanden ab. Er denkt nur darüber nach, wie er seine Wetten am besten gewinnen kann.«

Sie verzog den Mund. »Solch ein Trost, Brennan – daß du nicht eifrig bemüht bist, die Ablehnung durch Corin und Keely zu leugnen.«

Er seufzte, streckte die Hand aus und umfaßte eine ihrer Hände. Sie war starr und sehr kalt. »Maeve, du kennst sie. Corin lehnt die ganze Welt ab, wie ich glaube, weil sie ihn zum Dritt- anstatt zum Erstgeborenen bestimmt hat. Und Keely kämpft dagegen an, daß sie keine Entscheidungsgewalt hat.« Er zog sie näher zu sich heran, bis eine Falte ihrer Röcke sein Knie streifte. »Du bist nicht in der Wiege verlobt worden. Du bist frei von der Verantwortung, dabei helfen zu müssen, daß die Prophezeiung erfüllt wird. Du bist frei von der Notwendigkeit, deinen eigenen Erwartungen gerecht zu werden. Aber hauptsächlich hast du die Freiheit, du selbst zu sein, was Keely sich mehr wünscht als alles andere.«

»Sie *ist* sie selbst!«

»Nein. Corin versteht es besser als ich – Keely und ich haben nicht sehr viel gemeinsam, wie du weißt –, aber ich glaube, Keely will mehr sein als *Cheysula,* Prinzessin und *Jehana* … Ich glaube, sie will die Freiheit erfahren, die die meisten Männer besitzen, um sein zu können, was immer sie wollen, und tun zu können, was immer sie tun wollen.«

»*Du* hast diese Freiheit nicht. Du wurdest in der Wiege verlobt. Bei den Göttern, Brennan, du wirst Liam von Erinns Tochter genauso heiraten, wie Keely seinen Sohn heiraten wird! Wie kann sie behaupten, du hättest mehr Freiheit als sie? Wie kann sie *mich* nur deshalb ablehnen, weil ich mit meinem Platz in diesem Leben nicht unzufrieden bin?« Maeve entzog ihm ihre Hand und wandte sich mit wirbelnden Röcken um. Und dann drehte sie sich ruckartig wieder ihm zu, das messinghelle Haar in seinem losen Netz aus Golddraht und glitzernden Topasen schwingend. »Ich frage mich, ob sie in ihrer Sehnsucht nach Zufriedenheit den Platz mit mir tauschen würde, wenn sie wüßte, daß sie als die *Bastard*tochter des Mujhar und seiner erinnischen Hure bezeichnet würde?«

»*Wer* nennt dich so?« Brennan war jäh aufgesprungen. Die kurz in Maeves Augen schimmernden Tränen genügten, ihn sein Schwert von der Wandhalterung nehmen lassen zu wollen.

»Niemand. Jedermann.« Maeves plötzliche Handbewegung drückte Hilflosigkeit aus. »Es sagt mir natürlich niemand ins Gesicht. Ihr Leben ist ihnen zu wertvoll, denn sie wissen es besser, als daß sie es in Hörweite von Mitgliedern des Hauses von Homana sagen würden. Aber ... ich habe es gehört. Gemurmelt. Geflüstert. Manchmal ganz deutlich ausgesprochen, wenn ich zum Marktplatz gehe.«

»Maeve, du weißt, daß er sie heiraten würde, wenn es ihm möglich wäre. Du *weißt*, daß er sie zur Königin von Homana macht, damit du ehelich wärst. Und er wird es tun ... wenn Gisella tot ist.«

»Du sprichst von deiner Mutter, Brennan.«

»Ich spreche von der Cheysulihalbbluthexe, die er geheiratet hat«, sagte Brennan einfach. »Ich spreche von der Wahnsinnigen, die ihm Kinder geboren und dann versucht hat, sie Strahan dem Ihlini zu übergeben – und es getan *hätte*, wenn *Jehan* sie nicht dabei ertappt und diese Farce verhindert hätte.« Er erschauderte angewidert. »Götter ... wenn ich bedenke, was vielleicht aus mir geworden wäre, wenn sie Erfolg gehabt hätte ...«

»Du wärst tot«, sagte sie hohl.

»Oder Schlimmeres.« Brennan verspürte das Verlangen auszuspeien.

»Schlimmeres?« Maeve sah ihn an. »Was könnte *schlimmer* sein?«

»Zu Günstlingen gemacht zu werden«, sagte er tonlos. »Zu Günstlingen Strahans, zu Günstlingen Asar-Sutis, des Suchers, der die Dunkelheit geschaffen hat und darin lebt.« Er konnte die plötzliche Bewegung seiner Hand zum Messer nicht verhindern. »Er hätte uns gezwungen, *Günstlinge* zu sein, Maeve, und unsere jeweiligen Thröne als Marionetten zu besetzen, die es Strahan erlaubt hätten, an unserer Statt zu regieren. Zu regieren – und zu zerstören.«

Kapitel Fünf

Zwei Tage«, sagte Hart nachdrücklich. »Was glaubst du, wieviel länger ich es noch wie ein ungehorsames Kind in meinem Zimmer eingesperrt ertragen kann?«

Corin, der mit Kiri auf dem Schoß mit überkreuzten Beinen auf dem Boden seines Raumes saß, sah seinen Bruder ausdruckslos an. »Erstens bist du nicht in *deinem* Zimmer, sondern in meinem – und meiner Meinung nach war die Überlegung, daß du *tatsächlich* ein ungehorsames Kind warst.«

»Ja, nun, aber was genug ist, ist genug«, sagte Hart barsch. »Ich glaube, er hat uns vergessen. Er kann doch sicher nicht von uns erwarten, daß wir Tag und Nacht in unseren Zimmern bleiben.«

»Sicherlich *kann* er das erwarten«, verbesserte Corin ihn. »Mir gefällt es in meinem Zimmer genauso wenig wie dir in deinem, aber es scheint keinen Ausweg zu geben …« Er hielt jäh inne. »Ich kenne diesen Gesichtsausdruck, Hart … Was denkst du?«

Hart grinste. »Daß wir Cheysulikrieger sind und es tatsächlich doch einen Ausweg gibt. Und daß es an der Zeit ist, ihn zu gehen.« Er kratzte müßig an seinem ärmellosen Cheysuliwams, das in warmer Bernsteinfarbe getönt war. Die darunterliegende, verbundene Haut juckte. »Und daß es an der Zeit ist, daß ich ein Spiel finde, bevor ich den Verstand verliere.«

»Ich dachte, du hättest kein Geld.«

»Du schuldest mir noch fünfundzwanzig Goldstücke.«

Corin verzog das Gesicht. »Ja, das schon wieder.« Er winkte mit der Hand. »Dort, in dem messingbeschlagenen Kästchen – ich glaube, da sind fünfundzwanzig drin.«

Hart ging zu einem Tisch hinüber. Er öffnete den Deckel des Kästchens und nickte mit erhobenen Augenbrauen. Es lagen erheblich mehr als fünfundzwanzig Goldstücke darin. Geschmeidige Finger tauchten hinein, zählten geschickt genau fünfundzwanzig ab und steckten sie in eine lederne Gürteltasche, die bereits an seiner rechten Hüfte befestigt war. »Den Göttern sei Dank für einen sparsamen *Rujholli*.«

»Nicht sparsamer als jeder andere«, erwiderte Corin, während er zärtlich über Kiris Bauchfell strich. »Nur daß ich die Spiele meide, die du so liebst.«

»Ja, nun … wollen wir eines suchen gehen?«

Corins Hand hielt in der Bewegung inne. »Du meinst es ernst.«

»Ja.« Hart nickte. »Wollen wir gehen?«

»Jetzt?« Corin schaute aus dem nächstgelegenen Fenster und sah, daß die Sonne bereits untergegangen war. »Unser *Jehan* hat uns solche Unternehmungen ausdrücklich verboten, Hart.«

»Ja.«

Corin betrachtete ihn forschend. »Das kümmert dich nicht im geringsten.«

»Doch, das schon. Aber nicht genug, um mich davon abzuhalten.« Hart grinste und klopfte auf die jetzt gefüllte Gürteltasche. »Wie soll er es erfahren, *Rujho*? Wir werden uns wie Diebe hinausschleichen und wie Diebe zurückkommen – nur reicher.«

Corin kratzte sich zögernd und nachdenklich das Kinn. »Was ist mit Brennan?«

»Ich habe ihn schon gefragt.« Hart zuckte die Achseln. »Er hat geflucht, mich einen Narren genannt und dann mit jedem anderen Schimpfwort belegt, das ihm einfiel – sowohl auf homanisch als auch in der Alten Sprache –, und er hat gesagt, er würde uns unserem Wahnsinn überlassen.«

»*Uns.*« Corin runzelte die Stirn. »War er so sicher, daß ich mitgehen würde?«

»Ziemlich sicher.«

»*Ku'reshtin*«, kommentierte Corin leidenschaftslos. »Nun, ich denke, er hat recht.« Er ließ Kiri von seinem Schoß herunter und erhob sich dann. »Wohin gehen wir, *Rujho*? Nicht wieder in den Wilden Löwen.«

Hart lachte. »Nein, nein, so töricht bin nicht einmal ich. Nein, ich denke, wir sollten einen anderen Teil der Stadt aufsuchen, einfach um sicher zu sein, falls unsere Abwesenheit bemerkt wird und *Jehan* die Wache hinter uns herschickt.« Ein Finger liebkoste das schwere Messerheft an seiner linken Hüfte. »Ich dachte, wir könnten es im Midden probieren.«

»Das Midden!« Corin sah ihn entsetzt an. »Das liegt wohl kaum in einem für uns geeigneten Teil von Mujhara, Hart.« Das Midden war mit Dieben, Räubern und Mördern überschwemmt... Er schüttelte den Kopf. »Kein Wunder, daß Brennan dich einen Narr genannt hat.«

Hart grinste sein schiefes Grinsen. »Ich habe ihm nicht bestimmt gesagt, daß wir dorthin gehen.«

Corin brummte. »Das Midden ist gefährlich.«

»Ja, das ist es.« Hart grinste nur weiter und liebkoste erneut sein Messer.

Kurz darauf lächelte Corin ebenfalls und verbannte so sein Stirnrunzeln. Er nickte. »Aber laß mich noch dieses unnütze Samt ablegen, *Rujho*. Wenn ich mit dir ins Midden gehe, dann als Cheysuli.« Er blieb an seiner Kleidertruhe stehen. »Du willst doch *bestimmt* Rael mitnehmen.«

»Natürlich. Er wartet auf der Außenmauer schon auf uns.«

Corin schaute zu Kiri. Einen Augenblick schienen seine Augen seltsam losgelöst, als er in die Verbindung eintrat. Dann seufzte er. »Kiri sagt, wir seien genau die Narren, als die Brennan uns bezeichnet hat, aber sie wird mitkommen. Und sei es nur, um mich vor mir selbst zu schützen.«

»Rael hat etwas sehr Ähnliches gesagt«, überlegte Hart. Das *Lir*gold schimmerte an seinen Armen. »Beeile dich, *Rujho*. Ich brauche ein Spiel.«

Hart und Corin schlüpften die Wendeltreppe in einem Turm nahe der Rückseite Homana-Mujhars hinab. Die Treppe wurde von den Familienmitgliedern nur selten benutzt, da sie hauptsächlich für die Bediensteten gedacht war. Hart war sicher, daß ihnen eine Ausrede einfallen würde, wenn ihnen jemand begegnete.

Es wäre vielleicht gelungen, wenn Corin, der vorauslief, unten an der Treppe nicht gleich in eine schattenumhüllte Gestalt gerannt wäre – in der Nähe der Tür, die aus dem Palast unmittelbar in den Innenhof führte.

Corin fluchte und wich einen Schritt zurück. Hart prallte auf ihn und stieß ihn vorwärts.

»Ich wußte, daß ihr hier entlang kommen würdet.« Brennans Stimme. Er öffnete die Tür einen Spalt und ließ das gedämpfte Licht der Fackeln im Hof in den Turm dringen. Corin blinzelte. Kiris Augen spiegelten das verzerrte Licht auf seltsame Art. Sleeta war ein plüschartiger, samtener Schatten in der Dunkelheit, die goldenen Augen starr auf Hart und Corin gerichtet.

»Bist du hier, um uns aufzuhalten?« fragte Hart. »*Rujho* ...«

»Nein«, sagte Brennan deutlich. »Habe ich euch jemals zuvor aufhalten können?«

»Einmal«, sagte Hart. »Du hast mich zum Stolpern gebracht. Ich habe mir den Kopf angeschlagen und war halb bewußtlos.«

Corin kicherte. Brennan nickte in der Erinnerung. »Aber damals habe ich dich unbemerkt erwischt und seitdem nicht wieder. Wir sind uns jetzt zu ebenbürtig, sowohl von der Größe als auch von der *Erfahrung* her.« Er spähte aus der Tür. »Ich glaube, die Luft ist rein.«

»Du kommst *mit*?« Corin war überrascht.

»Ob mit oder ohne *Lir*, ich kann mich bei euch beiden nicht darauf verlassen, daß ihr auf euch achtgebt. Ja, ich komme mit.«

»Und wenn *Jehan* uns erwischt?«

»Dann wird er uns zweifellos den Kopf abreißen«, sagte Brennan leichthin. »Nun, wohin gehen wir?«

Corin schaute über die Schulter zu Hart, der nur leicht die Achseln zuckte.

»*Wohin?*« fragte Brennan mißtrauisch.

»Zum Midden«, sagte Corin und fügte hastig hinzu: »Das war Harts Idee.«

Brennan sah seinen blauäugigen Zwilling einen Augenblick schweigend an. Und dann sagte er sehr ruhig: »Du bist noch ein größerer Narr, als ich dachte.«

»Ich brauche ein *Spiel*«, sagte Hart. Als Brennan ihn nur ansah, schlüpfte er an seinen beiden Brüdern vorbei und trat hinaus, während das *Lir*gold im Fackelschein schimmerte.

Sie ritten fast bis zum Midden, an die Grenze zwischen niedriger- und höhergestelltem Mujhara. Sie stellten die Pferde in einem kleinen Stall unter und gingen dann zu Fuß weiter. Sie durchschritten die engen, nachtschwarzen Straßen wie Schattengeister, die sich durch die Tiefen der mondlosen Nacht bewegten. Sleeta trottete schweigend an Brennans Seite, und nur ihre großen goldenen Augen verrieten ihre Anwesenheit. Rael war ein schwach schimmernder Fleck über ihnen, und Kiri, die schnelle, zierliche Kiri, trottete hinter ihnen her.

Auch andere bewegten sich in der Dunkelheit, leise, schweigend, seidenweich, Männer, die in der Kunst der Täuschung und des Sich-Verbergens sehr geübt waren. Niemand sprach ein Wort.

Die Pflastersteine unter ihren Füßen waren von Schichten von Dreck und den Überresten alter Hinterlassenschaften bedeckt, die die durch abgerundete, vom Alter bröckelnde Ziegelsteine gebildeten Fugen und Höhlungen ausfüllten. Die gewundenen Straßen rochen nach altem Bier, Urin, und dem engen Zusammenleben von Menschen, die nicht ans Waschen gewöhnt waren. In den Ecken hörten sie Trippeln und Quietschen und gelegentlich das Klagen eines Katers, der sein Revier verteidigte.

Die Häuser selbst waren alle aus Holz und standen eng gedrängt in schiefen Winkeln und schmalen Windungen. Hier und da schimmerten Kerzen, eine Laterne und gelegentlich eine Fackel. Aber das Dunkel überwog.

Corin drehte sein Handgelenk. Ein vorahnungsvolles Schaudern lief sein Rückgrat hinab. Er spürte das Stechen in seinen Achselhöhlen. »Wohin gehen wir?« fragte er leise.

Hart zuckte die Achseln. »Zu einem Wirtshaus – zu irgendeinem Wirtshaus. Zu keinem bestimmten Ort.«

»Gute Planung«, murmelte Brennan. »*Jehan* wäre so stolz.«

»Vielleicht hätten wir anstatt dir Keely mitnehmen sollen«, erwiderte Hart. »Die Götter wissen, daß sie eher bereit ist als *du*, Unbekanntes zu erforschen.«

»Vielleicht hättet ihr das wirklich tun sollen«, stimmte Brennan ihm zu. »Dann würden vier, und nicht drei Narren hier herumlaufen.«

»Laßt Keely aus dem Spiel«, warnte Corin.

»Sie *wäre* mitgekommen«, sagte Hart.

»Ja«, stimmte Corin ihm zu. »Und dann müßten wir uns mit wer weiß wie vielen rauhen Gesellen auseinandersetzen, die sie verletzt hätte, um ihnen bessere Manieren beizubringen.«

»Dort«, sagte Hart plötzlich und blieb jäh stehen. »Ein Wirtshaus.«

Corin und Brennan blieben ebenfalls stehen, wobei sie sich noch immer in den Schatten hielten. »Dort willst du hingehen?« fragte Brennan ungläubig.

»Warum nicht?« erwiderte Hart. »Siehst du das Schild?«

Das besagte Schild baumelte schief von einem Lederband herab. Es war windstill, so daß es nicht knarrte oder sich drehte oder hin- und herschwang. Es schien das wenige auf der Straße vorhandene Licht einzufangen und auf die drei Cheysuliprinzen zu spiegeln.

»Ich sehe es«, sagte Brennan grimmig. »Ich glaube, ich kann es auch *riechen*.«

»Das ›Pig in the Poke‹«, las Corin laut. »Wie passend.«

Brennan schüttelte den Kopf. »Ich nehme Sleeta dort nicht mit hinein.«

»Dann laß sie draußen bei Kiri und Rael warten«, sagte Corin. »Sie werden nahe genug sein, wenn wir sie brauchen.«

»Kommt mit«, sagte Hart ungeduldig und trat vor, um über die Straße vorauszugehen.

Brennan hinderte ihn daran, indem er einen seiner bloßen Arme ergriff. »Warte, *Rujho* ... Ich glaube, es wäre besser, wenn wir uns auf eine Sache einigen, bevor wir gehen.«

»Ja, ja, was denn?« Harts Ungeduld war offensichtlich.

»Daß wir unsere Messer steckenlassen«, sagte Brennan und suchte Corins Blick. »An einem Ort wie diesem werden wir wahrscheinlich den kürzeren ziehen, wenn wir Stahl zeigen.«

»Bei den Göttern, Brennan, du machst mich glauben, daß du *tatsächlich* eine Frau und kein Krieger bist!« rief Corin angewidert aus. »Den kürzeren ziehen, also wirklich – wir sind *Cheysuli*, Brennan.«

»Und wir befinden uns in einem Teil von Mujhara, in dem wohl niemand von unserem Rang oder unserer Rasse sonderlich beeindruckt sein wird«, antwortete Brennan grimmig.

Hart seufzte und schaute zu dem Wirtshaus hinüber.

»Ich habe nicht die Absicht, das Messer zu ziehen, *Rujho* ... nur genug Gold, um mir den Zugang zu einem Spiel zu erkaufen.«

»Und ich habe die Absicht, darauf zu wetten, daß das Spiel hier ganz anderer Natur sein wird als im Wilden Löwen.«

»Du willst wetten?« Hart grinste. »Komm mit, *Rujho* ... laß uns dahin gehen, wo deine Lust zu wetten vielleicht auf einen *Gewinn* hinauslaufen kann.« Ohne auf eine Antwort zu warten, eilte er über die Straße, während die *Lirs* sich in den Schatten verbargen.

Die Tür hakte an festgetretenem Schmutz, als Hart sie aufstoßen wollte. Er stieß fester dagegen, bis sie sich von dem unebenen Boden löste. Die Wucht des Stoßes ließ sie gegen die Holzwand schlagen, wodurch alle Unterhaltung in dem Schankraum erstickt und die Aufmerksamkeit aller auf die Neuankömmlinge gezogen wurde.

Brennan, der unmittelbar hinter Hart kam, überblickte den Raum und bildete sich schnell ein Urteil. Und murmelte leise: »Wir hätten die Pferde in der Nähe abstellen sollen.«

»Damit sie gestohlen würden?« Corin, der als letzter hereinkam, fragte es ganz leise, während er die Tür schloß, und wandte sich dann wieder um, um zusammen mit seinen Brüdern den Raum zu betrachten.

Das Pig in the Poke war dem Wilden Löwen so unähnlich wie nur möglich. Es ähnelte keinem der Wirtshäuser, die die Prinzen jemals zuvor besucht hatten, und ganz plötzlich erkannten sie, daß ihr Leben bisher tatsächlich abgeschirmt verlaufen war. Einige wenige Laternen, die nach billigem Öl stanken, hingen vom Dachbalken herab, dessen von Messern und Schwertern herausgehackte Holzsplitter den Boden großzügig übersäten. Die Kerzen bestanden aus Talg, nicht aus Wachs, und waren fast unnütz, da sie lediglich eine schmierige, ölige Flamme hervorbrachten, die nur träge brannte. Dichter Rauch hing in der Luft wie eine Decke. Der Schankraum stank nach altem Ale, abgestandenem Bier und ungewaschenen Körpern, sowie nach Verzweiflung und Feindseligkeit.

Hart deutete auf einen leeren Tisch nicht weit von der Tür. Er war vom Alter und von vergossenem Alkohol dunkel verfärbt, von Weinresten klebrig und von Waffen und Sporen gezeichnet. Hart ergriff eine Bank und zog sie über den von Holzsplittern, Grasstücken und festgetretener Erde verschmutzten Boden. Er setzte sich und legte seine Hände auf den Tisch. Seine Finger zuckten, als brauchten sie Runenstäbe und Würfel.

Brennan und Corin schlossen sich ihm kurz darauf an. Als schließlich der Wirt herüberkam, herrschte noch immer Schweigen im Raum.

Der Wirt war nicht groß, aber unglaublich breit, braunhaarig und braunäugig, mit breiten, spatelförmigen Fingern. Seine Tunika und Hose waren aus rauhem, einfachem Stoff gefertigt, voller Risse und weinbefleckt. Er hatte wenig Fett am Körper, bis auf seinen Bauch, der über den Hosenbund hing und die Tunika straff anspannte.

Er zeigte seine harzbefleckten Zähne, aber es war nicht wirklich ein Lächeln. »Ihr seid weit von Eurem Stammeskeep entfernt.«

»Ein Mann, der auf der Suche nach einem guten Spiel ist, wird so weit wie nötig gehen«, sagte Hart ruhig. »Habt Ihr eines anzubieten?«

Der Wirt betrachtete sie alle, einen nach dem anderen. Seine dunklen Augen waren verhangen und taxierten sie. »Habe ich ein Spiel anzubieten? Nun, vielleicht. Habt Ihr *Gold* anzubieten?« Sein Blick ruhte auf ihren *Lir*bändern.

Hart befeuchtete seine Lippen. »O ja, das könnte man sicherlich sagen. Genug zum Spielen. Und jetzt – das Spiel?«

Braune, halb in Falten verborgene Augen wandten sich von Brennan und Corin ab und richteten sich einzig auf Hart. Der Wirt sagte eine Weile lang gar nichts, und dann entspannte sich sein unfreundliches Gesicht ein wenig. Es war kein Lächeln, keine Spur eines Lächelns, aber ein verständnisvoller Ausdruck, als er sah, wie Harts braune Finger unaufhörlich auf die schmutzige Tischplatte klopften.

»Eure Bestien«, sagte er in seinem rohen Dialekt. »Ich will sie hier drinnen, wo anständige Männer trinken, nicht haben.«

Corin richtete sich auf seinem Stuhl fast unmerklich auf. Eine Hand tauchte unter die Tischplatte und blieb dort, bis ein fester Blick von Brennan über den Tisch hinweg ihm sagte, er solle seine Hand wieder von dem Messer fortnehmen.

Brennan sah zu dem Wirt hoch. »Es sind *Lirs*, keine Bestien.«

Der Mann zuckte die breiten Schultern. »Bestien, *Lirs* – was kümmert es mich, wie Ihr diese Hexenviecher aus der Unterwelt nennt? Ich weiß nur, daß ich sie hier drinnen nicht haben will.«

»Dann solltet Ihr vielleicht auch *uns* hier drinnen nicht haben wollen.« Brennan stand bedächtig auf.

Corin sah zu seinem abwartenden Bruder hoch und schob dann die Bank zurück, um ebenfalls aufzustehen. Er hielt inne. Er hielt auf halbem Wege inne und sah Hart an. »*Rujho*...«

Hart machte keinerlei Anstalten, sich ihnen anzuschließen, und der Wirt lachte. »Ihr wollt Euer Spiel noch immer, nicht wahr?« Er nickte leicht. »Ja, das sehe ich. Also erwischt das auch die wunderbaren Cheysuli.« Er wandte sich um. »Baram – dieser Cheysuli will ein *Spiel*.«

»Hart«, sagte Brennan ruhig.

Hart schüttelte den Kopf. »Geht oder bleibt. *Ich bleibe*.«

Brennan beobachtete, wie der Mann den Schankraum durchquerte. »Hart… nein. Dieser Ort riecht nach Schwierigkeiten. Er riecht nach *Mord!*«

»Ich glaube, es ist nicht so leicht, einen Cheysuli zu ermorden.« Corin setzte sich wieder hin.

Brennan berührte kurz den Leinenverband an seinem linken Arm und überprüfte abwesend die Knoten, mit denen Maeve ihn zugebunden hatte. Dann setzte er sich mit einem gemurmelten Fluch wieder hin.

»Drei zu eins?« fragte Baram.

Brennan schüttelte den Kopf. Corin, der Harts Angespanntheit bemerkte, deutete ebenfalls an, daß er nicht an dem Spiel teilnehmen würde. Er und Brennan hatten ihren mittleren Bruder schon zuvor in einem solchen Zustand erlebt. Es war besser, ihn allein spielen zu lassen, gegen einen oder mehrere Gegner. Er hatte keine Geduld für jene, die das Spiel nicht ernst nahmen.

»Eins zu eins«, sagte Hart eifrig, und der Wirt stellte das hauseigene Kästchen auf dem Tisch ab.

Baram berührte das Kästchen mit einem Zeigefinger und schob es dann fort. Er hatte schwarze Augen, Zahnlücken und eine häßliche Narbe am Kinn. »Ihr«, sagte er mürrisch.

Hart nahm das Kästchen auf, stellte es auf den Kopf und schüttete die Würfel in seine Hand. Es lagen keine Runenstäbe darin, nur die jetzt vom Alter und Schmutz gelb gewordenen Elfenbeinwürfel. Die ein Zahlensystem andeutenden Zeichen darauf waren fast verblaßt.

Hart untersuchte sie, nickte kurz und gab sie wieder in das Kästchen. Elfenbein klapperte, als er das Kästchen absetzte. »Das Spiel«, sagte er und wartete.

»Ein Zählspiel«, antwortete Baram. Er hielt inne. »Wer zählt?«

»Ich zähle.«

»Wir werfen dreimal. Jeder. Die höheren zwei von drei gewinnen.« Er zuckte die Achseln. »Einfach genug.«

»Einfach genug.« Hart nickte. »Werft.«

Sie zogen das Spiel schnell durch, und es wurde nur das Nötigste gesagt. Brennan beobachtete unbehaglich, daß andere Männer in dem Wirtshaus näherkamen, um zuzusehen, und dafür ihre eigenen Spiele unterbrachen. Corin trank Wein und beobachtete die auf dem Tisch umherklappernden und -tanzenden Würfel.

Nach einiger Zeit, in der Geldstücke zwischen ihnen hin- und hergeschoben worden waren – Harts fünfundzwanzig Gold?kronen? und Barams unpassende Ansammlung von Kupfer- und Silbermünzen –, beugte sich Hart vor. »Das genügt mir nicht«, sagte er. »Wollen wir das Spiel reizvoller gestalten?«

Baram betrachtete den Haufen Münzen, die an Harts Ellenbogen glitzerten. Ihre Gewinne waren gleichmäßig aufgeteilt, da keiner der beiden Männer den anderen beim Würfeln überwog. »Ja«, sagte er schließlich.

Hart klopfte auf seinen Münzhaufen. »Um alles.«

Baram brummte. »Werft.«

Hart warf Zehner, Fünfer, Zweier, Baram Zwölfer, Achter und Dreier. Brennan sah zu, wie der Stapel Münzen vor Hart in Barams Tasche wanderte.

Hart runzelte die Stirn, tippte mit den Fingern auf den Tisch und nickte vor sich hin. »Noch einmal«, sagte er angespannt.

Der Homaner schüttelte gemächlich den Kopf und hob einen gekrümmten Finger. »Ihr habt kein Gold mehr, Gestaltwandler. Es ist nichts zum Wetten übriggeblieben. Ihr könnt nicht auf bloße Versprechen hin spielen.«

Hart tippte mit dem rechten Zeigefinger auf die Tischplatte. Sein Saphirsiegelring blitzte in dem trüben Licht auf. »Es ist noch etwas übriggeblieben.«

»Nein«, sagte Brennan scharf.

Baram betrachtete den Ring, sah Brennan an und anschließend Hart. Und dann lachte er. »Abgemacht«, sagte er und würfelte.

Sechs Würfe, und der Ring war verloren. Baram streckte die Hand aus.

»Nein!« Brennans Hand schoß vor, um Harts Hand aufzuhalten und ihn daran zu hindern, den Ring von seinem Finger zu streifen. »Du bist wahnsinnig«, sagte er tonlos, »*wahnsinnig*, wenn du glaubst, ich würde dich deine Schuld damit bezahlen lassen. Dieser Ring bezeichnet deinen Rang.«

»Ich kann einen anderen Ring bekommen.« Hart versuchte seine Hand aus Brennans Griff zu befreien, aber es gelang ihm nicht. »Es muß in der Schatzkammer Hunderte dieser Steine geben, Brennan. Ich kann mir einen anderen Ring anfertigen lassen.«

»Nein.« Brennan sah Baram an. »Würdet Ihr statt dessen Gold annehmen?«

»Gold?« Baram überlegte einen Augenblick schweigend. »Also wollt Ihr *seine* Schuld begleichen?«

»Ja.«

»Jetzt?« fragte Baram. »Jetzt *sofort?*«

Brennan nickte grimmig. »Ich habe das Geld.«

»Nein.« Baram richtete den Blick wieder auf Hart, und er grinste aus seinen Zahnlücken. »Ihr sagtet *Gold*, Gestaltwandler«, er deutete auf die *Lir*bänder an Harts Armen, »also nehme ich diese.«

»*Ku'reshtin*«, schrie Corin. »Glaubt Ihr ...«

»Nein.« Brennan unterbrach ihn mit einer Geste. Er saß sehr still auf seinem Stuhl. »Ich habe Gold?kronen? in meiner Gürteltasche, Homaner, und damit werde ich Euch bezahlen. Und mit nichts anderem.«

Aber Baram war offensichtlich fest entschlossen. »Ich will diese Armbänder, Gestaltwandler – und niemand hier kann behaupten, ich hätte sie nicht *ehrlich* gewonnen.«

Hart wurde bleich. »Diese ...« Er brach ab, leckte sich über die Lippen und berührte beinahe zärtlich sein linkes *Lir*band. Er versuchte es noch einmal. »Sie kamen niemals in Frage«, sagte er. »Niemals. Ich schulde Euch etwas, ja, und Ihr werdet bezahlt werden – aber nicht *damit*.«

Brennan löste seine Gürteltasche und warf sie auf den Tisch. Sie landete mit schwerem Aufschlag und einem befriedigenden Klingen des Goldes vor dem Mann. »Da. Mehr als genug, um zu begleichen, was er Euch schuldet.«

Barams Hand schoß vor, nahm die Geldbörse auf und barg sie irgendwo an seinem Körper. »Jetzt«, sagte er, »bin ich bezahlt worden. Aber ich warte noch immer auf *jene*, und es sind genug Leute hier, um dafür zu sorgen, daß Ihr sie mir gebt.«

»Versucht es«, schlug Hart vor, und bevor sonst jemand – einschließlich seiner Brüder – sich rühren konnte, packte er den Tisch und warf ihn um.

Das Kästchen, die Becher und der Weinkrug flogen in Barams Richtung. Corin duckte sich, rollte sich von seinem Stuhl herunter und kam mit dem Messer in der Hand wieder hoch, wohl wissend, daß Brennans Waffenverbot nicht länger gültig war. Überhaupt nicht, denn Corin sah gegenüber von sich auch in *Brennans* Hand ein Messer aufblitzen. Aber dann hatte er keine Zeit mehr, seine Brüder zu beobachten. Männer kamen auf ihn zu, und er sah auch in ihren Händen Stahl schimmern.

O Götter, dachte er, *ich werde einen Menschen töten müssen.*

»Brennan … *hinter dir* …«, schrie Hart, und dann hatte auch er keine Zeit mehr für Warnrufe. Baram selbst griff ihn mit einem Langmesser in der Hand an.

Ein umgestürzter Stuhl rollte Brennan in die Fersen. Er stolperte, wie es beabsichtigt gewesen war, taumelte zurück und versuchte, wieder Halt zu gewinnen, sein Gleichgewicht zurückzuerlangen, als ein Mann – nein, *zwei* – ihn von hinten angriffen …

Sleeta … rief er über die Verbindung, … *Götter, Sleeta, ich hätte niemals gedacht* …

Corin spürte die Holzwand an seinem Rücken. Die lederbekleideten Schulterblätter schabten darüber. Er drängte zurück, zurück und wünschte, er könnte irgendwie durch die Risse in den Planken hindurchschlüpfen. Er hatte keine andere Wahl mehr, überhaupt keine. Er blutete aus einem Schnitt quer über den Handrücken, und die beiden Homaner griffen ihn erneut an.

Hart drehte sich zur Seite und ergriff Barams Handgelenk. Als der Homaner flüchtend stolperte, drehte Hart seinen Arm nach hinten, bis die Sehnen in Barams Nacken hervorstanden. Die Sehnen gaben nach, das Messer fiel ihm aus der Hand.

Der Gestank vergossenen Öls und schmieriger Flammen erfüllte den Schankraum. Jemand fluchte, ein anderer rief, daß ein *Feuer* ausgebrochen sei.

Außerhalb des Wirtshauses erklang der zornige Schrei eines Rotluchses.

»Tötet sie, tötet sie alle!« schrie der Wirt. »Tötet sie, bevor sie ihre Gestalt verändern!«

Brennan, der in der Minderheit war, wurde auf den Boden geschleudert. Er fiel mit dem Rückgrat auf einen Holzbecher und krümmte sich vor Schmerz. Das Messer wurde ihm aus der Hand geschlagen.

Er trat wehrlos um sich und versuchte sich zu befreien, aber die zwei Männer hielten ihn am Boden fest, so daß er sich nicht erheben konnte. Er konnte nur hilflos um sich schlagen, während sich ein gesichtsloser Mann herabbeugte und ihm ein Messer durch Leder und Haut hindurch und an den Muskeln vorbei in die Magenwand stieß.

Er wagte sich nicht zu rühren. Er *wagte* es nicht. Mühsam keuchend, nahm Brennan alle ihm verfügbare Kraft zusammen und sandte sein Bewußtsein aus dem Raum hinaus, fort, *fort,* irgendwo tief in das Herz der Erde hinein.

Götter, Götter ... schrie er in stummem Appell, *laßt*

die Magie zu mir kommen ... läßt mich die Macht berühren ...

Corin duckte sich unter einem Messerstreich hinweg, warf sich vorwärts, unter einem Arm hindurch ... und rammte seinen Kopf mit aller Macht in den Bauch des Homaners. Der Mann taumelte mit stockendem Atem zurück, und seine Knie gaben nach. Corin schickte ihn ganz zu Boden, stützte sich schnell ab und stieß das Messer tief in den sich mühsam hebenden und senkenden Bauch. Der Homaner schrie auf, schlug wehrlos um sich und schrie erneut auf.

Corin rollte sich von ihm fort, stand auf und wehrte den Angriff des zweiten Mannes ab, indem er das Handgelenk des Homaners abfing. Schnell und sich seiner Handlungsweise kaum bewußt, schnitt Corin tief in die weiche Haut der Unterseite eines ausgestreckten Arms ein. Blut floß, Haut und Sehnen teilten sich geräuschlos.

Hart beugte sich herab, hustete und versuchte trotz des Schmerzens seiner wunden Rippen, die jetzt doppelt beeinträchtigt waren, zu atmen. Rauch erfüllte seine Kehle wie auch den übrigen Raum, und griff mit gierigen Fingern nach Augen, Nasen und Mündern. Hart sah verschwommen Flammen die Mauern hinaufzüngeln, am Dachbalken entlangtanzen, dann herabtropfen und auf umgestürzte Tische und Stühle spritzen.

»Raus hier«, keuchte er. »Brennan ... Corin ...« Er brach ab, als jemand die Arme um seine Beine schlang und ihn zu Boden riß.

Hart stolperte, spürte Hände zwischen seinen Beinen hindurchgleiten und versuchen zu tasten, zu greifen, zu ziehen, zu *reißen,* auf eine Art, die Hart, der eine andere Art des Kämpfens gelernt hatte, niemals, *niemals* in Erwägung gezogen hätte.

Er stieß wütend mit dem Ellenbogen zu, traf den Mann ins Gesicht, zerschmetterte seine Nase und ließ ihn mit einem Aufschrei rückwärtstaumeln.

Weniger belagert als Brennan und jetzt doppelt so zornig, rief Hart die Erdmagie an und tauschte seine menschliche Gestalt gegen eine mit Hakenschnabel und gebogenen Klauen ein.

... die Gestalt, die mir zur Flucht verhelfen wird, die ich benutzen kann, um dem Feind die Augen auszukratzen, sie aus ihren homanischen Schädeln zu pflücken ...

Corin sah die Flammen, den Rauch, die Körper. Er sah Harts menschliche Gestalt zu der Leere verschwimmen, die dann den Raum vereinnahmte, wo er noch einen Augenblick zuvor gestanden hatte, in das Nichts entgleiten, das abgelegt wurde, ersetzt, wieder gefüllt wurde und dem jetzt nur die vertraute Gestalt eines Menschen fehlte. Arme wurden zu Schwingen, Beine zu Klauen. Der Schrei, mit dem Hart den Gestaltwandel einleitete, wurde zum durchdringenden Schrei eines Jagdfalken ... und wurde kurz darauf von dem Schrei einer Katze begleitet, als Brennan *Brennan* ablegte, um ein Echo seines *Lir* zu werden, lohfarben anstatt schwarz, aber gefährlich, so gefährlich, so auf seine Beute versessen, während er die Krallen über das nächste Gesicht zog, daß Corin wußte, daß er zu weit gegangen war.

Zu nahe, zu nahe ... o Brennan, nein ... nicht du ... von uns allen nicht du ...

Corin wandte sich um, stolperte, griff nach der Tür, nach dem Riegel, und riß die Tür so ruckartig auf, daß sie erneut gegen die Wand prallte. Er rief schweigend nach Kiri. Dann rief er laut nach den *Lirs* seiner Brüder, stolperte seitwärts, stieß mit einer Schulter gegen die Tür und hustete, *hustete,* während der Rauch aus dem Wirtshaus in die Dunkelheit der Nacht drang.

Kiri, sagte Corin in der Verbindung, *Kiri, sage den Lirs, sie sollen sie aufhalten ... sage ihnen, sie sollen aufhören ... dieser Ort wird unser Scheiterhaufen ...*

Die Füchsin verstand sofort und gab die Botschaft augenblicklich an Sleeta und Rael weiter. Corin wußte es besser, als daß er im Eifer des Gefechts an Brennans und Harts Vernunft hätte appellieren können, besonders da sie zu zornig, zu blind waren, um die Gefahr im Wirtshaus zu erkennen. Seine Brüder würden den Kampf sogar trotz der Flammen nicht aufgeben, die die Wände und Dachbalken bis zum Nebengebäude entlangzüngelten. Nicht jetzt.

Er hörte von drinnen Schreie. Er wandte sich um, sah jemanden brennen. Wie der Mann tanzte, wie der Mann schrie, während er fortzulaufen versuchte und es ihm nicht gelang, da er von dem brennenden Dachbalken gefangen war.

Verbrannte Balken brachen, und Teile der Decke begannen herabzuregnen. Flammen schossen durch die Öffnungen und nahmen das obere Stockwerk ein.

»Corin ...« Hart taumelte hustend aus dem Wirtshaus heraus. Sein Gesicht war ascheverschmiert. Der Feuerschein ließ sein *Lir*gold glühen. »Corin, ist Brennan draußen?«

»Nein«, antwortete Corin kurz. »Götter, Hart, das ist *dein* Werk.«

»*Meines* ...« Aber Hart brach seinen Widerspruch sofort ab und wandte sich wieder dem Inneren des Wirtshauses zu. »Brennan!«

Rael flog heraus, dicht gefolgt von Kiri. Dann kam Sleeta ohne Begleitung.

Hart fluchte beängstigt. Corin ergriff seinen Arm, um ihn zurückzuhalten. »Nein, *Rujho* ... nein!« Und dann taumelte Brennan in menschlicher Gestalt heraus.

Er hustete und fiel fast hin. »Tot«, keuchte er. »Tot, oder im Sterben ... Götter, *sie alle* ...«

»Und der größte Teil der Straße ist zerstört.« Harts Stimme klang belegt. Er hustete, spie aus, griff nach seinen schmerzenden Rippen.

»Wir haben keinen Grund, es ihnen *oder* ihr nachzumachen«, sagte Corin fest. »Wir haben uns und unsere *Lirs* ... Ich schlage vor, daß wir gehen.«

Brennan trat auf die Straße und wandte den Kopf, um über die Schulter zu sehen. »Sie hätten uns getötet ... sie hätten das Gold von unseren Armen genommen und Stahl in unsere Bäuche versenkt.«

Hart versuchte zu lachen, und es mißlang. Es klang wenig belustigt. »Willst du ihren Tod rechtfertigen?« fragte er Brennan. »Gib dir keine Mühe, *Rujho* ... nicht mehr, als irgend jemand sonst es tun wird, wenn *wir* tot sind.«

»Wenn wir *jetzt* nicht gehen, könnten wir genau so enden.« Corins Hand auf Harts Handgelenk griff nicht sanft zu. »Also bleibt es mir überlassen? Nun gut, der Jüngste sagt den Älteren: *Lauft los* ...«

Sie liefen los. Und mit ihnen liefen – und flogen – ihre *Lirs*.

Kapitel Sechs

Seine Söhne standen in der Großen Halle aufgereiht vor dem Löwenthron von Homana. Wie kleine Soldaten, dachte Niall, alle bereit, ihre Bestrafung entgegenzunehmen. Aber er war sich recht sicher, daß sie die Strafe, die er ihnen aufzuerlegen gedachte, nicht einmal annähernd erwarteten.

Das Polster unter seinem Gesäß ließ ihn auf dem Sitz des Löwen nicht größer erscheinen. Der große Holzthron verschluckte ihn fast vollständig, was nicht leicht möglich war, wenn man seine Größe bedachte. Er glaubte, daß es für Carillon, seinen Großvater, an den er sich so gut erinnerte, genauso gewesen sein mußte.

Er betrachtete seine Söhne, die nebeneinander vor dem Löwenthron standen – vor der Feuergrube, die sich von ungefähr sechs Fuß vor dem Podest über die ganze Länge der Halle entlangzog. Er suchte nach Schuldgefühlen, Reue, Begreifen. Er suchte nach irgendeinem Hinweis darauf, daß sie verstanden, wie ernst die Lage war. Aber sie hatten für ihn geübt und zeigten statt Gesichtern nur starre Cheysulimasken, sie alle, sogar der blauäugige, hellhäutige Corin, der auch nicht die dunkle Hautfarbe besaß.

Sie hatten geübt, und er konnte ihren Gesichtsausdruck nicht deuten. Bis er ihnen sagte, wie viele Menschen umgekommen waren.

»Nach der letzten Zählung«, sagte der Mujhar ruhig, »waren es mehr als achtundzwanzig Leichen, und es könnten noch mehr werden. Sie durchsuchen den Schutt noch immer.« Er hielt einen Augenblick inne und sah seine Söhne an. »Niemand ist ganz sicher. Der ganze Häuserblock wurde zerstört.«

Jetzt fielen die Masken. Jetzt lagen die Gesichter bloß. Entsetzen, Unglauben, Abwehr und ein plötzliches und vollkommenes Begreifen dessen, wer die Verantwortung dafür trug.

Niall regte sich ein wenig, verlagerte sein Gewicht in der Umarmung des wuchtigen Löwen. »Ich glaube, die Zeit für Erklärungen ist vertan. Ich glaube, es ist nicht nötig, Schuld zuzuweisen. Entschuldigungen können, gleichgültig wie ehrlich sie gemeint wären, die verlorenen Leben und das verlorene Eigentum sicherlich nicht wiederbeschaffen. Also werde ich keine Erklärungen, keine Entschuldigungen, keine Schuldeingeständnisse verlangen. Ich verlange lediglich, daß ihr zuhört.«

Keiner von ihnen sagte ein Wort. Niall bemerkte, daß Brennan starr dastand und leeren Blickes auf einen Bereich irgendwo nahe dem linken Fuß seines Vaters starrte. Niall beobachtete seinen ältesten Sohn einen Augenblick, während dieser mit dem Entsetzen, dem Begreifen, der gewaltigen Bürde der Verantwortung, die er – wie stets – auf sich nehmen würde, auch wenn sie nur zum Teil die seine war, umzugehen versuchte.

Corin war schlicht betäubt. Alle Farbe war aus seinem Gesicht gewichen, so daß sein lohfarbenes Haar dunkler goldfarben schien als sonst. Alle Muskeln an seinen Armen zeichneten sich ab und bewegten sich um die *Lir*bänder. Hinter dem Rücken ballte Corin seine Hände, wie Niall wußte, wieder und wieder so fest zu Fäusten, bis alle Muskeln brannten, sich wehrten, Unbehagen verursachten, um die Erkenntnis zu fördern, daß das, was er jetzt erlebte, Wirklichkeit war und nicht irgendein Traum aus seiner Phantasie. Niall hatte ihn das schon früher tun sehen.

Schließlich sah er Hart an. Hart, dessen unersättlicher Appetit auf ... nein, dessen unersättlicher *Drang* nach Glücksspielen bis vor zwei Nächten kaum mehr angerichtet hatte, als ihn seiner Anerkennung als Prinz von Solinde zu berauben. Aber jetzt hatte er Menschen ihres Eigentums beraubt. Und ihres *Lebens*.

Niall stieß sich vom Thron hoch, indem er die Handflächen auf die krallenförmigen Armlehnen stützte. Er fühlte sich alt, alt und steif, empfand Widerwillen davor, sich erheben zu sollen und ihnen als ein König, als ein Cheysuli, als ein Vater gegenüberzutreten. Und doch wußte er, daß er es tun mußte.

Er stand auf dem Marmorpodest vor dem Löwenthron von Homana, die verkörperte Kraft und Gewalt seines Königreiches, und fixierte seinen mittleren Sohn mit einem harten, blauen Auge. »Ich glaube, es ist an der Zeit, in eine andere Richtung zu schauen. Ich glaube, es ist an der Zeit aufzuhören, die Hälfte aller Wirtshäuser Mujharas mit Geld aus der homanischen Schatzkammer – und gelegentlich aus meinen *persönlichen* Geldtruhen – wiederaufzubauen. Ich glaube, die Zeit, in der ich dich gezwungen habe, der Mann zu werden, als der dein *Tahlmorra* dich vorgesehen hat, ist *vorüber*.«

Hart zuckte mit keiner Wimper. »Ja, *Jehan*«, sagte er nur ganz leise.

»Ich wünschte, du wärst schon früher so fügsam gewesen.«

Er preßte leicht den Mund zusammen. »Ja, *Jehan*.«

»Nun gut, da du *jetzt* so fügsam bist, muß ich annehmen, daß du morgen frohen Mutes und in guter Stimmung nach Solinde aufbrechen wirst.«

Alle Farbe wich aus Harts Gesicht. »Nach Solinde …?«

»Morgen«, bestätigte Niall, »wo du für den Zeitraum eines Jahres bleiben wirst.«

»*Jehan* …«

»Du wirst nach Lestra gesandt werden, wo du – hoffe ich, *bete* ich – endlich lernen wirst, was es heißt, ein Prinz … ein Mann mit Verantwortlichkeiten zu sein … ein Mann, der es sich nicht leisten kann zu trinken und zu würfeln und sich zu prügeln.« Er hielt inne. »Drücke ich mich klar aus?«

»Ja …« Und dann entsetzt: »Aber …«

Niall unterbrach ihn erneut. »Deine Bezüge werden von dem Regenten, der jetzt in meinem Namen herrscht, streng verwaltet werden. Er wird angewiesen, deine Spielgewohnheiten *in keiner Weise* zu unterstützen … und daß du, wenn du den letzten Kupferpfennig deiner monatlichen Bezüge verlierst, selbst die Verantwortung dafür übernehmen sollst, die Schuld zurückzuzahlen. *Du,* Hart. Nicht Brennan, nicht Corin, nicht Ian, Maeve, Keely oder Deirdre. Und sicherlich nicht ich. Und *sicherlich* nicht die solindische Schatzkammer. Ist das auch klar?«

»Ein *Jahr* …« Harts Stimme klang hohl.

»Ja. Du wirst hiermit für den Zeitraum von zwölf Monaten aus deiner Heimat verbannt, es sei denn, ich schicke selbst nach dir.«

»Ein Exil.« Jetzt begann sich Verbitterung in Harts Tonfall einzuschleichen. »Zuerst unsere *Jehana* und jetzt ich.«

»Die Umstände stehen in keinem Zusammenhang«, sagte Niall kalt, »obwohl ich mich zu fragen beginne, ob mehr von Gisella als von mir in dir ist.« Er brach jäh ab. »Du wirst früh am Morgen abreisen.«

Brennan trat einen Schritt vor. »*Jehan*«, sagte er, »nein. Ich bitte dich. Sag, daß du es dir noch einmal überlegen wirst!«

»Du hast zu schweigen, bis ich dir die Erlaubnis zu sprechen gebe«, sagte Niall ruhig. Brennan zuckte sichtbar zusammen und verhielt sich dann vollkommen still.

Nun war Corin an der Reihe. Corin, der so genau wußte, wie er seinem Vater trotzen konnte. »Und ich muß nach Atvia gehen, nicht wahr?« fragte er verbittert. »Ich werde auch ins Exil geschickt, wie Hart. Ein Jahr lang.«

»Ein Jahr lang«, bestätigte Niall. »Ich glaube, die Umstände sind in etwa die gleichen, auch wenn sich eure jeweiligen Schwierigkeiten voneinander unterscheiden. Ihr müßt lernen, die Verantwortung für eure Handlungen – *und* euer Verhalten – zu übernehmen, durch die andere verletzt werden können. Und wenn du mir widersprechen willst – was du, deinem Gesichtsausdruck nach, bereits vorhast, wie ich sehe –, dann denke an die Tode, die du erst vor zwei Nächten verursacht hast.«

»Es war nicht nur mein Fehler«, sagte Corin verärgert. »Du willst keine Schuld zuweisen, sagst du. Nun, ich *werde* Schuld zuweisen. Du kannst den Halsabschneidern Schuld zuweisen, die uns zu töten versucht haben, *Jehan* – den Männern, die bereit waren, uns aufzuspießen und zuzusehen, wie wir um den Preis unseres *Lir*goldes verbluten!«

»Du wirst am Morgen abreisen«, sagte Niall ruhig. »Aber bevor du in Atvia ankommst, hast du noch eine Aufgabe zu erfüllen.«

»Eine Aufgabe?« Corin sah seinen Vater an. »Du schickst mich fort und bittest mich dann, eine Aufgabe zu erfüllen?«

»Eine Aufgabe, die du wahrscheinlich gern erfüllen wirst, da sie den Prinzen von Homana betrifft.«

Corin runzelte die Stirn. »Brennan?«

»Dachtest du, ich würde ihn nicht bestrafen, nur weil er der Älteste ist? Weil er der Erbe von Homana ist?« Niall schüttelte den Kopf. »Nein. Ich sagte, ich würde keine Schuld zuweisen, und das tue ich auch nicht. Und ich wäge auch nicht ab, was ihr alle in der Vergangenheit getan habt. Brennan ist genauso verantwortlich und wird gleichermaßen bestraft werden.«

»Gleichermaßen?« fragte Corin. »Das glaube ich nicht. Du kannst *ihn* nirgendwo hinschicken. Er soll eines Tages Homana regieren. Du kannst nicht den Mann ins Exil schicken, der deinen Thron übernehmen wird.«

»Ich *schicke* ihn nirgendwohin, das stimmt«, sagte Niall ruhig. »Aber ich kann dennoch sicherstellen, daß er allmählich die Verantwortlichkeiten anerkennt, die auch du und Hart annehmen müßt. Und es ist deine Aufgabe, Corin, mir dabei zu helfen.« Er hielt inne. »Ich dachte, du würdest sie vielleicht gern übernehmen, wenn du erst erkennst, daß es in deinen Möglichkeiten liegt, etwas an der Freiheit deines ältesten *Rujholli* zu ändern.«

Corin sah Brennan an, der gleichmütig am Thron stand und den Blick seines Vaters vollkommen mied. »Wie?« fragte Corin schließlich und schaute erneut zu Niall.

Der Mujhar wandte sich wieder dem Löwen zu und setzte sich auf dem alten Holz zurück. »Du wirst auf dem Weg nach Atvia in Erinn Halt machen und Liam, dem Herrn der Idrianischen Inseln, eine Nachricht überbringen. Du wirst ihm sagen, daß die Zeit gekommen ist, daß unsere Reiche sowohl durch eine Heirat als auch durch ein Bündnis formell vereinigt werden.« Das blaue Auge zuckte zu Brennan. »Liams Tochter ist jetzt zweiundzwanzig. Es ist an der Zeit, daß der Prinz von Homana den Löwenthron durch zusätzliche Erben sichert.«

Brennan errötete. Die gelben Augen wurden plötzlich aufmerksam und äußerst wild. »Du wirst keine Verlobung oder Heirat als *Strafe* einsetzen!« fauchte Brennan verärgert. »Das würde Euch nicht zur Ehre gereichen, *Mylord Mujhar*, und auch Aileen überhaupt nichts nützen.«

»Du hast noch mindestens ein halbes Jahr Zeit, wenn nicht mehr, um deine Angelegenheiten zu regeln und zu lernen, was es heißt, ein Prinz zu sein«, sagte Niall. »Bis Aileen eintrifft, wirst du mich zu allen Sitzungen des Konzils, allen Vertragsverhandlungen und allen Anhörungen, bei denen ich von homanischen Bürgern vorgebrachte Gesuche erwäge, begleiten. Ich glaube, du wirst zu beschäftigt sein, um dich darum zu sorgen, was wem zur Ehre gereicht und was nicht.«

»Du willst uns also nach über zwanzig Jahren einfach so trennen«, sagte Hart tonlos. »Ich kann es nicht glauben.«

»Ihr habt *zusammen* kaum mehr getan, als zu trinken, euch zu prügeln und Euren Namen wie auch diesem Hause Schande zu bereiten«, antwortete Niall. »Allein werdet ihr vielleicht lernen, was es heißt, ein Mann zu sein. Ein *Cheysulikrieger* zu sein.« Sie sahen ihn alle benommen und schweigend an. Niall erhob sich jäh von seinem Thron. »Sicherlich habt ihr euch untereinander noch einiges zu sagen, so daß ich euch von meiner Gegenwart befreien werde.«

Nialls Söhne beobachteten schweigend, wie er die Große Halle steifen Schrittes verließ. Aber als die Silbertüren zuschlugen, wurde das Schweigen nachdrücklichst beendet.

»Habt ihr das gehört?« fragte Corin ärgerlich und erstaunt. »Habt ihr das *gehört?* ›Ich glaube, die Zeit für Erklärungen ist vertan.‹« Er fluchte laut. »Wir hatten *keine* Möglichkeit, uns zu verteidigen, *keine* Möglichkeit, ihm zu erklären, was geschehen ist – er steht einfach vor diesem Zerrbild eines Löwen und sagt uns, was wir mit unseren Leben anfangen sollen, als lägen sie in *seiner* Hand?«

»So ist es«, sagte Hart wie abwesend. Er trat zum Podest, wandte sich um, setzte sich auf die oberste Stufe und streckte die stiefelbekleideten Füße weit von sich. »Er ist der Mujhar von Homana und unser *Jehan.*«

»Ja, er *ist* der Mujhar«, fauchte Corin, »und *als Mujhar* gehört es zu seinen Pflichten, sich beide Seiten einer Geschichte anzuhören.« Er fluchte erneut und trat gegen das von Goldadern durchzogene Marmorpodest. »So wie er redet, könnte man denken, wir hätten das Feuer *geplant.*«

Brennan stand an einem der Buntglasfenster und

starrte blind auf den Außenhof. Er schien Corins hochtrabende Worte nicht zu hören.

»Götter«, murmelte Hart. »*Solinde …*«

»… und Atvia.« Corin trat erneut gegen den Marmor, als meinte er seinen Vater. »Was soll ich mit einem Felsklumpen inmitten des Idrianischen Meeres anfangen?«

Brennan zeichnete eines der Muster im Glas mit der Hand nach. »Achtundzwanzig Leben«, sagte er. »*Achtundzwanzig.*«

»So wie er vor uns stand und verkündete, wie wir die nächsten zwölf Monate unseres Lebens verbringen werden, könnte man glauben, er hielte sich für einen der *Götter*«, sagte Corin angewidert. »*Ich* glaube …«

»*Glaubst du, es kümmert mich, was du denkst?*« Brennan wandte sich jäh vom Fenster ab, durchquerte die Halle und ergriff Corins Wams, bevor dieser sich rühren konnte. »Glaubst du, es kümmert mich, daß du dich *unbehaglich* fühlst, weil du deine Stellung annehmen mußt?« Er stieß seinen Bruder zwei Schritte rückwärts, zwang ihn, auf das Podest zu steigen und setzte ihn fest auf den Thron. »*Achtundzwanzig Leben wurden verloren, Corin …* Es sollte bedeutungslos für dich sein, daß diese Leben im Midden anstatt in Homana-Mujhar oder im Stammeskeep gelebt wurden. *Es sollte bedeutungslos sein!* Sie sind *tot*, Corin … tot wegen uns!«

Corin drückte sich in den Löwen, versuchte sich Brennans Händen zu entziehen. »*Rujho …*«

»Nein«, sagte Brennan kurz. »Keine Erklärungen. Keine Verteidigung. Darin stimme ich mit unserem *Jehan* überein.« Er nahm seine Hände von Corins Wams, als wollte er sie sich nicht beschmutzen. »Wir sind entgegen den ausdrücklichen Befehlen unseres Königs dorthingegangen und haben damit auch unserem *Jehan* getrotzt, und dann wurde aus diesem Grund ein ganzer Häuserblock zerstört. Achtundzwanzig Leben wurden verloren, vielleicht sogar mehr. Bei den

Göttern, Corin, wie kannst du dasitzen und gegen unseren *Jehan* wettern, wo doch solche Schuld auf dir lastet?«

»Laß ihn in Ruhe«, sagte Hart erschöpft. »Oh, laß ihn in Ruhe, Brennan. Ich kann mir bessere Möglichkeiten vorstellen, wie wir unsere letzten Tage zusammen verbringen können, als mit dem Versuch, noch *mehr* Schuld auf unseren jüngsten *Rujholli* zu laden.«

»Nicht mehr Schuld«, schoß Brennan zurück. »Einen *Teil* der Schuld ... weil ich glaube, daß er diese Tragödie sonst als unwichtig und seiner Sorge nicht wert ansehen wird, weil er *wichtigere* Dinge zu überdenken hat.« Brennans Stimme war voller Verachtung. »Wie, zum Beispiel, welche von Deirdres Damen er als *nächste* verführen soll.«

»Es kümmert mich!« schrie Corin. »*Es kümmert mich*, Brennan ... mehr als du wissen kannst. Und *ja*, ich habe andere Dinge zu überdenken ... etwas, was dir vielleicht noch nicht in den Sinn gekommen ist. Und selbst wenn, würdest *du* es vielleicht nicht für einer Überlegung wert halten.«

»Was?« fragte Brennan. »Was gibt es noch zu überdenken?«

Corin zog kurz die Lippen zurück und zeigte seine Zähne. Er war in seinem Zorn plötzlich mehr Tier als Mensch, obwohl er seine menschliche Gestalt beibehielt. »Ich habe Angst«, sagte er durch zusammengebissene Zähne. »*Angst*.«

»Angst?« Brennan sah ihn erstaunt an. »Ja, in Atvia wird es anders sein, und du wirst Zeit brauchen, dich einzugewöhnen, aber – Angst?«

»Ja, Angst!« schrie Corin. »Hast du also vergessen, daß unsere *Jehana* dort ist? Die wahnsinnige Gisella, die Königin von Homana, die versucht hat, ihre Kinder Strahan dem Ihlini zu übergeben?« Er hatte jetzt ihre vollständige Aufmerksamkeit, während er von einem zum anderen schaute. »Ja«, wiederholte er. »Ich habe

Angst, weil ich sie sehen werden muß, weil ich ihr *gegenübertreten* werden muß ...« Er atmete hastig ein. »Ich werde dieselbe Luft atmen müssen wie diese Hexe mit zur Hälfte atvianischem und zur Hälfte Cheysuliblut, die uns *bereitwillig* diesem Ihliniku'reshtin übergeben hätte, um uns alle zu verdrehen – um uns zu seiner Belustigung zu Günstlingen zu machen, um uns als *Marionetten* zu benutzen!«

»Genug«, sagte Brennan leise. »Genug, Corin ... es genügt.« Sein Zorn war verraucht, seine Verachtung durch Mitleid ersetzt worden. »Vielleicht habe ich dich zu schnell abgeurteilt.« Er seufzte und rieb sich über die durch Anspannung faltige Stirn. »Götter, schützt uns voreinander ... schützt uns vor messerscharfen Zungen.«

»Schützt uns vor dem Ihlini.« Corin schloß die Augen und lehnte den Kopf an den Thron. »Götter, *Rujho,* ich will nicht gehen ...«

»Nein«, stimmte Brennan ihm zu. »Ich würde an deiner Stelle auch nicht gehen wollen. Nicht einmal, wenn du mir eine Kiste voller Gold versprächst.«

»Für soviel Gold würde ich vielleicht gehen wollen.« Aber Hart verging sein Lächeln fast augenblicklich wieder. »Nein, nein, entschuldigt ... *Ich* habe uns in diese Lage gebracht. Gebt mir die Schuld, ganz gleich, was *Jehun* sagt. Laßt mich die Schuld tragen.«

»Würdest du das denn tun?« fragte Brennan. »Nein, das glaube ich nicht. Es liegt dir nicht, Schuld anzunehmen, *Rujho,* auch wenn du begreifst, daß du dafür verantwortlich bist.«

Hart zuckte bei der Bemerkung sichtlich zusammen.

»Nun«, sagte Corin enttäuscht, »auch wenn ich dagegen wettere – und das weiterhin tun werde –, halte ich die Strafverteilung für gerecht. Du gehst nirgendwohin, Brennan. Du mußt nur auf eine *Cheysula* warten. Das ist, meiner Meinung nach, gar nicht so schlecht, aber es war ja auch nicht deine Idee, ins Midden zu gehen, und du hast alles in deiner Macht Stehende getan, um uns davon abzuhalten, in eine offensichtlich gefährliche Lage zu geraten. Eine Heirat sollte nicht so schlecht sein – die Götter wissen, daß Deirdre erträglich ist. Aileen ist ihre *Harana*, so daß diese Ehe für dich nicht allzu bedrückend werden sollte, wenn sie sich nur ein wenig ähnlich sind.«

»Nein«, stimmte Brennan ihm zu, »obwohl ich mir Zeit wünschen würde, meine eigene Wahl zu treffen.«

»Aber das hat er dir abgenommen.« Corin nickte. »Er hat es uns allen abgenommen.« Er erhob sich jäh von dem Löwen. »Ich glaube, ich werde ihm ein letztes Mal trotzen, nur damit er mich nicht *zu* leicht vergißt ...«

»Corin, *nein!*« rief Brennan. »Warum willst du es noch schlimmer machen, als es bereits schon ist?«

»Willst du dich weigern zu gehen?« fragte Hart überrascht.

»Nein.« Corin glättete sein Wams, das von Brennans Ausbruch des Zorns und der Enttäuschung noch immer in Unordnung war. »Ich werde gehen, weil ich gehen muß. Aber ich werde lieber *jetzt* gehen als morgen früh.«

»Ein schwacher Widerstand«, sagte Brennan kurz angebunden. »Du schneidest dir damit nur ins eigene Fleisch.«

»Vielleicht.« Corin eilte die Stufen hinab und auf die gehämmerten Silbertüren am Ende der Großen Halle zu. »Aber diese Entscheidung kann ich wenigstens tatsächlich allein treffen. Außerdem«, er wandte sich schwungvoll um und kam mit ausgebreiteten Händen zurück, »werde ich auf diese Weise einen Tag früher wieder zu Hause sein.« Und er verließ eilig die Halle.

Brennan stieß eine kurze, scharfe Verwünschung in der Alten Sprache aus, die seine Gefühle, trotz ihrer Kürze, sehr deutlich veranschaulichte.

»Drei werden zwei werden einer.« Hart erhob sich von dem Podest. »Keine gute Wette, *Rujho,* da der Sinn

des Spiels im *Hinzufügen* und nicht im Abziehen liegt.«
Er seufzte und ging unentschlossen auf die Silbertüren
zu. »Nein«, sagte er müde, »überhaupt keine gute
Wette.«

»Hart.« Brennans Stimme, die in dem riesigen Raum
widerhallte, hielt ihn an den Türen auf. »In einem Jahr,
in *einem* Jahr – werden wir andere Menschen sein.«

Hart lehnte sich mit einer Schulter gegen eine der
schweren Türen. »Ja«, bestätigte er, »aber wir werden
noch immer Cheysuli sein, noch immer *Rujholli*. Ich
glaube, das allein zählt.« Er lächelte traurig, schritt
durch die Tür und war fort.

Kurz darauf warf Brennan einen Blick auf den leeren
Löwen, der auf seinem Podest kauerte. Der Löwe von
Homana, seines Mujhar beraubt. Brennan betrachtete
das alte Holz, die verblassenden Goldverzierungen
und die wuchtigen Pranken mit ihren gebogenen Krallen. Er seufzte. »Du und ich«, sagte er, »werden eine
Übereinkunft treffen müssen. Du nimmst mir nicht
meine ganze Freiheit, meine gute Laune, meinen
Wunsch, neben dem Mujhar auch ein Mann zu sein ...
und ich werde deinem Namen, meinem Haus und meinem Volk keine Schande mehr machen.« Er schüttelte
bedächtig den Kopf. »Und ich werde auch meinem
Jehan niemals wieder Schande bereiten.«

Aber der Löwe antwortete nicht.

Deirdre befand sich in ihrem eigenen Sonnenraum und
stickte mit vier ihrer Frauen an einem Wandteppich, als
Niall hereinkam. Sie schaute auf, sah sein Gesicht und
entließ die Frauen sofort. Bevor Niall ein Wort sagen
konnte, war Deirdre schon aufgestanden und führte
ihn zu einem Sessel.

»Es geht mir recht gut«, protestierte er, als sie ihn in
die Kissen drückte.

»Tatsächlich?« fragte sie leichthin. »Das glaube ich
nicht. So wie du aussiehst, mußt du dem Tod ins Auge

geblickt und verloren haben.« Sie versicherte sich, daß er bequem saß. »Du wirst hier sitzenbleiben, bis *ich* dir aufzustehen erlaube.«

Er saß mit schlaffen Gliedern im Sessel und starrte blind auf den Stickrahmen. »Was ist das?«

»Etwas, was ich vor einem Monat angefangen habe. Etwas, was eines Tages in der Großen Halle aufgehängt werden soll, wenn ich damit fertig bin.« Sie wußte sehr wohl, daß es ihm nicht um den Wandteppich ging. Aber sie wußte auch, daß Niall auf seine Art und zu seiner Zeit auf die ihm wichtigen Dinge zu sprechen käme. Es wäre ihnen beiden nicht nützlich, ihn zu drängen. »Siehst du? Löwen. Homanische Löwen, wie du es mich gelehrt hast, wilde, stolze, treue Tiere, die alle herausfordern, die ihr Reich auch nur zu bedrohen *wagen*.« Ihre Stimme schwankte einen Augenblick, als sie sein verheertes Gesicht betrachtete. »Niall ...«

»Warum so viele?« fragte er, noch immer auf den Teppich starrend. Er beugte sich vor, um ihn genauer zu betrachten. »So viele Löwen, Deirdre ... und ist das der Löwenthron?«

»Ja.« Sie berührte das noch nicht vollständige Muster. »Mir scheint, daß einige der Geschichten mit Garn festgehalten und dann dort aufgehängt werden sollten, wo jedermann sie sehen kann. Die Nacherzählung der Legenden. Shaine, Carillon, Donal ... du und deine Söhne ...« Ihre Stimme brach ab. »Alle Löwen von Homana.«

»Meine Söhne.« Niall setzte sich wieder zurück und preßte eine Hand an sein Gesicht. »Ach, *Götter*, Deirdre – was soll ich tun? Wie soll ich es ertragen? Wie soll ich dieses Jahr durchstehen?«

Sie stand ganz still vor ihm. »Also hast du Hart und Corin fortgeschickt.«

»Ich hatte keine andere Wahl.« Die Worte waren kaum mehr als ein in seine Handfläche gemurmelter Schmerz. »Sie haben mir keine Wahl gelassen, *Meijha*.

115

So viele Leben wurden getötet. So viele *unschuldige* Leben. Nicht jeder im Midden ist ein Dieb oder Mörder. Es waren einige kleine Kinder dabei.« Er nahm jäh die Augenklappe ab, die die leere Augenhöhle schützte, und beugte sich steif vor. »O Götter ... der Schmerz ...«

»Dein Kopf?« Sie trat vor, kniete sich hin, fuhr mit den Fingern durch sein Haar und drückte sein Gesicht an ihre Brust. »O Niall, ich würde alles darum geben, um dir diesen Schmerz zu nehmen. Nach all diesen Jahren ...«

Sein Atem klang laut in dem Raum. »Nein ... nein ... nicht nur mein Kopf ... wenn mich der alte Schmerz befällt, ist er im allgemeinen erträglich. Aber *dies* ...« Er seufzte. »Dies ist schlimmer. Dies ist, was es bedeutet, ein *Jehan* zu sein, ungeachtet des Ranges oder der Rasse.«

»Ja«, sagte sie. »Ja. Alle Freuden beinhalten auch Schmerz.«

»Ein Jahr«, sagte er hohl. »Götter, ich sagte ein *Jahr*. Ich habe Hart und Corbin verbannt ... und Brennan eine Heirat aufgedrängt.«

Sie versteifte sich ein wenig. »Du wirst nach Aileen schicken.«

»Ja. Corin wird auf seinem Weg nach Atvia in Erinn Halt machen.« Er entzog sich ihr plötzlich. »Und möglicherweise hätte ich daran denken sollen, daß *du* vielleicht gern gehen würdest.«

Kurz darauf schüttelte sie den Kopf. »Ich will nicht leugnen, daß ich meine Heimat gern wiedersehen würde. Aber hier geht es um Corins Strafe. Dabei ist für mich kein Platz. Liam wird das verstehen.«

Er setzte sich erneut zurück, streckte die Beine aus und rieb sich die narbige Haut um die leere Augenhöhle. »Sie haben mir keine Wahl gelassen«, sagte er müde. »Was hätte ich tun sollen?«

»Das, was du getan hast, denke ich«, antwortete sie und setzte sich in einer Wolke hellgrüner Seide zu seinen Füßen. »Es steht mir nicht zu, es gutzuheißen oder zu kritisieren – sie sind nicht *meine* Söhne –, aber ich stimme dir dennoch zu. Jungen müssen aufhören, Jungen zu sein. Besonders wenn sie eigentlich schon Männer sind.«

»Wenn du Brennans Gesicht gesehen hättest ...«

»Ja, nun, wenn es auch nur annähernd so verlaufen ist wie die letzten Male, war er für die anderen da und nicht für sich selbst.«

»Nein, nicht das ... nein, ich meine, als ich Hart verbannte. Ich glaube, das war eine schlimmere Strafe für Brennan als die Tatsache, daß er heiraten und mehr Verantwortung übernehmen soll.«

Deirdre seufzte leicht und streichelte seine starre Hand. »Ja, ja, vielleicht war es das. Sie stehen sich so nahe, Hart und Brennan ... die Zeit, die sie getrennt voneinander verbringen müssen, wird schwer für sie werden.«

»Und es wird auch für mich schwer werden«, sagte er gebrochen. »Auch wenn sie etwas Furchtbares getan haben – ich weiß, daß ich mich jeden Tag hassen werde, wenn ich Brennan und Keely ansehe und ihre anklagenden Blicke bemerke.«

»Brennan und Keely müssen sich um Brennan und Keely kümmern«, belehrte Deirdre ihn fest. »Und *du* mußt dich um dich selbst kümmern.«

»Und du?« fragte er und ergriff ihre Hand. »Götter, Deirdre ... was würde ich ohne dich *tun?*«

Sie lächelte und küßte seinen Handrücken. »Das werde *ich* dir nicht erzählen. Denn wenn ich es täte, könntest du vielleicht einen Grund finden, eine alternde erinnische, noch dazu unverheiratete Frau loswerden zu wollen.«

Er lächelte. »Alternd, also wirklich. Das würde *ich* nicht behaupten, und ich teile dein Bett mit dir.«

Aber sie sah die Qual in seinen Augen und wußte, daß sie ewig währen würde.

Teil II
Brennan

Kapitel Eins

Die Männer versammelten sich in einer mondlosen Nacht. Ein Licht wurde von Fackeln und Laternen heraufbeschworen, das die Gesichter entstellte, die bei Tage, bei guter Beleuchtung nur *Gesichter* waren, homanische Gesichter, einige jung, einige alt, einige keins von beidem, da sie noch nicht vollständig ausgestaltet waren, die Schwelle der Jugend noch nicht überschritten, die Beugung durch die Last des Erwachsenseins noch nicht erfolgt war.

Aber jetzt, beim Fackel- und Laternenschein waren die Gesichter der Menschlichkeit, des gesunden Verstandes und des ständig wechselnden Ausdrucks von Glück, dem der Sorge, des Stolzes, der Reue und aller dazwischenliegenden, unterschwelligen Empfindungen beraubt. Es waren Gesichter, die keine *Gesichter* mehr waren, sondern Ausdruck der Hingabe, des blinden Eifers wie des Verlangens, ein Unrecht geradezurücken.

Innerhalb des Kreises der hoch aufragenden Bäume standen in den Boden gerammte, einen zweiten Kreis bildende Stabfackeln, ein Schutz vor der Dunkelheit. Innerhalb des Fackelkreises drängten sich die Männer. Und innerhalb des Kreises der Männer wurde ein Junge aufgefordert, sich auf kalten, harten Stein zu legen. Nein. *Kein* Junge, nicht mehr. Er war jetzt ein Krieger. Er hatte seinen *Lir* bekommen.

Er zitterte auf dem Stein. Die Homaner hatten ihn ausgezogen. Sie hatten ihm sein Wams, seine Hose, seine Stiefel und auch sein Messer genommen. Sie hatten ihm alles genommen und ihn mit nichts zurückgelassen als dem Wissen, daß sie kein Gold erlangen konnten, weil er seinen *Lir* gerade erst bekommen hatte. Es hatte im Stammeskeep noch keine Ehrenzeremonie stattgefunden, um seinen Namen, seinen *Lir*, seinen neugewonnenen Kriegerstatus zu würdigen.

Und jetzt würde eine solche Zeremonie auch nicht mehr stattfinden.

Es war bereits vollkommen dunkel und der Zeitpunkt längst überschritten, zu dem er hätte zum Stammeskeep zurückkehren sollen. Aber niemand würde ihn suchen. Er hatte das Zelt seines Vaters vor vier Tagen verlassen, um seinen *Lir* zu suchen. Er hatte nur gewußt, daß er gehen mußte, das Verlangen stillen mußte, das sein Blut zum Kochen brachte. Niemand würde nach ihm suchen, ganz gleich wie spät es war, weil es ein Teil des Rituals war, von zu Hause fortzubleiben, bis die Verbindung hergestellt war.

Kreise innerhalb von Kreisen: Bäume, Fackeln, Männer. Und er selbst mittendrin. Auf einem Altar, der einst als Teil geheiligter Rituale gedient hatte, *Cheysulirituale*, Rituale der Erstgeborenen. Jetzt war der Altar in seinem Versteck aus hoch aufragenden Bäumen bei seinem Volk in Vergessenheit geraten. Nur die Homaner erinnerten sich daran, die ihn aber mißbrauchen wollten.

Er zitterte auf dem Stein und schloß vor der Dunkelheit, vor dem Fackellicht, vor den über ihm aufragenden Gesichtern mit ihrem Ausdruck blinden Eifers die Augen. Er schloß vor der Angst um sich selbst die Augen, weil sie von einer anderen Angst überwogen wurde. Er wußte, daß sie seinen *Lir* töten würden. Zuerst. Damit sie sehen konnten, was es für einen Cheysuli bedeutete, sein anderes Selbst zu verlieren. Und dann würden sie, während er vom Kummer um den Verlust seines *Lir*, seines neugewonnenen anderen Selbst überwältigt würde, auch den neuen Krieger töten.

Er spürte die Berührung des Steins – und die Berüh-

rung von Blut – unter der Haut seines nackten Rük-
kens. Der schwarz und rot und braun verfärbte und
von altem und neuem Blut klebende Altar stank auch
danach.

Hände hielten seine Handgelenke und Knöchel fest.
Sogar sein Haar wurde festgehalten, damit er in dem
nutzlosen Versuch, sich zu befreien, nicht mit dem
Kopf auf den Stein schlagen konnte. Hände hielten ihn,
homanische Hände, die sich herabließen, seine Chey-
sulihaut zu berühren, weil sein Blut sie nur zu bald
wieder von dem Makel befreien würde.

»Bringt den Wolf her«, sagte jemand. Ein Mann.
Jung, dem Klang nach zu urteilen. Die Stimme war
kühl, nicht tief, nicht hoch. Weich wie Kleehonig.

Der Junge auf dem Stein wehrte sich gegen die
menschlichen Fesseln. Aber sie hielten ihn fest.

»Ins Licht«, sagte die Stimme.

»Nein«, flüsterte der Junge. Es war der erste Laut,
den er hervorbrachte.

Der Wolf wurde zum Altar gebracht, in den Fackel-
lichtkreis. Ein junger Wolfsrüde, kaum älter als ein
Welpe. Wie der Junge auf dem Stein, hatte auch er die
Schwelle zwischen Jugend und Erwachsensein noch
nicht ganz überschritten. Und würde es, ebenso wie
der Junge, niemals tun.

Seine Schnauze war zugebunden. Eine Kette war um
seine rötliche Kehle geschlungen und festgezogen. Er
kämpfte, winselte, stieß mit den Hinterläufen in die
Luft, während die Vorderläufe gleichzeitig nach Haut
schlugen. Aber der Mann, der den Wolf hielt, war groß
und stark und an große Hunde gewöhnt. Der Welpe
konnte ihm nichts anhaben.

»Nein«, sagte der Junge erneut und jetzt bittend,
allem Stolz seines Volkes entsagend. Allem außer dem
Bedürfnis, den Welpen sicher, unbeschadet und freige-
lassen zu sehen.

Eine Hand berührte die Stirn des Jungen, strich

feuchtes Haar zurück. Die Handfläche war kühl, fast tröstend, wie auch die Stimme. »Wir müssen es tun«, sagte die Stimme. Dieselbe Stimme, die befohlen hatte, den Wolfswelpen zu bringen und den Jungen auf dem Stein festzuhalten.

»Was wir tun, hat einen Grund«, sagte die Stimme. »Es ist notwendig. Es ist nicht nur eine unnütze Laune und auch keine einfältige Vergeltungsmaßnahme für den Verlust des homanischen Throns an einen Cheysulikönig. Nein. Es ist ein wesentlicher Bestandteil dessen, was getan werden muß, um das Gleichgewicht der Gerechtigkeit wiederherzustellen. Um die *Rechtmäßigkeit* wiederherzustellen.« Die Stimme hielt inne. »Kannst du das verstehen? Kannst du verstehen, daß ich nicht *dich* hasse, Junge, und auch nicht deine Rasse? Nein, nicht Haß nährt mich, auch wenn ich ihn einsetze, wenn es nötig ist. An der richtigen Stelle eingesetzt, hat Haß seinen Nutzen. Nein, ich tue dies, weil es nötig ist. Weil es für Homana nötig ist.«

Die Hand berührte weiterhin sanft die schweißbedeckte Stirn des Jungen. Er versuchte, nicht zuzuhören, hörte die Worte aber dennoch.

»Vor mehr als fünfundsechzig Jahren, als Carillon Donal zu seinem Erben ernannt hat, ist ein Fehler gemacht worden«, fuhr die Stimme fort. »Da er keinen Sohn von seiner Königin, der solindischen Electra, bekommen hatte, wandte er sich an den nächsten männlichen Verwandten, ein Cheysulihalbblut von seiner Cousine Alix, die genauso ein Halbblut war wie ihr Sohn. Aber es *gab* einen Sohn, verstehst du. Es *gab* einen Sohn... einen vollständig homanischen Sohn, ohne eine Spur Cheysuliblut.«

Die Hand hielt in der Bewegung inne, fiel herab. Der Junge wartete ängstlich, spürte eine neue Spannung in der Luft, obwohl die Stimme ruhig und kühl blieb.

»Vor zwanzig Jahren fand mein Vater Carillons Bastard. Er trat mit der homanischen Frau, die den Jungen geboren hatte, vor den Mujhar, vor Donal selbst, um zu fordern, die Erbfolge wieder auf den richtigen Weg zu bringen. Und dort, innerhalb der Mauern Homana-Mujhars, vor dem Konzil, wurde die Frau von einem Mujhartreuen ermordet. Auch mein Vater wurde getötet, von Niall, dem Prinz von Homana.« Seine Stimme brach ab. Der Junge hörte nur Schweigen, spürte aber das Summen wachsender Ungeduld, die von den anderen ausstrahlte. Und dann fuhr die Stimme fort. »Dieser Mann regiert jetzt, Junge, der *königliche Mörder,* obwohl Carollan seinen Platz innehaben sollte. Und daher gibt es jene, die dafür sorgen werden, daß Niall zu Carollans Gunsten abgesetzt wird, daß der Enkel durch den Sohn ersetzt wird.« Die Stimme hielt erneut inne und fuhr dann wieder fort. »So sollte es sein, Junge ... *so* sollte es sein. Wie mein Vater, Elek, es wollte, bevor Niall ihn ermordete.«

Der Junge auf dem Stein nahm all seinen Mut zusammen. »Behaltet *mich*«, sagte er. »Behaltet mich. Aber laßt meinen *Lir* frei.«

»Der *Lir* ist eine Erscheinungsform deiner Macht«, sagte Eleks Sohn. »Ein deutlicher Beweis für das Unrecht, das dieses Land plagt. Du bist dem Leben verpflichtet, Junge – soviel weiß ich über die Cheysuli ... und jetzt wirst du dem Tode verpflichtet sein.«

»Er ist so *jung* ...« Und dann schloß der Junge jäh den Mund und biß sich auf die Lippen, um ihn zu versiegeln. Er wollte die Homaner nicht länger bitten.

»Er ist so jung, und du bist es auch«, sagte die Kleehonigstimme. »Aber wenn wir euch erwachsen werden lassen, werdet ihr noch gefährlicher sein. Ich will die Stärke der Cheysuli und die Hingabe ihrer Krieger nicht abwerten. Tatsächlich habe ich Achtung vor deinem Volk, Junge, wirklich und wahrhaftig. Wie könnte ich auch nicht? Sieh nur, was sie getan haben ... und sieh, wie klug sie unter dem Vorwand, wiedererlangen zu wollen, was einst ihnen gehört hat, den Thron gestohlen haben.«

»Dann werde ich *Lir*gestalt annehmen«, drohte der Junge, »und dann werdet Ihr *erleben,* was ich tun kann ...«

»Jetzt«, sagte Eleks Sohn, und der Mann mit dem Welpen auf den Armen zog sein Messer und schnitt schnell die rötliche Kehle durch.

Als das warme Blut herabregnete, schrie der junge Cheysuli auf. Und *schrie.*

»Jetzt.« Im Fackellicht blitzte ein weiteres Messer auf.

Der Mann, der sich als Eleks Sohn bezeichnete, beobachtete, wie der Altar seine Füllung trank. Blut ergoß sich über den Rand des Steins und lief auf den Boden. Es spritzte in der Dunkelheit laut auf.

Kurz darauf nickte er. »Es ist an der Zeit«, sagte er, »daß wir uns größerer Beute zuwenden.«

»Shansu, shansu«, flüsterte Brennan sanft und streichelte ihre seidenweiche Schulter mit zärtlicher, betörender Hand. »Sei ruhig, *Meijhana* ... sei ruhig ...«

Ihre Haut zitterte unter seiner verlockenden Hand, als antworte sie auf seinen Ruf.

»Shansu«, flüsterte er weich und streichelte so langsam, so langsam, »du brauchst keine Angst zu haben. Ich schwöre es. Ich schwöre es. Ich schwöre jeden Eid, den du mir abverlangst ...« Ihre Haut zitterte erneut. Brennan lächelte zögernd, warm, mit ungewöhnlich geduldigem Verlangen, ohne Absicht einladend. Er war in diesem Augenblick in äußerstem Maße mit dem einzigen Zweck der Verführung beschäftigt. »Sei ruhig ... *sei ruhig ...«*

Aber die Stute war nicht zu verführen. Ohne Vorwarnung brach sie in hektische Aufregung aus, die zeigte, daß *ihr* einziges Ziel darin bestand, den Mann auf ihrem Rücken loszuwerden.

Brennan umklammerte den Leib der Stute, in dem Bemühen, oben zu bleiben, mit den Beinen. Er hatte einen Cheysulisattel aufgelegt, der leichter war und weniger einengte als homanische Sättel, aber auch weniger Spielraum für Irrtümer bot. Da die Stute sich heftig wehrte, war der Cheysulisattel – der aus kaum mehr als einem flachen Stück Leder und Schafhaut mit hölzernen, ledergebundenen Steigbügeln bestand – jedoch als Unterstützung fast nutzlos.

Die rauchgraue Stute senkte den edlen Kopf zwischen die ebenso edlen Vorderbeine und schrie auf entschieden undamenhafte Art. Sie rollte die dunklen Augen. Sie legte die Ohren flach an. Die trügerisch kräftigen Hinterbeine hoben die seidigen Hinterflanken an wie ein Wurfgeschütz, das einen Stein davonschleudert.

Brennan, der gegen seinen Willen vornüberfiel, versuchte sich wieder aufzurichten, während sie den Kopf heftig hoch- und zurückkriß. Die helle Mähne peitschte gelbe Augen, ließ königliche Tränen hervortreten. Brennan entging nur um Haaresbreite einem schmetternden Schlag auf die Nase, durch den sein aristokratisch gutes Aussehen für immer zerstört gewesen wäre. So wurde nur sein Rückgrat auf bedrohliche Weise von einer Serie knochenerschütternder Bocksprünge fast bis zur Kampfunfähigkeit verdreht.

Er hörte schwach das Klappern von Hufen auf Stein, das Grunzen des Pferdezorns, die Schreie davonlaufender Männer, während er den Sturm zu besänftigen versuchte. Die dicht gedrängten Häuser um den Stallhof, die aus demselben rötlichen Stein erbaut waren, der Homana-Mujhar seine pastellfarbene Patina verlieh, tanzten ihren eigenen Tanz. Er sah nur Bruchstücke der Außenmauer, des Wachgangs, des Balkenwerks der Stalldächer. Stroh und Schmutz bedeckten den Hof, aber unter beidem lagen Pflastersteine. Harte Pflastersteine, die eine schmerzhafte Landung versprachen. Er hatte es schon bei anderen geschehen sehen.

Die Stute atmete noch einmal tief ein, sprang seitwärts, taumelte wieder zurück und stürzte dann doch wieder vorwärts. Sie wollte davonlaufen, aber die Trense in ihrem Maul hinderte sie daran – auch wenn sie nicht sehr fest anlag. Ebenso wie Brennans gekonnte Handhabung der Zügel. Es war ein tödlicher Tanz des rasenden Pferdes gegen den entschlossenen Krieger.

Wir haben beide zuviel zu verlieren, dachte Brennan kurz, während er einen weiteren der rückgratverdrehenden Bocksprünge überstand. *Stolz, soviel Stolz ... ihrer wird gedämpft werden, wenn ich siege, und meiner wird gedämpft werden, wenn* sie *siegt ...*

Und Brennan siegte sehr plötzlich. Die Stute hörte auf, gegen das Gebiß, die Zügel und die Hände anzukämpfen. Sie wankte einen Moment unsicher, zuerst nach rechts und dann nach links, ließ die Hufe über die Pflastersteine schleifen und beruhigte sich dann schnaubend, die langlidrigen Augen halb geschlossen, als würde sie ihre Niederlage eingestehen.

Aber Brennan, der sich nicht zu rühren wagte, während sich die Stute langsam beruhigte, wußte es besser. Es war zu früh, der Grauen zu trauen.

Sie schüttelte den Kopf. Schlug mit dem flachshellen Schweif. Schnaubte. Beäugte die im Stallhof versammelten Männer. Brennan konnte den Kampf der Stute spüren: *Werfe ich den Menschen jetzt ab oder später?*

Sie entschied sich dafür, es später zu versuchen, denn als Brennan sie sanft zum Laufen drängte, umkreiste sie den Hof ruhig.

Rundherum und rundherum. Die Gebäude verschwammen während der Umkreisungen. Die Stute wurde mit jedem Aufbäumen ruhiger und entspannter und Brennan ebenso. Er war sich der Augenpaare bewußt, die ihn und die Graue beobachteten und darauf warteten, daß etwas geschähe. Neugierige, erwartungsvolle Augenpaare, braun und blau und schwarz, alle Farben, sowie auch ein einzelnes Paar grüne Augen.

Maeve. Sie stand im Stallhof mitten unter den Pferdeknechten und Stallburschen, mit blauen Wollröcken, einem eng anliegenden und fest gegürteten Lederwappenrock und weichen Hausstiefeln bekleidet.

Er drängte die Stute vorsichtig in Richtung seiner Schwester. Sanft überredet, stolzierte sie anmutig über die Pflastersteine und blieb dann stehen. Brennan schaute auf Maeve hinab, deren messinghelles, locker geflochtenes Haar im Sonnenschein glänzte. »Na?«

Sie lächelte, die Daumen in den Gürtel gehakt, womit sie Brennans gewohnheitsmäßige Haltung absichtlich nachahmte. »Ich wurde geschickt, um dir deine Freiheit zu geben.«

»Freiheit?« Er strahlte. »*Jehan* hat dich geschickt?«

»Ja.« Maeve gebrauchte die Alte Sprache nur selten. »Er sagte, ich solle dir ausrichten, daß er seine Befehle in bezug auf deine Arbeit mit den Pferden aufgehoben hat.« Sie grinste. »Wahrscheinlich weil er aus einem Fenster geschaut und es dich ohnehin hat tun sehen.«

Brennan runzelte die Stirn. »Dies ist keine wirkliche *Arbeit* – zumindest nicht, wenn es sich um Rennpferde handelt. *Jehan* will wohl nur sicherstellen, daß ich nicht getötet werde, wenn er sagt, ich *könnte* wieder mit ihnen arbeiten.« Er seufzte. »Den Göttern sei Dank, daß er zur Vernunft gekommen ist ... vier Wochen lang habe ich keines der Pferde auch nur *berührt,* ganz davon zu schweigen, sie zu reiten, und du hast das Ergebnis gerade selbst gesehen. Vielleicht kann ich meine Rennpferde jetzt wieder auf Vordermann bringen und erneut Siege erringen.«

Blonde Brauen hoben sich. »Ich dachte, Rennen wären Harts Talent.«

»Das Wetten auf Rennen ist sein Gebiet«, stimmte Brennan ihr zu. »Ein Rennen für Geld selbst zu bestreiten, ist etwas anderes. Ich wette nicht. Ich reite.« Sein Gesicht wirkte grimmig. Hart war seit einem Monat fort, und die Trennung machte Brennan reizbar.

»Götter ... wenn ich nur zum Stammeskeep gehen könnte ...« Er brach ab und schaute entschlossen zu Maeve hinab. »Ich *werde* hingehen. Ich hätte schon längst hingehen sollen. Selbst *Jehan* kann mir diesen Teil meines Erbes nicht verweigern.«

»Nein«, stimmte Maeve ihm ruhig zu. »Keely hat sich schon gefragt, wie lange es dauern würde, bis du das erkennst.«

Er errötete. *Überlasse es Keely ...* »Ja, nun, jetzt habe ich es erkannt. Und daher gehe ich. Die Stute braucht Bewegung.« Prompt regte sich die Stute, als wollte sie darauf antworten. Brennan beugte sich vor und streichelte den glänzenden, rauchgrauen Hals. »*Shansu, shansu ...*« Er richtete sich auf, als sich die Stute wieder beruhigt hatte. »Komm doch mit, Maeve. Wie lange warst du schon nicht mehr dort? Einen Monat? Zwei? *Zu* lange, wie lange auch immer es her sein mag. Du bist sonst ständig dorthin gegangen.«

Der Gesichtsausdruck seiner Schwester war eigenartig verschlossen, als hätte er sie mit seinem Vorschlag und der darin enthaltenen Frage völlig unvorbereitet erwischt. Dann verzog sie kurz den Mund, verbarg ihre Gefühle größtenteils hinter einem vollkommen ausdruckslosen Gesicht, aber Brennan sah etwas in ihren Augen schimmern. Bedauern? Unmut? Angst? Er war nicht sicher, selbst als sie antwortete.

»Nein, nein ... ich glaube nicht«, sagte sie leichthin. »Ich habe hier viel zu tun.«

Brennan hörte unterschwellige Anspannung in ihrem Tonfall. Er antwortete entsprechend, wie er es unfehlbar immer tat, wenn es um Maeve ging. »Was hat Keely gesagt?«

»Keely?« Maeve runzelte kurz die Stirn und schüttelte dann den Kopf. »O *nein*, nein, nicht Keely. Es war ...« Und sie schloß jäh den Mund. »Genug davon, Brennan. Ich werde hierbleiben.«

»Was ist so dringend, daß du freiwillig einen Besuch

im Stammeskeep ablehnst?« fragte er verblüfft. »Sonst hast du mich stets bedrängt, daß ich dich mitnehmen sollte.«

»Der Wandteppich«, antwortete Maeve sofort und zu schnell. »Der Wandteppich mit den Löwen, den meine Mutter begonnen hat. Ich habe versprochen, ihr zu helfen.«

»Wandteppich?« Brennan zuckte verwirrt die Achseln. »Maeve, es tut mir leid, aber ...«

»Nein, nein, ich habe nicht erwartet, daß du etwas davon weißt. Es ist Frauensache, warum solltest du es also wissen? Aber, nun ... er wird wunderschön und großartig und etwas, was unsere Nachkommen ewig in Ehren halten werden ...« Sie hielt inne, als ihr die Worte ausgingen, und runzelte leicht die Stirn, als bereite ihr der etwas unglückliche Unterton in ihrer Stimme Sorgen. Dann schob sie unsicher eine Strähne ihres hellen Haars hinter ein Ohr. »Es ist eine Sache des Stolzes, Brennan, des Stolzes auf die Rasse, das Erbe, die Überlieferung ... eine aus all den strahlenden Farben unserer Völker gewobene Geschichte: Cheysuli, Homaner, Solinder, Erinnier ...«

Maeve brach ab, da ihr erneut die Worte zu fehlen schienen. Brennan sah den Aufruhr in ihrem Gesicht. Und dann fuhr sie ruhiger und kontrollierter fort. Aber er wußte, daß nun die auffallende Leichtigkeit ihres Tonfalls kaum mehr als eine gut eingeübte Fassade war. »Nun, es ist eine großartige Sache, und ich dachte, ich sollte vielleicht dabei helfen. Ich besitze zwar keine Magie, aber ich empfinde dennoch Stolz.«

Die Stute scharrte mit einem Huf an einem losen Pflasterstein. Er rollte davon und klapperte dabei leise. Die Stute nickte mit dem Kopf und schnaubte durch die weichen, samtigen Nüstern. Brennan griff die Zügel sofort etwas fester, sah zu seiner älteren Schwester hinab und bedauerte mehr denn je, daß ihr keine der Gaben ihrer beider Rasse eigen war. Und es mußte für

Maeve noch schwerer sein, damit umzugehen, da Keely diese Gaben so offensichtlich besaß und so stolz auf ihr Altes Blut war, daß ihr jegliches Feingefühl fehlte.

Wenn sie vielleicht nicht in einem Palast voller Cheysuli-verwandter lebte ... Aber er ließ den Gedanken wieder fallen. Im Stammeskeep, wo nur Cheysuli lebten, wäre es nicht besser.

Brennan seufzte. »Nun gut, Maeve. Bleib hier und hilf Deirdre bei ihrem Löwenwandteppich. Aber ich halte es für töricht, wenn du deinem Erbe den Rücken kehrst, ganz gleich aus welchem Grund.«

Flammende Röte überzog plötzlich ihr Gesicht. »Was weißt *du* schon davon?« schrie sie. »Du mit deinem *Lir* und deinem Gold und deinen gelben Augen – du, der du ehrenhaft empfangen wirst, wo immer du auch hingehst ...« Maeve bedeckte ihren Mund mit den Händen, während die hektische Röte aus ihrem Gesicht wich und es starr und bleich zurückließ. »Götter«, platzte sie heraus, »das wollte ich nicht sagen. O Brennan, du weißt, das ich es nicht so gemeint habe. Nicht bei dir. Niemals ...« Und sie wandte sich so jäh und mit schwingenden Röcken um, daß sie die Stute erschreckte, die daraufhin einen Sprung zur Seite tat, der Brennan fast aus dem Sattel warf.

Als er sein Gleichgewicht wiedergefunden und die Stute erneut beruhigt hatte, war Maeve fort. Er sah erstaunte Augen und vollkommen ausdruckslose Gesichter und wußte, daß jetzt jeder der Stallburschen darüber nachdenken würde, was der Tochter des Mujhar Unbehagen bereitet haben mochte. Und er würde ihnen noch mehr Gesprächsstoff liefern, wenn er Maeve hinterhereilte. Also unterließ er es. Er besänftigte die Stute, rief Sleeta über die Verbindung herbei und ritt aus Homana-Mujhar hinaus.

Aber nicht, ohne sich Sorgen zu machen.

Kapitel Zwei

Zuhause. Das Wort hallte über die Verbindung zwischen Sleeta und Brennan deutlich wider. Gleichermaßen deutlich war die Zufriedenheit und Freude der großen Katze, während sie mit dem Schwanz schlug und ihre Schnauze an seiner Kniescheibe rieb. *Heimat, Lir ... endlich.*

Brennan hatte die graue Stute an dem indigofarbenen Zelt angepflockt, das der Mujhar beanspruchte, da er kein eigenes Zelt hatte. Er verlor sich einen Augenblick in den Empfindungen, wieder im Stammeskeep und von Menschen umgeben zu sein, die so fühlten wie er, so dachten wie er und das glaubten, was er glaubte. In Mujhara war es anders. Dort war er ein Prinz, der Erbe des Löwenthrons, und dieses Wissen veränderte die Art, in der er wahrgenommen wurde. Hier war er nur ein befreundeter Krieger, obwohl das mehr als genug war.

Zelte umgaben sie, in Ansammlungen gefärbter oder bemalter und über Stangen gespannter Häute zusammenkauernd. Nahebei wand sich eine Seite der grauen Granitwand, geschmückt mit ihrem Efeu-und Flechtenumhang, ihren Weg durch den Wald. Rauch von den Herdfeuern schwebte dahin, und die Ranken verfingen sich hoch in den Baumzweigen wie Garnstränge, die, wenn sie sich befreiten, in den Hauch eines auf dem Wind schwebenden Nebels gerissen wurden. Brennan roch gebratenes Wildbret und Keiler und den Geruch von Honigmet. Das Wasser lief ihm im Mund zusammen.

Zu Hause. Für Sleeta – und vielleicht für jeden *Lir* – war es das einem Heim am nächsten kommende, was sie jemals besessen hatten. Und doch verspürte Brennan innerlich ein kurzes Aufwallen von Schuldgefühl. Der Stammeskeep war für ihn kein *Zuhause*. Es war ein Ort der Träume, seiner Vergangenheit und seiner Zukunft, der Schoß seiner Rasse, die Sicherheit seiner Verwandten, und doch war es nicht eigentlich ein Zuhause, weil er es nicht dazu gemacht hatte.

Du könntest es tun, sagte Sleeta. *Es ist noch nicht zu spät. Du hast noch viel Zeit, dich wieder mit unserem Erbe vertraut zu machen.*

Sie lag warm an seinen Beinen, hatte eine schlanke Schulter an sein Knie gedrängt. Er konnte ihre Erwartung durch die Verbindung singen und ihn fast ertränken spüren. Wenn es Sleeta so sehr gefiele, würde er sich die Möglichkeit, Zeit am Wohnort seines Volkes zu verbringen, nicht versagen.

Zuhause, schnurrte Sleeta.

»Nun«, sagte eine ruhige Stimme hinter ihnen, »welches der Königskinder *ist* es? Corin? Nein ... die Hautfarbe stimmt nicht. Hart vielleicht ... nein, nein, jetzt wo du dich umwendest, sehe ich, daß deine Augen gelb sind, nicht blau. Nun, dann muß es ... Brennan sein?« Die Stimme klang spöttisch, und doch fehlte ihr der Unterton freundlicher Hänselei, den jemand anderer vielleicht gewählt hätte, um die Worte zu betonen, und sei es auch nur, um sicherzustellen, daß Brennan es als Scherz verstand. »Ich sehe euch alle so selten, daß es schwierig ist zu wissen, welches Prinzchen welches ist.«

Brennan wußte es besser, als daß er gelacht oder gelächelt oder dem Sprecher auf den Rücken geklopft hätte, sondern nahm den Scherz nur heiter wetteifernd auf. Denn der Sprecher war Teirnan, sein Cousin, und Teirs Ironie – wie auch das Wetteifern – war tödlich ernst gemeint, auch wenn sie in Samt statt in Stahl gehüllt einherkam.

Brennan seufzte, wandte sich seinem Cousin zu und

hörte Sleetas tiefes, kehliges Grollen. Teirnan war ohne seinen *Lir* gekommen, so daß die Feindseligkeit ohne Zweifel ihm galt, nicht dem kleinäugigen Keiler, den Sleeta verabscheute. Und Teirnan wußte es.

Sein spöttisches Lächeln veränderte sich, wenn auch nur kurz. Er machte eine grob abwehrende Geste, die Sleeta überging, wie er es auch erwartet hatte, aber er folgte dem Ritual dennoch. Sleeta kauerte sich hin, der Schwanz schlug den festgestampften Boden, und sie starrte ihn aus unerbittlichen goldenen Augen an. Beobachtete ihn. Wartete ab. Als zählte sie die Stunden, bis sie ihn ungestraft töten könnte.

Brennan atmete erschöpft ein. Diese Begegnung war nur die letzte einer langen Reihe. »Teir …«

»Was ist es dieses Mal, Cousin?« Teirnan mied die Alte Sprache, als wollte er Brennans häufige Trennung vom Stamm betonen. »Brauchst du zusätzliche Versicherungen, daß du tatsächlich der für den Löwenthron bestimmte Mann bist?«

»Nein. Die brauchst wohl eher *du*«, sagte Brennan grob. »Teir, bist du noch immer davon überzeugt, daß du besser geeignet wärst als ich? Ich dachte, als ich das letzte Mal herkam und der *Shar Tahl* mit uns beiden sprach, hätten wir all diesen Unsinn von Blutlinien und Vermächtnissen geklärt.«

»Ich bin nicht überzeugter davon, daß *du* erben solltest, als du überzeugt bist, daß *ich* erben sollte«, antwortete Teir tonlos. »Warum sollte ich auch davon überzeugt sein? Lassen wir einmal den *Shar Tahl* beiseite, dann sind Tatsachen immer noch Tatsachen: Ich beanspruche die gleichen Wurzeln wie du, aber meine sind von solindischem oder atvianischem Makel unberührt. In mir fließt Altes Blut, Cheysuliblut und homanisches Blut. Meiner Meinung nach genug, um den das rechtmäßige Erbe betreffenden Teil der Prophezeiung zu erfüllen.«

»Das glaube ich nicht«, sagte Brennan freundlich.

»Solindischen und atvianischen *Makels* ungeachtet, ist es notwendig.« Mit zusammengebissenen Zähnen zauberte er ein besonders geduldiges Lächeln herbei, obwohl er fast aufzubrausen drohte. »Das haben wir wieder und wieder besprochen, Teir – sogar schon als Kinder! Suche beim Stamm nach deinem Vermächtnis. Der Löwenthron wird mir gehören.«

»Mein *Jehan* sagt ...«

»Dein *Jehan* ist ein freudloser, verbitterter Mensch«, erklärte Brennan kurz angebunden, womit er sein übliches Feingefühl außer acht ließ. »Ceinn hat gegen meinen *Jehan* gearbeitet, genauso wie du gegen mich arbeitest, und das alles aus dem wirren Verlangen heraus, jemand sein zu wollen, zu dem er nicht bestimmt ist. Da er keine Möglichkeit mehr hat, meinem *Jehan* durch eine Gruppe zersprengter Cheysulieiferer zu schaden, benutzt er jetzt dich. Er verdreht dich wie einen grünen Weidenzweig, Teir. Und eines Tages wirst du brechen.«

»Du glaubst, wir seien zersprengt?« erwiderte Teir. »Das glaube ich nicht, Cousin. Ich glaube, die *A'saii* leben erneut auf!«

Brennan sah ihn überrascht an. Er dachte zunächst daran, Teirnan mit einer Täuschung den Wind aus den Segeln zu nehmen, aber Teirs Tonfall klang zu triumphierend, zu sicher. Seine Pupillen hatten sich verengt, so daß seine Augen überwiegend gelb, äußerst verschlagen und wild wie die eines Wolfes wirkten. Brennan wußte es besser, als daß er ihn oder seine Worte unterschätzt hätte. Nicht bei etwas so Wichtigem, etwas, was große Auswirkungen auf die Zukunft Homanas haben könnte.

Brennan gelang es nur langsam durch die durch den Schreck und den anwachsenden Zorn verursachte Verengung in seiner Kehle Worte hervorzubringen. »Du *Ku'reshtin*«, sagte er leise, »willst du damit sagen, es gäbe Cheysuli, die an einer Vereitelung der Prophezeiung arbeiten?«

»Sie arbeiten nicht an ihrer Vereitelung. Sie dienen ihr.« Teirs Gesicht ähnelte Brennans, spiegelte die gleiche Abstammung wider, aber seine Knochen wirkten ein wenig scharfkantiger und räuberischer. Seine Haut war daran gewöhnt, sich eher berechnenden und ehrgeizigen Gesichtsausdrücken anzupassen als freudigen. »Nur ein Narr zettelt einen Aufstand aus bloßer Habgier an«, sagte Teir ruhig. »Mein *Jehan* und die *A'saii* wollten, daß Ian den Thron innehat. Und sie wollen es noch immer – Ian ist ohne solindischen und atvianischen Makel –, aber es bestünde mehr Hoffnung, daß er den Thron übernehmen könnte, wenn der Mujhar tot wäre. Also sage ich dir vorbereitend Folgendes: Wir wollen weder Niall, *noch* seinen Söhnen – keinem von ihnen – auch seinen Töchtern nicht und ebensowenig seiner Bastardtochter Schaden zufügen.« Etwas blitzte schwach in seinen Augen auf und war dann wieder verschwunden. »Wir wollen den Löwenthron ohne Blutvergießen übernehmen und ihn dem Krieger übergeben, dessen Blut am ehesten zu regieren verdient.«

»Ohne Blutvergießen.« Brennan hätte am liebsten ausgespien. »Glaubst du, auch nur einer von uns würde höflich beiseitetreten und dich den Löwenthron übernehmen lassen?«

»Ja«, sagte Teir, »wenn das Stammeskonzil es euch befehlen würde.«

»Das Stammeskonzil …« Brennan sah ihn an. »Bist du verrückt geworden? Das Cheysulistammeskonzil *unterstützt* unser Recht zu regieren!«

»Nur solange die Mitglieder glauben, daß es euer Recht ist«, sagte Tiernan. »Aber wenn sie es nicht mehr glaubten, Cousin, und dieses Recht einem anderen Zweig der Blutlinie übertrügen, was würdest du *dann* tun? Kämpfen? Im Namen der Habgier und der Macht zum Mörder von Verwandten werden?« Teirs Stimme klang fest und ruhig und bar allen Eifers, den Brennan vielleicht erwartet hatte. Statt dessen war ruhige Nüchternheit herauszuhören, als er die Konsequenzen einer solchen Handlungsweise nannte. »Du würdest die Welt aufspalten, Cousin, und sie erneut zu einem Ort zweier Rassen machen: zu einer Cheysuliwelt und einer homanischen. Die einander erneut an die Kehle gingen.«

»Die Homaner hätten nichts damit zu tun«, schleuderte ihm Brennan entgegen. »Dies ist eine Sache zwischen Cheysuliparteien ...«

»Tatsächlich?« Teir lächelte. »So leicht gibst du das Volk auf, das du regieren willst. Hast du vergessen, daß wir in der Minderheit sind? Wir waren es immer, sind es schon immer gewesen ... und Strahans Ihliniseuche vor zwanzig Jahren hat uns erneut die Hälfte unserer Anzahl genommen. Dadurch sind uns die Homaner weit überlegen, Cousin. Wenn wir den Kampf um den Löwenthron im Namen der Prophezeiung aufnähmen, was sollte die Homaner dann davon abhalten, ein neues *Qu'mahlin* zu erklären und ihn für sich wieder zurückzustehlen? Würdest du das Risiko eingehen?«

»Würdest *du* es eingehen?« Brennan war so zornig, daß er Teirnan umbringen wollte. »Wenn ihr meinen *Jehan* vernichtet – selbst wenn ihr ihn durch das Cheysulistammeskonzil nur *verdrängt* –, vernichtet ihr die Prophezeiung. Ihr überlaßt den Löwenthron dem Ihlini.«

Teirnans Augen verengten sich erneut. »Im Augenblick sorgen wir uns weniger wegen des Ihlini als wegen der rechtmäßigen Zuordnung des Thrones. Strahan verbirgt sich schon sehr lange. Wer weiß, ob er nicht schon tot ist?«

»Wer weiß, *ob* er es ist?« Brennan versuchte, seine Stimme ruhig zu halten. »Wenn du den Ihlini zu unterschätzen beginnst, *Cousin*, bist du überhaupt kein Krieger, sondern ein Narr. Ein *toter* Narr. Zumindest muß ich mir dann keine Sorgen mehr darüber machen, welche Torheit du noch versuchen wirst.«

»Du solltest dich lieber um deine Zukunft ohne Titel sorgen«, erwiderte Teirnan. »Kein Prinz von Homana mehr. Nur ein Mann wie jeder andere.«

»Halt an dich«, warnte Brennan. »Du schadest dir mit solchen Worten nur selbst. Wir sind Cousins, Teir, und ich bin genauso Cheysuli wie du. Ich bin nicht ›wie jeder andere‹ und werde es auch niemals sein.« Er lächelte, als Sleeta aufstand, sich streckte und sich dann hinsetzte und ihren Kopf an sein linkes Bein legte. »›Nur ein Mann‹? Das glaube ich nicht. Nicht solange ich einen *Lir* besitze.«

Teirnan beobachtete die Katze. Einen Augenblick kämpften Feindseligkeit und Zugeständnis auf seinem Gesicht. Und dann setzte er wieder seine Maske auf und war ganz Höflichkeit. »Ich will dir nichts Böses«, sagte er. »Wir sind Blutsverwandte und mehr als das, denn wir sind Kinder der Götter, aber du mußt verstehen, daß es nur eine Frage der Zeit ist. Solange Niall den Thron innehat, seine Kinder in dieses und jenes Reich schickt und die Stärke Homanas aufteilt, gibt es jene, die einsehen werden, daß es bessere Möglichkeiten geben könnte, dem Löwen zu dienen. Der Prophezeiung zu dienen.«

»Du dienst doch nur deinem eigenen Ehrgeiz«, antwortete Brennan kurz. »Oh, zweifellos gibt es noch andere wie dich, die einen Wechsel wünschen, ganz gleich welche Folgen sich daraus ergeben – es gibt stets jene, die auf Unzufriedenheit bauen –, aber ihr seid in der Minderheit.«

»Dieses Jahr noch«, stimmte Teirnan ihm zu. »Und wahrscheinlich auch noch nächstes Jahr. Aber was ist mit dem Jahr danach? Oder dem darauffolgenden Jahr?« Er lächelte. »Die *A'saii* sind sehr geduldig. Das liegt in der Natur unserer Rasse.«

Und hat immer schon in der Natur unserer Rasse gelegen. Brennan kannte seine Geschichte gut genug: Die Cheysuli, als Krieger geboren und aufgewachsen, waren sich dennoch der Tatsache bewußt, daß sorgfältig erwogene, peinlich genaue Veränderungen für das Gedeihen eines Reiches notwendig waren. Sein Volk hatte einst seinen Anspruch auf den Löwenthron an genau jene Homaner abgetreten, die sie fürchteten, weil sie keinen Bürgerkrieg wollten. Und als Shaines königliche Säuberung die Rasse fast vernichtet hätte, warteten die Cheysuli während des *Qu'mahlin* ruhig und geduldig, bis Carillon sein neugewonnenes Reich vereinte. Langsam, ganz langsam trat das Alte Blut wieder in Erscheinung und wurde mit homanischem, solindischem und atvianischem Blut vermischt. Die Prophezeiung war fast erfüllt.

Und jetzt wurde sie erneut bedroht – von innen genauso wie von außen.

»Du bist ein Narr.« Er sprach ohne Gefühl, denn er wußte sehr gut, daß er Teir nicht erkennen lassen durfte, welche Bedrohung die *A'saii* bedeuteten. »Ein Narr, und wenn ich könnte, würde ich das Blut, das uns zu Verwandten macht, aus meinen Adern herausfließen lassen, bis ich von dir befreit wäre.«

»Würdest du das tun?« Teirnan lächelte. »Und was würde Maeve sagen, wenn sie mich schon wieder verlieren würde?«

Ein kalter Schauer durchlief Brennan, gefolgt von der Hitze des Zorns. »Maeve hat damit nichts zu tun!«

»Tatsächlich?« Teirnan lachte. »Ich dachte, sie hätte doch etwas damit zu tun. Ich dachte, du *wüßtest* …«

»Ich wüßte *was?*«

»Daß sie, als sie das letzte Mal zum Stammeskeep kam, zugestimmt hat, meine *Meijha* zu werden.«

Von seinem Zorn vorangetrieben, bewegte sich Brennan, bevor Teirnan es tun konnte. Er war sich nur noch der Tatsache bewußt, daß er seine Hände um die Kehle seines Cousins schloß, ihn zu Boden drückte und die schöngestalteten Knochen fast unter der Haut zerdrückte, die der seinen so ähnlich war. »*Ku'reshtin* …«

»Frage sie!« stieß Teirnan mühsam aus. »*Frage* sie, Cousin! Glaubst du, sie würde *dich* belügen?«

Brennan drückte ihn weiter auf den Boden. »Das würde sie niemals tun ... sie würde *niemals ... nicht mit dir ... nicht mit einem wie dir ...*«

»Frage sie«, forderte Teirnan ihn heraus. »Aber frage sie auch, warum sie nicht zum Stammeskeep kommen will. Frage sie, warum sie ihren Schwur nicht ehren will.«

»Wenn sie einen Schwur geleistet hat – *wenn* sie es getan hat –, werde ich sie davon entbinden ... ich werde sie davon *entbinden* ...«

»Er wurde freiwillig geleistet ...« Teirnan kämpfte, aber der schwindende Atem beraubte ihn seiner Kräfte. »... er wurde freiwillig geleistet, Brennan, und nur sie kann ihn brechen. Nur Maeve – oder ich. Und ich würde das niemals tun.«

»Warum nicht?« fragte Brennan.

»Weil du willst, daß ich es tue.« Teirnans Lachen wurde aus seiner arg gequetschten Kehle gerissen. »Sie wird es niemals tun. Sie ist zu ehrenhaft dazu. Aber ich nicht. Aus einem ausreichenden Grund werde ich ihn brechen. Aber ... im Augenblick dient er mir ... er dient mir zu sehen, wie verärgert und hilflos du bist ...«

»Bei den Göttern ...« Brennan würgte ihn. »Bei den Göttern, ich schwöre dir, wenn du ihr jemals Schaden zufügst, durch Worte oder Taten, werde ich meine Hände mit deinem Blut beflecken. Du wirst mich vielleicht zum Mörder eines Verwandten machen, aber das ist eine Bürde, die ich zum Nutzen meiner *Rujholla* gern auf mich nehmen würde ...«

»Bastard«, spottete Tiernan. »Die Homaner nennen sie einen Bastard.«

Lir. Sleeta schaltete sich ruhig ein. *Lir, wenn du es tun willst, dann tue es. Wenn du es nicht tun willst, dann laß ihn los. Sei nicht unschlüssig.*

Du hättest gern, daß ich ihn töte, sagte er. *Ich kann es spüren.*

Nein. Aber es klang entschieden widerwillig. *Wenn du ihn tötest, übernimmst du die Verantwortung eines Narren. Und du verdienst etwas Besseres als das.*

Brennan lachte bitter. Und dann ließ er Tiernan los, erhob sich und sah auf den keuchenden Krieger hinab. »Dies wird geklärt«, sagte er. »Diese Sache zwischen dir und mir und Maeve. Sie wird offen geklärt werden, gleichgültig wie es ausgeht.«

Teirnan richtete sich auf einen Ellenbogen auf. »Frage sie«, flüsterte er. »Frage sie, ob es unfreiwillig geschah. Frage sie, ob sie gezwungen wurde, als sie in mein Bett kam.«

Es kostete Brennan viel Mühe, gleichgültig die Achseln zu zucken. »Wenn sie gezwungen wurde«, sagte er, »bist du tot.«

Brennan wandte sich um und holte seine Stute, die unruhig geworden war, während Teirnan vom Boden zu ihm hochsah. *Sleeta,* sagte er, *wir gehen nach Hause.*

Die Katze erhob keine Einwände dagegen, ihresgleichen so bald wieder zu verlassen. Die Katze schwieg.

Kapitel Drei

Die Graue warf Brennan bei Sonnenuntergang in der näheren Umgebung Mujharas ab und ließ ihn halb betäubt im Schmutz liegen, während sie auf die Stadt zugaloppierte. Kurz darauf setzte er sich auf, spie Blut von seiner zerbissenen Lippe, schaute benommen hinter ihr her und fluchte, wenn auch nicht sehr fließend, denn er hatte sich auch auf die Zunge gebissen.

Dein Fehler. Sleeta saß nicht weit von ihm entfernt, den Schwanz ordentlich um eine rabenschwarze Hinterpranke gerollt. Die Spitze zuckte einmal, zweimal und hielt dann inne. *Du hast zu sehr auf die Worte deines Cousins geachtet und nicht genug auf die Stute.*

Brennan runzelte die Stirn, blickte der Stute nach und massierte eine wunde Schulter. Er sah die Katze nicht an.

Kurz darauf zuckte eines ihrer Ohren. *Bist du verletzt?*

Nach einer Weile: »Nein.« Grollend.

Also verwirrt.

»Ja«, bestätigte er mürrisch und schaute zur Stadt, die die widerspenstige Stute jetzt verschluckte. Er konnte die Mauern von hier aus nicht sehen, weil Mujhara so sehr gewachsen war, daß die Stadt selbst – der Teil, der innerhalb der Mauern lag – von anderen, an den Rändern kauernden Behausungen, Ansammlung auf Ansammlung, eingeschlossen worden war, bis das Neue das Alte fast überwältigt hatte.

Nun, was hast du erwartet? Sie ist ein Pferd, kein Lir. Sie versteht Dinge wie Würde und Anstand nicht.

Brennan warf der Katze einen halb angewiderten,

halb belustigten Blick zu. Man konnte sich darauf verlassen, daß Sleeta die Dinge ins rechte Licht rückte, obwohl ihre Ansichten sich recht häufig von denen anderer unterschieden.

»Ja, nun, sie wird dieses Verständnis entwickelt haben, wenn ich mit ihr fertig bin.«

Wenn sie nach Homana-Mujhar zurückkehrt.

Er runzelte die Stirn. »Ja. Sie wäre es wert, gestohlen zu werden.«

Aber nur, wenn sie zuerst eingefangen werden kann, erklärte Sleeta. *Wie viele haben deine Geduld, dein Können, deine Sanftheit ...*

Ausreichend viele, sandte er über die Verbindung und konnte das Lachen nicht mehr unterdrücken. *Genug, Sleeta ... ich weiß, was du willst. Aber ich versichere dir, daß nur mein Stolz Schaden erlitten hat, und er wird sich nur zu schnell wieder erholen.*

Nicht wenn der Prinz von Homana entdeckt wird, während er sich mit schmutzigem, blutigem Gesicht im Staub wälzt.

Diese Worte ließen ihn sich schneller erheben, als alles andere es vermocht hätte, auch wenn es ein wenig schmerzte. Er klopfte sich den Staub von der Hose, richtete sein Wams, versuchte sein Gesicht zu säubern, tupfte Blut von seiner aufgeplatzten Lippe, bemühte sich, nicht auf die wunde Schulter zu achten und seufzte dann. »Prinz oder nicht Prinz – ich hatte es verdient. Ich wußte es besser, als daß ich der Grauen trauen durfte. Dennoch hat Teir mir auch Grund gegeben, erregt zu sein. Dieser *Ku'reshtin ...*« Der Zorn flammte erneut auf. »Wenn er Maeve *jemals* etwas antut ...«

Sleeta wollte ihn beruhigen. *Ich glaube nicht, daß er so töricht wäre. Außer dir sind auch noch andere Rujholli beteiligt.*

»Ja. Aber der eine ist nach Solinde gegangen und der andere nach Atvia.« Eine Woge von Einsamkeit

143

schwappte plötzlich über ihn hinweg. »O Götter, *Lir* ...
ohne Hart bin ich nur ein halber Mensch und so allein ...«

Du hast mich.

Er sah sie an. Sie saß aufrecht im Staub, die Augen
halb vor der untergehenden Sonne geschlossen. Sie
schien äußerlich ruhig, aber über die Verbindung
spürte er ihre Bereitschaft. Sleeta wartete auf etwas.

Brennan lächelte. »Ja. Ich habe dich. Und das ist
mehr, als irgendein Mensch sich wünschen könnte,
selbst von den Göttern.«

Der Schwanz zuckte einmal. Er hatte gesagt, was sie
hatte hören wollen. *Natürlich. Ich bin Sleeta.* Er ver-
senkte eine Hand lachend in ihrem weichen Fell und
streichelte den großen keilförmigen Kopf, verlor sich in
dem seidigen Samt ihres Pelzes. Er war vor allem ein
Mann für Frauen, aber sogar eine erstaunlich gute Bett-
genossin konnte ihn nicht mit solch unendlicher Befriedigung erfüllen wie sein großartiger *Lir.*

Er seufzte und zupfte an einem aufgerichteten Ohr.
»Ach, Sleeta, was würde ich nur ohne dich tun ...?«

Die Katze schnurrte nur, als sei die Antwort ohnehin
klar.

Brennan tätschelte eine rabenschwarze Schulter.
»Weiter, *Lir.* Wenn wir hier draußen sitzen bleiben,
kommen wir dem Palast nicht näher. Und ich habe
Hunger – ich habe seit Stunden nichts mehr gegessen,
und es ist fast Zeit fürs Abendessen.«

Sleeta leckte eine Pranke vom Staub frei, erhob sich,
streckte sich und trottete auf den Stadtrand zu.
Brennan paßte seinen Schritt dem ihren an.

Seine Stiefel waren äußerst ungeeignet, um jede größere Entfernung zurückzulegen, bemerkte Brennan
schnell, besonders da er bereits von einem unangenehm gewaltsamen Pferdeabwurf steif und wund war.
Hungrig, fußwund und entschieden zornig, hielt

Brennan in einer der gewundenen Straßen inne, die jetzt von neu entzündeten Fackeln hell erleuchtet waren, und beugte sich herab, um behindernde Falten aus seinem linken Stiefel zu streichen. Diese Stiefel waren seine liebste Fußbekleidung bei der Arbeit mit Pferden, aber nur, wenn er *im* Sattel saß, nicht außerhalb davon. Er hatte bereits Blasen davongetragen.

Du hättest in Lirgestalt gehen können, bemerkte Sleeta.

Brennan, der sich an die Mauer des nächsten Gebäudes lehnte, nickte als Antwort auf den Gruß eines Vorübergehenden kurz. *Nicht in der Stadt. Du weißt, daß die Homaner niemals den Unterschied zwischen Lirs und wilden Tieren feststellen können – sie würden uns wahrscheinlich beide töten, bevor sie daran dächten, uns zu fragen, ob wir Menschen oder Tiere sind.*

Sleeta war in den Schatten nur ein dunkler Fleck, obwohl das Fackellicht ihr glänzendes Fell noch heller schimmern ließ. Sie blinzelte, unversöhnlich wie immer. Obwohl die Verbindung ihnen beiden eine ungehinderte Verständigung bot, auch um Empfindungen deutlich zu spüren, war Sleeta ihm gegenüber manchmal verschlossen. Auch wenn sie ihm äußerst ergeben war, blieb sie doch ein sehr eigenständiges Tier.

Brennan preßte eine Hand auf seinen Bauch. »Wenn ich nicht bald etwas esse …«

Dann iß etwas, schlug Sleeta vor. *Ich werde meinem Lir doch keine Mahlzeit verweigern, wenn er so nahe am Verhungern ist.*

Brennan brummte. Es wären mehr als zwei verpaßte Mahlzeiten nötig, um ihm Gewicht zu nehmen. Er hatte vielleicht nicht ganz den hoch aufgerichteten Körper seines Vaters, aber durchaus die Größe und Muskulatur, die Cheysuli üblicherweise besaßen. Er war ohne Zweifel ein Krieger: fähig, stark und körperlich gut für den Lebensstil seiner Cheysulikameraden geeignet. Aber Brennan dachte, daß zusätzlich zu dem bloß ererbten Knochenbau und Blut seine Ausdauer auch häufigen Armübungen und täglichen Stunden mit den Pferden zuzuschreiben war. Hart, ihm sonst so ähnlich, erschien im allgemeinen ein wenig weicher, wenn auch nicht wirklich *weich*. Und Corin, der kleiner und leichter als sie beide, war weitaus gedrungener gebaut.

Ein Kriegsbogen, dachte Brennan. *Und Hart und ich sind homanische Schwerter – lang und tödlich –, während Corins Stärke eher im Verborgenen blüht.*

Ein Bild seiner Brüder stieg vor ihm auf und hing in der Luft, als wollte sie ihn verhöhnen, ihn der dünnen, seine Einsamkeit umhüllenden Haut berauben. Hart, sein anderes Selbst, befand sich jetzt in Solinde. Nur die Götter wußten, wie er im Land des Feindes zurechtkam. Er würde wahrscheinlich sein Leben verwetten. Und Corin, leicht aufbrausend und mit schneller Zunge, würde sich zweifellos in Schwierigkeiten seiner eigenen, einzigartigen Art verstricken, in Erinn und in Atvia.

»Erinn.« Brennan sprach jetzt laut. »Götter, Sleeta … Aileen wird bald unterwegs sein!«

»Was habt Ihr gesagt?«

Einen Augenblick glaubte Brennan, wahnsinnig geworden zu sein. Er hätte schwören können, daß die Katze laut gesprochen hatte. Aber dann erkannte er, daß die Frage von der jungen Frau gestellt worden war, die neben ihm stehenblieb. Sie war in einen dünnen, dunklen Umhang gehüllt, aber die Kapuze war ihr vom Kopf geglitten, so daß ihr geflochtenes, schwarzes Haar zu sehen war, glänzend wie Sleetas Fell, und er sah ein Gesicht, das er nicht sofort zuordnen konnte, obwohl er wußte, daß er es schon zuvor gesehen hatte.

»Nichts«, sagte er. »Ich habe nur mit meinem *Lir* gesprochen.« Er deutete auf Sleeta und sah, daß sich die Augen der jungen Frau weiteten, während sie ihn genauer betrachtete.

»Ihr!« sagte sie überrascht. »O … Mylord …« Und sie

146

sank in einen unbeholfenen Hofknicks, so daß sich ihre Röcke und der Umhang im Staub der kopfsteingepflasterten Straße ausbreiteten.

Durch die unerwartete Huldigung bestürzt, konnte Brennan sie nur anstarren. Und als ihr aufwärts gerichtetes Gesicht dann vom Fackellicht erhellt wurde, erkannte er sie.

»Das Mädchen aus dem Wilden Löwen!« Er griff hinab, faßte eine Hand und zog sie hoch. »Das ist nicht nötig ...« Er hielt inne, obwohl er ihre Hand nicht losließ. »Vergib mir, *Meijhana*, ich habe deinen Namen vergessen.«

Ihre Hand lag kalt in seiner. »Rhiannon«, antwortete sie leise. »O Mylord, ich habe geträumt ...« Sie brach jäh ab, entriß ihm ihre Hand und zog schnell die Kapuze hoch, um den größten Teil ihres Gesichts zu verbergen. »Es tut mir leid ... ich muß gehen.«

»Rhiannon ... warte!« Er bekam eine Falte ihres Umhangs zu fassen, um sie aufzuhalten, spürte, wie der dünne Stoff riß und verfluchte sich für seine Unbeholfenheit. Er könnte es sich durchaus leisten, ihr hundert Umhänge zu kaufen – und bessere als diesen –, um den zu ersetzen, den er soeben zerrissen hatte, aber er verstand etwas von Stolz. Der Ausdruck in ihren Augen sagte ihm, daß sie einen guten Anteil an dem Stolz hatte, den er selbst besaß.

»Ich muß gehen, Mylord.« Sie sagte nichts über den nun an ihrer Schulter, wo die Kapuze vom Rest abgetrennt worden war, aufklaffenden Umhang. »Wenn ich mich verspäte ...«

»Dann werde ich mit dir gehen, denn wenn du dich meinetwegen verspätest, wird der Wirt, glaube ich, nichts sagen.« Er lächelte sie an und versuchte die zerrissenen Stücke des Umhangs zusammenzuziehen. »Kann man im Wilden Löwen auch essen?«

»Natürlich, Mylord ... obwohl sicherlich nicht so gut, wie Ihr es gewohnt seid.« Sie stand ganz still, während

147

er den Umhang richtete. Sie sah ihn nicht an, hielt die schwarzen Augen zurückhaltend abgewandt. Zwei sanft beharrliche braune Finger unter ihrem Kinn hoben ihr Gesicht ins Licht, wo er es besser sehen konnte.

Etwas glitzerte auf dem Stoff ihrer Tunika. Brennan ergriff es, hielt es hoch: Es war sein Ring. Der in Silber gefaßte Saphir, den er ihr als Dank dafür gegeben hatte, daß sie während des Streits mit Reynald von Caledon, der schon vor Wochen wieder heimgekehrt war, die mujharische Wache gerufen hatte.

»Ihr wollt ihn zurück.« Sie griff aufwärts, um das Band über ihren Kopf zu ziehen, aber er hielt sie auf.

»Nein. Nein, ich habe ihn dir gern gegeben. Er gehört dir, Rhiannon. Solange du ihn behalten möchtest.«

»Solange ...?« Sie lachte leicht. »Für immer, Mylord. Natürlich.«

»Natürlich.« Er grinste. »Dann komm, *Meijhana* – sonst wird uns der Wirt beide beschimpfen.« Und er zog ihren Arm durch seine Ellenbogenbeuge und begleitete sie zum Wilden Löwen, als wäre sie die feinste Dame des ganzen mujharischen Hofes, während Sleeta neben ihnen hertrottete.

Es war das erste Mal, seit Brennan sich erinnern konnte, daß er ohne wenigstens einen seiner Brüder unter dem Türsturz des Wilden Löwen hindurchgegangen war. Rhiannon war bezaubernd und süß und fast sprachlos von der königlichen Gegenwart des Prinzen von Homana –, aber sie war nicht Hart. Sie war nicht Corin. Und er vermißte sie beide schmerzlich.

Das Wirtshaus war wie immer gut besucht, obwohl Brennan es schon voller gesehen hatte. Einige wenige Männer saßen zusammen bei einer Art Würfelspiel an einem Ecktisch – *wo ist mein Rujho?* fragte er sich traurig –, während andere, die lieber für sich blieben, an getrennten Tischen tranken. Sleetas Anwesenheit in dem Raum zog scharfe Blicke an und bestürzte Gesichter, aber es war nicht mehr neu, wenn ein Krieger und sein *Lir* frei durch Mujhara wanderten, und nur zu bald wandten sich die Männer wieder ihren Angelegenheiten zu.

Als sie eintraten, kam ein junger Mann – schwarzhaarig, braunäugig und mit freundlichem Gesicht – hinter einem Trennvorhang hervor und sah Rhiannon mit gespielt mißmutigem Stirnrunzeln an. »Frau, Frau«, schalt er, wenn auch ohne Zorn. »Was soll ich tun, wenn Männer nach deiner tüchtigen Bedienung verlangen und du nicht hier bist, um sie zufriedenzustellen?«

Sie errötete sofort. »Ich ... es tut mir leid, Jarek. Ich werde dafür länger bleiben.«

Er lachte. »Ja, das wirst du, und wenn auch nur, um mir Gesellschaft zu leisten, während ich die Bierfässer zähle.« Jareks gute Laune blieb, aber sein Lächeln bezog seine Augen nicht mit ein, als er Brennan ansah. »Sollte ich deine Unpünktlichkeit diesem Mann anlasten?«

»Das könnt Ihr tun«, bestätigte Brennan, der nur zu gut wußte – und noch besser verstand –, warum das Verhalten des Wirtes an uneingestandene Feindseligkeit grenzte. »Und anstatt Rhiannon länger bleiben zu lassen als sie sollte, werde ich Euch für die versäumte Zeit entschädigen.« Finger tauchten in die pralle Geldtasche an seiner Hüfte. »Nennt Euren Preis.«

Jarek sah Sleeta an, dann wieder Brennan. Er errötete und lächelte dann kläglich, zuckte die Achseln und spreizte die Hände. »Was würde ich von einem Cheysulikrieger wohl anderes verlangen als Gold? Aber natürlich nur in Münzen. Ich würde es nicht wagen, das zu verlangen, was Ihr an Euren Armen tragt.« Er konnte seinen Blick nicht von den *Lir*bändern abwenden. »Seid in meinem Wirtshaus willkommen, Krieger, und laßt, was Ihr wollt, als Geschenk für Rhiannon zurück, wenn Ihr wieder geht. Das wird genug Entschädigung sein.«

»*Euer* Wirtshaus?« Brennan nahm die Hand von der Geldtasche. »Ich kann mich nicht erinnern, Euer Gesicht schon früher gesehen zu haben. Und ich bin ein häufiger Besucher.«

Jarek runzelte leicht die Stirn. »Vergebt mir, Krieger, aber ich kann mich auch nicht an *Euer* Gesicht erinnern. Und dieses Wirtshaus gehört mir schon seit sechs Wochen.«

Rhiannon meldete sich leise zu Wort. »Er hat es gekauft, Mylord, nicht lange nach ... dem Kampf.«

»Ach.« Brennan zuckte die Achseln. Er erinnerte sich nicht gern an den Kampf mit dem Caledonier, da eines zum anderen geführt hatte und er jetzt bruderlos war, wenn auch nur zeitweise. »Nun, lastet ihre Unpünktlichkeit ruhig mir an. Ich habe sie aufgehalten. Und darf ich jetzt – denn sonst sterbe ich – um eine Mahlzeit bitten? Und um Wein. Roten Wein. Edlen ellasischen Wein.« Er trat lächelnd zum nächsten leeren Tisch und setzte sich. Sleeta streckte sich hinter seiner Bank aus – ein schimmernd atmender Teppich.

»Sofort«, lächelte Jarek, verbeugte sich und deutete auf Rhiannon. »Sie wird Eure Wünsche erfüllen.«

»Ja, ja, natürlich.« Sie versank vor Brennan erneut, und dieses Mal anmutiger, in einen Hofknicks und eilte dann davon, um den Wein zu holen.

Jarek ging nicht sofort, obwohl er Rhiannon genauso hinterherblickte wie Brennan. Dann wandte er sich mit abschätzendem Blick wieder um. Er lächelte. Sein Tonfall war unbekümmert und sorgfältig unverbindlich, was äußerst vielsagend wirkte. »Sie erweist Euch große Ehre, Krieger. Ich dachte, die Cheysuli legten nicht viel Wert auf Dinge wie Hofknickse und Titel.«

Brennan spürte Jareks unausgesprochene Herausforderung, obwohl sie nicht wirklich feindselig schien.

Selbst wenn Jarek und Rhiannon mehr waren als nur Arbeitgeber und Arbeitnehmer, was wahrscheinlich schien, wußte Jarek gewiß, daß Rhiannon auf reichere, höherrangige Bewerber großen Reiz ausüben würde. Er glaubte seinen Rang bei ihr gefährdet.

Aber Rhiannon schien Brennan nicht die Art Mädchen zu sein, das einen guten Mann fallenläßt, nur um mit einem anderen mit größerem Vermögen davonzustolzieren.

»Das stimmt auch«, stimmte Brennan leichthin zu. »Aber die Homaner legen Wert darauf. Rhiannon ist Homanerin und ehrt daher eher den Titel als den Menschen.« Er lächelte, als sie mit einem Krug Wein und einem hastig polierten Silberbecher zurückkehrte. Er konnte sehen, wo sie daraufgespuckt und mit einem Tuch darübergerieben hatte.

»Mylord«, sagte sie und füllte den Becher, »hier ist Euer Wein … der beste, den ich finden konnte.« Sie warf Jarek einen Blick zu. »Dein Privatfaß, Jarek, von der Rückseite des Kellers.«

»Mein Faß …«

»Er ist der Prinz von Homana!« zischte sie und lächelte Brennan schüchtern an. »Mylord, was darf ich Euch zu essen bringen?«

Brennan trank von dem Wein und schüttelte dann den Kopf. »Das ist einerlei«, antwortete er, als er den Wein hinuntergeschluckt hatte. »Frisches Fleisch, Brot, etwas Käse … habt ihr Obst?«

»Weintrauben aus Caledon«, sagte sie strahlend, und dann hatten sie plötzlich beide die gleiche Vorstellung: Reynald, der Cousin von Prinz Einar, mit der geschlagenen Eskorte um sich herum. Sie lachten gleichzeitig, und Jarek verließ sie schnell, zu schnell, und sein Rückgrat war starr wie Eisen.

Er ist eifersüchtig, bemerkte Sleeta träge von hinten.

Und er hat Grund dazu, belehrte Brennan sie. *Das Mädchen ist Eifersucht wert*. Und dann, als er jäh an die in Tiernans Netz gefangene Maeve denken mußte, ergriff er Rhiannons Hand, bevor sie wieder gehen konnte. »*Meijhana* ...«, er senkte seine Stimme, um ihr Peinlichkeiten zu ersparen. »Ist er gut zu dir? Bezahlt er einen angemessenen Lohn? Hat er ... Erwartungen?«

Sie wußte nur zu gut, was mit der letzten Frage gemeint war. Sie errötete heftig und wurde dann sehr bleich.

»Jarek ist ein guter Mann«, sagte sie ruhig. »Und was die Erwartungen betrifft ... ja, er hat Erwartungen, und warum auch nicht? Es zahlt mir *tatsächlich* einen guten Lohn, und ich bin ihm für seine Großzügigkeit dankbar.«

»Wie dankbar?« beharrte Brennan. »Und für wie lange?«

Sie entriß ihm ihre Hand. »Warum, Mylord? Wollt Ihr mir mehr bezahlen? Wollt Ihr mich länger behalten? Wollt Ihr *meine* Erwartungen erfüllen?«

Er war über ihre Deutung seiner Frage nach ihrem Wohlergehen entsetzt. »Rhiannon ... nein. *Nein*, ich schwöre, ich frage nicht, weil ich dich ... begehre.« Und er verfluchte sich jäh. Er hatte ihr die Wahrheit gesagt, aber auf zu grobe Art. Welche Frau *wollte* hören, daß ein Mann sie nicht für sein Bett begehrte? »Warte«, sagte er deutlich und spürte, daß ihm Röte ins Gesicht stieg. »Ich wollte nur fragen, ob er dich *gezwungen* hat. Nicht mehr.«

»Warum?« Ihr herzförmiges Gesicht wirkte starr, aber auch ausgesprochen stolz.

Er dachte zunächst daran, um Maeves willen zu lügen, aber er tat es nicht. Er hatte das Gefühl, daß Rhiannon die Wahrheit wert war. »Weil es Männer auf der Welt gibt, die den Willen einer Frau bezwingen, und ich würde es nicht gern sehen, wenn Jarek das bei dir täte.«

Das überraschte sie. Sie hatte während ihrer Tätigkeit in dem Wirtshaus zweifellos alle möglichen Arten von Einladungen und auch ungehobelte Angebote erhalten. Sie erwartete nicht, daß sich ein Mann über ihre Dienste im Bett hinaus um ihr Wohlergehen sorgte.

»Nein«, sagte sie. »Nein, er zwingt mich nicht. Ich ... ich wollte es ...« Sie schaute von ihm fort, obwohl ihre Finger nach dem Saphirring tasteten. Er glaubte, daß es unbewußt geschah. »Jarek ist ein guter Mann, besser als jeder andere, den ich gekannt habe.«

Brennan nickte und ließ ihre Hand los. »Dann freut es mich für dich, *Meijhana*.«

»Er ist freundlich und gerecht und großzügig«, fuhr sie fort. »Ich muß nicht Tag *und* Nacht arbeiten wie die Mädchen in anderen Wirtshäusern. Ich habe einen Tag in der Woche frei. Und ich kann jede Mahlzeit bekommen, die ich mir wünsche. Er hat mir sogar diesen geschenkt ...« Sie hob eine Falte ihres Umhangs an und errötete dann stark, als sie sich beide daran erinnerten, wie leicht der billige Stoff unter Brennans Hand gerissen war. »Er ist ein *guter Mann*«, erklärte sie verzweifelt und krampfte ihre Hände in den Umhang.

Brennan lächelte. »Ich bin überzeugt, *Meijhana*. Du kannst es sehr gut erklären.«

»Ich muß gehen«, sagte Rhiannon in gedämpftem Tonfall. »Die Arbeit wartet.« Sie wandte sich jäh um und warf dabei den Weinkrug um. Der Wein ergoß sich über den Tisch und spritzte rot wie Blut auf den Boden.

Brennan sprang sofort auf, um dem Sturzbach zu entgehen. Er stellte den Krug wieder auf, während Rhiannon ihren zerrissenen Umhang abnahm, um das Vergossene aufzunehmen. »O ... *Mylord* ...«

»Gräme dich nicht«, befahl er fest, als er Tränen in ihren Augen aufsteigen sah. »Ich bin nicht naßgeworden, und in den Kellern ist noch mehr Wein. *Shansu, Meijhana* ... die Welt wird sich weiterdrehen.«

»*Ungeschickt*«, sagte sie halbwegs verärgert und nahm den Krug und den durchtränkten Stoff in ihre schlanken Arme. Und sie war fort, bevor er erneut sprechen konnte, während Wein aus dem Umhang tropfte und eine Spur hinterließ.

Eine verdrehte Person, bemerkte Sleeta.

Nein, nein, nur überwältigt von meinem Titel, erklärte Brennan ein wenig traurig, während er sich wieder hinsetzte, nachdem er seine Bank nach Weinpfützen untersucht hatte. *Das geschieht so häufig, Lir … für meinen Geschmack zu häufig. Anscheinend kann ich niemals die wahren Menschen unter all der Ehrfurcht und Verlegenheit erkennen.*

»Mylord.« Es war Jarek, der einen neuen Weinkrug brachte. »Mylord, Rhiannon hat ihre Ungeschicklichkeit eingestanden. Ich bitte Euch, seid nicht zornig auf sie. Sie ist ein gutes Mädchen und wollte Euch nicht schaden.«

Diese willfährige Haltung war neu, paßte nicht zu ihm und war Brennan unerwünscht. Er verzog mißmutig den Mund. »Und glaubt Ihr denn, daß ich sie geschlagen sehen will? Glaubt Ihr, ich erwartete, daß sie ihre Stellung verliert? Es war ein Versehen, Wirt. Und selbst wenn ich naßgeworden wäre – glaubt Ihr, ich würde ihre Bestrafung wollen?«

»Wie soll ich das wissen, Mylord?« Jarek wandte sich steif um. »Männer, die Prinzen sind, wünschen häufig Dinge, die andere vielleicht nicht wollen.« Er deutete mit dem Kopf auf andere Gäste. »Ich bediene den Adel und die reichen Männer von Mujhara jetzt seit sechs Wochen. Glaubt Ihr, ich hätte nicht alle Arten von Vergeltung gesehen? Habe ich Grund zu glauben, Ihr wolltet sie nicht bestraft sehen?«

»Vielleicht nicht«, bestätigte Brennan kühl. »Aber so, wie die Dinge liegen, habt Ihr keinen Grund, überhaupt etwas von mir zu erwarten. Außer vielleicht meine Besuche, die dem Wilden Löwen stets angenehm waren. Es sei denn natürlich, Ihr wolltet mich jetzt nicht bedienen.«

»Wollt Ihr sie?« fragte Jarek offen und verzichtete

damit auf jegliche Diplomatie oder Achtung vor einem Titel. Sie waren jetzt einfach Männer. »Wollt Ihr sie nehmen?«

Brennan seufzte. »Sie hat Euch einen guten Mann genannt, Jarek. Sie hat Euch einen gerechten Mann genannt. Ich bin nicht geneigt, das in Frage zu stellen – sie klang recht überzeugt –, aber ich *bin* geneigt zu sagen, daß Ihr ein Narr seid.« Er nahm den Krug aus Jareks starren Händen entgegen und goß seinen Becher voll. »Ich pflege anderen Männern nicht die Frauen zu nehmen. Besonders nicht, wenn sie zufrieden sind, wo sie sind.«

Jarek wandte den Blick nicht ab, während Brennan trank. »Ihr könntet ihr viel mehr bieten. Und sie verdient es.«

Brennan leerte den Becher zur Hälfte und setzte ihn dann ab. »Jeder Mann und jede Frau hat ein *Tahlmorra*, Cheysuli und Homaner gleichermaßen. Wenn die Götter etwas Besseres mit ihr vorhaben, wird sie es bekommen. Ansonsten ist das nicht meine Aufgabe.«

»Sie ist ... etwas Besonderes.« Jarek klang verzweifelt. »Mylord, ich will sie nicht verlieren, nicht an irgendeinen Mann ..., aber ich will das, was für sie das Beste ist.«

»Das ehrt Euch«, sagte Brennan kurz darauf. »Aber habt Ihr niemals daran gedacht, daß das Beste für sie vielleicht der Mann ist, den sie hat?«

»Sie trägt *Euren* Ring um den Hals.«

»Und sie *wärmt* Euer Bett.« Brennan beugte sich auf der Bank vor und stützte die Unterarme auf den Tisch. »Wenn sie mich und nicht Euch wollte, könnte sie es zeigen. Sie könnte es geschehen lassen.« Er zuckte die Achseln. »Sie müßte nur zum Palast kommen und mich unter irgendeinem Vorwand sehen wollen. Ich würde sie empfangen. Das haben Frauen schon zuvor getan. Und sie tun es jeden Tag erneut.« Er hielt Jareks Blick mit seinem fest. »Wenn ein Mann Reichtum,

Macht, einen Rang, einen Titel hat – eines davon oder alles –, gibt es Frauen, die daran teilhaben wollen, und sei es nur eine Woche, eine Nacht, eine Stunde lang. Sie handeln in der Hoffnung, mit ihrem Körper Vorteile zu ernten. In der Hoffnung, Reichtum zu gewinnen. Und einige träumen sogar von Beständigkeit.« Er goß sich noch mehr Wein ein. »Ich bin nicht keusch. Ich genieße den Werbungstanz genauso wie jeder andere Mann. Aber ich bin auch kein Hengst, der es mag, wenn sich ihm die Stuten aufdrängen.«

»Rhiannon ... hat das nicht getan.« Jareks Stimme klang barsch, angestrengt.

»Nein. Glaubt Ihr, sie würde das jemals tun?«

Jarek schaute fort. »Nein. Nein. Sie ist nicht diese Art Frau.« Er seufzte tief. »Aber ...«

»Kümmert Euch um Eure Gäste, Jarek«, sagte Brennan bedachtsam. »Rhiannon braucht Euch.«

»Und Ihr?« fragte Jarek.

Er lächelte. »Ich brauche nur meinen *Lir*.«

Kapitel Vier

Das Essen war ausgezeichnet und der Wein noch besser. Jetzt, wo er gesättigt, zufrieden und schläfrig war, beobachtete er, wie sich Rhiannon anmutig durch den Schankraum bewegte und sich um Jareks Gäste kümmerte, und er überlegte, daß die junge Frau, wenn man ihre minderwertige Kleidung und eine gewisse naive Unschuld in ihrem Verhalten außer acht ließ, als eine von Deirdres Damen hätte gelten können. Sie war für eine ungebildete Nichtadlige sehr redegewandt und unendlich höflich – selbst jenen Männern gegenüber, die ihren Spaß mit ihr trieben oder jenen, die sich mit ihr zu verabreden versuchten. *Sie ist sicherlich entzückend genug, um Homana-Mujhar zur Ehre zu gereichen ...* Dann kam er jäh wieder zu sich. Er hatte Jarek deutlich erklärt, daß der Prinz von Homana keinerlei Absicht hatte, Rhiannon aus ihren gegenwärtigen Umständen herauszulösen, und doch hatte er gerade überlegt, wie es wäre. Er leugnete nicht, daß sie ihn anzog. Trotz Rhiannons ruhigen, bescheidenen Verhaltens konnte er spüren, daß sie auch eine leidenschaftliche Frau war.

Wer bist du, daß du darüber nachsinnst, mit dem Mädchen zu schlafen, wo doch deine erinnische Braut bald hierherkommen wird? fragte Sleeta absichtlich beiläufig.

Er seufzte. *Ja, wirklich, wer bin ich? Ich glaube, ein Heuchler. Oder einfach von zuviel Wein verwirrt.* Brennan rieb sich die Stirn. *Wir sollten nach Hause gehen, Sleeta ... ich muß Maeve einiges fragen.*

Er erhob sich, erinnerte sich an Jareks Lösungsvorschlag, ihn für Rhiannons Verspätung zu entschädigen, griff in seine Gürteltasche und legte ein Goldstück auf den Tisch, wohl wissend, daß es erheblich mehr wert war als der Preis für eine Woche Kost und Logis.

Großzügig, bemerkte Sleeta, erhob sich und streckte sich im Kerzenschein in ihrer ganzen anmutigen Länge.

Sie ist es wert ... Er lächelte, als Rhiannon vor ihm stehenblieb. »Jarek serviert ausgezeichneten Wein und ausgezeichnetes Essen, *Meijhana.* Und du sorgst für eine sehr anziehende Bedienung.«

»O Mylord ... wollt Ihr schon so bald gehen?« Sie errötete, als empfinde sie die Frage als zu persönlich oder zu verräterisch.

»Ich muß«, belehrte er sie, »aber ich werde wiederkommen.« *Wenn mein Jehan es mir erlaubt,* überlegte er sarkastisch.

Schlanke Finger umschlossen den Saphirring an dem Band um ihren Hals, während sich ihr Blick mit seinem verband und sie verstand, was sie dort sah. »Ich ... ich bin Jareks Frau, Mylord ...« Sie brach ab, fuhr aber dann wieder fort, als sei sie entschlossen, die Dinge vollkommen klarzustellen. »Ihr ... versteht ...«

»Ich verstehe.« Er strich ihr eine Haarsträhne aus dem Gesicht, schob sie sanft hinter ein ungeschmücktes Ohr. »Dann laß uns Freunde sein, *Meijhana* ... wenn du gestattest.«

»*Wenn ich gestatte ...!*« Rhiannon lachte halb erstickt. »O Mylord ..., wer würde Euch Freundschaft verweigern?«

Brennan lächelte spöttisch. »Mein Cousin«, sagte er düster. »Und ich bin sicher, daß es auch noch andere gibt.« Er schaute an ihr vorbei zu Jarek, der sie von seinem Platz neben dem Trennvorhang aus beobachtete. Sein Gesicht glich einer Maske, aber Brennan entdeckte etwas in seinen Augen, was von Verzweiflung sprach. »Sage Jarek, daß ich nicht ehrlos bin«, bemerkte Brennan. »Sage ihm, daß ich würdige, was anderen viel bedeutet.«

»Ja.« Rhiannon nickte. »Die Götter seien mit Euch, Mylord.«

»*Cheysuli i'halla shansu*«, erwiderte er und lächelte über ihre Verwirrung. »Ein Wunsch zum Cheysulifrieden.«

Rhiannon nickte erneut und wandte sich dann jäh ab. Brennan verließ den Wilden Löwen.

Er war nur noch eine Straße von den Toren des Palasts entfernt, als Sleeta warnend grollte. Es war in der *Lir*verbindung unvereinbar, mehr katzen- als *lir*ähnlich, als gehöre die Bedrohung mehr in ihre Welt als in die der Menschen.

Brennan fuhr auf der Stelle herum, die Hand am Messer, und sah, wie sich die Katze hinkauerte und hechelte, die Ohren flach an den Kopf angelegt. Das dann aus ihrer Kehle dringende Grollen hatte er bei ihr noch nie gehört, und es ließ seinen Nacken prickeln.

Sleeta ...

Lir ... Soviel war vereinbar. *Lir ... Lir ...*

Er konnte sich nur vorstellen, daß es um Ihlini ging.

»Sleeta ...?« Er wich zurück, preßte seinen Rücken gegen die nächste Mauer und versuchte, sein heftig pochendes Herz zu beruhigen. Er dachte daran zu schreien – der Wächter stand vielleicht unmittelbar um die Ecke, und die mujharische Wache war nur eine Straßenbiegung entfernt –, aber er tat es nicht. Sein Schrei wäre in Sleetas furchterregendem Ruf untergegangen.

Hunde! Es unterbrach die Verbindung und überflutete seine Sinne mit Sleetas Zorn und Angst. *Hunde ... Hunde ... Männer ...*

»Sleeta!« Ihre überwältigenden Empfindungen – tief aus ihr, ursprünglich, kaum mehr als instinktive Erwiderungen – brachten auch sein unsicheres Gleichgewicht fast ins Wanken. Und er befand sich in menschlicher Gestalt. Wenn er *Lir*gestalt annähme, würde er mit

159

Sicherheit sowohl von Sleeta selbst als auch von der Bedrohung, die sie spürte, übermannt werden. *Lir, Lir* ... in der Verbindung, in der Hoffnung, sie zu erreichen ... *Lir, was ist los? Wo?*

Die Jagdhunde ... die Jagdhunde ...

Und plötzlich griffen die Jagdhunde sie mit weit geöffneten Rachen an ... er konnte sie nicht alle zählen ... graue Gestalten in der Dunkelheit, Pfoten und Zähne und Krallen ... bellend, bellend ... beißend ... sie versuchten sie zu überwältigen, versuchten ihr die Kehle durchzubeißen ...

»Jetzt«, befahl eine Stimme. »Jetzt, solange er verwirrt ist.«

... und dann erkannte Brennan, daß sie *ihn* wollten, nicht Sleeta, überhaupt nicht Sleeta, nur als Mittel, ihn abzulenken, seine Aufmerksamkeit von *ihnen* abzuziehen, die ihn fangen wollten, ihn festhalten wollten, ihn berauben wollten ...

Oder wollen sie mich töten?

Und die ganze Zeit über bellten und knurrten die Jagdhunde, und Sleeta schrie ihren Zorn und ihre Angst und ihren Haß heraus.

Er versuchte sich umzuwenden. Er versuchte, sich zu verteidigen. Aber seine Schläge kamen seltsam verlangsamt. Seine Finger umschlossen das Messerheft nur schwach, boten keinen Schutz. Seine Sicht verschwamm. Er fluchte und dachte daran, ungeachtet Sleetas Schwierigkeiten *Lir*gestalt anzunehmen, aber Hände schlossen sich bereits um seine Arme, seine Handgelenke, seine Kehle – Finger verflochten sich in seinem Haar und verhakten sich darin – soviel Gewicht, soviel Kraft, ganz gegen ihn gerichtet, ihn an die Mauer pressend.

»Sleeta ...!« Aber die Hände verschlossen seinen Mund, drückten ihm die Lippen gegen die Zähne.

... *Sleeta* ... Aber er wußte, daß er sie nicht berühren konnte, sie nicht erreichen würde, bei all diesen Jagdhunden ...

... schwächer: *Sleeta* ...

»Schlagt ihn nieder«, befahl jemand. »Eine Katze ist Bedrohung genug. Wollt ihr euch mit zweien herumschlagen?«

Und er dachte: *Ich kenne diese Stimme* ...

Aber die Stimme sagte nichts mehr. Und wenn doch, dann hörte er es nicht mehr. Sie schlugen ihn mit einer Keule nieder.

Er wußte nicht, wo er war. Einen schrecklichen Augenblick lang wußte er nicht einmal, *wer* er war. Und dann wußte er es doch wieder und erinnerte sich an den Angriff und erkannte, daß er gar nicht beraubt oder geschlagen oder getötet worden war. Er war statt dessen *entführt* worden.

Sleeta ...?

Er versuchte sich zu bewegen. Eisen rasselte. Dunkelheit drückte schwer auf seine Lider und machte ihn vollkommen blind. Außer seinem abgehackten Atem und dem Schaben seiner Stiefelhacken auf dem Boden, wenn sich seine Beinmuskeln panisch anspannten, war nichts zu hören.

Sleeta ...?

Aber nichts kam über die Verbindung, keine Antwort, keine Bewegung innerhalb des Musters, das er als Sleeta kannte.

O Götter ... Lir ...

Nichts.

Er lag flach auf dem Rücken. Das Gestein unter ihm war kalt, hart, unnachgiebig. Das Gestein um ihn herum ebenso. Er befand sich also in einem Raum, nicht im Freien. Er konnte es an der Enge erkennen, die auf ihm lastete, an dem schwachen Echo der rasselnden Eisenketten. An Handgelenken und Knöcheln angekettet, konnte er nur blind auf das starren, was er als Dach erkannt hätte, wenn es hell genug gewesen wäre.

»Sleeeetaaa ...« Sein Ruf klang panisch.

Es erfolgte keine Antwort. Kein Geräusch. Nichts regte sich in der *Lir*verbindung.

Panik überwältigte seinen Verstand. Er kämpfte gegen das Eisen an, versuchte, die Eisenmanschetten und die Kette zu zerreißen, fiel wieder zurück, als er glaubte, sein Kopf würde platzen. Schmerz drohte ihn blind zu machen, nur daß er bereits blind war. Sein Magen verkrampfte sich, versuchte, alle Nahrung und den Wein auszuspeien, die er im Wilden Löwen zu sich genommen hatte, hätte es auch getan, wenn er nicht die Kehle und die Zähne dagegen zusammengepreßt hätte.

»*Der Löwe* ...« Das Keuchen drang flüsternd in die Dunkelheit und lief das Gestein entlang.

Jarek. *Seine* Stimme hatte den Befehl gegeben. War er so wahnsinnig eifersüchtig geworden, daß er seinen Rivalen in Ketten zu legen befahl?

Brennan unterdrückte ein Stöhnen. Der Schlag hatte die Haut an seiner Stirn aufplatzen lassen und fast seinen Schädel zerschmettert. Auch nur an Bewegung zu denken, ließ seinen Magen sich bereits winden.

Sleeta?

Der Ruf verklang erneut unbeantwortet.

O Götter ... nicht mein Lir ... o Götter, ich bitte euch, laßt sie leben ... Und er erkannte zu seiner Überraschung, daß diese Bitte nicht aus Angst um seinen eigenen Tod erwuchs, sondern weil er sich nicht vorstellen konnte, wie die Welt ohne Sleeta sein würde. Sie verdiente es zu überleben, selbst wenn es ihm nicht gelänge.

Kein Licht. Nur Dunkelheit und Gestein und das Gewicht der unbekannten Zukunft.

Blut lief in sein rechtes Auge. Sein krampfartiges Ankämpfen gegen das Eisen hatte die Wunde erneut aufplatzen lassen. *Verschont meinen Lir,* bat er ...

... und entglitt erneut ins Nichts.

Er erwachte schreiend. Er konnte die Worte nicht verstehen, denn sie waren kaum mehr als Kauderwelsch.

Er schrie, er *schrie*, und das Geräusch prallte von dem Gestein zurück und peinigte seine Ohren.

Er stank nach seinem eigenen Schweiß. Und er erkannte den Geruch. Der Gestank erfüllte seine Nase und er erkannte ihn, er *erkannte* ihn und erinnerte sich, wie er schon früher einmal gefangen gewesen war, gefangen und vollkommen erschrocken, so zutiefst erschrocken, daß er gekreischt und geschrien und sich beschmutzt und mit den Kinderhänden gegen die nackten Wände geschlagen hatte ...

... die Lirs. All die Lirs, mit weit geöffneten Schnäbeln und ungeschützten Krallen, sie alle, die die Luft mit ihren Flügeln schlugen, seinen Kopf, sein Gesicht, seine Augen – sie hatten alle versucht, ihn in den Kerker, in den Schoß der Erde zu stoßen, ihn hinab und hinab und hinab zu stoßen, bis er allein schon aus Angst stürbe, weil jedermann wußte, daß es dort unten keinen Grund gab ...

Götter, er hatte Angst.

... Lirs und Lirs und Lirs, in den Schatten verborgen, in Verschwiegenheit gehüllt – er hörte sie ... er wußte, daß sie da waren, jeder einzelne von ihnen, die miteinander sprachen, die einander sagten, daß er nicht zum Sohn des Mujhar geeignet war, weil er Angst hatte, und Cheysuli fürchteten nichts ...

Aber *dieser* Cheysuli fürchtete sich.

... soviel Angst, während die Mauern näherkamen. Soviel ANGST ...

Die Erinnerung schwappte aus den schwärzesten Tiefen von Brennans innerstem Selbst herauf, schlug gegen sein Wachsein an, bis sie hindurchbrach und an die Klippen des Bewußtseins brandete, und er erinnerte sich an alles. Einmal, und nur einmal, war er so eingeschlossen gewesen wie jetzt, gegen seinen Willen, hilflos gemacht. Es war kein Eisen im Spiel, keine absichtliche Gefangennahme gewesen, aber das Ergebnis war dasselbe. Die *Angst* war dieselbe.

Damals besaß er noch keinen *Lir*. Er war noch ein

Junge. Jetzt besaß er auch keinen *Lir*. Sleeta war nicht zu finden.

Er hielt kurz den Atem an, was einem Schluchzen ähnelte. Ohne Licht, ohne Welt, ohne Freiheit, ohne *Lir* würde er sicherlich wahnsinnig werden.

... soviel *Gewicht* ...

Die Sehnen standen wulstig empor, wanden sich unter der Haut. Er zerrte wieder und wieder an den Eisenketten, bis seine Handgelenke bluteten.

... raus ... raus ... *RAUS* ...

»*Sleeta* ...!« schrie er, und der Klang tönte wider und begrub ihn. Verschlang ihn erneut ganz.

*

Später, als er wieder zu sich kam: »... Angst.« Die Stimme war weich wie Kleehonig, aber ehrlich überrascht. »*Sieh* ihn dir an, Rhiannon!«

Brennan rührte sich nicht, sprach nicht, öffnete nicht die Augen, um sich umzusehen. Er lag vollkommen still, angespannt und starr, in Eisenfesseln und Blut, und dachte, er sei vollkommen wahnsinnig geworden.

Es konnte doch eigentlich nicht Rhiannon sein ...

»Du hast ihn zu fest niedergeschlagen«, sagte sie.

Laßt es nicht Rhiannon sein ... Und doch wußte er, daß es so war.

»Ich mußte es tun«, antwortete Jarek. »Aber das hat nichts *damit* zu tun. Er ist erschrocken.«

»Zu fest«, wiederholte Rhiannon. »Du hast ihm den Verstand aus dem Kopf geschlagen.«

... o Götter, nein ...

Jarek klang nachdenklich. »Ich habe schon früher ein- oder zweimal davon gehört ... von Platzangst. Aber ... bei einem Cheysulikrieger?«

»Sie sind ebenso Menschen wie alle anderen«, sagte sie scharf. »Glaubst du, er ist ein Magier? Er ist nur ein Mensch.«

»Ein *Gestaltwandler,* Rhiannon. Und – wie die Eiferer sagen würden – ein Anwärter auf den Thron.«

Rhiannon antwortete nicht.

Lir? fragte er, bat er.

»Er wird bis zur Opferung ausreichend erholt sein«, sagte Jarek. »Es wird die Götter nicht kümmern, ob er bei Verstand ist oder nicht. Gib ihnen Blut, und sie sind zufrieden.«

Brennan kämpfte um zu begreifen. *Anwärter auf den Thron?*

»Und du?« fragte sie. »Wirst *du* zufrieden sein zu wissen, daß du den Prinzen von Homana getötet hast?«

»Wenn es dienlich ist«, antwortete Jarek, »und es wird dienlich sein. Oh, das wird es.«

»Es gibt noch zwei weitere Söhne. Der Mujhar ist reich an Söhnen.«

Er dachte: *Ich war ein Narr – die Frau hat mich zum Narren gemacht ...*

Jarek: »Und arm daran, wenn alle getötet sind.« Bewegung. Das Rasseln von eisernen Kettengliedern, als Jarek die Fesseln überprüfte. »Kein sehr weiches Bett, nicht wahr? Kaltes, hartes Gestein ... Eisen als Bettzeug ...« Er lachte. »Wie hat er dich genannt? *Meijhana?* Vielleicht ein Schlafname ... ein süßer Cheysuliliebesname.«

»Es bedeutet ›Liebliche‹«, sagte Rhiannon. Und dann lachend: »Kannst du ihre Alte Sprache nicht verstehen? Du, Jarek, der sie so gut kennen will? Sogar *ich* weiß ein wenig darüber.«

Und ich weiß weniger als nichts ... Brennan suchte in der Verbindung erneut nach Sleeta. *Lir ... Lir ... wo bist du?*

Aber nichts antwortete ihm.

»Geh, Rhiannon. Es müssen Dinge gesagt werden, die deiner Gegenwart nicht bedürfen.«

»Nein?« Es klang verbittert. »Bist du also fertig mit mir, jetzt, wo ich deinem Zweck gedient habe?«

»Wir werden vielleicht wieder Verwendung für dich finden«, sagte er glatt. »Aber jetzt geh.«

»Er hat Schmerzen, Jarek. Du hast ihn zu fest niedergeschlagen.«

»Ab morgen um diese Zeit wird er niemals wieder Schmerzen verspüren. Jetzt *geh*.« Bewegung. Stoffrascheln, sich bewegende Körper. Und dann sprach Jarek erneut. »Nun, Mylord, wollt Ihr ewig Bewußtlosigkeit vorgeben? Wollt Ihr keine Fragen stellen?«

Brennan öffnete die Augen. Eine Schale mit Öl und einem gewundenen Docht erfüllte sein Gefängnis mit rauchigem Licht. Er sah gedrungene, sehr niedrige Steinmauern und einen halbhohen Eingang mit rundum gemeißelten Runen, der kaum groß genug war, einen gebückt gehenden Menschen hindurchzulassen. Er hatte schon früher einmal einen ähnlichen Ort gesehen, als er noch viel jünger gewesen war, als der *Shar Tahl* die Söhne des Mujhar sorgfältig in der Stammesgeschichte unterwiesen hatte. Er runzelte die Stirn und verbannte das Stirnrunzeln dann sofort wieder, als diese Bewegung die Wunde an seinem Haaransatz anspannte.

Und dann wußte er es. Eine Zelle. Die Art Zelle, in der ein Priester wohnte, kein Gefangener. Aber die Runen um den niedrigen Eingang entstammten der Alten Sprache, nicht dem Homanischen. Also war dies ein Ort der Erstgeborenen und ein sehr alter Ort, der jetzt von homanischen Eiferern einfach entweiht worden war.

Fragen, hatte Jarek gesagt. O ja, er hatte eine Frage: »*Warum?*«

Jarek nickte. »Ein guter Anfang, Mylord.« Er veränderte seine Lage, kauerte sich von einer geduckt stehenden in eine kniende Haltung, während Brennan an ihm vorbei zum Eingang schaute. Vor der Zelle saß ein Homaner, ein Wächter – obwohl Jarek anwesend war. Sie gingen kein Risiko ein. »Es gibt viele Antworten.

Eine lautet, daß die Cheysuli Dämonen sind und durch den Tod in die Unterwelt Asar-Sutis zurückgesandt werden müssen, wo sie auch herkamen.« Er lächelte, als seine gleichmütige Stimme schwach widerhallte. »Eine andere Antwort lautet, daß die alten Götter der Homaner ihren Blick von uns abgewendet haben und Blut fordern, um ihre Gunst zurückzuerlangen.« Jareks grunzendes Gelächter ließ seine Worte spöttisch wirken. »Und eine dritte Antwort lautet, daß die *Vernichtung* jener erforderlich ist, die jetzt dem Thron nahe sind, um den Weg für den rechtmäßigen Regenten freizumachen.« Er schaute kurz zu dem Wächter.

Brennans Kopf pochte. Aber im Augenblick hielt das Erstaunen die Platzangst im Zaum. »Seid Ihr wahnsinnig geworden? Ich kann jeden dieser lächerlichen Gründe widerlegen.«

»Tatsächlich? Das trifft vielleicht auf die ersten beiden Gründe zu – ich halte Euch genauso wenig für einen Dämon wie mich, und die alten Götter sind schon vor langer Zeit verschwunden –, aber ich beziehe mich für Eure Tötung auf den letzten Grund, Mylord.« Die zuckenden Flammen der Öllampe zeichneten Schatten auf Jareks Gesicht. »Ich persönlich habe nichts gegen Eure Rasse. Die Cheysuli haben genauso ein Recht, in diesem Land zu leben wie die Homaner, aber …«

»*Warum* dann …«

»Warum?« wiederholte Jarek mit Nachdruck. »Weil die Cheysuli jetzt durch die Fehlleitung einer verdrehten Prophezeiung und die blinde Ergebenheit der durch Carillons Legende überwältigten Homaner den Löwenthron innehaben. Und *das*, Mylord Prinz von Homana, ist der Grund, warum Ihr – und andere Eurer Verwandten – sterben müßt.«

Brennan starrte ihn an. »Ihr seid *tatsächlich* wahnsinnig geworden!«

»Nein.« Jarek blieb gelassen. »Es gibt jemanden auf

der Welt, der weitaus besser geeignet ist, Homana zu regieren als Euer Vater.«

»*Ich* bin wahnsinnig geworden«, murmelte Brennan ungläubig. »Dies ist lediglich ein Alptraum ...«

Jarek lächelte nur. Sein Gesichtsausdruck war seltsam leer, als genieße er es, nichts preiszugeben, was er – aus besonderen Gründen – nicht selbst preisgeben wollte.

Und plötzlich erinnerte sich Brennan mit eiskalter Klarheit an seinen Cousin. »Ihr seid Cheysuli ...?« Es war eine Frage, eine Feststellung und eine Anklage zugleich.

Jareks Brauen schossen in die Höhe. Etwas flackerte kurz in seinen hellen Augen auf und verschwand dann wieder. Er lachte. »Sehe ich denn wie ein Cheysuli *aus*, Mylord?«

Sein Gesicht wirkte in den verzerrten Schatten fremdartig, voller Flächen und Höhlungen. Er war schwarzhaarig, aber braunäugig, ein helles Bierbraun, bei der schwachen Beleuchtung an den Rändern fast gelbgold. Auch fehlte seiner Hautfarbe die charakteristische Sonnenbräune der Cheysuli, aber das war bei Corin und Keely ebenso.

»Cheysuli«, sagte Brennan und erschauderte vor Entsetzen, »und mit Tiernan, mit den *A'saii* verbündet ...«

Er schaute zu dem unmittelbar vor dem niedrigen Eingang wartenden Mann. »Ihr benutzt die homanischen Eiferer, um jedermann irrezuführen, der gegen Euch arbeiten könnte, der vermuten könnte, was Ihr vorhabt ...« Eisen rasselte. »Alle kennen die Geschichte von Eleks Ermordung – daß er vermutlich durch die Hand des Prinzen von Homana starb ... Und Ihr benutzt diese Geschichte. Ihr benutzt sie und andere Lügen, um die Wahrheit zu verdrehen, um die Prophezeiung zu verdrehen ... Ihr benutzt die homanischen Eiferer, um das rechtmäßige Haus niederzuwerfen und es durch Eures zu ersetzen.«

»Tatsächlich?« Jarek zuckte die Achseln. »Nein, Mylord. Ich bin nur mit denjenigen verbündet, die glauben, daß Carillon uns ein besseres lebendes Vermächtnis hinterlassen hat, als derjenige, der den Löwenthron jetzt innehat.«

»*Lebendes* Vermächtnis ...« Brennan wurde sehr still. »Wenn Ihr also *kein* Cheysuli seid, und wenn Ihr kein *A'saii* seid ...« Er hielt inne. »Ihr meint Carillons Bastard!«

»Carollan«, bestätigte Jarek. »Der Sohn des letzten *homanischen* Mujhar und vertriebener König.«

»Vertrieben! Er wurde niemals *anerkannt* – und selbst wenn er anerkannt worden wäre, könnte er nicht regieren. Er ist taubstumm, Jarek!«

Brennan rollte den Kopf auf dem harten Stein hin und her. »Das ist Wahnsinn, *Wahnsinn* ... das alles wurde schon vor zwanzig Jahren geregelt, als mein Vater und Caro sich trafen. Er hat keinerlei Ehrgeiz. Er hat keinen weiteren Wunsch als den nach einem friedlichen Leben. Und das hat er durch Taliesin ... Wollt Ihr ihn von da fortzerren? Ihm den Löwenthron *aufzwingen,* selbst wenn er ihn nicht will?«

Jareks Ausdruck und Art waren weder die eines Wahnsinnigen, noch die eines Eiferers. Er widmete sich ruhig und aufrichtig seiner Sache, ohne die Wildheit, die ihn in den Wahnsinn stürzen könnte. Er war dem Zweck dennoch äußerst verhaftet. Brennan sah in ihm dasselbe ruhige Feuer, das in Tiernan brannte, und fragte sich erneut, ob er absichtlich getäuscht worden war.

Jarek schaute über die Schulter zu dem homanischen Wächter, wandte sich dann wieder um und befeuchtete seine Lippen. »Vor zwanzig Jahren wurde mein Vater von Eurem Vater ermordet, Mylord. In den Hallen Homana-Mujhars, vor dem Cheysulirat, hat Niall meinen Vater niedergestreckt, um ihn davon abzuhalten, den Cheysulianspruch auf die Königschaft zunichte zu machen. Dafür ist mein Vater gestorben. Ich leistete einen Schwur, Vergeltung für ihn zu üben, und ich habe die Absicht, es auch zu tun, gleichgültig um welchen Preis.«

»Elek wurde von seinem eigenen Volk geopfert«, sagte Brennan müde. »Mein *Jehan* hielt das Messer, das stimmt, aber nur weil es ihm jemand im Eifer des Gefechts in die Hand gedrückt und ihn dann gezwungen hat, Elek zu erstechen. Es war sorgfältig so geplant, meinen *Jehan* darin zu verwickeln.«

»Ich hätte von Nialls Sohn keine andere Antwort erwartet.« Jarek lächelte schwach. »Es ist alte Geschichte, Mylord, aber Geschichte ist etwas Lebendiges. Sie hinterläßt Anderen Leben und Wissen und den Antrieb, ehrgeizig und einer Sache verschrieben zu sein. Die Zeit wird knapp – Carollan wird älter, und mit jedem vergehenden Tag vergessen die Homaner mehr, daß der Löwenthron ihnen gehört und nicht den Cheysuli … nicht Niall, nicht Euch und auch nicht den Kindern, die Ihr vielleicht von Eurer erinnischen Königin bekommen werdet.« Das Licht flackerte und erstarb fast. »Es ist unser *Tahlmorra,* den Löwenthron vom Cheysulianspruch reinzuwaschen und ihn wieder den Homanern zu übergeben.«

»*Tahlmorra* …« Brennan hatte nicht die Kraft auszuspeien. »Wenn Ihr das tut – wenn Ihr mir oder jemand anderem das antut –, *werden* die Götter den Blick von Euch abwenden!«

»Dann ist es nur umso besser, wenn wir sie mit einem Blutopfer besänftigen.« Jarek nahm die Schale mit Öl auf und befahl dem anderen Mann zu gehen.

Brennan spannte sich in seinen Fesseln an. »Ihr könnt mich nicht einfach so umbringen … im Krieg, *ja,* aber so? Im Namen *Carollans?*«

»Aber natürlich können wir das.« Das Licht lag starr auf Jareks Gesicht. »Ihr habt bezweifelt, daß ich Cheysuli sein könnte?« Er nickte und fuhr fort. »Vielleicht wird Euch das überzeugen: Wir fangen und töten Cheysuli schon seit sechs Monaten – keine Krieger, außer wenn wir dazu gezwungen sind, weil zu viele *Lir*tode von anderen *Lirs* bemerkt werden würden –, sondern Frauen und Kinder. Es ist notwendig.« Er beugte sich näher heran und senkte seine Stimme. »Und jetzt greifen wir höher hinauf, wagen uns an die königliche Familie selbst, um zu zeigen, daß niemand unverwundbar ist, daß auch der Höchste überwältigt werden kann.« Er hielt inne. »Wenn es mir allein überlassen wäre, würde ich andere Mittel ersinnen. Tod ist Tod, aber er sollte mit Würde zu tun haben. Opfer sind barbarisch ..., aber auch nützlich. Sie erhalten das Feuer jener lebendig, die darauf ansprechen. Und wir brauchen ein Feuer, Mylord – hell und heiß und rein –, wenn wir die Cheysulikrankheit aus der Wunde, die Ihr in Homana geschlagen habt, herausbrennen wollen.«

»Jarek ...«

Aber Jarek war bereits fort und hatte die Lampe mitgenommen.

Kapitel Fünf

Schließlich kam Rhiannon. Der Raum wurde durch eine von ihr mitgebrachte Kerze erhellt, und sie kniete sich zu ihm in die Schatten. Ihre Handfläche lag kühl auf seiner Stirn. Sanft teilte sie das schweißstarre Haar, schob es zurück und legte die Wunde frei.

Er entzog sich ihr.

Sie atmete bestürzt hastig ein und zuckte erschrocken zusammen. Dann wandte sie sich jäh um und schaute über ihre Schulter zu dem niedrigen Eingang, als fürchte sie Entdeckung.

Glaubte sie, er wüßte nicht?

Er wollte sagen: *Laß mich allein,* aber er konnte die Worte nicht finden. Er dachte: *Wenn ich schon nicht aus diesem Gefängnis freikommen kann, dann soll es jemand mit mir teilen.*

»O Mylord ...« Ihre schwarzen Augen wirkten in den Schatten seines Gefängnisses noch schwärzer. »Mylord ...«

Er unterbrach sie. »Wo ist mein *Lir*? Was haben sie mit meinem *Lir* gemacht?«

»Sie haben sie woanders hingebracht. Mylord ...«

»*Lebt* sie?«

»Ja. Natürlich.« Ein Schmutzfleck verunstaltete ihr Gesicht. »Sie wollen euch beide unversehrt. Für die Opferung. Sie werden sie nicht vor der angemessenen Zeit töten.«

Er verzog den Mund. »Ich kann sie nicht *berühren*. Die Verbindung zu ihr ist abgebrochen!«

Die Flamme tanzte, spuckte, erlosch fast. Rhiannons Hand zitterte. »Ich schwöre, sie lebt. Ich *schwöre* es,

Mylord. Sie ist genauso gefangen wie Ihr, aber es geht ihr recht gut.«

»Ich kann sie nicht *berühren!*«

»Vielleicht liegt es an der Betäubung.« Das geflochtene Haar hing ihr über die Schultern, glänzendes, von einem karmesinroten Band durchzogenes Haar. »Der Wein ... Jareks Wein, der zweite Krug ... er enthielt ein Betäubungsmittel. Um Eure Cheysulimagie zu schwächen.«

Das Kerzenlicht ließ ihr Gesicht weich wirken. Schwarzes Haar, helle Haut, langlidrige, sprechende Augen – innerlich wuchsen in ihm Angst und Zorn. »Bei den Göttern, Frau, du hast mich getäuscht! Du hast mich in diesen von Jarek erschaffenen Wahnsinn hineingezogen.«

»Nein! O nein, ich schwöre ...« Tränen stiegen in ihren Augen auf. »Ich wußte nichts ...«

Brennans spöttisches Lachen unterbrach sie. »O ja, laß mich Tränen sehen! Nein, nein, Frau, nicht wieder ... Ich werde nicht *erneut* auf deine unschuldige Pose hereinfallen.«

»Mylord ...«

»Ich habe euch gehört«, beschuldigte er sie. »Dich und Jarek, wie ihr über meine Gesundheit und mein Wohlergehen und die Pläne für meinen Tod gesprochen habt. Glaubst du, ich würde mich zweimal zum Narren halten lassen?« Eisen klang, als er grimmig die Fäuste ballte. »Geh, Frau. Eile zu dem Mann zurück, der so freundlich, so großzügig, so ...«

»*Hört mir zu!*« Ihr verzweifelter Ausruf ließ die Kerzenflamme flackern und verzerrte Umrisse auf die gebogene Wand hinter ihr werfen. »Hört mir zu, Mylord, wenn ich leugne, von Jareks Plänen gewußt zu haben ... wenn ich leugne, freiwillig daran teilgehabt zu haben ...«

»O ja, du wußtest nichts.« Er wand sich in den Ketten und erfuhr erneut die hilflose Angst eines eingeschlossenen Mannes. »O Rhiannon, ich muß dich loben: Du hast deine Rolle sehr gut gespielt. Ich bin in die Falle getappt wie ein grüner Junge, der sich vor Sehnsucht nach seiner ersten Frau verzehrt ...«

»Was wollt Ihr mich sagen hören?« fragte sie. »Soll ich bei Euren Göttern schwören? Beim Mujhar? Oder darauf?« Das Licht fing sich in dem Saphirring an dem Band und ließ den Edelstein erglühen. »Dann werde ich bei Euch schwören, Mylord ... bei Brennan von Homana, dem Erstgeborenen der Söhne des Mujhar, dem es bestimmt ist, eines Tages den Löwenthron zu übernehmen.«

»So schlagfertig«, erwiderte er. »Du sprichst von Titeln und Schicksalen wie ein Shar Tahl, Frau, aber ich werde mich nicht wieder von dir verleiten lassen.«

Rhiannon bleckte wild die Zähne. »Ihr Narr ... Ich bin hierhergekommen, um Euch zu helfen so gut ich kann, und Ihr vergeudet Eure Kraft für Beleidigungen!«

Brennans Lachen klang eher wie ein kurzes Bellen. »Ein Narr bin ich also? Nicht mehr ›Mylord hier‹, ›Mylord da‹, jetzt, wo die Wahrheit heraus ist?«

»Im Augenblick, Mylord, läßt Euer Zustand wenig Raum, Euer Vermächtnis oder Eure Göttlichkeit zu erkennen!«

»Göttlichkeit ...« Dieses Mal klang sein Lachen echt. »Ja, in dieser übelriechenden Hülle ist nicht viel von einem Mann übriggeblieben, nicht wahr?«

»Ich bin gekommen, um Euch zu helfen«, sagte sie kurz angebunden. »Sagt mir, was ich tun soll.«

Er ließ die Ketten rasseln. »Laß mich frei, Rhiannon. Beweise mir, daß ich dich zu Unrecht beschuldigt habe.« Und er dachte: Welche Lüge wirst du mir jetzt erzählen?

»Jarek hat den Schlüssel.«

Er wollte ihr die Unschuld aus dem Gesicht schlagen. »Bist du also nicht seine Hure? Bist du nicht gut genug im Bett, um ihm den Schlüssel zu entlocken? Oder noch besser: *Stehle* ihn!«

Sie errötete. »Jarek ... ist mein erster Mann«, sagte sie steif und seltsam ehrlich. »Und das erst seit einem Monat ... locken ist ... etwas, was ich nicht beherrsche.« Die Knöchel ihrer um die rauchende Kerze verkrampften Finger waren weiß.

Er wollte sie anschreien, sie schütteln, die Wahrheit aus ihr herauszwingen. Und doch glaubte er ihr entgegen allen Umständen. »Und wenn du nicht zu locken, zu schmeicheln, zu *stehlen* versuchst, wird Jarek mich töten lassen.« Er sah, wie ihr Kinn krampfartig zitterte. Er sagte ruhiger: »Möchtest du, daß dieses Wissen mit der Erinnerung an den Ring wetteifert, den ich dir geschenkt habe?«

Sie schloß ihre Hand über dem Ring und drückte sie so fest zusammen, daß die Sehnen unter der Haut hervorstanden. »Wenn ich ertappt werde ...« Sie hielt inne. »Wenn ich ertappt werde, wird es *drei* Opferungen geben.«

Brennan schloß die Augen und spürte den Schweiß in seiner Stirnwunde stechen. Er würde die Wahrheit nicht leugnen, auch wenn er dachte, daß sie ihm vielleicht glauben würde, wenn er behauptete, Jarek würde niemals an so etwas denken. Jarek könnte daran denken.

Er prüfte die Fesseln erneut und stellte fest, daß sie noch genauso fest saßen wie zuvor, in die Striemen einschnitten und sie erneut bluten ließen. Er wandte den Kopf von ihr ab, biß die Zähne zusammen und versuchte, nicht zu betteln. Wenn es nicht genügte zu fragen, würde Betteln ihm nur noch seinen letzten Rest Stolz nehmen.

»Mylord ...« Als sie ihn dieses Mal berührte, entzog er sich ihr nicht. »Mylord, Jarek sagte, Ihr hättet Angst vor Orten wie diesem.«

Aller Atem entwich seiner Brust. »Das stimmt.« Es

war leichter, als er geglaubt hatte. Die Angst erledigte es für ihn. »Dieser Ort ... dieses *Gewicht* ...« Er brach ab, schloß die Augen und roch erneut den Gestank der Angst. »Als ... als ich noch ein sehr kleiner Junge war, wurde ich an einem ganz ähnlichen Ort gefangengehalten – ganz aus Stein, kaltem Stein, mit soviel Dunkelheit und all dem *Gewicht* ...« Er schluckte und würgte fast. »Ich hatte es vergessen, den Göttern sei Dank, *vergessen* ... bis jetzt ...«

»O Mylord.«

»Rhiannon ...« Er hielt inne, begann erneut, kümmerte sich nicht darum, daß seine Verzweiflung sichtbar war, daß der Klang seiner Angst das Gefängnis erfüllte. »Ich bitte dich ... *befreie mich!*«

Ihre Finger drückten kurz die kalte Haut seines Arms. »Ich werde tun, was ich kann.«

Und sie ließ ihn in der Dunkelheit allein, wo er ungestört weinen konnte.

Rhiannon kam nicht wieder. Es gab keine Freiheit, kein Wunder, das einen Schlüssel für die Handschellen aus der Luft herbeirief, um seine Fesseln zu lösen. Es gab keine Flucht in den Schlaf oder die Bewußtlosigkeit. Es gab nur das alles überragende Wissen, daß die Zeit zu schnell verging und daß er am Ende des nächsten Tages tot sein würde, im Namen Carollans, des Bastards seines Urgroßvaters geopfert.

Verflucht seist du, Carillon ... verflucht seien die Lenden, die einen Sohn von irgendeinem homanischen Aschenbrödel niedriger Geburt anstatt von einer solindischen Electra gezeugt hatten ...

Und doch erkannte er eine wahnsinnige, belustigende Ironie in diesem Fluch, denn ohne die Lenden, die Carollan – den tauben, stummen Caro – gezeugt hatten, hätte es auch keinen Niall gegeben. Keinen Brennan. Überhaupt keine Möglichkeit einer Cheysuliregierung –, weil es einen *homanischen* Erben gegeben hätte.

Und keine Notwendigkeit für ein Opfer. Das unebene Gestein drückte durch das Cheysulileder in seine Haut ein. *O Sleeta, gib mir die Kraft, wie ein Krieger zu sterben, und mich nicht dafür zu hassen, daß ich in dieser Angst vor engen, harmlosen Orten die Kontrolle verloren habe ...*

Schritte. Fackellicht, das durch den niedrigen Eingang schien und sein Gefängnis hell erleuchtete. Und der Umriß eines Mannes, der sich duckte, sich herabbeugte, um einzutreten und sich mit einem Eisenschlüssel in der Hand neben ihn zu knien.

»Mylord, Eure Zeit ist gekommen. Die Götter sind heute nacht durstig.«

»*Laßt* mich *in Ruhe!*«

»Was? Und Euch hierlassen, damit Ihr in der Enge wahnsinnig werdet?« Jarek öffnete die Fesseln um Brennans Knöchel. »Damit Ihr es nicht vergeßt, Mylord – wir haben auch Euren *Lir*. Versucht zu entkommen, und sie wird mit Gewißheit sterben.« Sein Gesicht war zum größten Teil in verzerrten Schatten verborgen. »Das Betäubungsmittel war stark.« Jarek legte das Eisen ruhig beiseite. Es klang in der winzigen Zelle wider. »Ein Kräutersammler, der sich mit solchen Dingen auskennt, hat uns eine Mischung aus Zutaten empfohlen, die für die meisten Menschen tödlich wäre, einen Cheysuli aber nur kurzzeitig – wenn auch wirkungsvoll – niederstreckt. Ihr kennt vielleicht eine der Zutaten: die Wurzel, die man *Tetsu* nennt.«

Brennans Muskeln verkrampften sich. »*Tetsu* ist tödlich!«

»Ist das wichtig?« Jarek lachte. »Es ist nicht tödlich, wenn es mit bestimmten anderen Kräutern zusammen benutzt wird – die Wurzel ist gefährlich, aber im richtigen Verhältnis nicht tödlich. Dennoch macht sie sich gewaltig bemerkbar, nicht wahr? Und von Eurem *Lir* getrennt, unterscheidet Ihr Euch nicht von einem Homaner.« Die Handfesseln wurden gelöst. »Kommt, Mylord. Die Götter warten.«

177

»Und wenn ich hierbleibe?« Brennan beugte die schmerzenden Handgelenke und biß gegen Wadenkrämpfe die Zähne zusammen. »Wenn ich es vorzöge hierzubleiben, was würdet Ihr dann tun?«

»Die Tür zumauern und Euch dem Tod durch Wahnsinn überlassen.« Jarek zuckte die Achseln. »Es würde die Götter vielleicht vorübergehend stören, ein so hoheitsvolles Opfer zu verlieren, aber es gibt noch andere. Wer sagt, daß das Opfer nur aus den Reihen der *Söhne* des Mujhar kommen darf? Es gibt auch Töchter ...«

»Nein!« schrie er auf und hörte seinen Schrei kurz widerhallen. »Nein, nicht meine *Rujholla*. Jarek ...«

»Dann kommt, Mylord. Kommt heraus an die Luft, wo Ihr wieder atmen könnt und wißt, daß Ihr *lebt*.«

Leben. Wie lange noch? Aber er hatte außerhalb der Zelle eine bessere Chance zu entkommen als in ihr.

Jarek trat beiseite und bedeutete Brennan, zuerst hinauszugehen. Er ging, gebückt und verkrampft, und spürte die frische Luft auf seinem Gesicht. Keine Ketten ... er war *frei* ...

Flammen schlugen ihm ins Gesicht. Er hob ruckartig eine Hand, um seine Augen zu schützen, spürte Hitze und das Lecken tropfenden Öls. Er stolperte, dachte daran, davonzulaufen, spürte Hände an seinen Armen. Jareks Betäubungsmittel tat in Brennans Kreislauf noch immer seine Wirkung.

Hinter den Flammen sah er Gesichter. Alles fremde Gesichter, zehn, zwanzig, dreißig oder mehr, aber er erkannte sie doch. Er erkannte sie an ihren lebhaften Augen und dem wilden Gesichtsausdruck. Daran, daß sie für Jareks Zwecke eintraten.

Rhiannon sah er nirgends.

Die Männer schlossen sich um ihn herum. »Kommt, Mylord«, sagte Jarek, als sie ihn zum Altar drängten.

Er bestand aus altem, dunklem Gestein, das von dem Blut ermordeter Cheysuli schwarz gefärbt war. Hinter den Flammen der Fackeln, die seine Gefangenenwärter trugen, sah er weitere Fackeln – zehn Stück – kreisförmig um den Stein herum in die Erde gesteckt. Die Erde unter den Bäumen rund um den Altar bestand nur aus Staub, aber jetzt würde sein Blut Schlamm daraus machen.

Er versteifte sich, versuchte sich freizuwinden, wurde auf den Altar zugeschoben.

»Euer *Lir*, Mylord«, sagte Jarek ruhig. »Vergeßt Euren *Lir* nicht.«

Sie hoben ihn hoch, obwohl er sich wehrte, warfen ihn auf den Stein, hielten ihn auf dem Rücken fest.

»Gerechtigkeit«, sagte Jarek.

»Ihr seid wahnsinnig … ihr seid *alle* wahnsinnig!«

»Die rechtmäßige Erblinie wird wiederhergestellt …«

»Carillon selbst hat Donal anstatt seiner Söhne zum Erben erklärt,« wandte Brennan ein. »Und er hat Aislinn, Carillons Tochter, geheiratet, die ihm einen Sohn gebar … dessen Sohn wiederum einen Sohn zeugte.«

»Der Löwenthron soll wieder einen *homanischen* Mujhar bekommen …«

Brennan wand sich. Sie hielten ihn fest. »*Ich* bin homanisch!« schrie er. »Ich bin der Nachkomme des Löwen!« Und er dachte mit plötzlich eiskalter Klarheit: *Aber wenn es ihnen gelingt – wenn ich getötet werde –, ist da noch immer mein Rujho … Hart kann Mujhar werden …*

Und die Prophezeiung wird weitergeführt.

Jarek sprach noch immer, sanft und ruhig, als hätte er diese Worte viele Male geübt. »Eleks Tod soll gerächt werden … seine Erinnerung soll im Blut des Sohnes seines königlichen Mörders wieder aufgefrischt werden.«

Brennan verfluchte sie alle, aber sie verstanden kein Wort davon. Sie kannten die Alte Sprache nicht.

»Carillons Sohn soll den Löwenthron bekommen …«

»*Ich bin Carillons Enkel!*«

»… und der Löwenthron soll wieder von der rechtmäßigen Erblinie, der göttergesegneten homanischen

Blutlinie besetzt werden ...« Jarek lächelte seltsam. Und dann begann er zu lachen, aber das Gelächter klang noch seltsamer.

Brennan rollte seinen Kopf auf dem Stein hin und her. »Narren und Wahnsinnige, ihr *alle* ...«

Grinsend gab Jarek den Befehl. »Nehmt ihm die *Lir*-bänder ab.«

Sie wurden ihm abgenommen.

»Holt die Katze.«

Sleeta ... Sleeta ... Sleeta ...

Jarek trat nahe an ihn heran. Fackellicht spiegelte sich auf seinem Messer. »Euren Ohrring, Mylord.« Und er berührte mit der Klinge das Ohr, während er das Ohrläppchen in die Hand nahm und herabzog, als wollte er den Ohrring freischneiden.

Brennan spuckte ihn an. »Im Namen der Sonne und des Windes und der Flüsse, der Erde und des Himmels und der Meere ...«

Jarek lachte.

»... im Namen des Jägers, des Webers, des Krüppels ...«

Und Jarek *lachte.*

»... verfluche ich Euch, Jarek, Sohn des Elek ... *ich verdamme Euch dazu, den Tod eines lirlosen Mannes zu sterben, unter den Kiefern und Klauen einer Bestie ...*«

Jarek beugte sich nahe heran, lachte noch immer und zeigte spöttisch herausfordernd die Zähne. »Belegt mich mit allen Flüchen, die Ihr *Jarek, dem Sohn des Elek* zugedenken wollt, Mylord. Sie werden *mich* nicht berühren.« Seine Augen wirkten in den zuckenden Flammen schwarz, aber die Ränder waren von einem klaren, unheimlichen Gold. »Was ich tue, tue ich im Namen Asar-Sutis, und *er* überwiegt alle Eure unbedeutenden Cheysuligötter.«

»Ihlini!« schrie Brennan.

»Jetzt!« brüllte Jarek und übertönte damit Brennans Schrei.

Jetzt, wiederholte Sleeta, als die *Lir*verbindung plötzlich zum Leben erwachte.

Brennan befreite sich von seinen Wächtern, während aus der Dunkelheit der Schrei einer jagenden Katze emporstieg, und bemerkte kaum, daß Jareks Messer durch herabgezogene Haut schnitt und sein Ohrläppchen abtrennte. Er spürte den Schmerz nicht mehr. Nur Zorn. Einen furchtbar brennenden Zorn, der das Wissen seiner selbst verschlang und ihn über den Rand stieß.

... abwärts ...

Zorn nährte die Flammen.

... abwärts ...

Er wußte seinen Namen nicht. Er wußte *ihren* Namen nicht, nur daß sie da war, *hier,* und ihm die nötige Kraft verlieh, ihm gab, was er brauchte, was er haben mußte, um es im Namen seines Zorns zu benutzen und zu führen.

Zorn und noch etwas. Etwas, das er als Angst erkannte.

Er streckte sich nach der Kraft aus, der Angst, dem Zorn, berührte sie, umfing sie, drückte sie an seine Brust.

... jetzt ...

Vor einem Ihlini waren seine Cheysuligaben, wie er wußte, fast unwirksam, aber jetzt fühlte er sich – seltsamerweise – stärker als jemals zuvor.

... jetzt ...

Jarek lachte nicht mehr. »Tötet ihn!« schrie er.

... jetzt ... flüsterte Brennan. Und er berührte in dem Flechtwerk der Verbindung Sleeta und das ganze furchtbare Erbe seiner Rasse.

In Gestalt eines lohfarbenen Rotluchses zerfetzte er Jareks Kehle.

Kapitel Sechs

Lauf... lauf... lauf... Eine Litanei in seinem Kopf. *... lauf... lauf...*

Die lohfarbene Katze lief auf vier Pfoten, während die gebogenen Krallen Grasstücke aufwühlten. Sleeta lief mit ihm, Schwarz vor Schwarz in der Dunkelheit der Nacht.

... lauf...

Er hustete tief aus der Brust heraus. Weinranken und Gestrüpp versperrten ihm den Weg und peitschten seine Augen. Dornen verfingen sich in seinem Fell, brachen ab, verhakten sich, bohrten sich in seine Haut.

Er lief dennoch weiter. Fließend, wie Honig durch eine Flamme.

Und dann kam unerwünscht die Erinnerung an das auf, was er gewesen war, was er *getan* hatte, und er stolperte aus der *Lir*gestalt in die menschliche Gestalt, die als Brennan bekannt war.

Er landete auf einem Ellenbogen, der nachgab, unter seinem Gewicht einknickte und ihn auf die linke Schulter fallen ließ. Und dann brandete aller Schmerz, den er vergessen hatte, erneut auf und ließ seine Knochen brennen.

In Laub verfangen, lag er schweratmend da. Sein Bauch krampfte sich mit jedem Atemzug zusammen, bis das Brummen und Keuchen verging und er wieder wußte, wer er war.

Ein Mensch.

Brennan stieß sich hoch. Feuchte Blätter bildeten vor der Nacht einen klebrigen Umhang um seine nackten Arme. Er erschauderte einmal, zweimal, würgte und spie den Inhalt seines Magens auf den Waldboden.

»Zu schnell«, krächzte er und betastete seinen pochenden Kopf. »Zu bald ... o Götter, mein *Kopf* ...«

Sleetas Augen wirkten in der Dunkelheit wie Öllampen. *Lir ... Lir ...* Sie preßte ihre Schnauze an seine Schulter und rieb sie daran, als wollte sie ihm Kraft und Trost geben.

Der Schmerz in seinem verletzten Kopf überwog fast die *Lir*verbindung, was ihn erschreckte. Er versuchte ihn beiseitezuschieben und nur an Sleeta zu denken, aber der Schmerz war so stark, daß sogar seine Zähne dadurch wehtaten.

Lir. Sleeta lehnte sich an ihn.

Brennan zwang sich, sein eigenes Unbehagen zu vergessen, um ihres zu lindern, indem er sie mit sanften Händen und mitfühlenden Worten tröstete. Sie waren wieder über die Verbindung vereint und bestätigten sich gegenseitig erneut, wie sehr sie sich brauchten. Die Angst, das Entsetzen und die Erschöpfung der Katze spiegelten die seinen wider.

»Götter ...« Das war das einzige Wort in menschlicher Sprache, das er hervorbringen konnte. Er war verwirrt, eingebunden in die vermischten Empfindungen einer Katze und eines Menschen, bis er sich einen Augenblick nicht mehr erkennen konnte, da er weder Mensch noch Katze, sondern einfach ein *Wesen* war.

Eine Eule schrie in der Nähe. Eine andere antwortete. Brennan hörte in der Ferne das ansteigende Heulen eines Wolfs, das Kläffen seines Rudels. Er zog beide Knie an und legte seine Stirn darauf, um den Schmerz fortzuzwingen.

Lir. Erneut Sleeta, die sich noch immer an ihn preßte. Seine Hand berührte stumpfes Fell, klebriges Blut, Flüssigkeit, die aus einer offenen Wunde sickerte. Und er war zornig über die Schändung.

»Sleeta ...« Dieses Mal begannen die Worte einen Sinn zu ergeben. Er kniete sich hin, untersuchte sorgfältig ihren Kopf, die Kehle, die Schultern, betastete vorsichtig ihre Rippen, den Bauch und die Flanken. Ein großer Teil ihrer Verletzungen blieb in der Dunkelheit verborgen, aber er wußte, daß sie nicht unversehrt war. Die Hunde hatten ihren Zoll gefordert. »Ku'reshtin«, murmelte er. »Jagdhunde auf einen *Lir* anzusetzen.«

Wirkungsvoll. Sleeta leckte seinen Nacken. *Sie haben mich von dir abgelenkt.* Sie hielt inne. *Blut, Lir. Hat er die Jagdhunde auch auf dich gehetzt?*

Brennan berührte vorsichtig sein linkes Ohr. Es war kein Ohrläppchen und kein Ohrring mehr da. Nur Blut zeigte die Stelle, wo er den katzenförmigen Schmuck getragen hatte.

Keine Jagdhunde, Lir. Dies hat ein Mensch getan. Dies hat ein Ihlini getan.

Nein! Sleeta war sofort erschreckt. *Ich hätte einen Ihlini erkannt.*

Das dachte ich auch, stimmte er ihr grimmig zu. *Aber in der Vergangenheit sind schon andere Ihlini sogar in Homana-Mujhar selbst unerkannt hineinmarschiert ... Wer weiß, welche Magie heraufbeschworen wurde, um unsere Augen vor der Wahrheit zu verschließen?*

Sie blieb vor Schmerz und Unverständnis reizbar. *Die Götter haben uns die Aufgabe übertragen, die Cheysuli zu beschützen, Feind von Freund zu unterscheiden, böse Absichten zu erkennen.*

Und Ihlini zu erkennen?

Das mehr als alles andere.

Brennan saß sehr still und wagte nicht einmal, seinen Kopf an ihrem Fell zu reiben. Mit nur wenigen Worten hatte Sleeta mehr über den Zweck der *Lirs* gesagt, als er jemals zuvor von ihr gehört hatte. Man hatte ihm als Kind beigebracht, daß ein *Lir* ein Geschenk der Götter und etwas Besonderes war. Der Bund zwischen Krieger und Tier war eine Gnade, die vielleicht niemand sonst verstehen konnte, etwas, was wertvoller war als alles andere. Solch eine Überlieferung von tiefster Verbundenheit ließ wenig Raum für Fragen und noch weniger für Antworten. Und die *Lirs* selbst hatten sich in vielen Dingen stets seltsam geheimnisvoll verhalten.

»Warum?« Er stellte die Frage laut, weil sie dadurch greifbarer wurde. Er stellte die Frage vorsichtig, wie beiläufig, weil er fürchtete, sie würde ihm nicht antworten, wenn er zu gespannt klang. »Warum sollt ihr Ihlini vor allem anderen erkennen?«

Da sie mehr Macht haben, bedeuten sie eine größere Bedrohung. Sleeta leckte seine Schulter.

Das war nicht die von ihm gewünschte Antwort. Sie sagte ihm damit nichts, was er nicht schon wußte. »Sicherlich bedeutet jede Macht die gleiche Gefahr.«

Ihr Atem war warm. *Wer ist sein eigener schlimmster Feind?*

»*Ich* bin natürlich mein eigener schlimmster Feind – das sagt mir nichts.« Und dann hielt er inne. Seine Finger gruben sich tief in ihr dichtes Fell. »Es sei denn natürlich, du willst mit dieser Feststellung die Behauptung meines *Jehan* bestätigen, daß Cheysuli und Ihlini miteinander verwandt sind.«

Sleeta stieß ihn mit dem Kopf an. *Lir, Lir, das genügt ... können wir nicht nach Hause gehen?*

Nach Hause. Meinte sie den Stammeskeep oder Homana-Mujhar? »Sleeta ...« Aber er beendete seine Frage nicht, weil er im Wald Bewegung hörte.

Er dachte zunächst, es seien die Homaner, die ihn suchten und ihn erneut auf den Altar zwingen wollten, um die Opferung zu vollenden. Er kauerte sich mit angezogenen Beinen hin, um sich zu einer raschen Flucht aufraffen zu können, aber er lief nicht los. Die Welt drehte sich langsam unter ihm, er fiel unbeholfen auf eine Hüfte und hielt sich nur durch einen starr ausgestreckten Arm noch aufrecht.

Nein, sagte Sleeta. *Denk nach, bevor du davonläufst.*

Er tat, wie ihm geheißen und verstand, was sie ihm vermitteln wollte. Nein, was er gehört hatte, war nicht der Lärm homanischer Jäger. Es waren nicht jene abgrundtiefen Narren. Die Enthüllung Jareks als Ihlini würde genügt haben, sie in die Flucht zu schlagen. Wenn es etwas gab, was einen die Cheysuli fürchtenden Homaner noch mehr schreckte, als ein Krieger, der *Lir*gestalt annahm, dann war es ein Ihlinimagier.

Kein Wunder, daß Jarek all diesen Unsinn über Carollan von sich gegeben hat – er hat es getan, um seine wahren Absichten zu verhüllen, um sich zwischen den Anderen verbergen zu können.

Er kauerte in der Dunkelheit, und Sleeta blieb neben ihm. Und dann stieß die Katze sanft seinen Arm an. *Das Mädchen, Lir ... diejenige, die mich befreit hat.*

Rhiannon. Also *hatte* sie getan, was sie versprochen hatte.

Der Lärm kam näher. Zweifellos glaubte sie, sich leise zu bewegen, möglichst verstohlen, aber für Brennan, der als Krieger aufgezogen und ausgebildet worden war, war ihr Vorankommen leicht zu verfolgen. Sie hatte nicht gelernt, sich wie zufällig zu bewegen, mit kurzen Schritten, zu warten, sich erneut zu bewegen, als wäre sie ein Tier. Sie raschelte, ließ Zweige zurückschnappen, bewegte Weinranken und Gestrüpp. Er wartete, bis sie nahe genug war und nannte dann ihren Namen.

Ihre Bestürzung ließ sie zwei Schritte zurückweichen, und dann war sie schnell gefangen, Kleidung und Haar in gewundenen Zweigen verheddert. Er hörte ihren hastigen Atem und das Reißen dünnen Stoffs, als sie sich zu befreien versuchte.

»*Meijhana,* nein. Du brauchst vor *mir* nicht zu fliehen.« Und er richtete sich auf, eine Hand gespreizt an den Stamm einer Fichte gelegt, um nicht hinzufallen.

»Mylord?« Alle Bewegung hörte auf. »Brennan?«

»Ja. Und mein *Lir,* den du freundlicherweise befreit hast.«

Er hörte, daß mehr Stoff riß, dann etwas Metallisches, ihren bemühten, stoßweisen Atem. Und dann war sie frei und stand vor ihm. Schmutz bedeckte ihre Zöpfe, hing an ihrer Kleidung, verunstaltete ihr Gesicht. Aber sie lächelte und lachte und streckte ihm schimmerndes Gold entgegen.

»Eures, Mylord. Als alle anderen davonliefen, nahm ich sie an mich, um sie Euch zurückzugeben.«

Er hatte nicht geglaubt, die *Lir*bänder jemals wiederzusehen. Noch hatte er sich bis jetzt die Zeit genommen, darüber nachzudenken, was ihr Verlust bedeutet hätte. Auch wenn ihn nicht das *Lir*gold zu einem Mann oder einem Krieger anstatt eines Jungen machte, war es dennoch ein wesentlicher Bestandteil seiner selbst. Der Verlust hätte ihn im Tod ebenso sehr mit Scham erfüllt, wie sie zu tragen ihn im Leben ehrte.

»*Leijhana tu'sai*«, flüsterte er. »O *Meijhana*, ich schulde dir so viel. Für Sleeta ... für mein Leben ... hierfür ...«

Sie mied seinen Blick. »Den Ohrring konnte ich nicht finden, Mylord. Vielleicht ... wenn wir zurückgingen ...«

»Nein. Es ist unwichtig, denn mir fehlt auch das Ohrläppchen, in dem ich ihn getragen habe.« Er lächelte kläglich, als sie es plötzlich bemerkte. »Diese genügen, *Meijhana*. Wirklich.« Er ließ die Hände langsam durch die schweren goldenen Ringe gleiten und schob die Bänder über die Ellenbogen, bis das Gold fest an seiner lebendigen Haut anlag. Die Bänder waren nur einen Augenblick kühl und erwärmten sich dann, erinnerten sich an den ihnen bestimmten Platz, und er war wieder vollständig. »*Leijhana tu'sai*«, sagte er erneut und fuhr die Katzenfiguren in dem Metall nach.

Rhiannon zuckte leicht die Achseln. »Die Rückgabe Eures Goldes reicht nicht aus, um Euch für den Schmerz zu entschädigen, den ich Euch und Eurer Katze zugefügt habe. Wenn ich Jareks Absichten gekannt hätte ...« Sie brach ab, und Tränen traten in ihre Augen. »O *Götter* – wie konnte ich nur so blind sein, so *dumm* ... wie konnte ich nicht erkennen, was er vorhatte?«

Er streckte eine Hand aus, berührte mit einer Handfläche ihren Hinterkopf und zog sie langsam an sich, bis sie ihr Gesicht an sein verschmutztes Wams drückte und sich an seine Arme klammerte. Zunächst hielt sie sich starr, fühlte sich aufgrund seines Ranges, wenn nicht wegen seines Mitgefühls, einigermaßen unbehaglich. Ruhig besänftigte er sie, wie er schon so viele weibliche Fohlen besänftigt hatte.

»*Shansu*«, sagte er sanft. »Friede, *Meijhana* ... ich halte nicht weniger von dir, weil du trauerst.« Und doch fragte er sich in dem Augenblick, in dem er es sagte, ob er es auch so meinte. Bei den Stämmen war Trauer eine ausschließlich persönliche Angelegenheit. Ein Cheysuli zeigte Trauer nicht, wo andere sich öffnen konnten.

Das war die Regel. *Aber Regeln ändern sich ...*

Die Tränen versiegten. Rhiannon trat zurück, aus seinen Armen fort, und wischte sich über das Gesicht, womit sie nur den Schmutz über beide Wangen verteilte. Zweige und Blätter hingen in ihren Zöpfen. Aber er glaubte, niemals eine Frau gesehen zu haben, die, sogar in solcher Auflösung, schöner ausgesehen hatte.

»O Mylord ...« Sie griff aufwärts und berührte seinen Hals an der Stelle mit den Fingerspitzen, wo das Blut des abgetrennten Ohrläppchens verkrustet war. »Mylord, sie haben Euch so übel mitgespielt. Zuerst Euer armer Kopf, dann das Betäubungsmittel, die Ketten ... und jetzt *das*.« Sie ergriff einen seiner Arme, als er schwankte, und zog ihn sanft zu Boden. »Setzt Euch, Mylord, ich bitte Euch. Ihr steht offensichtlich kurz vor einem Zusammenbruch.«

»Tatsächlich?«« Brennan setzte sich unbeholfen und dankbar für ihre Hilfe auf. Sleeta gab ihm Wärme, indem sie sich an seine Seite preßte. Er legte einen Arm um sie und genoß ihre Gegenwart. »Götter, was ich getan habe ...« Er brach ab, als sich die Welt erneut drehte, und verbiß sich einen Fluch, während er versuchte, eine aufrechte Haltung beizubehalten.

»Legt Euch hin«, sagte Rhiannon. »Hier … ich werde Euch helfen …« Sie handelte schnell, als er umsank, und nahm seinen Kopf auf den Schoß. Sie strich ihm zögernd das schweißstarre Haar aus der Stirn. Ihre Finger waren kühl und leicht, und der Schmerz ließ unter ihrer Berührung nach.

»Schlaft, Mylord«, sagte sie. »Niemand wird Euch mehr etwas antun.«

Er lächelte, ohne die Augen zu öffnen. »Du klingst so sicher, *Meijhana*.«

»Ich bin sicher. Niemand wird Euch mehr etwas antun, Mylord Brennan – ich verspreche es. Euer *Lir* ist hier und ich auch.«

Im Augenblick wollte er nicht mehr.

Er träumte von Dunkelheit und Enge und dem Wissen um seine Angst. Er konnte sich, durch Gewicht niedergedrückt, nicht bewegen. Nur seine Stimme kannte Freiheit, und selbst sie wurde ihm verwehrt. Durch einen tiefen, beunruhigenden Schlaf benommen, konnte er nur ein ersticktes Wimmern, eine gedämpfte Bitte um Freilassung hervorbringen.

»Mylord.«

Die Stimme der Frau drang in seinen Traum ein. Er hörte sie aus der Ferne. Er streckte sich danach aus, versuchte, sie einzufangen und sich daran zu klammern wie ein Kind an die Mutterbrust.

»Mylord …« *Sie hielt inne.* »Brennan … *Brennan* … wacht auf. Ich bin hier. Ich bin hier. Ich schwöre.«

Er kämpfte sich auf die Stimme zu. Etwas berührte sein Gesicht: Eine Hand, warm und freundlich, spendete ihm Trost. Er streckte sich aus, fing sie ein, klammerte sich daran, und die Dunkelheit begann zu weichen.

»Brennan …«

Und er stieg aus dem Traum in die Wirklichkeit empor und barg Rhiannon an seiner Brust, zog ihren Körper unter seinen, sah nur einen Weg, solche götterverfluchte Angst zu verbannen, zu beweisen, daß er lebte, lebte, *nachdem er dem Tode so nahe gewesen war.*

»Bitte ...«, flüsterte er und erwachte dann jäh.

»... *o Götter* ...«

Aber gerade als er sich bewegen wollte, sie von seinem Gewicht befreien wollte, von seiner für ihn ungewöhnlichen *Forderung,* zogen ihre Hände ihn wieder hinab. »Nein.«

»Aber ... du weißt, was ich tun wollte ... was ich getan *hätte,* ob du wolltest oder nicht ...«

»Ich weiß.« Sie griff nach einer Locke seines Haars. »Denkt Ihr, ich wollte es nicht?«

Ein Dutzend Fragen schossen ihm in den Sinn. Er wollte von Jarek sprechen, von der Grenze zwischen Sinnlichkeit und Liebe, von den Unterschieden zwischen Befriedigung und Dankbarkeit. Er konnte ihr so viele Gründe für das nennen, was er beinahe getan hätte und zu was sein Körper ihn noch immer drängte. Aber als er in ihr Gesicht sah, in ihre sprechenden Augen, sah er keinen Wunsch nach Erklärung. Sie wußte es genauso gut wie er. Sie wollte es ebenso wie er.

Sie verflocht ihre Hände in seinem Haar und zog seinen Kopf hinab, hinab, bis ihr Atem sein Gesicht liebkoste. »Ich habe ihn nicht geliebt, Brennan. Das schwöre ich dir.«

Im Augenblick genügte das.

Er überließ Rhiannon der Fürsorge einer Dienerin, als sie Homana-Muhjar erreicht hatten. Um Sleeta kümmerte er sich wie immer selbst. Und schließlich richtete er seine Aufmerksamkeit auch auf sich selbst, indem er ein ausgiebiges Bad nahm, als seine Familie an die Zimmertür klopfte und sich nach seinem Befinden erkundigte, da die Nachricht seiner zerschlagenen Erscheinung bei den Dienern und so auch bei seiner Familie die Runde gemacht hatte. Er schickte sie mit dem Versprechen fort, bald alles zu erklären, und schlief in der Wanne ein.

Schließlich stand er der Familie in Deirdres luftigem Turmsonnenraum gegenüber, obwohl es draußen schon dunkel war. Er war jetzt, sauber und in frisches Leder gekleidet und nach Klee anstatt nach Angst und Enge riechend, mehr als bereit zu einer Erklärung. Aber er begann nicht sofort, weil Ian nahe an ihn herantrat und ihm mit einer Hand auf dem Arm Einhalt gebot.

Er untersuchte einen Augenblick lang aufmerksam Brennans linkes Ohr. »Ein sauberer Schnitt«, sagte er kurz darauf. »Du hast Glück gehabt. Du hättest das ganze Ohr verlieren können.«

Maeve, die neben einer der dreibeinigen Kohlenpfannen stand, verzog das Gesicht und berührte ihr eigenes Ohr, als teile sie seine Schmerzen. Keely, die quer in einem von Deirdres Sesseln saß, strich sich mit starren Händen das ungebundene Haar aus dem Gesicht. Ihre blauen Augen wirkten sehr nachdenklich.

Deirdre goß als Gastgeberin Wein in mehrere Becher und verteilte sie. Als sie zu Brennan kam, sah er, wie angespannt ihr Gesicht war. Sie schwieg zunächst, gab ihm nur seinen Becher, aber er spürte, daß sie gerne reden wollte, und trat langsam ein Stück zur Seite, so daß er und Deirdre sich über einen Becher blutroten Weins hinweg allein miteinander verständigen konnten.

Er wollte ihr den Becher abnehmen, aber ihre Finger hielten seine fest. »Das nächste Mal«, sagte sie ruhig, »laß das Bad warten.«

»Ich war *schmutzig* ...«

»Ich weiß. Und ich sage, laß es in Zukunft warten.« Ihre grünen Augen blickten fest und unbeugsam. »Denk an deinen Vater anstatt an dich selbst.«

Er öffnete den Mund zu einem Protest, um zu wiederholen, wie dringend er das Bad gebraucht hatte, aber er schloß ihn wieder und schwieg statt dessen. Ein Blick zu seinem Vater, der ruhig in einem Sessel neben der Feuerstelle wartete, unterstrich Deirdres Worte noch. Niall würde nichts sagen, aber Brennan erkannte jäh, daß er ihm tiefste und unnötige Sorgen gemacht hatte, wenn auch nur während der kurzen Zeit, die ein Bad erforderte.

Er seufzte. »Ja. Ja, das werde ich.« Er berührte kurz dankbar Deirdres Schulter und ging dann zu seinem Vater. Die anderen würden deutlich genug verstehen können, aber er würde zu Niall sprechen. »Es geht mir gut, *Jehan*. Ich schwöre es. Ich empfinde … Unbehagen …« Er zuckte die Achseln. »Aber das wird vergehen.«

Niall schaute aus seinem Sessel zu ihm hoch. »Wer hat dich in Ketten gelegt?« fragte er ruhig.

»In Ketten!« Maeve erstarrte. »Was meint er damit, Brennan?«

Die anderen hatten offensichtlich nur sein fehlendes Ohrläppchen gesehen. Der Mujhar hatte seine Handgelenke mit ihren Armbändern aus rohem Fleisch bemerkt. Und jetzt bemerkten auch alle anderen sie.

Keely schwang jäh die Beine herum, stand auf und kam zu ihm herüber. Sogleich ergriff sie eine seiner Hände und hob sie, um sie und das Handgelenk deutlich zu sehen. Er spürte, wie sich ihre Finger kurz entsetzt verkrampften, und dann ließ sie ihn los.

»Wer hat es *gewagt*, dich in Ketten zu legen?« Ihre Stimme klang ruhig, oberflächlich unbewegt, aber er hörte ihre wahren Gefühle heraus. Wut. Zorn. Beharrlicher Unglaube.

»Sein Name war Jarek«, sagte Rhiannon und schloß die Tür hinter sich.

Alle wandten sich wie ein Mann um und sahen sie an. Sogar Brennan trat nicht sofort zu ihr, obwohl er es wollte, denn er war zu verblüfft. Er hatte gewußt, daß sie anziehend war, aber jetzt schien diese Frau eine Schönheit.

Sie machte unbeholfen einen tiefen Hofknicks. Schwere Röcke – von einem tiefen, üppigen Blau – legten sich über den schiefergrauen Stein. Ihr Haar, das weich zu einem einzelnen Zopf zurückgebunden war, wirkte auf der weichen Wolle wie ein glänzendes, schwarzes Seil. »Mylord Mujhar ...« Und dann verlor sie jäh das Gleichgewicht.

Ian, der ihr am nächsten stand, ergriff ihren Arm und half ihr, wieder aufzustehen. Ihr Gesicht entflammte. Sie ließ Ian ihren starren Arm halten und versuchte nicht mehr, sich zu bewegen, als fürchtete sie, sie könnte sich noch mehr in Verlegenheit bringen.

»Bleibt ruhig, *Meijhana*«, sagte Ian sanft und schenkte ihr sein freundlichstes Lächeln. »Manchmal sind Förmlichkeiten notwendig, aber dies ist kaum eine solche Gelegenheit.« Seine Finger drückten ihren Arm leicht. »Seid uns willkommen, Lady.«

Brennan betrachtete seinen Onkel anstatt Rhiannon. Es war bei Deirdres Damen kein Geheimnis – und daher auch im übrigen Palast nicht –, daß der Bruder des Mujhar ein begehrenswerter Mann war, als Freund oder als Bettgefährte – oder auch als beides –, aber Ian hatte niemals Anzeichen dafür gezeigt, sich nach einer festen weiblichen Gefährtin zu sehnen. Er war sich dessen sicher nicht bewußt, aber seine Aufmerksamkeit Rhiannon gegenüber war unmißverständlich.

Dasselbe würde er für jede Frau tun ... Und dann: *Sie muß fünfundzwanzig Jahre jünger als mein Su'fali sein!*

Brennan trat langsam vor und bot Rhiannon die Hand. Sie ergriff sie sofort, und er konnte ein leicht triumphierendes Lächeln nicht verbergen, während er sie von Ian fortführte.

Er stellte sie seinem Vater vor. »Dies ist Rhiannon, *Jehan*. Nur ihrem Mut ist es zu verdanken, daß ich hier vor dir stehen kann.«

»Seid meines Dankes gewiß«, sagte Niall leise. »*Leijhana tu'sai*, in der Alten Sprache. Aber werdet Ihr uns eine ausführlichere Erklärung geben als mein Sohn? Wir kennen die Umstände leider noch immer nicht.«

»Warum wurde er in Ketten gelegt?« fragte Maeve. »Wißt Ihr das, Rhiannon?«

»Langsam«, wandte Brennan ein. »Rhiannon ist eine Verbündete, kein Feind.«

Rhiannons Hand lag kalt in seiner Hand. »Ich weiß es«, sagte sie und begann an sie alle gewandt mit ruhiger, fester Stimme zu erzählen.

Die Stille war greifbar, als sie geendet hatte. Und dann begann der Mujhar zu fluchen. Leise. Ruhig. Phantasievoll. Er bedachte den Ihlini in vollkommener Beredtsamkeit mit jedem Fluch, den er ersinnen konnte.

»Nun«, sagte Ian trocken, als Niall fertig war. »Es ist nicht notwendig, daß *wir* Vergeltung üben. Dies ist sicherlich ausreichend.«

»Spürt sie auf«, sagte Keely fest. »Spürt sie *alle* auf, und tötet sie *alle,* wie du Jarek getötet hast.«

»Jarek war ein Ihlini«, erinnerte Brennan sie. »Und die anderen auch, soweit wir wissen.«

»Wie?« fragte Maeve. »Konnten sie sich *alle* hinter homanischen Gesichtern verbergen? Und sogar vor den *Lirs?*«

Brennan zuckte die Achseln. »Sleeta hat ihn nicht als Ihlini erkannt. Strahan hat die Magie offensichtlich gut erlernt, die die Ihlini vor den *Lirs* abschirmt.«

»Und das macht sie noch gefährlicher«, sagte Ian.

Niall schüttelte den Kopf. »Ich bin nicht sicher, ob das stimmt. Dieser Jarek konnte sich abschirmen, ja – aber die anderen? Das glaube ich nicht. Dafür würde etwas Greifbares von einem *Lir* benötigt – ein Zahn, eine Kralle, eine Klaue, eine Feder ... wie viele *Lirs* sind in Ihlinihänden gestorben?« Er beugte sich in seinem Sessel vor. »Tynstar hatte Cai, den Falken meines Großvaters. Strahan hatte vier Zähne von Storr, Finns Wolf. Aber das reicht, meiner Meinung nach, nicht für sie alle.«

»Vielleicht besaß er doch mehr als genug Greifbares«, sagte Brennan. »Er hat mir erzählt, daß sie einige wenige Krieger töteten, obwohl sie es vorzögen, Frauen und Kinder zu opfern, um die *Lirs* nicht zu alarmieren.«

»Ein unendlicher Vorrat an *Lirs*.« Ian schüttelte mit starrem Gesicht den Kopf. »Es ist nicht unmöglich. Vielleicht waren sie *tatsächlich* alle Ihlini und es war gar kein Homaner dabei. Jarek hat die Geschichte von Elek nur als List benutzt.«

»Aber warum?« fragte Rhiannon. »Wenn sie alle Ihlini waren, warum haben sie dann überhaupt als Homaner gehandelt?«

»Denk nach«, sagte Ian. »Wie kann man besser in ein Reich eindringen, als indem man sich als *Teil* dieses Reichs darstellt?«

»Selbst Menschen gegenüber, die man töten will?« fragte Keely. »Das ergibt überhaupt keinen Sinn, selbst nach dem, was ich über Strahan gehört habe.«

Ian zuckte die Achseln. »Ich weiß nicht, *warum* Strahan alle diese Dinge tut. Aber wenn er sich selbst treu geblieben ist – dem Strahan, den *wir* kennen –, dann wird er jede verfügbare List benutzen, um uns zu schaden.« Er nickte Rhiannon zu. »Wenn sie Sleeta nicht befreit und Brennan damit die Macht zurückgegeben hätte, *Lir*gestalt annehmen zu können, wären Jarek und die anderen nicht entlarvt worden. Er würde die Wahrheit noch immer nicht kennen, weil sich Strahans Verbündete alle Mühe geben, uns unwissend zu halten.« Er spreizte bedeutungsvoll die Hände. »Und wie kann er das am wirkungsvollsten erreichen? Indem er die Rolle ausspielt.«

Keely schüttelte den Kopf. »Ich halte es noch immer für unsinnig. Ich kann nicht verstehen, warum auch nur einer von ihnen sich die Mühe machen sollte, sich als Homaner darzustellen, wenn sie uns ohnehin töten wollen.«

»Weil du keine Arglist in dir trägst«, sagte Deirdre.
Keely sah sie überrascht an. »Was?«

»Keine Arglist«, wiederholte Deirdre. »Du bist eine
Frau, die sagt, was sie meint.«

»Selbst wenn Schweigen besser wäre.« Brennan lächelte seiner Schwester zu, die die Stirn runzelte. »Gib
es zu, *Rujholla* ... du würdest deinen Namen und deine
Absichten lieber für alle hörbar in die Welt hinaus-
schreien, als in Stille und Verborgenheit zu arbeiten.«

»Das sollte jedermann tun«, erwiderte sie. »Welchen
Sinn hat es, auf dem Bauch zu kriechen, wenn du Beine
hast, die dich tragen können?«

»Und was ist falsch daran, erst zu handeln, wenn alle
Tatsachen bekannt sind?« sagte Maeve. »Keely, du handelst zu kühn, zu schnell, als daß du behaupten könntest, du dächtest nach, wenn du doch besser abwarten
solltest.«

Niall erstickte den sich zusammenbrauenden Streit
mit erhobener Hand im Keim. »Genug.« Dieses eine
Wort genügte.

Brennan nutzte die Gelegenheit, um seine eigenen
Gedanken einzubringen. »Möglicherweise hat Jarek allein gehandelt. Wenn ich jetzt darüber nachdenke,
schien er sich sehr bewußt zu sein, wie die anderen ihn
ansehen könnten. Er schien darüber nachzudenken,
wie er die Dinge ausdrücken sollte, um sich nicht zu
verraten. Aber für mich war er sowohl was die Sprache, als auch was die Haltung betrifft, stets ein Homaner.« Er hielt inne. »Zumindest ... bis er sich *entschloß*,
sich zu zeigen, und dann zerstreuten sich die anderen.«

Niall sah Rhiannon an. »Ihr solltet uns sagen, was
Ihr über Jarek wißt. Alles. Haltet nichts zurück, denn
dann könntet Ihr Strahan zu einem Schlag gegen uns
verhelfen, auf den er stolz wäre.«

Rhiannons Gesicht war bleich, als sie den Mujhar
ansah. Ihre Hand lag noch immer sehr kalt in Brennans
Hand. Er drückte sie beruhigend. Sie schaute schnell

zu ihm, lächelte schwach, entzog ihm ihre Hand dann und nickte dem Mujhar zu.

Niall öffnete den Mund, um erneut zu sprechen, als Deirdre leicht seinen Arm berührte. »Einen Augenblick, Mylord. Wir sollten uns erst alle hinsetzen.« Sie goß Wein in den noch verbliebenen Becher und gab ihn Rhiannon. »Ihr solltet nicht solch große Ehrfurcht vor uns empfinden«, belehrte Deirdre sie freundlich, die grünen Augen witzig leuchtend. »Unter all dem Gold und dem heiklen Stolz sind diese Cheysuli nicht anders als Ihr und ich.«

Rhiannon umklammerte den Becher. »Aber ... *Ihr* seid es nicht?«

»Eine Cheysuli?« Deirdre hob die Brauen. »Nein, nein, ich nicht. Ich bin Erinnierin, mehr nicht. Ich habe keine Magie in mir.«

»Ich auch nicht.« Maeve blieb ernst. »Aber wir vernachlässigen die Dankbarkeit. Wir sind alle äußerst dankbar für das, was Ihr für Brennan getan habt.«

Rhiannon richtete ihren Blick auf Brennans Gesicht. Alle konnten deutlich erkennen, was sie empfand. »Ich *konnte* nichts anderes tun.«

Ian holte einen Stuhl herbei und stellte ihn hinter sie. »Setzt Euch, *Meijhana*.« Er lächelte außerordentlich charmant. Das Glitzern in seinen Augen richtete sich eindeutig auf Brennan. »Macht es Euch bequem – darauf bestehe ich –, und dann erzählt uns, was immer Ihr über Jarek wißt.«

Sie setzte sich langsam hin und umklammerte noch immer ihren Weinbecher. Sie trank nicht. Sie wartete ab, beobachtete, wie ihre Gastgeber sich ebenfalls hinsetzten, und atmete dann so tief ein, daß der Saphir im Kerzenlicht schimmerte. »Er war ein freundlicher Mann – *mir* gegenüber.« Sie errötete, als ihr die Unangemessenheit ihrer Feststellung klarwurde. »Er hat mir nichts von Elek erzählt, Mylord. Er hat seine Angelegenheiten vollkommen für sich behalten, ja ... aber wie viele Männer besprechen solche Dinge schon mit Frauen – sogar mit den Frauen, die ihr Bett mit ihnen teilen?« Sie errötete noch stärker. Sie schaute kurz zu Brennan und wandte den Blick dann wieder ab. »Er hat die Cheysuli in dem Wirtshaus bereitwillig bedient. Ich habe keine haßerfüllten oder feindseligen Worte gehört.«

»Ich ebensowenig«, bestätigte Brennan. »Selbst als er und die anderen mich auf den Altar schleuderten, war wenig wahrer *Haß* im Spiel und bestimmt kein Wahnsinn.« Er zuckte die Achseln. »Andererseits ... bis zu dem Zeitpunkt, als er seine Rasse verriet, indem er zugab, Asar-Suti zu dienen, war Jarek anscheinend treu, ergeben und offen der Sache des Bastards verschrieben ... und ich habe ihm geglaubt. Es gab keinen Grund, es nicht zu tun.«

Niall nickte. »Ich glaube, daß du recht haben könntest. Er hat sie absichtlich irregeführt, damit er *sie* für deinen Tod verantwortlich machen könnte, wenn es nötig wäre. Er würde die Wahrheit niemandem gegenüber zugeben, der kein Ihlini ist.« Sein Blick wurde weicher, als er Rhiannon ansah. »Nicht einmal Euch gegenüber.«

»Was noch?« fragte Ian die bleichgesichtige Rhiannon ruhig. »Denkt in einem neuen Licht über ihn nach, *Meijhana,* und Ihr werdet sicherlich in seinen Reden, seinem Benehmen ... und in seinem Umfeld etwas entdecken können, was uns weiterhilft.«

Rhiannon runzelte nachdenklich die Stirn. »Er sagte einmal etwas über seine Herkunft. Er sagte, er sei als Bastard geboren.« Sie zuckte die Achseln. »Ich dachte mir nichts dabei – ich bin selbst ein Bastard –, aber er sagte, das sei bei seinen Planungen sehr wichtig. Daß ihm das Bastardblut letztlich Macht verleihen würde, die niemand anderer innehätte.« Sie sah Brennan an. »Ich habe diese Behauptung nicht weiter beachtet ... bis ich hörte, wie er Mylord sagte, daß er das Haus

Homana bezwingen wollte. Und dann wußte ich, was ich zu tun hatte.«

»Den Göttern sei Dank«, murmelte Maeve.

Niall schüttelte bedächtig den Kopf. »Macht durch sein Blut ... nach allem, was wir wissen, könnte er *Strahans* Sohn gewesen sein.«

»Ist das wichtig?« fragte Keely. »Er ist tot.«

Ian zuckte die Achseln. »Tot, ja ... aber ich verfluche die unbekannte Hure trotzdem, die ihn geboren hat.«

Rhiannon sah ihn scharf an. »Aber ich *weiß* ihren Namen«, sagte sie. »Ich fand ihn hübsch, daher kann ich mich leicht daran erinnern.« Rhiannon lächelte leicht. »Der Name seiner Mutter war Lillith.«

Alle schauten wie ein Mann zu Ian.

Kapitel Sieben

Du kannst nicht sicher sein«, erklärte Niall. »*Rujho* ... du kannst es nicht.«

Ians Gesicht war eigentümlich kalkweiß. »*Wieso* nicht?« fragte er rauh. »Soll ich das Offensichtliche außer acht lassen?«

»Was ist offensichtlich?« fragte Niall. »Glaubst du, Lillith hat vor *oder* nach dir keusch gelebt?«

Ian blickte bestürzt zu Rhiannon, die zunehmend erschreckt zurückschaute. »Habe ich etwas Falsches gesagt?« fragte sie. »Habe ich etwas gesagt, was ich nicht hätte sagen sollen?«

Brennan wollte etwas erwidern, um ihre Ängste zu besänftigen, aber Ian stellte sich vor sie und nahm ihm damit die Sicht.

»Rhiannon.« Einen Augenblick sagte Ian nichts mehr, verflochten in einen persönlichen Kampf, und dann stieß er mühsam den Atem aus und kniete sich vor sie hin. »*Meijhana* ...« Er nahm eine ihrer Hände in seine. »Kannst du mir sagen, wie alt er war?«

»Wie alt?« Sie sah Ian verblüfft an und schaute dann zu Brennan auf, als wollte sie ihn um Rat fragen. Aber er konnte ihr nicht raten.

Ian blieb beharrlich. »Wie alt war Jarek, Rhiannon?«

»In meinem Alter«, antwortete sie. »Zwanzig.«

»Zwanzig«, wiederholte Ian tonlos. Er wandte den Kopf, um Niall anzusehen. »Das Alter stimmt ... Und er wurde unehelich von einer Ihlini*jehana* geboren, die uns als Lillith bekannt ist. Welchen Beweis brauchst du noch?«

Der Mujhar wirkte nun entschieden älter. »Vielleicht keinen mehr«, sagte er müde und rieb die beschädigte

Haut um die Augenklappe. »Vielleicht haben wir alles, was wir brauchen.«

»Ja.« Ians Gesicht wirkte seltsam ausdruckslos. »Das hat sie gewollt: Ein Kind von uns beiden, um das Blut zu vermischen, das Erbe, die *Macht* ...«

»Und jetzt ist er tot.« Nialls Stimme klang ruhig. »Warum solltest du dich noch hassen, wenn es nicht mehr notwendig ist?«

Ians Haltung war durch und durch starr, als er Rhiannons Hand losließ und sich erhob. Brennan, der ihn zunehmend besorgt beobachtete, dachte, daß er seinen Onkel noch niemals so erschüttert, so verwundbar erlebt hatte.

»Den Göttern sei Dank«, sagte Ian. Er blickte zu Brennan. »*Leijhana tu'sai, Harani,* daß wir von einem weiteren Ihlini befreit wurden – von Ihliniabschaum!«

Auch wenn die Worte grausam klangen, so hörte Brennan doch die Qual aus Ians Tonfall heraus. Er wußte es besser, als daß er geglaubt hätte, er sei frei von Kummer, denn da war durchaus mehr als kühle Leidenschaftslosigkeit.

Wie geht ein Mann mit dem Tod eines Sohnes um, den er niemals kennengelernt hat? Brennan schüttelte nachdenklich den Kopf. »*Su'fali* ...«

»Du erinnerst dich sicherlich an die Geschichte«, sagte Ian heiser. Die Maske fiel von seinem Gesicht ab, und Brennan bemerkte die für seinen Onkel so ungewöhnliche Feindseligkeit. »Ich war der Zuchthengst für Lilliths Stute. Sie hat meinen *Lir* und mich behext. Sie hat meinen Samen *gestohlen*. Glaubst du, ich würde um diese uneheliche Brut trauern?« Brennan sah ihn an und erkannte einen zornigen Mann, der die bittere Frucht der Scham schmeckte. Das war ein neuer Teil von Ian, dessen Platz in der Familie beständige Wärme und Zuneigung gewährleistete. Er war nicht nur ein Verwandter, sondern verkörperte auch den *Geist der Verwandtschaft*.

Es ist, als wollte er sich selbst geißeln, da wir es nicht für ihn tun werden. »Su'fali ...«, begann Brennan erneut, der Ians Qual lindern wollte, und erkannte dann, daß er auch an sich denken mußte. Ian konnte im Augenblick nicht über seine Empfindungen hinaussehen, um diejenigen seines Neffen zu erkennen. »*Su'fali,* du sagst, ich hätte einen *Verwandten* getötet.«

Einen kurzen, verhaltenen Augenblick lang flackerte Einsicht in Ians Augen auf, und dann verschwand sie schnell wieder. »Einen Ihlini. Nur das.«

Brennan schüttelte zögerlich den Kopf. »Aber er *war* ein Verwandter. Er war ein Feind, ja, aber wir haben auch das gleiche Blut geteilt. Er war mein Cousin, genau wie Teirnan es ist. Es hat Bedeutung, *Su'fali.*«

Ian wirkte sehr angespannt. »Dann werde ich es anders ausdrücken«, sagte er sorgsam betont. »Wenn du gewußt hättest, daß er mein Sohn ist, als er dich auf diesem verdrehten Altar in Stücke zu schneiden begann – hättest du dann gezögert, ihn zu töten?«

Eine *saubere Falle.* Aber Brennan schüttelte den Kopf. »Nein, *Su'fali.* Nein.«

»Dann versuche meine Gefühle bitte zu verstehen«, sagte Ian kurz angebunden. »Ich werde nicht um einen Mann weinen, der zwar aus meinem Samen hervorgegangen ist, aber mit Bestimmtheit nicht aus meiner Überzeugung.«

»Ihlini und Cheysuly«, sagte Keely starr. »Götter, wer weiß, welche Künste er beherrscht haben mag? Wie gewaltig seine Macht gewesen sein mag?«

»Er war ein Erstgeborener«, sagte Maeve fest.

»Nein«, erklang Nialls schnelle und entschiedene Antwort. »Nein, er war kein Erstgeborener. Ihm fehlte das andere Blut, und daher blieb die Prophezeiung unerfüllt. Und selbst wenn sie erfüllt worden *wäre* – glaubt ihr, die Götter würden einen verfluchten Verwandtschaftssproß auf dem Löwenthron dulden?«

Brennans Magen hob sich. »Ich bin ein Brudermörder«, sagte er rauh. »Bin *ich* dann nicht verflucht?«

Er sah ihre Blicke auf sich ruhen. Er konnte sie nicht deuten, so gut er diese Menschen auch kannte, denn das, worüber sie alle nachdachten, war etwas vollkommen Neues. Ihlinifeinde, homanische, solindische und atvianische Feinde im Dienste der Prophezeiung zu töten, war eine Sache und wurde durchaus gebilligt, aber einen Verwandten zu töten, das wog schwerer.

Niall schüttelte gemächlich den Kopf. »Wäge dich gegen Jarek ab, Brennan, und dann sage mir, welcher Mann den Tod verdient hatte.«

»Das ist nur zu leicht zu beantworten«, sagte Keely scharf. »*Rujho*, du kannst nicht daran zweifeln. Du bist der Erbe des Löwenthrons. Wolltest du ihn statt dessen Jarek überlassen?«

»Nein.« Er sah seinen Onkel an, dessen Gesicht für sie alle zu einer Maske wurde, und doch lag die Welt in seinen Augen. »Nein, ich wollte den Löwenthron niemandem wie Jarek überlassen. Aber ...« Er hielt inne, während er noch immer Ian ansah. »*Su'fali*, du mußt dich doch sicherlich fragen, was aus ihm geworden wäre, wenn *du* ihn anstatt Lillith aufgezogen hättest.«

»Muß ich das?« Ian schüttelte den Kopf. »Nein, das muß ich nicht. Sonst beginne ich meine Überzeugung in Frage zu stellen, daß Ihlini und Cheysuli nicht nebeneinander bestehen können, weder in einem Reich, noch in einem Geist.« Sein Blick ruhte auf dem Mujhar. »Du sagst, daß wir einst verbrüderte Rassen waren, *Rujho*, daß die Götter uns beide gezeugt haben. Und ich sage, es war nicht so, da die Götter ungewöhnlich klug sind. Aber wenn du recht hast – wenn wir *tatsächlich* verbrüderte Rassen sind, die wieder zusammenleben sollen, wenn die Prophezeiung erfüllt ist – wie soll ich dann damit leben, wie soll ich mit dem Wissen leben, daß mein Sohn deinen Sohn zu ermorden versucht hat?«

Brennan erkannte deutlich, daß sein Vater auch Anteil an Ians Schmerz hatte. Sie waren nur Halbbrüder, die so wenig und doch so viel teilten. Er fragte sich, ob ihr Bund dem zwischen ihm und Hart vergleichbar war.

»Dann werde ich für dich antworten«, fuhr Ian fort, als Niall nichts erwiderte. »Ich könnte nicht damit leben. Und selbst wenn du letztlich mit allem recht hast und wir uns eines Tages wieder mit Ihlini vereinen sollen, würde ich lieber das Todesritual vollziehen, als einen von ihnen als meinen Verwandten anzuerkennen.« Ian sah sie alle an, einen nach dem anderen: Niall, Deirdre, Maeve, Keely und Rhiannon. Und schließlich betrachtete er Brennan. »*Leijhana tu'sai*«, sagte er fest, stellte dann seinen Weinbecher ab und verließ schweigend den Raum.

Der Mujhar setzte sich wieder hin und rieb über sein starres Gesicht. »Ach, Götter, erspart meinem *Rujho* diese Qual ...«

»Mylord«, erklang es leise von Rhiannon, und Niall wandte den Kopf, um sie anzusehen. »Mylord, ist das wahr? Jarek war sein *Sohn?*«

Der Mujhar seufzte. »Es ist eine alte Geschichte«, sagte er freundlich, »und eine sehr persönliche Geschichte dazu. Aber ja, anscheinend war Jarek Ians Sohn.«

»Dann war er auch ein Cheysuli? Wie Ihr. Wie der Prinz von Homana?«

»Und den Erstgeborenen noch einen Schritt näher«, sagte Keely tonlos und antwortete damit für ihren Vater. Sie trank einen Schluck Wein und schüttelte dann angewidert den Kopf. »Die Ihlini wollen die Prophezeiung also von *innen* anstatt von außen vernichten. Ein Cheysulivorfahr, eine Ihliniurahne und Kinder, die dem Sucher gehorchen.«

»Eine gewaltige Mischung«, stimmte Niall ihr grimmig zu.

Rhiannon runzelte die Stirn. »Ich verstehe nicht.«

Keely warf ihr einen ungeduldigen Blick zu und sah dann Brennan an. »Du tätest gut daran, es ihr zu erzählen, *Rujho*. Sie weiß erschreckend wenig.«

»Keely, es reicht«, sagte Deirdre ruhig. »Glaubst du, jedermann wüßte, was die Ihlini für uns sind?«

»Für uns?« fragte Keely. »Du bist keine Cheysuli.«

»Keely, es reicht tatsächlich«, sagte Niall scharf. »Ich dulde keine Beleidigungen gegenüber Deirdre *oder* Rhiannon.«

Keely zuckte zusammen und wirkte bestürzt. »Nein. O *nein*, ich wollte niemanden beleidigen. Deirdre, das wollte ich *nicht*. Ich meinte nur, daß du weniger zu befürchten hast, da du kein Teil der Prophezeiung bist.«

Deirdre lächelte bitter. »Ja, ich habe ›weniger zu befürchten‹. Ich brauche mir nur Sorgen um alle Kinder deines Vaters zu machen, genau wie dein Vater selbst.«

»Etwas, worüber *du* nachdenken solltest«, belehrte Maeve ihre jüngere Schwester finster.

»Ja, das sollte ich.« Aber Keely klang nicht sehr reumütig.

»Nun«, sagte Deirdre. »Ich glaube, es ist an der Zeit, daß ich Rhiannon zeige, was sie lernen muß, wenn sie in meine Dienste treten will.«

Rhiannon erstarrte. »In Eure Dienste?«

»In meine Dienste«, wiederholte Deirdre. »Das ist kaum genug als Wiedergutmachung für die Rettung der Leben des Prinzen von Homana und seines *Lir*, aber ich denke, es ist ein Anfang. Wenn du willst.«

»Wenn ich will?« wiederholte Rhiannon. »Ihr meint, ich soll hierbleiben, bei ihm – bei *Euch*? Ich brauche nicht in das Wirtshaus zurückzugehen?«

Deirdre lächelte und warf Brennan einen strahlenden, wissenden Blick zu. »Es gibt hier einen Platz für dich, wenn du willst«, belehrte sie Rhiannon freundlich. »Du verdienst etwas Besseres, als verliebten jungen Herrchen in billigen Wirtshäusern Wein ausschenken zu müssen.«

Brennan hob die Augenbrauen. »*Ich* war stets höflich, und der Wilde Löwe ist nicht billig.«

»Es ist Rhiannons Entscheidung.«

Keely brummte. »Darauf würde selbst *Hart* nicht wetten.«

Brennan spürte den vertrauten Stich der Einsamkeit. Rhiannon sah ihn offen an. Und dann stand sie auf und machte einen Hofknicks vor Deirdre. Sie wirkte in dem üppigen blauen Gewand schlank und biegsam. Der Strang schweren Haars schwang gegen ihre Hüfte. »Ja, Lady, ich werde bleiben.«

»Gut.« Deirdres dann folgende Handbewegung schloß sowohl Maeve als auch Keely ein.

»Dann kommt. Es gibt einiges zu lernen. Wir werden die Männer sich selbst überlassen.«

Maeve und Rhiannon traten sofort zur Tür. Keely, die finster die Stirn runzelte, trank ihren Wein in einem Zug aus und stellte den Becher dann heftig auf dem nächsten Tisch ab. »Torheit«, murmelte sie und verließ den Raum als letzte.

Brennan lächelte, als sich die Tür geräuschvoll schloß, womit Keelys Temperament noch deutlicher zum Ausdruck kam. »Bedauerst du es, *Jehan?* Daß du solch störrische Kinder gezeugt hast?«

Niall grinste. »Das trifft *manchmal* zu …« Er brach ab, streckte seine langen Beine aus und lehnte sich im Sessel zurück. Der Kerzenschein spiegelte sich in dem Becher, den er noch immer in der Hand hielt. »Wenn die Götter es wollen, wirst du dieselben Prüfungen auferlegt bekommen wie ich. Aber letztlich ist es es wert. Das Haus hat zu lange zu wenig Kinder hervorgebracht, zu wenig gesunde Söhne.« Er schüttelte den Kopf. »Ich bin durch meine störrischen Kinder in der Lage, unseren Besitz gerecht aufzuteilen und die von anderen Königen besetzten Lehen auszuweiten. Ich kann den Pfad der Prophezeiung im Verlauf einer Generation dreifach sichern. Glaube mir, das ist schon etwas.«

Brennan nickte. Er blickte müßig in seinen Weinbecher, dessen Inhalt noch unberührt war. In zwei großen Schlucken trank er die Hälfte davon aus und ließ sich dann in den nächsten Sessel fallen. Sein Ohr, sein Kopf und sein restlicher Körper schmerzten. »Da ist noch mehr«, sagte er schließlich. »Ich habe Teir im Stammeskeep getroffen. Er war wie immer.«

Niall schüttelte angewidert den Kopf. »Ich dachte, Ceinn wüßte es besser, als daß er seinen Sohn mit Groll und Bitterkeit erziehen würde. Es nützt auch nichts – die *A'saii* haben sich zerstreut.«

»Teirnan bestreitet das.«

Der Mujhar wurde sehr still. »Er bestreitet es«, wiederholte er. »Und glaubst du, daß sie also erneut eine Änderung der Erbfolge anstreben?«

»Mit noch einer *zusätzlichen* Änderung. Ceinn und die anderen wollten vielleicht früher, daß Ian deinen Platz einnimmt, *früher*, aber jetzt will Teir den Löwenthron für sich selbst.«

»Dieser Narr. Dieser junge eingebildete Narr!« Niall stieß sich aus dem Sessel hoch und trat an eines der Fenster. Draußen herrschte vollkommene Nacht, aber das Schimmern der Fackeln im Hof verbannte die tiefe Dunkelheit. Brennan wagte nicht zu vermuten, was Niall sah, aber andererseits war er sich auch nicht sicher, daß sein Vater überhaupt etwas anderes als Erinnerungen sah.

»Er sagt, sie werden das Stammeskonzil anrufen und fordern, daß Teirs Blut Vorrang vor unserem Blut haben soll, *Jehan*.« Brennan schüttelte den Kopf. »Es scheint ihn nicht zu kümmern, daß eine Teilung innerhalb des Stammes sehr wohl auch die Teilung Homanas bedeuten könnte.«

»Teirnan konnte noch niemals über seine eigenen unmittelbaren Bedürfnisse hinaussehen«, sagte Niall angewidert. »Ceinn war da schlauer. Er sagte, sie wollten *Ian* auf dem Löwenthron sehen, oder – als offensichtlich wurde, daß Ian ihn niemals beanspruchen würde – der erste Sohn 'Soldes.« Er seufzte und rieb über seine wunde Haut, durch alte Erinnerungen und den Kummer offensichtlich beeinträchtigt. »Er hat ihn niemals für sich selbst gefordert. Also stellt er es nun diesem Sohn frei, ihn zu erringen – oder ihn zu stehlen – wie auch immer es ihm gelingen wird.«

»Jehan ...«

Die Stimme des Mujhar klang eher müde als verärgert. »Wenn er wüßte, wie es ist, den Löwenthron innezuhaben ...« Aber er beendete den Satz nicht, sondern wandte sich statt dessen zu seinem ältesten Sohn um. »Nun denn, ich glaube, es ist an der Zeit, ihn nach Homana-Mujhar zu holen.«

»*Hierher?*« Brennan runzelte die Stirn. »Warum?«

»Ich habe die *A'saii* schon einmal abgeschrieben, weil ich dumm genug war, meinen Platz für gesichert zu halten«, sagte Niall. »Ich war als Cheysuli und Homaner offensichtlich ein Teil der Prophezeiung.« Er lächelte bitter, wie um sich selbst herabzuwürdigen. »Und es hätte mich fast getötet. Ich werde es nicht noch einmal tun ... nicht wenn dadurch das Leben meines Sohnes in Gefahr gerät.«

Brennan sah seinen Vater eine ganze Weile nachdenklich an. Dann schüttelte er zögernd den Kopf, als er die Verwicklungen begriff. »Du nimmst Teirnan als Geisel gegen die *A'saii*.«

»Tatsächlich?« Nialls milder Tonfall gab nichts von seinen Gedanken preis.

Brennan konnte den Blick nicht von dem Mann abwenden. Er hatte den Mujhar bei vielen Gelegenheiten mit allen Arten von Umständen – politischen und persönlichen – umgehen sehen, aber er hatte ihn noch niemals so entschieden und zielbewußt, aber unbeteiligt erlebt. »Vielleicht kommt er nicht, *Jehan*.«

»Ich denke, er wird kommen. Wenn ich Teirnan überhaupt kenne, wird er kommen, um sich zu bewähren – um zu beweisen, was er für *uns* ist.«

»Ich kann dir *sagen,* was er für uns ist«, murmelte Brennan düster. Niall lächelte und trat langsam an Deirdres Stickrahmen heran.

Er betrachtete das Muster einen Augenblick eindringlich und wandte sich dann wieder Brennan zu. »Ich kann nicht von euch erwarten, daß ihr euch besser versteht, als es bei Ceinn und mir der Fall war. Aber vielleicht kannst du ihn – *beeinflussen.*«

Brennan runzelte die Stirn. »Ich kann mir bessere Gesellschaft vorstellen.«

»Das kann er zweifellos auch.«

Das Stirnrunzeln verging und wurde durch ein schiefes Lächeln ersetzt. »Und wenn Ceinn Einwände hat? Er ist Teirs *Jehan.*«

Niall hob die Augenbrauen. »Und ich bin der Mujhar von Homana. Bei Gelegenheiten wie diesen *hat* der Rang eine gewisse Bedeutung.«

Brennan lachte laut auf. »Ich glaube, du *willst,* daß Ceinn Einwände erhebt.«

»Unstimmigkeit ist kein Vergnügen.« Niall hob lächelnd seinen Becher an und trank von dem Wein.

Der Sohn betrachtete den Vater unvoreingenommen. Er war Niall nicht sehr ähnlich, da er durch und durch Cheysuli, während der Mujhar durch und durch Homaner war, aber sie dachten oft ähnlich, sprachen ähnlich, durchlebten ähnliche Empfindungen. Manchmal glaubte Brennan, daß sein Vater wußte, was er dachte.

Er rieb sich die Stirn. Die Müdigkeit drohte ihn unaufmerksam werden zu lassen. Er erhob sich und stellte seinen Becher auf dem nächsten Tisch ab. »*Jehan,* wenn du mich entschuldigen würdest, möchte ich zu Bett gehen.«

»Brennan.«

Bereits an der Tür, schaute Brennan zurück. »Ja?«

»Du hast mit dem Mädchen geschlafen.«

Brennan nahm seine Hand vom Türgriff und wandte sich seinem Vater wieder ganz zu. »Ja.« Schuldgefühle ließen ihn kurz zusammenzucken, als er sich der anfänglichen Umstände erinnerte, aber sie vergingen sofort wieder. Schließlich war das, was er und Rhiannon geteilt hatten, nicht erzwungen worden oder nur der Befriedigung halber geschehen, sondern hatte eine völlig andere Tiefe.

Das eine Auge des Mujhar wirkte seltsam undurchdringlich, aber stet. »Vielleicht sollte ich dich daran erinnern, daß, auch wenn *Meijhas* im Stamm anerkannt sind, Aileen keine Cheysuli ist.«

Brennan dachte, daß er zu müde war, um wirklich verärgert zu sein, aber eine Spur Groll flackerte dennoch auf. Und verging fast augenblicklich wieder. Er wußte sehr wohl, daß sich sein Vater niemals in das Privatleben des Sohnes einmischen würde, wenn es nicht um Aileens erinnische Empfindungen ginge.

»Ich habe nicht die Absicht, Aileen zu verletzen«, sagte er ruhig. »Genauso wenig, wie ich Rhiannon zu meiner *Meijha* machen will.«

Der Mujhar entspannte sich fast unmerklich. Er lächelte. »Geh und iß etwas. Und dann schlafe erst einmal. Ich beabsichtige morgen Männer auszusenden, die soviel wie möglich über diesen homanischen Unsinn um Caro herausfinden sollen – vielleicht handelt es sich nur um etwas, was Strahan um der Wirkung willen angezettelt hat –, aber ich halte dich da heraus *und* auch aus der morgigen Ratsversammlung.«

»*Leijhana tu'sai*«, sagte Brennan inbrünstig und öffnete die schwere Tür.

Er schlief einen Teil der Nacht fest und wachte dann schwitzend auf, als er sich auf einen Abgrund zugleiten spürte. Der Schlaf war verbannt. Er setzte sich im Bett auf, starrte ausdruckslos auf die vom Rahmen seines Bettes herabhängenden Vorhänge und wußte, daß er niemals wieder gut würde schlafen können, wenn er seine Angst nicht ein für allemal ablegte.

Sleeta lag als warmer dunkler Klumpen am Fußende seines Bettes. Er brauchte selbst im tiefsten Winter keine Wärmflasche. Sleeta genügte durchaus. Über die Verbindung spürte er ihre schläfrige Frage und sagte ihr, sie solle weiterschlafen. Für das, was er vorhatte, mußte er allein sein, sonst würde das Ergebnis – wenn es eines geben sollte – verdorben.

Brennan zog eine Hose, ein Wams und weiche Hausstiefel an. Mondschein fiel durch die Fensterspalte und lieferte ausreichend Licht für einen Mann mit Cheysuliaugen. Er trat aus seinem Raum in den fackelbeleuchteten Gang hinaus und benutzte dann die nächste Treppe hinunter.

In der Großen Halle kauerte der Löwe auf dem Podest. Brennan beachtete ihn kaum. Nächtliche Besuche in seiner Kindheit hatten ihn für den unheimlichen, naturgetreuen Blick der hölzernen Augen abgehärtet. Und nicht der Löwe zog ihn jetzt an, sondern etwas vollkommen anderes.

Brennan trat verkohltes Holz und Asche an einem Ende der Feuergrube beiseite und wischte den runden Eisendeckel sauber, der fest in den verschmutzten Ziegelsteinen saß. Er dachte kurz daran, eine Fackel als Hebel zu benutzen, gab den Gedanken aber dann wieder auf, und beugte sich statt dessen herab, um den gekrümmten Griff des Deckels zu umfassen. Er rief murmelnd um Hilfe, stemmte sich dann gegen den Deckel und zog aufwärts.

Der eingehängte Deckel schwang auf und sank mit gedämpftem Klang auf den Rand der Feuergrube zurück. Asche stob auf. Brennan hustete. Die Anstrengung verstärkte sein Bedürfnis nach Ruhe und Erholung noch. Die wunden Handgelenke schmerzten, und auch andere Muskeln protestierten gegen den Mißbrauch.

Dann stand er am Rande einer tief in die Erde hinabführenden Treppe. Vor sechzehn Jahren war er zuletzt
die einhundertundzwei Stufen in das unterirdische, der
›Schoß der Erde‹ genannte Gewölbe hinuntergestiegen.

Er zitierte laut ein Dogma der Stämme: »*Wenn man
Angst hat, kann man diese Angst nur verlieren, indem man
sich dem stellt, was die Angst verursacht.*«

Die Worte verklangen in der Stille.

Er atmete tief durch seine Kehle ein, die sich zu verengen drohte. »Prinz von Homana? Nein. Eher ein
Prinz der Feiglinge.«

Kein Widerspruch erklang.

Brennan fluchte. Er nahm eine Fackel aus der Halterung und streckte sie steif vor sich aus. Sie zischte laut
im Luftzug von der Treppe her.

»Hinab«, sagte er und folgte diesem Befehl.

Er zählte. Jede Stufe brachte ihn dem Schoß näher
und weiter vom Löwenthron fort. Tiefer. Bis kein Licht
aus der Großen Halle mehr herabdrang, nur noch die
Flamme der Fackel Licht spendete und er wußte, daß
es nicht genügte.

Brennan hielt inne. Der Schweiß stach in seine Ach-
selhöhle und befeuchtete das Haar um sein Gesicht.
Die Fackel bebte in seinem starren Griff und verzerrte
das Licht. Vor sich sah er nur Dunkelheit und das Versprechen enger Beschränkung.

Hinab.

Weitere Stufen. Er stieg sie eine nach der anderen
hinab, bis keine mehr vor ihm lagen. Er stand in einer
Nische aus einem mit Runen versehenem Gestein. Er
streckte langsam eine Hand aus und drückte auf den
Keilstein.

Die Mauer wich nach innen zurück, wie er es erwartet hatte, und das Gewölbe breitete sich vor ihm aus.
Die Fackel brüllte, spie Flammen, drohte kurzzeitig zu
erlöschen. Aber sie erlosch nicht. Als Brennan schließlich dazu in der Lage war, betrat er das Gewölbe.

Die Mauern wurden vom Fackellicht benetzt. Goldene Adern durchzogen den cremefarbenen Marmor und verliehen den dort festgehaltenen *Lirs* Leben. Brennan sah Schwingen und Klauen und Schnäbel und Augen, die im Gestein erstarrt waren. Alle Mauern wurden vom Boden bis zur Decke durch die Marmor-*lirs* lebendig.

»*Ja'hai*«, murmelte er laut. Aber die Götter gaben ihm keinen Hinweis darauf, daß sie seine Bitte, angenommen zu werden, geehrt hätten.

Sechzehn Jahre ... und ich habe mit meinen einundzwanzig Jahren nicht weniger Angst als mit fünf.

Brennan trat drei Schritte vor und dann noch zwei weitere. Er stand jetzt am Rande des Kerkers. Das Fackellicht erhellte die Dunkelheit der Grube nicht annähernd. Er konnte über den Rand hinaus nichts sehen.

Es gab Geschichten über den Schoß der Erde. Legenden besagten, daß ein Mann, der Mujhar werden soll, aus der Erde selbst geboren werden muß, aus der *Jehana*, und dies war die Geburtsstätte. Niemand wußte, ob die Geschichten der Wahrheit entsprachen oder nur von den *Shar Tahls* zur Sicherstellung, daß sich jedermann erinnerte, weitergegeben wurden. Brennan wußte es selbst auch nicht, obwohl er eine der Geschichten häufiger gehört hatte, nämlich daß der Homaner Carillon, der den Segen der Götter benötigte, freiwillig in das Verlies gestiegen war. Und heil wieder herausgekommen war, aber mit einer größeren Einsicht in das, was es bedeutete, ein Cheysuli zu sein, auch wenn er selbst keiner gewesen war.

»Er war Homaner«, sagte Brennan laut. »Aber ich bin ein Cheysuli. Ist ein solches Opfer wirklich notwendig?«

»Ist es das, Mylord?«

Er stand ganz still am Rande des Verlieses und achtete sorgfältig darauf, sein Gleichgewicht zu bewahren.

Als er sich wieder, ohne Angst hinabzufallen, bewegen konnte, wandte er sich um.

Rhiannon stand im geöffneten Eingang. Sie hatte ihr Kleid mit einem leinenen Nachtgewand und einem wollenen Morgenrock vertauscht. In tiefstes Blau und einen Umhang aus rabenschwarzem Haar gehüllt, verschmolz sie mit den Schatten.

In ihren Augen lag die Erinnerung an das, was sie in der vergangenen Nacht miteinander geteilt hatten, und der Wunsch, es zu wiederholen. Sie war kein anmaßendes Weibsbild wie viele der Frauen bei Hofe, aber sie war auch keine schüchterne Frau, die nur versteckte Andeutungen machte. Er wußte, daß sie in ihn verliebt zu sein glaubte, und vielleicht war sie es tatsächlich. Aber er liebte sie nicht.

Sie trat nicht vom Eingang fort, als verstünde sie sehr genau, daß ihr Eintritt das Eindringen in etwas Geweihtes bedeutet hätte, etwas von uralter und bindender Macht. »Ich bin zu deinem Zimmer gegangen und habe gesehen, wie du es verlassen hast und so vertieft warst, daß du mich in den Schatten nicht bemerkt hast. Du wirktest so bedrückt ...« Sie zuckte die Achseln, als wollte sie sich für ihre Kühnheit entschuldigen. »Ich folgte dir. Ich fand die Treppe in der Feuergrube und wußte, was du vorhattest.«

»Tatsächlich?«

»Ja.« Sie hob das Kinn an. »Was auch immer du nach dem, was Jarek getan hat, von dir hältst – du bleibst ein tapferer Mann. Ein Mann mit Stolz und Kraft und Entschlossenheit, niemand, der zuläßt, daß etwas wie Angst sein *Tahlmorra* lähmt.« Sie lächelte. »Deirdre ist eine bemerkenswerte Frau, Mylord. Sie hat meine Fragen beantwortet, bevor ich sie überhaupt stellen konnte. Sie hat mir gesagt, was es bedeutet, einen so in eine Prophezeiung eingebundenen Mann zu lieben, und erklärte mir, daß man einen Cheysuli mit seinem *Tahlmorra* teilen muß.«

Er würde ihr die Wahrheit nicht ersparen. »Und hat sie dir auch gesagt, daß es innerhalb weniger Monate eine Prinzessin von Homana geben wird, die diese Dinge mit mir teilt?«

»Ja«, sagte Rhiannon.

Er hatte Tränen, Enttäuschung, Unmut erwartet. Sie zeigte nichts davon. Sie zeigte ihm nur Stolz, der dem seinen gleichkam, und Rechtschaffenheit und eine Ehrlichkeit, wie er sie in Homana-Mujhar nur selten erlebte, außer wenn er mit Cheysuli sprach.

Er lächelte ein wenig traurig. »Wo ist die Unschuld geblieben?«

Sie errötete leicht. »Mißverstehe mich nicht, Brennan. Ich will nicht mehr als das, was ich in der letzten Nacht bekam. Du wolltest es … *brauchtest* es … Und ich glaube, du willst es auch jetzt.«

Das entsprach der Wahrheit. Aus anderen Gründen vielleicht, aber er würde sich selbst genauso wenig belügen wie sie.

»Ihr Name ist Aileen.« Er sprach diese Worte absichtlich grausam aus, um ihr eine letzte Chance zum Rückzug zu gewähren.

Aber sie nutzte sie nicht. »Ich weiß«, sagte sie ruhig. »*Mein* Name ist Rhiannon.«

Er nahm ihre Hand. Er führte sie aus dem Schoß der Erde heraus. Er brachte sie zu seinem Zimmer. Zu seinem Bett.

Etwas, was er nicht bereute, nicht bereuen konnte.

Kapitel Acht

Teirnan warf sich auf den Löwenthron. Er grinste, liebkoste das alte Holz und lachte dann vor freudiger Erregung laut auf. »*Weißt* du, wie lange ich das schon tun wollte? Kannst du dir das vorstellen?«

Brennan, dem das vollkommen gleichgültig war, schüttelte nur den Kopf.

»Solange ich mich erinnern kann.« Teirnan streichelte noch immer über die krallenförmigen Armlehnen, die in der Pracht des vom Alter glänzenden Eichenholzes erstrahlten. »Seit mein *Jehan* mir zum ersten Mal erzählt hat, daß ich mit dem Haus Homana verwandt bin.«

Brennan verzog spöttisch den Mund. »Und wie sorgfältig hat er dich dorthingeleitet, Teir? Wie nachdrücklich hat er dir seinen Glauben eingeprägt, daß du an meiner Stelle regieren sollst?«

Teirnan schwelgte auf dem Thron und setzte sich so weit zurück, daß sein Kopf durch das weit geöffnete Löwenmaul beschattet wurde. »Es geschah überhaupt nicht nachdrücklich, Cousin. Ich bin der Sohn der toten Isolde, der *Rujholla* des Mujhar ... Mein Blut schreit nach dem Löwen.«

Brennan schritt mit überkreuzten Armen langsam auf das Podest zu, stieg hinauf und stellte sich unmittelbar vor den Thron. »Es gibt hier keine *A'saii*, nicht wahr? Es gibt nur dich, und Ceinn natürlich –, aber ich glaube, Ceinn hat man diesen Zahn schon vor vielen Jahren gezogen, als mein *Jehan* ihn in seiner Ehrenzeremonie zum *Shu'maii* ernannte.«

Teirnans Hände umklammerten die Krallen des Löwen. »Ich habe genauso viel Recht darauf wie du.«

»Tatsächlich?«

»Mein Blut reicht bis in die Zeiten der Alten Mujhars zurück, der *Cheysuli*mujhars, die keine ungeweihten Fremden heiraten mußten, um Homana zu sichern. Es gehörte bereits uns, war uns von den Göttern selbst übergeben worden.«

»Und die Ihlini?« Brennan zuckte die Achseln, als Teirnan abbrach und ihn entsetzt ansah. »Ich leugne nicht, daß dein Blut durch Ceinn reiner ist als meines, daß du durch ihn einiges von dem ältesten und *reinsten* Blut in deinem Erbe besitzt.« Er neigte in einer kleinen Geste müßiger Anerkennung den Kopf. »Immerhin besaß sogar deine *Jehana* – die mit dem Mujhar selbst verwandt war – entschieden gemischtes Blut, obwohl deines zugegebenermaßen weniger gemischt ist. Aber wenn du hier sitzen und darüber plaudern willst, wie du diese Reinheit nutzen kannst, dann erinnere dich daran, daß diese dynastische Lenkung gerade deshalb notwendig wurde, *weil* sich gewisse Stämme weigerten, außerhalb ihrer eigenen Leute zu heiraten. Dieses Reich mit jenem Reich, dieser Krieger mit jener Frau ...« Er schüttelte den Kopf. »Vielleicht solltest du auch bedenken, daß es immer wahrscheinlicher wird, daß wir *tatsächlich* mit den Ihlini verwandt sind.«

»Nein.« Teirnan meinte es tödlich ernst, während er sich von dem Thron erhob. »Du äußerst ketzerische Gedanken, Brennan.«

Brennan schüttelte den Kopf. »Ich spreche von Wahrscheinlichkeiten.«

»Wie kannst du das sagen?«

»Sieh dir die *Lirs* an«, sagte Brennan. »Greifen sie die Ihlini an? *Nein* –, obwohl sie ihr Bestes tun, jeden anderen zu vernichten, der uns schaden will. Sagen sie uns warum? *Nein* – alles, was sie uns jemals sagen, ist, daß sie dem Willen der Götter folgen.« Er atmete tief ein und verstand die Dinge auch selbst besser, während er sprach. »Es scheint vollkommen möglich, *Cousin*, daß der Grund dieses Gesetzes der ist, daß Kinder daran gehindert werden sollen, Kinder zu töten ...«

»Kinder?«

»Die Kinder der Götter.« Brennan atmete langsam aus. »Es fällt mir schwer zu glauben, daß die Götter ihren Kindern die Waffen in die Hand geben würden, mit denen sie einander töten könnten, wenn sich ihre Eltern für sie ein Leben im Frieden wünschen.«

»Aber Ihlini töten Cheysuli!«

»Und Cheysuli töten Ihlini.« Brennan atmete erneut tief durch, als er schließlich begriff. »Aber ohne die Hilfe der *Lirs*. Ohne die Unterstützung vollkommener Macht, so daß die Kämpfe Kämpfe zwischen Menschen sind und nicht das Werk der Götter, die mehr Macht haben, als sie vielleicht haben sollten, um in einer Welt der Menschen zu leben.«

Teirnans Atem klang in der Halle laut wider. »Das kann nicht sein«, sagte er.

»Wie kann es *nicht* sein?« fragte Brennan. »*Du* kennst die Prophezeiung, Teir. Ihr Ziel ist, die Blutlinien zu vermischen und tödliche Feinde zu vereinen. Wir kennen die vier Reiche: Homana, Solinde, Erinn und Atvia. Gerade jetzt sind wir der Erfüllung jenes Teils der Prophezeiung nähergerückt. Ich werde Homana regieren, Hart Solinde und Corin Atvia, und Keely wird nach Erinn einheiraten. Und was die beiden magischen Rassen betrifft – wer könnten sie anderes sein als die Cheysuli und die Ihlini?«

Teirnans Gesicht war grau. »Mögen die Götter dich vernichten!«

»Warum?« fragte Brennan. »Die Götter haben uns die Prophezeiung gegeben.«

Teirnan wich einen Schritt zurück und lief gegen den Thron. Er blieb jäh stehen und starrte seinen Cousin blind an. Sein Gesicht glich einer Totenmaske.

»Teir«, sagte Brennan geduldig. »Ich bin nicht dafür, mit einer Friedensbotschaft zu Strahan zu gehen. Aber ich denke, daß mein *Jehan* vielleicht recht hat. Es ist an der Zeit, daß die Cheysuli zu erkennen beginnen, daß nicht *alle* Ihlini Asar-Suti geweiht sind. Es gibt auch jene, die nur sich selbst dienen, weil sie in dem Maße an die friedliche Vereinigung glauben, wie die Prophezeiung es erfordert.«

»Vereinigung«, wiederholte Teirnan.

»Blut, das sich mit Blut vermischt«, erklärte Brennan ihm. »Und eine Chance auf dauerhaften Frieden.«

Teirnan schaute zum Löwenthron. Er berührte ihn erneut, erkundete ihn mit seinen Fingern. Sein Gesicht war in seiner Angespanntheit bewegungslos und steinhart. »Was wird geschehen, wenn die Prophezeiung erfüllt ist?«

Brennan runzelte die Stirn. Teirnan wollte auf etwas Bestimmtes hinaus. »Friede, Zusammenleben. Die Erstgeborenen werden wieder leben.«

»*Ja.*« Teirnan überfuhr ihn mit seinen Worten. »Ja, sie werden wieder leben – und weißt du, was dann geschehen wird?«

Brennan hob die Augenbrauen. »Wer weiß das schon? Ihre Macht wird vollständig sein … es wird keine Schwächen mehr geben.«

»Und was ist mit uns?« fragte sein Cousin angespannt. »Was ist mit den Cheysuli, die *sehr wohl* Schwächen haben?«

»Teir …«

»Blut, das sich mit Blut vermischt, bis das neue Blut das alte überwiegt. Siehst du, was geschehen wird? Wir werden nicht mehr gebraucht werden!«

Brennan wollte abwehrend eine Hand heben, überlegte es sich dann aber anders. Er konnte nicht vorhersehen, was Teirnan vielleicht tun würde. »Die Götter würden uns wohl kaum nur deshalb zur Erfüllung führen, um uns aufzugeben, wenn sie erreicht ist«, sagte er trocken. »Wir waren sehr treue Kinder.«

»Treu, ja. Vielleicht *zu* treu.« Teirnan runzelte die

Stirn und tastete nach dem Griff seines Cheysulilang-messers. »Ja, ich habe deine Ketzerei gehört. Niall hat während der letzten zwanzig Jahre kein Geheimnis daraus gemacht. Frieden, sagt er, wie auch du es gesagt hast, mit dem Wiedererscheinen der Erstgeborenen. Aber was noch? *Was noch,* Brennan. Hast du nicht gehört, daß wir auch unsere *Lirs* verlieren sollen?«

»Das halte ich für übertrieben.«

»So? Der Mujhar hat es gesagt, und auch sein könig-licher Gefolgsmann, unser *Su'fali.*« Teirnan schüttelte den Kopf. »Vielleicht enthält die Ketzerei sogar einen Kern Wahrheit. Auch wenn ich und andere, einschließ-lich der *Shar Tahls,* es ständig geleugnet haben, glaube ich, daß wir unsere *Lirs* tatsächlich verlieren werden. Und darum – *nur* darum – glaube ich, daß wir noch einmal überdenken sollten, was die Prophezeiung wirklich bedeutet.«

Brennan seufzte. »Ist dieser Unsinn ein Ersatz für deinen Stolz, weil du weißt, daß du den Löwenthron niemals innehaben wirst? Teir ...«

Aber Teirnan schüttelte den Kopf und trat jäh vom Thron fort. »Ich verzichte darauf.«

Nach einem kurzen Augenblick des Erstaunens öff-nete Brennan den Mund, um seinem Cousin zur Wie-dererlangung seiner Vernunft zu gratulieren, schwieg aber, als Teirnan weitersprach.

»Ich sage mich davon los. Und ich sage mich von *dir* los. Ich sage mich von allem los, was mit dem Haus von Homana zu tun hat – sogar von Maeve.«

Letzteres war bereits geregelt. Maeve hatte sich dar-auf eingelassen, einen Schwur zu leisten, Teirnans *Meijha* zu werden, ohne von seinen Zielen gewußt zu haben. Diese Entdeckung hatte einen Keil zwischen sie getrieben, und sie war nicht wieder zum Stammeskeep zurückgekehrt. Auch hatte sie, wie sie sagte, keinerlei Absicht mehr, ihren Schwur einzuhalten. Teirnans Er-klärung entbehrte also jeglichen Gewichts.

Brennan seufzte. »Teir ...«

»Verstehst du?« fragte Teir. »Unsere Zahl wird vermindert werden. Wir werden *aufgebraucht* werden. Es wird kein Bedarf mehr nach unvollkommenen Kindern bestehen, wenn die Erstgeborenen wieder leben.«

»Du *Narr*.« Brennan war offenkundig angewidert.

»Bin ich ein Narr? Nein. Ich glaube, ich bin der Einzige, der ganz erkennt, was geschehen wird.« Teirnan trat weiter vom Thron fort. »Du hattest recht, Brennan, es gibt keine *A'saii*, nur einen mehr als ehrgeizigen Cousin. Aber jetzt – *jetzt* glaube ich, daß die Bedürfnisse wieder im Vordergrund stehen ...« Teirnan rieb sich mit beiden Händen über das Gesicht, als wollte er sichergehen, daß er die Folgen dessen, was er da sagen wollte, vollkommen verstand. »Ich sage mich von der Prophezeiung los.«

Der Schock ließ Brennan erstarren. Er zitterte heftig. »Das *kannst du nicht tun!*«

»Warum nicht? Ich bin durch nichts anderes daran gebunden, als durch meine Bereitschaft, ihr zu dienen. Jetzt wähle ich, dies nicht mehr zu tun.«

»Wenn du dich von der Prophezeiung lossagst, kehrst du den Stämmen, deiner Rasse, deinem *Tahlmorra* den Rücken ...«

»Dann soll es so sein.«

»*Teirnan!*« Brennan schüttelte heftig den Kopf. »Du entsagst damit auch der Nachwelt.«

»Ich beginne zu glauben, daß *diese* Welt mehr als genügt.« Teirnan trat an ihm vorbei und stieg die Stufen des Podestes hinab. Vor der Feuergrube wandte er sich zu seinem Cousin um. »Ich danke dir für deine Offenheit, Brennan. Dafür, daß du mir erklärt hast, wie die Ergebnisse die Welt verändern werden. Denn wenn du es nicht getan hättest, würde ich noch immer blind einer Prophezeiung dienen, die zweifellos die Vernichtung unserer Rasse sicherstellen wird.«

»Ich könnte dich hindern«, belehrte Brennan ihn verärgert. Hier, in dieser Halle, könnten wir diesen Unsinn klären.

Teirnan fuhr herum, um ihn offen anzusehen, und winkte ihn mit leeren, aber sprechenden Händen heran. »Dann komm, Cousin. Aber wenn du es tust, sei versichert, daß es ein Kampf auf Leben und Tod sein wird.« In Teirnans Augen loderte ein ungezähmtes Feuer. »Wenn du mich wirklich hindern willst, wirst du mich töten müssen.«

Sie sahen einander starr an. Teirnans Gesicht glühte vor innerer Erregung, ein Kienspan neuer und andauernder Überantwortung. Brennan sah ihn angewidert und enttäuscht an und überlegte, ob es nur Täuschung sein könnte.

Aber die Chance, daß Teirnan mich täuschen will, ist gering. Und wenn es keine Täuschung ist und ich ihn in einem dummen, sinnlosen Kampf töten sollte, werde ich erneut zum Brudermörder. Er schüttelte den Kopf. *Das ist Teirnan nicht wert.*

»Geh«, sagte Brennan rauh. »Aber denke daran, daß du jetzt ein Stammesloser bist. Deine Rune wird aus den Geburtslinien gelöscht. Dein Name wird aus der Geschichte entfernt. Dein *Jehan* wird keinen Sohn mehr haben.«

Dies war ein mächtiger Anreiz, einen Krieger dazu zu bringen, seine Verleugnung rückgängig zu machen. Aber Teirnan ging nicht darauf ein. »Es sei denn, er käme *mit* mir.«

»Das würde Ceinn nicht tun …« Aber dann brach Brennan ab. Möglicherweise würde Ceinn es *doch* tun. Er hatte diesen Rebellen aufgezogen. Es war auch möglich, daß noch andere ihm folgen würden. Brennan besaß genug Tatsachensinn zu erkennen, daß es Krieger gab, die die alte Ordnung der neuen vorziehen könnten.

Teirnan lächelte. »Ja. Ich sehe, daß du verstanden hast.«

Brennans Mund war trocken. »Du würdest die Stämme bereitwillig teilen?«

Teirnan zuckte die Achseln. »Ich biete eine andere Möglichkeit. Sie werden die Wahl haben.«

»Es wird *keine* echte Wahl sein!« schrie Brennan. »Welche Art Krieger bist du?«

»*A'saii*«, sagte Tiernan ruhig. »Stammeslos, runenlos und frei – *frei, mir selbst zu dienen.*«

Brennan konnte sich nur mühsam davon abhalten, ihn anzuschreien. »Du entweihst diesen Ort«, sagte er in tödlichem Ernst. »Du entehrst deine *Jehana*.«

»Isolde ist tot«, sagte Teirnan nur. »Und was die Entweihung betrifft, so werde ich mich sofort entfernen.«

Brennan beobachtete stumm, wie sein Cousin die Halle verließ. Angesichts solch tödlicher Entschlossenheit konnte er keine Gegengründe mehr finden. Und als er wieder mit dem wuchtigen Thron allein war, trat er hinüber und ließ sich darauf nieder. Es war nicht das erste Mal. Er und der Löwe verstanden sich gut.

»Er wird seine Meinung ändern«, belehrte Brennan ihn, genausosehr, um sich selbst zu beruhigen, wie um den Löwen zu besänftigen. »Er wird seinen Stamm niemals verlassen.« Aber er war sich bewußt, daß er sich dessen selbst nicht sicher war. Er berührte schmerzhaft das ohrläppchenlose Ohr. »Vielleicht sollte ich meinem *Jehan* davon berichten.«

Das tat Brennan während der Abendmahlzeit des Mujhar, die Niall in seinen Privaträumen allein einnahm. Deirdre war noch anderweitig beschäftigt. Sein Vater schob die unbeendete Mahlzeit so ruckartig beiseite, daß sein Messer klingend gegen Silber stieß. »Ich kann nicht *glauben*, daß du töricht genug warst, Teir zu solcher Dummheit anzustiften! Du weißt doch, wie er ist.«

Brennan saß zusammengesunken am Tisch und hatte das Kinn auf eine Hand gestützt. Er war einigermaßen beeinträchtigt, und das Mißfallen des Mujhar ließ ihn sich noch schlechter fühlen. »Ja, nun, aber ich glaube nicht, daß wir uns Sorgen machen müssen. Teir sagt oft viel, tut aber sehr wenig.«

Nialls Stimme klang entschieden kühl. »Das ist deine Meinung, nachdem du sorgfältig darüber nachgedacht hast, was geschehen würde, wenn er genau das täte, was er angedroht hat?«

»Wie könnte er soviel aufgeben?« fragte Brennan mit aus Schuldgefühlen erwachsener Verärgerung. »Sein Stamm, seine Rasse, sein *Tahlmorra* ...«

»Offensichtlich ist er bereit, es zu tun. Auch wenn er uns häufig haltlose Drohungen entgegenschleudert, könnte *diese* doch ernstgemeint sein. Wie viele Krieger kennst du, die über eine solche Handlungsweise auch nur *im Spaß* nachgedacht hätten?«

Brennan runzelte die Stirn. »Keinen, aber ...«

»*Aber.*« Niall klang entschieden barsch. »Ich schlage vor, du begibst dich jetzt zum Stammeskeep und siehst zu, ob du den Schaden wiedergutmachen kannst.«

»*Jehan* ...«

»Ich selbst werde morgen früh dorthingehen. Diese Art von Bedrohung wird den Stammesführer genauso neugierig machen, wie den *Shar Tahl*.« Niall schob seinen Stuhl zurück und erhob sich von der unbeendeten Mahlzeit. »Nun?«

Brennan erhob sich etwas verspätet ebenfalls. Er war dankbar, daß sie allein waren und niemand sonst seine Enttäuschung bemerken konnte. »Teir wird heute nacht nichts mehr unternehmen. Warum kann ich dann nicht morgen früh mit dir gehen?«

»Weil ich dir gesagt habe, daß du *jetzt* gehen sollst.«

Brennan seufzte und schob den Stuhl zur Seite. »Ja, *Jehan* ... ja, *ja*«, murmelte er und schritt verärgert zur Tür.

»Sogar Könige müssen die Verantwortung für die Folgen ihrer Handlungen übernehmen«, sagte Niall, als Brennan die Tür öffnete. »Fange jetzt damit an, und es wird umso leichter sein, wenn du Mujhar bist.«

Sein Erbe warf ihm einen Blick tiefsten Widerwillens zu und schloß geräuschvoll die Tür, während er den Flur betrat. *Lir, wir werden auf einen dummen Botengang geschickt.*

Sleeta befand sich ein Stockwerk über ihm in seinem Zimmer, aber die Verbindung überwand die räumliche Trennung. *Wir?* fragte sie betont.

Schimpfst du mich auch noch aus?

Sie seufzte. *Wohin gehen wir, Lir?*

Zum Stammeskeep.

Ihre Stimme wurde freudiger. *Dann werde ich mich beeilen.*

Auf Brennans Befehl hin wurde ihm sein neuestes Pferd gebracht, gesattelt und bereit. Es war später Nachmittag – und kühl. Der Winter würde nicht mehr lange auf sich warten lassen. Der Hengst, der bis auf einen weißen Fleck auf der Nase vollkommen schwarz war, tänzelte und schnaubte und stampfte geräuschvoll auf den Pflastersteinen auf. Und rollte die Augen, als er die auf der Treppe wartende Sleeta erspähte.

»Mylord, ich kann auch ein anderes Pferd satteln«, sagte der Pferdeknecht, als der Hengst die Zähne bleckte.

Brennan wich dem Biß aus. »Nein. Ich bin in der richtigen Stimmung für Bane.« Er ergriff die Zügel, schwang sich in den Cheysulisattel und hielt die glänzenden Seiten des Pferdeleibs mit seinen Beinen umklammert, während Bane die Ohren flach anlegte und zur Seite zu springen versuchte. »Der Mujhar reitet morgen früh aus.«

»Ja, Mylord.« Der Pferdeknecht trat schnell fort, tauchte unter den fliegenden Hufen hinweg, als Bane weiterhin über den Hof tänzelte. Brennan brach den größten Widerstand des Hengstes und ließ dann die Tore öffnen. »Ich weiß nicht, wann ich zurückkehren werde«, rief er und ließ den Hengst laufen, während Sleeta aufschloß.

Er befand sich an der Grenzlinie, die die Wiesen vom Wald trennten, als Rhiannon ihn einholte. Nach einem ersten kurzen Galopp über die Ebenen, bei dem Brennan seine Enttäuschung und Bane seine schlechte Laune abgearbeitet hatten, nahm Brennan den Hengst auf Schrittempo zurück. Rhiannon hatte ihr Pferd ohne Zweifel ebenfalls schnell laufen lassen, denn die kastanienbraune Stute war schweißbedeckt.

Er wartete, bis Rhiannon ihn erreicht hatte, bevor er hinübergriff und einen Zügel festhielt. »Du weißt es besser«, sagte er starr. Ihr Gesicht war stark gerötet. Sie war außer Atem, die Augen leuchteten vor Erheiterung, und der Wind hatte Haarsträhnen aus ihrem Zopf befreit.

»Ich weiß es besser«, stimmte sie ihm zu, »aber ich konnte es nicht ändern. Du hast mich nicht gehört, als ich dir zurief zu warten.«

Er runzelte die Stirn. »Wann hast du gerufen?«

Sie lachte. »Als das Pferd versucht hat, dein Knie am Torpfosten zu zerschmettern. Du hast geflucht, Mylord. Es überrascht mich nicht, daß du mich nicht gehört hast.«

Er lächelte kläglich. »Ja, nun, ich mag mein Knie irgendwie, und die Götter wissen, daß ich es dringender benötige als Bane.« Er ließ ihre Zügel los und sprang von seinem Pferd ab. »Steig auch ab, *Meijhana* – die Stute sollte geführt werden.«

»Ja, natürlich.« Sie glitt in einem Gewirr aus mit Quasten versehenen Stiefeln, blauen Röcken und einem mitternachtsblauen Mantel aus dem Sattel. Das schwere Seil ihres Haars war in den Falten des Mantels verloren, aber er sah das Schimmern eines silbernen, durch das Geflecht gezogenen Bandes.

Er streckte die Hand aus, ergriff eine ihrer schlanken Hände und zog sie zu sich heran. Rhiannon reckte sich dem Kuß lachend entgegen, legte ihm dann die Arme um den Hals und zog ihn noch näher heran. »Hast du

Einwände?« fragte sie, als er sie losließ. »Ich wollte bei dir sein. Ich muß so oft meine ganze Zeit mit Deirdre oder den Frauen verbringen, wenn ich viel lieber bei dir wäre.«

Er verspürte Schuldgefühle. Es war kein Geheimnis, daß Rhiannon sein Bett teilte, auch wenn der Mujhar Schweigen darüber bewahrte. Brennan zweifelte nicht daran, daß Niall davon wußte, aber vielleicht wußte er auch, daß wiederholte Erinnerungen an Aislinns unmittelbar bevorstehende Ankunft nur Unstimmigkeiten heraufbeschworen hätten.

»Ich habe keine Einwände, *Meijhana*, aber du wirst dich vielleicht langweilen. Ich werde zum Stammeskeep geschickt, um etwas mit meinem rebellischen Cousin zu regeln.«

»Teir ist ein Narr«, erklärte Rhiannon. »Maeve liebt ihn – wenn er auch nur ein wenig Verstand hätte, würde er versuchen, die Gunst des Mujhar zu erringen, damit er sie zu seiner Frau nehmen könnte.«

»Dann ist vielleicht *Maeve* der Narr.« Er wies in die Richtung des Waldes. »Komm, *Meijhana* – die Stute braucht Abkühlung.«

Sie paßte sich seinem Schritt an und führte die müde Stute. »Wo ist Sleeta?«

»Vorausgegangen. Sie sagte, sie sei hungrig, aber sie wird nicht weit sein.«

Finger verflochten sich. Sie gingen in einträchtigem Schweigen voran und tauschten die offenen Ebenen gegen die Schatten des Waldes ein. Der Weg war breit und festgetreten, denn der Stammeskeep war jenen nicht länger verschlossen, die keine Cheysuli waren. Homanische Goldschmiede und andere Handwerker kamen, um zu handeln.

»Es gab noch einen anderen Grund«, sagte Rhiannon jetzt ruhig. »Der Mujhar wollte einen Mann schicken, um es dir mitzuteilen, aber ich sagte, *ich* würde gehen.« Sie schaute ernst zu ihm auf. »Eine

Nachricht ist gekommen. Aileens Schiff ist in Erinn losgesegelt.«

Brennan stockte fast der Schritt. Bane knabberte hinter ihm verwirrt an seiner Schulter.

»Ich wollte diejenige sein, die es dir sagt.«

Er blickte zu ihr hinab. Sie hatte ihr Gesicht weitgehend abgewendet, aber er hörte ein leichtes Schwanken in ihrer Stimme. »Meijhana ...«

»Ich weiß«, sagte sie. »Ich habe es immer gewußt. Du wirst sie heiraten.«

»Ich wurde bereits in der Wiege mit ihr verlobt.« Er seufzte. »Und mehr als das, Meijhana – es wurde schon vereinbart, bevor ich überhaupt geboren war.«

»Ich weiß.« Sie zuckte die Achseln und sprach klar. »Ich bin niemand. Ich bringe dir nichts. Nichts außer ...« Sie zögerte, hielt dann inne und wandte ihm ihr Gesicht ganz zu. Eine Hand hatte sie über dem Bauch gespreizt. »Nichts außer diesem Kind.«

Er ergriff ihre Schultern und hielt sie fest, während er das erschreckte Schnauben der Stute und Banes rollende Augen überging. »Bist du sicher?«

»Ganz sicher, Mylord.« Rhiannons Lächeln wirkte seltsam. »Freut es dich?«

»Wie sollte es mich nicht freuen?« Er war erstaunt über ihre Frage. »Ein Kind, Rhiannon ... wie könnte ich nicht erfreut sein?«

»Ein Bastard, Mylord.«

»Glaubst du, das kümmert mich? Ein Kind ist ein Kind.«

Rhiannon lachte. »Und ein Ihlini-Cheysulikind? Was sagst du dazu?«

Er verschränkte die Hände in die Falten ihres Stoffmantels. »Ihlini ...«

Eine kühle Hand lag wie eine Fessel um sein Handgelenk, die festhielt, drückte, quetschte, bis die Haut zu schmerzen begann.

»Ihlini«, sagte sie deutlich, »Ihlini und Cheysuli.

Warum sollte ich dich sonst gewollt haben? Warum sollte ich dich sonst dazu gebracht haben, mich zu wollen?«

Sie war eine Frau, und sie war schwächer als er: Brennan versuchte verärgert, ihrem Griff zu entkommen, indem er sich heftig wand. Er stellte erschreckt fest, daß es ihm nicht gelang. Denn gerade, als er sich bewegte und daran dachte, sie von sich zu stoßen, spürte er durch die Verbindung einen heftigen Schmerz.

Sleeta war fast bewußtlos. *Lir ... Lir ... Lir ...*

Als Brennan sich erneut freizuwinden versuchte, um zu der Quelle von Sleetas Schmerz zu eilen, hinderte Rhiannon ihn daran. Sie drängte ihn mit nur einer Hand, die Finger starr über seinem Brustbein gespreizt, kühl von dem Weg fort und gegen den nächsten Baum. »Zurück«, sagte sie nur, ohne auch nur im geringsten auf seinen mißlungenen Fluchtversuch einzugehen.

Lir ... Die Hilflosigkeit der Katze spiegelte seine eigene wider und wurde mit erschreckender Genauigkeit durch die Verbindung übertragen. Obwohl Rhiannon nur wenig Druck ausübte, wurde Brennan gegen den Baum geschleudert.

»Sleeta ...«

»Sie gehört uns.« Rhiannon zog ihm geschickt die Zügel aus der verkrampften Hand, befreite beide Pferde und trieb sie mit einem Blitz purpurfarbener Flammen aus seinen nachlässigen Fingern davon. »Du solltest lieber nicht kämpfen – um Sleetas willen, wenn schon nicht um deinetwillen. Meine Diener kümmern sich jetzt um sie.«

Er wollte sie überwältigen. Er wollte ihr den schlanken Hals brechen. Aber Sleetas Wohlergehen überwog seine Gedanken, und es bestand kein Zweifel an Rhiannons Kühnheit. Er wagte sich nicht zu bewegen, um nicht das Leben seines *Lir* sowie sein eigenes zu riskieren.

Sleeta?

Lir ... Lir ... Ihlini ... Und dann wurde ihr Muster jäh unterbrochen, wie eine hastig ausgeblasene Kerze.

Rhiannons Hand lag noch immer auf seinem Brustbein und verhieß Gewalt. Er wußte, daß sie eine Art geheimer Kraft benutzte. Sie war stark, *zu* stark. Die rauhe Rinde des Baumes drückte sogar durch die Lederkleidung hindurch gegen sein Rückgrat. Innerlich kämpfte er mit ihr, aber äußerlich machte er keinerlei Anstalten zu flüchten oder sie anzugreifen.

»Guter Mann«, sagte sie. »Guter Krieger. Bewege dich nicht, und sie wird leben.«

»Töte sie, und du tötest *mich*.«

»Eine leere Drohung«, erwiderte sie. »*Ich* habe, was ich von dir wollte.«

Er versuchte, Sleeta durch die Ungestörtheit der Verbindung zu erreichen, aber seine rasende Suche blieb erfolglos. Nur Leere war in dem Muster zu erkennen.

»Du hast sie bereits getötet!«

»Nein, Mylord. Noch nicht. Sie wurde durch rohe Gewalt überwältigt, aber sie lebt. Im Augenblick noch. Bis wir mit dir fertig sind.«

»Und wie gedenkt ihr mich zu töten?« Verbittert. Er konnte es nicht fassen, daß er so leichtgläubig gewesen war.

»Strahan will dich lebend.«

»*Strahan* ...« Er keuchte fast. »Dies ist Strahans Werk.«

»Strahans *Vorschlag*. Mein Werk.« Rhiannon lächelte und griff aufwärts, um sein Gesicht zu liebkosen, während er sich ihr zu entziehen versuchte. »Es hätte schlimmer kommen können, Brennan. Viel schlimmer. Verführung ist besser als Gewalt.«

Er zeigte in einer plötzlichen Geste tiefsten Angewidertseins die Zähne. Er fühlte sich schlecht.

»Lillith dachte, ich könnte es nicht tun«, sagte Rhiannon ruhig. »Sie fürchtete, ich sei zu jung, selbst nach menschlichen Maßstäben. Aber meine Mutter vergißt, daß Ihlinifrauen der Verführung genauso verschrieben sind, wie Cheysuli den *Lirs* verschrieben sind.«

Seine Muskeln verkrampften sich unter ihrer Hand. »*Lillith* ...«

»... ist meine Mutter. Meine *Jehana,* würdest du sagen. Wie Ian mein *Jehan* ist.« Rhiannon lachte weich. »Wir sind Cousins, du und ich – und Bettgefährten.«

»Aber – *Jarek* ...« Brennan hielt inne. »Er brauchte keine Erklärung. Angesichts ihres Triumphes und ihrer Zuversicht wußte er, daß sie die Wahrheit sagte. Jarek hatte überhaupt nichts damit zu tun. Es war nichts als Irreführung, um uns glauben zu machen, wir seien sicher ... *Du* warst es die ganze Zeit ...«

»Ich war es die ganze Zeit.« Rhiannon lächelte. »Jarek war eine gute Ablenkung. Da du *ihn* für einen Ihlini hieltest, hast du mich nicht beachtet.« Sie lachte. »Ein kluger Plan, dich zu überlisten: den solindischen Jarek als *Homaner* nach Homana zu schicken, wo er als Eleks Sohn auftreten und die Hilfe Homanas erlangen sollte. Und dann wollten wir dich im Namen von Carillons taubstummem Bastard überwältigen.«

»War es deine Idee, Ian glauben zu lassen, Jarek sei sein Sohn?« fragte er verbittert. »Und war es deine Idee, *mich* glauben zu lassen, ich sei ein Brudermörder?«

Sie schürzte die Lippen. »Die erste? Nein, das war die Idee meiner Mutter. Ein Geschenk für Ian, sagte sie.« Rhiannon lächelte. »Und was den Plan betrifft, dich glauben zu lassen, du wärst ein Brudermörder, nun ... das machte dich mir gegenüber noch verletzlicher. Und er war meine Idee.«

Er atmete tief durch, wollte ihr ins Gesicht spucken, aber er entschied sich anders. Die Ihlini hatten seinen *Lir.* »Ein schwieriger und kluger Plan.«

»Es hat viel Zeit in Anspruch genommen, ihn zu ersinnen – und noch mehr Zeit, ihn auszuführen.« Sie zuckte die Achseln. »Aber andererseits bedeutet *Zeit* uns nichts.« Die schwarzen Augen verengten sich. »Und jetzt gehen wir, Mylord. Strahan wird ungeduldig.«

Es war sinnlos zu kämpfen, und er wußte es. Rhiannons Macht gegenüber Sleeta war zu groß. Aber er achtete nicht auf den Druck auf seinem Brustbein und ergriff ihr Handgelenk, wollte es ihr brechen, alle Knochen zerschmettern. Oder ihren zerbrechlichen Schädel mit einem Schlag seiner anderen Hand zerschlagen.

Und doch konnte er nichts von alledem tun. Wenn er sich zu bewegen versuchte, stellte er fest, daß ihm sein Körper nicht gehorchte. Seine Hände lösten sich von ihren Handgelenken. Er sackte an dem Baum zusammen, von schlanken Fingern festgehalten. In ihren Augen lag Triumph und das Wissen um die zunehmende Macht.

Er bleckte verärgert, wild und spöttisch die Zähne. »Es ist ein weiter Ritt von hier bis Valgaard. Wenn du glaubst, es würde leicht werden ...«

»Wer hat etwas von Reiten gesagt?« Rhiannon zog etwas unter ihrem Mantel hervor. Er sah ein Schimmern vertrauten Silbers. Es war der Ring, den er ihr geschenkt hatte, aber der Saphir glühte unheimlich purpurfarben anstatt klar blau. »Wir Ihlini haben bessere Möglichkeiten.«

Er brachte ein Lachen zustande, wenn es auch kaum mehr als ein nutzloser, bellender Laut war. »Du vergißt, daß ich ein Cheysuli bin. Deine Magie wird nicht wirken.«

»Und *du* vergißt, Mylord, daß auch ich eine Cheysuli bin.« Sie lächelte. »Frage Sleeta, warum sie mich nicht erkannt hat. Frage, warum ich dich so leicht festhalten kann. Suche in deinem Geist und finde die Verbindung, die ich sorgfältig und heimlich geschmiedet habe – im heftigen Kampf der Leidenschaft, als du mein Eindringen nicht bemerken konntest.«

Er rollte verzweifelt abwehrend den Kopf am Stamm hin und her. »Du kannst nicht ...«

»Kann ich nicht?« Sie war großartig in ihrem Stolz. »Aber ich *kann*, Cousin ... Das Vermischen unseres Blutes wird mir eine völlig neue Art der Macht zugänglich machen, wenn das Blut auch zusätzlich noch mit Asar-Suti verbunden wird.«

Ihre heitere Gelassenheit alarmierte ihn. »Aber du bist keine Erstgeborene ...«

»Nein. Noch nicht. Aber ich bin es fast. Noch mehr als du. Weil letztlich das Blut unseres Kindes – das Blut von Ihlini-Cheysulikindern – in Homana vorherrschen wird. In der Welt vorherrschen wird.«

Rhiannon löste die silberne Kette, die das ursprüngliche Lederband an dem Ring ersetzt hatte. Und sie legte es ihm um den Hals, obwohl er den Kopf abzuwenden versuchte. Die Kette fühlte sich eiskalt an.

Ein letztes Mal ...

»Brennan.« Sie unterbrach ruhig seinen nutzlosen Versuch, *Lir*gestalt anzunehmen. »Ich liebe dich nicht, aber ich hasse dich auch nicht. Ich diene meiner Rasse genauso sehr, wie du der deinen dienst. Wir sind verwandt, nahe verwandt, und ich möchte dein Blut nicht vergießen. Ich teile mehr als nur ein geringes Maß dieses Blutes. Ian ist in uns beiden.« Sie ergriff seine Hände und verschränkte ihre Finger mit seinen, auch gegen seinen Willen. »Aber wir können die Erstgeborenen nicht kontrollieren, ehe wir nicht unsere eigenen Erstgeborenen schaffen.«

»*Ihlini* ...« Er wand sich an dem Baum.

Rhiannon küßte ihn. Und dann versank die Welt.

Interludium

Wo sie ging, folgte ihr Rauch. Von der Bewegung ihrer schweren Röcke aufgewühlt, riß er wie ein Netzwerk aus fliederfarbener Spitze entzwei und setzte sich dann hinter ihr wieder zusammen, um seinen zarten Tanz erneut zu beginnen.

Gottesfeuer zischte in den Windungen der Glassäulen. Hinab und hinab, herum und herum. Licht glitzerte in den gedrehten Saiten der großartigen Harfe des Suchers. Sie dachte kurz daran, die nächste Säule zu berühren, um zu ergründen, ob sie klingen würde, aber sie tat es nicht. Das stand ihr nicht zu.

Sie ging, und der Rauch folgte ihr. Den ganzen Weg bis zu dem Spalt in der Erdkruste, wo Flammen anstatt von Blut in blendendem Glanz hervortraten. Jenseits davon, am Rande des Tors balancierend, standen ihre Mutter und ihr Onkel.

Rhiannon blieb auf ihrer Seite stehen. Sie verschränkte die Hände in ihren Röcken.

Lillith lächelte. Sie sah sich selbst in ihrer Tochter wieder und war stolz auf die Schönheit des Mädchens. »Wann wird das Kind geboren werden?«

»In sieben Monaten. Brennan war – höchst entgegenkommend.«

»Und du?«

»Ich?«

»Du bist jung«, sagte Lillith freundlich. »Cheysuli und Ihlini sind miteinander verwandt, stammen von denselben Göttern ab und sollen miteinander schlafen. Es ist verständlich, wenn das ... schwierig war. Es ist keine Schande, sich zu wünschen, es könnte anders sein.«

Rhiannon hob ihr fein geschnittenes Kinn an. »War es für *dich* schwierig, als du meinen Vater verführtest? War es schwer, diesen ungeheuren Cheysulistolz zu brechen?«

»Ians Stolz wurde niemals gebrochen«, antwortete Lillith. »Vielleicht hat *er* es geglaubt, aber er verspürte nur die *Lirlosigkeit*, mehr nicht.« Sie hielt inne. »Wenn du davon sprichst, Stolz zu brechen, dann erinnere dich daran, daß das, was ihnen gehört, auch uns gehört.«

»Das werden sie niemals annehmen«, sagte Rhiannon. »Sie werden in uns niemals etwas anderes als Feinde sehen.«

»Gut«, sagte Strahan kühl. »Sollte der Tag jemals kommen, daß ein Ihlini und ein vollständiger Cheysuli *freiwillig* miteinander schlafen, ist der Sucher besiegt. Das Tor wird für immer verschlossen sein, und die Erstgeborenen werden die Welt regieren. Uns wird es nicht mehr geben.«

Rhiannon runzelte die Stirn. »Was ist ein ›vollständiger‹ Cheysuli?«

»Ein Cheysuli, der alles notwendige Blut außer unserem besitzt.« Das Glühen nahm zu, vertrieb die Schatten aus Strahans Gesicht und verblaßte dann zu einem dumpfen Glühen, als lausche der Gott. »Die Prophezeiung ist wahr, Rhiannon. Die Cheysuli weben sie wie einen Wandteppich, und das Muster ist fast vollendet. Aber wir können es noch immer ändern. Wir können die hellsten Fäden herausreißen, wie wir Brennan herausgerissen haben, und sie benutzen, um ein anderes Muster zu gestalten.«

Lillith nickte. »Wir müssen die Kette, Verbindung um Verbindung, zerstören.«

Das *Gottesfeuer* zischte. Die Flamme stieg empor, schwoll an und verblaßte wieder.

»Was werdet ihr mit ihm tun?« fragte Rhiannon.

»Ihn zerbrechen«, antwortete Strahan. »Und ihn dann ganz vorsichtig neu zusammensetzen.«

»Wie?« fragte sie angespannt.

Strahans Augen verengten sich. »Hast du einen Vorschlag?«

Rhiannons Lachen hallte zwischen den Säulen wider und ließ die Glasfäden summen. »Sperrt ihn ein«, sagte sie. »Sperrt ihn in einen kleinen Steinkäfig ... ohne Licht, ohne *Lir* und ohne jegliche Hoffnung auf eine Fluchtmöglichkeit.«

Teil III
Hart

Kapitel Eins

Solinde war ein unwirtliches, dürres Land, dachte Hart, bis er das Grenzland hinter sich ließ und in die bewaldeten Hügel einritt. Der breite Weg, der von Homana nach Solinde hineinführte, verlief von Ebenen in eng gedrängte Hügel und wand sich wie ein Tunnel durch die dichte Vegetation. Tiefe, dichte Schatten überdeckten das Sonnenlicht.

Er war dankbar, daß er sein ärmelloses Wams gegen etwas Robusteres eingetauscht hatte. Das kräftig smaragdgrün gefärbte Wams, mit einem mit Bronzeplättchen versehenen Gürtel gebunden, war aus festerem Leder gefertigt als ein Cheysuliwams, und obwohl er sich noch immer sehr unwohl darin fühlte, boten die langen Ärmel Wärme gegen den Atem des Herbsttages. Im Wald, in den Schatten, schien die Kälte durch die Haut bis in seine Knochen zu dringen.

Hart erschauderte, als die Bäume noch näher zusammenzurücken und die Zweige nach seinem Gesicht zu greifen schienen. Der Tunnel verengte sich, und die Schatten vertieften sich, bis er sich sehr eingeengt fühlte. Rund um ihn herum waren nur Stämme und Zweige und Kletterpflanzen. Der Wald roch nach Verfall.

Lir, sagte er unbehaglich. Aber Rael war außer Sicht.

Hier. Der Falke antwortete sofort. *Über dir, Lir, über den Bäumen, wo es im Sonnenlicht hell und warm ist.*

Hart legte den Kopf nach hinten und suchte ihn, aber er konnte nur den Schirm aus Zweigen, ein von den Bäumen gebildetes Gitterwerk, und Kletterpflanzen und Schatten sehen. *Vielleicht sollte ich das Pferd zurücklassen und als Falke weiterziehen.*

Und dann würdest du ohne all deinen Staat ankommen.

Hart lachte laut und klopfte beiläufig auf die Sattel-taschen, die den größten Teil des Rumpfs seines Heng-stes umschlossen. »Es ist ohnehin wenig genug, fürchte ich. Ja, ich *hätte* alle Truhen mitnehmen können, aber welchen Sinn hätte das? Ich habe Lederkleidung, Nah-rung und ein Glücksspiel … was brauche ich mehr?«

Vernunft, erwiderte Rael. *Oder soll ich die Weisheit zur Verfügung stellen, und du das Gold?*

»Ich beabsichtige, Gold zu *gewinnen* und nicht, es zur Verfügung zu stellen«, erklärte Hart. »Süßes solindi-sches Gold … ich habe gehört, es sei kupferrot, aber doppelt so schwer und dreimal so wertvoll wie homa-nisches Gold.«

Dann wirst du die dreifache Menge deines Geldes brau-chen, um dem Spiel seinen Wert zu verleihen, erwiderte Rael. *Je eher man wettet, desto eher verliert man.*

»Ich gewinne, *Lir,* ich gewinne.«

Sage das dem Mujhar.

Hart betrachtete finster stirnrunzelnd die Zweige über sich und versuchte, den Falken auszumachen, gab seine fruchtlose Suche aber dann auf. Er fühlte sich auch weiterhin vom Wald eingeengt, während er die Zügel aufnahm und den Hengst ruhighielt.

Zunächst war alles still, als hielte der Wald genauso inne wie er und warte ab, was er tun würde. Und dann verging dieser Eindruck und der Wald war wieder ein Wald und voller vertrauter Geräusche. Und eines hieß Hart sogar willkommen: das Plätschern und Gurgeln eines Flusses.

»Wasser«, sagte er laut und beugte sich dann vor, um dem Hengst die kastanienbraune Schulter zu tätscheln. »Das ist für mich garantiert nicht so gut wie Wein oder Bier, aber es wird für uns beide genügen, bis wir Lestra erreichen.«

Er führte das Pferd von dem Weg fort in den dichte-ren Wald und zerriß Ranken und Farne, während er sich seinen Weg durch das Gestrüpp bahnte. Schließlich erreichte er schwammigen Untergrund und dann das felsige Ufer eines breiten, flachen Stroms. Hart schwang sich von seinem Fuchs herab und ließ ihn frei seinen Weg durch die Felsen zum Wasser suchen. Er selbst balancierte gefährlich auf einem flachen Flußstein und beugte sich dann herab, um Händevoll Wasser aufzunehmen, während er sich mit einer weit gespreizten Hand abstützte.

Das Wasser war kalt und süß. Hart verweilte, genau wie der Hengst, und achtete nicht auf die Kälte seiner Finger. Er trug, zusätzlich zu seinem Langmesser, das Gewicht von Bogen und Köcher mit sich, aber er hatte wenigstens kein Schwert dabei. Auch wenn er den Schwertkampf aus Achtung vor seinem Rang erlernt hatte, zog er den Kampf mit Cheysuliwaffen unbedingt vor.

Genau wie der Hengst, spürte auch Hart die Erschütterung, die sich plötzlich durch das Wasser übertrug. Und dann hörte er dichtauf folgend das Geräusch, das Platschen von schnellen Hufen in Wasser und das Klappern von Steinen, aus ihrem ursprünglichen Bett gelöst. Er stemmte sich hoch, während der Hengst durch den felsigen Strom zum gegenüberliegenden Ufer stolperte und in den Schatten verschwand. Hart blieb still stehen, denn er wußte, daß die Unbeweglichkeit eines Cheysuli einen Schutz in sich selbst bedeutete.

Lir. Er wandte sich um Kundschaften an Rael.

Ein Reiter, antwortete der Falke. *Auf der Flucht vor einem anderen Reiter.* Und dann: *Eine Frau, Lir. In Karmesinrot, auf einem weißen Pferd.*

Dann sah er sie, als sie aus den Schatten heraneilte. Sie bildete eine Palette aus Weiß und Scharlachrot: das Haar weißblond, das Gewand hellrot, die Stute makellos weiß. Sie kauerte im Sattel, tief über den Hals der Stute gebeugt, und ihr leuchtender Umhang bauschte sich hinter ihr, während sie die Stute voran-trieb.

Hart erkannte, daß die Stute bald erschöpft sein oder straucheln oder fallen und sich die schlanken Vorder-beine oder vielleicht sogar den Hals brechen würde. Das Flußbett war durch die Felsen und die tiefen und flachen Stellen trügerisch. Es war nur eine Frage der Zeit.

Sie befand sich jetzt auf gleicher Höhe mit ihm. Und dann trat er in die Mitte des Flusses hinaus, dessen Wasser lediglich bis über seine mit Stiefeln bedeckten Knöchel schwappte, und nahm seinen Cheysulikriegs-bogen.

Lir.

Ein einzelner Mann, antwortete Rael. *Nicht weit, nicht weit, kommt heran.*

Er kommt heran. Hart legte einen Pfeil ein, zog die schwarze Bogensehne bis zu seinem Ohr zurück und wartete.

Der Reiter kam, durch die tiefen und flachen Fluß-stellen platschend, heran. Er sah Hart überhaupt nicht, so erpicht war er auf seine Beute. Hart wartete, war-tete, beobachtete, wie das Pferd näherkam, herankam, *herankam* und Wasser zu Gischt aufwühlte.

Und als der Mann nahe genug war, befahl Hart ihm anzuhalten.

Der Reiter mit braunen Haaren und Augen verhielt sein Pferd erschreckt und starrte Hart mit offenem Mund an, während er das Tier unter Kontrolle zu be-kommen versuchte. Und dann schloß er den Mund wieder, griff nach seinem Schwert, zog es aber nicht aus der Scheide, tat nichts weiter, als er sah, daß Harts Pfeil auf seine Kehle gerichtet war.

»Halt«, wiederholte Hart.

Der Mann spie einen solindischen Fluch aus, den Hart nicht verstehen konnte. Aber seine Empfindungen um-faßten, deutlich sichtbar, Unwille, Erstaunen und Wut.

»Ihr erzürnt mich«, sagte Hart ruhig.

Der Solinder konnte Homanisch gut verstehen. Er errötete. Er hob sinnlos eine geballte Faust, aber es war kein Messer oder Schwert darin zu sehen. Dann sagte er in betontem Homanisch: »Es ist meine Pflicht, meine *Aufgabe* ...«

»Und jetzt ist Eure Pflicht das Entsagen«, antwortete Hart. »Ich weiß nicht, woher Ihr kommt – aus Lestra vielleicht? –, aber ich schlage vor, daß Ihr wieder dorthin zurückkehrt.«

»Homaner!« schrie der Mann. »Es liegt in meiner *Verantwortung* ...«

»Kehrt zurück«, sagte Hart ruhig. »Götter, Ihr erzürnt mich wirklich.«

Der Solinder schaute verärgert an Hart vorbei zu der für ihn verlorenen Beute. Dann murmelte er in kehligem Solindisch eine Verwünschung und riß sein Pferd heftig und unbeholfen herum, wodurch Hart durch und durch naßgespritzt wurde.

Er steckte den unbenutzten Pfeil in den Köcher zurück, hängte sich den Bogen über die Schulter und wandte sich dann zu der Frau um.

Sie war nicht weit an ihm vorbeigeritten oder vielleicht auch zurückgekommen. Die weiße Stute stand inmitten des Flusses und trank dankbar von dem Wasser. Die Frau saß jetzt aufrecht im Sattel, die karmesinroten Röcke und der Umhang wirr um sie herumflatternd. Ihr Haar hatte sich aus dem Zopf gelöst. Ihr Gesicht zeigte einen ernsthaften Ausdruck, der die Makellosigkeit der zarten Gesichtsknochen jedoch nicht verbergen konnte.

Die verkörperte Zerbrechlichkeit. Aber Hart hielt hier einen Irrtum für möglich. Er hatte sie reiten sehen.

»Ich danke Euch«, sagte sie ernst und nahm die Zügel auf. Sie führte das Pferd trotz ihrer schlanken Hände geschickt voran. Und faßte die Zügel vorsichtshalber noch fester, als er durch das Wasser auf sie zuritt.

Die Stute beäugte ihn erschreckt und scheute zwei Schritte zur Seite, bis die junge Frau sie zügelte. Aus der Nähe betrachtet, war ihre erregende Schönheit unfaßbar. Sie entfaltete sich wie eine Lilie in der Sonne und überstrahlte ihre Umgebung. Eisweißes Haar, eisblaue Augen, eine herrlich makellose Haut.

»Ihr habt mir einen Dienst erwiesen.« Ihr betontes Homanisch zog ihn nur noch mehr an.

Hart grinste. »Weil ich Euer Leben, oder Eure Tugend, gerettet habe? Ja, so könnte man es nennen.«

»Nein.« Ihre langlidrigen Augen waren blaugrau. »Nein, er wollte mir nichts antun. Was er über seine Pflicht, seine Aufgabe, seine *Verantwortung* gesagt hat – es entsprach der Wahrheit. Aber nicht in dem Sinne, wie Ihr glaubtet. Er war mein Leibwächter und niemand, der mir schaden wollte. Und sicherlich kein Mörder.«

Er schaute zu ihr hinauf. *Götter, diese Frau könnte einen Löwen betören, und er würde sich ihr bereitwillig fügen ...* Er lächelte. »Lady – er wollte Euch nichts antun? Welchen Dienst habe ich Euch dann erwiesen?«

Ihr Lachen ließ die Welt Funken sprühen. »Freiheit – Ihr habt mir *Freiheit* gegeben ... zumindest bis die anderen nach mir suchen werden.« Ein Teil ihrer Fröhlichkeit verging. »Und das werden sie tun. Sie werden es tun.«

Er konnte sich gut vorstellen, daß sie es tun würden. *Er* hätte es auch getan. »Also habt Ihr mich den Mann vertreiben lassen, der Euch beschützte.« Er lachte ehrlich belustigt auf und bewunderte ihren Humor. »Der Mann verflucht mich jetzt sicherlich als Narr – oder auch sich selbst.«

In ihren Augen funkelte das Lachen. »Ja, er wird uns alle verfluchen –, oder er wird jene verfluchen, die ihm seine Aufgabe übertragen haben.« Fast augenblicklich wich alle Heiterkeit aus ihren Zügen. Eine seltsame Grimmigkeit ersetzte sie. »Aber erwarten sie denn, daß ich nichts unternehme, daß ich mich ihrem Willen einfach beuge?«

Er hörte eine Spur Bitterkeit in ihrer Stimme und fragte sich, ob sie ihn vielleicht *tatsächlich* nur dazu benutzt hatte, sich von ihrem Leibwächter zu befreien. »Ihr habt geschwiegen, Lady«, belehrte er sie ruhig. »Was hättet Ihr jenen gesagt, die ihm die Pflicht übertrugen, Euch vor Feinden zu beschützen, wenn ich ihn getötet hätte?«

Sie schüttelte entschieden den Kopf. »Nein. Nein, soweit hätte ich es nicht kommen lassen.« Sie umfaßte die Zügel fester und machte sich bereit davonzureiten. »Ich danke Euch, Homaner. Aber Ihr solltet meine Angelegenheiten besser mir selbst überlassen.«

Er ergriff einen ihrer Zügel und trat näher heran. »Und was gebt Ihr mir für Eure Freiheit?«

Sie runzelte die Stirn. »Geben?«

Er zuckte die Achseln. »Ich habe Euch einen Dienst erwiesen. Und nun bitte ich um Bezahlung, Lady.«

»Wenn *Ihr* glaubt …«

»Das tue ich.« Er zog die Stute näher zu sich heran. »Einen Kuß, Lady. Ein kleines Zeichen Eurer Dankbarkeit, Bezahlung für meinen Dienst.« Er grinste und hob vielsagend die Augenbrauen. »Das ist, glaube ich, nicht zuviel verlangt.«

»Es ist in meinem Falle mehr, als Ihr Euch *vorstellen* könnt.« Ein in einem Stiefel steckender Fuß trat aus und erwischte ihn am Kinn.

Er stolperte rückwärts, fluchte und ließ ihren Zügel los. Als er wieder deutlich sehen konnte, hatte die Frau die Stute bereits angetrieben und verschwand.

Rael, sagte er. »Rael!«

Sie ist noch nicht weit gekommen, Lir. Steige auf dein Pferd und hole sie ein.

Er pfiff den Hengst aus dem Wald herbei und durchquerte dann den Fluß zum Ufer, während er ununterbrochen fluchte. Sie hatte ihn genau erwischt, hatte seinen Kopf seitwärts zur rechten Schulter schnellen lassen. Die Nackenmuskeln protestierten ebenso wie sein Kinn. Wäre sie ein Mann, und keine Frau gewesen, hätte sie ihm vielleicht den Hals brechen können.

Wäre sie ein Mann, und keine Frau gewesen, hättest du sie nicht um einen Kuß gebeten.

Hart schwang sich laut lachend in den Sattel, als er die Bemerkung des Falken hörte. *Nein, garantiert nicht.* Er drängte den Fuchs durch das Wasser zum gegenüberliegenden Ufer. *Wohin, Lir? Wohin ist sie geritten?*

Westwärts, den Weg entlang. Sie reitet auf Lestra zu.

Er wußte, daß die Stute der Frau zu müde war und zuviel Wasser getrunken hatte, um einen schnellen Galopp lange durchzuhalten. Sein eigenes Pferd war ausgeruht. Er würde sie nur zu bald einholen.

Und so geschah es. Er umrundete eine Biegung des tunnelartigen Weges und sah vor sich einen weißen Schweif aufblitzen. Näher, noch näher. Erd- und Grasbrocken wurden ihm ins Gesicht geschleudert. Er beugte sich tief über den Pferdehals und ließ sich während des Laufs von dem Hengst abschirmen.

Das Mädchen schaute einmal zurück, dann noch einmal. Ihr Gesicht war in einem Gewirr ungebundenen Haars verloren. Es floß hinter ihr her wie der Schweif der Stute – ein im Wind peitschendes Fähnlein. Hart, der grinste, während der Hengst aufschloß, sah das Mädchen schnell aufwärts greifen, das Haar im Nacken zusammennehmen und flink zu einem einzelnen buschigen Pferdeschwanz winden, den sie dann mit beiden Händen unter den Kragen ihres Gewandes stopfte, während die Stute frei lief. Dann ergriff sie erneut die Zügel und drängte die Stute von dem Weg fort in die Schatten des Waldes.

Hart ritt fast an der geschlagenen Öffnung in den Kletterpflanzen vorbei. Eine entschlossene Hand an den Zügeln ließ den Hengst jäh und mit der Hinterhand wegrutschend innehalten, und dann riß Hart ihn herum und ließ ihn hinter der Stute herstürzen.

Lir? fragte er.

Sie ist kaum noch zu sehen, antwortete Rael. *Sie reitet im Zickzack, eilt aber immer noch westwärts.*

»Lestra«, murmelte Hart und fluchte, als ihm Blätter der Kletterpflanzen gegen Mund und Augen schlugen.

Kein Weg mehr, bis auf den durch sie eröffneten Durchgang. Kein Dahinjagen mehr, sondern statt dessen Sprünge und Stolpern, während der Hengst Farn und umgestürzte Bäume zu umgehen versuchte. Die Welt war ein Irrgarten aus Grün und Braun und Schwarz, nur Schatten im Tageslicht, mit nur wenig oder ganz ohne Sonnenschein, der ihren Weg hätte ausleuchten können. Die Geräusche seines Pferdes überdeckten diejenigen ihres Pferdes. Nur wenn er ein weißes und karmesinrotes Aufflackern sah, wußte er, daß er ihr wieder näherkam.

Ein schneller Blick über ihre Schulter, die Rundung einer hellen Wange. Und grimmige Entschlossenheit um ihren wunderschönen Mund. Er sah sie die Stute mitten im Schritt zügeln und sie dann nordwärts anstatt westwärts wenden.

Sie wird die Stute noch töten … Aber er konnte diesen Gedanken nicht mehr beenden. Das Vorübereilen der Stute schreckte einen Hasen aus seiner Deckung, der nun hervorbrach. Der Hengst schrak zusammen, sprang seitwärts, stolperte und lief gegen einen riesigen gefällten Baum. Er versuchte ihn noch taumelnd zu überspringen, brach sich bei dem Versuch aber nur die Vorderbeine. Sein Reiter wurde kopfüber aus dem Sattel gegen einen weiteren Baum geschleudert.

Lir … Aber das Licht der Welt wurde gelöscht.

*

Ein Klang. Eine Stimme: die verzweifelte Stimme einer Frau, die ihn in betontem Homanisch anwies aufzuwachen, und als er es nicht tat, in unverständlichem Solindisch flehend um etwas anderes bat.

Solindisch.

Er öffnete ruckartig die Augen. Er gelangte vor äußerstem Unbehagen fast augenblicklich zu Bewußtsein, völlig verfangen in Kletterpflanzen und Farn und von Ästen und Zweigen gepackt. Sein Kopf schmerzte erbarmungslos. Er erinnerte sich dumpf, daß er damit gegen einen Baumstamm geprallt war.

Er schloß die Augen wieder. *Götter, wie mein Kopf schmerzt ...*

Er hörte ein Rascheln in Laub und Gestrüpp. Er sah unter gesenkten Wimpern hindurch die hellen Farben ihrer Kleidung, die jetzt von Erde und Schmutzflecken gedämpft wurden. Ihm war klar, daß sie an seine Seite treten wollte. Und ebenso klar war ihm, daß Rael, ein Sturmwind aus Schwingen und Krallen, das nicht zulassen könnte.

»Oh, wacht doch auf«, bat sie. »Wacht auf und ruft diesen Falken fort!«

Rael strich erneut von seinem Baum herab, schlug mit einer Schwingenspitze über ihren erhobenen Arm und vertrieb sie erneut.

Genug, sagte Hart trocken. *Hast du keine Augen im Kopf, Lir? Dieses Mädchen ist großartig – laß sie so nahe kommen, wie sie will.*

Raels Erleichterung übertrug sich durch die Verbindung spürbar. Aber der Tonfall seiner Stimme strafte die Wahrheit Lügen. *War dies also ein Trick, um sie zu überlisten, dir deine Bezahlung zuteil werden zu lassen?*

Hast du jemals erlebt, daß ich für eine Frau freiwillig solche Schmerzen auf mich nehme?

Rael flog auf einen Ast. *Nein,* sagte er trocken und legte seine Schwingen an.

Hart öffnete die Augen. »Wird mein Kopf abfallen, wenn ich mich zu bewegen versuche, Lady? Oder sitzt er noch immer fest?«

Sie zuckte überrascht zusammen und rückte dann etwas näher. »Also lebt Ihr«, stellte sie erleichtert fest. »Oh, ich dachte schon, ich hätte Euch getötet.«

»Nein.« Er stützte sich vorsichtig auf einen Arm auf und wünschte sofort, er hätte es nicht getan. Sein Kopf pochte erschreckend, und ein Ast stach ihm in die Rippen. »Nun, vielleicht habt Ihr es doch getan.« Er betastete zögernd seine Stirn. »Götter, Lady, ich würde sagen, Ihr braucht keinen Leibwächter – und auch nicht *meinen* Schutz.«

Sie sagte etwas auf solindisch und schüttelte dann den Kopf. »Ich wollte Euch nicht schaden. Ich wollte Euch *entkommen*, ja, aber nicht auf Kosten Eures Lebens.«

»Und mein Pferd?« Hart schaute zu der Stelle hinüber, wo der Hengst lag. Er atmete mühsam. Er war offensichtlich erschöpft von dem Versuch, mit seinen zerschmetterten Beinen aufzustehen. Hart fluchte in der Alten Sprache laut und so beredt er konnte. »Ihr redet Euch gut heraus«, sagte er kurz angebunden und stützte sich mit einem weiteren Fluch aus dem Gestrüpp hoch. Er schwankte und klammerte sich zur Unterstützung an einen Baum. Aber der Zustand des Hengstes war wichtiger als sein eigener Schmerz. Er nahm grimmig den Bogen von seiner Schulter, riß einen Pfeil aus dem Köcher und trat unsicher zu dem Hengst.

»Der Falke …«, begann sie.

Hart sah sie nicht einmal an. »Rael wird Euch nichts tun.« Er legte den Pfeil ein.

Sie stand auf und trat neben ihn. »Wenn ich die Kraft hätte, würde ich es selbst tun.«

Spöttisch: »Ja, Lady. Natürlich.« Er hob den Bogen und zog die Bogensehne zurück.

Er schoß den Pfeil ab. Er schwirrte kurz, so kurz, und dann war der Hengst tot.

Hart schob einen Arm durch den Bogen, hängte ihn

sich wieder über die Schulter und beugte sich dann hinab, um die Satteltaschen zu lösen. Das Pferd war im Tode erschlafft und sehr schwer. Hart mußte mehr Kraft aufbringen, als er übrig hatte, um die Satteltaschen freizubekommen. Sein Kopf schmerzte, und er setzte sich schnell hin, um nicht umzufallen.

»Gebt sie mir. Ich werde sie meiner Stute auflegen.« Schlanke Hände bedeuteten ihm, ihrer Aufforderung zu folgen. »Wohin reist Ihr, Homaner?«

»Nach Lestra. Lady – das ist nicht nötig.«

Sie nahm die Satteltaschen dennoch an sich, warf sie über den weißen Rumpf ihrer Stute und befestigte sie am Sattel. Dann brachte sie einen Weinschlauch heran und kniete sich neben ihn. »Sie ist nicht daran gewöhnt, zwei Menschen zu tragen. Ihr werdet reiten, und ich werde sie führen.«

»Auch *das* ist nicht nötig.« Er trank, gab den Schlauch dann zurück und erhob sich schwankend.

Sie strich sich das herrliche Haar aus dem Gesicht und zeigte ihm erhobene Augenbrauen. »Habt Ihr die Absicht zu *fliegen?*«

Hart lachte. »Ja, Lady, genau das.«

Sie nickte ruhig, obwohl sie eindeutig Zweifel an ihm hegte. »Nicht einmal *Ihlini* können fliegen.«

Er sah sie scharf an und erinnerte sich dann, daß er sich in Solinde befand, dem Reich, das die Ihlini ihre Heimat nannten. Hier lebten sie ungestraft. »Den Göttern sei Dank«, sagte er barsch. »Nein, diese Dinge sind den Cheysuli vorbehalten.«

»Ja, aber …« Sie brach ab. Alle Farbe wich aus ihrem Gesicht und sie wurde totenbleich. Sie schaute schnell zu Rael und dann wieder zu Hart zurück. Sie stellte ihre Frage schweigend.

»Ja«, belehrte er sie. »Ich bin ein Cheysuli. Und Rael ist mein *Lir*.«

Sie zog ihren Umhang fester um sich, als wollte sie Kälte abhalten. »Ich dachte … ich dachte, er wäre nur gut dressiert, als er mich nicht in Eure Nähe lassen wollte.«

»*Lirs* sind nicht dressierbar. Sie tun, was sie wollen.« Er rückte Bogen und Köcher zurecht. »Und jetzt schlage ich vor, Lady ...«

Aber sie ließ ihn seinen Satz nicht beenden. »Ich habe gehört, daß Cheysuli *gelbe* Augen hätten. Eure sind entschieden blau.«

Er hob die Augenbrauen an. »Ihr habt zweifellos viele Dinge gehört... und *manche* entsprechen vielleicht tatsächlich der Wahrheit.« Er lächelte, als er ihr unentschlossenes Stirnrunzeln bemerkte. »Ja, die meisten Cheysuli haben gelbe Augen. Ich nicht, weil ich auch Homaner bin. Aber mein restlicher Anteil ist Cheysuli.«

Sie schaute erneut zu Rael. »Ihr werdet *er*.«

»Nein. Ich werde ein anderer Falke. Rael bleibt Rael.«

Sie betrachtete seine Hände, seine Finger und die Art seiner Wangenknochen. Als suchte sie nach einem Hinweis darauf, daß er ein Vogel anstatt eines Mannes war. Ein Räuber anstatt eines Menschen. »Die Ihlini haben gesagt ...«

Er überfuhr sie. »Habt Ihr mit Ihlini zu tun?«

Sie erstarrte. »Dies ist Solinde, nicht Homana! Hier genießen die Ihlini Freiheit.«

»Die Freiheit, einen Aufstand zu erheben? Um dieses Reich anstelle jener zu regieren, die regieren sollten?«

»Was bedeutet das *Euch* schon?« fragte sie verärgert. »Ihr seid ein Homaner, ein *Cheysuli* ... was bedeutet Euch Solinde? Es kann Euch nicht kümmern, was in meinem Land geschieht!«

»Tatsächlich?« Er lächelte. »Oh, aber Lady, ich glaube doch ... weil ich es eines Tages regieren werde.«

»*Werdet* Ihr das?« Sie sah ihn offen an, das wirre Haar hing ihr bis zu den Knien, die Röcke hatten sich an ihren Stiefeln verfangen. »Ihr sagt das – *mir*?«

»Ich werde es jedermann sagen, weil es die Wahrheit

ist.« Er merkte, daß sie verärgert war, weil ihre Haltung und der Ausdruck in ihren Augen die Verärgerung herausschrien. Er hatte solchen Zorn schon früher gesehen, solch kalten, kontrollierten Zorn, aus wahrer Feindseligkeit geboren, durch Krieg und Erbe hervorgerufen. Er hatte ihn bei den Stämmen gesehen, bei den älteren Kriegern, die Shaines *Qu'mahlin* und Dekaden solindisch-ihlinischer Kriege überlebt hatten. Aber bei ihr hätte er diesen Zorn nicht vermutet. »Lady, ich lüge nicht, um Euch zu beeindrucken ...«

»Oh, nein?« fragte sie. »Das haben Männer schon zuvor getan. *Homaner* haben es schon zuvor getan. Warum sollte ich glauben, daß Ihr anders seid?« Eiskalte Augen betrachteten ihn von Kopf bis Fuß. Ihre Haltung drückte Verachtung aus. »Ich glaube, Ihr müßt Ehrlichkeit erst noch üben, Homaner. Ihr seid nicht besonders überzeugend.«

Hart sah sie an. Entweder war sie sich ihres unordentlichen Zustands gar nicht bewußt oder so zornig, daß es sie nicht kümmerte. *Oder sie weiß, daß nichts ihre Schönheit dämpfen kann.*

Er benetzte die Lippen. »Lady ...«, begann er geduldig.

»Niemand regiert in Solinde«, sagte sie kühl. »Niemand. In Lestra sitzt ein Regent und beansprucht das Herrschaftsrecht von Homanas Cheysulimujhar.« Sie deutete mit einem Arm in Richtung der Stadt, und ihr starrer Finger zerteilte die Luft. »Aber ist das ein Regent? *Nein.* Er ist ein Zerrbild, mehr nicht. Wir sind ein stolzes Land, Gestaltwandler, und nicht daran gewöhnt, vor einem fremden Mujhar zu katzbuckeln, der aus Unwissenheit regiert und Solinde für einen Mann verwaltet, den wir nicht kennen – nicht kennen *können*. Also, Gestaltwandler, wenn Ihr mir zu Eurem Vergnügen Lügen erzählt, um mich zu beeindrucken oder was auch immer, dann ist es nutzlos. Ich bin für solche Dinge nicht empfänglich.«

»Ihr seid für die Wahrheit nicht empfänglich?« Ohne eine Antwort abzuwarten, trat er an ihr vorbei zu der Stute und griff in seine Satteltaschen. Als er gefunden hatte, was er suchte, wandte er sich wieder um und gab es ihr. »Hier, Lady – die Wahrheit.«

Sie betrachtete den Gegenstand in ihren Händen. Er war für etwas so Bedeutendes klein, und doch straften ihre aufkommenden Tränen seine scheinbare Wertlosigkeit Lügen. »Dies ist das Siegel«, sagte sie, »das Dritte Siegel von Solinde!«

»Ja.«

Sie sah ihn an. Erneut wich alle Farbe aus ihrem Gesicht. »Die Drei wurde geteilt, als der Krieg gegen Carillon verloren war. Als Bellam getötet wurde.« Sie schluckte sichtbar schwer. »Der Regent besitzt ein Siegel und der Mujhar die anderen zwei. Aber ... *dies* ist das Dritte Siegel!«

Er hatte nicht erwartet, daß sie so genau darüber Bescheid wüßte, nur daß sie das Siegel kannte. Er hatte auch nicht erwartet, daß das Siegel eine solche Wirkung auf sie haben würde, daß sie ihn entsetzt ansehen würde. Er hatte durchaus die Absicht gehabt, ihr zu sagen, wer er war, und sei es nur, um beweisen zu können, daß er kein Lügner war, aber anscheinend wußte sie es bereits.

Sie drückte das Siegel an ihre Brust. »So ist das also.« Ihre Stimme klang kühl, von Erschrecken und Feindseligkeit gedämpft. »*So ist das also*, der Mujhar schickt letztlich seinen unwürdigen Sohn, um über Solinde zu richten.«

Seinen unwürdigen Sohn. Das schmerzte. Mehr als er erwartet hatte. »Lady ...«

Sie wich einen Schritt zurück und lief gegen die Stute. »Wenn ich dies nähme ... wenn ich dies mit mir nähme und Männer zurückschickte, Euch zu töten ...«

»... würdet auch Ihr getötet werden.« Er bewegte sich für sie zu schnell und ergriff ihre Hände. »Ja, Lady, ich bin vielleicht ein unwürdiger Sohn, aber ich bin auch der Prinz von Solinde.«

Sie lachte. Sie lachte so sehr, daß sie weinte, und warf dann das Siegel nach ihm. »Nehmt es! *Nehmt* es! Ohne die anderen beiden Siegel ist es nichts wert. Sogar in *meinen* Händen nicht!«

»Lady ...«

Aber sie befreite sich von ihm, schüttelte seine Hände leicht ab, sprang auf die Stute zu und stieg in den Sattel. Von ihrem Haar verborgen, blieb wenig von ihrem Gesicht für ihn erkennbar. Aber er hörte ihre Worte nur zu deutlich.

»Hart, *Prinz von Solinde*, wisset, daß der Kampf begonnen hat!«

Und sie war fort, bevor er etwas erwidern konnte.

Kapitel Zwei

Ölpfannen brannten in jeder Ecke des Raumes und warfen ein Tuch reinen hellen Lichts aus, das die Schatten des frühen Abends vertrieb. Es schimmerte auf der Silber- und Kristallweinkaraffe und auf dem feinmaschigen Kettenhemd für die Rituale, an dessen Saum und Ärmeln seine üppig blaue, solindische Übertunika hervorsah, und auf der polierten Silberplatte, die sein Spiegelbild heraufbeschwor: schwarzes Haar, noch immer feucht vom Baden, das sich auf seinen Schultern zu kräuseln begann, hellblaue Augen in einem kantigen, braungebrannten Gesicht, das nicht einmal annähernd solindisch war, und ein beinahe kläglicher Zug um den Mund, als er das Haar beiseiteschob und die Beule auf seiner Stirn betrachtete. Das Muster der Baumrinde war in seine Haut eingeprägt.

Hart seufzte und wandte sich vom Spiegel zu dem Mann um, der so ruhig, so geduldig am Tisch in der Nähe des Kamins wartete. »Ich *werde* überleben«, sagte er leise, als er den Gesichtsausdruck des Mannes bemerkte. »Ich verspreche es.«

Die hellbraunen, verengten Augen mit einem Netzwerk aus winzigen Falten darum beobachteten ihn genau. Tarron, von Niall, dem Mujhar, als Regent von Solinde eingesetzt, war kein Mann, der seine Gedanken ohne sorgfältige Überlegung preisgab. Aber der gerade eingetroffene Prinz von Solinde konnte Menschen durchaus einschätzen – selbst erfahrene Staatsmänner. Hart hatte bei Dutzenden von Glücksspielen gelernt, das innere Wesen eines Menschen zu erkennen.

Tarron neigte leicht den Kopf. »Wie Ihr meint, Mylord … Ihr wißt es sicher besser als ich.«

Natürlich … stimmte Hart ihm insgeheim zu. *So sicher wie ich weiß, daß mein Kopf bald abfallen wird.*

Rael, der auf einer Eichenstange in einer Ecke der königlichen Räume saß, blieb vielsagend still. Hart achtete nicht auf ihn. Er lächelte den Regenten höflich an, da er hoffte, Tarrons Verwirrung in gute Laune verwandeln zu können. Sein plötzliches Eintreffen in *Lir*gestalt hatte – im übertragenen Sinne – nicht nur seine eigenen Federn in Unordnung gebracht. Er spürte, daß Tarron mehr der mit seiner Ankunft verbundene Mangel an Prunk mißfiel als sein plötzliches Eindringen in seinen Herrschaftsbereich. Hart wußte, daß ein Bote aus Homana vor ihm eingetroffen sein mußte, wenn auch nur, um Tarron vorzubereiten. Sein Vater würde dafür gesorgt haben.

Jehan würde es besser wissen, als mich überraschend und unangemeldet nach Solinde zu schicken – oder zu Tarron. Harts Lächeln wurde zu einem verzerrten Grinsen verdrehter Komik, als er sich daran erinnerte, wie das Mädchen ihn genannt hatte. *Aber ich frage mich, was der Regent jetzt denkt, wo der unwürdige* Sohn *eingetroffen ist?* Er deutete auf den polierten Tisch und zwei gepolsterte Stühle. »Setzt Euch, Regent«, forderte Hart Tarron auf und setzte sich auch selbst.

Was Tarron von dem unwürdigen Sohn seines Herrn hielt, blieb unausgesprochen, während er sich an den Tisch setzte und den von Hart angebotenen Wein annahm. Das asketische Gesicht des Regenten war wieder glatt und ernst, eine höfliche, staatsmännische Maske. Hart wußte, daß er älter war als der Mujhar, denn er hatte vor Nialls Aufstieg und Tarrons daraus folgender Berufung nach Solinde schon Donal als Ratsmitglied gedient. Er hatte reichlich Erfahrung, mit Männern aller Ränge und Rassen umzugehen. Sogar mit Cheysuli.

»Ist alles zu Eurer Zufriedenheit, Mylord?« fragte Tarron.

Hart lachte amüsiert über seine Haltung. Sie sahen einander an wie zwei Männer bei einem Glücksspiel, saßen sich an einem Tisch gegenüber mit nichts Verbindendem zwischen sich außer einem königlichen Befehl. Sie würfelten nicht, sie wetteten nicht, aber das Spiel war dennoch im Gange. »Ja, und wie sollte es auch nicht so sein? Seit meinem etwas ungewöhnlichen Eintreffen vor weniger als zwei Stunden habe ich gebadet, mich angezogen, gegessen, wurde von einem Arzt untersucht und konnte es mir in königlichen Gemächern bequem machen, die genauso aufwendig ausgestattet sind wie meine Räume in Homana-Mujhar.« Er machte eine den ganzen Raum umfassende Geste. »Die Diener waren so dicht um mich herum, daß ich kaum die Ellenbogen heben konnte, aus Angst, jemandem ein blaues Auge zu verpassen oder einen Zahn herauszuschlagen. Erst *jetzt* habe ich Raum zum Atmen, und ich finde mich von keinem Geringeren umsorgt als dem Regenten des Mujhar selbst, obwohl ich allein auch sehr gut zurechtkäme.« Er verzog den Mund. »Und wenn ich Einwände erhöbe, würde das alles noch einmal von vorn beginnen, und *das* könnte ich nicht ertragen.«

Tarrot lächelte nicht. »Ihr *seid* der Prinz von Solinde.«

Hart lachte laut auf. »Ja. Aber selbst *Ihr* müßt meinen Ruf kennen. Darum bin ich hier anstatt in Homana-Mujhar.« Er beugte sich hoch aufragend über den Tisch vor. »Ich bin Hart, der zweite Sohn, der *unwürdige* Sohn, der sein Gold und seinen Verstand in Wirtshäusern verspielt und sein Leben mit Würfeln verwirkt. Ich bin der Mann, der dafür verantwortlich ist, das Midden in Brand gesetzt zu haben, wenn auch unbeabsichtigt, und zweiunddreißig Menschen – Männer, Frauen, Kinder – getötet zu haben. Und ich werde dafür bestraft: Ich werde ausgesandt, Solinde zu regieren.« Er setzte sich wieder zurück und alle Belustigung war verflogen. »Aber was bleibt dabei für Solinde, Regent? Was bleibt für *Euch*?«

Tarron zögerte nicht. »Mir bleibt die Angst um die Zukunft dieses Reiches«, sagte er ruhig. »Mir bleibt die Frage, ob die Voreingenommenheit des Mujhar im Widerstreit mit seinem Geist liegt. Und ich habe während dieser letzten beiden Stunden ganz sicher nichts an Euch entdeckt, was meine Angst mildert, aber *alles*, was mich wundern läßt, wie ich überhaupt tun kann, was mein Herr befohlen hat, und einen hoffnungslos Verdammten lehren will, wie man regiert.« Er hielt inne. »Sogar einen *königlichen* Verdammten.«

Hart sah ihn einen langen, erstarrten Augenblick an. Er hatte alles andere als Kritik von diesem Mann erwartet. Tarron war zu geschult in den Empfindlichkeiten der Staatskunst und den Dringlichkeiten des Ranges, als daß er jemals so offen gewesen wäre und seine ganze Karriere aufs Spiel gesetzt hätte. Aber Hart wußte es besser als zu glauben, er hätte sich verhört oder zu bitten, die Worte zu wiederholen. Sie waren ausgesprochen deutlich gewesen, auch wenn sie weder Böswilligkeit noch Bitterkeit gezeigt hatten, sondern nur herzlich empfundene Wahrhaftigkeit.

Diese Art Ehrlichkeit wurde von Cheysuli hoch geschätzt. Aber Hart war mehr als ein Cheysuli. Er war auch der Prinz von Solinde.

»*Ku'reshtin*«, sagte er tonlos und eher überrascht als beleidigt. »Habt Ihr so auch mit Donal gesprochen?«

»Das war bei Eurem Großvater niemals nötig«, antwortete Tarron ruhig.

Hart sah ihn nachdenklich an. Der Regent trug eine seinem Rang unangemessen einfache schwarze Kleidung, als wollte er die Bedeutung seiner Stellung herunterspielen. Sein dunkelbraunes Haar war an den Schläfen bereits ergraut und aus einem in seiner Strenge des Ausdrucks fast starr wirkenden Gesicht zurückgestrichen, aber dieser strenge Eindruck entstand eher durch die scharfgeschnittenen Knochen als von Natur aus. Und doch spürte Hart wenig oder gar keinen Humor von dem Regenten ausgehen. Er fragte sich, ob sich Tarron an die Narrheiten seiner eigenen Jugend erinnerte.

Es sei denn, es hatte *keine Narrheiten gegeben.* Er seufzte leicht und tippte mit den Fingerspitzen auf das Holz der Tischplatte. »Ihr habt zweifellos das Gefühl, daß ich dies alles verdiene. Vielleicht ist das auch so. Vielleicht ist das der Grund, warum mich mein *Jehan* zu Euch gesandt hat. Vielleicht soll ich ein gewisses Schuldgefühl für vergangene Unbesonnenheiten entwickeln, einfach indem ich die Verdammnis in Euren Augen sehe.« Hart richtete sich wieder auf und schob den Stuhl zurück, um aufzustehen, wobei die Holzbeine über den Marmorboden schleiften. »Und vielleicht *wird* es eines Tages gelingen – aber jetzt noch nicht.«

Tarron erhob sich etwas verspätet, während Hart zur Tür trat. »Mylord – wohin geht Ihr?«

»Hinaus«, sagte Hart kurz angebunden. »Es drängt mich, ein Spiel zu wagen, und der süße Duft eines verrauchten Wirtshauses zieht mich an.«

»Mylord …«

Rael, rief Hart und achtete nicht auf den Einspruch des Regenten. Der Falke flog in dem Augenblick aus dem geöffneten Fenster hinaus, als Hart den Raum verließ.

Er verließ auch den Palast, betrat den Hof und folgte der ungefähren Richtung, die er von einem solindischen Diener erfragt hatte. Lestras königlicher Palast war Homana-Mujhar ausreichend ähnlich, so daß er keine Schwierigkeiten hatte, den Hof und damit auch das Wachhaus zu finden. Als er bei mehreren Offizieren außer Dienst stehenblieb, die am Eingang der

Muße frönten, merkte er, daß sie ihn unbekümmert abschätzten und nicht wußten, wer er war. Die Unbekanntheit kam ihm, zumindest jetzt, gut zupaß.

»Ich möchte ein Spiel wagen«, erklärte er ihnen und klopfte vielsagend auf seine schwere Gürteltasche. »Nicht hier – zweifellos verbieten eure Hauptmänner Wettspiele innerhalb der Schloßmauern –, sondern irgendwo anders, in der Stadt. Könnt Ihr mir ein Wirtshaus nennen?«

Sie waren Solinder, keine Homaner, denn ihre Stofftunikas waren indigofarben und mit Silberborten versehen und nicht karmesinrot und schwarz wie die Livree der homanischen Wache. Vier Paar Augen taxierten ihn erneut, bemerkten die Üppigkeit der seidenen Übertunika, das Glitzern des prachtvollen Kettenhemdes, den Wert der Lederhose, den silberbeschlagenen Gürtel, die polierten, kniehohen Stiefel. Hart wußte, daß er – als solindisch gekleideter Homaner – ein Rätsel für sie war. Das beeinflußte ihre Antworten.

Und wenn sie wüßten, daß ich ein Cheysuli bin? Er lächelte. Rael hatte sich auf dem Dach des Wachhauses niedergelassen.

»Sucht Ihr ein homanisches Wirtshaus oder ein solindisches?« fragte einer der Soldaten in betontem Homanisch.

Hart zuckte die Achseln. »Ist das wichtig?«

Der rothaarige und grünäugige Solinder lachte kurz auf. »Es ist wichtig. Lestra ist eine solindische Stadt, auch wenn der Mujhar es lieber anders hätte. Die Homaner scharen sich hier zusammen wie Küken um eine Henne.«

»Zweifellos um dem Fuchs zu entgehen.« Hart lächelte mild und spreizte die aufwärts gewandten Hände. »Dann sollte es auf alle Fälle ein solindisches Wirtshaus sein. Wettspiele haben eine ganz eigene Sprache.«

Die vier Männer wechselten Blicke und murmelten

einander leise etwas zu. Schließlich zuckte der Sprecher die Achseln und wandte sich wieder an Hart. »Der Weiße Schwan«, sagte er. »Es ist nicht weit von hier. Braucht Ihr Geleitschutz?«

»Ist das üblich?« fragte Hart ruhig. »Wird ein Homaner ohne Geleitschutz angesprochen?«

Sie wechselten erneut Blicke. Der rothaarige Mann lächelte. »Alle Männer ähneln einander in den Schatten.«

Hart grinste. »Vielleicht sollte ich diese Chance nutzen ... aber ich spreche ein wenig Solindisch. Vielleicht genügt dieser Satz?« Und dann sagte er – obwohl sein Akzent grausam klang – in ihrer Sprache: »*Ein Cheysuli wandelt niemals allein.*«

Sie richteten sich auf ihren Bänken auf. »Cheysuli ...«, platzte einer von ihnen heraus und starrte ihn an. Zwei seiner Kameraden murmelten etwas auf solindisch. Hart hörte zwischen den zumeist fremden Worten zweimal seinen Namen heraus.

Der vierte Mann, der Rothaarige, stand langsam auf und stellte sich ihm gegenüber. Sie waren gleich groß und von ähnlicher Statur, obwohl die Gestaltung ihrer Gesichter und ihre Hautfarbe vollkommen unterschiedlich war.

»Mylord«, sagte der Rothaarige förmlich, »die Nachricht Eurer Ankunft ist bereits verbreitet worden. Aber ich glaube, wir haben einen anderen Mann erwartet. Die Tiere ... all das Gold ...« Er brach ab und zuckte unbeholfen die Achseln. »Es gehen viele Geschichten um, Mylord.«

Hart lachte. »Man hat mich heute schon einmal mißverstanden. Die solindische Kleidung ist nicht nur edel, sondern auch beredter als Cheysulileder.« Er klopfte auf seinen linken Arm. »Das von Euch erwähnte Gold befindet sich unter all dieser Seide und dem Kettenhemd und dem Leinen. Und was meinen *Lir* betrifft ...« – er deutete nach oben – »... so ist Rael stets in meiner Nähe.«

Alle vier Männer reckten die Köpfe und sahen den Falken, kaum mehr als ein silbriger Umriß auf dem Rand des Daches.

Der Rothaarige schaute erneut zu Hart. »Sollen wir Euch begleiten, Mylord?«

»Nein, Rael genügt als Begleitung. Zeigt mir einfach die Richtung, in der der Weiße Schwan liegt.«

»Vielleicht solltet Ihr lieber ein anderes Wirtshaus aufsuchen, Mylord.«

»Ein Wirtshaus für die sich um die Henne scharenden Küken?« Hart grinste, als der andere Mann errötete. »Der Weiße Schwan, Soldat.«

Der Mann beschrieb ihm die Richtung und warnte ihn.

»Der Weiße Schwan ist ein äußerst *solindischer* Ort, Mylord«, belehrte ihn der Rothaarige. Sein Unbehagen war offensichtlich. »Vielleicht gefällt Euch nicht, wie man Euch aufnehmen wird.«

Hart grinste. »Ich bin ein Cheysuli, Soldat. Sogar in Homana kennen wir den Geschmack von Haß und Voreingenommenheit – selbst *sechzig Jahre* nach Beendigung der königlichen Vertreibung, die uns fast vernichtet hätte. Aber ich habe gelernt, daß auch da, wo ein Mann nicht willkommen ist, zumindest sein Reichtum stets erwünscht ist.«

Daraufhin lächelte der Solinder. »Ja. Dieser Brauch ist auch in Solinde nicht anders.«

Hart dankte ihm, grüßte, verließ den Palast endgültig und betrat die Stadt Lestra, während ein mit Flügeln versehener Schatten über ihm schwebte.

*

Er empfand den Weißen Schwan als eines der nobelsten Wirtshäuser, die er jemals betreten hatte, und es war sicherlich genauso hübsch eingerichtet wie Mujharas Wilder Löwe. Schöne Wachskerzen in Tonhaltern standen auf jedem Tisch, die der Mahlzeit oder dem

261

Spiel Licht spendeten. Das Balkenwerk der Decke war höher als üblich, was Hart sehr gefiel. Die Größe der Cheysuli erforderte häufig ein ständiges Ducken, da die Homaner fast alle kleiner als sie und die Wirtshäuser entsprechend gebaut waren. Aber hier konnte er ungehindert stehen und sich bewegen. Er bewunderte die klar geschwungenen Linien der hellen Balken. Die gekalkten Wände ließen das Wirtshaus groß und luftig wirken anstatt beengt und düster.

Er ließ Rael draußen auf dem Dach zurück, denn er wollte es vermeiden, sofort Ärger zu bekommen, wenn er den Falken mit hineinnähme. Die Fenster bestanden aus dünnem, wertvollem Glas. Wenn er Rael brauchen sollte, konnte er ihn leicht durch eines davon hereinrufen.

Sollte ich die Einsätze der Spiele nach der Üppigkeit meiner Umgebung beurteilen, so werden die Gewinne jede Grobheit wert sein, der ich hier ausgesetzt sein könnte.

Aber er wurde keinerlei Grobheiten ausgesetzt, nur der ausgiebigen Neugier, der jeder Fremde begegnet, der ein von Freunden und Kameraden besuchtes Wirtshaus betritt. Der Schnitt und die Kostbarkeit seiner Kleidung, besonders das rituelle Kettenhemd, kennzeichneten ihn als reichen Solinder – offensichtlich ein Adliger – und allein deshalb jeder Aufmerksamkeit wert. Der falkenförmige Ohrring war größtenteils in seinem Haar verborgen, aber Hart glaubte, daß ihn selbst dann niemand als Cheysuli bezeichnet hätte, wenn seine Augen so gelb gewesen wären wie die Brennans. Dies war Solinde, auch wenn es von Homana regiert wurde. Niemand erwartete, im Herzland der Ihlini einen Cheysuli zu sehen.

Die Tische waren überwiegend besetzt. Keiner war vollkommen frei, obwohl nicht an allen Tischen die volle Anzahl Spieler oder sonstige Gäste saß. Aber Hart wußte, daß er sich nicht gut selbst zu einem Spiel einladen konnte. Sein mangelhaftes Solindisch – und die einwandfreie Beherrschung des Homanischen – würde ihn sofort als Feind für jene kennzeichnen, die die Homaner als solche betrachten wollten.

Eines der Schankmädchen kam zu ihm heran und knickste kurz, womit sie seinen offensichtlichen Reichtum würdigte. Er konnte kaum verstehen, was sie sagte, da er nur sehr wenig Solindisch sprach, obwohl er es in der Kindheit gelernt hatte – er war ein äußerst gelangweilter Schüler gewesen –, und er sprach es auch nur sehr langsam. Sie plapperte auf ihn ein wie eine Elster. Er vermied es, zu versuchen, ihr in ihrer Sprache zu antworten. Statt dessen entnahm er seiner Gürteltasche eine schwere Münze: den goldenen Royal Homanas. Er legte ihn in ihre Hand und schloß ihre Finger darum. »Davon gibt es noch mehr«, sagte er deutlich, »viel mehr für denjenigen, der mir ein Spiel gewährt.«

Die homanischen Worte brachten das Wirtshaus sofort zum Schweigen. Alle hoben wie ein Mann die entsetzten Gesichter von Spiel und Bechern an, um ihn zu betrachten, und dann verwandelte sich das Entsetzen allmählich in Feindseligkeit.

Das Mädchen entzog ihm ihre Hände. Die herabfallende Münze klang dumpf auf dem Holzboden wider. Sie wich vor ihm zurück, während sie sich die Hände an ihren Röcken abwischte, und blieb erst wieder stehen, als sie gegen einen Tisch lief. Sie war schwarzhaarig, schwarzäugig und sehr hübsch. Sie erinnerte ihn ein wenig an das Mädchen aus dem Wilden Löwen, das von Brennan so beeindruckt gewesen war. Aber das Mädchen war Homanerin gewesen, und dieses war eindeutig Solinderin mit allem dazugehörigen Groll gegenüber fremden Oberherrn.

Hart blieb gelassen. Es war schließlich nicht mehr und nicht weniger, als er, nach dem, was der Soldat über den Weißen Schwan gesagt hatte, erwartet hatte. Er löste ruhig seine Gürteltasche und ließ sie vor ihnen allen baumeln. Er schüttelte sie einmal, zweimal. Das Klimpern von Gold und Silber war für alle deutlich zu hören.

»Ein Spiel«, sagte er, »keinen Krieg.«

Die solindischen Augen sahen ihn an, aus harten, sprechenden Gesichtern voller Haß und Zorn, aus einem brennenden, großartigen Groll heraus, der sich noch zu verstärken schien, während er abwartete.

Äußerst solindisch, hatte der Soldat gesagt. Ja, so konnte man es auch bezeichnen.

Vielleicht habe ich sie falsch beurteilt ... Vielleicht gibt es tatsächlich *eine stärkere Verlockung als Gold oder Edelsteine*. Enttäuscht begann er die Gürteltasche wieder an seinem Gürtel zu befestigen.

»*Ich* gewähre Euch ein Spiel«, sagte plötzlich eine Stimme in betontem Homanisch.

Hart strahlte, auch wenn von den anderen Widerspruch erklang. Er hörte ein Wort häufiger erwähnen als andere und dachte, es könnte ein Name sein.

So war es auch. Der Mann erhob sich, ließ damit seinen Stuhl auf dem Boden entlangschleifen und bedeutete Hart, sich zu ihm zu gesellen. »Ich bin Dar«, sagte er. »Ich heiße Euch im Weißen Schwan nicht willkommen, da er *uns* gehört – und nur uns –, aber ich werde Euch die Gelegenheit geben, Euer Leben zurückzukaufen.«

Hart hielt inne. »Mein Leben zurückkaufen?« wiederholte er.

Dar blieb ernst. »Es war bereits in dem Augenblick verwirkt, als Ihr um ein Spiel batet.«

Hart betrachtete die anderen. Alle blieben an ihren Tischen sitzen, aber es wurden keine Spiele mehr gespielt, keine Wetten mehr plaziert, nichts mehr gegessen oder getrunken. Die Stimmung an diesem Ort war entschieden unfreundlich, aber er roch auch den Geruch der Erwartung. Die Solinder warteten auf etwas. Sie *wollten* etwas Bestimmtes, so wie er ein Spiel wollte.

Er schaute zu Dar zurück. »Ich sagte: ein Spiel, keinen Krieg. Ich bin nicht hier, um alte Kämpfe neu aufleben zu lassen, und auch nicht, um politische Angelegenheiten zu erörtern. Mich reizt beides nicht. Ich bin nur hier, um zu wetten.«

Der andere betrachtete ihn kurz, seine Größe, sein Gewicht, seine Kraft und das unerklärbare Selbstvertrauen der Cheysuli, das andere als Hochmut bezeichneten.

Der Solinder nickte, als habe er seine Entscheidung getroffen. »Ihr habt um ein Spiel gebeten, ohne die Einsätze zu kennen«, sagte er kühl. »Ihr solltet sie jetzt kennenlernen, und zwar in aller Deutlichkeit: Ein Homaner verwettet hier nicht weniger als sein Leben.«

Hart betrachtete ihn genau. Dar war vielleicht eines oder zwei Jahre älter als er selbst, mit sandfarbenem Haar, braunen Augen und kräftigen, unerschrockenen Gesichtszügen, die ihn als einzigartig geweihten Mann kennzeichneten, gleichgültig aus welchem Grund. Er trug, genau wie die anderen Gäste des Wirtshauses, Kleidung und Ausstattung von hohem Wert – eine braune Lederhose, ein rotbraunes, gestepptes Samtwams und ein Gürtelmesser mit goldenem Heft. Der Weiße Schwan war offensichtlich den Reichen und Hochrangigen vorbehalten. Und genauso offensichtlich waren Homaner, ungeachtet ihres Reichtums und Ranges, nicht willkommen.

Nachdem er seine eigene Beurteilung abgeschlossen hatte, nickte Hart ebenfalls. »Eine gute Art, die Unerwünschten auszusieben«, sagte er leichthin. »Wie viele Männer wurden getötet, bevor die Homaner lernten, woanders hinzugehen?«

Dar blieb weiterhin ernst. Und er zögerte auch nicht. »Zwei«, antwortete er klar und deutlich.

Er war kein Mann, den andere sehr einschüchtern konnten, besonders wenn es um ein Spiel ging. Hart kannte diese Art gut, die ein leidenschaftliches Spiel genauso genoß wie er selbst. Die Zumutungen des Solinders störten ihn nicht im geringsten, sondern verliehen dem Spiel allenfalls zusätzlichen Reiz.

Hart zuckte gleichmütig die Achseln, während er die vertraute Erregung in seinem Magen verspürte. Sie sprach von Risiko und Gefahr, von Erfolg und Versagen. Sie sang von Möglichkeiten und Hoffnung, von Bedürfnis und Verlangen. Aber er zeigte Dar gegenüber nichts von alledem, denn er wußte es besser. »Und dabei soll es bleiben«, sagte er leichthin, schritt zum Tisch, zog sich einen Stuhl heran und ließ seine Gürteltasche auf den Tisch segeln. Er ließ Gold und Silber herausströmen, während er sich hinsetzte und Dar ansah. »Setzt dagegen«, sagte er leise, »mit rotem solindischen Gold.« Er hielt inne, während sich der andere langsam wieder hinsetzte. »Es sei denn natürlich, Ihr wollt genauso Euer Leben einsetzen wie ich meines.«

Der andere zögerte einen Augenblick und hielt mitten in der Bewegung inne. Ein kurzes Aufflackern von Erkenntnis wurde in seinen Augen sichtbar, und dann war es wieder fort. »O nein«, sagte Dar ruhig. »Ich bin Solinder, kein Homaner. Ich gehöre der *unterdrückten* Rasse an, nicht den Unterdrückern. Mein Leben ist nicht gefordert.« Kaum wahrnehmbare Ironie schwang in seinen Worten mit, die Hart aber sehr deutlich wahrnahm, auch wenn er sie vollkommen zu übergehen beschloß.

»Wir sollten Mann gegen Mann, nicht Soldat gegen Soldat, Wetter gegen Wetter und nicht Unterdrückter gegen Unterdrückten spielen«, schlug er vor. »Nur das Spiel ist wichtig.«

Dars sandfarbene Brauen hoben sich und verschwanden unter dichtem Haar. »Das Spiel? Nun, da es um *Euer* Leben geht, könnt Ihr das Spiel erwählen.«

»Wie aufmerksam.« Hart betrachtete das Schankmädchen, das so nahe bei ihm stand. Die anderen waren ebenfalls nähergekommen und umstanden den

Tisch in mehreren Reihen. Er hatte das bei Spielen mit hohen Einsätzen schon früher beobachtet. Männer, die nicht soviel riskieren konnten oder wollten, zogen es lieber vor zuzusehen, wodurch sie Anteil an dem Vergnügen haben konnten, ohne der Bedrohung möglichen Verlusts ausgesetzt zu sein. Er lächelte das Mädchen an. »Habt Ihr ein Glücksspiel da?«

Sie blieb weitgehend unbeeindruckt von seinem charmanten Lächeln, was ihn vielleicht beunruhigt hätte, wenn er nicht mehr von dem Drang zum Risiko eingenommen gewesen wäre, der Chance, etwas aufs Spiel zu setzen und zu gewinnen. Sie öffnete den Mund. »*Homaner!*« war alles, was sie sagte.

Dar lachte. »Übersetzung: Im Weißen Schwan gibt es keine homanischen Spiele.«

»Dann werde ich eben ein solindisches Spiel spielen«, sagte Hart ruhig. Er betrachtete die anderen, ohne sich die Mühe zu machen, es zu verbergen, denn er merkte, daß Dar ihn genauso offen musterte. All das war Teil des ewigen Tanzes. Kurz darauf nickte er. »Ich halte Euch für einen aufrichtigen Mann, Dar ... Ich denke, Ihr würdet lieber ehrlich gewinnen.«

Dar rieb sich mit dem Daumen gelangweilt die Unterlippe. »Ihr urteilt schnell, Homaner. Vielleicht zu schnell?«

»Ich glaube nicht. Ich bin Männern wie Euch schon früher begegnet ...« Hart grinste über die sich verengenden braunen Augen und das angespannte Kinn des anderen. »Ja, das bin ich, genau wie Ihr mich schon früher in vielen anderen Männern erkannt habt. Warum sollten wir uns die Mühe machen, das zu leugnen? Wenn es soweit ist, Solinder, dann ist das *Spiel* wichtiger als der Mann, der es spielt – *oder* sein Treuebund.«

Der Solinder lachte, und seine Augen strahlten plötzlich. Für den Augenblick war die unausgesprochene Feindseligkeit verbannt. »Ja, so ist es. Vielleicht sind wir uns ähnlicher als wir ahnen, auch wenn mir das wenig schmeichelt.« Er zog seine eigene Gürteltasche hervor, öffnete sie und schüttete das üppige rote Gold von Solinde aus. Form, Gewicht und Farbe waren anders als die von Harts homanischem Reichtum, und der Wert war, Münze für Münze, unberechnet, aber das schien nicht mehr wichtig. Sie beide erkannten den anderen als jemanden, der aus Freude am Spiel wettete, der es *brauchte* und nicht wegen des tatsächlichen Wertes der Gewinne spielte. »Hier, Homaner – rotes Gold gegen Euer Leben.«

Es war tatsächlich rotes Gold, tiefer, strahlend und üppiger als Harts gelber homanischer Reichtum. Es drängte ihn, es zu berühren, seine Oberfläche zu spüren, seine Wärme, wohl wissend, was es bedeutete. Nicht Geld, nicht Reichtum, sondern den Sieg über das Spiel.

Dar grinste. Mit einem Finger schnippte er zunächst eine Münze herum und dann eine weitere, so daß sie aneinanderklangen. Der verführerische Gesang hallte in der Stille des Schankraumes vielsagend wider.

Hart lächelte. Im Augenblick waren sie *Geistesverwandte*.

Dar wandte sich um und sagte etwas zu dem Mädchen, das kurzzeitig verschwand und dann mit einer kleinen Holzschale zurückkam. Sie stellte sie auf dem Tisch ab. Die Schale war mit knochenfarbenen, flachen, aber länglichen Steinen von der Größe des Daumennagels eines Mannes gefüllt.

Dar nahm mehrere Steine aus der Schale heraus und legte sie auf den Tisch. Jeder wies einen eingeritzten und eingefärbten Umriß auf, bis auf einen schwarzen Stein. »Bezat«, sagte er. »Ein solindisches Runenspiel. Es ist sehr einfach. Vielleicht kann es sogar ein Homaner lernen.«

»Haben die anderen es gekonnt?« fragte Hart. »Die zwei, die sterben mußten?«

Dar lächelte schwach. »Sie haben gelernt, nicht zu

verwetten, was sie nicht zu verlieren verwinden konnten.«

»Zeigt es mir«, sagte Hart bestrebt und dachte nur noch an das Spiel.

Kurz darauf begann Dar mit der Unterweisung. »Ihr seht die Zeichen. Jede Rune bildet etwas aus dem solindischen Volkstum ab. Ich werde Euch nicht mit jenen Geschichten langweilen, sonst sitzen wir diese ganze Nacht und auch noch den größten Teil der nächsten hier.« Er grinste. »Es soll Euch genügen zu wissen, daß die Runen im Zusammenhang des Spiels einen Wert haben: Mond, Sonne, Pflug, Sense, Hunger, Pest, Krieg ... und – natürlich – der Tod.« Er berührte den blanken Stein. »Dieser schlägt die anderen. Gleichgültig welchen Wert die anderen Steine Euch zeigen, auch wenn es der Höchstwert ist – dieser hat Vorrang.« Sein Gesicht blieb ausdruckslos. »Versteht Ihr?«

»Ich verstehe den Tod sehr gut«, antwortete Hart bereitwillig. »Und ich verstehe, daß er in *diesem* Spiel für einen Homaner wörtlich zu nehmen ist.«

Dar nickte. »Wir ziehen acht Steine. Mond, Sonne, Pflug und Sense zählen mehr als Hunger, Pest oder Krieg, aber es gibt davon weniger. Wir vergleichen meine Steine mit Euren. Die Gruppe mit den höchsten Steinen gewinnt.«

»Und der Todesstein?«

»Steine«, sagte Dar deutlich und betonte den Plural. »*Bezats*. Davon gibt es noch weniger, aber sie spielen keine geringe Rolle.«

»Wie oft spielen wir?«

Dar zuckte die Achseln. »So oft man will ... üblicherweise. In *diesem* Fall, mit diesen Einsätzen, sind keine weiteren Spiele mehr möglich, wenn Ihr einen Bezat bekommen solltet.«

Hart lächelte, blieb von den Möglichkeiten unbeeindruckt. Sein Glück würde ihm hier hindurchhelfen. »Einmal«, sagte er, und ein erwartungsvolles Flattern machte sich in seinem Magen breit. »*Einmal*. Damit es der Mühe wert ist.«

»Einmal«, stimmte Dar ihm zu. »Ihr zieht acht Steine, und ich ziehe acht Steine. Wir ziehen beide blind ... und dann geben wir sie einander.«

Die Erwartung wurde vom Schrecken überwältigt. Hart begann zu frieren. »Wollt Ihr damit sagen, daß Ihr *meine* Steine ziehen werdet? Diejenigen, auf die ich wette?«

Dar lachte. »Aber natürlich! Darin liegt der Sinn des Spiels. Ihr wettet darauf, daß ich Euch gute Steine gebe, während ich es mit den Steinen, die Ihr für mich zieht, genauso halten werde.«

Hart lächelte nicht mehr. »Dann liegt mein Leben – *buchstäblich gesprochen* – in Euren Händen.«

Dar zuckte beiläufig die Achseln. »Das Glück beim Ziehen entscheidet.«

Hart ergriff die Schale und stülpte sie um, wodurch die Steine über den Tisch verteilt wurden. Er drehte sie einen nach dem anderen um und legte somit Rune auf Rune frei. Es gab Sonnen, Monde und andere Bilder – nur vier Steine waren leer wie der Tod.

»Habt Ihr befürchtet, daß alle Steine leer wären?« Dar lächelte und nickte, als Hart die Steine wieder in die Schale zurücklegte. »Habt Ihr befürchtet, Ihr hättet mich *tatsächlich* falsch eingeschätzt?«

Hart legte die Steine sehr bedächtig zurück. Einer nach dem anderen fielen sie klappernd in die Schale, während er Dars Gesicht beobachtete. Er wußte sehr gut, daß er sich zu spielen weigern konnte, aber das würde er nicht tun. Es wäre schlechtes Benehmen und könnte ihn, was noch schlimmer wäre, als Feigling und Betrüger ausweisen, obwohl er beides nicht war. Wenn überhaupt, dann machten ihn die Einsätze allenfalls rücksichtslos.

Eine wahre Prüfung für den Charakter eines Mannes und sicherlich auch seines Könnens. Wenn ich diesen solindi-

schen Ku'reshtin besiege, kann ich ein gewisses Maß des Stolzes der Homaner zurückerlangen, die in diesem Wirtshaus so bereitwillig beschimpft wurden. Und mehr noch, ich kann die Achtung für jene zurückgewinnen, die sterben mußten.

Aber noch ausschlaggebender war für ihn die Herausforderung.

Hart schnippte den letzten Stein in die Schale. »Nur ein Narr wettet, ohne die Einsätze zu kennen, *oder* das, was das Spiel bedeutet. Und ich bin kein Narr.« Er lächelte nicht mehr. »Ich habe Eure Einsätze anerkannt, und jetzt wünsche ich auch zu spielen.«

Dar schaute zu dem Schankmädchen. »Mische sie«, sagte er in deutlichem Homanisch. »Mische sie gut, Oma.«

Sie führte eine schlanke Hand in die Schale und mischte den Inhalt, während sie unentwegt Harts Gesicht betrachtete, als wollte sie ihre Ehrlichkeit bewußt betonen. Als sie fertig war, hob sie die Schale mit beiden Händen an und hielt sie über den Tisch, so daß keiner von beiden beim Ziehen hineinsehen konnte.

»Ihr dürft zuerst ziehen«, sagte Dar höflich. »Wenn Ihr einen Bezat zieht – einen Todesstein – habe ich sofort verloren, und das Spiel ist vorüber.«

Und wenn er für mich einen Bezat zieht ... Hart lächelte. Er griff in die Schale, zog einen Stein heraus und legte ihn mit dem Bild nach oben vor Dar auf den Tisch. Er zeigte die Rune Hunger.

»Das ist nicht gut«, sagte Dar gesprächig und tippte mit einem Finger auf die Tischplatte. »Ich bin besiegt, wenn ich für Euch eine Sonne, einen Mond, einen Pflug oder eine Sense ziehe.«

»Zieht«, sagte Hart nur.

Dar tat es und legte einen Stein mit der Rune Sense aus, die eine gute Ernte anzeigte. Sie zogen insgesamt sieben Steine, einen nach dem anderen: Sonnen,

Monde, Hunger und Krieg … und dann zog Dar den letzten Stein für Hart.

Er legte ihn in die Mitte des Tisches und wandte ihn um, so daß beide Seiten für jedermann deutlich sichtbar wurden.

»*Bezat!*« rief das Schankmädchen.

»Bezat!« wiederholten die anderen.

Dar zog sein Messer und legte es in die Mitte des Tisches, neben den leeren Todesstein. »Bezat«, sagte er leise und nahm die Hand fort.

Hart betrachtete den Stein, das Messer und den Mann. Und dann begann er zu lachen.

Kapitel Drei

Dar verengte die Augen. »Nur ein Narr lacht angesichts des Todes – oder ein sehr tapferer Mann. Was von beidem seid Ihr, Homaner?«

Hart lachte noch immer, obwohl der anfängliche Heiterkeitsausbruch nachgelassen hatte, und dann erstarb das Lachen ganz. Er schüttelte grinsend den Kopf und schob seinen Stapel homanischen Goldes und Silbers müßig hin und her. »Ich denke, ich bin keines von beidem ... oder vielleicht von beidem ein wenig.«

Niemand sonst sprach, obwohl Hart sich der Anspannung im Raum bewußt war. Die anderen betrachteten ihn starr und stirnrunzelnd oder schauten erwartungsvoll zu Dar. Die Messerklinge schimmerte vielversprechend im Kerzenlicht.

»Habt Ihr geglaubt, ich scherze?« fragte Dar drohend. »Habt Ihr geglaubt, ich hätte es nicht so gemeint, als ich Euren Tod als Einsatz verlangte?«

»Oh, ich weiß, daß Ihr es so gemeint habt«, antwortete Hart lächelnd. »Ich kann es an Euch allen riechen, diese Sehnsucht nach meinem Tod.« Er schob die Münzen erneut hin und her und bewunderte ihre Patina im Kerzenschein. Er lächelte noch immer leicht, aber überwiegend für sich selbst. Er zog es vor, den Solinder nicht länger herauszufordern – und dennoch war es ihm zum Teil auch gleichgültig. Er begegnete Dars Blick und zuckte die Achseln. »Ich habe gelernt, daß man sogar ein Leben kaufen – oder zurückkaufen – kann, wenn der Verlierer reich genug ist.« Er hielt inne. »Oder andere Machtmittel besitzt.«

Dar lächelte ebenfalls. »Hinter Euch stehen drei

Männer mit Messern in den Händen. Und dahinter stehen noch mehr.«

Hart zuckte kopfschüttelnd die Achseln. »Das macht keinen Unterschied. Die Macht, von der ich spreche, hat nichts mit Waffen zu tun.«

»*Meine* aber doch.« Dar berührte mit einem einzigen Finger das Heft seines Messers.

Hart lachte. »Das ist vielleicht einem Menschen gegenüber wirkungsvoll, aber wie ist das bei einem Falken?«

»Ich glaube …« Aber Dar unterbrach sich. Er blickte Hart eine Weile schweigend an. Und dann änderte sich sein Tonfall merklich, obwohl sein Gesichtsausdruck gleich blieb. »Cheysuli«, sagte er tonlos.

»Ja«, bestätigte Hart.

Schweigen erfüllte den Raum. Und wurde dann von entsetztem Murmeln und unterdrückten solindischen Kraftausdrücken gebrochen.

Dars Gesicht war starr, der Mund eine flache angespannte Linie. Nur einen Augenblick verweilten seine Finger in der Nähe des Messers, und dann nahm er die Hand fort. »Cheysuli«, wiederholte er. »Ein verfluchter Gestaltwandler befindet sich in unserer Mitte.«

»Nun«, sagte Hart. »Wollen wir diese Niederlage vergessen?«

Dar lächelte starr. »Es *war* eine Niederlage«, sagte er, »und Ihr kanntet die Einsätze. Euer Leben gegen die Steine. Ob Cheysuli oder Homaner, ist unwichtig. Die Wette gilt.«

Hart entsprach seinem Tonfall und sagte: »Ich brauche nur meinen *Lir* herbeizurufen.«

»Tut es.« Dar lachte, als Hart ihn stirnrunzelnd und unverständig ansah. »Tut es, Gestaltwandler – oder vielleicht sollte ich besser sagen: *Versucht* es.« Er blickte an Hart vorbei zu einem anderen Mann. »Selbst *ich* weiß, daß ein Cheysuli in Gegenwart von Ihlini keine Macht hat.«

Hart fuhr auf seinem Stuhl herum und spürte schon die Messerklinge an seiner Kehle. Er saß ganz still, sah aber den Mann, den Dars Blick ihm gezeigt hatte. »Ihlini?« fragte er.

Der Mann neigte höflich den Kopf, aber sein Lächeln war kühl und spöttisch. »Dies *ist* Solinde, nicht wahr? Hier können wir überall hingehen, genau wie Ihr in Homana.«

Zum ersten Mal, seit er das Wirtshaus betreten hatte, suchte Hart die Verbindung zu Rael. Und spürte sofort die Leere, die die Ihlinigegenwart anzeigte und die Verbindung zunichte machte.

O Götter – o Lir, was habe ich jetzt getan?

»Nun«, sagte Dar sanft. »Wollen wir jetzt erneut über die Wette sprechen?«

O Götter, wo ist Brennan, wenn ich ihn brauche?

Hart fuhr auf seinem Stuhl wieder herum und sah Dar an, wobei er sorgfältig auf das Messer an seiner Kehle achtete. Er zwang sich zu lächeln und tippte auf den Stapel Silber und Gold. »Sicherlich genügt das, um mein Leben von Euch zurückzukaufen.«

»Nein.« Dars Stimme schwankte nicht.

»Es ist mehr wert …«

»Es ist wert*los*«, sagte Dar bestimmt. »Dies ist Solinde, Homaner. Glaubt Ihr, Euer Geld sei hier von Wert? Ich habe gesehen, wie Ihr unser rotes solindisches Gold betrachtet habt, wie ihr es mit Euren Augen verschlungen habt. Augen, *die*, wie ich hinzufügen könnte, blau anstatt gelb sind. Cheysuli? Ich glaube nicht. Ich glaube, Ihr seid ein Lügner, der von den Legenden über andere Männer lebt.«

Das traf Harts Cheysulistolz. Er erstarrte auf seinem Stuhl und wagte sich angesichts der vielen, sein Leben bedrohenden Messer nicht zu bewegen. Er sah Dar finster stirnrunzelnd an. »Haben denn *alle* Solinder die gleiche Farbe?«

Dar verzog den Mund. »Ich habe soviel über die Bestienaugen der Cheysuli gehört ...« Er grinste, konnte seine Belustigung nicht verbergen. »Seht mich nur so haßerfüllt an, wie Ihr wollt – ich glaube, daß blaue Augen weniger wirksam sind als gelbe.«

»*Ku'reshtin*«, fauchte Hart. »Wenn keine Ihlini hier wären ...«

»Es sind aber Ihlini hier«, erwiderte Dar kühl. »Und Euer Anspruch ist ungerechtfertigt.«

Hart strich sich das schwarze Haar hinter sein linkes Ohr. »Tatsächlich?«

Der Solinder zuckte nachlässig die Achseln. »Viele Männer tragen ähnlichen Schmuck.«

»Dann gebt mir die Möglichkeit, Euch *anderen* Schmuck zu zeigen.«

Dar lachte. »Wenn Ihr wollt. Aber wenn Ihr uns Eure *Waffe* zeigen wollt, Homaner, dann erinnert Euch daran, daß Frauen anwesend sind.«

Sogar Oma lachte und sah Hart spöttisch an. Eine Hitzewoge durchströmte seinen Körper und schmerzte in seinen Achselhöhlen, aber er stand langsam auf und löste ganz vorsichtig seinen Gürtel. Er ließ ihn und das schwere Messer auf den Tisch fallen und zog dann die üppige blaue Tunika aus. Nun stand er mit dem glitzernden Silberkettenhemd da und sah Verwirrung in Dars Augen und Neid in denen der anderen aufblitzen.

»Ich bin geschnürt«, sagte Hart fest.

Dar machte eine Geste. »Oma, löse die Schnüre. Kümmere dich so um ihn, wie es einem *solindischen* Herrchen gebührt.«

Das Mädchen öffnete mit flinken Fingern die Schnüre seines Kettenhemdes. Als sie fertig war, zog Hart es aus und ließ es auf seinen Stuhl gleiten, wo es als schimmernder Teich feinen Geflechts liegenblieb. Da es nur ein rituelles Kettenhemd war, war es leichter als der übliche homanische Kettenpanzer, aber auch mehr als er gern trug.

Nun war da nur noch das gesteppte Leinenhemd,

das die Kettenglieder von seiner Haut ferngehalten hatte. Hart entledigte sich schnell auch seiner und legte es Oma nachlässig über die Schulter, die es jedoch sofort zu Boden warf. Er lächelte, denn er wußte, daß kein Mann – und keine Frau – im Weißen Schwan es wagen würde, ihn jetzt noch einen Lügner zu nennen.

Dars Gesicht blieb ausdruckslos, aber er konnte die widerwillige Anerkennung in seinen Augen nicht verbergen, während er die wuchtigen *Lir*bänder betrachtete. Murmeln erhob sich im Raum, aber er nickte. »Nun gut, blauäugig oder nicht, Ihr habt das Recht, Euch als Cheysuli zu bezeichnen. Aber das ändert nichts an der Wette.«

Hart zeigte auf die Münzen auf dem Tisch. »Da ist mein Geld. Wenn das nicht genügt, dann seid versichert, daß ich Möglichkeiten habe, mehr zu bekommen.«

»Ich sagte bereits, homanisches Gold und Silber ist hier wertlos«, erwiderte Dar geduldig. Sein Blick ruhte noch immer auf Harts *Lir*bändern. »*Cheysuli*gold jedoch ...«

»Nein«, hielt Hart entschieden dagegen.

»Was dann?« fragte Dar müßig. »Ihr sagtet, Ihr hättet die Mittel, Euer Leben von uns zurückzukaufen, und doch bietet Ihr uns nichts an.«

Doch, ich habe etwas anzubieten, obwohl Tarron das zweifellos nicht gefallen wird. Hart atmete tief ein. »Ich werde es mit etwas äußerst *Solindischem* zurückkaufen.« Er deutete auf die lederne Gürteltasche. »Dort drinnen befindet sich etwas, was den Wert meines Lebens reichlich decken dürfte, Solinder.«

Dar streckte träge die Hand aus, nahm die Ledertasche auf und stülpte sie um. Er schüttelte sie. Ein Ring fiel auf den Tisch. Er klimperte, rollte ein Stück und blieb dann liegen. Er war aus solidem Gold – aus rotem solindischem Gold – und groß genug, um die Hälfte von Harts Zeigefinger zu bedecken, wenn er ihn trug. Aber er hatte ihn niemals getragen.

Und jetzt werde ich es auch niemals mehr tun.

Oma beugte sich über den Ring und betrachtete ihn. Dars starre Hand stieß sie grob vom Tisch fort. Der schwere Ring glänzte im Schein der dicken Wachskerze.

»Das Dritte Siegel«, sagte er ungläubig.

»Ein Teil der Drei«, stimmte Hart ihm zu. »Glaubt Ihr nicht, daß das genügt, das Leben des Prinzen von Solinde zurückzukaufen?«

»Es gibt keinen Prinzen von Solinde – schon seit achtzig oder mehr Jahren nicht mehr, seit Bellams Sohn Eric von Shaine dem Mujhar getötet wurde.« Aber Dars Stimme klang vor Schreck und Begreifen gedämpft. Er streckte langsam die Hand aus, nahm den Ring auf und drehte ihn im Licht, so daß der Kerzenschein ganz auf das eingravierte Muster fiel, das das Dritte Siegel von Solinde bildete und den Schlüssel zu fast grenzenloser Macht bedeutete. »Kein Prinz«, sagte er bestimmt, »bis Lady Ilsa heiratet und einen Sohn gebärt.« Er sah Hart mit dämmernder Erkenntnis an. »Es gäbe einen Mann, sagte sie – einen Cheysulikrieger, der das Dritte Siegel trüge ... einen Mann, den sie beinahe getötet hätte.«

Also ist ihr Name Ilsa. Hart lächelte verzerrt und schob sein Haar beiseite, wodurch die geschwollene Stirn und der häßliche Kratzer sichtbar wurden. »Beinahe, aber nicht ganz.«

Dar ließ den Ring in seine Handfläche fallen und hin- und herrollen. »Damit könnte ein Mann Solinde regieren.«

»Nein. Das hat sogar *sie* mir gesagt: Ohne die anderen beiden Teile verliert dieser an Bedeutung. Und die anderen beiden befinden sich sicher in den Händen des Regenten und meines Vaters.«

Dar betrachtete ihn nachdenklich. »Niall ist Euer Vater.«

»Ja. Mein *Jehan*. Mujhar von Homana.« Er betrachtete Oma und die anderen und bemerkte, wie aufmerksam sie ihn anstarrten. Die Feindseligkeit war bezeichnenderweise in Schreck und Verwunderung umgeschlagen. Er stellte fest, daß er letzteres bevorzugte. »Ich bin nicht aus eigenem Antrieb gekommen«, sagte er sowohl an sie als auch an Dar gewandt, der sein Leben in Händen hielt. »Ich wurde hergeschickt. Ich soll lernen, Solinde zu regieren … und ich will das nicht mehr als Ihr.«

Dar sah ihn scharf an. »*Nein?*«

Hart zuckte die Achseln. »Nicht *jetzt*. Später, ja – ich bin für diese Aufgabe geboren und erzogen worden und habe nicht die Absicht, meinem *Tahlmorra* den Rücken zu kehren –, aber im Augenblick reizt mich etwas anderes.« Er betrachtete den Ring in Dars Hand. »Genügt das?«

»Um Euer Leben zurückzukaufen?« Dar klang ungläubig. »Er ist viel mehr wert, als Ihr Euch vorstellen könnt, mein homanisches Cheysuliprinzchen. Er ist eine Frau wert.«

Hart runzelte die Stirn, als Dar zu lachen begann. »Eine Frau?«

Noch immer lachend, schüttelte der Solinder den Kopf. »Ach, Gestaltwandler, wie Ihr mich mit Eurem Unwissen amüsiert. Ihr habt offensichtlich kein Talent zum Regieren, denn sonst hättet Ihr Euch in die Staatskunst von Solinde vertieft. Und ich weigere mich, sie Euch zu lehren.« Er grinste. »Ihr habt Euer Leben ordnungsgemäß zurückgekauft. Nehmt Eure geborgte Kleidung und Euren Falken und all Euer wertloses homanisches Gold und schert Euch zum Palast zurück.«

Er war noch von niemandem jemals so schändlich entlassen worden, nicht einmal von seinem Vater, der mehr Recht dazu hatte. Und doch wagte er seinen Zorn nicht an Dar oder einem anderen der Solinder auszulassen, denn er erkannte ihr Recht an, ihn auf diese Art zu behandeln. Er wußte überhaupt nichts von ihnen oder ihrem Reich, und doch sollte er sie regieren, ob er es wollte oder nicht.

Hart zog in angespanntem Schweigen sein Leinenhemd an, sammelte das Kettenhemd, die Seidentunika, den Gürtel und die Gürteltasche ein, wandte sich dann schließlich um und verließ das Wirtshaus.

Am Morgen suchte Hart den Regenten auf und erklärte ihm kurz die Umstände des vorangegangenen Abends, wobei er die wahre Bedrohung zu seinem Wohl beschönigte und statt dessen die Notwendigkeit betonte, mehr über die Frau namens Ilsa erfahren zu müssen, die Solinde durch eine Heirat und das Gebären eines Sohnes einfach einen Prinz schenken könnte. Er erwartete, daß Tarron über seine Flucht erleichtert sein und ihn wegen seiner Entschlossenheit loben würde. Statt dessen mußte Hart bestürzt erleben, daß der Regent von Solinde wenig gewinnend den Mund aufsperrte, wodurch seine übliche Würde verlorenging.

Tarron umklammerte seine Sessellehnen und stieß sich dann steif hoch. »Ihr habt das *Dritte Siegel* verloren?«

»Ich habe es Dar im Austausch für *mein Leben* behalten lassen«, erklärte Hart erneut. Er zuckte die Achseln. »Ein Ring ist so gut wie der andere. Laßt eine Nachahmung anfertigen. Die wird genauso dienlich sein.«

»*Tatsächlich?*« Tarrons Gesicht war rot, obwohl die Farbe dann allmählich zu Weiß verblaßte. Er setzte sich wieder hin, aber es war eine wenig anmutige Bewegung. Der Regent starrte Hart wie blind an. »Ihr habt keine Vorstellung davon, was Ihr getan habt.«

Hart seufzte. Er war unruhig, wollte eigentlich den Palast verlassen, wieder in die Stadt gehen und die Verantwortlichkeiten hinter sich lassen, die Tarron ihm aufbürden wollte. Die Hände in die Hüften gestemmt, stand er dem Regenten in dessen eigenem Empfangsraum gegenüber. »Was ich getan habe? Doch, ich glaube schon, daß ich es weiß. Ich glaube ...«

Tarron ließ ihn seinen Satz nicht beenden. »*Ich* glaube, Ihr habt meine ganze Arbeit in Gefahr gebracht ... vielleicht sogar die gesamte Erbfolge.« Er schüttelte ungläubig den Kopf. »Der Mujhar hat mich gewarnt – er *sagte*, Ihr brauchtet Aufsicht, bis Ihr die Bedeutung Eurer Rolle erkannt hättet. Aber ich dachte, er würde sicherlich übertreiben ...« Er schloß die Augen. »Bei den *Göttern*, Ihr habt das Dritte Siegel in die Hände jener gegeben, die Eurem Vater diesen Thron entreißen wollen ... jene, die Euch gern tot sehen würden, damit sie ihren *eigenen* Bewerber zum Prinzen von Solinde ernennen könnten ...«

»Tarron ...«

»Schweigt!« Der Regent saß aufrecht in seinem Sessel und sah Hart an, der erstaunt zurückschaute. »Hütet Eure Zunge, *Mylord*, während ich eine Möglichkeit zu ersinnen versuche, wie wir sicherstellen können, daß Ihr Eure Macht behalten könnt!«

Hart runzelte die Stirn. »Darf ich Euch erinnern ...«

»Darf ich *Euch* erinnern?« fauchte Tarron. Und dann ruhiger: »Hört mir zu, Mylord. Vielleicht werdet Ihr dann erkennen, daß ich weniger um Euren Rang und Euer persönliches Vergnügen als um Euer Leben besorgt bin.«

Kurz darauf nickte Hart und setzte sich auf den nächsten Stuhl. »Ich werde zuhören.«

Tarron seufzte leicht. »Um es so kurz wie möglich zu erklären: Ihr wißt natürlich, daß Solinde ein besetztes Land und Vasall Eures Vaters ist. Alle Beurteilungen bezüglich des Wohlergehens dieses Reiches werden von ihm getroffen, von ihm allein, obwohl er auf meinen Rat und den anderer Homaner hin handelt, die er zur Verwaltung der Regierung Solindes eingesetzt hat.«

»Natürlich.«

Der Regent nickte. »Es ist notwendig, daß Schrift-stücke, die drei Siegel benötigen – die Drei von So-linde – zur Anerkennung durch den Mujhar nach Mujhara gesandt werden müssen. Während der ganzen Zeit seiner Regentschaft hat Niall der Mujhar das Erste und Dritte Siegel von Solinde bewahrt, wäh-rend ich über das Zweite Siegel verfügte. Nichts dem solindischen Gesetz Gemäßes kann ohne sie ausge-führt werden, keine Heere können bezahlt und keine Urteile den Bittstellern mitgeteilt werden, die sich, um sie zu hören, am Hof versammeln. Ohne die Drei hören die Räder auf, sich zu drehen.« Tarron atmete tief durch. »Er hat Euch das Dritte Siegel übergeben, damit Ihr eine gewichtige Rolle bei der Regierung des Reiches übernehmen könntet, das Ihr eines Tages al-lein regieren werdet, ohne den Treuebund mit Ho-mana.«

Hart setzte sich auf. »Ihr meint, er will mir die *allei-nige* Verantwortung übertragen? Aber ... ich dachte, ich würde in seinem Namen regieren ...« Er runzelte die Stirn. »Ich dachte, es würde alles überwiegend so wei-tergehen wie bisher.«

Der Regent lächelte freudlos. »Wie viele Male hat er Euch gesagt, daß Solinde eines Tages Euch gehören würde?«

Hart zuckte die Achseln. »Solange ich mich erinnern kann, aber ...«

»Nichts aber«, sagte Tarron tonlos. »An seinem To-destag werdet Ihr König nach eigenem Recht werden. Solinde wird *Euch* gehören, Mylord. Euch. Um damit zu tun, was Ihr wollt.«

Hart schnaubte. »Und wenn ich beschlösse, es den Solindern zurückzugeben?«

»Dann soll es so sein.« Tarron blieb vollkommen un-bewegt. »Wobei Ihr das vielleicht bereits getan habt.«

Hart brummte skeptisch. »Wieso?«

»Ihr habt den Ring fortgegeben, Mylord. Das Siegel.

Und zwar in die Hände eines der Männer, die höchstwahrscheinlich Euren Tod anordnen werden.«

Hart schüttelte den Kopf. »Dar hatte letzte Nacht bereits die Gelegenheit dazu, aber er hat mich leben lassen.«

»Weil er, solange die Lady ihre Entscheidung verschiebt, nur eine *versprochene* Macht besitzt – welchen Mann auch immer sie heiratet, wird ihr Gemahl und ein Sohn von ihm und Ilsa zum Prinzen von Solinde ernannt werden. Macht, Mylord, wird häufig durch Heirat erworben. Oder durch Kinder.«

Hart brummte erneut. »Das weiß ich nur zu gut. Mein *Jehan* hat zwei von fünf Kindern bereits verlobt, bevor sie überhaupt geboren waren.«

»Und Ihr, Mylord?«

Hart grinste. »Ich bin ein freier Mann, Tarron, ohne eheliche Verpflichtungen.«

Tarron blieb ernst. »Wenn die Lady heiratet, bevor Ihr vollkommen anerkannt seid, bedeutet sie eine Bedrohung für Eure Sicherheit.«

»Wenn sie *Dar* heiratet.«

»Auch wenn sie irgendeinen anderen Mann heiratet, obwohl sie *nicht* jeden Beliebigen heiraten wird. Sie ist zu hochgeboren, zu nahe an der alten solindischen Erbfolgelinie. Die Mutter ihrer Großmutter war die jüngste Schwester Bellams, des letzten Königs von Solinde.« Tarron pochte auf die Sessellehne. »Dar ist nur einer von mehreren solindischen Adligen, der die Lady zu heiraten wünscht, obwohl es heißt, daß er eine größere Chance hat als die meisten anderen. Er ist jung, gutaussehend, reich ... und Solinde treu ergeben.«

Hart sah den Regenten stirnrunzelnd an. »Ich erkenne die Lösung genauso gut wie Ihr, Tarron. Ihr wollt mir sagen, daß *ich* sie heiraten sollte, und sei es nur, um den Solindern den Zugriff auf sie zu verweigern.«

»Ich beabsichtige Euch nichts dergleichen vorzuschlagen«, erwiderte Tarron. »Meines Wissens würdet Ihr vielleicht eine Cheysulifrau vorziehen. Solange die Lady niemanden heiratet, ist Euer Weg sicher. Wir beobachten sie sehr genau, Mylord – genauer als ihr lieb ist. Und sie zeigt keinerlei Anzeichen, überhaupt einen Mann erwählen zu wollen.«

»Aber sie *ist* sich bewußt, was das für Solinde bedeuten könnte?«

»Sehr bewußt«, sagte Tarron grimmig. »Mylord, geht vorsichtig vor. Ich habe die Lady gesehen ... und ich verstehe sehr gut, daß ein Mann wegen ihr den Kopf verlieren könnte. Aber wenn Ihr sie zu etwas drängen wollt, ganz gleich wozu, wird sie ausweichen. Und wird sich höchstwahrscheinlich in die nächstgelegene Höhle verkriechen.«

»In Dars Höhle.« Hart nickte nachdenklich. »Eine reizvolle Lage, Regent. Wenn ich sie verfolge, verkriecht sie sich. Wenn ich sie *übergehe*, wird sie dieselbe Höhle vielleicht nur langsamer aufsuchen.« Er lächelte. »Was würdet Ihr vorschlagen?«

Tarrons Stimme war fest. »Ich würde vorschlagen, daß Ihr den Ring von Dar zurückholt, Mylord, bevor er ihn benutzt. Mit dem Ring hat er eine bessere Chance, die Lady zu erobern. Damit *und* mit Ilsa wäre Eure Zeit in Solinde beendet.«

Hart fluchte leise. Er hatte keine Lust zu heiraten, nicht einmal für das Reich. Sollte Brennan das Opfer bringen, Aileen von Erinn zu heiraten, und sollte Keely das Opfer bringen, den Bruder des Mädchens, Sean, zu ehelichen. Er würde selbst erwählen, wen er wann heiratete.

Das Dritte Siegel – plötzlich strahlte er. »Es *gibt* eine Möglichkeit, es zurückzubekommen, und zwar ohne Blutvergießen. Aber ich brauche dafür etwas von Euch.«

Tarron zögerte nicht. »Was Ihr wollt, Mylord.«

Hart lächelte herzlich. »Tauscht mein homanisches Gold gegen solindisches ein.«

Kapitel Vier

Mylord«, sagte der Diener, »der Bote will nur mit Euch sprechen, aber er hat mich damit hergeschickt.«

Hart, der mehr mit den Würfeln beschäftigt war, die er über den Tisch rollen ließ, als mit dem Anliegen des Boten, sah den Sprecher nur abwesend an. Aber seine Neugier verstärkte sich, als er sah, daß der Palastdiener die an Ilsa verlorenen Satteltaschen bei sich hatte. Er stand sofort auf und nahm sie dem Mann ab, erleichtert, daß er die geborgte solindische Kleidung endlich gegen die vertraute Cheysulikleidung eintauschen konnte. »Laß ihn sofort heraufkommen.«

Der Mann verbeugte sich. »Mylord, er wartet draußen, auf dem Hof. Er sagt, er dürfe das für Hart von Homana bestimmte Geschenk nicht dalassen und es auch nicht in den Palast bringen.«

Hart, der in den Satteltaschen nach seiner Lederkleidung suchte, sah den Diener überrascht und verwirrt an. »Ein Geschenk?«

»Ja, Mylord.«

Er zuckte die Achseln und durchsuchte die Satteltaschen dann weiter. »Nun, dann sollte ich hinuntergehen und nach dem Geschenk sehen. Sage dem Boten, daß ich komme.«

»Ja, Mylord.« Der Diener ging sofort.

Hart fand die gesuchte Lederkleidung und warf die Satteltaschen auf den Tisch, so daß die Würfel davonrollten. Er schlüpfte schnell aus der geborgten Kleidung in Hose und Wams und band sich dann einen breiten, mit Runen versehenen Ledergürtel um. Die Gürtelschnalle bestand aus schwerem Gold mit Steinen. Er nahm das Messer aus dem solindischen Gürtel und ließ es in die Cheysulischeide gleiten. Als er schließlich mit bloßen Armen dastand, war seine Rasse deutlich zu erkennen.

Keine Zweifel mehr von Dar oder seinesgleichen, dachte er zufrieden. *Nun, Lir, wollen wir gehen?*

Ja, stimmte Rael ihm zu und erhob sich von seiner Stange.

Der Bote hätte Harts Geschenk wirklich nicht in den Palast bringen können, denn es war ein großer kastanienbrauner Hengst mit vier weißen Hufen und flachsfarbener Mähne und Schweif, der Hart sehr neugierig beäugte, als er den Hof betrat. Am Kopf des Hengstes stand ein Mann in blau-weißer Livree, den königlichen Farben Solindes.

Obwohl er kein so großer Pferdekenner wie Brennan war, erkannte Hart dennoch sehr genau, daß der Hengst großartig war. Er war beeindruckend groß und gut gebaut: eine wuchtige Brust, breite Schultern und starke Beine zeugten von seiner Widerstandskraft. Fuchsrote Ohren waren einwärts gerichtet, und seine braunen Augen waren groß und wirkten klug. Er stand recht ruhig, aber sein erwartungsvolles Zittern zeigte Hart, daß er einen Reiter brauchte, der auf Pferdetricks gefaßt war.

Eine weiterer Versuch, mich zu töten? Er lächelte, als Rael heranschwebte und sich auf der Hofmauer niederließ. Hart näherte sich dem Hengst ruhig und umschloß Nüstern und Kiefer sanft mit beiden Händen. Die feste Haut zuckte sofort. Der Hengst hob die Oberlippe und zeigte furchteinflößende Zähne, während er einen ungeschützten Finger zu erwischen versuchte.

»*Shansu*«, sagte Hart ruhig. »Du und ich werden unsere Meinungsverschiedenheiten ein anderes Mal klären. Im Augenblick wirst du meine Finger heil lassen.« Er nickte dem Boten zu. »Ich bin Hart von Homana – jetzt Prinz von Solinde.«

Das Gesicht des Mannes wurde zu einer höflichen Maske, obwohl sein Tonfall recht zuvorkommend war. »Mylord, mir wurde nur Euer Name und kein Titel genannt. Meine Herrin ist der Meinung, daß es nur Euren Namen gibt. Meine Herrin ist der Meinung, daß es keinen Prinzen von Solinde gibt.«

»Die Lady Ilsa ist eigensinnig.« Hart lachte.

Der Mann ging nicht darauf ein. »Die Lady Ilsa läßt Euch ausrichten, daß dieser Hengst den Euren nicht ersetzen kann, aber nichtsdestotrotz ein Fortbewegungsmittel bietet. Sie gibt ihren Anteil an dem Verlust Eures Pferdes zu und macht es bereitwillig wieder gut.« Er hielt Hart einfach die Zügel hin.

Hart nahm sie entgegen und streichelte die feste Muskelschicht unter der Haut des Unterkiefers des Hengstes. »Sagt der Lady, daß mich ihr Geschenk ehrt, wenn auch nicht ihre Weigerung, meinen solindischen Titel anzuerkennen.« Es kümmerte ihn nicht wirklich, ob sie seine Stellung mißachtete oder nicht, aber das gehörte zum Spiel. »Und sagt der Lady, daß ich eines Tages ihre Buße fordern werde.«

»Mylord, ich werde es ausrichten.« Ilsas Bote wich zurück, als sich Hart in den Sattel schwang. Das Pferdegeschirr war solindisch und ungewohnt, aber nicht unbequem. Der Hengst schlug mit den wuchtigen Hinterläufen aus und versuchte einmal seitlich auszuweichen, beruhigte sich aber dann unter Harts Berührung.

Er grinste zu dem Boten hinab. »Ihr könnt der Lady sagen, daß ich wahrhaft erfreut bin.«

»Ja, Mylord.«

Hart machte ein Zeichen, und einer der Stallburschen kam herbeigeeilt. »Laß den Regenten benachrichtigen, daß ich mich um die Angelegenheit kümmere, über die wir gesprochen haben. Ich komme vielleicht erst sehr spät zurück.« Und dann rief er Rael und ritt durch die Doppeltore aus dem Hof hinaus.

Raels Zweifel wurden deutlich, als Hart den Hengst vor dem Weißen Schwan zügelte. *Bist du sicher?* fragte der Falke.

Ziemlich, antwortete Hart. *Wenn Dar hier nicht ist, werde ich woanders nach ihm suchen. Ich muß ihn finden und das Siegel zurückerlangen.*

Es gibt andere Wege, Lir.

Willst du also vorschlagen, daß ich zum Dieb werden soll? fragte Hart bitter. *Oder, noch schlimmer, zum Mörder?*

Nein. Ich schlage vor, daß du über das nachdenkst, was du zu tun beabsichtigst.

Hart lachte und sprang von dem Hengst herab. *Ich beabsichtige, dich mit mir hineinzunehmen und ein Spiel zu bestreiten. Was sollte ich noch bedenken?*

Raels Tonfall klang enttäuscht. *Mehr als das, denke ich.*

Hart band den Hengst an und wartete darauf, daß sich Rael auf seinem Unterarm niederließ. Der Falke war groß, zu groß. Es war keine bequeme Angelegenheit, aber beeindruckend – und das war im Augenblick genau das, was er wollte. Wenn er erst hineingelangt wäre, würde Rael einen anderen Sitzplatz finden.

Der Hengst schnaubte und schüttelte den Kopf, wodurch die Messingverzierungen klimperten. Die untergehende Sonne schimmerte auf dem Metall und blendete Harts Augen. Er wandte sich ab und stieß die Tür auf.

Er hatte nicht erwartet, willkommen geheißen zu werden, und es geschah auch nicht. Beiläufige Blicke wurden zu starren Blicken, und er hörte die Geräusche des Schankraumes erneut zu erwartungsvoller Stille verstummen. Ein einziges Wort durch die Verbindung entließ Rael in den Raum, und der große Falke erhob sich, wodurch die starren Gesichter von einem Luftstrom gestreift wurden. Er flog zum Dachbalken hinauf und ließ sich darauf nieder, wobei er nur eine einzige, schwarz geränderte Feder verlor.

»Dar«, sagte Hart nur.

Wie ein Mann wandten alle ihre Gesichter demjenigen zu, der aus den Schatten ins Kerzenlicht trat. Er war im Stehen mindestens genauso groß wie Hart, obwohl das gesteppte solindische Wams und die wattierte Hose sein wahres Gewicht, seine wahre Gestalt und seine wahre Kraft verbargen. Harts enganliegendes Cheysulileder tat dies nicht.

Dar hielt nachlässig einen Silberbecher in einer Hand. An seinem Zeigefinger sah Hart den schweren Ring glitzern, den er selbst erst vor drei Nächten verloren hatte. Dar lächelte leicht, und es lag ehrliche Belustigung darin, wenn auch nicht auf Kosten eines anderen Menschen, und am allerwenigsten auf Harts Kosten.

»Ich dachte mir schon, daß Ihr zurückkommen würdet.« Er deutete auf den nächsten Tisch. Die Gäste machten ihn sofort frei.

Hart löste seine Gürteltasche und hielt sie ins Licht. »*Solindisches* Gold«, sagte er mit Nachdruck. »Rotes solindisches Gold.«

Dar grinste. »Bezat, Mylord? Oder fandet Ihr die Einsätze zu hoch?«

Hart durchquerte den Raum und zog sich einen Stuhl heran. »Bezat«, erklärte er sich ruhig einverstanden. »Ihr hattet die Möglichkeit, mir mein Leben zu nehmen, und nahmt statt dessen eine Bezahlung an. Dieses Mal spielen wir um Gold.«

»Bis ich all Euer Gold gewonnen habe, und dann werdet Ihr etwas anderes einsetzen müssen.« Dar setzte sich. »Ich kenne Männer wie Euch, Cheysuli. Ihr lebt für das Spiel, für das *Risiko* – alles andere ist Euch zu langweilig.« Er schlug mit der flachen Hand auf den Tisch. »Oma! Die Schale!«

Sie brachte sie sofort und stellte sie geräuschvoll auf

den Tisch. Hart grinste sie an und wurde wie erwartet mit einem gemurmelten solindischen Fluch zwischen zusammengebissenen Zähnen belohnt.

Dar lachte und bestellte einen Krug Wein und einen Becher für Hart. »Sie ist sehr reizvoll und nicht abgeneigt. Seid versichert, daß Ihr nur mein Gold gewinnen müßt, wenn Ihr sie wollt. Oma geht mit demjenigen mit, der das meiste hat.«

Hart beschäftigte sich damit, den Inhalt der Schale zu mischen. »Mein Geschmack sind eher blonde Frauen.«

Dar betrachtete ihn scharf, aber Harts Gesicht verriet nichts. Er legte seine Gürteltasche ebenfalls auf den Tisch. »Mein Geschmack sind Frauen – zeitweise. Ich habe keine Vorlieben.«

»Keine?« Hart lächelte höflich. »Aber vielleicht sieht ein Mann, der die Lady Ilsa heiraten will, andere Frauen gar nicht mehr.«

Dar blieb ernst. »Ihr habt in drei Tagen viel gelernt, Mylord.«

»Das mußte ich tun, um in Solinde überleben zu können.« Hart schob die Schale zu Dar. »Wollt Ihr sie mischen, oder soll ich es tun?«

Dar mischte die Steine mit angespanntem Mund, und Hart zog den ersten Stein für ihn.

Sie spielten stundenlang, bis die Kerze bis auf einen Stumpf herabgebrannt war. Das rote solindische Gold wechselte häufig den Besitzer, machte einen Mann arm und den anderen reich und ging dann mit dem Zug eines einzigen Runensteins wieder auf den ersten Mann über. Leere Bezats bedeuteten für Hart keine Bedrohung mehr, da er das erste Spiel mit hohen Einsätzen überstanden hatte und alles andere als viel zu zahm empfand. Aber er würde sein Leben nicht noch einmal aufs Spiel setzen.

Als er und Dar sich schließlich über einen Stapel Steine hinweg ansahen – mit roten Augen, trockenen

Mündern und steif von der gebeugten Haltung –, konnte keiner von beiden als Sieger bezeichnet werden. Jeder von ihnen war gleichermaßen reich.

Dar schob seinen Stuhl zurück. »Das genügt, Gestaltwandler. Der Hahn wird innerhalb einer Stunde krähen, und mein Bett ruft nach mir.«

»Noch einmal«, sagte Hart angespannt. »Noch einmal, Dar.«

Der Solinder schüttelte den Kopf. »Ich habe jetzt schon genug Zeit verschwendet ...«

»Dann werde ich dafür sorgen, daß wir keine weitere Zeit mehr verschwenden werden.« Hart schob seinen Stapel Gold vor. »Das alles auf ein einziges Spiel.«

Dar betrachtete das Gold nachdenklich. Dann zuckte er ablehnend die Achseln. »Das ist der Mühe nicht wert.«

»Wartet ...« Hart stand auf. »Und wenn wir es der Mühe wert *machten?*«

Braune Augen verengten sich. »Damit? Ihr sagtet, daß Ihr Euer Chesuligold nicht einsetzen werdet.« Er schaute durch den Raum zu Rael, der noch immer auf dem Dachbalken saß. »Es sei denn, Ihr wollt Euren Falken einsetzen.«

Hart mochte nicht glauben, daß Dar auch nur daran denken konnte. Und dann lachte er, als er erkannte, daß der Mann wahrscheinlich nicht wissen konnte, was ihm der Falke bedeutete. »Nein«, sagte er deutlich und hob die linke Hand. »Eher diese als meinen *Lir.*«

Dar zuckte die Achseln. »Dann muß ich erneut fragen, was Ihr anzubieten habt?«

Hart blickte auf seine rechte Hand hinab. Der schwere Saphirsiegelring seines homanischen Ranges glitzerte an seinem Finger. Er zog ihn schnell ab und legte ihn auf den Stapel Münzen. »Diesen.«

Dars braune Augen leuchteten auf. Es war nicht so sehr der Ring, wie Hart wußte, als vielmehr das plötzliche Verlangen nach höheren Einsätzen, nach sehr *hohen* Einsätzen. Sie beide lebten, um am Rande der Schneide entlangzutanzen.

»Mehr«, sagte Dar ruhig.

Hart lachte. »Ihr habt nicht annähernd genug, um dem Wert dieses Rings zu entsprechen. Die Wette könnte ungültig werden.«

Dars Augen verengten sich erneut. »Prüft mich«, sagte er. »Ich werde jedem Wert entsprechen, den Ihr einsetzen wollt.«

Hart betrachtete ihn einen Augenblick. Dann sagte er lächelnd: »Ein Pferd.«

Dar zuckte die Achseln. »Ich züchte die besten Pferde in Solinde. Es wäre schwierig, mir bessere Pferde anzubieten, als ich selbst besitze.«

»Beurteilt ihn selbst. Er ist draußen angebunden.«

Der Solinder verzog belustigt den Mund. »So bereit zu verlieren … nun gut, dann wollen wir den Wert dieses Pferdes beurteilen.«

Hart führte ihn hinaus. Erst als sie draußen waren, bemerkte er erfreut den betroffenen Ausdruck auf Dars Gesicht. »Mein Pferd, Solinder. Wertvoll genug, nicht wahr?«

»Das ist *Ilsas Pferd!* Ich habe ihn selbst gezüchtet, aufgezogen und ausgebildet … Ich habe ihn ihr nur deshalb *verkauft*, weil sie sich weigerte, ihn als Geschenk anzunehmen.« Sein Gesicht war weiß vor Zorn. »Wieso reitet Ihr ihn?«

»Ein Geschenk«, sagte Hart leichthin, »von der Lady an mich.«

Dar atmete zischend aus. »Ihr *lügt!*«

»Schickt einen Boten zu ihr und fragt sie.« Hart behielt absichtlich einen leichten Tonfall bei. Er hatte die ganze Zeit gewußt, daß Dar unter Druck geraten würde, wenn er die Herkunft des Hengstes enthüllte, auch wenn er nicht geahnt hatte, daß er ihn selbst gezüchtet hatte. Das machte die Herausforderung noch reizvoller. »Wenn Ihr Euch an die Geschichte der Lady über unsere Begegnung im Wald erinnern wollt, so wißt Ihr, daß sich mein eigenes Pferd beide Vorderbeine gebrochen hatte und getötet werden mußte. Dieses Pferd wurde mir als Ersatz übersandt.«

»*Dieses* Pferd ...« Dar war fast außer sich, als er zu Hart herumfuhr. »Nennt Eure Forderung, Gestaltwandler. Dieses Pferd ist mehr wert als mein Gold.«

Hart lächelte sanft. »Das Dritte Siegel von Solinde.«

Nach einem Augenblick angespannten Schweigens sagte Dar kurz etwas in deutlichem – und korrektem – Solindisch. Harts Beherrschung der Sprache erstreckte sich nur auf einige wenige unsichere Sätze, und die Umgangssprache war ihm fremd. Aber der Tonfall sagte ihm mehr als genug.

»Ich bin zweifellos alles, was Ihr von mir behauptet«, sagte er heiter. »Wollen wir nun wieder hineingehen und diese Angelegenheit bereinigen?«

Dar betrachtete den Hengst, der an den Zügeln zog und den Solinder zu erwischen versuchte. Daraufhin verzog Dar verärgert den Mund. Seine Augen waren schwarz, als er Hart ansah. »Ihr habt das Siegel riskiert, ohne seinen Wert zu kennen«, sagte er tonlos. »Ich bin nicht so töricht – ich *kenne* seinen Wert. Glaubt Ihr, ich würde es bei etwas so Unbedeutendem wie einem *Spiel* riskieren?«

»Vielleicht nicht«, sagte Hart ruhig. »Aber werdet Ihr es für eine Frau riskieren?«

Dar spie aus – unmittelbar neben Harts Stiefel. »*Soweit* zu Eurem Spiel!« sagte er angespannt. »Gehen wir hinein, Gestaltwandler, und dann werden wir *sehen*, wer jene Frau gewinnt.«

Sie spielten schweigend ein letztes Spiel Bezat. Hart schaute nicht zu dem solindischen Ring auf dem Stapel roten Goldes vor Dar – er wagte es nicht. Er betrachtete auch nicht seinen eigenen Stapel, auf dem der Saphirring wartete, den er ebenso riskierte wie das Pferd. Die Einsätze waren nicht annähernd so hoch wie bei dem Spiel, bei dem er sein Leben riskiert hatte, aber er empfand es als nicht weniger fesselnd. Wenn er gewänne, wäre das der Beweis, daß es auf der Welt einen Platz für seine Spielleidenschaft gab.

Wenn er gewänne. Wenn er gewonnen *hätte*.

Aber er gewann nicht.

Dar lachte laut auf, während er den letzten Runenstein umdrehte. Keine Bezats, aber der Wert seiner Steine überwog den von Harts Steinen. Und so gewann der Mann mehr, der mehr riskiert hatte. Hart konnte nur noch das jetzt Dar gehörende Gold anstarren, wohl wissend, daß auch der Saphirring und das Pferd verloren waren.

Der Solinder zog das rote Gold unter herzlichen Glückwünschen zu sich heran. Den solindischen Ring ließ er wieder über seinen Zeigefinger gleiten und den Saphirring schob er dem Schankmädchen Oma zu. »Hier!« rief er Hart zuliebe auf homanisch. »Ein Zeichen meines Dankes, Oma, weil du mir all die Jahre treu gedient hast.«

Hart stand ruckartig auf. »Dieser Ring verdient mehr Achtung, Solinder!«

»Tatsächlich?« Dar zuckte die Achseln. »Es ist ein homanischer Ring, nicht wahr? Und ich sage erneut: *Dies ist Solinde.*« Er schob den Gewinn in seine Gürteltasche. »Ich werde der Lady sagen, wie wenig Ihr von ihrem Geschenk gehalten habt, Gestaltwandler. So wenig, daß Ihr es bei einem albernen Glücksspiel eingesetzt habt.« Er lächelte verächtlich. »Ilsa mag solche geistlosen Beschäftigungen ganz und gar nicht, wenn man persönlich in etwas so Wichtiges wie die Zukunft ihres Reiches eingebunden ist.«

»Und was ist mit *Euch?*« fragte Hart. »Werdet Ihr ihr

auch sagen, wie oft *Ihr* Euren Reichtum bei albernen Glücksspielen riskiert habt?«

Dar lachte. »Ich dachte, ich überlasse es der Lady, mich zu bessern.« Er band die jetzt stark ausgebeulte Tasche an seinen Gürtel. »Ich wünsche Euch eine gute Nacht und einen guten Morgen, Gestaltwandler ... und vielen Dank für ein lohnendes Spiel.«

Hart fluchte innerlich. Nach außen hin nahm er nur seinen *Lir* und ging und haßte das Gelächter, das ihm nachklang.

*

Der homanische Regent von Solinde sah in seinen Privaträumen aufmerksam Papiere durch. Er las eines sorgfältig, nickte nachdenklich und legte es zur weiteren Betrachtung beiseite. Dann begutachtete er das nächste und legte es auf einen anderen Stapel. Er schaute kurz zu dem jungen Mann, der nahe dem Tisch ungeduldig wartete.

»Ihr ... habt verloren?« Tarron nickte, bevor Hart antworten konnte. »Ja, ich glaube, das habt Ihr gesagt. Nun gut, wir müssen mit der Tatsache leben, daß sich das Dritte Siegel in den Händen der Feinde befindet und wir Solinde nicht länger regieren können.« Er lächelte eisig. »Ich habe dem Mujhar geschrieben.«

Hart fluchte und sah Tarron dann stirnrunzelnd an. »Es gibt noch immer eine Möglichkeit, es zurückzuerlangen.«

»In noch einem weiteren Spiel?« Tarron setzte sich in seinem Sessel zurück. »Meine Befehle von Eurem Vater sind ganz eindeutig, Mylord. Ich soll Euch kein weiteres Geld geben als die Bezüge, die er stellt.«

»Die wie häufig auszahlbar sind?«

Tarron lächelte. »Einmal im Jahr.«

»Einmal im Jahr!« Hart blieb fast der Mund offenstehen. »Wie soll ich ganze zwölf Monate damit zurechtkommen? Ist er verrückt geworden? Seid *Ihr* verrückt geworden? Wie soll ich leben?«

»Indem Ihr lernt, das Geld nicht bei törichten Glücksspielen einzusetzen.« Tarron nahm ein weiteres Schriftstück auf. »Mylord, wenn Ihr mich entschuldigen wollt, ich habe mich um einiges zu kümmern.«

»Dann gebt sie mir jetzt.«

Kurz darauf blickte der Regent von dem Papier auf. »Mylord?«

»Meine Bezüge. Gebt sie mir jetzt.«

»Das ist, glaube ich, nicht möglich, Mylord. Sie sind noch nicht aus Homana eingetroffen.«

Hart unterdrückte einen weiteren Fluch. »Dann *leiht* mir das Geld, bis es eintrifft, und zahlt es Euch dann davon zurück.«

»Das werde ich, glaube ich, nicht tun, Mylord.«

»*Tarron!*«

Der Regent legte das Schriftstück zur Seite. »Ja, Mylord?«

Hart trat sehr nahe an den Tisch heran. »Ich kann es Euch befehlen«, sagte er ruhig. »Ich bin Euer Lehnsherr.«

Tarron lachte unerwartet. »Nein«, sagte er, »das könnt Ihr nicht tun. Weil Ihr nicht mein Lehnsherr *seid*. Mein Lehnsherr ist Niall von Homana.«

Hart sah ihn verärgert an. »Glaubt Ihr, ich hätte keine Mittel, Regent? Glaubt Ihr, ich *brauche* Euer Geld? Nein. *Nein.* Ich habe Gold, gutes Cheysuligold und viele Edelsteine, in Armbändern, Gürtelschnallen, Ringen ... und zahllosem anderen Tand. Glaubt Ihr, Ihr könnt mich vom Spielen abhalten, indem Ihr mir Geld verweigert?«

Tarrons Gesicht zeigte einen strengen, doch auch eigenartig mitfühlenden Ausdruck. »Mylord, es steht Euch frei, Euren Schatullen jedes Euch gehörende Schmuckstück zu entnehmen. Das ändert nichts. Ihr könnt Euch *an den Bettelstab bringen* – aber auch das wird meine Meinung nicht ändern. Ich habe meine Befehle von dem Mujhar selbst.«

In die Enge getrieben, fragte Hart den Regenten bissig: »Und wenn ich an seiner Stelle König bin?«

Tarron antwortete sehr ruhig. »An dem Tage, an dem das geschieht, Mylord, werde ich aus Euren Diensten austreten.«

Harts Zorn verrauchte sofort und wurde von kaltem Entsetzen ersetzt. Er starrte den Mann in dämmernder Erkenntnis an. »So sehr haßt Ihr mich.«

»Was gibt es zu hassen, Mylord?« fragte Tarron. »Nein. Ich mag Euch nicht, das stimmt, weil Ihr Euer Leben vergeudet. Ich kenne Euren Vater gut. Ich kenne seine Vernunft, seinen Mut, seine Großzügigkeit. Ich kenne den Prinzen von Homana. Er ist ein verantwortlicher, reifer Erwachsener, der den Platz seines Vaters würdig ausfüllen wird. Aber was weiß ich von Euch?« Er spreizte die Hände. »Ich weiß, daß Ihr Wirtshäuser Versammlungsräumen, Spielen dem Regieren und die persönliche Zufriedenheit der Verantwortung vorzieht. Sicher gibt es viele Männer, die genauso empfinden wie Ihr. Aber keiner von ihnen ist der Prinz von Solinde.«

Hart errötete unter dem sanften Tadel schuldbewußt. »Ja, ja, ich weiß ... und eines Tages *werde* ich der Mann werden, der werden zu können Ihr in mir vermutet ...«

»Aber noch nicht jetzt?« Tarron blieb ernst. »Wenn Ihr nicht sehr vorsichtig seid, werdet Ihr nicht lange genug leben, um dieser Mann zu werden.«

Hart stemmte beide Hände auf den Tisch des Regenten und beugte sich vor. »Ich kann den Ring zurückgewinnen, wenn Ihr es mich tun laßt«, versprach er und bemühte sich sehr, den Mann zu überzeugen. »Ich *weiß*, daß ich es kann. Und ich werde ihn zurückgewinnen. Ich brauche nur ...«

»Nein.«

»Tarron …«

Der Regent war nicht zu überzeugen. »Nein.«

»Ihr *Ku'reshtin* …«

Aber Tarron unterbrach ihn. »Mylord, wenn Ihr mich entschuldigt, ich habe mich um einiges zu kümmern. Ohne das Siegel müssen viele Dinge vorsichtig und wohlerwogen gehandhabt werden.« Er deutete auf den Stapel der Schriftstücke. »Es sei denn, Ihr wollt mir helfen …?«

Hart lachte nur.

Tarron nickte. »Nun gut, ich werde mich darum kümmern. Aber vielleicht darf ich Euch vorschlagen, Mylord, Euch zu überlegen, was Ihr zu dem Fest tragen wollt.«

Hart, der bereits auf die Tür zugegangen war, wandte sich wieder um und sah Tarron verständnislos an. »Zu dem Fest?«

»Das Fest zur Feier Eurer Ankunft, Mylord. In einer Woche.« Tarron winkte nachlässig mit der Hand. »Der ganze solindische Adel wird kommen, wie auch alle Homaner der Stadt.«

»Der *ganze* Adel?«

»Ja.« Tarrons Gesicht blieb seltsam ausdruckslos. »Einschließlich der Lady Ilsa und aller Herren, die sie zu heiraten wünschen.«

»*Ku'reshtin*«, murmelte Hart. »Ich weiß, was Ihr vorhabt.«

»Tatsächlich?« Tarron hob die Brauen. »Ich denke, Ihr wißt es vielleicht doch nicht, Mylord. Welchem Zweck würde eine Heirat mit Ilsa dienen, wenn Ihr Euch weigert, Solinde im besten Sinne des Reiches zu dienen? Welchen Zweck hätte es, wenn Ihr unerwartet sterbt? Sie wäre noch immer Prinzessin – oder vielleicht sogar Königin –, und das würde es den Solindern noch weitaus leichter machen, uns aus Solinde zu verweisen.« Er lächelte dünn. »Solch eine Heirat könnte sich sehr wohl als Untergang erweisen.«

Hart riß die Tür auf. »Ich bin vielleicht der minderwertige zweite Sohn, *Regent,* aber ich bin nicht dumm. Und wenn Ihr glaubt, ich würde Euren heimlichen Versuch, mich *in* diese Heirat zu zwingen, nicht bemerken, dann seid Ihr der Dumme.«

Tarron lachte nur. Hart schlug die Tür fluchend hinter sich zu.

Kapitel Fünf

Hart betrat leise die Große Halle von Lestras Palast, während Rael auf seinem linken Unterarm saß, und sah die Gesichter sich, eines nach dem anderen, zu ihm umwenden. Die angeregten Unterhaltungen verebbten und erstarben dann ganz, als der versammelte solindische Adel und die Homaner, die sie regierten, den Cheysuliprinzen von Solinde erkannten. Und dann erklangen die Stimmen erneut: Flüstern, Murmeln, Gespräche in Homanisch und Solindisch, bis Hart die Belustigung, die seine sorgfältig einstudierte Ernsthaftigkeit zu überwältigen drohte, nicht länger unter Kontrolle halten konnte.

Diejenigen, die dich kennen, wissen es besser, sagte Rael betont.

Ja, aber wie viele hier kennen mich? Tarron? Nein. Er glaubt mich nur zu kennen. Dar? Er kennt mich nur auf eine Art. Und die Lady ... Hart seufzte innerlich ... *kennt mich inzwischen sicherlich nur noch als Narr, der ihr Reich bei albernen Spielen riskiert.*

Der Haushofmeister stieg auf das weiße Marmorpodest und kündigte den Prinzen von Solinde formell an. Hart, der solchen einzig für ihn gewählten Pomp nicht gewöhnt war, schrak sichtbar zurück, fing sich dann jedoch fast augenblicklich wieder. Seine Zeit in Homana-Mujhar hatte ihn gelehrt, daß sich Könige bei solchen formellen Festlichkeiten würdig verhielten, auch wenn sie keine entsprechenden Empfindungen hegten. Er war noch kein König, aber er brauchte die Übung. Außerdem würden die Solinder es erwarten.

Jetzt? fragte Rael.

Jetzt, bestätigte Hart. *Wir sollten sie beeindrucken.*

Rael erhob sich dementsprechend von Harts Arm, kreiste durch die riesige Halle und strebte auf den hochlehnigen Sessel auf dem Podest zu. Frauen schrien auf, als er vorüberflog, und Männer griffen nach ihren Messern. Rael schwebte ungerührt zum Thron und ließ sich auf der geschnitzten Rückenlehne nieder. Er breitete seine Schwingen aus, schrie seine Macht laut heraus, setzte sich dann zurecht, faltete seine Schwingen wieder ein und überblickte an der scharfen Biegung seines tödlichen Schnabels vorbei die Halle.

Hart trat zum Podest und stieg die Stufen hinauf, während die Menge zurückfiel. Er war sich des Flüsterns und der gezischelten Fragen bewußt, wie auch der unterschwelligen Feindseligkeit von seiten der Solinder. Von den Homanern spürte er nur ruhigen, beständigen Stolz ausströmen. Wenn ihnen der Gedanke vielleicht auch nicht behagte, Homana von Gestaltwandlern anstatt Homanern regiert zu sehen, so waren sie zumindest ausreichend willens, die Solinder auf ihren Platz zu verweisen, indem sie den Ruf der Cheysuli nutzten.

Er wandte sich um und versuchte das unruhige Flattern in seinem Magen zu dämpfen. Er hatte niemals zuvor als Regent vor so vielen Menschen gestanden. Sogar in Homana war er nur der zweite Sohn, der Prinz, der seine Heimat gegen ein fremdes Land eintauschen würde. Er war nicht Brennan, dessen Pflichten beinahe so viele Rituale und Regeln beinhalteten wie die seines Vaters, des Mujhar. In Homana war er einfach Hart, vielleicht noch *Prinz* Hart, kraft seiner Geburt, aber er wurde leicht übersehen. Jetzt *konnte* er nicht mehr übersehen werden, wie er feststellte, selbst wenn es ihm lieber gewesen wäre.

Wie all diese Augen starren.

Er richtete sich auf, obwohl seine Haltung es nicht erfordert hätte. Und dann lächelte er. »Ich bin Hart«, sagte er ruhig und hielt seine Stimme tief. Er hatte von seinem Vater gelernt, wie man Menschen zum Zuhören bewegte, indem man den Augenblick herunterspielte. »Hart von Homana, der zweite Sohn von Niall dem Mujhar und zum Prinzen von Solinde ernannt.« Er sah Augen sich verengen und angespannte Gesichter unter den Solindern. Wie leicht er ihren Titel stahl. »Ich wurde hierhergesandt, um die Königschaft in dem Land zu erlernen, das ich regieren werde, um zu lernen, wie man Menschen in Abhängigkeit von Homana regiert.« Solindische Lippen wurden zusammengepreßt, obwohl einige der Gesichter auch auffallend ausdruckslos waren, als sollte nichts preisgegeben werden. »Es ist mein Wunsch, daß Solinde Frieden erfahren soll, nicht Krieg, daß die Feindseligkeiten der Vergangenheit zusammen mit den Toten begraben werden sollen.« Er atmete tief durch. »Und es ist mein persönlicher Wunsch, daß die anmaßenden Bestrebungen der Ihlini für alle offengelegt werden, damit keine Unstimmigkeiten in einem Land bestehen, das Besseres verdient.«

Das löste unter den Solindern wie erwartet entsetztes Murmeln und ungläubige Flüche aus. Die Homaner beobachteten ihn nur neugierig.

»Es ist Cheysuli und Homanern gleichermaßen bekannt, daß die Ihlini Solinde als ihre Heimat bezeichnen«, fuhr Hart ruhig fort. »Es ist nicht meine Absicht, sie daraus zu verbannen, weil sie nicht alle Asar-Suti dienen. Aber es ist *tatsächlich* meine Absicht, den von ihnen geschürten Feindseligkeiten Einhalt zu gebieten und Solinde *solindisch* bleiben zu lassen – und nicht ein Diener der Ihlini.«

Aller Augen starrten zurück und gaben nichts und alles preis. Hart erkannte, wenn auch etwas verspätet, daß er mehr von seinem Vater gelernt hatte, als er geglaubt hatte.

Er lächelte und spreizte die Hände. »Genug solcher Reden. Ich bin eher in der Stimmung zu feiern, als einen Krieg zu erklären. Der Tanz soll beginnen.« Und er trat jäh von dem Podest herab in die versammelte Menge.

Es dauerte nicht lange, bis sich Tarron seinen Weg durch die tanzenden Paare oder diejenigen, die in Gruppen zusammenstanden und über die Staatskunst berieten, gebahnt hatte. Der in das übliche Schwarz gekleidete Regent trat neben Hart und sagte leise: »Mylord, vielleicht wäre es besser gewesen, wenn Ihr solindische Kleidung getragen hättet. Und vielleicht hättet Ihr Euren Falken in Euren Räumen lassen sollen ...«

»... und vielleicht wäre es besser gewesen, wenn ich überhaupt nicht erschienen wäre.« Hart lächelte Tarron kühl an. »Würdet Ihr das auch dem Mujhar sagen, Regent? Würdet Ihr ihn bitten, sich homanisch zu kleiden, obwohl er ein Cheysulikrieger ist?«

Die braunen Augen zeigten Entsetzen. »Mylord ...«

»Ich bin nicht mein *Jehan*«, sagte Hart ruhig. »Ich will es auch nicht sein. Und ich bin, an erster und wichtigster Stelle, *Cheysuli*. Wenn ich Leder anstatt Samt tragen will, dann tue ich es. Wenn ich Rael sogar in mein Brautgemach mitnehmen will, dann tue ich es. *Ich werde*, Regent, genau das tun, was ich will, wenn es um meine persönlichen Belange geht.« Er nahm einen Becher Wein von einem vorübereilenden Diener entgegen. »Die Solinder werden mich so nehmen müssen, wie ich bin, Tarron. Und Ihr auch.«

»Soviel *Gold*, Mylord.« Tarron war offensichtlich pikiert. »Sie werden Euch für einen Barbaren halten.«

Hart grinste. »Aber immerhin für einen reichen Barbaren.« Er nippte an dem Wein und beobachtete den Regenten über den Rand des Bechers hinweg. Es überraschte ihn nicht, daß Tarron seine Kleidung mißfiel, denn er war ein Mann, der Pracht verabscheute. Die schwarze Kleidung Tarrons war, obwohl gut geschnitten und von hohem Wert, sehr einfach. Harts weiches Leder, gleichermaßen schwarz, war auch ebenso einfach – nur daß er runenbeschriftete *Lir*bänder, einen Halsreif, einen beschlagenen Gürtel und Scheide und Messer angelegt hatte – alles aus schwerem Gold.

Tarron kniff den Mund zusammen. »Und wie lange werdet Ihr diesen Reichtum behalten?« fragte er grimmig. »Ihr werdet alles bei einem Glücksspiel verlieren.«

Hart grinste. »Hier wird es Bezat genannt.«

Das Kinn des Regenten trat hervor, als er die Zähne zusammenbiß. »Mylord, wenn Ihr mich entschuldigen wollt ...«

»Nein.« Hart lächelte sanft. »Es ist an der Zeit, daß Ihr mich vorstellt, Regent, denn Ihr kennt den ganzen solindischen Adel. Darf ich Euch vorschlagen, mit jenen Herren zu beginnen, die die Lady Ilsa heiraten wollen?«

Tarron starrte ihn an. »*Jetzt,* Mylord? Sie *alle?*«

»Nur jene, die die Lady heiraten wollen«, sagte Hart gleichmütig. »Jene, von denen Ihr glaubt, daß sie eine gute Chance haben.«

Tarrons Gesichtsausdruck verriet nichts. »Ja, Mylord. Natürlich.«

Während der nächsten beiden Stunden wurde Hart mehr Männern vorgestellt, als er sich merken konnte, und doch mußte er sich die Namen merken. Sie begrüßten ihren neu angekommenen Prinzen in abscheulichem Homanisch und hießen ihn liebenswürdig und heuchlerisch willkommen, wobei sie ihm zuvorkommend alle Hilfe und Begleitung anboten, deren er bedürfte. Und als er den Mund öffnete, um dem ersten dieser Menschen zu antworten, erkannte er, daß er es nur auf homanisch tun könnte, da er sonst niemals verstanden würde.

Jehan – und Brennan – haben immer gesagt, ich sollte meinen Sprachunterricht aufmerksamer verfolgen ... und daß mich meine Gleichgültigkeit eines Tages einholen würde ...

Hart betrachtete den versammelten solindischen Adel. Er erkannte mit Unbehagen, daß die Besiegten stets mehr aufgeben mußten als nur Land oder Stellung. Sie gaben auch ihre Sprache und Kultur auf und mußten beides durch die Vorlieben des Siegers ersetzen.

Wie war das wohl während Shaines Qu'mahlin? fragte er sich müßig. *Wie war das für die Stämme, die Homana entfliehen und in fremden Ländern leben mußten?*

»Mylord.« Erneut Tarron. »Mylord, darf ich Euch Dar von High Crags vorstellen, der einer der ältesten Adelslinien Solindes angehört.«

Hart erwachte aus seiner kurzen Träumerei und sah Dar schweigend vor sich stehen. Der Solinder lächelte sanft und höflich und gab nicht mehr preis als die schon durch seinen Rang gegebene Zuvorkommenheit. Aber Hart sah das Glitzern in seinen braunen Augen und das belustigte Zucken seiner Mundwinkel.

»Dar von High Crags«, wiederholte Hart. »Wie weit reicht Eure Adelslinie zurück?«

»Sehr weit, Mylord«, antwortete Dar höflich. »Mindestens genauso weit wie diejenige Lady Ilsas. Meine Verwandtschaft dient der ihren schon seit mehr als sieben Jahrhunderten.«

»Und in dieser ganzen Zeit hat niemand der Euren jemals in das Königshaus eingeheiratet?«

Der Pfeil traf. Dars Lider flackerten, aber er lächelte dennoch sanft. »Die Geschichte ändert sich manchmal von einem Tag zum anderen, Mylord ... Sicherlich wißt Ihr das besser als jeder andere. Stimmt es nicht, daß die Cheysuli Homana eintausend Jahre lang regierten und es dann den Homanern übergaben?« Er hielt inne, damit auch homanische Ohren seine Worte hören konnten. »Und *jetzt* nehmt Ihr es zurück?«

»Im Einklang mit den Wünschen der Götter«, sagte Hart glatt. »Habt Ihr nicht von unserer Prophezeiung gehört? Sicherlich habt Ihr das, Dar ... Gewiß haben die Ihlini, die dem Sucher dienen, sichergestellt, *daß* Ihr davon wißt, auch wenn Ihr damit nicht die Wahrheit kennt.« Er nippte an seinem Wein. »Kein Mensch kann das Rad des Lebens jemals ganz begreifen, aber die Götter verfolgen eine Absicht, wenn sie es in Bewegung setzen.«

»*Tahlmorra*.« Dar nickte. »Ja, ich habe von der Schicksalsgläubigkeit gehört, die Eure Rasse beherrscht. Und ich habe gehört, wie blind Ihr ihm dient.«

Tarron räusperte sich. »Mylord von High Crags ... Mylord Prinz ...«

»Ich glaube, Ihr könnt den Herrn von High Crags mir überlassen«, unterbrach Hart ihn, ohne Dars Blick auszuweichen. »Habt Ihr Euch nicht um einiges zu kümmern?«

»Ja, Mylord.« Offensichtlich erleichtert, verbeugte Tarron sich hastig und ging.

»Sauber geregelt.« Dar nahm einen Becher Wein von einem vorübereilenden Diener entgegen.

Hart war nicht bereit, das Thema zu wechseln. »Alles hat seinen Sinn«, sagte er ruhig. »Alle Dinge, Dar ... sogar die Übergabe eines solindischen Thrones an einen Cheysulikrieger.«

Die Stimme der Frau war kühl. »Und hatte es auch einen Sinn, mein Pferd bei einem *Spiel* einzusetzen?« fragte sie. »Und das Dritte Siegel, *Mylord* ... welchen Sinn hatte es, das zu verlieren?«

Hart neigte grüßend den Kopf. »Es war mein Pferd, Lady ... mir freiwillig überlassen. Und was das Siegel betrifft, nun ...« Er zuckte die Achseln und grinste kläglich »... hätte ich gewußt, daß es der Preis war, Eure Bereitschaft zur Heirat zu erkaufen, hätte ich sicherlich niemals etwas so Wertvolles eingesetzt.«

Sie sah ihn mit großen Augen und ehrlichem Erstaunen an. »Meine Bereitschaft zur *Heirat*?«

Dar unterbrach geschickt. »Er will nur das Thema wechseln. Weil er so gedankenlos war, dein Pferd an demselben Tag, an dem er es als Geschenk erhielt, aufs Spiel zu setzen, oder weil er es *überhaupt* aufs Spiel gesetzt hat ...«

Hart sah nur Ilsa an. »Ihr könntet ihn fragen«, schlug er vor. »Ihr könntet ihn danach fragen, inwiefern er mit dem Ring die Möglichkeit ergreift, Euch als seine *Cheysula* zu gewinnen.«

Sie runzelte die Stirn. »Als was?«

»Ehefrau«, verbesserte er sich. »Beabsichtigt Ihr, ihn zu heiraten?«

Dar legte eine Hand auf Ilsas Arm. »Das geht Euch nichts an, Gestaltwandler.«

Sie entzog sich ihm leicht, offensichtlich geübt darin, der Forderung von Männern zu entgehen, und wandte sich Dar unumwunden zu. »Aber es geht *mich* etwas an.« Ihr Gesicht rötete sich leicht, während Eiseskälte ihre Augen beherrschte. »Ist das wahr, Dar? Glaubst du, ich werde dich heiraten, weil du das Siegel besitzt, auch wenn es dessenungeachtet mir gehören sollte?«

Braune Augen verengten sich kurzzeitig, und er wog die Notwendigkeit, ehrlich zu sein gegen die Erfordernisse der Diplomatie ab. Dann gab Dar seine vornehme Schmeichlermanier augenblicklich auf. »Ich glaube, du wirst den Mann heiraten, der Solinde am besten helfen kann«, sagte er tonlos. »Du *mußt* einen solchen Mann heiraten ... einen starken, loyalen, ergebenen Solinder, der nur das Beste für sein Land will ... einen Mann, der die kriegführenden Parteien zu einer vereinten Bewegung zusammenschweißen kann ...«

»Und Solinde von Homana zurückerobern kann?« warf Hart ein. Als sie ihn ansahen, schüttelte er den Kopf. »Ihr rechnet nicht mit den Cheysuli, die dieses Land *brauchen* – oder zumindest seine Blutlinien.«

»Und braucht Ihr *mich?*« fragte Ilsa eisig. »Die Letzte

aus Bellams Blutlinie, dem ältesten Haus Solindes geboren ... wie könntet Ihr über *mich* hinwegsehen?«

»Wie könnte ich?« Hart grinste. »Nicht leicht, Lady Ilsa ... nicht leichter als Dar.«

Sie schaute von ihm zu Dar und wieder zurück. Und dann lachte sie und überraschte sie damit beide. »Und glaubt Ihr, ich würde einen von *Euch* heiraten?«

»Ilsa ...«, begann Dar.

Sie lächelte noch immer, obwohl ihre Augen einen kühlen Ausdruck beibehielten. »Nein«, sagte sie, »das werde ich nicht tun. Ich will keinen Mann, der Spiele höher wertet als das Wohlergehen Solindes.«

»Dann werde ich damit aufhören«, sagte Dar tonlos. »Ich werde hier und jetzt vollkommen damit aufhören, meine Zeit und meinen Reichtum bei törichten Glücksspielen zu verschwenden.«

Ilsa wandte sich Hart zu. »Was ist mit Euch?« fragte sie. »Wollt Ihr mir das gleiche Versprechen geben?«

Hart schüttelte ohne Zögern den Kopf. »Nein, Lady, das werde ich nicht tun.«

Sie verzog kurz spöttisch den Mund. »Zumindest bekomme ich von *Euch* Ehrlichkeit, auch wenn es mir nicht gefällt.« Sie sah Dar an. »Du bist alles, was du beschrieben hast – stark, treu, ergeben und fähig, Solinde zu vereinen. Ich werde tatsächlich einen Mann mit genau diesen Fähigkeiten brauchen, *aber ich werde ihn mir selbst erwählen.*« Sie lächelte kühl. »Ich empfinde es als beschämend, daß Solinde einen *Mann* braucht, der es regiert, wenn eine Frau diese Aufgabe genauso gut erfüllen könnte ... und ich bin ihrer würdig.« Sie streckte eine schlanke Hand aus. »Gib mir den Ring, Dar. Du weißt, daß er rechtmäßig mir gehört.«

Er spreizte vielsagend die leeren Hände. »Leider habe ich ihn zu Hause gelassen.«

Sie klang jetzt sehr verärgert. »Dar ...«

»*Ilsa.*« Er unterbrach sie. »Wir sind sehr alte Freunde und noch ältere Gegner in diesem Spiel zwischen Männern und Frauen. Du forderst Ehrlichkeit? Ich gewähre dir Ehrlichkeit ... *Ich gewähre dir eine Wahrheit, die dir vielleicht nicht gefallen wird.*« Er sah Hart an, als bedauere er seine Anwesenheit, fuhr aber dessenungeachtet fort. »Das Dritte Siegel gehört mir. Ich habe es rechtmäßig von einem Mann gewonnen, der nicht wußte, was er riskierte. Er hat verloren. Er hat *alles* verloren, einschließlich seiner Chance, die Frau zu heiraten, die er heiraten muß, um sein Reich zu halten. Aber ich habe gewonnen. *Ich habe gewonnen.* Und ich behalte, was ich gewinne, ungeachtet dessen, wer es sonst vielleicht bekommen will ... *es sei denn, derjenige ist gewillt, den erforderlichen Preis zu bezahlen.*«

Sie war in Kerzenschein gebadet. In ihrem Karmesinrot und Gold ließ sie die Halle erstrahlen. Rubine glitzerten im geflochtenen Haar, aber sie konnten nicht mit der Entschlossenheit in ihren Augen oder ihrem Stolz mithalten. Diese und ihre Würde waren wie greifbar. »Ich bin Ilsa von Solinde«, sagte sie ruhig. »Ich kann ohne den Ring regieren.«

»Aber nicht ohne Gemahl.« Dar nippte an seinem Wein. Seine Augen spiegelten seine innere Belustigung wider. »Die Herren von Solinde werden sobald wie menschenmöglich einen männlichen Erben brauchen, um ihre Erbfolge zu sichern. Es scheint mir, daß du mich genauso brauchst wie ich dich.«

»Aber ich kann einen anderen Mann nehmen«, erinnerte sie ihn sanft und offensichtlich unbeeindruckt von seiner Herausforderung. »Wo bleibst du dann?«

»Draußen«, sagte Hart lakonisch.

Dar schüttelte den Kopf. »Sie wird tun, was notwendig ist. Ilsa hat Stolz, Rechtschaffenheit, Würde ... und einen großen Sinn für Pflichterfüllung.« Er beugte höflich und ehrerbietig den Kopf. »Letztlich wird sie die Entscheidung lieber selbst treffen, als sie anderen zu überlassen.«

»Dann laß sie mich auch treffen!« sagte Ilsa scharf. »Laß sie mich ganz allein treffen!«

Dar verbeugte sich. »Ja, Mylady. Sofort.«

Als der Solinder gegangen war, sah Hart Ilsa milde überrascht an. »Eine scharfe Zunge, Lady.«

»Bei ihm brauche ich sie.« Ilsa nahm Hart den Weinbecher aus den Händen und trank ihn leer, während ihre Augen über den Rand hinwegschimmerten. Dann drückte sie ihm den Becher jäh wieder in die Hände. »Dar macht mich stets ärgerlich, weshalb ich noch ärgerlicher werde.«

Hart führte sie langsam und geschickt durch die Menge auf eine ruhige Ecke zu. »Seid Ihr Feinde – oder Bettgefährten?«

Ilsa sah ihn scharf an. »Keine Bettgefährten«, sagte sie trocken. »Und, ehrlich gesagt, auch keine Feinde.« Sie seufzte und setzte sich auf eine gepolsterte Bank an der Wand, wobei sie ihre karmesinroten Röcke geschickt ausbreitete, um edelsteinbesetzte Lederschuhe zu bedecken. »Es wird von der Vereinigung unserer Häuser gesprochen, seit wir Kinder waren. Man glaubte, Dar könne Solinde die starke Führerschaft geben, die es braucht.« Sie warf ihm einen sprechenden Blick zu. »Ihr wißt natürlich, daß wir eine eigene Regierung vorziehen. Wir wollen keinen fremden Oberherrn.«

»Ich weiß. Und gäbe es nicht die Prophezeiung, würde ich dem vielleicht zustimmen, wenn ich erst in der Stellung wäre, dies tun zu können.« Hart zuckte die Achseln und setzte sich neben sie. »Aber das bin ich nicht, und ich bin ein pflichtbewußter Cheysuli. Ich diene der Prophezeiung.«

»Warum?« fragte sie offen. »Wenn sie Euch nicht gefällt, dann kehrt ihr den Rücken.«

»Ich tue es, weil ich die Nachwelt ersehne.« Hart grinste, lehnte sich an die Wand zurück und streckte die langen Beine aus. »Ungewöhnlich, denkt sie jetzt.

Ein Mann, der das Dritte Siegel von Solinde verwettet, kann sich wohl kaum um das sorgen, was nach seinem Tod geschieht.« Und dann ernster: »Aber das tue ich. Jeder Cheysuli tut das. Die Götter haben uns hier in der Welt einen Platz zugewiesen und versprechen uns einen noch besseren Platz, wenn wir tot sind.« Er lächelte bitter. »Wir brauchen nur treue Kinder zu sein.«

»Einem Tagtraum treue Kinder, der vor zu vielen Jahren geträumt wurde.« Aber Ilsas Lächeln nahm den Worten den Stachel. »Ihr dient also der Prophezeiung in der Hoffnung auf eine Belohnung nach dem Tode. Das scheint so nutzlos und vielleicht sogar ein wenig kindisch.«

»Ich bin kein Kind.«

Ilsa sah ihn eine Weile an. »Nein. Ich glaube, das seid Ihr nicht.«

Er betrachtete die Menschen: jene, die tanzten, jene, die zusammenstanden, um über die Staatskunst zu sprechen und jene, die die Rebellion und seine Tötung befürworteten. »Wir sind eine alte Rasse«, sagte er schließlich. »Tausende und Tausende von Jahren alt. Wir sind Kinder der Götter, denn das ist es, was *Cheysuli* bedeutet.« Er betrachtete noch immer die Menschen in der Halle, obwohl seine Sicht verschwamm und er nur Farben und Kerzenschein wahrnahm. »Die Homaner haben versucht, uns alle zu töten, uns vollkommen auszulöschen, mit einer Verfolgung, die Jahrzehnte andauerte ... Auch die Ihlini haben es immer wieder versucht, durch Hexerei, Pest, Ränke. So viele Jahrhunderte des Hasses, der Vorurteile, der Angst ... so viele Jahre als Gejagte, die nicht wußten, ob sie überleben würden.« Er blinzelte und wandte sich wieder Ilsa zu. »Wir haben dank der Götter überlebt. Dank der Nachwelt. *Dank der Prophezeiung.*« Er streckte eine Hand mit weit gespreizten Fingern und der Handfläche nach oben aus. »Das alles gestaltet unser Leben. Ohne das würden wir untergehen.«

Sie schwieg eine Weile, schien nicht sprechen zu können. Und dann schüttelte sie den Kopf. Die Rubine glitzerten in ihrem Haar. »Wie kann es sein, daß ein Mann – ein Cheysuli –, der dieser Prophezeiung so ergeben ist, sein Leben bei einem *Spiel* riskieren kann?«

Hart lachte wild. »Weil ich nichts dagegen tun kann.«

Ilsa runzelte die Stirn. »Ihr könnt nicht?« Sie zuckte die Achseln. »Ich sage, *hört* einfach *auf*.«

»Einfach aufhören«, wiederholte er und grinste in sich hinein.

»Wenn Ihr Euch mit der Bestimmung der Cheysuli brüstet ...«

»Ich brüste mich mit nichts.« Er stand jäh auf und ragte über ihr empor. »Lady, wir sprechen von persönlichen Dingen. Laßt uns statt dessen tanzen.«

Ilsa erhob sich ebenfalls, verschmähte aber seine ausgestreckte Hand. »Nein«, sagte sie kühl. »Ich glaube, das möchte ich lieber nicht tun.« Sie wandte sich zum Gehen, tat vier Schritte und drehte sich dann so plötzlich wieder um, daß ihre üppigen Röcke über den Boden schwangen und der goldene Gürtel klang. »Dar hat recht«, warnte sie überaus deutlich. »Ich werde letztlich, ungeachtet meiner Empfindungen, das tun, was für das Reich das Beste ist.«

Hart betrachtete ihren starren Rücken, während sie in die Menge entschwand. Er war durch ihren plötzlichen Rückzug wie betäubt – nein, es war kein Rückzug gewesen. Sie hatte ihn einfach *verlassen*. Er war nicht allzu gewöhnt daran, daß Frauen ihn verließen.

Er war überhaupt nicht daran gewöhnt. Er suchte sie verdrießlich in der Menge. War sie zu Dar gegangen? Vielleicht. Er hielt es für gut möglich –, bis Dar selbst sich ihm näherte.

Er trug zwei Silberbecher in Händen und bot Hart

einen davon an. »Ich schwöre, daß sich kein Gift darin befindet. Das würde mich um eine Wette betrügen.«

Hart, den Ilsas Verweis noch immer schmerzte, warf ihrem bevorzugten Bewerber einen finsteren Blick zu. »Diese Wette richtet sich zweifellos gegen mich.«

Dar grinste. »Nicht ganz, obwohl sie mit Euch zu tun hat.« Er neigte den Kopf in die Richtung, in die Ilsa verschwunden war. »Wollen wir auf die Lady trinken, Mylord, und auf ihre unfehlbare Zunge?«

Hart lächelte widerwillig. Und dann lachte er kläglich. »Ja, die besitzt sie wahrhaftig. Und sie gebraucht sie bei uns beiden.«

Sie stießen an und tranken. Der Wein war trocken, herzhaft und stark. Hart mochte ihn sehr.

»Die Lady gebraucht sie bei mir schon seit vielen Jahren«, bemerkte Dar. »Es ist an der Zeit, daß sie sich ein neues Ziel sucht, obwohl es kein ständiges sein wird.« Er lächelte herausfordernd. »Wollt Ihr von meiner Wette wissen?«

»Und wenn ich sagte, daß ich es nicht will?«

»Dann wärt Ihr ein Lügner, und dafür halte ich Euch nicht.« Dar strich sich eine Locke seines sandfarbenen Haars aus den Augen. »Auch wenn wir Cheysuli und Solinder sind – und miteinander rivalisieren –, denke ich doch, daß wir einander sehr ähnlich sind«, sagte er leichthin. »Wenn mir das jemand früher gesagt hätte, hätte ich ihn auf der Stelle getötet. Cheysuli und Solinder? Aber ich bin ein Mann, der sich den Tatsachen stellt. Ihr seid hier, und Ihr beabsichtigt hier zu *bleiben*, und es kann – abgesehen von der Möglichkeit, Euch zu töten – nichts dagegen getan werden.«

Hart brummte. »Ihr könntet es dennoch versuchen.«

»Euch zu töten?« Dar schüttelte den Kopf. »Das denke ich nicht. Ich glaube, das würde zuviel Ärger auslösen, für mich und für Solinde. Nein. Keine Tötung. Vielleicht tut eine Wette denselben Dienst.«

Hart seufzte. »Welche Wette?«

»Eine, die unsere Zeit wert ist, Mylord. Eine, die unser *beider* wert ist.« Dar hielt inne. »Ich schlage vor, daß wir auf die Lady wetten – und auf uns selbst.«

»Dar ...«

Der Solinder machte eine umfassende Geste. »Leugnet es, wenn Ihr wollt, aber ich habe diesen Ausdruck schon früher gesehen, wenn ein Mann Ilsa betrachtet. Er war häufig genug auch in *meinen* Augen zu sehen.« Er zuckte die Achseln und lächelte kläglich. »Ihr wollt sie, *ich* will sie, jeder Mann in *Solinde* will sie. Aber nur ein halbes Dutzend Männer haben die Chance, sie zu bekommen, und nur einer *wird* sie bekommen.«

»Ihr«, sagte Hart trocken.

Dar grinste. »Ich bin bereit, darauf zu wetten.«

Hart unterdrückte ein Lachen, während er seinen Becher an den Mund hob. Er trank, dachte über Dars Worte nach und beobachtete, wie die Erwartung Dars Augen zum Leuchten brachte. *Er ist genauso schlimm wie ich ...* Kurz darauf seufzte er. »Wie lautet die Wette also?«

Dars Gesicht schien sehr angespannt. »Auch wenn Ilsa sagt, daß sie denjenigen heiraten wird, den sie will, und zu dem von ihr gewählten Zeitpunkt, weiß sie doch ganz genau, daß es nicht mehr viel länger dauern darf. Höchstens einen Monat vielleicht. Die Herren Solindes fordern eine Entscheidung von ihr.« Er prüfte Harts sorgfältig aufgelegten, nichts preisgebenden Gesichtsausdruck genau. »Sie muß nur einen Solinder heiraten – mich oder einen anderen mit gleichem Reichtum und Rang –, um die kriegführenden Parteien dieses Reiches zu vereinen. Wir können nicht darauf hoffen, Solinde von Homana zurückzuerlangen, bevor wir nicht vereint sind, und es gibt nur einen Weg, dies zu erreichen: unter einem einzigen Mann.«

»Ihr«, sagte Hart und schmeckte Asche in seinem Mund.

»Oder mein Sohn.« Dar klang ruhig. »Nach unseren Gesetzen wird der Mann, der Ilsa heiratet, nicht König von Solinde, sondern lediglich Ilsas Ehemann – eine Stellung, der vielleicht die Großartigkeit eines wirklich königlichen Titels fehlt, aber nicht die Macht, die seinen Platz neben Ilsa begleitet. Und sie wird auch nicht Königin sein. Das soiindische Recht fordert einen männlichen Herrscher. Aber ein Sohn der Lady und ihres Gemahls *wird* bei Volljährigkeit König.« Er lächelte. »Und bis er diese Volljährigkeit erreicht hat, vertritt ihn sein Vater als Regent.«

»Und wenn sie mich heiratet?«

Man mußte Dar zugute halten, daß sich sein Gesichtsausdruck nicht veränderte. »Wenn Ilsa Euch heiratete, würde das die herkömmlichen Erbfolgelinien verändern. Ihr würdet Euch zweifellos zum König erklären ... Und da Solinde ein Vasall Homanas ist, scheint es wahrscheinlich, daß Euch niemand diesen Titel streitig machen würde.« Er zuckte die Achseln. »Wir wurden von Euren Vorfahren wiederholt vernichtend geschlagen. Ich bezweifle, daß es einen Aufstand geben würde.«

Hart schüttelte den Kopf. »Es gibt keine Wette, Dar. Ilsa würde es niemals zulassen, daß Solinde von einem Homaner regiert wird.«

»Nein?« Dar starrte grimmig in seinen Wein. »Unterschätzt Euch nicht, Gestaltwandler. Es gibt in Solinde Menschen, die keinen weiteren Krieg wollen und den Frieden sogar der Selbstregierung vorziehen. Sie sind sehr überzeugend. Und Ilsa ...« Er brach ab, runzelte finster die Stirn und fuhr dann fort. »Ilsa wird von jenen beschützt, die den Frieden wollen.«

Hart erinnerte sich an den Mann, der sie an dem Tag begleitet hatte, an dem sie sich begegnet waren. Ein Solinder, dessen Aufgabe es war, sie zu beschützen, und der ihr so wenig Freiheit ließ, um ihr Wohlergehen zu sichern.

Er sah Dar aufmerksam an und versuchte, die Absichten des Mannes einzuschätzen. Er wußte, daß Dar Ilsa begehrte, Solinde ebenfalls, wie auch die Regierung. Er wußte, daß Dar genauso viel Gefallen an der Herausforderung einer Wette fand wie er selbst, und er fand erheblichen Gefallen daran. Er konnte ohne das nicht leben. Aber er wußte nicht, wie weit Dar zu gehen bereit war.

Hart trank müßig von seinem Wein. »Welches sind die Einsätze?« fragte er.

»Die höchsten«, antwortete Dar. »Ich setze mein Leben ein.«

Hart betrachtete ihn scharf. »Euer Leben«, wiederholte er zweifelnd.

»Ja«, bestätigte Dar kurz angebunden. »Sagen wir so: Wenn Ilsa Euch erwählt, werde ich mein Leben aufgeben und das Dritte Siegel von Solinde aushändigen.«

»Ich will Euer Leben nicht.«

Dars Blick schwankte nicht. »Wenn Ihr es nicht nehmt, Mylord, dann seid versichert, daß ich alles, was in meiner Macht steht, tun werde, um Euch vom Thron von Solinde zu vertreiben.«

Hart wußte, daß der Solinder seine Worte ernst meinte. »Ich will Euch nicht zum Feind haben.«

»Wenn Ihr gewinnt, werdet Ihr einen Feind haben.«

Hart seufzte. »Ja, ja, nun gut … Wenn ich die Lady bekomme, gebt Ihr also Euer Leben und das Siegel auf. Aber was ist mit mir? Was ist, wenn *Ihr* die Wette gewinnt?«

Dar lächelte. »Dann geht Ihr zurück nach Homana.«

Hart starrte ihn an. »*Zurückgehen …*«

»Lebend. Unbeschadet. Heil … genau wie Ihr gekommen seid.« Dar zuckte, noch immer lächelnd, die Achseln. »Aber Ihr werdet Euren Anspruch auf Solinde aufgeben.«

»Und wenn sie keinen von uns erwählt?«

»Dann werden wir ein anderes Spiel finden.«

Hart kaute an seiner Unterlippe und hörte den Sirenengesang der Herausforderung. *Wenn ich Solinde verliere, wird mein Jehan mich aufgeben ...*

Aber dann merkte er, daß er bereits Dars Unterarm ergriffen hatte. Die Wette wurde abgeschlossen und anerkannt.

Kapitel Sechs

Hart erwachte mit dem bedrückenden Gefühl, daß etwas schiefgegangen sei. Er schreckte im Tageslicht so jäh aus dem Schlaf auf, daß er einen Moment nicht wußte, wo er war, und dann erkannte er, daß diese Unsicherheit weniger mit dem plötzlichen Erwachen, als mit langem Aufbleiben und übertriebenem Trinken zu tun hatte. Er und Dar und drei andere solindische Adlige hatten den größten Teil der Nacht in einem Privatgelaß eingepfercht verbracht und gespielt und getrunken, während sich die restlichen Gäste in der Großen Halle vergnügten.

Plötzlich empfand er Schuld. Solches Verhalten wäre in Homana-Mujhar als unzumutbar rüde beurteilt worden, besonders da die Feierlichkeiten zu seinen Ehren stattgefunden hatten, und er bezweifelte ernsthaft, daß man ihn sich hätte davonstehlen lassen. Aber hier wagte ihn niemand abzuhalten oder sein Verhalten anderweitig zu verurteilen.

Hart seufzte grimmig. *Bis auf Tarron.*

Aber Tarron hatte nichts gesagt, weil Hart darauf geachtet hatte, sich unbeobachtet davonzustehlen, da es ihn zu sehr nach einem Spiel gelüstete, um die Folgen zu bedenken.

Die Folgen. Das bedrückende Gefühl kehrte zurück. Hart, der in zerwühltem Bettzeug lag, betrachtete stirnrunzelnd den Betthimmel seines Bettes und versuchte auszumachen, was sein Unbehagen verursachte.

Und plötzlich erinnerte er sich.

Seine Augen öffneten sich ruckartig. *Die Wette ... die Wette mit Dar, um Ilsa.* Fluchend rollte er sich auf den Bauch und barg sein Gesicht in der halbherzigen Hoffnung in den federgefüllten Kissen, er könnte sich ersticken und alles um Dar und seine schändliche Wette vergessen. *O Götter, Lir ... Ich habe meine Freiheit verwettet!*

Rael regte sich auf seinem Sitzplatz. *Tatsächlich?*

Hart stöhnte laut und verkrampfte die Finger in die seidene Bettwäsche. *Die Wette mit Dar, um Ilsa ... darum, wer ihre Hand bekommen wird ...* Er stöhnte erneut mitleiderregend. *Wie konnte ich so töricht sein?*

Letzteres ist leicht zu beantworten. Rael sprach ohne Mitgefühl. *Wenn dich die Sucht überkommt, bist du kein Mann, kein Krieger, kein Prinz mehr – du bist nichts als ein Hund, der eine läufige Hündin riecht ... nur daß die Hündin kein Tier, sondern eine Wette ist.*

Kurz darauf hob Hart das Gesicht aus den Kissen und wandte den Kopf, um den Falken durch die Gazevorhänge anzusehen. »Wie du sprichst«, sagte er grimmig. Seine Stimme klang wenig humorvoll.

Woher willst du wissen, daß du deine Freiheit verloren hast? fragte Rael. *Um sie zu verlieren, mußt du zuerst die Frau gewinnen, und mich führt nichts zu dem Glauben, daß dir das gelingen wird.*

Diese nüchterne Zusammenfassung schmerzte unerwarteterweise. Hart runzelte die Stirn. »Nichts?«

Nichts. Raels Muster innerhalb der *Lir*verbindung klang sehr bestimmt. Dieses Mal bot er seinem unverantwortlichen *Lir* nicht die Hilfe bedeutungsloser Beruhigung, obwohl diese Gewohnheit schwer zu durchbrechen war.

Hart setzte sich auf, versuchte, die Vorhänge beiseite zu ziehen und fluchte, als sich der Stoff verfing und seine Sicht auf Rael vollkommen verdeckte. Schließlich riß er die Vorhänge entzwei und kletterte, bis auf das *Lir*gold nackt, aus dem riesigen Bett.

»Nichts?« wiederholte er betont.

Rael hörte die unterschwellige Herausforderung in Harts Stimme. Er regte sich erneut auf seinem Platz und fixierte seinen *Lir* mit einem hellen Auge. *Dann sage mir, was du der Frau bieten willst.*

»Einen Titel. Höheren Rang. Mehr Achtung im Reich.« Hart zuckte die Achseln und spreizte die Hände. »Und Macht, wenn auch nicht soviel, wie ich selbst besitze.«

Welche Macht besitzt du?

Er lächelte sieghaft. »Ich bin der Prinz von Solinde.«

Der seine Zeit damit verbringt, um unwahrscheinliche Ergebnisse zu wetten, wie beispielsweise, wer das letzte Mitglied von Bellams Blutlinie heiraten wird. Rael verkleidete seine Worte in brutale Offenheit. *Sage mir noch einmal, was du der Frau zu bieten hast, Lir – und dann erkenne, daß sie genau das gleiche haben kann, wenn du nach Homana zurückgeschickt wirst ... oder wenn du tot bist.*

Das vertrieb Harts Lächeln vollends. Er fühlte sich, als hätte ihn eines von Brennans Pferden in den Bauch getreten – nein, kein Pferd, und nicht in den Bauch. Es war eine von Raels Krallen und er hatte tiefer gezielt, auf etwas völlig anderes, etwas Persönlicheres, etwas erheblich Lebenswichtigeres.

»Rael ...«

Denk nach, Lir. Denk einmal nach. Sieh dich so, wie andere dich sehen. Rael hielt inne. *Nein, sieh dich so, wie dich die Lady sehen muß. Und dann sage mir erneut, daß du deine Freiheit verwettet hast.*

Das ließ den Wein in seinem Bauch gefrieren. Hart wandte sich von dem Falken ab und trat wieder zum Bett, wobei er zur Unterstützung einen der Bettpfosten umklammerte. Er war nie erfreut zu hören, wenn andere sein Verhalten mißbilligten, aber er hatte immer die beneidenswerte Fähigkeit besessen, diese Reden, die brüderlichen und väterlichen Vorträge, heiter zu übergehen, denn er wußte, daß ihm niemand sehr lange böse blieb. Er war kein Mann der Stimmungen und des leichten Aufbrausens wie Corin. Und er war auch nicht gewillt, sich alle Lasten seines Ranges und der Zukunft aufzubürden, wie es bei Brennan stets der Fall gewesen war. Er bot nur freundliche Kameradschaft, heitere Begleitung und einen großzügigen Geist an. Er war kein schlechter Mensch. Er war kein schlechter Bruder, schlechter Sohn, schlechter Freund oder schlechter Krieger.

»Aber ich *bin* ein schlechter Prinz.«

Rael antwortete nicht. Hart schloß die Augen, lehnte seine Stirn an den hölzernen Bettpfosten und bedauerte, daß er soviel Wein getrunken hatte. Mehr als das – er bedauerte seine Bereitschaft, so viele Dinge als Folge des eigenen Vergnügens übersehen zu haben.

Nach einem Augenblick der Rückschau wandte sich Hart wieder dem Falken zu. »Sie wird mich nicht haben wollen.«

Nein.

»Und wenn sie statt meiner Dar nimmt, was wahrscheinlich ist, ist die Wette verloren ... und ich werde schändlich aus Solinde verbannt werden.«

Genauso wie du aus Homana verbannt wurdest.

Die Krallen trafen ihn erneut.

»Wenn ich nach Hause zurückkehre und Solinde verloren habe ...« Hart setzte sich jäh aufs Bett, als er die Ungeheuerlichkeit seiner Lage erkannte. »Götter, Rael, wenn ich Solinde wegen etwas so unendlich Banalem wie einer *Wette* verliere ...«

Wenn du Solinde aus irgendeinem Grund verlierst, Lir, änderst du die Prophezeiung.

Hart hob ruckartig den Kopf. »Nein«, sagte er fest. »*Nein*. Ich werde nicht zulassen, daß du mir diese Schuld zuweist.«

Und wenn es die Wahrheit ist?

»Wie?« forderte Hart ihn heraus. »Ich bin ein zweiter Sohn, der *mittlere* Sohn und keiner Verlobung verpflichtet. Es ist gleichgültig, wen ich heirate, wie viele Kinder ich zeuge ... oder wen *sie* heiraten. Überlasse diese Bürde Brennan, *Lir* ... ich brauche sie nicht.«

Der Wein hat dir deinen Verstand geraubt. Raels Tonfall war nicht mehr so bissig wie bei seinen bisherigen Urteilen, sondern ließ wieder die übliche Geduld und das merkwürdige Einverständnis mit Harts Unzulänglichkeiten deutlich werden. Aber dadurch verloren seine Worte nicht an Wirkung. *Es ist nicht wichtig, ob du eine solindische Frau heiratest – es ist nicht wichtig, ob du überhaupt heiratest –, aber es ist wichtig, ob du Solinde hältst. Die Prophezeiung umfaßt vier Reiche, nicht drei. Wenn du Solinde jetzt verlierst, wird es für immer verloren sein ... und die Ihlini werden siegen.*

Hart fluchte heftig. Er empfand sowohl Schuld als auch Bestürzung. »Wenn nur die Wette nicht wäre ... dann gäbe es kein Wagnis.«

Ist das nicht der Reiz einer Wette?

Hart raufte sich mit starren Fingern das bereits zerzauste Haar und versuchte, die Umstände zu begreifen, wobei ihm bewußt war, daß es wohl sinnlos wäre. »Ja, ja, bisher war das Wagnis stets der Reiz, die *Möglichkeit,* daß ich verlieren könnte, und das Vergnügen zu wissen, daß ich gewonnen hatte – oder beim nächsten Mal gewinnen *würde.* Aber jetzt ...« Hart schüttelte den Kopf. »Jetzt ist es anders. Das Spiel ist anders. Die Einsätze sind zu hoch ...« Gefangen, verzweifelt, verzweifelnd, fluchte er erneut. »Götter, Rael, es ist die *endgültige* Wette – und jetzt kann ich sie nicht genießen.«

Was beklagst du? fragte Rael sanft. *Den Verlust dieses Genusses, den Verlust deiner Freiheit ... oder den Verlust eines Reiches?*

Hart antwortete nicht sofort. Er starrte blicklos in den Raum, in seinen Gedanken verloren, nur wissend, daß seine Spielleidenschaft für mehr als nur seine gegenwärtig unangenehme Lage verantwortlich war. Er erkannte zum ersten Mal vollkommen, daß er allein für das Feuer, für den Verlust von Leben im Midden verantwortlich war. Ungeachtet der *Art* Menschen, die sie gewesen waren, hatten sie es nicht verdient, wegen seiner selbstsüchtigen Unverantwortlichkeit zu sterben.

»Zweiunddreißig Menschen«, sagte er hohl, und sein Geist gestaltete eine Vorstellung: Brennan, der vor den Buntglasfenstern in der Großen Halle Homana-Mujhars stand, durch den Verlust der vielen Leben offensichtlich wie betäubt; Brennan, der Corin anschrie, es sei nicht wichtig, ob er sich unwohl fühle, weil er nach Atvia gehen mußte, wo doch Menschen gestorben waren; Brennan, der die Tode der Menschen im Midden als noch einschneidender empfand, weil er ein *verantwortungsbewußter* Mensch war.

O Rujho, ich wünschte, du wärest hier, um mir zu sagen, was ich tun soll.

Aber Brennan war nicht da. Und so traf Hart zum ersten Mal in seinem Leben eine eigene *verantwortliche* Entscheidung. Er zog sich an und ging davon, um den Gegenstand der Wette aufzusuchen.

Hart wurde sofort in Ilsas Stadtdomizil eingelassen und in einen kleinen, von Mauern umgebenen Garten geführt. Er sah sie zunächst nicht und fragte sich, ob er stundenlang warten sollte, während seine Ungeduld wuchs. Dann sah er sie *doch,* und seine guten Absichten entschwanden aus seinem Geist. Er konnte keinen Weg finden, offen mit ihr zu sprechen, ihr von der Wette zu erzählen, die sie zu nicht mehr als einer Leibeigenen anstelle einer unabhängigen Frau herabwürdigte, denn er wußte, wie sie sich fühlen würde. Und er wußte, was sie sagen würde.

Und so lächelte er nur lahm und versuchte, durch seinen reichlich vorhandenen Charme, den er in der Vergangenheit so oft gedankenlos eingesetzt hatte, Kraft zu sammeln.

Er hatte sie erst in der vorangegangenen Nacht in blendendes Karmesinrot gekleidet und vor Gold und Rubinen funkelnd gesehen. Sie war vornehm, strahlend und unglaublich schön gewesen. Er fand sie jetzt nicht weniger anziehend, obwohl das edle Gewand, das Gold und die Edelsteine durch grobe, cremefarbene Wollröcke, rotbraunen Stoff und eine bernsteinfarbene, mit einem geschmeidigen Ledergürtel gebundene Tunika ersetzt worden waren. Sie trug abgewetzte Stiefel anstatt weicher Schuhe und hatte Schmutz auf einer Wange. Das herrlich weißblonde Haar war mit braunem Leder zu einem einzigen fest geflochtenen Zopf zurückgebunden. Die kürzeren Locken um ihr Gesicht hatten sich gelöst, flogen umher und erweckten in ihm den Wunsch, sie zurückzustreichen.

Über einem Arm trug sie einen Korb mit Blumen, eine Fülle zarter Moosrosen in strahlendem Gold, üppigem Gelb und hellem Apricot, die wie zerknittertes Pergament wirkten. In der rechten Hand trug sie eine kleine Silberschere, die mit einer zarten Kette an ihrem Gürtel befestigt war. Sie erhob sich, richtete eifrig die Blumen in dem Korb, wandte sich ihm dann zu und hielt inne.

»Kommt mit mir hinaus«, sagte er. »Kommt und reitet mit mir aus, Ilsa.«

Die geschwungenen Brauen hoben sich. »Mit Euch reiten? Worauf, Mylord? Ihr habt mein Pferd verwettet.«

Er schritt über den Gartenweg, streckte die Hand nach ihrem Korb aus und beugte sich dann herab, um ihn neben dem Weg abzustellen. Ihr Handgelenk lag schmal und fast zerbrechlich in seiner Hand. Sie schien zart wie eine Lilie, und doch brannten ihr Geist und ihr Stolz genauso hell wie seine.

»Ja«, bestätigte er, »das habe ich getan. Töricht – selbstsüchtig – habe ich versucht, Dar zu einer Wette zu verleiten, die mir das Dritte Siegel zurückbringen sollte, wobei ich sehr wohl wußte, daß er seine Kenntnis davon, daß Ihr mir das Pferd überlassen hattet, nicht außer acht lassen würde. Aber der erste Schritt war noch erfolgreich.«

»Nur daß Ihr das Pferd verloren habt.«

»Man kann immer verlieren, Ilsa. Selbst jetzt.« Er ließ ihr Handgelenk nicht los. »Der Palast besitzt viele Pferde, obwohl es nicht so edle Tiere sind wie dasjenige, das Ihr mir geschenkt habt. Ich habe schon ein anderes.« Er lächelte. »Kommt mit mir, Lady. Kommt mit aus der Stadt heraus und lernt wieder ein wenig Freiheit kennen.«

»Wir haben uns nichts zu sagen.«

»O doch, Lady.« Er rieb mit dem Daumen über ihren Unterarm und erfreute sich an ihrer zarten Haut. »Kommt mit mir, Ilsa. Bitte.«

Sie entzog sich kühl seiner Hand und ihrer Vertraulichkeit, beugte sich herab und nahm ihren Korb wieder auf. Sie hängte ihn sich ruhig über beide Arme, als wolle sie eine Barriere zwischen ihnen errichten. »Ich werde mir ein Pferd satteln lassen. Ihr könnt warten, Mylord.«

Und das tat er, wenn auch ein wenig ungeduldig und mit der Frage, warum Frauen so lange brauchten, um sich für einen Ritt zurechtzumachen, wenn der Wind sie doch ohnehin fast augenblicklich wieder zerzausen würde. Aber Ilsa brauchte gar nicht lange, und als sie wieder erschien, erkannte er, daß sie sich überhaupt nicht zurechtgemacht, sondern nur den Schmutz aus ihrem Gesicht entfernt und ein gut sitzendes Lederwams mit silberumrandeten Hornknöpfen angezogen hatte. Damit beschäftigt, ihre Hände in enge Handschuhe zu zwängen, sah sie ihn kaum an, während sie an ihm vorbei zum Vordereingang ging.

Hart war begeistert. »Ihr braucht keinen Wächter mitzunehmen. Mein *Lir* und ich genügen, denke ich, um Euch vor den meisten Gefahren zu schützen.«

Sie warf ihm einen kühlen Blick über eine Schulter zu, während sie sich der weißen Stute zuwandte, die sie auch bei ihrer ersten Begegnung geritten hatte. »Tatsächlich? Ich glaube, man müßte Euch nur eine Wette anbieten, und Ihr würdet *mich* als Einsatz nennen.«

Er hielt sofort inne und sah sie entsetzt an. *Sie weiß es … o Götter, sie weiß es bereits, und dies ist nicht mehr als eine Farce.*

Aber Ilsa gab nichts preis, gönnte ihm keinen Hinweis, ob sie tatsächlich etwas von der Wette zwischen Hart und Dar wußte. Sie wartete nur darauf, daß er ihr in den Sattel half, und als er keinerlei Anstalten dazu machte, führte sie die Stute zu einem Stein und schaffte es allein. Verspätet kam Hart ihr zu Hilfe, aber sie benötigte ihn nicht mehr.

Die weiße Stute stupste ihn an, legte ihre Nüstern an seinen Hals und prustete, obwohl er ihren Kopf fortzuschieben versuchte. Er schaute zu Ilsa auf, die eine Silhouette vor der Sonne bildete, und öffnete den Mund zum Sprechen. Aber dann wandte er sich jäh ab.

Er schwang sich ebenfalls in den Sattel und wartete dann darauf, daß Ilsa zu ihm aufschließen würde. Es war früh am Morgen – es war kühl. Die Luft ließ seine bloßen Arme frieren und verlieh seinen *Lir*bändern einen eisigen Glanz. Er hatte nichts als sein Cheysulileder aus Homana mitgebracht. Die solindische Kleidung wäre wärmer gewesen, aber er bevorzugte Vertrautes.

Wie kann ich es ihr sagen? Wie kann ich es erklären?

Rael antwortete nicht. Hart begleitete Ilsa schweigend aus Lestra heraus in das umliegende Land.

Es fiel ihm auch nicht leichter, als sie aus der Stadt herausgelangt waren. Er fand es *statt dessen* eher einfacher, die Wette völlig zu vergessen und sich in der Freude des Augenblicks zu verlieren. Und das tat er.

Ilsa war eine vollendete Reiterin, wie ihre Flucht durch den Wald bereits bewiesen hatte. Er zügelte sein Pferd jetzt nicht. Sie galoppierten zusammen über das Gras und verloren sich im Augenblick, in der reinen

Freude an guten Pferden. Dahinreitend, *dahinreitend*, konnte er Wetten und Wagnisse und Titel vergessen und nur daran denken, wie sich der Hengst unter ihm bewegte, wie schnell, wie weich, wie willig. Das bedeutete für einen ungeweihten Menschen schon fast die *Lir*gestalt.

Doch der Augenblick verging zu schnell. Hart zügelte sein Pferd – genau wie Ilsa – von Galopp zu Trab und dann zu Schrittempo. Sie lauschten in vertraulichem Schweigen dem Hufschlag der Pferde und dem Klirren des Geschirrs. Er konnte den beißenden Geruch des Pferdeschweißes, den Duft der Blumen im Gras, das Versprechen des nahenden Sommers riechen. Es war eine gute Zeit zu leben. Und noch besser war es, diese Zeit mit einer Frau zu teilen.

»Ist das Euer Falke?« fragte sie und zeigte nach oben.

Er schaute auf und sah die Gestalt am Himmel, die ausgebreiteten Schwingen, die müßige Spirale. »Ja. Es ist Rael. Er hält heute Abstand, denn er weiß, daß dies eine Sache zwischen Mann und Frau ist, wobei kein *Lir* gebraucht wird.«

Sie sah ihn scharf an. »Er *kennt* solche Dinge?«

Hart lachte. »Dachtet Ihr, er sei taub und stumm? Ein Schoßtier oder ein zahmer Vogel wie jene, die im Palast verkümmern?« Er schüttelte grinsend den Kopf. »Nein, Lady. Ein *Lir* ist weitaus mehr als alles, was Ihr Euch vielleicht vorstellen könnt. Rael ist eine Ergänzung meiner selbst, obwohl er einen eigenen Geist besitzt. Wir sind miteinander verbunden. Er spricht mit mir und ich mit ihm, obwohl das alles schweigend geschieht.«

»Und schätzt er Spiele genauso hoch wie Ihr?«

Er hörte den trockenen Tonfall ihrer Stimme. Die Verachtung war so deutlich, daß es schmerzte. »Nein«, sagte Hart ruhig. »Das trifft auf Rael nicht zu. Rael rät mir *im Gegenteil*, mich wichtigeren Dingen zu widmen, wie zum Beispiel das Regieren zu erlernen.«

»Dann ist er tatsächlich klüger als Ihr.«

»Das sind *Lirs* stets.« Er fühlte sich – weil es um Rael ging – sicherer, als wenn sie über seine Unverantwortlichkeit gesprochen hätten. »Wißt Ihr nichts über sie?«

Sie zuckte die Achseln. »Ich weiß nur das, was ich gehört habe, daß es magische Tiere mit furchteinflößenden Fähigkeiten sind, die es den Cheysuli ermöglichen, andere Gestalten als ihre eigene anzunehmen.« Ihr Blick enthielt keinen Abscheu, sondern nur stille Neugier. »Ihr könnt wirklich zu einem Falken werden? Mit Schwingen und Federn und Krallen?«

Das Lachen erstarb. »Ja.«

»Tut es weh?«

Hart runzelte die Stirn. Es war schon so lange her, daß er die *Lir*gestalt als etwas anderes als den gewohnten Wechsel von der menschlichen Gestalt in einen Raubvogel angesehen hatte, daß die Worte schwerer zu finden waren denn je. In Homana waren die Cheysuli nicht mehr der Feind, sondern ein wesentlicher Bestandteil der Gegenwart. Niemand benötigte Erklärungen.

»Es tut nicht *weh*«, sagte er nachdenklich. »Nicht so, wie Ihr Schmerz kennt. Aber es ist seltsam, fremdartig, wenn ich meine menschliche Gestalt gegen eine andere eintausche.« Er zuckte leicht die Achseln. »Da ich weiß, zu was ich werde, ängstigt es mich nicht. Ich überstehe es. Ich überstehe es immer und verwandle mich auch wieder zurück. Aber beim ersten Mal, wenn man es noch nicht so genau weiß, ist es erschreckend und erheiternd zugleich.« Er betrachtete ihr angespanntes Gesicht und wünschte, er könnte die *Lir*gestalt mit ihr teilen, so daß er nicht nach Worten suchen müßte, die unangemessen waren, wie gewandt er sich auch ausdrücken mochte. »Man erzählt uns von Geburt an, daß wir einen *Lir* brauchen, um vollständig zu sein. Und obwohl wir keinen Grund haben, dem Fall vorzugreifen, daß wir ohne *Lir* bleiben könnten, ist die versteckte

Angst stets vorhanden ... die Angst, daß die Götter aus irgendeinem Grund vergessen haben könnten, das Tier vorzubereiten, das eines Menschen *Lir* werden soll.« Er zuckte die Achseln. »Wenn man zum ersten Mal *Lir*gestalt annimmt, ist man so damit beschäftigt, daß die Angst vergeht. Man denkt nur noch an das Bedürfnis, sich zu verwandeln, und nicht mehr an die Angst vor dem, was man tut.«

Ilsa schaute zum Himmel und beobachtete Raels schwebenden Flug. »Und was empfindet Ihr, wenn Ihr ein Falke seid?«

Er antwortete sofort. »Freiheit.« Er lächelte, als sie ihn ansah. »*Freiheit*. Ich bin nicht mehr erdgebunden, ich brauche keine Füße, keine Beine, kein Pferd oder andere Fortbewegungsmittel mehr. Ich habe nur mich selbst, *brauche* nur mich selbst ... und ich bin das freiste Lebewesen überhaupt.«

»Aber Ihr seid noch immer ein Mensch.«

»Überwiegend. Ich behalte meine menschlichen Gedanken und Gefühle bei, obwohl ich alles als Falke erlebe. Die menschlichen Instinkte sind verstärkt, nicht überwunden. Ich weiß, daß ich ein Mensch in Falkengestalt bin. Ich bin noch immer Hart.«

Sie wandte sich von Rael ihm zu. »Ist es gefährlich?«

Er zuckte die Achseln. »Das ist eine Frage des Gleichgewichts. Ein Cheysuli in *Lir*gestalt ist gefährdet und auch nicht gefährdet. Es ist *in der Tat* möglich, daß er sich an die Tiergestalt verliert, aber das geschieht nur selten, denn das Gleichgewicht wird uns sorgfältig gelehrt.« Er sah in ihren Augen, daß sie die Gefahren begriff. »Ich will Euch nicht belügen, Ilsa. Wenn ein Krieger in *Lir*gestalt zu zornig wird, sich zu sehr nur auf den tierischen anstatt auf seine beiden Instinkte verläßt, kann er die Grenze überschreiten und die Menschlichkeit vollständig verlieren.«

»Und ein Tier bleiben.«

»Oder etwas, was aus beidem besteht.« Er flocht die

Mähne seines kastanienbraunen Hengstes und dachte darüber nach, wie er ihr am besten erklären könnte, was er als sehr junger Mensch gelernt hatte. »Das ist einer der Gründe, warum der Gestaltwandel in besonderen Lagen schwieriger ist. In Schmerzen könnte sich ein Mann verlieren. Ebenso im Zorn und in reiner Heiterkeit. Der Gestaltwandel erfordert Sammlung und Verantwortlichkeit. Es besteht immer die Gefahr, daß ein Krieger in *Lir*gestalt etwas anderes als er selbst werden kann.«

»Und die Gefahr ist etwas, was Ihr nur zu gut kennt.« Ilsa strich sich das Haar zurück. »Ich kenne Dar fast von Geburt an. Seine Familie dient der meinen schon seit Jahrhunderten. Ich habe erlebt, wie es bei ihm ist – dieses Bedürfnis, sein Vermögen bei Wetten aufs Spiel zu setzen. Geld bedeutet ihm wenig, aber den Sieg über die Umstände vorweisen zu können, bedeutet ihm viel.« Sie verzog kurz spöttisch den Mund. »Fast dasselbe entdecke ich an Euch, obwohl Ihr noch schlimmer seid. Dar genießt eine gute Wette, aber ich glaube, Ihr *braucht* sie.«

»Seit ich mich erinnern kann.« Er lächelte nicht und versuchte auch nicht, von etwas anderem zu sprechen. »Ich verliere mich vielleicht nicht in der *Lir*gestalt, da ich um die Notwendigkeit zur Selbstkontrolle weiß, aber eine Wette ist etwas anderes. Dabei verliere ich mich *tatsächlich*.«

»Und so wird das Gleichgewicht gestört und Ihr überschreitet die Grenze.« Ilsa sah ihn offen an. »Ihr habt mir gestern abend erzählt, daß Ihr auf nichts stolz seid. Ich glaube, Ihr habt gelogen, wenn auch unwissentlich. Immerhin seid Ihr stolz darauf, ein Cheysuli zu sein, auf die Fähigkeit, ein Falke werden zu können und die Freiheit des Himmels zu kennen.«

Er wich ihrem Blick nicht aus. »Ja.«

»Dann fordere ich Euch heraus, Mylord. Ich biete Euch ein Risiko.« Ilsa lächelte. »Legt sie ab, Hart. Legt diese Spielsucht ab und versucht statt dessen, ein wahrhafter Prinz zu werden. Solinde liegt in Eurer Hand. Ergreift es, Mylord, sonst werdet Ihr es mit Sicherheit verlieren.«

»Es liegt *nicht* mehr in meiner Hand«, sagte er. »Gebt mir die Schuld, gebt Dar die Schuld, gebt uns beiden die Schuld, aber wir sind eine Wette eingegangen, die diesen Streit um Solinde beenden wird. Einer von uns wird der Sieger sein und der andere der Unterlegene ... und Ihr und Solinde steht im Mittelpunkt dieser Wette.«

Ilsa erstarrte im Sattel. »Was habt Ihr getan?« Ihr Gesicht war angespannt und blaß. »*Was habt Ihr getan?*«

Hart atmete tief ein. »Ich besuchte Euch in der Absicht, Euch sofort die Wahrheit zu sagen. Ich habe gezögert, weil es, wie immer, leichter war, nicht darüber zu sprechen, und weil ich ein wenig Zeit mit Euch verbringen wollte. Und jetzt, da die Stunde der Wahrheit für mich erneut kommt, stelle ich fest, daß ich nicht mehr als zuvor zerstören will, was zwischen uns ist.«

»Hart ...«

»Ihr müßt heiraten«, sagte er deutlich und überging damit ihren Einwand. »Und Ihr müßt zum Nutzen Solindes bald heiraten. Auch wenn ich der Verantwortung ausweiche, wann immer es möglich ist, sind mir Staatsränke und Heiratspläne nicht fremd. Ihr habt drei Wahlmöglichkeiten, Ilsa: Ihr könnt mich heiraten, Ihr könnt Dar heiraten, oder Ihr könnt einen anderen einflußreichen Solinder heiraten, der Euch bei der Erhaltung Solindes helfen kann.«

Sie schwieg.

Hart wich ihrem Blick noch immer nicht aus. »Wenn Ihr zögert, vergrößert sich meine Chance auf Solinde. Wurde nicht empfohlen, daß Ihr innerhalb eines Monats heiraten solltet?« Er nickte grimmig, obwohl sie ein starres Schweigen bewahrte. »Wenn Ihr Dar heiratet, wird sich Solinde eines Tages auflehnen, das hat er sozusagen versprochen. Wenn Ihr einen anderen Solinder heiratet, wird es stets jene geben, die für eine Rebellion kämpfen. Wenn Ihr *mich* heiratet ...«

Ilsa unterbrach ihn. »Warum?« fragte sie tonlos. »Warum sollte ich Euch heiraten? Ihr könnt mir nichts bieten, Mylord Spieler ... und Ihr habt auch Solinde nichts anderes zu bieten als Mißachtung und Unverantwortlichkeit.«

»Die Wette enthält Folgendes«, sagte er ruhig. »Wenn Ihr mich heiratet, gibt Dar das Dritte Siegel auf ... und sein Leben. Wenn Ihr Dar heiratet, werde ich nach Homana zurückgeschickt ... und Solinde bleibt solindisch.«

»Unter einem homanischen Regenten!« Röte stieg ihr ins Gesicht und schwand dann wieder. »Dar hat sein *Leben* eingesetzt?«

»Ja, Lady ... aus eigenem Wunsch. Denn ich will es nicht.«

»Aber Ihr habt die Wette angenommen!«

»Ich stehe kurz davor, über die Klinge zu springen«, sagte er deutlich. »Wenn ich zu meinem *Jehan* zurückkehre und Solinde verloren habe, werde ich auch ihn verloren haben. Und was noch schlimmer ist: Ich werde die Prophezeiung zerstört haben.« Hart nickte nachdenklich. »Ja, Ilsa, ich habe die Wette angenommen. Dar hat mir keine andere Wahl gelassen.«

»Und welche Wahl habt Ihr *ihm* gelassen?« Er sah Tränen in ihren Augen. »Wenn er diese Wette verliert, verliert er sein *Leben!* Ich glaube, das ist wichtiger als eine Cheysuliprophezeiung ...«

»Ein Leben ist wenig, gemessen an einem ganzen Volk«, belehrte Hart sie ruhig. »Hört mir zu, Ilsa, wenn ich Euch sage, daß ich vor allem der Prophezeiung diene. Auch wenn ich selber wenig wert sein sollte, so bin ich ihr doch vollkommen verschrieben. Ja, Ihr spracht von Stolz – und ich *bin* stolz auf etwas. Ich bin stolz auf die Prophezeiung.«

»Also überlaßt Ihr die Wahl mir«, sagte sie verbittert. »Ihr kehrt der Verantwortung erneut den Rücken und setzt die Zukunft Solindes zu nicht mehr als einer Wette und der Gattenwahl einer Frau herab.« Sie sagte noch etwas, gleichermaßen verbittert, aber die Worte wurden in solindischer Sprache gesprochen, und er verstand sie nicht. Er wußte nur, daß er sie weitaus stärker erzürnt hatte, als er erwartet hatte.

»Ilsa ...«

»Hat Dar Euch darauf gebracht?« fragte sie plötzlich.

Er erwog zu lügen, denn er wußte, daß die Wahrheit ihn rachsüchtig erscheinen ließ. Aber er nickte. »Es war sein Vorschlag.«

Ilsa schüttelte den Kopf und strich sich verwirrt das Haar aus dem Gesicht. »Ihr seid ein Narr, Mylord Prinz der Spieler. Dar kennt mich zu gut, und er hat auch Euch erkannt. Wie er es wohl erwartet hat, schreit mein Stolz jetzt regelrecht danach, ihn zu heiraten, und sei es auch nur aus dem Grund, Eure Niederlage und Euren sich daraus ergebenden Verlust Solindes zu *erzwingen*. Und das würde ich tun ... wenn mein besser ausgeprägtes Urteilsvermögen es zulassen würde.« Sie sah ihn offen an. »Und ich sollte auch Dar zurückweisen, nur um es ihm heimzuzahlen. Aber das würde ihn das Leben kosten, und das kann ich nicht ertragen.«

»Es gibt noch eine Möglichkeit«, sagte Hart ruhig. »Heiratet einen vollkommen anderen Mann.«

»*Welchen* anderen Mann?« fragte Ilsa verbittert. »Es gibt keinen anderen Mann in Solinde, der das gleiche wie Dar tun kann, um die Solinder wieder zum Krieg zu versammeln. Wir sind solcher Dinge zu müde. Niall und jene vor ihm haben uns zu viele Male vernichtend geschlagen. Wir brauchen jetzt einen guten Herrscher.« Sie zuckte die Achseln. »Dar könnte das Notwendige tun, und er würde es auch tun. Wenn ich diesen Krieg wollte, wäre ich eine Närrin, einen anderen Solinder als Dar zu heiraten.« Er sah den Tumult in ihren Augen, in ihren Zügen widergespiegelt. »Aber wenn ich Euch heirate, um mein Land vor dem Krieg zu bewahren, kostet es Dar das Leben. Und diesen Preis werde ich nicht bezahlen.«

»Dann heiratet niemanden.«

Ilsas scharfes Auflachen war kaum mehr als ein Verzweiflungslaut. »Wenn ich *niemanden* freiwillig erwähle, werde ich dazu gezwungen. Die Lage rechtfertigt es. Sie haben es bisher nur deshalb nicht getan, weil sie mich und mein Erbe persönlich achten. Aber für Solinde und um sich Homana entgegenzustellen, werden sie es tun. Sie werden keine andere Wahl haben.«

»Ilsa …«

Sie nahm die Zügel auf und wandte die Stute in Richtung Lestra. »Verzeiht, Mylord, aber ich muß allein sein. Ich finde keinen Geschmack mehr an Eurer Gesellschaft.«

Er wollte sie so nicht gehen lassen. Aber er wußte auch, daß er alle Hoffnung, sie zu gewinnen, zerstört hätte, wenn er sie aufhielte. Und so ließ er sie doch gehen.

Kapitel Sieben

Tarron hielt mitten in der Bewegung inne, weitere Dokumente zusammenzulegen. »Ich muß mich verhört haben. Ihr wollt *was*, Mylord?«

Hart half Tarron, das Papier vom Tisch aufzusammeln, und legte es auf den Stapel in seinen Armen. »Ich möchte, daß Ihr mir beibringt, wie man regiert. *Darum* bin ich hergekommen.«

»Nein«, sagte Tarron offen. »Ihr seid hergekommen, weil Ihr *geschickt* wurdet.«

Hart sah ihn stirnrunzelnd an. »Ja, ja, in Ordnung – ich bin hergekommen, weil ich geschickt wurde. Aber ich bin fertig damit, mich um meine Verantwortung zu drücken. Lehrt mich, wie man regiert.«

»Habt Ihr beim Mujhar nichts darüber lernen können?«

O ja, das hatte er, nach und nach. Aber er hatte sich standhaft geweigert, an Sitzungen des Konzils, Petitionsanhörungen und anderen verschiedenartigen Erfordernissen der Königschaft teilzunehmen, vollkommen bereit, es statt dessen Brennan tun zu lassen. Er besaß nur ein spärliches Wissen über die Aufgaben eines Regenten – er mußte über Bürger zu Gericht sitzen, die Streitigkeiten hatten, Verträge zwischen anderen Reichen vereinbaren, Steuern und Abgaben erheben, sowie zahllosen anderen Pflichten nachkommen –, aber wenn es soweit wäre, hätte er nicht die leiseste Ahnung, was von ihm erwartet wurde. Besonders nicht in einem fremden Reich.

»Lehrt mich«, sagte er nur und hoffte, daß das genügte.

Offensichtlich war dem so, obwohl Tarron ihn zweifelnd ansah. »Nun gut, Mylord. Dann folgt mir. Ich bin auf dem Weg zu einer Anhörung über einen unbedeutenden Streit zwischen zwei nordischen solindischen Herrchen. Sie befehden sich wegen einer durch einen Fluß führenden Grenze. Der Fluß hat seinen Verlauf geändert, und nun streiten sie über die Besitzerschaft des Landes, das er brachgelegt hat.«

Hart folgte Tarron gehorsam aus seinem Zimmer in einen Gang, obwohl er nicht mit dem Herzen bei der Sache war. Er öffnete den Mund, um sich zu entschuldigen, und schloß ihn jäh wieder. Es war an der Zeit, daß er Langeweile genauso annehmen lernte wie sein Vater und sein Bruder.

»Was könnt Ihr ohne das Dritte Siegel tun?« fragte er.

Pergament knisterte. »Vertagen«, sagte der Regent kurz. »Keine wichtige Angelegenheit kann ohne das Siegel abgehandelt werden, aber bis ich vom Mujhar höre, kann ich die Nachricht, daß das Siegel verloren ist, nicht verlauten lassen. Wir müssen hoffen, daß die Solinder durch zahlreiche Vertagungen und Vertuschung nicht unruhig werden ... Ich glaube nicht, daß sie verstehen werden, wie Ihr das Siegel bei einem *Spiel* verlieren konntet.«

Hart überging die letzte Bemerkung. »Und wenn Dar es bereits hat bekannt werden lassen?«

»Das würde ihm sicherlich dienen.« Tarron nickte, als Wächter in homanischer Livree die schweren Holztüren des Audienzraumes aufzogen. »Aber vielleicht wird dies Euch dienen, Mylord. Wenn *Ihr* die Entscheidung trefft, werden die Solinder wissen, daß Ihr tatsächlich die Absicht habt zu regieren.« Er nickte den wartenden Männern in dem Raum grüßend zu und trat zu einem Tisch auf dem Podest.

»Und ich?« flüsterte Hart. »Ich habe keine Erfahrung in solchen Dingen.«

»Ich schlage vor, daß Ihr sie erwerbt, Mylord, wie

jedermann es tut: indem Ihr zuhört und entscheidet, welche Partei das Urteil zu ihren Gunsten verdient.« Tarron legte den Stapel Papiere auf den Tisch und trat fort, während er Hart bedeutete, den einzigen Stuhl zu nehmen. »Und jetzt, Mylord, überlasse ich dies Euch.«

Hart beobachtete erstaunt, wie Tarron sich umwandte und davonging. Er wollte ihm hinterherrufen, ihm *befehlen* zurückzukommen, aber er würde es nicht tun, nicht vor den solindischen Herrchen, die ihren Fall vortragen wollten.

O Götter. Er lächelte die Herren gelangweilt an. Sie beobachteten ihn, grimmige, harte alte Männer, die keinen Spaß verstanden. *O Götter.* Aber er nahm all seinen Mut zusammen und setzte sich in der Absicht, zu tun, was immer ein Regent nach bestem Wissen tat.

Selbst wenn er keines hatte.

Nach Einbruch der Dunkelheit ließ Hart ein Pferd satteln und ritt zum Weißen Schwan. Er hatte das Gefühl, nach einem Tag, an dem er zwei alten solindischen Herrchen beim Streiten darüber zugehört hatte, wer das größere Recht auf die neue Parzelle Land hatte – wobei das meiste noch dazu in unverständlichem Solindisch abgehandelt wurde, gleichgültig wie oft er darum bat, Homanisch zu sprechen –, am Abend ein wenig Unterhaltung verdient zu haben. Aber er entschloß sich, nicht zu wetten, sondern die Zeit in dem gastlichen Wirtshaus ohne Glücksspiel zu verbringen.

Oder auch in einem *un*gastlichen Wirtshaus.

Inzwischen waren die meisten Stammgäste an seine Anwesenheit gewöhnt. Er war noch immer nicht besonders willkommen, aber er wurde auch nicht mehr mit feindseligen Blicken und groben Reden begrüßt. Jetzt zuckten die meisten der Gäste nur noch die Achseln und wandten sich wieder ihren Spielen zu, um ihn sich selbst zu überlassen.

Es sei denn, Dar war da. Aber dieses Mal war dem,

zumindest während des ersten Teils des Abends, nicht so. Hart setzte sich allein an einen Tisch und trank ein Bier.

Das Schankmädchen, Oma, hielt ihm den homanischen Siegelring absichtlich unter die Nase, wann immer es ihr möglich war. Schließlich rief er sie herüber und bot ihr an, ihn zurückzukaufen, aber sie grinste nur und wies das Angebot zurück. Sie war zu gewitzt, um so leicht aufzugeben, und genoß die grimmige Enttäuschung zu sehr, die sie ihm bereiten konnte. Und so gab er endlich auf, wandte sich wieder seinem Bier zu und verlor sich in Nachdenklichkeit.

Bis Dar kam.

An Kragen, Aufschlägen, Handgelenken, Fingern und Gürtel des Solinders glitzerten Silber und Saphire auf indigofarbenem Samt. Die königlichen Farben, wie Hart wußte, und er fragte sich, ob Dar sich wohl wegen ihm und der Wette so herausgeputzt hatte. Aber dann fing er an zu erzählen, und Hart erkannte, daß er sich für niemanden herausgeputzt hatte.

»Ich war bei Ilsa«, sagte er ruhig und setzte sich an den Tisch, ohne auf eine Aufforderung zu warten. »Zu einer äußerst üppigen, von der Lady selbst servierten Mahlzeit.« Mit erhobenem Finger bestellte er bei Oma einen Becher seines bevorzugten Weins. »Sie hat mir eine reizvolle Geschichte erzählt.«

»Tatsächlich?« Hart trank von seinem Bier.

Dar wartete darauf, daß Oma seinen Becher vollgießen würde, und bedeutete ihr dann zu gehen. Erst jetzt betrachtete er Hart über den Rand des Bechers hinweg. Er nippte nachdenklich an seinem Wein und setzte den Becher dann heftig auf dem Tisch ab. »Ihr habt also geglaubt, Ihr könntet sie durch Offenheit gewinnen.«

»Ich wollte aus Gründen der Ehrlichkeit und der Ehre offen zu ihr sein und nicht wegen der Wette«, sagte Hart ruhig. »Wir sollten das beenden, Dar. Es ist eine Farce. Es ist Ilsa *und* Solinde gegenüber ungerecht.«

Dar blieb ernst. »Dann erklärt die Wette für nichtig. Geht morgen nach Homana zurück und kehrt niemals wieder.«

Hart hielt seinem Blick stand. »Ihr wißt, daß ich das nicht tun kann.«

»Ich weiß, daß Ihr es tun *solltet* ... und es eines Tages – schon bald – auch tun werdet. Wenn ich gesiegt habe.«

»Seid Ihr Euch ihrer also so sicher?«

Dar lächelte. »Welche Wahl hat sie, Gestaltwandler? Sie will, daß ich lebe – das hat sie mir selbst gesagt –, also wird sie nicht Euch erwählen. Sie würde es vorziehen, wenn Solinde solindisch bliebe, also wird sie auch darum nicht Euch erwählen. Sie würde einen Mann als Gemahl vorziehen, den sie kennt, also wird sie keinen der anderen Herren erwählen.« Er trank wieder von seinem Wein und beugte sich dann eifrig vor. »Sie wird *meinen* Namen nennen, Gestaltwandler. Seid dessen versichert.«

Hart lächelte. »Warum seid Ihr dann dennoch so *un*sicher?« Sein Lächeln wurde noch breiter, als Dars Lider flatterten. »Gleichgültig was sie Euch heute abend gesagt haben mag – Ihr seid Euch noch immer nicht sicher. Ihr habt noch immer Zweifel. Ihr wißt, daß eine gute Chance besteht, daß sie doch mich erwählen wird.«

»Ilsa wird das tun, was für Solinde richtig ist.«

»Sie wird das tun, was für alle Betroffenen das beste ist.« Hart goß noch mehr Bier in seinen Becher. »So werden solche Entscheidungen getroffen. Man wägt alle Betrachtungsweisen ab und entscheidet dann, was allen Beteiligten am dienlichsten ist.« Genau das hatte er auch mit den alten Herren und ihrem Flußstreit gemacht, obwohl er ihnen nicht wirklich etwas bieten konnte, bis das Siegel zurückerlangt war.

Dar schwieg eine ganze Weile und rief Oma dann zu, die Bezatschale zu bringen. Aber Hart schüttelte den Kopf, als die Steine gebracht wurden.

»Nein?« Dar hob seine sandfarbenen Brauen. »*Ihr* sagt nein?«

»Ich sage nein.« Hart trank Bier. »Das Spiel beginnt seinen Reiz zu verlieren, Dar ... Ich passe.«

Dar warf seine Geldbörse auf den Tisch. Rotes Gold klimperte.

Hart lächelte. »Nein.«

Dar streifte das mit Edelsteinen besetzte Silber von seinen Fingern und Handgelenken.

Hart lächelte noch immer. »Nein.«

»Was wollt Ihr?« fragte der Solinder. »Das Siegel wurde bereits eingesetzt.« Plötzlich lächelte er. »Der Hengst. Ihr wollt den Hengst zurückgewinnen, den Ilsa Euch überlassen hatte.«

Hart schüttelte gemächlich den Kopf.

Dar verengte die braunen Augen. »Was *dann?*«

»Ich wollte sehen, wie Ihr Euch windet«, sagte Hart sanft. »Und jetzt habe ich es gesehen, ohne auch nur einen Pfennig einzusetzen.« Er schob seinen Stuhl zurück, der über das Holz schabte, und ließ eine rote Münze klingend auf den Tisch fallen, um sein Bier zu bezahlen. »Ihr *werdet* verlieren, Dar. Ilsa. Solinde. Euer Leben. Weil ich gelernt habe, wann man aufhören muß, und Ihr habt noch nicht einmal damit begonnen.«

Dar erhob sich ruckartig. »Gestaltwandler ...«

»Cheysuli«, sagte Hart sanft und verließ ruhig das Wirtshaus.

Er befand sich in einem an seinen Schlafraum angrenzenden Privatraum und kauerte gedankenverloren in einem Sessel, als ein Diener an seine Tür klopfte. Er überlegte, ob er das Klopfen überhören solle, gab dann aber auf und trat zur Tür.

»Mylord.« Es war kein Diener, sondern Tarron. »Mylord, eine Nachricht von Lady Ilsa ist eingetroffen. Sie fordert sofort Eure Anwesenheit.« Er hielt inne. »Ich kenne den Boten, der Ruf ist echt.«

»Jetzt?« Es erschien ihm seltsam, daß sie nachts einen Boten schicken sollte, obwohl es eigentlich noch nicht spät war.

»Ja, Mylord.« Obwohl er vollendet höflich sprach, hörte Hart aus Tarrons Stimme heraus, daß der Regent es für ebenso ungewöhnlich hielt. »Die Nachricht lautet, daß eine Entscheidung getroffen wurde, und sie möchte, daß Ihr und Dar von High Crags sie sofort erfahrt, damit die Farce beendet wird.« Tarron runzelte die Stirn. »Mylord ...«

Hart hob Ruhe gebietend eine Hand. »Fragt nicht, Regent. Wenn ich zurückkehre, werdet Ihr Eure Antwort bekommen. Vielleicht gefällt sie Euch – vielleicht auch nicht.« Er kaute einen Augenblick an der Unterlippe und dachte angespannt nach. »Sagt ihrem Boten, daß ich sofort komme.«

»Ja, Mylord.« Aber Tarron blieb noch. »Wenn Ihr mir irgend etwas anvertrauen wollt, dann seid versichert, daß ich es streng vertraulich behandeln werde.«

Hart lächelte. »Ich vertraue Euch, Tarron. Aber dies ist eine Sache zwischen einem Mann und einer Frau – nein, zwischen *Männern* und einer Frau –, und bis ich die Antwort der Lady kenne, hat es keinen Sinn, Euch etwas anzuvertrauen. Wenn ich es kann, werde ich es tun.«

Der Regent neigte den Kopf. »Ja, Mylord. Natürlich.« Und fort war er.

Hart schloß die Tür und wandte sich zu Rael um, der auf seinem jetzt verwaisten Sessel kauerte. »Nun? Kleide ich mich zu einer Feier oder zu meiner Verbannung aus einem weiteren Reich um?«

Wenn du damit Zeit verschwendest, um dich umzukleiden, könnte sie ihre Meinung ändern.

Hart grinste. »Ja. Und wenn sie zu meinen Gunsten entschieden hat, sollte ich ihr diese Chance lieber nicht gewähren.« Er nickte nachdenklich und öffnete erneut die Tür. »Wir gehen, *Lir* ... um eine *Cheysula* zu gewinnen oder ein Reich zu verlieren.«

Er dachte an Brennan, während er ein Pferd satteln und es sich bringen ließ. Sein *Rujho* würde ihm zweifellos zu der Entscheidung gratulieren, eine *Cheysula* zu nehmen, selbst wenn es eigentlich nicht seine eigene Entscheidung war. Brennan würde ihm sagen, daß er endlich erwachsen würde, reifer, der Mann, der er sein sollte.

Er sandte einen verzerrten Blick himmelwärts. *Brennan würde mir zweifellos erzählen, daß ich nur meinem Tahlmorra entspreche.*

Und vielleicht tust du das auch. Rael, der unerträglich selbstgefällig klang, kreiste über dem Hof, während das Pferd gebracht wurde.

Hart seufzte, schwang sich in den Sattel und nahm hastig die Zügel auf, als der kastanienbraune Hengst stampfend und schnaubend sein Mißvergnügen darüber kundtat, daß seine Abendmahlzeit unterbrochen worden war. Hart setzte sich tiefer in den Sattel, zügelte den Hengst, rief dem Pferdeknecht einen Dank zu und ritt im Trab aus dem Hof hinaus.

Eisen klang auf Stein, während Hart den Kastanienbraunen durch die gewundenen Straßen Lestras führte. Ilsas Domizil befand sich nicht weit vom Palast entfernt, aber die Strecke schien dennoch zu lang. Sein Magen war so verkrampft, daß er befürchtete, er könnte niemals wieder etwas essen. Er konnte Ilsas Entscheidung nicht erahnen, obwohl er töricht genug gewesen war, darauf zu wetten. Und die Götter wußten, daß er mehr verwettet hatte, als er sich leisten konnte.

Viel mehr, dachte er trübsinnig, während die Schatten und das Fackellicht an den Mauern entlang Nachlaufen spielten. *Narr, der ich bin – ich hätte es besser wissen sollen. Kein Wunder, daß Jehan mich für ein Jahr verbannt hat. Ich bin erst drei Monate fort und habe bereits ein Reich, mich ... die Prophezeiung aufs Spiel gesetzt.* Er biß die Zähne zusammen. *Rael, was sage ich ihm, wenn ich die Wette verliere?*

Die Wahrheit, antwortete Rael. *Ganz gleich welche Bestrafung dich erwartet, der Verlust Solindes verdient sie.*

Das war nicht der Trost, den Hart gesucht hatte. Er zog sich verärgert aus der Verbindung zurück.

Einer von Ilsas Dienern wartete bereits draußen, als Hart den Hengst zügelte. Er stieg gemächlich ab, wollte den Augenblick der Wahrheit verzögern, und übergab dem Diener dann die Zügel. Rael setzte sich auf das Dach. Kein Lichtschein drang aus dem Haus, denn alle Fenster waren gegen die Nachtluft mit Fensterläden versehen. Hart atmete so tief ein, daß ihm schwindlig wurde, und dann klopfte er an die Tür.

Er wurde in einen privaten Empfangsraum geführt, der von einem flackernden Feuer geheizt wurde, und bekam Wein, Bier und *Usca* angeboten. Er lehnte alles ab, weil er zu unruhig war, um etwas zu trinken, und fragte, wann die Lady kommen würde.

»Sobald Mylord von High Crags eintrifft, Mylord«, antwortete der Diener und verließ unter Verbeugungen den Raum.

»Nur daß der Herr von High Crags bereits anwesend ist.« Dar trat aus einem mit einem Vorhang verhangenen Vorraum. Sechs Männer in solindischer Livree waren bei ihm.

Hart fühlte sich seltsamerweise erleichtert. Endlich zeigte der Mann seine wahren Farben. »Wo ist Ilsa?«

»Ilsa ist zu Bett gegangen«, sagte Dar ruhig, während einer seiner Männer die Tür von innen verschloß. »Ilsa hat ihren Teil der Arbeit dieser Nacht erledigt, indem sie Euch hierherbestellt hat. Der Rest bleibt mir überlassen.«

Hart nickte. »Und wie lauten Eure Pläne, Dar? Mich nach Homana zurückzuschleppen, bevor die Wette eingelöst ist?«

Dar grinste und winkte beiläufig mit dem Zeigefinger. Seine Männer traten näher an Hart heran. »Welche Wette, Gestaltwandler? Diejenige zwischen Euch und mir – oder die, die ich mit Strahan eingegangen bin?«

Das hatte Hart nicht erwartet. Die sechs Männer, die ihm ohne Zweifel nichts Gutes wollten, hatten ihn nicht überrascht, aber er hatte nicht in Erwägung gezogen, daß Ihlini mit alledem zu tun haben könnten. »Was hat Strahan hiermit zu tun?« fragte er daher kurz und versuchte, die Krämpfe in seinem Magen nicht zu beachten. »*Ihr* seid kein Ihlini. Das hätte Rael gemerkt.«

»Nein, ich bin kein Ihlini«, bestätigte Dar. »Aber ich *bin* ein ehrgeiziger Mann und auch jemand, der die Gunst der Mächtigen zu erringen trachtet. Und Strahan hat mir etwas angeboten, das ich mir nicht entgehen lassen konnte. Er tarnte es natürlich als Wette. Er sagte, er glaubte nicht, daß ich es tun könnte. Aber jetzt habe ich es getan, und er wird mir meinen Preis bezahlen.« Dar grinste. »Auf die eine oder andere Art wird die Lady mir gehören.«

Hart fühlte sich merkwürdig entspannt. Es waren keine Ihlini im Raum, und Rael wartete auf dem Dach. Obwohl die Fenster durch die Läden für ihn verschlossen waren, verlieh seine Nähe Hart doch alle Kraft, die er brauchte, um *Lir*gestalt anzunehmen. Dar hatte seinen Feind erheblich unterschätzt.

»Dar …«

Aber er konnte seinen Satz nicht beenden. Sechs Männer legten Hand an ihn, und keiner von ihnen ging sanft mit ihm um.

»Bringt ihn her.« Dar deutete auf den Eisenholztisch.

Hart wehrte sich, aber sechs zu eins war keine gute Grundlage. »Dar, es ist nur zu leicht, einen Mann gefangenzunehmen, aber es ist nicht so leicht, einen Falken gefangenzunehmen ...«

»Zieht Euer Schwert.« Dar überging Hart völlig, und sprach statt dessen zu einem seiner Männer. Der Solinder folgte seinem Befehl und wartete aufmerksam.

Rael ... Hart trat in die Verbindung ein und beschwor die Magie in seinem Blut herauf.

»Haltet ihn fest«, sagte Dar. »Streckt seinen linken Arm aus, so daß die Handfläche auf dem Holz zu liegen kommt. *Schnell!*«

Hart berührte die Macht.

Dar zog mit einer fließenden Bewegung sein Messer und stach es durch die ausgebreitete Hand, womit er sie auf dem Tisch festhielt. »So«, sagte er. »*Jetzt* gestaltwandelt, Gestaltwandler.«

Schmerz brach in seiner Hand aus und setzte die Welt in Brand. Zu entsetzt, um etwas anderes zu tun, als vor sich hinzustarren, wußte Hart, daß gestaltwandeln unmöglich geworden war. Wie er Ilsa so gut erklärt hatte, fehlte einem Mann in einer solchen Lage die nötige Kraft dazu.

Dars Augen waren schwarz geweitet. »Ihr habt mir einmal gesagt, Ihr würdet eher Eure linke Hand als Euren *Lir* verwetten, Gestaltwandler. Nun, Ihr habt die Wette verloren – und jetzt auch die Hand.« Er machte dem Mann mit dem Schwert ein Zeichen. »Hackt sie ihm ab. *Jetzt*.«

Der Streich erfolgte schnell und sehr sauber, schnitt durch Haut und Knochen hindurch und wurde erst von dem Eisenholz aufgehalten. Und er geschah schmerzlos, so betäubt war Hart. Er stand nur noch mit Unterstützung der Männer, die ihn aufrecht hielten, und starrte den Arm an, der jetzt an seinem Handgelenk endete.

Rael ... Rael ... RAEL ...

Dar stieß einen angewiderten Laut aus. »Soviel Blut«, sagte er. Und dann nahm er selbst das Eisen aus dem Feuer und schlug die weiß-heiße Spitze auf den Stumpf.

Hart wollte schreien. Aber der Schrei erstarb, als er in den Armen von Dars Männern zusammenbrach.

Interludium

———❦———

Lillith schaute auf ihren Bruder hinab. Strahan kniete auf einem Knie am Rande der Öffnung, am Rande des Tors. Er hatte eine Hand mit der Handfläche nach unten ausgestreckt, als wollte er Asar-Suti selbst heraufbeschwören. Was er vielleicht auch tat. Weiße Flammen leckten hoch, berührten ihn, ringelten sich um seine Finger, umgaben seine Hand vollständig, vertieften ihre Farbe dann zu Lila, zu Lavendel, zu einem tief gespenstischen Purpur. Strahan lächelte in seinem Widerschein sein wunderschönes, aber tödliches Lächeln.

Sie sah eine der Flammen unter den Aufschlag seines Wamses gleiten, unter den weißen Saum seines Leinenhemdes. Sie konnte nicht verfolgen, wohin sie glitt, da sie sich in seiner Kleidung verbarg. Dann sprang sie plötzlich an seinem Kragen auf, liebkoste die Haut seines Halses, berührte mit sanfter Fingerspitze die scharfgeschnittene Kinnlinie.

Strahan lächelte noch immer. Auch wenn *sie* nicht mehr lächelte, war er doch ganz an sie verloren, in einer unheimlichen Verbindung mit dem Gott der Unterwelt, der die Dunkelheit erschaffen hatte und darin lebte. Er kniete noch immer lächelnd da, während die Flamme aus dem Tor zu seiner Hand kroch, dann wieder aufwärts zu seinem Hals und schließlich sein Gesicht einzuhüllen begann.

Strahans Lippen teilten sich. Eine dünne, aber dehnbare Flammenranke berührte ihn, zog sich zurück, berührte ihn erneut und schwebte dann aufwärts, um die Form seines Mundes zu verändern. Mutig erschienen weitere Ranken, und innerhalb von Augenblicken wurde Strahans Gesicht durch ein Netzwerk zerbrechlicher, purpurfarbener Spitze belebt. Es überdeckte seine Züge und gestaltete sie zu denen eines anderen Menschen um – oder zu denen des Gottes selbst.

»*Strahan* ...« Aber Lillith hielt inne. Es war nicht ihre Aufgabe, Kritik an ihrem Bruder zu üben, der von den Göttern selbst auserwählt war. Ihre Aufgabe war nur zu dienen, alles anzunehmen, was gefordert wurde und zu bieten, was immer sie konnte.

Strahan lachte. Er war im fein gestalteten Feuer entflammt, und doch blieben Stoff und Haut unberührt. Eine kniende Fackel. Er schien in seinem Lachen selbst nach magischen Maßstäben übermenschlich.

Und dann löste sich das Netzwerk jäh auf. Die Ranken zogen sich zurück, die Knoten wurden gelöst. Innerhalb von Augenblicken war Strahan wieder einfach nur Strahan, und der Gott hatte ihn verlassen.

Er schloß die Augen und entließ einen bebenden Atemzug tiefster Zufriedenheit, als hätte er gerade mit einer Frau geschlafen. Er huldigte dem Gott mit gesenktem Kopf, und dann erhob er sich und sah seine Schwester über das schimmernde Tor hinweg an.

»Es ist vollbracht«, sagte er. »Dar hat seine Wette gewonnen.«

»Eine Wette, die du gern verlierst.« Lillith seufzte in sich hinein. Er schien wieder wie sonst zu sein. »Und die Frau? Wirst du seinen Preis bezahlen?«

Strahan lächelte. »Dar ist ein mehr als ehrgeiziger Mann, noch dazu mit anmaßendem Stolz. Eines Tages werden er und sein Stolz über diesen Ehrgeiz stolpern, und er wird fallen.«

Das war nicht gerade die von ihr erwartete Antwort. Vielleicht blieb er noch immer in der Abhängigkeit zu dem Gott gefangen und sprach von Dingen, die sie nicht wissen konnte. »Wie willst du den anderen brechen?«

Strahan zuckte die Achseln. »Ich glaube, das ist bereits geschehen – oder zumindest fast. Die Cheysuli können auch mit ihren eigenen Leuten hart umgehen. Sie scheinen eine herzlose Rasse zu sein. Die Stämme brauchen *vollständige* Männer als Krieger, unversehrte Männer – sowohl körperlich als auch geistig –, um die Lebensfähigkeit der Rasse zu erhalten. Ähnlich wie Tiere, merzen sie die Schwächsten aus, um den Rest zu schützen.« Er zuckte erneut die Achseln. »Vielleicht haben sie recht damit. *Ich* kann Schwache auch nicht gebrauchen.«

Lillith lächelte insgeheim, denn das hielt sie für eine Untertreibung. »Und wie willst du den anderen ›heilen‹?«

Strahan lachte. »Indem ich ihm einen neuen Grund zum Leben biete. Mir zu dienen, kann ihn wieder vollständig machen, wenn auch nicht auf die Art, wie er es sich vielleicht wünschen würde. Aber *dann* wird es nicht mehr wichtig sein – er wird zu fest gebunden sein.«

Sie glättete geschickt ihre Samtröcke. »Nur einer – der jüngste – bleibt übrig. Es ist an der Zeit, daß ich nach Atvia gehe.«

Strahan sah sie an, aber sie wußte, daß er sie nicht wirklich sah. »Gute Reise«, sagte er nur und kniete sich dann erneut an den Rand des Tors.

Teil IV
Corin

Kapitel Eins

Schneller. Schneller. *Schneller ...* Er beugte sich tief über den Sattel, *ganz tief,* so daß der Knauf in seinen Magen drückte und sich seine Wange an den feuchten Hals des Hengstes preßte. Die peitschende graue Mähne stach Corin in die Augen, bis sie tränten. Er empfand es als befreiend, denn er wußte, daß er sich für Tränen, die nur aufgrund der gereizten Augen selbst flossen und nicht durch Herzensqual, nicht schämen mußte.

Schneller ...

Die Welt war ein Bild aus Blau und Grün, Braun und Grau, alles durch die Tränen verschwommen. Er umklammerte die Lederzügel und hielt sie weit nach vorn auf den Hals des Hengstes, um ihm Raum zu lassen. Der Schimmel lief stetig weiter, folgte dem Befehl seines Reiters.

Bewegliche Muskeln zogen sich unter angespannten Läufen zusammen, rollten, streckten sich, spannten sich an, gespeist durch das Pumpen des großen Pferdeherzens. Corin schmeckte Schmutz und Pferdehaar, roch den beißenden Geruch von Schweiß und nassen Decken. Er hörte den Gesang eines erschöpften Pferdes, den rhythmisch pochenden Schlag der eisenbeschlagenen Hufe auf dem festgestampften Weg. In seinem Herzen war Qual.

O Götter – ein Jahr lang von zu Hause verbannt zu sein ... Und er trieb den Hengst mit seinen lederbekleideten Beinen erneut zu noch größerer Geschwindigkeit an.

Du wirst das Pferd umbringen.

Einen Augenblick erkannte Corin Kiris Stimme nicht. Er war so im Klang und Rhythmus des Pferdes und der Gewichtigkeit seines Schmerzes gefangen, daß er die Gedanken an die Füchsin vernachlässigt hatte.

Er wandte den Kopf auf dem feuchten Pferdefell und spähte über seine Schulter. Weit hinter ihm, im aufgewirbelten gelben Staub, sah er das kräftig rote Aufblitzen seines *Lir*.

Und wenn nicht das Pferd, dann wirst du mich umbringen.

Das hielt ihn auf, wie nichts anderes es vermocht hätte. Corin setzte sich im Sattel aufrecht, nahm die Zügel hoch und zügelte den Hengst. Langsam, vorsichtig, denn auch wenn er zornig, verletzt und verängstigt war, wollte er den Schimmel doch nicht umbringen.

Wenn er es nicht bereits getan hatte.

Langsam. Langsam. Vom Galopp in den Trab, vom Trab in Schrittempo, vom Schrittempo in eine noch gemäßigtere Gangart, den Kopf gesenkt, die Nüstern tief die Luft ein- und wieder ausatmend, während der Hengst den Forderungen seiner pumpenden Lungen nachzukommen versuchte. Schuldbewußt löste Corin seinen rechten Fuß aus dem Steigbügel, schwang das Bein über den feuchten Rumpf des Schimmels und ließ sein Gewicht kurz auf dem linken Steigbügel und seinem Oberschenkel ruhen. Er ließ den Hengst nicht stehenbleiben, sondern weitergehen, denn er wußte, daß der Schimmel sorgfältiger Behandlung bedurfte, wenn er sich wieder vollkommen erholen sollte.

Corin sprang ab und ging weiter, während er die straff gespannten Zügel von dem herabbaumelnden Kopf des Hengstes löste, um ihn weiterhin zu führen. Schweiß lief am Kopf des Schimmels herab. Schaum befleckte Brust und Flanken. Er stolperte über seine gerade erst neu beschlagenen Hufe.

Corin ging noch immer weiter, wandte sich dann halb um und schaute über die Schulter zu Kiri. Sie lief nicht mehr, sondern trottete statt dessen. Er konnte ihre buschige schwarze Schwanzspitze hinter ihren Hinterläufen hin- und herschwingen sehen. Als sie näher herankam, sah er ihre schimmernden Augen und ihre rollende Zunge in dem maskenartigen Gesicht.

Sofort spürte er Reue. *O Lir, es tut mir leid. Ich hätte es besser wissen sollen, als dich zu strafen.*

Spar dir deine Entschuldigungen für das Pferd auf. Ich habe eine Wahl, er nicht.

Corin betrachtete erneut den Schimmel. Er hatte ihm drei Jahre lang gut und treu gedient und war jetzt mit einem gedankenlos grausamen Verhalten belohnt worden. Corin ging weiter, wagte nicht anzuhalten, bis der Hengst etwas abgekühlt wäre, ließ eine tröstende Handfläche die stolze Nase hinabgleiten und versprach ihm zukünftig eine bessere Behandlung.

Das Schuldgefühl ließ seine Magenwände sich erneut verkrampfen. *Kein Wunder, daß Jehan es für nötig hält, mich zu strafen ... Ich gebe ihm ausreichenden Grund dazu.*

Dann hör damit auf, schlug die Füchsin vor.

»Wie?« fragte Corin laut und ziemlich ratlos. »Manchmal werde ich so zornig, daß ich mich nicht mehr in der Gewalt habe, sondern nur daran denke, daß mir Unrecht geschehen ist. Und wenn ich versuche, etwas zu erklären, hört *Jehan* mir nicht zu.«

Was gibt es zu erklären, wenn dein Verhalten für den Tod von achtundzwanzig Menschen – und vielleicht sogar noch mehr – verantwortlich ist?

Das Schuldgefühl verstärkte sich und streckte grausame Finger aus, um zuzugreifen, zu verdrehen und zu kneifen. »Das war Harts Schuld.« Er hatte mit diesen Worten gleichzeitig verteidigen und anklagen wollen, aber statt dessen klang seine Stimme unterwürfig und voller Einsicht. Ja, achtundzwanzig Menschen waren tot, vielleicht sogar mehr, nur weil er und Hart darauf beharrt hatten, zum Midden zu gehen, einem Ort, den aus sehr gutem Grund eigentlich niemand von ihnen aufsuchte.

Nun, es *war* Harts Idee gewesen.

Und doch hatte auch er dazu beigetragen.

»Um mein Leben zu retten«, sagte er laut. »Sie hätten uns alle getötet.«

Kiri holte ihn ein und trottete neben seinem linken Bein weiter. Sie preßte kurz eine Schulter daran und trat dann wieder zur Seite. *Nur Mut, Lir – der Mujhar stellt weniger deine Selbstverteidigung in Frage, als vielmehr die Gründe für deine Anwesenheit in dem Wirtshaus. Ihr alle habt Befehle mißachtet – das ist die Begründung. Wenn ihr das nicht getan hättet, wäre niemand gestorben.* Sie hielt nachdenklich inne. *Oder zumindest wären sie durch ihre eigenen mordenden Hände gestorben und nicht durch ein aus Unachtsamkeit entstandenes Feuer.*

»Niemand *wollte* das«, murmelte er unglücklich. »Und doch weigert sich *Jehan,* dem zuzuhören –, er hört nur, daß seine Söhne in eine weitere Wirtshausschlägerei verwickelt waren.« Corin zuckte die Achseln und rollte in dem Versuch, seine Schuld zu mildern oder sie abzustreifen, unbehaglich die Schultern. »Wenn er uns die Gelegenheit gegeben hätte, wären wir vielleicht in der Lage gewesen zu helfen. Er hätte uns nur unsere Bezüge streichen und sie den Überlebenden zukommen lassen können, anstatt uns unsere Freiheit zu nehmen.«

Man kann Leben nicht kaufen. Keine Spur von Mitleid war in Kiris Stimme zu hören. *Und was deine Freiheit betrifft, so würdest du sie nicht einmal erkennen, wenn sie dir die Nase aus dem Gesicht beißen würde. Ein Mann kann wahre Freiheit nur erleben, wenn er ihren Verlust kennt oder erfährt, denn dann wird sie wertvoller.*

Corin warf ihr einen ärgerlichen Blick unter halbgeschlossenen Lidern zu. »Bist du fertig?« fragte er grimmig.

Bist du es?

Corin seufzte tief und atmete damit auch seine Erkenntnis aus. »Ja«, sagte er unsicher. »Das bin ich. Ich werde auf die eine oder andere Art lernen müssen, mich nur auf mich selbst zu verlassen. Und das gefällt mir gerade jetzt gar nicht. Niemand sonst würde sich auf mich verlassen – wie kann ich es da tun? Ich weiß genauso gut wie alle anderen, was ich bin.« Er trat einen Stein fort und beobachtete, wie er über den Weg in das Gras der Wiesen schlitterte. Der Hengst war so erschöpft, daß er es nicht einmal bemerkte. »Ich bin manchmal mürrisch und griesgrämig, selbstsüchtig und launisch, unempfänglich und zornig. Zumindest haben mein *Jehan* und Deirdre und auch Ian das im Laufe der Jahre festgestellt. Und zweifellos haben andere noch mehr und noch Schlimmeres erkannt.« Er seufzte. »Mir gefällt das genauso wenig wie ihnen, aber ich kann nichts dagegen tun.«

Du tust bereits etwas dagegen.

Corin tat einen tiefen Atemzug, der ihn mit Zweifeln erfüllte. »Und du? Was ist mit dir, Kiri? Bleibst du nur aus Pflichtgefühl zu den Göttern und nicht aus Treue bei mir? Magst du mich wegen meines Temperaments nicht mehr?«

Ich mag es zwar nicht, aber dich als Menschen wohl, sagte der Fuchs ruhig. *Und was die Tatsache betrifft, daß ich bei dir bleibe – welche Wahl habe ich denn? Ich wurde für dich auserwählt und du für mich ... Alles, was die Götter tun, hat einen Sinn. Und was die persönliche Treue betrifft – warum sie in Frage stellen? Ich würde dich nicht einmal verlassen, wenn du mich schlügest.*

»Ich würde dich niemals schlagen!«

Und doch schlägst du das Pferd im Namen deiner Angst und deines Zorns.

Corin betrachtete den Hengst. Der Schimmel atmete jetzt leichter und war nicht mehr schweißnaß, obwohl er sich wohl kaum schon ganz erholt hatte. Corin streichelte erneut seine Nase, strich sich über das schwere Kinn und versprach ihm, daß er ihn niemals wieder so hart reiten würde.

Lir.

Corin sah sich um. Kiri war stehengeblieben, stand mitten auf dem Weg und starrte in den Himmel. Corin tat es ihr nach, hielt den Hengst zurück und hob eine Hand, um seine Augen vor der Sonne abzuschirmen.

»Ein Falke ...«, sagte er. Sein Herz schlug schneller. War es Hart, der gesandt worden war, um ihn zurückzuholen? Corin war vor einem Tag aufgebrochen. Hatte der *Jehan* sein Urteil bereut?

Aber er wußte es besser. Niall hatte das Urteil sowohl zu einem königlichen als auch zu einem väterlichen Dekret werden lassen. Die Verbannung würde genau die Anzahl von Tagen andauern, die nötig war, um zwölf Monate zu füllen.

Der Falke zog Kreise, hielt inne, schwebte herab, und Corin nickte, als der verschwommene Gestaltwandel den Raubvogel verschwinden ließ. Ihm wurde, wie immer, einen Augenblick lang schwindlig. Aber die Verwirrtheit schwand schnell wieder, als der Falke die Vogelgestalt gegen eine menschliche eintauschte.

Keely grinste. »Hast du geglaubt, ich würde dich allein aus Homana fortreisen lassen?«

Er starrte sie an. »Du willst doch nicht *mit* mir kommen!«

»Warum nicht?« Sie spreizte die Hände. »Ich habe keine weiteren dringenden Pflichten, als meinem *Rujho* alle mir mögliche Hilfe und Unterstützung zu geben, die er braucht.«

Corin sah sie an. Sie wirkte schlank und sehnig in ihrem engen Cheysulileder, war wie ein Krieger gekleidet, obwohl kein Zweifel bestand, daß sie eine Frau war. Der messingbeschlagene Gürtel konnte ihre schlanke Taille und die Rundungen von Brüsten und Hüften nicht verbergen. Vorbei war die Zeit, als sie ihr Haar unter einen Jägerhut stopfen und ungestraft wie ein Mann einherstolzieren konnte. Nun tat sie nichts mehr von alledem, denn ihr lohfarbenes Haar hing, zu einem Zopf geflochten, frei herab, und sie versuchte nicht mehr umherzustolzieren. Sie brauchte es nicht. Wie alle Cheysuli, besaß auch Keely angeborenen Stolz und eine selbstbewußte Gangart.

Er lächelte. Und das Lächeln breitete sich schnell zu einem Grinsen aus. Vertrau auf Keely ... »Du hättest nicht kommen sollen«, sagte er, obwohl ihm die wahre Überzeugung fehlte. »Die Verbannung ist meine Strafe, nicht deine. Sie brauchen wir nicht zu teilen.«

»Wir teilen alles, *Rujho*.« Ihre blauen Augen waren sehr ruhig. »*Alles* – außer vielleicht deine Vorliebe, mit Frauen zu schlafen.« Sie verzog spöttisch den Mund. »Das überlasse ich dir.«

»*Du* schläfst lieber mit Männern?«

Ihr Humor schwand spürbar. »Ich gehöre lieber nur mir selbst«, sagte Keely grimmig. »Wenn das bedeutet, daß ich mich von Männern fernhalten muß, so soll es so sein. Ich bin dazu bereit.«

Er brummte. »Sean von Erinn könnte vielleicht etwas dazu zu sagen haben.«

»Sean von Erinn wird überhaupt nichts zu sagen haben.« Keely war sehr ruhig, *zu* ruhig. »Sean von Erinn wird nehmen, was er bekommt – oder eine vollkommen andere Frau heiraten.«

Corin lachte. »Wenn er dich *tatsächlich* bekommen kann, Keely, dann sei versichert, daß er dich nehmen wird.« Er gebrauchte das Wort in seinem gröbsten Sinn, wohl wissend, daß das vielleicht der einzige Weg war, wie sie anhören würde, was er zu sagen hatte. »Abgesehen davon, daß er einen Erben für Erinn braucht, könnte er den Wunsch haben, sich mit seiner *Cheysula* zu vergnügen.«

»›Vergnügen‹«, sagte Keely grimmig. »Wahrhaftig, ›vergnügen‹. Ich hoffe, er wird sich mit dem Stahl in seinem Bauch *vergnügen*, wenn er mich zu etwas zwingt, was ich nicht will.«

Er schrie vor Lachen. »Da ich annehme, daß du im

Ehebett nackt sein wirst, Keely, könnte es schwierig sein, ein Messer zu verstecken.« Corin hob eine Hand, als sie widersprechen wollte. »Bist du gekommen, um mit mir über deine persönliche Abneigung gegen eine Verlobung zu streiten oder wegen meiner Verbannung? Du wirst mir sicherlich verzeihen, wenn ich im Augenblick weniger geneigt bin, mich mit deiner unangenehmen Lage auseinanderzusetzen, da ich noch mit meiner eigenen beschäftigt bin.«

Plötzlich war sie zerknirscht. »O Corin, ich weiß. Es ist so ungerecht! *Jehan* hatte kein Recht, das zu tun, überhaupt kein Recht ... Wie *kann* er das tun? Wie kann er zwei seiner Söhne aus Homana fort ins Ungewisse schicken?«

Manchmal wünschte er, er hätte zusätzlich zu der gleichen Hautfarbe auch mehr von Keelys Temperament. Sie war unverblümt und kühn und ebenso Ausbrüchen ihres heißblütigen Gemüts unterworfen wie er selbst, aber sie war nachsichtiger, großzügiger mit ihren Gefühlen. Sie dachte weniger an sich als an andere und unterstützte ihn stets ohne einen Gedanken daran, was diese Unterstützung in bezug auf die Meinung ihres Vaters über sie bedeuten könnte.

»Er kann es tun«, sagte er, »weil er unser *Jehan* ist und weil er der Mujhar ist.«

»Der Rang entschuldigt nichts«, erwiderte sie sofort.

»Ja«, stimmte Corin ihr bedrückt zu, »und *Jehan* würde sagen, daß er sicherlich das Verhalten seiner Söhne nicht entschuldigt.«

Sie sah ihn überrascht an. »*Willst* du gehen?«

»Nein«, antwortete er kurz. »Willst du es?«

Keely öffnete den Mund und schloß ihn dann schnell wieder. Kurz darauf schüttelte sie leicht den Kopf. »Stell dich ihm entgegen. Was sollte er dir schon tun? Du bist sein Sohn. Und mehr als das, du bist ein Teil der Prophezeiung.«

»Ein gehorsamer Sohn folgt den Befehlen seines Vaters. Der Teil der Prophezeiung sollte es besser wissen, als sich ihm entgegenzustellen.«

»Aber du *warst* niemals gehorsam«, erwiderte Keely, »und wer außer dir weiß, wie dein *Tahlmorra* aussieht.« Sie zuckte die Achseln. »Komm zurück nach Homana-Mujhar und stell dich ihm entgegen, Corin. Trotze ihm. Weigere dich zu gehen. Er kann dich wirklich nicht gefesselt nach Atvia schleppen. Das würde seine Ehre genauso sehr beschmutzen wie deine.« Keely grinste. »Wenn wir ihm *beide* entgegenträten ...«

»Wenn wir ihm beide entgegenträten, würde das den fehlenden Gehorsam nur noch stärker unterstreichen«, sagte Corin grimmig, »und Brennan stünde die ganze Zeit als der brave Sohn da, der nickt, zustimmt und unserem *Jehan* hilft, weil er das am besten kann. *Jehan* muß sich nur seinen Erben ansehen, um zu erkennen, welche Art Sohn er sich wünscht, und dann *wird* er befehlen, mich gefesselt nach Atvia zu schleppen.«

Sie sah ihn verärgert und mit zu Fäusten geballten Händen an. »Was willst du *dann* tun?«

»Nach Atvia gehen.« Er seufzte und rieb dem Schimmel die Nase. »Mit einem Zwischenaufenthalt in Erinn, wie *Jehan* es befohlen hat.«

Keely verengte die Augen. »Du tätest gut daran, dir manchmal selbst zuzuhören, *Rujho.* Einerseits bläst du dich auf und tobst und drohst, dieses und jenes zu tun ... und andererseits gibst du sanftmütig nach und tust, worum man dich gebeten – oder was man dir befohlen – hat. Wenn du ohnehin *beabsichtigst* zu tun, was man dir befiehlt, warum machst du dann erst einen solchen Aufstand?«

Corin wandte sich zur Entgegnung jäh um, ging weiter und nahm den Hengst mit sich. Und dann blieb er ebenso plötzlich wieder stehen und wandte sich ihr ruckartig zu. »Hör du *dir* zu«, sagte er kurz. »Kein Wunder, daß Deirdre an der Aufgabe verzweifelt, jemals eine Frau aus dir zu machen.«

»So?« Ihre Stimme klang boshaft.

Corin deutete auf ihre Kleidung. »Du fragst warum? Du trägst Hosen, wann immer ich dich sehe, und verachtest Röcke oder Kleider ... Du bearbeitest unseren *Su'fali*, dir den Messer- und Schwert- und Bogenkampf beizubringen, weil der homanische Waffenmeister es nicht tun will ... Du entfernst dich von Homana-Mujhar, um in den Wäldern umherzustreifen ... Du verbringst deine Zeit nicht mit Deirdres Frauen, um das Benehmen zu lernen, das die Lady von Erinn lernen muß ...« Er schüttelte den Kopf. »Du trinkst *Usca*, Keely, und würfelst fast soviel wie Hart ...«

»... und fast genauso gut.« Sie lächelte grimmig. »Mach weiter, Corin. Hör jetzt nicht auf.«

Er seufzte. »Und du verweigerst hartnäckig die Bereitschaft, einen Mann zu heiraten, der eines Tages König von Erinn und, durch dich, ein Teil der Prophezeiung sein wird. Du verweigerst dein *Tahlmorra*, und dann sage du mir, ich täte das gleiche mit meinem.«

»Es ist wohl kaum ein Verweigern der Bereitschaft, wenn ich ihn nicht heiraten *will*«, sagte sie kühl. »Und was die anderen Punkte betrifft, so will ich nicht leugnen, daß ich weibliche Dinge ganz und gar ablehne. Wenn ich die Wahl hätte, würde ich lieber ein Krieger als eine Frau sein.«

»Und auch ein Mann anstatt einer Frau?«

Keely lachte wahrhaft belustigt. »Nein, du Narr ... selbst *du* suchst die leichte Antwort! Ich möchte kein *Mann* sein ... Ich möchte nur ich selbst sein. Ich möchte die Freiheit haben zu wählen, was ich tun will, anstatt Erwartungen mit meinem Verhalten zu erfüllen.« Sie zuckte die Achseln. »Ich wäre beim Stamm noch besser aufgehoben als in Homana-Mujhar, aber selbst da hätte ich nicht die Freiheit, die ich ersehne. Es gibt keine weiblichen Krieger ... und ich bin die Tochter des Löwenthrons. Das sehen sie vor allem anderen.« Sie seufzte und spielte nachdenklich mit ihrem Zopf.

»Wollen wir gehen, *Rujho?* Es verlangt mich danach, Hondarth zu sehen. Ich war noch niemals irgendwo anders als im Stammeskeep oder in Mujhara.«

Corin erwog, ihr zu befehlen, nach Hause zurückzukehren, verwarf den Gedanken aber dann sofort wieder. Er überlegte, ihr vorzuschlagen, nach Hause zurückzukehren. Aber er entschied sich anders. Obwohl sie davon sprach, keine Freiheit zu haben, beanspruchte sie mehr davon als die meisten. Es wäre ein stärkerer Mann als er nötig, sich durchzusetzen, wenn Keely so fest entschlossen war.

Ich werde es Sean überlassen. Corin gab auf und nickte. »Ich laufe eine Weile. Der Hengst braucht Erholung.«

»Das sehe ich.« Keely schüttelte den Kopf. »Du solltest beim nächsten Mal besser mich anschreien, als dein Pferd mit deinem Zorn zu beladen. Ich weiß wenigstens, wann ich dir trotzen kann.«

»Trotzen«, murmelte er. »Ist das alles, woran du denkst?«

»Dasselbe solltest du dich auch fragen.« Sie lächelte ihn lieblich an. »Wollen wir gehen? Hondarth winkt.«

Er hob die Brauen und schürzte nachdenklich die Lippen. »Hondarth wird es niemals verwinden.«

Aber mehr sagte er nicht, während er losging und Keely neben ihn trat. Sein *Lir* trottete voraus, den Kopf gesenkt, um im Gras zu schnuppern. Der Tag war warm, die Sonne schien hell, und der Himmel war unendlich blau. Und mehr als das – er war ein *Cheysuli.* Das machte ihn zu einem wahrhaft geweihten Mann.

Corin war plötzlich und unerwartet zufrieden. Wenn er schon nach Atvia gehen mußte, dann hatte er zumindest die beste Gesellschaft, die er sich vorstellen konnte.

Sie verkauften den Hengst in Hondarth, so sehr Corin es auch haßte, sich von ihm zu trennen. Auf dem Schiff wäre kein Platz für ein Pferd, und anders konnte er

Atvia nicht erreichen. Er hätte den Schimmel mit Keely nach Hause geschickt, aber sie weigerte sich, zurückzugehen. Und so hielten sie mit erheblich volleren Geldbörsen vor einem Wirtshaus an.

Keely deutete darauf. »Dieses ist so gut wie jedes andere, *Rujho*.«

Er sah sie fragend an. »Ein Wirtshaus im Uferbezirk? Das glaube ich nicht. Wir sollten lieber weiter von den Docks weg gehen.«

Sie stand wie festgewachsen. »Ich will Wein, und ich habe Hunger. Wenn du Schwierigkeiten befürchtest, weil ich eine Frau bin, dann erinnere dich daran, daß ich ein Messer habe.«

»Siehst du, wie ich vor Angst zittere?« fragte Corin trocken. »Ich glaube, daß die Männer, die solche Wirtshäuser aufsuchen, wohl kaum von einem Messer in den Händen einer Frau abgeschreckt werden.«

Sie zuckte die Achseln. »Dann werde ich auf die *Lir*gestalt zurückgreifen, wenn sie mich dazu zwingen. Corin … laß uns *hinein*gehen …« Sie ergriff sein Wams und zog ihn auf den Eingang zu, während er den Kopf wandte, um nach Kiri zu sehen.

In dem Wirtshaus war Keely vernünftig genug, sein Wams wieder loszulassen, das er dann wie abwesend zurechtzog. Er dachte kurz, daß er sie bei Schwierigkeiten als seine Frau ausgeben würde, aber ein Blick in Keelys Gesicht ließ ihn von diesem Gedanken wieder Abstand nehmen. Mit ihrem ärmellosen Wams, der Hose und den – seinen sehr ähnlichen – Stiefeln, mit der gleichen Hautfarbe und ähnlichen Gesichtszügen, würde ihm niemand glauben. Ihre Verwandtschaft war zu offensichtlich.

Keely schnupperte. »Fisch.«

»Hondarth *ist* eine Hafenstadt.« Corin sah sich in dem Wirtshaus um. Er hatte schon bessere gesehen, aber sicherlich auch schlechtere. Es war schwach, aber erkennbar beleuchtet. Nichts führte ihn zu dem Glauben, daß sie Ärger auf sich ziehen würden. Es gab keine heimlichen Blicke, die Unmut verborgen hätten, keine groben Bemerkungen zu Keelys Erscheinung und keine anzüglichen Witze über die Füchsin, die neben ihm ging. Die Gäste betrachteten die Neuankömmlinge neugierig, wie jedermann es tun würde, und wandten sich dann ohne besondere Unhöflichkeit wieder ihren eigenen Angelegenheiten zu.

Corin stieß den Atem aus, überrascht, daß er ihn angehalten hatte. Sein ganzes Leben lang hatte er sich bemüht, seine eigensinnige Schwester vor Schwierigkeiten zu bewahren, und manchmal war es ihm gelungen. Aber die Aufgabe war schwieriger, wenn sie über alles Herkömmliche anscheinend bewußt spottete. Er machte es ihr nicht allein zum Vorwurf – es hätte ihn selbst als Frau verrückt gemacht, vollkommen auf Frauenarbeit beschränkt zu sein –, aber er verstand ihre ständige Trotzhaltung trotzdem nicht ganz. Sie *war* eine Frau – sollte sie sich dann nicht auch wie eine Frau verhalten?

Aber sie ist obendrein eine Cheysuli und mit mehr Gaben ausgestattet als die meisten, erinnerte Kiri ihn. *Sie hat das Alte Blut im Überfluß. Erwartest du, daß sie sich wie eine gehorsame homanische Frau verhält?*

Der Gedanke an Keely als nachgiebige, fügsame Frau, die nur daran dachte, ihrem Mann gefällig zu sein, ließ ihn grinsen. Aber damit tat er dem weiblichen Anteil der Bevölkerung Homanas Unrecht. Sie waren nicht *alle* nachgiebig und fügsam. Sicherlich waren viele von Deirdres homanischen Frauen durchaus kämpferisch – im Bett und auch außerhalb davon.

Frauen. Er folgte seiner Schwester und warf einen abschätzenden Blick in die Runde. Wenn ein geeignet scheinendes Schankmädchen da wäre, könnte er die Nacht wirklich angenehm verbringen.

Und dann erinnerte er sich an Keely. Er überlegte mürrisch, daß er seiner Schwester wohl kaum sagen konnte, sie solle ein Zimmer für sich allein suchen, während er sich mit dem Schankmädchen vergnügte. Das würde nur Ärger heraufbeschwören. Er seufzte. Mit Hart oder Brennan waren die Dinge weitaus weniger schwierig. Obwohl Brennan sich eher an Hofdamen hielt, waren weder er noch Hart abgeneigt, ihre Zeit auch mit Schankmädchen zu verbringen, und machten sicherlich keine Einwände, wenn Corin dies ebenfalls tat. Aber Keely könnte Einwände erheben.

Er erreichte den Tisch. Sie hatte sich bereits gesetzt, saß vornübergebeugt auf dem Stuhl und sah sich neugierig um. Corin konnte sich nicht erinnern, sie jemals mit in ein Wirtshaus genommen zu haben, nicht einmal in Mujhara. Wenn sie den Palast und den Stammeskeep verließen, suchten sie im allgemeinen nur Herbergen oder Hotels auf, wo sich eine andere Art von Gästen aufhielt.

Corin zog einen Stuhl heran und setzte sich gemächlich hin, wobei eine Hand Kiris dickes Fell berührte. Er sah, daß ihre Anwesenheit bemerkt worden war, daß Sprüche dazu gemacht wurden und sie anerkannt wurde. Wenn es gemurmelte Reden über Bestien und Gestaltwandler gab, so hörte er sie nicht. Und doch erinnerte er sich auch an die Geschichten, denen zufolge sein Großvater, Donal, nur Haß und Vorurteilen begegnet war, als er nach Hondarth gekommen war.

Hinter ihm waren Schritte zu hören. Er dachte sich nichts dabei, bis er sah, daß Keelys Hand zu ihrem Messer glitt, und dann wandte er sich halb um. Eine große Hand auf seiner Schulter hielt ihn davon ab.

»Seid Ihr Cheysuli?« fragte der Mann mit der Pranke eines Bären – oder zumindest schien es Corin so. »Oder ein Homaner, der sich als solcher verkleidet?«

Corin versuchte, die Pranke abzuschütteln. Er sah, daß Keely sich vorbeugte, als wollte sie aufstehen. Kiri entblößte neben ihm scharfe weiße Zähne. »Warum?« fragte er kalt. »Und warum sollte es wichtig sein, was von beidem stimmt?«

»Weil ich Euch ein Getränk spendiere, wenn Ihr ein Cheysuli seid, Euch und dem Mädchen. Wenn Ihr den Cheysuli aber nur *spielt*, Bursche, will ich mit keinem von Euch etwas zu tun haben.«

Der Ton klang vertraut, wenn auch weitaus deutlicher als Deirdres bereits verblassende Sprachfärbung. Corin grinste, und sogar Keely begann sich zu entspannen. »Seid Ihr Erinnier?« fragte Corin.

»Ja, Bursche, und ich heiße O'Boyne. Aber Ihr habt *meine* Frage noch nicht beantwortet.«

Boyne war ein riesiger bärenhafter Mann mit schwarzem Haar und Bart, obwohl beides schon großzügig von Grau durchzogen war. Seine Nase war von einem Unfall – oder Kampf – in weit zurückliegender Vergangenheit verbogen, und ihm fehlten obendrein zwei Zähne. Aber sein Lächeln war echt, und die dunklen Augen strahlten, als Corin nickte.

»Ja, wir sind Cheysuli, wir beide.« Er machte eine Geste. »Wollt Ihr Euch zu uns setzen?«

Keely preßte den Mund fest zusammen. Er bemerkte ihren tadelnden Blick. Aber es war zu spät. Boyne hatte seinen schweren Körper bereits auf eine Bank plumpsen lassen und rief nach Wein.

Er grinste sie beide an, und seine Augen glänzten, während er Keely betrachtete. »*Kapitän Boyne*«, sagte er. »Ich segele mit der Morgenflut nach Hause, nach Erinn. Als ich den Fuchs und all Euer Gold sah, wußte ich, daß Ihr ein Cheysuli sein müßt. Und ich sagte mir, daß ich Euch etwas ausgeben muß, bevor ich lossegele.«

»Warum?« Keelys Stimme klang kühl.

Er hob schwarze Brauen. »Wegen all der Verbindungen zwischen unseren Ländern, Mädchen, warum sonst? Erinns hübsche Aileen wird in das Haus von Homana einheiraten, und Prinz Sean wird das Cheysulimädchen des Mujhar zur Frau nehmen. Und es zeugt von gutem Benehmen, auf soviel Glück anzustoßen, Mädchen!« Er fuhr zurück, als die Schankdame schwungvoll einen Krug und drei Becher auf dem Tisch abstellte. Dann schenkte er großzügig ein und verteilte die Becher. »Auf Aileen und ihren Cheysuliprinz, auf Sean und sein süßes Mädchen!«

Corin tat es ihm gleich und hob seinen Becher ebenfalls. Keelys Bewegung erfolgte sichtbar langsamer, aber Boyne schien es nicht zu bemerken, als er schließlich mit ihnen anstieß.

»›Süßes Mädchen‹«, sagte Keely verärgert und nahm einen großen Schluck Wein, als wollte sie den Geschmack unliebsamer Worte fortspülen.

Boyne beugte sich vor. »Ja«, sagte er, »ein süßes Mädchen. Würde Sean ein anderes nehmen?« Er grinste, lachte wiehernd und schlug mit einer riesigen flachen Hand auf den Tisch. »Und er begehrt sie, unser lüsterner Herr ... Er wird schon in wenigen Wochen nach ihr schicken. Er ist jetzt ein Mann, unser Sean, und will nicht länger auf seine Braut warten. Und er will einen Sohn!«

Sie wölbte staunend eine Braue. »Schätzt er eine Frau also danach ein – nach ihrer Gebärfähigkeit?«

»Das ist ihr einziger Wert, Mädchen ... was kann sie *sonst* tun?« Boyne trank Wein und setzte den Becher dann so ruckartig ab, daß der verbliebene Inhalt über den Rand schwappte. »Wißt Ihr, ich kann wohl kaum für meinen Herrn sprechen, aber ich *kann* sagen, daß er nicht schüchtern ist. Er wird sie heiraten, mit ihr schlafen und einen Sohn von ihr bekommen – innerhalb eines Jahres, behaupte ich.« Er füllte seinen Becher nach und hob ihn dann wieder. »Auf alle hübschen kleinen Kinder!«

Keely stellte ihren Becher ab und weigerte sich mitzutrinken. Corin, der wußte, daß Boyne es gut meinte und daß Keelys Weigerung genauso grob wie unnötig war, trank seinen Wein und versuchte den Gesichtsausdruck seiner Schwester zu übergehen.

»Wir segeln morgen früh auch nach Erinn«, begann Corin in der Absicht, den überschwenglichen Kapitän zu bitten, sie mitzunehmen. Aber Keely unterbrach ihn.

»Nein«, sagte sie kühl, »nicht *wir*. Nur mein Bruder segelt.«

Das überraschte Corin.

Keelys Lächeln war mehr als heuchlerisch. »Ich werde zu Hause gebraucht.«

»Bist du verrückt geworden?« Es störte ihn nicht, daß Boyne neugierig zuhörte. »Du sagtest, du würdest *mitkommen!*«

Keely nippte nachdenklich an ihrem Wein. »Ich habe meine Meinung geändert«, sagte sie kurz darauf. »Tut eine Frau das nicht? Sicherlich die Art Frauen, die Boynes geliebter Prinz bevorzugt.«

Er sah sie stirnrunzelnd an. »Vielleicht hättest du deine Meinung ändern können, *bevor* ich den Schimmel verkauft hatte.«

Keely zuckte die Achseln. »Ich werde ihn zurückkaufen.«

»Und wenn er bereits verkauft ist?«

»Dann werde ich ihn zurück*stehlen*.« Keely grinste Boyne an, um ihren Worten den Ernst zu nehmen. Der große Mann lächelte als Antwort einfältig.

Auch wenn sie weibliches Verhalten ablehnt, weiß sie es doch geschickt einzusetzen, sobald es ihr zupaß kommt, dachte Corin gereizt.

»Keely …«

»Wir werden später darüber sprechen«, sagte sie ruhig. »Im Augenblick möchte ich nur etwas essen.«

Boyne warf beinahe den Tisch um, als er eilig aufsprang, um das Schankmädchen zu rufen.

Später, als sie in dem kleinen Raum, den Corin gemietet hatte, allein waren, sah Keely ihn offen an. Sie ging einem Streit oder einer verdienten Strafe niemals aus dem Weg, und sie tat es auch jetzt nicht.

»Warum?« fragte er.

Sie beobachtete schweigend, wie er sich auf die Kante seines Bettes setzte und, einen nach dem anderen, die Stiefel auszog. Als nächstes kam der Gürtel mit dem Langmesser. In dem verbleibenden Leder würde er schlafen.

»Du hast ihn gehört«, sagte sie schließlich, während sie mit dem Band um ihren Zopf kämpfte. »Du hast diesen großmäuligen Narr von Mann gehört, wie er darüber geredet hat, daß sein lüsterner Prinz seine Cheysulibraut begehrt.« Sie hörte auf, an dem Haarband zu ziehen, und kreuzte statt dessen die Arme, wodurch all ihre unerwartete Verletzlichkeit plötzlich offensichtlich wurde. »*Du* hast gehört, daß er sie heiraten, mit ihr schlafen und einen Sohn von ihr bekommen wird – und das alles im Zeitraum eines Jahres!«

»Ja, nun, ich glaube, Boyne übertreibt aus Gewohnheit.« Corin setzte sich auf dem Bett zurück und lehnte sich gegen die Wand, während Kiri hinaufsprang und sich neben ihm niederließ. »Er hört sich selbst gern reden, Keely, mehr ist es nicht. Es ist keine Bosheit an ihm, nur Gutmütigkeit.«

Sie setzte sich auf die Kante des anderen Bettes, das nur vier Fuß von seinem entfernt stand. »Ich kann nicht mitgehen, Corin, Ich *kann* es nicht.«

»Du hast Angst.«

Sie zögerte nicht. »Ja.«

»Wovor? Nach dem, was Boyne sagt, ist Sean ein guter Mann ... freundlich zu Hunden, Pferden, Kindern ...« Er grinste. »Sehr wahrscheinlich wird er zu seiner Frau genauso freundlich sein.«

Aber er hatte sich getäuscht, wenn er dachte, daß Humor sie trösten könnte. Sie entzog sich ihm nur noch weiter, die Knie hochgezogen, so daß der größte Teil ihres Gesichts verborgen war, während sie näher an die Wand rückte. »Ich will nichts von alledem«, sagte sie. »Keine Heirat, keinen Beischlaf, keine

Kinder ... ich will *nichts* davon, Corin! Ich will nur ich selbst sein, und wenn ich mit dir nach Erinn gehe, werde ich mich umso eher verlieren. Zumindest kann ich auf meine Weise warten, bis Liam von Erinn und *Jehan* beschließen, daß es an der Zeit ist.«

»Vielleicht hat auch Sean selbst etwas dazu zu sagen. Und wenn dem so ist ...«

»Wenn dem so ist, dann laß es ihn auf die Art tun, wie es stets getan wird«, sagte sie verbittert. »Er wird es seinem *Jehan* sagen müssen, der sich dann wiederum an unseren *Jehan* wendet ... das verschafft mir noch ein wenig Zeit. Wenn ich mit dir gehe, ist diese Zeit nur noch halb so lang.« Sie richtete sich auf und sah ihn an. »Ich kann es mir nicht leisten, sie zu verlieren, *Rujho* ... nicht einmal einen einzigen Tag.«

»Aber der Tag *wird* kommen ...«

»Ich weiß.« Sie unterbrach ihn. »Ich weiß. Aber dieser Tag ist nicht morgen.« Keely beugte sich vor, streifte ihre Stiefel ab und ließ sie zu Boden fallen. »Es tut mir leid, Corin –, aber ich kehre morgen früh zurück.«

Er nickte, während sie die einzige Kerze im Raum ausblies. In der Dunkelheit hörte er das Geräusch der Lederriemen, mit denen ihre Matratze am Rahmen befestigt war. In der Dunkelheit hörte er das Geräusch ihres ungleichmäßigen Atems und wußte, daß sie mehr Angst hatte als er.

Und er schwor sich, daß er auch über die Verlobung seiner Schwester sprechen würde, wenn er in Erinn ankam, um über Aileens Verlobung zu sprechen.

Kapitel Zwei

Boyne stand neben ihm an der Heckreling, während Gischt über den Bug des Schiffes brach und sie beide über und über bespritzte. »Da, Bursche – seht Ihr das? Man nennt ihn den Drachenschwanz. Er trennt Erinn von Atvia – eine oder zwei Meilen Ozean und Jahrhunderte Krieg.«

Corin umklammerte die Reling. Der Drachenschwanz war ein schmaler Kanal, der sich zwischen zwei Inseln hindurchwand. Der Wind peitschte das Wasser zu schwerer See auf und verwandelte den größten Teil der Küstenlinie beider Inseln in gezackte Spitzen statt weich gerundete Strände. Aber auch wenn das Fischervolk über diese Rauheit klagte, waren auf diese Weise doch zwei natürliche, geschützte und weniger trügerische Häfen entstanden.

»Ich wußte nicht, daß Kilore und Rondule so nahe beieinander liegen«, bemerkte Corin überrascht. Kiri drängte sich an sein Bein.

»Ja.« Boyne lehnte neben ihm an der Reling, und der Wind peitschte ihm das ergrauende Haar in die dunklen Augen. »Die Legenden sagen, daß die Inseln einst in einem einzigen Königreich vereint waren, das von einem gerechten Mann regiert wurde. Aber der jüngere Bruder dieses gerechten Mannes wollte selbst ein Königreich, und so kämpften sie miteinander.« Boyne grinste und spie über die Heckreling in das schiefergraue Meer. »Sie kämpften tagelang, tagelang, bis sie beide erkannten, daß keine Menschen mehr übrigblieben, die sie regieren könnten, wenn sie weitermachten. Und so kamen sie überein, nicht mehr zu kämpfen.«

Als Boyne nicht fortfuhr, sah Corin ihn an. »Aber das erklärt noch nicht, wie aus einer Insel zwei wurden.«

Der große Mann strich sich über seine stark gekrümmte Nase. »Ich fange mit der Geschichte erst an, Bursche ... eine gute Geschichte sollte man niemals überstürzen, oder man verdirbt das Ende.«

»Verzeihung.« Corin grinste belustigt. »Ich werde Euch erzählen lassen.«

Boyne nickte. Er blickte nachdenklich in Richtung Drachenschwanz. »Das war das Werk des jüngeren Bruders. Er war mit dem Waffenstillstand nicht zufrieden, weil er ihm nichts einbrachte, was er nicht bereits hatte, und er strebte die Macht an, seinen Bruder, den König, zu stürzen. Er erbat die Hilfe eines mächtigen Magiers und tauschte seine Seele dafür ein. Und als er seinen Bruder getötet und den Krieg gewonnen hatte, war er König durch Unterwerfung.« Boyne grinste. »Das einzige Problem war, daß der Magier nun seine Seele wollte. Und da kein frisch gekrönter Mann seine Seele hergeben will, weigerte er sich.«

Corin nickte. »Und so nahm der Magier sich das ihm Zustehende.«

»O ja. Er teilte das Königreich entzwei und nahm dem König seine Seele.«

»Wodurch es zwei Königreiche statt einem gab und niemanden, der sie regieren konnte.«

Boyne grinste. »Jeder Bruder hatte einen Sohn. Und jeder Cousin übernahm einen Thron. Und ihre Nachkommen kämpfen bis zum heutigen Tage um den alleinigen Titel.«

»Den Titel des Herrn der Idrianischen Inseln.« Corin nickte. »Ich *weiß* davon.« Er wischte sich die Gischt aus den Augen und schmeckte das Salz. »Was ist mit dem Magier geschehen?«

Boyne runzelte theatralisch die Stirn und zog die dunklen Brauen zusammen. »Nun, es heißt, daß er die versprochene Seele bekam. Aber es heißt auch, daß er solche Kleinheiten bald leid war und dem allen den Rücken kehrte. Einige sagen, er sei gestorben. Andere sagen, er sei in die Unterwelt entschwunden und dort König geworden.« Dieser letzte Satz wurde von einer beredten Geste begleitet.

Corin betrachtete ihn scharf. »Meint Ihr Asar-Suti?«

Boyne zuckte die Achseln und wandte sich zur Seite, um einem seiner Seeleute einen Befehl zuzurufen. Als er sich erneut umwandte, wirkte er nachdenklich. »Ich kenne den Namen nicht, Bursche. Ich kenne nur die Geschichte. Ich kann nicht sagen, ob etwas Wahres daran ist.«

»Asar-Suti, der Sucher, der die Dunkelheit erschaffen hat und darin lebt«, sann Corin nachdenklich. Er sah Boyne an und ahnte, daß das, was er zu sagen beabsichtigte, wie eine Geschichte klingen würde, die der des Kapitäns gleichkommen sollte. »Die solindischen Ihlini verehren ihn als Gott der Unterwelt. Sie versuchen in seinem Namen, Homana einzunehmen, um es zu einem Teil seines irdischen Königreichs zu machen.«

Boyne zuckte die Achseln. »Ich weiß auch nicht sehr viel über die Ihlini, da ich Erinnier bin. Aber sie könnten dieselben sein: der Magier und der Gott.«

Das war ein neuer Gedanke für Corin, der daran gewöhnt war, Magier als Männer – oder Frauen – mit magischer Macht anzusehen, aber nicht als Gottheit. Wenn der Magier tatsächlich Asar-Suti geworden war, was sollte andere Magier dann daran hindern, genau dasselbe zu tun?

Strahan als Gott? Corin spürte ein Frösteln sein Rückgrat hinablaufen. Er sah Kiri an. *Was wird aus unseren Göttern, wenn die Ihlini ihre eigenen erschaffen?*

Das dichte helle Fell der Füchsin wurde vom Wind zerzaust. *Diese Frage kann ich nicht beantworten.*

Er sah sie schärfer an. *Kannst du sie nicht beantworten oder willst du es nicht?*

Die hellen Augen glitzerten, als sie sich abwandte. *Das ist dasselbe, Lir. Ich habe keine Antwort für dich.*

Corin dachte erneut an Strahan. Er war mit Geschichten des Mannes großgeworden, der die solindischen Magier anführte, jene, die Asar-Suti dienten. Der Mujhar hatte mehr als einmal gesagt, daß dies nicht für alle Ihlini galt, und daß man sich nur vor jenen in acht nehmen mußte, die dem Sucher verschrieben waren. Aber Strahan war anders. Strahan war mehr als nur ein Magier, da er mit einem gefährlichen Charme gesegnet war, der Gute und Böse gleichermaßen täuschte. Er besaß bereits aufgrund der Tatsache, daß er dem Sucher verschrieben war, besondere Macht. Wenn seine Belohnung für solche Dienste und Ergebenheit war, daß er zu einer Gottheit wurde, dann wäre er mehr als nur eine unterschwellige Bedrohung für die Cheysuli und die Prophezeiung.

»Kilore«, sagte Boyne. »Und jetzt, Bursche, muß ich mich um mein Schiff kümmern.«

Von seinen Gedanken aufgewühlt, beobachtete Corin, wie der erinnische Riese davonging. Es war lange her, daß er gründlicher über Strahan, die Ihlini oder sogar die Prophezeiung nachgedacht hatte. Und es war nicht neu, daß er sich als ein Verbindungsglied bei alledem vorkam. Das galt für alle Kinder Nialls – außer Maeve. Darum hatte Strahan versucht, sie mit Gisellas Beteiligung als Kinder zu entführen. Aber Boynes phantasievolle Geschichte hatte alte Erinnerungen und Fragen neu erweckt.

Es ist zwanzig Jahre her, daß meine Jehana versucht hat, ihre Kinder den Ihlini zu übergeben. Zweifellos konnte er uns damals gebrauchen. Aber wie ist das jetzt? Was würde er jetzt mit uns anfangen?

Und dann vergaß er Strahan und seine halb atvianische Mutter genauso plötzlich wieder, weil das Schiff andockte.

Corin umklammerte die Reling und schaute. Die Stadt Kilore erstreckte sich an der Küste entlang als ein Gewirr von Strandhafer, Straßen und Gassen, die sich miteinander verflochten und ein Netzwerk bildeten, das er niemals entwirren zu können glaubte. Und über der Stadt, wie eine gezackte Reihe Palisaden aufragend, waren die weißen Kalkklippen zu sehen, die sein Vater so oft erwähnt hatte. Kilore war ein Ort des Nebels und der Magie, hatte Niall gesagt, und Corin erkannte, daß zumindest die Hälfte davon stimmte. In Feuchtigkeit eingehüllt, bildeten die Klippen vor der dunkleren Welt einen strahlend weißen Vorhang.

Und darauf, fast drohend in seiner Wuchtigkeit, stand die Festung, nach der die Stadt benannt war: Kilore selbst, der Horst der Adler.

»Kilore!« rief Boyne und fügte dann noch anderes auf erinnisch hinzu, was Corin, dank der mit Deirdre verbrachten Jahre, gut verstand.

Ich wünschte, ich würde, wie Boyne, nach Hause kommen, anstatt hierher. Corin schaute zu dem Schloß hinauf und versuchte, seine Nervosität zu unterdrücken. *Ich wünschte mir, alles andere tun zu können, als den Boten für meinen Vater und den Ersatzfreier für meinen Rujholli spielen zu müssen.*

Das Schiff wurde geschickt vertäut, die Rampen herabgelassen, und es wurde mit dem Ausladen begonnen. Corin, der nur ein Paar Schultertaschen mit sich führte, stieg eine der Rampen hinab, während Kiri hinter ihm hertrottete.

Fisch, mäkelte sie.

Corin lächelte schief. Ja, tatsächlich Fisch. Deirdre hatte ihm viel über Erinns vom Fischfang abhängige Wirtschaft erzählt, und der Gestank machte es sehr offensichtlich. Er roch Fisch, alten und neuen Fisch, Meersalz und Strandhafer und die Ausdünstung von Schiffen, die sich monatelang mühsam auf der Idrianischen See und jenseits davon fortbewegten. Es ist nichts Romantisches am Reisen, wenn man die Tatsachen betrachtet, dachte Corin.

Er und Kiri bahnten sich ihren Weg um Netze und Seilrollen herum, wobei sie sich des Schreiens der Möven und des Schwatzens der arbeitenden Fischer bewußt waren. Es war spät am Nachmittag. Die Flut war hereingekommen und damit auch die Fischerboote. Er und Kiri, die am Kai entlangwanderten, waren jedermann entschieden im Wege.

»He, Cheysuli«, rief Boyne und Corin wandte sich um, während der Kapitän mit seinem rollenden Seemannsgang über die Docks schritt. »Wollt ihr jemand Bestimmten suchen, oder den rechten Augenblick für einen Zauberspruch abwarten?«

Corin, der dem Erinnier nur seinen Namen und sein Ziel genannt hatte, zuckte die Achseln. »Ich habe im Schloß zu tun.«

Boyne hob die schwarzen Brauen. Er war geschwätzig, aber nicht dumm. Er stellte keine Fragen, die ihn nichts angingen, und hatte das auch während der Reise nicht getan. Aber das bedeutete nicht, daß er sich keine Gedanken machte, und er kaute müßig an einem eingerissenen Daumennagel. »Ja nun, dann werde ich Euch nicht davon abhalten. Ich dachte daran, Euch im Schnapsladen noch ein Bier oder einen Wein auszugeben, bevor ich mich um meine Geschäfte kümmere.«

Corin schaute zum Adlerhorst hinauf. Nein, noch nicht. Er lächelte Boyne an. »Nein, Kapitän, jetzt bin ich an der Reihe. Wollen wir gehen?«

Boyne schaute zu Kiri hinab. »Und was ist mit der Füchsin? Werdet Ihr sie auf meinem Schiff lassen?«

»Kiri geht mit mir.«

Der Erinnier zuckte die Achseln. »Ja, ja, und sie ist willkommen. Dann kommt, Bursche. Wir sollten keine Zeit mehr damit verschwenden, unnütz zu reden, wenn wir schon Bier trinken könnten.« Er versetzte Corin einen Schlag auf die Schulter, der ihn fast zu

Boden schickte, und schritt dann auf eine Reihe von Gebäuden zu, die nicht weit vom Kai entfernt standen.

Boyne erzählte gerade eine weitere seiner sehr ausschweifenden, farbenfreudigen Geschichten, als die ärgerliche Stimme einer Frau sie beide ablenkte. Einen flüchtigen Augenblick lang dachte Corin, sie schimpfe über Boynes Geschwätzigkeit, aber dann erkannte er, daß es um mehr ging. Boyne blieb stehen.

»Hier!« rief er und schaute in Richtung einer engen Gasse, die zum Meer hinabführte. »He, Mädchen, *hier* ...«

Das Geschrei der Frau wurde sofort gewaltsam erstickt. Boyne schlug Corin erneut auf die Schulter und lief los, wobei er die enge Gasse mit seinem massigen Körper und seiner Stimme ausfüllte. Nach nur einem kurzen Augenblick des Zögerns folgte Corin ihm.

Drei Männer, sah Corin, als er um eine Ecke kam – und eine in Decken gehüllte Frau. Fast am Ende der engen Gasse, nahe am Kai. Einer der Männer wandte sich zu Boyne um. Die beiden anderen hoben die Frau auf und unterdrückten ihre Gegenwehr.

Nachdem sich Boyne kurz mit dem Sprecher der anderen ausgetauscht hatte, erkannte Corin, daß die Zeit der Höflichkeiten vorbei war.

Boyne schrie vor spöttischem Gelächter. »O ja, und meine Mutter war eine Königin!« Er wandte sich zu Corin um. »Der Mann sagt, die Frau sei betrunken und sie brächten sie zu ihrem Mann nach Hause. Aber *ich* weiß es besser. Sie hat um Hilfe gerufen, und das klang gar nicht betrunken. Und wenn diese Männer Erinnier sind, schenke ich ihnen mein Schiff! Es ist weitaus wahrscheinlicher, daß sie Atvianer sind, die ein erinnisches Mädchen zu üblen Zwecken verschwinden lassen wollen.« Er trat einen Schritt vor. »Kommt, Bursche, das Mädchen braucht uns.«

Kiri, sagte Corin über die Verbindung, und die Füchsin schoß an Boynes Gegner vorbei auf die anderen zu. Als

Boyne den Kampf aufnahm, indem er das Messer, das in der Hand des Atvianers erschien, zur Seite schlug, biß Kiri schon zwischen Tritten und Flüchen in Knöchel.

Corin grinste und griff selbst in den Kampf ein. Als Boyne seinen Gegner besiegt hatte, wodurch nur noch zwei weitere übrig waren, zwang Kiri die Männer, ihre Gefangene aufzugeben. Es war für das Mädchen nur zu leicht, sich den Männern zu entziehen, als Corin und Boyne sich den verbliebenen Gegnern näherten.

Boynes Kampf dauerte nicht lange. Corin brauchte mehr Zeit, da ihm allein schon dessen wuchtiger Körper und seine Kraft fehlten. Aber während Kiri weiterhin in Knöchel biß, zerschmetterte Corin dem Atvianer die Nase und ließ ihn zurücktaumeln. Ein zweiter Schlag riß seinen Kopf zurück und machte ihn bewußtlos. Er brach auf den Pflastersteinen zusammen.

»Ja, *ja*, Bursche, so ist es richtig!« Boyne schlug ihm wieder auf die Schulter. »Wir haben das Mädchen vor dem Abschaum gerettet!«

Boynes ›Mädchen‹ saß noch immer dort auf dem Boden, wo sie, halb in dunkle Decken gehüllt, gelandet war. Sie richtete sich langsam auf die Ellenbogen auf, die Füße flach am Boden, dann auf die hochgezogenen Knie, die Röcke um die Stiefel gehüllt. Sie sah zu ihnen beiden hoch und streckte dann eine Hand aus, um die schweren Röcke zurechtzuziehen.

Corin reichte ihr die geöffnete Hand entgegen. »Lady, wollt Ihr aufstehen?« Er ergriff sie, zog sie hoch, hielt sie fest, als sie aufgestanden war, legte einen Arm um sie, zog sie weiter hoch, hielt sie auch fest, als sie ganz aufgestanden war, legte einen Arm um ihre schlanke Taille.

Sie war blaß und ein wenig unsicher, aber offensichtlich unbeschadet, schmächtig, aber entschieden nicht zerbrechlich. Eine andere Frau hätte vielleicht geweint oder wäre ohnmächtig geworden. Sie tat nichts dergleichen. Sie sah ihn einen Augenblick aus hellgrünen

Augen an, taxierte genau seine Absichten und schob dann ihr wirres – sehr *rotes* – Haar aus einem ovalen Gesicht zurück. Sie stieß einen gewaltigen Seufzer der Erleichterung aus, der auch die Anspannung aus ihrem Gesicht und den Gliedern vertrieb.

Sie lächelte vorsichtig. Ihr Mund war in seiner Beweglichkeit sehr beredt, breit und wirkte eigenwillig unter einer geraden kühnen Nase. Sie war keine Schönheit, nicht wie Corin Frauen beurteilte – ihre Hautfarbe war viel zu auffallend –, aber sie war ein eindrucksvolles Mädchen, die Art Mädchen, deren pulsierende geistige Lebendigkeit Schönheit unwichtig werden ließ. Er erwiderte fast ohne nachzudenken.

»*Ihr seid* kein Erinnier.« Sie sah Boyne an. »*Ihr* schon, Kapitän, aber er nicht.«

»Nein, Mädchen, er ist Homaner. Genauer gesagt Cheysuli.« Der große Erinnier grinste über ihren überraschten Gesichtsausdruck und wirkte dann besorgt. »Geht es Euch gut, Mädchen? Hatten sie doch genug Zeit, Euch Schaden zuzufügen?«

Sie entzog Corin ihre Hand, rückte geschickt ihre Kleidung zurecht, zog den engen Gürtel fester, glättete die Falten ihrer Röcke und richtete den Sitz der Tunika und der Bluse darunter. Sie trug die einfache Kleidung einer Fischersfrau, und doch hatte Corin die Weichheit ihrer Hand gespürt, was überhaupt nicht zu dem Bild paßte. Genauso wenig wie ihr Verhalten und ihre Art. Er hatte Ähnliches bei Keely erlebt.

Und er erkannte sie durch Keely. Er lächelte. *Hochgeboren, wenn nicht in höchstem Rang.*

»Sie wollten mir keinen Schaden zufügen«, sagte sie grimmig. »Ich könnte wetten, daß sie mich für Alaric wollten und nicht für sich selbst.«

»Atvianischer Abschaum!« Boyne wandte den Kopf und spie aus. »Kommt, Mädchen, wir bringen Euch zu Eurem Ehemann oder Eurem Vater. Der eine wie der andere wird hiervon wissen wollen.«

Sie versuchte, ihr Haar zu entwirren, und es gelang ihr nicht. Für diese Aufgabe wäre eine Bürste erforderlich gewesen. Sie kämmte es wie abwesend mit den Fingern zurück und verzog das Gesicht, als sie auf weitere Verfilzungen stieß. Die gelockten Spitzen reichten bis zu ihrem Gürtel. »Ich habe keinen Ehemann. Mein Vater ist nicht in Kilore und mein Bruder und meine Mutter auch nicht – weshalb es für die *Skilfins* um so leichter war.« Sie betrachtete die bewußtlosen Männer stirnrunzelnd. »Aber es ist genauso gut mein Fehler. Ich hätte nicht allein hier herunterkommen sollen. Ich hätte es besser wissen müssen, da mein Vater mich bereits gewarnt hatte. Und jetzt kann er mich erneut warnen.« Sie zuckte die Achseln und lächelte kläglich. »Ich gebe es ungern zu, aber vielleicht hatte er recht. Alaric *braucht* nur Macht, und ich hätte sie ihm beinahe verschafft.« Und dann brach sie plötzlich ab, als hätte sie zu Menschen zuviel gesagt, die es nicht verstehen konnten, und sie sah Corin aufmerksam an. »Warum kommt ein Cheysuli nach Erinn?«

»In Geschäften mit Erinns Herrn.«

Gerade rote Brauen schossen aufwärts. Ihre Gedanken waren nicht schwer deutbar, aber er empfand es eher als anziehend. »Also mit Liam? Nun, die Geschäfte werden warten müssen. Er hält sich auf der anderen Seite der Insel auf, um sich um Streitigkeiten zu kümmern.« Sie deutete mit dem Kopf auf die Festung. »Wollt Ihr also mit hinaufkommen? Das Schloß ist auch mein Ziel.« Sie sah Boyne an und grinste. »Ihr auch, Kapitän. Ich bin dankbar für Eure Dienste, und Ihr habt beide eine Belohnung verdient. Was würdet Ihr zu einer Mahlzeit im Adlerhorst und einer Geldbörse voller Gold für jeden halten?«

»Im *Schloß?*« Boyne starrte sie an. »Mädchen, Mädchen, Ihr solltet nichts versprechen, was Ihr nicht halten könnt.«

»Aber das kann ich«, sagte sie ruhig. Sie sah kurz

Corin an, bemerkte seinen Gesichtsausdruck, und ihre hellen Augen zwinkerten ihm zu. »Ich glaube, *Ihr* versteht.«

Er grinste. »Ja, Lady, das tue ich. Und ich denke, Boyne wird ebenfalls verstehen, auch wenn Ihr ihm die Sprache verschlagen habt. Ich habe ihn von Euch sprechen hören. Ich glaube, er verehrt jemand anderen als die Götter.«

Sie verzog das Gesicht und deutete auf ihre zerzauste Erscheinung. »Nicht mehr allzu lange, fürchte ich.« Einer der Atvianer stöhnte und regte sich auf den Pflastersteinen. Sie runzelte die Stirn. »Wir sollten nicht länger warten. Wir werden die Ratten im Rinnstein zurücklassen ... Sie werden zu ihrem Herrn nach Hause kriechen und für ihr Versagen leiden.«

»Mädchen ...« Boyne hielt sie auf, als sie sich abwenden und aus der engen Gasse hinausmarschieren wollte. »Mädchen ... das *Schloß?*«

»Das Schloß«, bestätigte sie. »Glaubt Ihr, Ihr wäret dafür nicht tauglich?« Sie lachte, als er nickte, nahm ihn beim Arm und wandte ihn den Klippen zu. »Nicht tauglich, dem Adler gegenüberzutreten, wenn Ihr einen seiner Jungen gerettet habt?« Sie hielt inne. »Aber der Adler weilt nicht im Horst und auch niemand der anderen. *Ich* werde allein gehen müssen.«

»Boyne.« Corin ging los, während Kiri sich ihm anschloß. »Habt Ihr mir nicht erzählt, wie Prinzessin Aileen aussieht?«

Der Kapitän grinste, während er seinen Schritt dem des Mädchens anglich. »Ja, Bursche, viele Male. Ich habe sie nur von fern gesehen, wißt Ihr, aber das genügte.« Er grinste und zog ihren schlanken Arm durch seine Ellenbogenbeuge. »Sie ist rothaarig, wie dieses Mädchen hier, und ich habe gehört, ihre Augen seien grün wie das Gras Erinns.«

»Gras«, wiederholte das Mädchen verdrießlich und verzog ihren beweglichen Mund zu etwas wie beleidigtem Zucken, auch wenn das Lachen in ihren Augen es Lügen strafte. »Ihr könntet sie wenigstens mit *Smaragden* vergleichen, Mann, anstatt mit *Gras*.«

»*Eure* Augen sind die Smaragde, Mädchen«, sagte Boyne galant.

Bei diesen Worten brach sie in Lachen aus und hielt ihn auf. »Ihr großherziger, aber geschwätziger Narr, hört Ihr denn nicht, was dieser Cheysuli zu sagen versucht? *Ich* bin Aileen, Mann ... Ich bin die Prinzessin von Erinn ... mit den grasgrünen Augen und allem.«

Boyne sperrte den Mund auf. »Das seid Ihr *nicht*.«

»Ich bin es«, sagte sie ernst, aber ihre hellen Augen glitzerten vor Belustigung. »Und wenn ich Euch auffordere, mit mir zu essen und eine Geldbörse voll Gold anzunehmen, dann *werdet* Ihr tun, was ich sage.«

»Oh, *Lass* ... ich meine, *Lady* ...«

»Dummes Geschwätz«, sagte sie heiter. »Kommt mit mir hinauf, Kapitän, und laßt mich Euch für Euren Mut danken.«

Corin, der über Boynes Unbehagen grinsen mußte, hüllte sich in Schweigen. Aber er fragte sich, was Brennan sagen würde, wenn er seine erinnische Braut träfe.

Kapitel Drei

Obwohl Aileen Corin ein ungekünsteltes, unbekümmertes Mädchen zu sein schien, war sie auch eine Prinzessin und verstand die Verantwortlichkeiten ihres Ranges gut. Als sie sich innerhalb der hoch aufragenden Mauern von Liams Festung befanden, wurden Corin und Boyne zu Gästezimmern geführt, um sich vor der Mahlzeit zu erfrischen. Sie brauchten beide nicht lange – Corin nahm ein Bad und zog frische Lederkleidung an, und Boyne nahm ebenfalls ein Bad, zog aber seine abgetragene Seidenkleidung wieder an, weil er nichts anderes besaß –, und dann wurden sie in einen Saal geführt, wo bereits für die Abendmahlzeit gedeckt war.

Corin war beeindruckt. Sowohl sein Vater als auch Deirdre hatten gesagt, Liam sei kein Mann, der viel Aufhebens machte, sondern die Einfachheit bevorzuge, und Kilore selbst spiegelte ebenfalls den Geschmack einfacher Menschen wider. Aber Aileen hatte in sehr kurzer Zeit bewirkt, daß ihre Gäste mit äußerster Achtung und Gastfreundlichkeit behandelt und die Mahlzeit und der Raum vorbereitet wurden.

Ein gemustertes weißes Tischtuch bedeckte den großen Tisch. Mit Kerzen bestückte Eisenleuchter hingen von schweren Deckenbalken herab, deren Licht von Glas und Silber widergespiegelt wurde. Abgedeckte Platten wirkten wie dampfende Silberschildkröten. Diener in der gepflegten Livree Liams warteten ruhig und bedeuteten Corin und Boyne dann, Platz zu nehmen. Und schon bald betrat auch Aileen den Raum.

Fort war das Fischermädchen in einfacher Kleidung, Kniestiefeln und mit einer ungebundenen Masse wirren, widerspenstig roten Haars. Statt dessen erschien die angemessen gekleidete Prinzessin von Erinn. Und doch bewahrte sie auch jetzt in Kleidung und Haltung Einfachheit, da sie außer einem einfachen grünen Gewand, einem schmalen Goldband im jetzt gebändigten Haar und einem breiten schelmischen Lächeln keinen weiteren Schmuck trug.

Corin erhob sich eifrig, während Boyne sogar so jäh aufsprang, daß sein Stuhl umstürzte. Einer der Diener eilte herbei, um ihn wieder aufzurichten, während Boyne dessen ungeachtet mit offenem Mund Aileen anstarrte.

»Mädchen«, dröhnte er, »o *Mädchen* …«

Aileens Brauen hoben sich erwartungsvoll, als er unbeholfen abbrach. Da er anscheinend nicht fortfahren konnte, lachte sie und bat sie beide, sich zu setzen. *Gute Manieren,* lobte Kiri.

Corin streckte eine Hand hinab, während er sich hinsetzte, und ließ sie durch das Fell der Füchsin gleiten. Wie gewöhnlich tröstete ihn die Berührung. *Beurteilst du sie an Brennans Stelle?*

Ich sehe nur zu. Kiri legte sich neben Corins Stuhl und rollte ihren Schwanz vornehm um die schwarzen Pfoten.

»Wir werden zuerst speisen«, belehrte Aileen sie. »Und dann werde ich alles erfragen, was ich wissen will.«

Das Essen war ausgezeichnet, besonders nach Wochen mit Schiffsvorräten, die eher auf lange Haltbarkeit und leichte Lagerfähigkeit ausgerichtet waren als auf Wohlgeschmack. Corins Tischmanieren lebten nach der langen Reise wieder auf, aber Boyne war in solchen Dingen unerfahren. Er zechte großzügig Wein und verschlang unglaubliche Mengen Fleisch, Geflügel, Aal, Austern und eine Vielzahl von Fischsorten. Corin und Aileen, deren Appetit gezügelter war, hatten ihre Mahlzeit lange vor dem Kapitän beendet und tauschten amüsierte Blicke, während Boyne seine kulinarische Attacke fortführte.

Schließlich schob er seinen Teller zurück und rülpste zufrieden. »Ja, Mädchen … Lady … das war eine einem hohen Herrn angemessene Mahlzeit. Mein Magen dankt.«

»Das war nur der Anfang meiner Art, Euch meine Dankbarkeit zu zeigen.« Aileen bedeutete den Dienern, mit dem Abräumen zu beginnen, und erhob sich. »Wenn Ihr jetzt mit mir kommen wollt, werde ich Euch auch den Rest zeigen.«

Sie führte sie in einen Vorraum, der von einem großen Ziegelsteinkamin gut geheizt wurde. Plüschfelle bedeckten den Steinboden, und Wandteppiche vertrieben die Kälte von den dicken Mauern. Es gab Sessel, kleine Tische und zwei Holztruhen mit erinnischer Schnitzerei. Insgesamt war der Raum ein heimeliger, gemütlicher Ort, der Corin an Deirdres Sonnenraum erinnerte.

Aileen bedeutete ihnen, sich zu setzen, und entnahm dann einer der Truhen etwas. Als sie sich umwandte, sah Corin zwei Ledertaschen in ihren Händen. Ihr Gesicht wirkte ernst, als sie sich ihnen zuwandte, aber ihre grünen Augen strahlten. »Ich weiß, daß mir keiner von Euch diesen Dienst aus Habsucht oder Ehrgeiz erwiesen hat«, sagte sie. »Und Ihr habt auch nicht auf eine Belohnung gehofft – nicht von einem in schmutzige Decken gehüllten Fischermädchen –, aber ich möchte Euch dennoch meine Dankbarkeit erweisen. Und ich möchte keine bescheidenen Weigerungen von Euch hören – würdet Ihr sie meinem Vater anbieten?« Sie sah ihnen beiden in die Augen, untersagte ihnen eine Antwort und händigte die Taschen aus. »Ihr bleibt heute nacht als meine Gäste hier.«

Boyne blickte auf die Tasche hinab, die in seiner riesigen Hand klein wirkte. Er kaute an seiner Lippe, runzelte düster die Stirn, seufzte dann und steckte die

Tasche mit enttäuschtem Gesichtsausdruck ein. Aileen, die seinen inneren Kampf beobachtet hatte, lächelte und trat zu ihm.

»Und als Maß meines persönlichen Danks einen Kuß.« Bereits auf Zehenspitzen, mußte sie ihn dennoch bitten, sich herabzubeugen, um ihn mitten auf die Wange zu küssen. Boyne wurde zutiefst rot.

Aileen lachte und trat wieder zurück. »Fort mit Euch, Kapitän. Ich bin keine blinde Närrin. Ihr wart lange auf See und würdet die Nacht sicherlich gern mit einer Frau verbringen. Nun, es liegt in der Verantwortung eines Gastgebers, Gastfreundschaft zu gewähren. Ich denke, das Mädchen wird Euch gefallen.«

Boynes Röte vertiefte sich noch. »*Mädchen* ...«

»Im Palast meines Vaters bin ich die Gastgeberin«, sagte Aileen heiter. »Ich kenne meine Pflichten, Kapitän.«

Boyne war angesichts ihrer nüchternen Verkündung offensichtlich zu keiner Antwort fähig. Und so wich er zur Tür zurück, verbeugte sich unbeholfen und verließ den Raum sofort, wobei das in der Tasche befindliche Gold gegen einen wuchtigen Oberschenkel schlug und klimperte.

Aileen lachte, die Augen vor Belustigung blitzend, und wandte sich an Corin.

»Habt Ihr ihm wirklich eine Frau geschickt?« fragte er und dachte darüber nach, was sie wohl für ihn eingeplant hatte.

Ihr Lachen verklang. »Ja«, sagte sie überrascht. »Glaubt Ihr, ich lüge?«

»Nein, nein, aber ...« Er fühlte sich plötzlich unbehaglich und zuckte nur noch die Achseln. »Es ... erscheint mir seltsam, daß eine Frau einem Mann ein Mädchen schickt, das sein Bett mit ihm teilen soll.«

»Das ist keine Gewohnheit von mir«, antwortete sie heiter. »Aber ich habe die Wahrheit gesagt: Es gibt Bräuche der Gastfreundschaft, ungeachtet des Geschlechts, und dies ist einer davon. Ich *könnte* ihn in den Hafen zurückschicken, aber ich dachte, eine Nacht im Adlerhorst wäre vielleicht eines oder zwei Getränke in den Wirtshäusern wert.« Sie zuckte die Achseln. »Mein Vater ist ein heftiger Mann, der geradeheraus spricht, und mein Bruder ebenfalls. Ich kenne die Bedürfnisse eines Mannes, und daher habe ich mich um Boyne gekümmert.« Ihr Mund verzog sich zu einem schiefen Lächeln. »Außerdem war es Moiras *Wunsch,* mit ihm zu schlafen. Sie hat es mir erzählt, während ich badete.«

Corin lachte laut. »Was ist dann mit *mir,* Lady? Kümmert Ihr Euch auch um meine Bedürfnisse?«

Sie betrachtete ihn nachdenklich und deutete dann auf einen Sessel. »Setzt Euch, setzt Euch. Boynes Bedürfnisse waren leicht zu erkennen, aber Ihr seid schwerer zu durchschauen. Und ich bin noch niemals einem Cheysuli begegnet.«

Sie goß Wein ein, während er sich setzte, gab ihm einen schweren Becher und ließ sich ihm gegenüber in einem Sessel nieder. Der Kerzenschein schmeichelte ihrer Hautfarbe und ihren Zügen, bereicherte und erhob sie. Deirdre trug auch häufig erinnisches Grün, aber als er die Farbe jetzt an Aileen sah, empfand Corin Deirdres Wahl als weniger glücklich.

Er legte die Tasche mit dem Gold auf den Tisch und machte eine Geste höflicher Ablehnung. »Ihr habt gut gesprochen, und ich verstehe Eure Beweggründe, aber ich kann Eure Belohnung nicht annehmen.«

Sie wölbte eine Augenbraue. »Also seid Ihr zu stolz? Oder bedeutet Euch erinnisches Gold weniger als jene Bänder um Eure Arme?«

Corin berührte wie abwesend eines der schweren *Lir*bänder. »Nein, und ich bin auch nicht zu stolz, selbst wenn Ihr etwas anderes glaubt.« Er zuckte leicht die Achseln. »Sagen wir, es ist … unnötig.«

»Warum?« fragte sie barsch.

Corin lächelte. »Euer Vater und Euer Bruder sind nicht die einzigen freimütigen Adler im Horst.«

Aileen lachte und wippte mit einem Fuß. »Nein, nein, ich habe auch meinen Anteil daran. Das war der Preis für das Zusammenleben mit meinem Vater.« Ihr Blick wich dem seinen nicht aus. »Warum ist es unnötig?«

»Weil es gewissenlos wäre, wenn ein Verwandter weniger täte. Und es wäre entsetzlich für ihn, es für eine Belohnung zu tun.«

Der Fuß hörte auf zu wippen. »Ein *Verwandter*.«

»Corin«, sagte er, »wie ich Euch bereits mitteilte. Aber mein vollständiger Name lautet Corin *von Homana* ... Ich bin der Sohn des Mujhar.«

»*Nialls* Sohn!«

»Ja.«

Sie schürzte nachdenklich die Lippen. Und dann schüttelte sie den Kopf. »Aber wir sind *nicht* miteinander verwandt. Wir wären es durch meine Tante, aber Niall und Deirdre sind nicht verheiratet.« Ihr Gesichtsausdruck wirkte gelassen. »Er hält zu Gisella, nicht wahr?«

»Er hält zu den Gesetzen Homanas«, belehrte Corin sie ruhig. »Ihr ehrt die Bräuche der Gastfreundschaft, Aileen ... und *er* ehrt die Gesetze des Landes, das er regiert.«

Sie nippte an ihrem Wein, zuckte dann die Achseln und setzte den Becher ruckartig auf dem Tisch ab. »Also seid Ihr gekommen, um meinen Vater aufzusuchen. Eine offizielle Angelegenheit? Oder etwas Persönliches?«

Ihr Blick war wachsam, gleichgültig, wie beiläufig sie sprach. Er öffnete den Mund, um ihr zu sagen, daß die Angelegenheit ihre Verlobung mit Brennan beträfe – und stellte fest, daß er es nicht sagen konnte. »Ich soll mit Eurem Vater sprechen.«

Aileens lächelte zögerlich, aber nicht weniger beredt. »Ich bin seine *Tochter*.«

»Der Mujhar selbst hat mich mit dieser Nachricht –
für den Herrn von Erinn – beauftragt.« Er dachte, diese
Ausrede genüge als Antwort, da sie auch nicht allzu
weit von der Wahrheit entfernt war.

Sie dachte darüber nach, den Kopf leicht geneigt.
Das Kerzenlicht schimmerte auf dem goldenen Haarband und ihrem glänzenden Haar. Und dann zuckte sie
kaum merklich die Achseln und beendete das Thema
damit. »Nun, es wird dennoch warten müssen. Mein
Vater befindet sich, wie ich bereits sagte, auf der anderen Seite der Insel. Er könnte morgen zurück sein. Er
könnte aber auch erst in einem Monat kommen.«

Corin dachte an Keely. »Ist Sean nicht hier?«

Aileen schüttelte den Kopf. »Sean hat ein neues
Schiff, die *Princess of Homana*.« Sie seufzte und wippte
erneut mit dem Fuß. »Männer und Schiffe – wer weiß,
wie lange er fort sein wird? Es ist ihre Jungfernfahrt ...
Aber er sollte im Frühjahr zurücksein.« Sie blickte ihn
ruhig an. »Rechtzeitig, um Liam dem Mujhar über die
Verlobung zwischen Sohn und Tochter schreiben zu
lassen.«

Corin trank hastig etwas, um den starren Ausdruck
auf seinem Gesicht zu verbergen. Er konnte Aileen
wohl nicht gut erzählen, daß *seine* Schwester nichts von
ihrem Bruder wissen wollte. Es wäre sowohl unhöflich
als auch eine Beleidigung. Sie war vielleicht offen, und
Liam ebenfalls, aber bei Verhandlungen zwischen den
Königshäusern wurden solche Freimütigkeiten für un-
klug gehalten.

»Euer Fuchs ist wunderschön«, sagte Aileen und betrachtete Kiri, die zusammengerollt auf dem Bärenfell
unter Corins Füßen lag. »Und so ruhig. Ich hätte gedacht, daß sie sich lieber draußen als in Schlössern aufhielte.«

Er lächelte. »Das tut sie auch. Das gilt für die meisten
Cheysuli. Es ist die *Lir*gestalt in uns. Aber ein Krieger
paßt sich an, und ebenso ein *Lir*.«

Aileen beugte sich vor, um besser sehen zu können. »Wir wissen natürlich von den Cheysuli, aber weniger von Euren Tieren. Mein Vater sagt, daß Niall keines besaß, als er vor so langer Zeit hier zu Gast war.«

»Gast?« Corin grinste. »Ihr beugt die Wahrheit, Aileen. Mein Vater wurde hier als Geisel gegen Alaric von Atvia festgehalten.«

Sie lachte kläglich. »Ja, ja, also als *Geisel,* aber wollt Ihr mir erzählen, daß er dadurch verloren hat? Letztlich hat er seine atvianische Frau bekommen, und dazu noch meine Tante. *Und* eine uneheliche Tochter.«

Er nickte zustimmend. »Maeve und Deirdre geht es prächtig. Ob unehelich oder nicht – Maeve ist sein Lieblingskind.«

Aileen hob die Brauen. »*Ihr* seid es nicht?«

»Wohl kaum.« Corin spürte die vertraute Verbitterung aufsteigen. »Maeve ist die wiedergeborene Deirdre. Mein Vater verehrt seine erinnische *Meijha,* und die Tochter ebenfalls. Und *ich* komme bei ihm erst an letzter Stelle.«

»Warum?« Aileen runzelte die Stirn. »Warum reiht Ihr Euch hinter Euren Brüdern und Schwestern ein? Liebt er Euch nicht alle gleich?«

»An mir ist wenig Liebenswertes.« Corin verbarg das Gesicht hinter seinem Becher und trank einen großen Schluck. »Gleich? Nein.« Er zuckte die Achseln. »Da ist Brennan, der der Erbe Homanas und daher am wichtigsten von uns allen ist.« Obwohl er ihr zuliebe den Groll in seiner Stimme verbergen wollte, wenn er von Brennan sprach, hörte er seinen Widerhall dennoch. Er fuhr schnell fort. »Da ist Maeve, die gehorsame Tochter seiner geliebten *Meijha.* Und Hart, der genauso gutmütig wie verantwortungslos ist, und den man unmöglich nicht mögen kann.« Er lächelte. »Und Keely, die ungestüme leidenschaftliche Keely, die seine Geduld mit ihrer wilden Art auf die Probe stellt und ihn doch mit ihrem Geist erfreut. Und was mich betrifft«,

Corin zuckte die Achseln, »ich bin vielleicht selbst mein schlimmster Feind. Aber ich kann nichts dagegen tun.« Er sah sie über den Rand seines Bechers hinweg an, sah sich selbst in ihren Augen und stellte fest, daß ihm nicht gefiel, was er sah. Aber er wandte den Blick nicht ab. »Manchmal hasse ich mich selbst, und darum mache ich es auch *anderen* leicht, mich zu hassen.«

Aileen sah ihm ins Gesicht. »Dann ist es an Euch, das zu ändern.«

Er wartete auf das Aufwallen der Qual oder des Zorns. Das war eine Lösung, die andere schon viele Male vorgeschlagen hatten, und jedesmal hatte es ihn tiefer hinabgezogen. Aber bei Aileen bedauerte er seine Stimmungsschwankungen zum ersten Mal. Und wünschte ernsthaft, sich ändern zu können.

Er lächelte kläglich. »Ich habe Euch mehr gesagt als jedem anderen Menschen außer Keely, und sie *unterstützt* mich die Hälfte der Zeit, anstatt mir vorzuschlagen, daß ich mein Verhalten ändern sollte.«

»Es ist nicht gut für einen Menschen, ihn in seinen Unsicherheiten zu unterstützen«, sagte Aileen tonlos. »Mein Bruder ist der stolzeste und ehrenhafteste Mann, den man sich vorstellen kann, und doch ist er auch hitzig und übereilt und ebenso geradeheraus. Wenn ich ihm beistünde, sobald er im Irrtum ist, nicken, ja sagen und ihm zur Seite stehen würde, täte ich ihm größeres Unrecht als Sean seinem Opfer.« Sie sprach mit verständnisvoller Höflichkeit, und doch war da auch ein unbeugsamer Unterton der Entschlossenheit. »Ich würde einen Tyrann aus ihm machen, der nur an sich selbst glaubt, ohne anderen das Recht des Widerspruchs einzuräumen ... Und *das* würde ihn zu einem armen Mann werden lassen.«

Corin lachte verbittert. »Mein Vater hat das gleiche gesagt, und Brennan ebenfalls ... Aber es macht mehr Sinn, wenn Ihr es sagt.«

»So ist das üblicherweise.« Aileen zuckte die Ach-

seln. »Darum ist es wichtig, seinen Verwandten zuzuhören. Laßt *sie* Euch zeigen, was Ihr seid und was
Ihr tut, so daß Ihr anderen keine Gelegenheit dazu
gebt.« Sie hielt einen Augenblick inne und beobachtete
ihn. »Dann müßtet Ihr mir auch nicht gegenübersitzen
und Euch wünschen, es gäbe ein Loch, in dem Ihr Euch
verkriechen könntet.«

Er grinste und rieb sich am Auge. »Götter, Ihr tut mir
gut. Brennan ist ein Glückspilz ...« Und er brach ab,
denn er erkannte schon wieder, daß sein Bruder Vorrang vor ihm haben würde. Und dieses Mal, dieses *besondere* Mal, mißfiel es ihm sehr. Mehr als jemals zuvor.

*Aber du hast die ganze Zeit gewußt, daß sie für deinen
Rujholli bestimmt ist*, belehrte Kiri ihn. *Alle Tage deines
Lebens.*

Er sah Aileen starr an. Und dann stellte er zitternd
seinen Becher ab und erhob sich. »Wenn Ihr mich entschuldigen wollt ... Es war eine lange Reise, und ich
würde mich gerne zurückziehen.«

Aileen stand schnell und unbeholfen auf, durch seinen plötzlichen Rückzug verwirrt. »O ja ... natürlich.«
Sie runzelte die Stirn. »Corin ...«

»Ich bin müde, Aileen«, sagte er kurz angebunden
und sah, wie sie errötete.

Ihre Augen glitzerten als Antwort auf seine Grobheit. »Dann geht«, sagte sie kühl. »Die Diener werden
Euch Eure Räume zeigen.«

Corin ging, und Kiri folgte ihm.

*In seinem Traum war er wieder ein Kind, das wegen seines
Alters übersehen wurde. Um ihn herum schwatzten Frauen,
gluksten über Harts neueste, zur Gewohnheit gewordenen
Streiche oder Keelys Eigensinnigkeit, lobten Maeves sanftes
Temperament und Brennans Reife. Aber sie sagten nichts
über ihn, überhaupt nichts über Corin.*

*Er hörte ihre Lobpreisungen in seinem Traum, und
Brennan ... Brennan ... Brennan.*

Corin erwachte. Er berührte Kiri, die neben ihm schlief. Und versank dann wieder in Dunkelheit.

Jetzt war er älter, aber nicht auffälliger, es sei denn, er machte sie auf sich aufmerksam. Und das tat er, wann immer er konnte, indem er seinen Geist und seinen Eigensinn benutzte, um die Frauen zum Hinschauen zu zwingen, zu sehen, zu hören, auch wenn eine Strafe folgte, denn dann war ihr Name Corin, dann sprachen sie seinen Namen aus. Selbst wenn sie es fluchend taten.

Er streckte im Schlaf die Hand nach Kiri aus, die ihn hörte, wann immer er sprach. Und auch, wenn er nicht sprach.

Dann war er im Traum er selbst, kein Kind mehr, sondern der Corin, den er jeden Tag sah, wenn er in die polierte Silberplatte schaute. Und plötzlich war er die polierte Silberplatte selbst. Er sah sich, als wäre er ein anderer, der ihn von außen betrachtete. Und der Corin, den er sah, war ein Fremder.

Aber andererseits auch überhaupt kein Fremder. Corin stand in der Großen Halle, vor dem Löwenthron, dem Mujhar von Homana gegenüber, dem Mann, der ihn gezeugt hatte. Er stand ihm allein gegenüber ... Und dann war er nicht mehr allein, denn eine Frau war bei ihm, eine schlanke, rothaarige Frau mit Augen, die so klar und grün wie Smaragde blickten – grün wie erinnisches Gras –, und die Hand der Frau ruhte in seiner Hand, und sie sah den Mujhar an – genau wie er –, und sie sprachen zusammen die geheimen Cheysulischwüre, die einen Krieger und seine Frau verbanden.

Verbunden ... verbunden ... verbunden ...

... bis Brennan aus den Schatten trat und Aileens Hand der seinen entriß.

»Nein!« schrie Corin. »Nein – nicht *schon wieder!*«

Und er war wach, und er wußte es und wußte, was er geträumt hatte.

Kapitel Vier

Der Traum verfolgte Corin tagelang. Er tat sein Bestes, ihn nicht zu beachten, ihn in die Tiefe zu verbannen, aber sein Nachgeschmack blieb, wie der saure Beigeschmack zu Essig gewordenen süßen Weins. Als er Aileen ansah, erkannte er die Frau, die mit ihm vor dem Löwenthron von Homana die Schwüre geleistet und Niall selbst getrotzt hatte. Und die ihrer Verlobung ebenso getrotzt hatte wie Corin selbst.

Es verband sie bestenfalls eine unbehagliche Kameradschaft. Aileen bewirtete ihn mit soviel Gastfreundschaft, wie sie im Namen ihres abwesenden Vaters aufbringen konnte, aber die unbefangene Großmut war vergangen. Sie beobachtete ihn manchmal wachsam wie ein Hund einen unfreundlichen Herrn. Andere Male verbannte sie ihn in die Unbedeutendheit, wenn sie zu beschäftigt war, um ihn zu beachten. Aber gelegentlich sah er auch eine seltsame Art Mitgefühl in ihren Augen, als beginne sie ihn und das, was ihn zu dem Mann machte, der er war, zu verstehen.

Schließlich verlor der Traum seine Unmittelbarkeit, was ihm die Freiheit gab, sich zu entspannen. Und Aileen antwortete sofort, als hätte sie darauf gewartet.

Die Beziehung veränderte sich. Die Kameradschaft vertiefte sich. Sie teilten die Dinge, die gute Freunde miteinander teilten, Dinge, die Verwandte miteinander teilten, Dinge, die er sonst nur mit Keely teilte. Aber er spürte einen Bund zwischen ihnen, der die bloße Verwandtschaft aufhob, genauso wie es für den Bund mit Keely galt. Er war ein anderer Mensch, wenn er mit Aileen zusammen war, frei von Groll und

Gereiztheit, frei von der aus der Tatsache geborenen Unsicherheit, der drittgeborene Sohn zu sein. Hier gab es nur Corin. Keinen Brennan. Keinen Hart. Keine durch die Geburt bedingte Rangfolge. Hier gab es nur *Corin* …

Corin und *Aileen*, die erkannte, was er war, und ihn schätzte. Genauso wie er sie schätzte.

Vier Wochen nach seiner Ankunft – was man feiern müßte, sagte sie – nahm ihn Aileen mit auf einen Ausritt entlang des Vorgebirges, von dem aus sie den Drachenschwanz überblickten. Kilore wich hinter ihnen zurück, sank unter den Horizont, während sie immer weiter westwärts ritten. Die wuchtige Steinfestung geriet außer Sicht, und mit ihr schwand die letzte Spur Verstimmtheit. Er lachte wieder, von Zweifeln oder Vorwürfen unbelastet, als Aileen ihm eine Geschichte über ihren Bruder erzählte, und war erleichtert, daß der Traum, der ihn so gequält hatte, verbannt war. Denn damit war er auch von Brennan befreit.

Bis Aileen seinen Namen nannte und ihn zwischen ihnen heraufbeschwor.

Solch eine einfache Frage: »Ist Brennan Euch sehr ähnlich?«

Sie hatten ihre Pferde galoppieren lassen, waren über das Vorgebirge geprescht, hatten in den Wind gelacht und Herausforderungen hinausgeschrien. Jetzt führten sie die Pferde, die Zügel über ihre Hände geschlungen. Kiri trottete vor ihnen her, und zwischen ihnen schwebte Brennan.

»Nein«, sagte Corin kurz.

Sie wartete auf mehr. Als er schwieg, sah sie ihn offen an. »Haßt Ihr ihn also so sehr?«

Er öffnete den Mund, um die Frage sofort zu verneinen. Aber es kam nichts heraus. Überhaupt nichts. Die Verneinung erstarb schon im Keim. Er hatte seine Empfindungen niemals als Haß angesehen und empfand das Wort selbst jetzt noch als unrichtig. Aber er wollte sie nicht mehr belügen als sich selbst.

»Er ist mein Bruder.« Er gebrauchte absichtlich das homanische Wort anstelle des Cheysulibegriffs.

Aileen verzog den Mund. »Verwandtschaft hat wenig mit Mögen oder Nichtmögen zu tun, wenn das Herz spricht.«

Corin seufzte. Der Wind wehte vom Ozean herauf, wirbelte über den Rand der Klippe und bedrängte sie beide. Corin roch das Meer, das Salz und den Fisch.

»Ich habe für *mich* gefragt«, sagte Aileen ruhig. »Ich habe dabei an mich gedacht. Aber jetzt frage ich für Corin.«

Er sah sie scharf an. Und wandte den Blick dann jäh wieder ab. Er konnte das Mitleid in ihren Augen nicht ertragen.

»Nein«, sagte er schließlich. »Nein, ich hasse ihn nicht. Ich mag ihn nicht, aber ich mag mich selbst noch weniger, weil ich das zugebe.«

Der Wind drohte ihren Haarzopf zu lösen. Kleine Strähnen gerieten ihr in die Augen. Sie strich sie unwillkürlich zurück, während sie mit einer Hand noch immer das Pferd führte. »Warum?« fragte sie leise.

Corin focht seinen eigenen nutzlosen Kampf mit Wind und Haar. »Weil ... weil er *Brennan* ist.«

Aileen lachte. »Solch finsteres Stirnrunzeln, Corin! Ist er wirklich so schlimm?«

»Nein. Er ist wirklich so *gut*.« Er schüttelte den Kopf, während er ein unbestimmtes Schuldgefühl verspürte. Nur Keely wußte durch ihre tiefe Verbindung wirklich, wie er empfand – und weil sie ein gutes Maß seines Grolls teilte. Sie und Brennan standen sich nicht näher als *er* und Brennan, auch wenn sie weniger von dem lästigen Groll geplagt wurde. Corin glaubte, daß der Grund dafür darin lag, daß Keely wußte, daß sie als Frau keine Möglichkeit hatte, den Löwenthron zu erben. Aber Corin wurde nur durch die Reihenfolge der Geburten daran gehindert. »Ich darf nicht mehr dazu sagen, Aileen ... Er ist Euer Verlobter, und es hat keinen Sinn, Eure Meinung über ihn zu beeinflussen, wo Ihr sie Euch doch ungehindert bilden solltet.«

Sie lachte. »Seht Ihr? Ihr mögt ihn gar nicht so ungern, wie Ihr glaubt ... denn wenn dem so wäre, würdet Ihr ihn mir gegenüber nicht verteidigen.«

Er seufzte erneut tief auf und legte damit auch den letzten Rest Zurückhaltung ab. Dies war ein Thema, das er von Anfang an gemieden hatte, da er es nicht mit der Frau besprechen wollte, die Brennan heiraten würde. Aber wenn Aileen Offenheit verlangte, würde er sie ihr gewähren.

»Seit ich mich erinnern kann, hieß es immer Brennan *dies*, Brennan *jenes* ... Brennan, der Sohn des Mujhar, Brennan, der Prinz von Homana, *Brennan*, der Erbe des Löwenthrons. Ein Teil der Vergangenheit und der Zukunft: Cheysuli und Homaner.« Er sah sie forschend an, weil er befürchtete, er könnte sie kränken, aber er sah nur, daß sie zuhörte, ohne zu urteilen. »Mein ganzes Leben lang ist er mir als Vorbild dessen vorgehalten worden, was ein Mann sein kann und sollte – was *ich* sein könnte, wenn ich es versuchte! –, und ich bin es so leid. Wenn ich es verdient hätte, würde es mir nicht soviel ausmachen, aber es ist ja nur aufgrund seiner Geburt so, wie es ist ... weil er *zuerst* geboren wurde ...« Er brach ab, strich sich das lohfarbene Haar aus den brennenden Augen. »Es hätte auch Hart sein können. *Hart* hätte der Erstgeborene sein können, und dann wäre *er* der Erbe Homanas.«

»Oder Ihr.« Sie sagte es ruhig. »Stört Euch das so sehr? Daß Ihr nicht an Brennans Stelle geboren wurdet?«

Corin blieb jäh stehen. Das Pferd lief ihn fast um, aber es kümmerte ihn nicht. »Ja.« Er wich ihrem Blick nicht aus. »*Ja*, Aileen, so ist es. Ich habe den Löwenthron immer gewollt.«

Sie wandte sich zu ihm um. Der Wind riß ihr das Haar aus dem Gesicht und legte es für ihn frei. »Aber Ihr werdet *das* haben.«

Er folgte der Linie ihres erhobenen Arms. Er sah jenseits ihrer Hand die Insel auf der anderen Seite des Drachenschwanzes. »Atvia ist ein armseliger Ersatz für Homana«, sagte er verbittert.

Sie senkte den Arm langsam wieder. »Wollt Ihr es, weil Ihr es *wollt*? Oder weil Euer Bruder es bekommen wird?«

Er sah sie an. Diese Möglichkeit hatte er niemals bedacht. Er wußte nur, daß er Brennans Platz schon hatte innehaben wollen, solange er sich erinnern konnte.

Er blickte zu Kiri. »*O Lir, ist es das? Will ich das, was Brennan hat, nur weil er es hat?*«

Der Fuchs antwortete nicht. Corin erschauderte, da er etwas in sich entdeckte, was ihm überhaupt nicht gefiel. Er gestand es zum ersten Mal ein, und es gefiel ihm dadurch nicht besser.

Wenn ich besäße, was Brennan besitzt, wäre ich dann zufrieden? Oder würde ich neue Möglichkeiten suchen, unglücklich zu sein und es auch zu zeigen?

Corin blickte über das bewegte graue Wasser in Richtung Atvia. Er setzte sich langsam hin, ließ dem Pferd die Zügel und starrte dann gen Himmel. »Ich will Macht«, sagte er. »Ich will Freiheit. Ich will Zufriedenheit. Aber – ich will vor allem die Möglichkeit haben, ich selbst zu sein, ohne mit meinem *Rujholli* verglichen zu werden.«

Aileen ließ ihrem Pferd ebenfalls die Zügel, setzte sich neben ihn und ordnete geschickt ihre Röcke. »Nicht so viel«, sagte sie. »Ihr neigt nicht dazu, habsüchtig zu sein.«

Die Insel jenseits des Kanals war in Gischt und Sonnenschein gebadet und mit Myriaden von Farben versehen. »Atvia ist ein Land der Fremden«, belehrte er sie. »Ein Land alter Haß- und Zorngefühle, der Kriege und des Vasallentums ... ich werde dort nicht willkommen sein.«

»Nein«, stimmte sie ihm zu. »Aber als ein Mann, der Macht will, könntet Ihr es vielleicht als Herausforderung ansehen. Ihr könnt als fremder Prinz in dieses Land *hinein-* und als geliebter König daraus hervorgehen.«

»Geliebt.« Er lächelte. »Welcher König ist geliebt?«

»Mein Vater«, antwortete sie ruhig.

Corin seufzte. »Ich glaube, meiner auch.«

Aileen blickte, anscheinend in Gedanken verloren, in die Ferne. Als sie wieder sprach, klang ihre Stimme ruhig, aber er hörte die Feinheiten so deutlich heraus, als hätte sie geschrien. »Wenn Brennan Euch nur annähernd ähnlich ist, kann ich vielleicht zufrieden sein.«

»*Mir* annähernd ähnlich?« Er sah sie entsetzt an. »Aileen – *nein* ... Brennan ist mir *überhaupt* nicht ähnlich, und Ihr solltet dafür dankbar sein!«

»Warum?« Jetzt sah sie ihn an. »Sollte ich dankbar sein, daß ihm vielleicht Eure Vielschichtigkeit fehlt? Daß ihm Eure Gefühlstiefe fehlt? Daß ihm Eure *Leidenschaft* fehlt?« Ihr Blick schwankte nicht. »Sollte ich dankbar sein, daß er nicht aussprechen muß, was sein Herz empfindet?«

»Und wenn das Herz *düster* ist ...«

»Nicht düster«, sagte sie ruhig. »Nur durch kindlichen Groll verletzt, und ich glaube, daß dieser schnell verbannt werden könnte.«

Corin schüttelte den Kopf. »Brennan ist besser für den Löwenthron geeignet. Er denkt nach, bevor er spricht, er spricht, bevor er handelt und handelt dann verantwortlich. Er versteht, was einen Mann dazu bringt, auf seine eigene Art zu empfinden, und achtet diesen Mann wegen seiner Empfindungen. Er *hört zu* ...«

Corin brach jäh ab. Und dann begann er zu lachen. »O Götter, *Frau* – erkennt Ihr, was Ihr getan habt? Dadurch daß ich Euch erkläre, warum ich meinen *Rujholli* nicht mag, werde ich sein Fürsprecher!«

»Ich glaube, daß er keinen Fürsprecher braucht«, belehrte Aileen ihn. »Und ... ich glaube auch, daß Atvias Gewinn sicherlich Homanas Verlust ist.«

Das glaubte Corin nicht. Corin glaubte etwas vollkommen anderes und meinte es aussprechen zu müssen. Er atmete zögernd ein. »Und *ich* glaube, daß mein Verlust Brennans Gewinn ist ...« Er hielt einen Augenblick inne und fuhr dann verbittert fort. »Nur daß man nicht verlieren kann, was man niemals besaß.«

Sie sahen einander eine Weile an, unfähig, ihre Blicke voneinander zu lösen und sich nur zu bewußt, daß er gesagt hatte, was besser *un*gesagt geblieben wäre, zumindest zwischen *ihnen*, zwischen der für seinen Bruder bestimmten Frau und dem Mann, der sie für sich selbst begehrte, genau wie er so viele Dinge gewollt hatte, die Brennan besaß. Aber dieses Mal, *dieses* Mal, wollte er sie weniger ihm *weg*schnappen, als sie ganz einfach selbst besitzen.

Sie streckte langsam ihre Hand aus und berührte sanft die seine. Er spürte das Beben ihrer Finger. »Und das tut mir leid.«

Corin entzog ihr seine Hand und machte eine Geste: eine mit der geöffneten Handfläche nach oben gerichtete Hand mit gespreizten Fingern. »*Tahlmorra lujhalla mei wiccan, Cheysu*«, sagte er grimmig, »und ich kann das Schicksal, das uns die Götter zuwiesen, nicht mehr ändern, als ich die Rangfolge meiner Geburt ändern kann.«

Er stand vor dem Löwenthron und sah den dort sitzenden Mann an. Es war nicht sein Vater. Niall war fort. An seiner Stelle saß Brennan dort.

Corin neigte den Kopf. »Mylord«, sagte er höflich, »ich wünsche Eure Königin zu rauben.«

Er setzte sich mit einem gedämpften Schrei auf. Rund um ihn herum war nur Dunkelheit und die Bettdecken. Er streckte die Hand erneut – und wie gewohnt – nach Kiri aus.

Lir, o Lir, ich glaube, ich werde verrückt.

Nein, sagte die Füchsin, *du bekommst nur zu wenig Schlaf.*

Das stimmte. Jede Nacht. Er schlief, träumte, erwachte und wiederholte diesen Kreislauf. Er schämte sich einiger seiner Träume. Er hatte flüchtig daran gedacht, mit einer der Dienerinnen zu schlafen, wenn auch nur, um die Träume zu verbannen, aber der Gedanke erstarb fast noch in dem Augenblick, als er entstanden war.

Er wollte Aileen selbst, nicht eine von Aileens Frauen.

Corin rollte sich auf den Bauch. *Wenn ich jetzt nach Atvia ginge…* Aber er wußte, daß er niemals dorthin gehen würde. Er hatte jedes Recht zu warten, solange Liam dem Palast fern war. Niemand konnte ihn verdächtigen, aus anderen Gründen zu bleiben.

Nicht einmal Aileen.

Er schlief. Er träumte. Er erwachte.

»*Mylord*«, *sagte er höflich*, »*ich wünsche Eure Königin zu rauben.*« *Er hielt ein Schwert in der Hand…*

Aileen berührte seine Schulter, und das Bild schwand sofort. »Wo seid Ihr, Corin? Ich sehe den Ausdruck Eurer Augen.«

Er blinzelte und erkannte, daß er wieder in Kilore war. Kein Löwenthron mehr, kein Brennan mehr. Nur Brennans Verlobte.

»Nirgends«, sagte er kurz angebunden und stand von seinem Stuhl auf.

Sie hatten zusammen gegessen, einander Geschichten erzählt und sich an Kinderspiele erinnert. Jetzt saßen sie vor einem der riesigen Kamine in einem Privatgemach, und er wußte, daß sie das Schicksal herausforderten.

»Corin …«

»Wird Liam niemals nach Hause kommen?«

Aileen, die noch immer saß, schaute zu ihm hoch, während er sich umwandte und beiseite ging. Er schritt hin und her, ruhelos, verärgert und von seiner Verzweiflung übermannt. Sie sah es ihm an und trauerte.

»Ich kann nach ihm schicken«, sagte sie schließlich. »Ich habe es bisher nur deshalb nicht getan, weil Ihr sagtet, es sei nicht dringend.«

»Nein. Es ist nicht dringend.« Er hielt in seinem Schritt inne und fuhr herum. »Ich kann nicht bekommen, was ich *brauche*.«

Sie verstand ihn. Aber sie wich seinem Blick auch jetzt nicht aus. »Wer sagt, daß Ihr es nicht haben könnt?«

»*Brennan* …«

»Brennan ist nicht hier.«

Corin beobachtete, wie sie aufstand. Weniger als drei Schritte trennten sie. Er wußte, daß er sie nicht zu überbrücken wagte. Und hoffte dennoch, daß *sie* es tun würde, damit er mit der Schuld leben könnte. Und wußte, daß es ungerecht war.

»Aileen …«

»Ihr kamt, ohne es zu wissen«, sagte sie, »und hattet keinerlei Absichten. Ich habe Euch anstelle meines Vaters empfangen und Euch nicht mehr als Höflichkeit geboten. Und, gelegentlich, Mitgefühl und Verständnis. Daraus entstehen die Ranken, die uns in ihren Dornen verfangen.«

»Dann werde ich uns freischneiden.«

Aileen lächelte bittersüß. »Werdet Ihr das tun, jetzt? Aber wie?«

»Indem ich Euch sage, daß die Nachricht, die ich für Liam habe, lautet, daß die Verlobungszeit beendet ist.« Er sah, wie sie erbleichte. »Die Hochzeit wird gewünscht. Brennan braucht einen Erben.«

Aileen schwieg lange Zeit. Und dann verkrampfte

sie die Hände in den Falten ihrer schweren Röcke. »Das tut sehr weh, Corin ... weher als die Dornen.«

»Brennan wird die Wunde verbinden.«

»Und wer wird *Eure* Wunde verbinden?«

»O Götter ... *Aileen* ...«

Aber sie tat die drei Schritte und schloß die Lücke zwischen ihnen – und auch seinen Mund mit kalten, schlanken Fingern. »Nein«, sagte sie. »Nein, ich möchte nicht, daß wir grausam zueinander sind, nicht *zu*einander. Ach, Corin ... kannst du mich *festhalten*? Ich warte schon so lange darauf.«

Er hielt sie fest, als sie darum bat, und dachte, er könnte sich selbst davon überzeugen, daß er es *nur* deshalb tat, weil sie darum gebeten hatte, aber er wußte er besser. Er wußte es. Er war verloren, und sie ebenso.

Und ebenso ihre Unschuld.

Lir, sagte Kiri, und jemand riß die Tür auf.

Sie trennten sich, aber nicht schnell genug. Und dann forderten die Hunde Aileens Aufmerksamkeit, so viele Hunde, alles Wolfshunde, die sie auseinanderdrängten, und er wußte, daß Liam schließlich doch zurückgekehrt war.

»Mädchen«, sagte ihr Vater sanft und sah dann Corin an.

O ... Götter ...

Liam grinste und betrat den Raum, indem er die Hundemeute teilte. Er war ein großer Mann, ein starker Mann, mit Deirdres messinghellem Haar und Aileens grünen Augen, winddurchweht, wettergegerbt, von Jahren der Kriegführung abgehärtet. Corin wußte, daß er fünfzig Jahre alt war, aber diese Jahre drückten ihn nicht nieder.

»Nialls Junge«, sagte der Herr von Erinn mit tiefer Zufriedenheit in der Stimme. »Ich sehe es an Eurem Gesicht und Eurer Hautfarbe, auch wenn Ihr nicht seine Größe und sein Gewicht habt.« Er umarmte

Corin kurz und bärenhaft und schob ihn dann zur weiteren Betrachtung wieder zurück. Grüne Augen schimmerten. Aileen, die mit bleichem Gesicht hinter ihm stand, sah ihn nur an. »Ich erkenne nichts von Gisella an Euch.«

Corin atmete tief durch. »Mylord ...«

»Also seid Ihr gekommen, um mein Mädchen zu werben?« Liam schritt zu einem Tisch und goß Wein ein. »Oder habt Ihr sie bereits erobert?« Er grinste und erhob seinen Becher. »Auf Brennan und Aileen, den zukünftigen König und die Königin von Homana.«

Einen verrückten Augenblick lang fragte Corin sich, ob es möglich wäre, Liam im Ungewissen zu lassen. Er wußte, daß Hart es vielleicht versucht hätte, einfach um eine Wette zu gewinnen.

Aber dies war keine Wette. Aileen war weitaus mehr wert.

»Nein«, sagte er hohl.

Eine dichte blonde Braue wurde erhoben. »Nein?« fragte Liam. »Kann ich nicht auf euer Glück trinken?«

»Ihr mögt auf das Glück von *Brennan und Aileen* trinken«, sagte Corin mit aller ihm möglichen Selbstkontrolle. »Aber ich habe nichts damit zu tun.«

Liam senkte den Becher wieder. »Seid Ihr verrückt, Junge? Beleidigt Ihr meine Tochter schon so bald nachdem Ihr sie geküßt habt?«

»Mylord.« Corin trat unmittelbar vor Liam, so daß er Aileen nicht mehr sehen konnte. »Mylord, Ihr habt richtig gesehen. Aber ich bin nicht Brennan.«

»Nicht ...« Liam brach ab. Er stellte den Becher so heftig ab, daß Wein über den Rand schwappte. »Wer seid Ihr *dann*, Ihr *Skilfin*, und warum habt Ihr meine Tochter geküßt?«

»Ich *bin* Nialls Sohn, Mylord ... er hat drei Söhne, wenn Ihr Euch erinnern wollt. Ich bin der Jüngste.«

Liams Sorglosigkeit und gute Laune waren vergangen – er hörte jetzt mit gerunzelter Stirn aufmerksam zu. Die bloße Macht im Blick des Mannes erweckte in Corin den Wunsch, sich zu krümmen. Aber er hielt regungslos stand.

»Corin«, sagte Liam schließlich. »Soviel weiß ich aus Nialls Briefen.« Er warf schnell einen Blick an Corin vorbei zu Aileen und preßte dann die Lippen zusammen. »Nun, Junge, seid Ihr gekommen, um mir zu sagen, daß Brennan und Hart tot sind und *Ihr* der Erbe des Löwenthrons seid?« Er sprach barsch. »Ich werde keine andere Erklärung dafür annehmen, warum Ihr Euch die Freiheit genommen habt, Brennans Verlobte zu küssen.«

»Wirst du dies verstehen?« Aileen sprach zum ersten Mal, seit Liam den Raum betreten hatte. Sie trat neben Corin und sah ihren Vater genauso offen an wie er, wenn auch weniger höflich. »Wirst du es anerkennen, wenn ich dir sage, daß ich Corin statt Brennan erhören werde?«

Corin wandte ruckartig den Kopf und sah sie erschreckt an.

Liam hob die Augenbrauen. »*Wirst* du das?« fragte er sanft. »Du glaubst also, das wäre so einfach?«

Corin hatte mehr als das von ihm erwartet. Aber als er Liam wieder ansah, erkannte er, daß der sanfte Tonfall seine wachsame Haltung nicht vollständig verbannt hatte. Er erinnerte Corin an einen Rotluchs, der Gleichgültigkeit vorgab, bis die Zeit zum Absprung gekommen war.

Aber wer ist die Beute? fragte er sich unbehaglich. *Aileen oder ich selbst?*

»Nicht leicht«, sagte Aileen, »aber richtig. Ich weiß, diese Verlobung war eine politische Angelegenheit ... und ich will mich nicht darüber beklagen. Aber ich finde, wir brauchen mich nur mit Corin anstatt mit Brennan zu verheiraten.«

Liam wandte sich müßig um und trat um den Tisch zu dem riesigen Kamin. Er starrte in die Flammen und wandte ihnen dabei den Rücken. Er trug schwarze Jagdkleidung und goldene Sporen. Das helle, vom Ritt windzerzauste Haar fiel ihm bis auf die Schultern. Die Wolfshunde sammelten sich um ihn.

»Corin ist Atvia verpflichtet.«

Mehr sagte Liam nicht, und er sagte es in die Flammen hinein. Corin und Aileen tauschten verwirrte Blicke. Sie zuckte leicht die Achseln und zeigte damit, daß sie Liams seltsames Verhalten auch nicht verstand.

»Ja, Atvia«, sagte sie schließlich, als offensichtlich wurde, daß ihr Vater zu schweigen beabsichtigte. »Aber es wäre eine gute Verbindung, Mylord ... Sie würde helfen, den Frieden zwischen den Reichen zu schmieden.«

»Diese Aufgabe wird anderen zufallen, wenn Alaric und ich tot sind.« Liam wandte sich um und wärmte sich jetzt den Rücken. Corin erkannte, daß der Herr von Erinn nicht so gleichgültig war, wie es den Anschein hatte.

Überhaupt nicht gleichgültig ... er wartet nur auf den richtigen Zeitpunkt.

»Was würde das ändern?« fragte Aileen. »Brennan und ich sind uns niemals begegnet und haben nicht einmal Briefe ausgetauscht. Er wird nicht vermissen, was er niemals besaß, noch sich jemals zu bekommen *bemüht* hat.« Sie machte eine Geste. »Es gibt Ellas, Falia, Caledon ... Soll er doch eine von *deren* anstatt Erinns einzige Prinzessin nehmen.«

Liams Blick zuckte zu Corin. »Wollt Ihr sie, Junge?«

Er hob den Kopf. »Ja, Mylord, *das tue ich.*«

Liam sah auf seine Hunde hinab. »Ich könnte an Niall schreiben«, sagte er wie abwesend. »Ich könnte ihm schreiben ... ihm genau das sagen, was ihr mir gesagt habt ... Vielleicht *könnte* man sich einigen ...« er schaute von seinen Hunden auf, »... aber das wäre das Ende der Prophezeiung ... das Ende der Cheysuli.«

Corin sah ihn entsetzt an. Er erkannte verzweifelt die

Wahrheit in Liams mitleidsvollen Augen. *Liam* wußte. Er verstand sehr genau. Besser als Aileen, die nur die Ablehnung hörte. Sogar besser als Corin, der heftige Scham empfand, weil er das Offensichtliche übersehen hatte. Beinahe hätte er sein Blut verraten.

»Bist du verrückt?« fragte Aileen. »Wie könnte es das Ende von etwas sein? Und was hat eine Prophezeiung mit *uns* zu tun?«

»Aileen.« Corin wollte sie berühren, aber er wagte es nicht. »Aileen, ich habe dir von der Prophezeiung erzählt ... wie sie das Leben der Cheysuli bestimmt.«

»Ja, *ja*«, sagte sie ungeduldig, »du hast mir alles darüber erzählt. Es ist eine gute, wichtige Sache und wert, sich ihr zu widmen, aber was hat das mit *uns* zu tun?«

»Mit *dir*«, sagte er deutlich. »Der erste Sohn, den du Brennan gebärst, wird ein weiteres Glied der Kette sein und uns der Erfüllung einen Schritt näherbringen.«

Aileen zuckte die Achseln. »Und wenn ich *dir* einen Sohn gebäre, würde das die Götter nicht auch erfreuen?«

Corin schüttelte zögerlich den Kopf.

»Warum *nicht?*« rief sie. »Sie wollen doch einen Sohn, nicht wahr? Dann werde ich ihnen diesen Sohn *geben!*«

»Aileen.« Corin atmete tief durch. »Diese Aufgabe kommt Brennan zu. Und dir. Ich habe keinen Anteil daran.«

»Und warum nicht?«

»Weil ...« Er machte eine Geste der Sinnlosigkeit. »Weil es damit zu tun hat, welche Mischung das Blut aufweist. Brennan ist Cheysuli, Homaner, Solinder und Atvianer. Und du bist Erinnierin.« Er seufzte. »Die Prophezeiung erfordert ...«

»Aber *du* hast alle diese Blutlinien auch in dir, Corin!«

»Aber ich bin nicht der Prinz von Homana!«

Sie sahen einander an, von Stolz, Zorn und Qual wie

gelähmt. Und dann machte Aileen eine abwehrende und entschlossene Geste. »Ist es *so* wichtig, daß ich den Prinzen von Homana heirate?«

»Ja«, sagte er erschöpft. »Alles beginnt mit Homana ... und es wird eines Tages mit Homana enden.«

»Aileen.« Liams sehr ruhige Stimme. »Aileen, hat er dich nichts über die Cheysuli gelehrt? Erkennst du nicht den Stolz, die Ehre, die Willenskraft, die sein Leben bestimmt?« Er wirkte jetzt älter und schien seine Worte zu bedauern. »Niall hat ein Jahr lang hier gelebt, und ich habe in dieser Zeit einiges über die Cheysuli gelernt – genug, um sie *und* ihre Entschlossenheit zu achten.«

»Achtest du denn *mich* nicht?« fragte sie. »Hältst du mich nicht für fähig, einen Menschen zu beurteilen? Warum *sonst* sollte ich ihn, deiner Meinung nach, begehren?«

»Dann frage ihn«, sagte Liam sanft. »Sieh ihn an und frage ihn.«

Kurz darauf wandte sich Aileen Corin zu. »Willst du sagen, daß du mich nicht mehr willst?«

Sie würde niemals eine Schönheit sein, aber er war von ihrem Stolz und dem brillanten Geist geblendet. »Du hast mir gezeigt, wie es ist, über mich selbst hinaus andere zu betrachten«, sagte er sehr sanft. »Du hast mir gezeigt, wie ich ich selbst sein kann, ohne mich mit anderen oder dem, was andere *von* mir wollen, zu vergleichen. Du hast mich gelehrt, im Geiste – wenn nicht sogar körperlich – frei zu sein, mich den Notwendigkeiten zu beugen und sie mutig anzunehmen.« Er lächelte. »Und du hast mich nicht zuletzt gelehrt, meinen Bruder zu lieben, und dafür bin ich dir sehr dankbar. *Leijhana tu'sai, Meijhana* ... aber ich kann ihm seine Königin nicht rauben.«

Aileens Gesicht war ein weißer Fleck in rotem Haar. Ihre Augen schwammen in Tränen. Aber sie sagte nichts. Sie sagte überhaupt nichts. Sie wandte sich nur um und verließ den Raum.

Kurz darauf legte Liam seine große Hand auf Corins Schulter, umfaßte sie kurz und ließ sie dann wieder los. »Bis zu diesem Augenblick habe ich niemals bedauert, was Niall und ich getan haben, indem wir die Söhne und Töchter einander versprachen. So wird es in Königshäusern nun einmal gehandhabt. Der Rang erfordert es.« Er nahm Corins vergessenen Weinbecher auf und gab ihn ihm. »Aber anscheinend haben wir zu leichtfertig mit ungeborenen Seelen gehandelt.«

Corin starrte in den lauwarmen Wein. »Ich kam hierher, um Euch mitzuteilen, daß mein *Jehan* die Hochzeit durchzuführen wünscht.« Er sah Liam an. »Aileen soll sich für die Reise bereitmachen.«

Liams grüne Augen zeigten Schmerz und großes Bedauern. Er streckte langsam die Hand aus und nahm Corin den Becher wieder ab. »Geh zu ihr, Junge. Sie ist ein kluges Mädchen, das sagt, was es denkt, und wahrscheinlich wird sie dir harte Worte entgegenschleudern …, aber *geh zu ihr*. Ich werde nicht denselben Fehler machen, den mein Vater gemacht hat, als Niall von Deirdre fortgeschickt wurde. Geh zu Aileen, und dann verabschiedet euch. Es wird nicht genügen, aber es ist zumindest *etwas*.«

Corin konnte nur nicken. Und dann verließ er den Raum.

Er fand sie schließlich auf den Festungsmauern. Er konnte nicht sagen, ob sie weinte. Der Wind rieb ihr erstarrtes Gesicht von allem frei, als sie sich ihm zuwandte.

Ihre Finger umklammerten den Stein. Ihr Rückgrat schien ebenfalls starr. »Geh, Corin. Ich möchte allein sein.«

»Das ist eine Lüge«, erklärte er einfach. »Du möchtest mir sagen, daß ich mich geirrt habe …, daß ich dich ungeachtet der Folgen nehmen will …, daß ich dich stark genug will, um meinem *Rujholli* die Verlobte zu rauben.«

Der bewegliche Mund war sehr angespannt. »Aber du wirst es nicht tun. Du *tust* es nicht.«

Er stand neben ihr und wandte sich jetzt ab, um aufs Meer hinauszublicken, das die Strände Erinns peitschte. »Ich will dich«, sagte er einfach, da er nicht wußte, wie er es anders – wie er es *besser* – ausdrücken sollte. »Wenn es nicht genügt, daß ich es ohne Vorbehalte sage, dann tut es mir für dich leid. Aber ich kenne dich besser, Aileen … Ich kenne dich besser als jeden anderen Menschen außer Keely, wenn auch in ganz anderem Sinne.«

»Tatsächlich?« Sie standen sich nahe genug, um sich berühren zu können, aber sie machten beide keinerlei Anstalten dazu.

»Ja.« Der Wind trug die Worte davon. »Ich weiß, daß du mich letztlich hassen würdest, wenn ich meinen Verwandten, meiner Rasse, meinem *Tahlmorra* den Rücken kehrte. Vielleicht sogar schon morgen.« Er wandte sich ihr zu, wobei die lederne Messerscheide an dem vom Wind blankgefegten Stein entlangschabte. »Es gibt Frauen auf der Welt, die sich freuen würden, wenn in ihrem Namen solch ein Opfer gebracht würde, aber du gehörst nicht dazu.«

Ihr Haar flatterte wie ein Banner im Wind und wurde ihr aus dem Gesicht geweht. »Nein«, sagte sie, »ich gehöre nicht dazu …, aber ich wünschte fast, es wäre so.«

Ein Lachen stieg tief in Corin auf, ein einzelner aufbrechender Laut. »Wenn du dazugehörtest«, belehrte er sie, »wenn du dazugehörtest, könnte ich dich niemals so lieben, wie ich es tue.«

Aileen fluchte verbittert und schlug mit der Faust gegen die Mauer. »Warum«, schrie sie, »*warum* mische ich mich in etwas ein, obwohl ich es nicht tun sollte? Warum habe ich es mir in den Kopf gesetzt, den Schmerz eines Mannes zu lindern, um ihm zu zeigen, was es heißt, Zufriedenheit in sich selbst zu finden?«

Sie schüttelte zögernd den Kopf. »Wenn ich dich alleingelassen hätte, niemals versucht hätte, dich zu verstehen, niemals versucht hätte, diesen Schmerz zu lindern, wären wir nicht in einem solchen Dilemma!«

»Warum hast du es dir in den Kopf gesetzt, mir zu zeigen, daß mich mein Bruder unter all dem kindlichen Groll wirklich kümmert?« Corin seufzte und rieb sich mit starren Fingern die schmerzenden Augen. »Nun, wir haben mich zu etwas gemacht, womit ich leben kann, und jetzt muß ich ohne dich leben.«

»Brennan«, sagte sie verbittert. »Jedes Mal, wenn ich ihn ansehe, werde ich an dich denken. Sogar im *Bett* ...«

Das war eine Vorstellung, die er absichtlich beiseitegeschoben hatte, und jetzt brachte sie sie in ihrer ganzen Intensität zurück. Er konnte es nicht ertragen. »Aileen, *hör auf.*« Er ergriff ihre Handgelenke. »Hör auf. Du bestrafst *mich* genauso wie dich selbst.«

Alle Qual stand ihr ins Gesicht geschrieben, aber auch aller Stolz. »Und wenn ich ihn mit deinem Namen anspreche?«

Corin schüttelte den Kopf. »Aileen, ich schwöre dir, wenn du Brennan begegnest, wirst du verstehen. Du wirst ihn niemals mit mir verwechseln. Wir sind so verschieden, so sehr verschieden ... im Wesen, in der Hautfarbe, in den Vorlieben ... in so vielen anderen Dingen.« Er schluckte schwer. »Ich verspreche dir, Aileen, es wird keine leere Ehe sein.«

Sie entzog sich ihm. »Vielleicht wäre mir das lieber.«

Aller Schmerz wallte in ihm auf. »Glaubst du, das will ich?« schrie er. »Glaubst du, ich will mein Leben in dem Wissen verbringen, daß du jeden Augenblick mit meinem *Rujholli* haßt, wenn ich nichts dagegen tun kann? *Nein*, Aileen. Ich möchte lieber glauben, daß du zufrieden bist, als zu denken, daß du dein Leben voller Kummer und in der sinnlosen Hoffnung darauf verbringst, daß ich eines Tages kommen könnte. Es würde *dich* verrückt machen, *mich* verrückt machen ... Es würde jede Hoffnung auf Glück für jeden von uns zunichte machen.«

»Also sagst du mir, ich soll nach Homana gehen und deinen Bruder heiraten ..., um seine Frau zu sein und seine Kinder zu gebären ... alles für ihn zu sein, was ich für dich sein will«, sagte sie.

»Ja«, sagte er rauh. »Das sage ich dir.«

Sie atmete zitternd ein. »Du bist ein harter Mann«, sagte sie, »und ich wünschte, ich könnte dich erweichen. Aber wenn ich es täte, würde ich das zerstören, was ich liebe.«

»Aileen ...«

Sie hob Ruhe gebietend eine Hand. »Genug«, sagte sie. »Ich denke, du hast genug gesagt. Und jetzt muß ich gehen ... Es ist an der Zeit, daß ich zu packen beginne.«

Er beobachtete, wie sie davonging. Und als sie fort war, als er allein auf den Festungsmauern stand, sank er langsam an dem Stein hinab, saß dann mit angezogenen Beinen da und starrte blind auf seine Knie.

Später kam Liam zu ihm in seine Räume.»Komm mit mir hinaus, Junge. Jetzt.«

»Mit Euch *hinaus* ...?«

Aber Liam antwortete nicht. Er bedeutete Corin, ihm aus dem Raum zu folgen und ging sofort los, die Hunde im Schlepptau. Kurz darauf verließ auch Corin den Raum.

Sie verließen Kilore ganz, ritten mit einer Eskorte großer Hunde und mit Kiri, ein rostbraun und schwarz gefärbter Fleck auf dem smaragdgrünen Gras, über das Vorgebirge. Liam sagte nichts über seine Absichten und auch nicht, was er von Corin erwartete. Er ritt einfach in Schweigen gehüllt voran, und Corin ritt mit ihm.

Schließlich zügelte Liam sein Pferd. Vor ihnen befand sich ein grasbewachsener, sich aus den Wiesen erhebender Hügel, und Corin sah auf seinem Kamm einen groben Steinaltar. Er dachte, sie würden vielleicht absteigen und zu dem Altar hinaufgehen, aber Liam blieb im Sattel sitzen. Sein Blick war von Erinnerungen getrübt.

»Dieser Platz stammt von den *Cileann*«, sagte er schließlich. »Das alte Volk Erinns, aus vergangenen Jahrhunderten geboren. Der Hügel ist heilig und mit uralter Magie gesegnet ... kannst du es nicht spüren, Junge?«

»Doch, Mylord. Ich spüre es.«

Liam schaute zum Hügel. »Hier habe ich Niall hingeführt, als er von Erinn nach Atvia ging ... und meine Schwester zurückließ.«

Schmerz stieg in Corin auf. Er würde Liams *Tochter* zurücklassen. Er dachte: *Ihr vergeßt, Mylord. Niall hat sie verlassen, aber Deirdre kam später zu ihm. Ich kann nicht dasselbe erhoffen.*

»Ich war böse, Junge ... böse auf Niall, böse auf Deirdre ... böse auf mich selbst.« Liam verzog das Gesicht. »Ich hielt es für Verschwendung, daß sich ein Mann wie dein Vater den Geboten seines *Schicksals* beugen und Deirdre gegen Gisella eintauschen mußte. Ich hatte genauso klar erkannt, was zwischen ihnen geschehen war, wie ich es bei dir und Aileen erkenne. Und ich habe es verflucht. Ich habe sie verflucht, und ich habe mich verflucht, weil ich wußte, daß ich es beenden mußte.« Er verfiel einen Augenblick in Schweigen, und der Wind verwehte sein Haar. »Es war für mich damals nicht leichter als heute, Junge. Und ich verstehe es nicht besser. Aber ich weiß, daß es geschehen muß. Das hat Niall mich gelehrt, und du hast mich wieder daran erinnert.«

Corins Pferd stampfte mit den Hufen, und er beruhigte es wie abwesend. »Ich bin nicht mein *Jehan*. Ich wünschte, daß ich so sein könnte, um ihr Besseres zu bieten, oder daß ich zuerst geboren wäre, damit ich wie Brennan wäre ...« Er brach ab. »Aber selbst dann könnte ich ihr nichts bieten.«

»Und du bist blind, Junge.« Liam wandte sein Pferd. »Dann komm. Du wirst eines Tages an Alarics Stelle König sein. Wir müssen über Handelsmöglichkeiten und Verträge sprechen, solange wir die Zeit dazu haben.«

Corin folgte ihm schweigend, während der Wind den Hügel hinabwehte.

Kapitel Fünf

Er dachte, sie sei die wunderschönste Frau, die er jemals gesehen hatte. Ihre Anziehungskraft berührte ihn wie alle Männer und verschlang beinahe seinen Verstand. Aber er wußte es besser. Er kannte sie: Lillith von den Ihlini, die Schwester Strahans selbst.

Corin atmete tief durch, während er die Stufen des Palastes herabstieg. Ein Junge übernahm sein Pferd. Allein, zu Fuß und verängstigt, trat er der Hexe gegenüber.

Sie stand oben auf der Treppe. Sie beobachtete ihn. Und sie lächelte. »Willkommen in Rondule.«

»Bin ich willkommen?« Er zwang sich, die erste Stufe zu nehmen.

»Aber natürlich. Seid Ihr nicht der Kronprinz von Atvia?«

Ein zweiter Schritt. »Das muß Alaric entscheiden.«

»Aber natürlich.« Lillith lächelte noch immer. »Wenn Alaric es entscheiden *kann*.«

Corin hielt inne, zwang sich aber dann weiterzugehen. »Das klingt seltsam.«

»Ihr werdet es verstehen, wenn Ihr ihn gesehen habt.« Sie trug Blau, ein tiefes, üppiges Blau, mit Silber und Perlen gegürtet. Große unregelmäßige Perlen, einige cremefarben, einige grau, einige schwarz, mit einem Hauch Silberblau. Und weitere Perlen im Geflecht ihres Zopfs.

Näher, immer näher, bis er die Silberspitzen ihrer Fingernägel und die schwarz umrandeten Augen erkennen konnte. Und die unheimliche Jugendlichkeit ihrer Züge und ihrer Gestalt.

Diese Frau hat meinen Su'fali verführt.

Corin betrachtete sie, während er die Treppe hinaufstieg. Er begann zu verstehen, wie es geschehen konnte. Als *lirloser* Cheysuli hatte Ian keine Chance gehabt. Ihre Macht war offensichtlich.

Lillith lächelte. »Ich sehe, daß Ihr Euren *Lir* mitgebracht habt.«

Jemand, oder *etwas*, berührte sein Rückgrat mit eisiger Fingerspitze. Es gefiel ihm nicht, wie Lillith Kiri ansah. Um von etwas anderem zu sprechen, sagte er: »Mein *Jehan* hat eine Nachricht gesandt, daß ich kommen würde.«

»Nein«, sagte Lillith. »Ich wußte es bereits.«

Er blieb jäh stehen. Er befand sich nur noch drei Schritte unter ihr. Er sah, daß sie jung war, wahrhaftig *jung*. Nicht älter. Es war nicht Alter, das sich als Jugend verkleidet hatte. Er brauchte sie nur mit Aileen zu vergleichen, um zu erkennen, daß die Magie tatsächlich mächtig war. Sie vermochte mehr, als ihr nur den *Anschein* von Jugend und Schönheit zu verleihen, sie verlieh ihr beides in vollem Umfang. Der Sucher war ein großzügiger Gott.

Seltsamerweise mußte er an Boynes Geschichte denken, die Geschichte eines zum Gott gewordenen Magiers. Die Erinnerung ließ ihn erschaudern.

Lillith lächelte. Sie stand ruhig oben auf der Treppe, ließ ihre Macht in keiner Weise sichtbar werden und zeigte sie gleichzeitig doch vollkommen. »Es kann kein Zweifel daran bestehen, wer Euch gezeugt hat.«

Das hatte er schon früher gehört. Er und Keely hatten beide Nialls Farben geerbt – die blauen Augen, das lohfarbene Haar, die helle Haut – und ähnelten ihm in den Gesichtszügen, aber sie hatten beide nicht seine Statur. Keely war zu groß für eine Frau, aber mehr nicht. Er selbst wurde seinem Cheysulierbe nach für zu klein angesehen, da er weniger als sechs Fuß maß. Brennan und Hart überragten ihn beide um eine Handbreit.

»Und es kann auch kein Zweifel bestehen, wer *Euch* gezeugt hat.«

Lillith lachte. »Und habt Ihr Tynstar gut gekannt?«

»Nur dem Namen nach.«

»Bei *ihm* ist nicht mehr nötig.«

Ihre Stimme klang jetzt ein wenig kühler, und ihre schwarzen Augen betrachteten ihn abschätzender. Corin mißfiel das Gefühl, beurteilt zu werden, heftig. Es war schlimm genug, wenn sein Vater dies tat, aber noch schlimmer, wenn ein Ihlini ihn musterte. »Lillith …«

»Kommt herein«, sagte sie auf einmal. »Es gibt einiges zu besprechen und bessere Orte, dies zu tun.«

Er wollte ablehnen, sie verlassen und irgendwo hingehen, wo sie ihn nicht berühren könnte – nicht einmal mit Blicken. Aber ein angeborener Selbsterhaltungstrieb und der Wunsch, das Spiel sehr vorsichtig zu spielen, hielten ihn davon ab, dies zu tun. Dies war Atvia, nicht Homana. Lillith war sehr lange Zeit Alarics Gespielin gewesen, und sie war durch und durch eine Ihlini. Ihre Einflußmöglichkeiten würden inzwischen ausreichend gesichert sein. Bis er genauer wußte, wie die Dinge lagen, war es nicht an ihm, Ausflüchte zu machen.

Zumindest, bis ein guter Grund dafür besteht. Er folgte Lillith schweigend.

Sie führte ihn zu einem Privatgemach im Kern des Palastes. Die Diener, an denen sie vorüberkamen, verbeugten sich eilig vor Lillith, beobachteten sie aber auch neugierig. Er fragte sich, wie sie gewußt haben konnte, daß er käme. Er fragte sich, ob sie es doch nicht gewußt hatte und dies nur behauptete. Und vor allem fragte er sich, wie er dieses Jahr herumbringen sollte.

»Hier.« Lillith deutete auf einen hochlehnigen, mit Schnitzereien versehenen Sessel. Der Raum war düster, da er keine Fenster hatte und nur von Kerzen in Wandhaltern beleuchtet wurde. Die meisten waren nicht entzündet – ebensowenig wie der Kamin. Durch die Düsternis wurden die Farben der Wandteppiche gedämpft, und der Raum wirkte wenig einladend.

Er setzte sich hin. Kiri nahm ihren Platz zu seinen Füßen ein, ließ sich starr vor ihm nieder. Sie beobachtete genau, wie Lillith Wein eingoß. Corin schüttelte den Kopf, als Lillith ihm den Becher anbot. Sie zog ihn nicht zurück. »Ein Narr wird häufig durstig bleiben.«

»Aber der Narr wird wenigstens leben.«

Sie schaute kurz zu Kiri. Sie lächelte. »Ihr seid *tatsächlich* ein Narr, Corin. Warum sollte ich mich herablassen, Gift zu verwenden, wenn ich andere Mittel zur Verfügung habe? Und warum sollte ich Euch überhaupt das Leben nehmen wollen? Ihr seid mir lebendig nützlicher.«

»Nützlich?« Lillith hielt ihm noch immer den Becher hin. Er sah sie über den Rand hinweg an.

Sie antwortete nicht sofort. Statt dessen betrachtete sie nachdenklich den Becher in ihrer Hand, als bereite ihr Corins Ablehnung Sorgen. Sie hob den Becher an ihre Lippen und trank so von dem Wein, daß er es sehen konnte. Und dann neigte sie den Becher langsam – als wäre es nur ein nachträglicher Einfall – und goß den Wein aus.

Corin wich tiefer in seinen Sessel zurück, versuchte, dem Sturzbach zu entgehen. Sogar Kiri sprang beiseite. Aber es wäre nicht nötig gewesen. Der aus dem Becher ausgegossene Wein verwandelte sich mitten in der Luft in lavendelfarbene Rauchfäden.

»Man sollte sich nicht mit unerwünschten Resten abgeben«, sagte sie geheimnisvoll und warf Corin den Becher zu.

Er fing ihn auf, wie sie es beabsichtigt hatte, und verfluchte sich dann dafür, daß er ihrem Willen gefolgt war. Er lehnte sich seitlich über die Sessellehne, um den Becher auf dem Boden abzustellen. Während er dies tat, während er noch den Arm ausstreckte, begann sich der Becher zu verändern.

Er riß die Hand erschrocken zurück. Aber der Becher folgte ihr. Das Silber schmolz in seiner Hand, gestaltete sich um und umschloß seine Haut. Er versuchte das Silber fluchend fortzuschleudern, aber es hatte bereits eine starre Manschette um sein Handgelenk gebildet. Eine nahtlos glänzende Handschelle.

»Ich werde sehr offen sein«, sagte Lillith ruhig. »Wenn ich Euch begehrte, würde ich Euch nehmen. Ihr könntet nichts dagegen tun.«

Seine Hand zitterte und verkrampfte sich dann. »Nehmt sie *ab* ...«

Lillith schüttelte den Kopf. »Ich werde sie im Augenblick dranlassen. Sie wird Euch daran erinnern, wer hier die Macht innehat.« Sie wandte sich von ihm ab, trat zum nächsten Sessel und breitete ihre blauen Röcke aus, während sie sich in schwarzen Kissen niederließ. Sie schien nicht zu bemerken, daß er von der Silberhandschelle wie betäubt war und sie nicht ansehen konnte. »Ich möchte, daß Ihr ganz genau begreift, wie die Dinge in Atvia stehen.«

»Lady, ich *begreife* es.« Er ballte seine Hand zur Faust, stieß sie in die Luft und zeigte die glänzende Handschelle.

»Gut.« Lillith lächelte. »Ich habe nicht die Absicht, Euch Eures Geburtsrechts zu berauben.«

Er runzelte die Stirn, bevor er es unterdrücken konnte.

»Nein«, sagte sie. »Warum sollte ich das auch tun? Ihr seid Alarics Enkel und mit Osric und Thorne und Keough und allen Herrschern vor ihnen verwandt. Ich wäre eine Närrin, wenn ich Atvia seines rechtmäßigen Blutes berauben würde.«

»Warum seid Ihr dann *hier*?«

»Weil es mir gefällt, hier zu sein.« Lilliths Stimme klang einschmeichelnd.

»Wie es Euch auch gefallen hat, einen *lirlosen* Cheysuli zu verführen?«

Schwarze Augen glitzerten. »Träumt Ian von mir?«

»Nicht mehr, als ich es tun werde, Ihlini.« Er versuchte, das Silber an seinem Handgelenk zu vergessen. Aber es war kalt, so *kalt*. »Was bezweckt Ihr? Warum bleibt Ihr bei Alaric? Wenn Ihr über mein Erbe die Wahrheit sagt, müßt Ihr wissen, daß ich Euch hier nicht mehr werde haben wollen.«

»Wenn Ihr dieses Reich erbt, werde ich hier nicht mehr *gebraucht* werden.«

»Lillith …«

»Wir müssen über die Zukunft sprechen, Corin«, sagte sie ruhig und überfuhr ihn damit mühelos. »Alaric ist ein alter Mann. Sein Verstand läßt nach. Atvia leidet unter dem Fehlen einer starken Hand. Wenn nicht bald etwas geschieht, wird es denen in die Hände fallen, die es für sich erobern wollen.«

Er runzelte die Stirn. »Wem würde es nützen, Atvia zu erobern? Das Reich ist ein Lehen Homanas.«

»Liam würde die Insel sofort einnehmen, wenn er von Alarics Schwäche wüßte. Es hat nichts mit Homana zu tun. Atvia und Erinn kämpfen schon seit Jahren gegeneinander.«

Das wußte er nur zu gut. Aber er schüttelte den Kopf. »Nein, ich denke, Liam …«

»*Nein*«, sagte sie einfach. »Ihr denkt *nicht*. Ihr wißt überhaupt nichts über Liam, da Ihr ihm erst gestern begegnet seid.«

»Mein *Jehan* …«

»Euer Vater hat Liam seit zweiundzwanzig Jahren nicht mehr gesehen«, sagte Lillith tonlos. »Und selbst damals kannte er ihn nur als Prinzen von Erinn, nicht als Herrscher des Landes. Macht verändert die Menschen. Die Macht wird auch Euch verändern.« Sie sprach kühl, ohne überschwengliches Gefühl, und drückte die Dinge so aus, wie sein Vater es vielleicht auch getan hätte. Er stellte fest, daß es ihm nicht gefiel. Lillith war ein Feind. »Ich werde meine Zeit nicht mit dem Versuch verschwenden, Euch davon zu überzeugen, daß Liam Atvia schaden will«, fuhr sie fort. »Ihr würdet mir niemals glauben. Aber ich sage soviel: Atvia wird fallen, wenn nicht ein stärkerer Mann den Thron einnimmt. Und wenn es nicht an Liam fallen wird, dann an jemand anderen.« Sie hielt inne, und ihre Stimme klang dann milder. »Es gibt außer den Reichen, die wir kennen, noch andere auf der Welt.«

Das war eine seltsame Feststellung. Für Corin bestand die Welt nur aus einer Handvoll Reichen: Homana, Solinde, Erinn, Atvia, Ellas, Falia, Caledon und die Steppen. Er hatte als Kind über sie alle etwas gelernt. Und es waren keine weiteren Reiche erwähnt worden.

»Und Ihr wollt, daß *ich* den Thron einnehme. Jetzt. Vor der Zeit.«

Lillith zuckte vielsagend die Achseln. »Alarics Zeit wird knapp.«

»Warum sie dann noch mehr verkürzen?«

»Aus den bereits genannten Gründen.«

»Nein«, sagte er tonlos. »Da muß noch mehr sein.« Er umfaßte das magische Silber mit der linken Hand, spürte zusätzlich zu der eisigen Berührung eine verwirrende Ausstrahlung und versuchte es abzustreifen. Aber das Silber war fest und unbeweglich, und es umgab sein Handgelenk genauso fest, wie die *Lir*bänder seine Arme umschlossen.

»Es würde Euch nützen«, sagte sie. »Nehmt den Thron jetzt ein, setzt Euren Anspruch durch … stellt sicher, daß Atvia *Euch* als den Herrn anerkennt. Verhindert, daß das Volk unter den Einfluß von Fremden gerät.«

Fremde. Sie sprach erneut von Bedrohungen von außen. Und doch *gab* es seines Wissens nach keine

Fremden. Die Welt bestand aus acht Reichen, jene, die er bereits benannt hatte. Und vier dieser Reiche hatten Anteil an der Prophezeiung.

Aber dies war Lillith. »Ihr lügt«, sagte er knapp. »Ihr seid eine Ihlini, und Ihr lügt, und ich will an Euren Plänen nicht teilhaben.«

»Aber Atvia unterliegt Eurer Verantwortung, Corin.«

Sie war so gelassen, so ruhig, sich ihres Einflusses so *sicher*. »Noch nicht«, antwortete er fest. »Bis zu seinem Tode ist Alaric der Herrscher Atvias, und ich kehre in sieben Monaten nach Hause zurück.«

»Alaric wird innerhalb von sieben *Wochen* sterben«, sagte Lillith sanft. »Es sei denn, ich zöge sieben Tage vor – oder vielleicht sieben *Stunden*.«

Corin fluchte und stieß sich aus dem Sessel hoch. Das Silber lag schwer und kalt um sein Handgelenk, unwillkommener Ballast für seinen Geist. »Wenn Ihr mir auf diese Weise helft, Ihlini, werde ich Euch schon *jetzt* aus Atvia verbannen lassen ...«

Lillith erhob sich ebenfalls. Sie sahen einander über einen Zwischenraum von nicht mehr als fünf Schritten an und teilten Jahrhunderte der Streitigkeiten.

Corin betrachtete sie stirnrunzelnd. Er hätte gern Kiris Rat erbeten, aber ihre Verbindung war durch Lilliths Nähe gestört. »Was wollt Ihr?« fragte er. »Was wollt Ihr, Ihlini? Meine Mitarbeit? Ihr wißt, daß ich sie niemals gewähre. Meine Abreise? Bei Alarics Tod gehört das Reich mir, ungeachtet dessen, wo ich mich befinde. Aber Ihr steht hier und sagt mir, ich solle die Hand ausstrecken und den Thron einnehmen, und gebt mir den Hinweis, mir Alaric aus dem Weg schaffen zu wollen? Heimliche Absprachen? Nein. Ich werde seinen Tod niemals herbeiführen. Und doch frage ich mich ... Ich frage mich, *wenn* ich mich weigere, *wenn* ich gehe, dient das dann einem unbekannten Zweck der Ihlini? Sagt Ihr mir nur, ich solle bleiben und den

Thron einnehmen, weil Ihr wißt, daß mich diese Aufforderung vertreiben wird?«

Lillith lachte. »Habe ich Euch verwirrt, Corin? Zeige ich Euch den zweiseitigen Spiegel?«

»Ihr zeigt mir die Verderbtheit Eurer Rasse«, erwiderte er. »Glaubt Ihr, ich werde Euch weiter zuhören?«

»Wenn ich zu sprechen beschließe, werdet Ihr zuhören.« Lillith machte eine Geste – und die Tür schlug krachend gegen die Wand. »Einfache Tricks«, belehrte sie ihn spöttisch. »Die alten Götter haben dafür gesorgt, daß die Ihlini den größten Teil der Magie nicht gegen ihre Bruderrasse erheben können, aber ein kleiner Teil ist doch geblieben.«

»Und Asar-Suti?« fragte er. »Verspricht er Göttlichkeit für Knechtschaft?«

Einen Augenblick, nur einen Augenblick, erblaßte Lillith. Und dann lächelte sie, glättete ihre Röcke und bedeutete ihm zu gehen. »Ein Diener wird Euch Eure Räume zeigen.«

Der Diener hatte kaum mehr Arbeit mit Corins Schultertaschen, als ihren Inhalt herauszunehmen und zu verstauen. Corin, der ihn schweigend beobachtete, erkannte, daß nur wenig an ihm auf seinen Rang verwies. Er war mit nur wenigen Habseligkeiten von Mujhara hierher gekommen. Er hatte unter den gegebenen Umständen nicht mit zusätzlichen Packpferden reiten wollen. Jetzt war er, was zusätzliche Kleidung betraf, von Alaric abhängig, und das gefiel ihm nicht.

Wenn ich nachgedacht hätte, hätte ich vielleicht sorgfältiger geplant, erzählte er Kiri und schrak dann vor dem störenden Einfluß in der Verbindung zurück. Lillith war überall im Schloß gegenwärtig und durchtränkte sogar die Mauern mit dem Geruch der Magie. Er zweifelte nicht daran, daß die Verbindung draußen, in größerer Entfernung, sich wiederherstellen würde, aber innerhalb der Mauern des Schlosses war er bis auf die körperliche Berührung von seinem *Lir* abgeschnitten.

Der Diener verbeugte sich und verließ den Raum. Corin, der dies kaum bemerkte, trat sofort zu Kiri. Er setzte sich auf das Bärenfell am Bett und nahm die Füchsin in die Arme. Sie war warm, lebendig, liebevoll, aber er vermißte ihr inneres Gespräch, die Verbindung, die ihm die Möglichkeit gab, seine Gestalt zu verändern. Er fühlte sich der Hälfte seiner selbst beraubt. »Götter, Kiri … ich bin so *allein*.«

Als er sich herabbeugte, preßte sie ihre Schnauze an seinen Hals. Er spürte die kalte Nase, den warmen Atem und roch ihren vertrauten moschusartigen Geruch. Hell bernsteinfarbene Augen schienen ihm zu sagen, daß alles gut war, aber es diente nur dazu, ihn sich noch ruheloser und unbehaglicher fühlen zu lassen. Plötzlich schien Kiri nicht mehr als ein zahmer Fuchs, kaum mehr als ein Haustier zu sein. Das machte ihn ärgerlich, zornig, unruhig. Es beraubte ihn seines *Selbstwert*gefühls, das für einen Cheysuli so wichtig ist.

Verhielt es sich so auch mit meinem Jehan? All jene Jahre lirlos, verzweifelt glaubend, daß er niemals die Magie unserer Rasse kennenlernen würde … Corin erschauderte. *Götter, ich könnte es nicht ertragen … Dies ist schon schlimm genug, und ich weiß, daß es nur vorübergehend ist.*

Das Silberarmband schimmerte auf Kiris Fell. Er merkte, wie sich seine Finger krümmten, verkrampften, *zur Faust wurden,* bis er den Wunsch verspürte, gegen die nächste Wand zu schlagen. Es war unwichtig, daß er gesunde Knochen zerschmettern würde. Er wollte sich nur von der Fessel befreien, die Lillith ihm angelegt hatte.

»Es ist keine Kette«, sagte er laut. »Keine *Kette*, aber dies ist mehr als genug.«

Er drehte die Hand um und sah auf die Unterseite

seines Arms. Das Silber war nahtlos und zeigte keinerlei Gliedverbindungen. Ein solider Metallring. Corin zog sein Messer, ließ die Spitze der Klinge unter die Manschette gleiten und versuchte, sie aufzuheben. Die Handschelle lag sehr eng an und ließ kaum Platz für die Klinge. Stahl schabte auf Silber. Ein leichtes Stechen zeigte ihm, daß er Haare anstatt Metall durchschnitt.

Die Tür schwang auf.

Corin, der mit Kiri auf dem Schoß und dem Messer in der Hand auf dem Boden saß, machte sich bereit, den Diener wieder fortzuschicken. Aber als er stirnrunzelnd aufschaute, erkannte er deutlich, daß die Frau überhaupt keine Dienerin war.

Als erstes kam ihm das Wort *Cheysuli* in den Sinn. Und dann ein weiteres Wort: *Jehana*.

Corin sprach es laut aus. Und dann steckte er unbeholfen das Messer in die Scheide zurück, erhob sich und vertrieb damit Kiri von seinem Schoß.

Er hatte geglaubt, auf diese Begegnung vorbereitet gewesen zu sein. Auf der Reise von Hondarth hierher hatte er jede Nacht in seiner Schlafkoje sorgfältig überlegt, was er sagen und tun würde, wenn er Gisella sähe. Aber als er sie jetzt tatsächlich sah, war er zu gar nichts imstande.

»Welcher Sohn bist du?« fragte sie. »Welchen Sohn hat er geschickt?«

Seine Zunge war einen Augenblick lang gelähmt. Da er von seinem Vater, seinem Onkel und anderen über ihren Wahnsinn aufgeklärt worden war, hatte er sich auf Streit, Gedankensprünge und vielleicht sogar Wutanfälle eingestellt, aber nicht auf solche Klarheit und Offenheit.

»Corin«, sagte er heiser. »Der Drittgeborene seiner Kinder.«

»Und meiner Kinder«, sagte Gisella. »*Auch meiner Kinder, Corin.*«

Er atmete bebend ein. Er war an das trotz der Augenklappe entstellte Gesicht seines Vaters gewöhnt, an den durch Sorgen und Erfahrungen der Vergangenheit bedingten Verschleiß. Und tatsächlich hatte Corin unabsichtlich vieles davon auf Gisella übertragen und erwartet, ähnliche Zeichen an ihr zu bemerken. Aber dem war nicht so.

Sie zeigte mit ihren neununddreißig Jahren nicht dieselbe unheimliche Jugendlichkeit wie Lillith, aber sie war auch nicht so, wie Corin erwartet hatte. Sie war ohne Zweifel eine Cheysuli. Ihr atvianischer Anteil blieb verborgen. Schwarzes Haar war aus dem Gesicht zurückgenommen, so daß der in der Mitte der Stirn spitz zulaufende Haaransatz sichtbar wurde, der ihren Gesichtszügen eine seltsame Eleganz verlieh. In ihren geflochtenen Zöpfen war kein Silberhaar, keine Spur von Alter zu erkennen. Ihre Haut schien glatt und dunkel und faltenlos, bis auf ein zartes Netzwerk an den Augenwinkeln. Aber am meisten erstaunte ihn, daß sie sich die bei Cheysulifrauen angeborene Schlankheit bewahrt hatte, obwohl sie zweimal Zwillinge geboren hatte. Und sie wahrte deutlich die Haltung der Cheysuli.

Corin und Keely ähnelten Niall. Und jetzt sah er Brennan und Hart.

»*Jehana*«, sagte er erneut und wünschte, er hätte es nicht gesagt.

»*Jehana*«, ahmte sie ihn nach und schloß die Tür hinter sich. »Ja, ich bin deine *Jehana*. Gisella von Atvia. Gisella, *Königin von Homana*.«

»Ja«, sagte er vorsichtig und versuchte, ihre Gemütslage zu ergründen.

»Ich habe angeordnet, daß mit dem Packen begonnen werden soll.«

Er blinzelte. »Mit dem Packen?« Er fühlte sich wie ein Narr und verfluchte sich selbst für seine Unfähigkeit, mehr als diese drei Worte zu sagen.

426

Gisella lächelte. »Es ist an der Zeit, daß ich meinem Ehemann wieder eine Ehefrau bin.«

»Ehefrau …« Er hielt inne und atmete tief durch, um seine Stimme ausdruckslos zu halten. »Für dich ist in Homana kein Platz.«

»Dann werde ich ihn mir schaffen.« Gelbe Augen glitzerten für einen Augenblick. Er wurde an Brennan und Ian erinnert. An einen Raubvogel, der sich seiner Beute näherte. Gisella, die ihn beobachtete, lachte. »Sie haben dir gesagt, ich wäre wahnsinnig.«

Corin begriff schnell. »Ja«, sagte er schließlich tonlos und gab damit alle Diplomatie auf.

»Hältst *du* mich für wahnsinnig?«

Sie wartete gespannt und offensichtlich unbeeindruckt von der Tatsache, daß er diese Frage bejahen könnte. Er fragte sich, was *er* gesagt hätte, wenn behauptet worden wäre, *er* sei wahnsinnig. »Ich weiß nur«, sagte er vorsichtig, »daß du versucht hast, uns alle Strahan zu übergeben.«

»Ist das ein Beweis für *Wahnsinn?*« fragte Gisella. »Niall wollte es nicht und auch keiner der Cheysuli, aber das macht mich noch lange nicht zu einer Wahnsinnigen. Es macht mich zu einem *Feind.*«

»Und bist du ein Feind?« Er sah sie an. »*Bist* du ein Feind?«

»Würde ich dich jetzt Strahan übergeben?« Sie lachte. »O nein, *nein.* Diese Zeit ist vorüber. Ich würde dich lieber behalten.«

Das gefiel Corin nicht besser. Er stellte sich sich selbst als Schoßhund an ihrer Leine vor. *Oder als Fuchsrüde in einem Käfig.* Er blickte unbehaglich zu Kiri und wünschte, sie könnten miteinander sprechen.

Gisella betrat fast genüßlich den Raum und spielte mit dem Gürtel, der ihre schlanken Hüften umgab und vorne über ihre Röcke herabhing. Sie trug Rot, ein tiefes, üppiges Rot und in Silber gefaßte Rubine. »Diese Zeit ist vorüber«, wiederholte sie. »Für mich ist jetzt die Zeit gekommen, Niall zur Seite zu stehen ... und das Bett meines Ehemannes zu teilen.« Sie wandte sich jäh um und ertappte ihn dadurch unvorbereitet. »Und diese Hure von meinem Platz zu vertreiben.«

Sofort stieg Zorn in ihm auf. »Deirdre ist meine *Jehana*. Du wirst sie nicht Hure nennen.«

Er hatte Deirdre noch niemals, niemandem gegenüber, als seine Mutter beansprucht. Ihm war von Kindheit an klargemacht worden, daß Deirdre nur Maeves leibliche Mutter war, daß sie nicht die *Cheysula*, sondern die *Meijha*, nicht die Königin, aber vom Mujhar geliebt war. Die Abstammungslinien waren zu wichtig, um verborgen oder nur gelegentlich hervorgeholt zu werden, selbst unter den Cheysuli. Alle Kinder Nialls wußten, daß Gisella ihre Mutter war. Aber er würde sie jetzt nicht als solche ansprechen.

»*Meijha*«, sagte Gisella zuckersüß. »Dann eben *Meijha*, wenn es dir lieber ist. Das ändert nichts. *Ich* bin die Königin von Homana. *Ich* bin Nialls Frau. Ich bin die Mutter seiner Kinder, und ich beabsichtige, meinen Platz einzunehmen.«

»Er wird dich nicht haben wollen.« Er war in seiner Gewißheit unerbittlich.

»Das homanische Gesetz wird ihn dazu *zwingen*.« Gisellas Blick ruhte auf Kiri. »Ich werde vor das homanische Konzil treten und meinen Fall vortragen.« Ihre Stimme klang ruhig und gleichmütig. »Ich bin die vergessene Frau, die vergessene *Königin*, die im Namen von Nialls Begierde bequem beiseitegeschoben wurde. Ich habe ihm vier gesunde Kinder geboren – davon drei *Söhne* –, und ich habe das Exil demütig und ohne einen Gedanken an Widerspruch erduldet.« Ihre Augen glänzten unheimlich und wild. »Aber jetzt bin ich diese Behandlung leid. Ich verdiene Besseres. Ich begehre den Platz, auf den ich berechtigten Anspruch habe, die Vorteile meines Ranges, die Achtung und Ehrenbezeugung meines Ehemannes.« Ihre Augen waren halb von den Lidern verdeckt, aber er sah das gelbe Schimmern dennoch. »Ich wünsche die Liebe aller meiner Kinder zu erfahren.«

»Raus.« Er zitterte. »Raus aus meinem Zimmer. Geh. Ich will nichts mit dir zu tun haben ...«

»Aber du hast mit mir zu tun.« Gisella stand vor ihm. »Das hast du, Corin. Du willst mich lieben. Du willst, daß ich dich auch liebe. Du willst eine Mutter, eine *Jehana*. Du willst eine *Cheysula* für deinen *Jehan*. Du willst, daß die Dinge in deiner Welt geradegerückt werden, damit du dich wieder wohlfühlen kannst. Du willst wissen, daß alle diese Jahre nicht verschwendet waren, daß deine Mutter dich wirklich liebt. Und dich noch mehr geliebt *hätte,* wenn dein Vater es zugelassen hätte. Wenn er mich nicht wegen einer erinnischen Prinzessin fortgeschickt hätte ...«

»*Du hättest mich Strahan übergeben ...*«

»Welche andere Wahl hatte ich?« Ihr Aufschrei unterbrach ihn jäh. »Welche Wahl, Corin? Lillith hat mich aufgezogen. Lillith hat mich geprägt. Lillith hat es mir *befohlen.*«

»Lillith ist eine Ihlini«, sagte er angespannt. »Was hast du erwartet?«

»Ich habe *Liebe* erwartet – und bekommen«, belehrte Gisella ihn. »Sie hat sie mir gegeben. Mein Vater hat sie mir gegeben. Und im Namen dieser Liebe habe ich getan, was mir befohlen wurde.«

»*Strahan ...*«

Gisella schaute fort. »Ich war verwirrt«, sagte sie sanft. »Verwirrt und verängstigt – so *verängstigt.*« Sie ballte den Silbergürtel so stark zusammen, daß die Glieder in ihre Haut einschnitten. »Ich habe getan, was mir befohlen wurde.«

Corin sah sie einen langen Augenblick betroffen an.

Und dann wich er zurück. Legte die Arme um sich und wich zurück. Merkte, daß er ebenso verwirrt war.

Und vielleicht sogar verängstigt.

»Geh.« Er schaute zu Boden. »Geh einfach.«

Sie ging. Er hörte das Klingen der Silberkettenglieder, das Klimpern zusammenschlagender Rubine, das Rascheln schwerer Röcke. Er hörte, wie die Tür zufiel. Und dann war er allein.

Allein mit der Verwunderung.

Kapitel Sechs

Alaric war tatsächlich ein alter Mann, obwohl Corin nicht zu schätzen wagte, wie alt er tatsächlich war. Etwas über sechzig, das wußte er, und doch schien er viel älter. Sein Haar war weiß, seine Statur durch eine Lähmung beeinträchtigt. Wenn Corin ihn mit Liam verglich, der nur vierzehn Jahre jünger war, wirkte der Unterschied erstaunlich.

Und auch *erschreckend*.

Er war zu seinem Großvater in eine der riesigen Hallen gerufen worden. Er war sofort hingegangen, aus Achtung vor der ihm von Niall und Deirdre vermittelten Höflichkeit, aber es gefiel ihm nicht. Und jetzt, da er dem Mann gegenüberstand, gefiel es ihm sogar noch weniger.

Der alte Mann, der alte *König*, schien ein Haufen Knochen in einem übergroßen Sessel zu sein. Üppige Kleidung schmückte die Knochen, aber sie verbarg die Zerbrechlichkeit seines Körpers und die Schwäche seines Geistes nicht. Der Verlust vieler Zähne hatte seine Mund- und Kinnlinie verändert. Die Haut über seiner Nase war so dünn geworden, daß sie kaum mehr als eine messerscharfe, aus einem ausgehöhlten Gesicht hervorstehende Kante abgab. Seine braunen Augen waren feucht und fast von herabhängenden Lidern verborgen, und er stank nach schleichendem Verfall.

Er streckte gebieterisch eine Hand aus und deutete auf einen Platz vor dem Thron. »*Dorthin!*«

Corin näherte sich ihm mit Unbehagen. Er verspürte sogar trotz Kiris aufmerksamer Anwesenheit den Wunsch zu gehen.

»*Dorthin!*«

Corin blieb vor dem Thron stehen. Die Hand mit dem starren Finger schien kaum mehr als eine immer dünner werdende, über die Knochen gespannte Haut. Er konnte dunkle, gesprenkelte Flecke und verknotete Sehnen unter der Haut erkennen.

»Dorthin.« Schließlich wurde die Hand gesenkt.

Corin wartete. Er wußte nicht, was er sagen sollte, wußte nicht, was er anderes *tun* sollte, als sich zu zwingen, den Mann nicht anzustarren. Und so betrachtete er Alarics Füße und wünschte sich an einen anderen Ort.

»Gisella sagt, du seist mein Enkel.«

»Ja.«

»*Sieh* mich an, Junge! Sage mir, was du siehst!«

Von dem drohenden Ausruf erschreckt, sah Corin den Mann an. »Mylord?«

»›Mylord‹«, ahmte Alaric ihn nach. »Tatsächlich ›Mylord‹! Sage mir, *was du siehst!*«

Corins kurzzeitige Höflichkeit schwand. Er mochte diesen Mann nicht. »Ich sehe Tod«, fauchte er. »Tod, Verfall, Ernüchterung – und die Vernichtung eines Menschen.«

»Sage mir, was du *siehst!*«

»Einen *alten Mann*«, schrie Corin. »Den Mann, der seine *Cheysula* getötet hat ... den Mann, der seine Tochter vernichtet hat ... den Mann, der um unbedeutender Macht willen mit einer Ihlinihexe geschlafen hat!«

»*Welche* Macht?« fragte Alaric. »Welche Macht habe ich inne? Atvia? Nein. Magie? Nein. Die Kontrolle über meinen Geist und Körper? *Nein.* Lillith hat alles gestohlen.«

Corin runzelte die Stirn. Das entsprach nicht seinen Erwartungen. Alaric hatte stets *mit* Lillith zusammengearbeitet, um den Untergang Homanas zu bewirken. »Man erntet, was man sät«, sagte er knapp.

Alaric lachte, obwohl der Klang keinem ähnelte, den Corin jemals gehört hatte. Tränen rannen ihm aus den

Augen. »Die Saat meiner Vernichtung wurde schon vor vielen Jahren ausgesät« sagte er. »Vor über vierzig Jahren, als Lillith zum ersten Mal nach Atvia kam.«

»Du hättest sie fortschicken sollen.«

»Zu jener Zeit erfüllte sie einen Zweck.« Alarics eingefallener Mund schuf das Zerrbild eines Lächelns. »Ich habe ihr Freiheit gegeben. Ich habe ihr Macht gegeben. Ich habe ihr freiwillig alles gegeben, was sie wollte. Es gab keinen Zwang. Sie hat bei mir keine Magie angewendet. Wir haben auf ähnliche Ziele hingearbeitet.« Er beugte sich vor, hustete, und Speichel flog ihm aus dem Mund. »Ich habe ihr sogar meine Tochter gegeben.«

»Und jetzt will sie deinen Thron.« Corin versuchte, seinen Abscheu nicht zu zeigen.

»Lillith *hat* den Thron ohnehin inne, wenn auch nicht offiziell.« Der alte Mann kauerte sich tiefer in den riesigen Sessel, während seine dünnen Hände die Armlehnen umklammerten. »Sie regiert bereits durch mich. Und jetzt will sie *dich*.«

Kälte strahlte von dem Silber um sein Handgelenk aus und vereinnahmte seinen ganzen Körper. »Nein«, sagte Corin. »Glaubst du, ich würde ihr nachgeben? Ich bin nicht wie du.«

»Aber ich bin *in* dir.« Alaric lächelte erneut. »Willst du mir erzählen, du seist nicht ehrgeizig? Du verspürtest keinen Wunsch nach Macht? Du verspürtest nicht den Drang, andere Menschen regieren zu wollen?«

»Großvater ...«

»Willst du mir erzählen, daß du das alles nicht willst?« Alarics beißender Tonfall enthielt, auch wenn er durch das Alter gedämpft wurde, genug Überheblichkeit und Boshaftigkeit, um Corins Protest im Ansatz zu ersticken. »Willst du dort stehen, Blut von meinem Blut, und *mir* erzählen, daß du nicht davon träumst, den Löwenthron innezuhaben?«

Corin sah ihn entsetzt an.

»Ja«, sagte Alaric. »*Ja* ... Ich weiß, was du empfindest. Weil *ich* es empfunden habe ... weil *ich* es ersehnt habe ... Ich habe sogar davon geträumt. Es gibt mehr auf dieser Welt, viel mehr, als unbedeutende Inselkönigreiche. Es gibt Orte wie Homana.«

»Du bist abscheulich«, sagte Corin. »Ein widerlicher alter Mann, der vom Gestank seines Todes überschwemmt wird. Atvia wird nach deinem Tod mir gehören, weil ich dein Enkel bin, nicht weil ich es *brauche* ...«

»Aber das tust du. Das *tust* du.« Alaric ergriff mit großer Anstrengung die Armlehnen und zog sich aus dem Sessel hoch. Er wirkte gebeugt, verzerrt, am Ende. Aber die Flamme seines Hasses loderte. »Sie erschöpft mich ... Sie *erschöpft* mich, um Gisella zu nähren ... um ihren verwirrten Geist auszugleichen. Wenn das geschehen ist, werde ich tot sein. Und dann wird sie sich dir zuwenden.«

»Großvater ...«

»Sie will Gisella nach Homana schicken«, sagte Alaric fest, »wo man erkennen wird, daß sie *nicht* wahnsinnig ist, überhaupt nicht wahnsinnig, sondern nur das Opfer von Nialls Verlangen nach Deirdre von Erinn. Und da es homanische Gesetze gibt, die die Rechte von Ehemännern und Ehefrauen und das Leben von Königen und Königinnen regeln, werden sie ihn zwingen, sie wieder aufzunehmen ... Sie werden sie wieder zur Königin machen, ohne zu wissen, was sie ist.« Tränen liefen ihm das Gesicht hinab. »Meine wunderschöne, aber verwirrte Tochter ...«

»*Großvater.*« Dieses Mal unterbrach Corin Alaric. »Verstehe ich dich richtig? Lillith benutzt *dich*, um Gisellas Geist wiederherzustellen?«

Alaric nickte. »Ich fühle mich jeden Tag leerer ...«

Lillith lachte. »So ist es, alter Mann. Ich glaube, deine Zeit wird knapp.«

Corin fuhr herum, während Alaric zusammensackte

und wieder in den Sessel sank. Lillith stand im geöffneten Eingang, eine Hand an der Tür, die sie dann schwungvoll schloß.

Kiri hob die Oberlippe. Sie stand auf. Corin konnte sie über die Verbindung nicht berühren, aber das war auch nicht nötig. Es war offensichtlich, was sie beide empfanden, und bedurfte keiner Worte.

»Alter Mann«, sagte sie, »bist du unzufrieden mit deinem Los?«

Alaric murmelte etwas.

»Alter Mann«, sagte sie, »du wußtest, daß es soweit kommen würde.«

Der alte Mann regte sich unbehaglich in seinem Sessel. Die Anspannung zwischen ihnen war greifbar. Corin wollte zurückweichen, die Halle verlassen, wollte keinen Anteil an dem Geschehen haben.

»Alter Mann«, sagte sie, »du hast es so gewollt. Du wolltest deine Tochter wiedersehen.«

»Gisella«, flüsterte Alaric, und dann liefen ihm erneut die Tränen über das Gesicht.

Lillith sah Corin an. »Er hat darum gebeten«, erklärte sie. »Er hat mich darum gebeten, seiner Tochter zu helfen, ihren Geist zu heilen, so daß er die Frau sehen könnte, die sie vielleicht geworden wäre, wenn er nicht ihre Mutter vernichtet hätte.«

»Ich kenne die Geschichte«, sagte Corin heiser. »Alaric hat sie vom Himmel heruntergeschossen. Bronwyn befand sich in *Lir*gestalt, war ein Rabe, und er hat sie aus dem Himmel heruntergeschossen.«

»Ohne zu wissen, daß sie es war«, sagte Lillith ruhig. Ihre Hände waren in ihren dunkelgrünen Röcken verschränkt und die silbernen Fingernägel verborgen. »Er wußte nicht, daß der Sturz seiner ungeborenen Tochter, deren Geburt so grob übereilt erfolgte, den Verstand rauben würde.« Ihr Blick ruhte auf Alaric, der zusammengesunken auf dem Thron kauerte. »Er hat mich darum gebeten, seine Tochter wiederherzustellen, Corin.«

Corin schluckte die Galle wieder hinunter, die seine Kehle kitzelte. »Wie lange?« fragte er. »Wie lange wird es dauern?«

Lillith zuckte die Achseln. »Wenn Alaric stirbt, stirbt auch sein Geist. Die Macht ist nicht unbegrenzt. Gisella wird wieder werden, was sie vom Augenblick ihrer Geburt an war.«

»Wahnsinnig«, sagte Corin.

»Wir sind alle ein wenig wahnsinnig.« Lillith näherte sich dem Thron. Sie legte ihre Hände um Alarics Kopf. »O Mylord, ich verspreche Euch, die Qual wird aufhören. In einem oder zwei oder drei Tagen wirst du ihren Namen nicht mehr kennen. Du wirst nur noch Gefühllosigkeit kennen.«

»Ihr schickt sie nach Homana, obwohl Ihr *wißt,* daß sie wahnsinnig werden wird.«

Lillith sah Corin kaum an. »Es wird ein süßes Vergnügen sein, Niall Kummer zu bereiten.«

Alaric regte sich unter ihren Händen. Und Corin, der ins Angesicht nahenden Wahnsinns blickte, stellte fest, daß er es nicht länger ertrug. Er wandte sich um und verließ schnell die Halle, während sich Kiri dicht neben ihm hielt.

Lilliths Gelächter folgte ihm. »Willkommen in Rondule.«

Er verließ das Schloß mit Kiri. Er achtete nicht auf die Diener, die fragten, wie sie ihm helfen könnten. Er achtete nicht auf die an den Toren aufgestellten Soldaten, die anboten, ihm ein Pferd zu besorgen. Er achtete auf sie alle nicht, zu bestrebt, dem Schloß zu entkommen, sondern bot ihnen nur Schweigen. Er schritt durch die Tore, aus den Mauern hinaus, ganz aus Rondule hinaus und erstieg das Vorgebirge. Stieg oben auf den Drachenkopf.

Er schloß die Augen und streckte sich mit aller Kraft nach der Erdmagie aus. Und während sie hervorströmte, aufwärts drängte, um seinen Körper mit

Macht zu erfüllen, berief er sein anderes Selbst herbei.

Jetzt ... Seine Augen öffneten sich ruckartig.

Es schmerzte. Es *schmerzte*. Vielleicht verzerrte Lilliths Nähe die Macht, vielleicht war aber auch etwas anderes die Ursache. Aber der Gestaltwandel erfolgte langsam und träge und schüttelte seinen Körper vor Schmerz.

Er keuchte. Er fiel hin. Er kniete auf dem Gras und versuchte, dem Schmerz zu trotzen. Aber er drang in Wellen auf ihn ein, als wollte er die Erdmagie daran hindern, ihn zu erreichen.

Kiri ... Kiri ... Kiri ...

Er würgte und übergab sich dann. Er spürte, wie der Gestaltwandel begann, dann unterbrach, dann schwankte und dann nur rückgängig gemacht wurde, um erneut zu beginnen. Er konnte nicht sagen, was er war, sondern wußte nur, daß er nicht länger überhaupt Corin, sondern etwas anderes sein würde, wenn es so weiterginge. *Etwas* anderes, ein Tier anstelle eines Menschen. Oder etwas noch Schlimmeres.

Er schrie auf, hörte das Echo eines unheimlichen, bellenden Heulens. Schweiß machte ihn blind, verzerrte seine Sicht. Mit ausgestreckten Armen auf dem Gras kniend, betrachtete er das Silber um sein Handgelenk. Lilliths nahtlose Handschelle.

Seine Muskeln verknoteten sich. Verkrampften sich. Zogen sich zusammen. Veränderten ihre Gestalt und veränderten sich dann weiter.

Dieses Mal schrie Corin.

Kiri.

Hier.

Kiri.

Hier. Sie preßte ihre Nase an seinen Hals.

Lir ...

Ich bin hier.

Er war steif. Er hatte Schmerzen. Haut, Muskeln und Knochen schmerzten unaufhörlich. Kein spitzer, schreiender Schmerz, sondern der tiefsitzende Schmerz eines innerlich und äußerlich mißhandelten Körpers. Corin fühlte sich, als hätte jemand an all seinen Muskeln gezogen und sie fest um die Knochen eines uralten Mannes gebunden, um einen völlig neuen Menschen zu gestalten.

Oder war er ein neues *Wesen*?

Er regte sich. »Lir ...«

Hier, sagte sie. *Hier*.

Er öffnete die Augen. Die Welt war wieder normal, obwohl er das von sich selbst nicht sagen konnte. Er lag zusammengerollt auf der Seite, die Arme und Beine aufgerichtet, und betrachtete entsetzt die Frau.

Eher gesagt, das Mädchen. Sie saß nicht weit von ihm entfernt, mit grauen Wollröcken und einer Bluse, einem Lederwappenrock und Stiefeln bekleidet. Und sie hielt ein blankgezogenes Messer in der Hand.

Corin blinzelte. Sie löste sich nicht in Luft auf. Sie blieb schweigend sitzen und beobachtete ihn wachsam.

Er versuchte, sich nicht zu bewegen, und stellte fest, daß es furchtbar schmerzhaft war. Mit zusammengebissenen Zähnen zwang er seine Arme und Beine, sich auszustrecken. Es entlockte ihm ein unangenehmes Zischen. Er sah, daß das Mädchen die Stirn runzelte. Das Messer glitzerte in ihrer Hand.

Er schluckte. Seine Kehle war trocken. Sogar seine Zähne schmerzten. Er tastete sie mit der Zunge ab und war erleichtert, menschliche, und nicht fuchsartige Zähne vorzufinden. Er *fühlte* sich auch durch und durch menschlich. Aber er wußte, daß er nicht sicher sein konnte.

»Bin ich ein Mensch?« fragte er und hörte, daß er nur ein Krächzen hervorbrachte. Das trieb ihn zu einer Bewegung an, für die sein Körper noch nicht bereit war. Er fiel zurück, keuchte und wünschte, er hätte es nicht versucht. »Bin ich ein Mensch?« wiederholte er. Und dieses Mal ergaben die Worte einen Sinn.

»Mit zwei Armen, zwei Beinen und einem Kopf«, bejahte das Mädchen seine Frage. »Dachtet Ihr, Ihr wärt es vielleicht nicht?«

Er seufzte. »Ja ... ja, es hätte sein können.« Er setzte sich langsam auf, lockerte sein Kinn und spürte, wie die Steifheit schwand. Vielleicht würde wieder alles wie früher werden, wenn er erst aufgestanden war und sich bewegt hatte. Er betrachtete seine Fingernägel, die Finger, die Hände. Dann berührte er sein Gesicht.

»Ein Mensch«, belehrte sie ihn fest. »Was sonst könntet Ihr sein?«

Corin berührte Kiri, die so dicht bei ihm saß. »Ein Fuchs«, sagte er. »Wie dieser, obwohl ich ein Rüde statt einer Füchsin wäre.«

Ihre Augen verengten sich. Sie hatte braune Haare und braune Augen. Sie war nicht eigentlich hübsch, obwohl ihm ihre Gesichtszüge, die eine ungeheure, eindrucksvolle Kraft ausstrahlten, vertraut schienen. Sie erinnerte ihn seltsam an Aileen. »Seid Ihr also ein Cheysuli?«

Er nickte. »Ja. Kiri ist mein *Lir*.«

Nach einem Augenblick des Nachdenkens ließ sie das Messer wieder in die an ihrem Gürtel befestigte Scheide gleiten. »Ich habe Euch rufen hören«, sagte sie. »Ich habe Euch *schreien* hören. Also kam ich her, um nachzusehen, was dieses Schreien verursacht hat, und fand Euch dort, am Boden, eingerollt wie ein Neugeborenes.« Sie spreizte eine Hand über dem Bauch. Diese Geste war sehr sprechend und verriet Corin eine Menge. »Aber als ich Euch fand, konnte ich nichts entdecken, was einen solchen Schmerz verursacht haben könnte. Nichts außer der Füchsin, und *sie* wollte Euch nur beschützen.«

Corin rollte die Schultern, den Kopf, streckte und beugte seine Hände. Alles gelang, auch wenn ein Restschmerz geblieben war. »Ich habe versucht, *Lir*gestalt anzunehmen«, sagte er. »Etwas hat mich daran gehindert. Etwas hat die Magie verzerrt.« Er betrachtete sie genauer und erkannte einen Ausdruck in ihren Augen, der Wachsamkeit verriet und etwas wie Angst. »Ich schwöre, ich will Euch keinen Schaden zufügen.«

»Vielleicht will *Euch* etwas Schaden zufügen«, sagte sie tonlos und deutete auf sein Handgelenk. »Das ist das Werk der Hexe.«

Corin lächelte. »Ihr mögt Lillith nicht?«

Das Mädchen erschauderte. »Ich würde lieber ohne sie leben.« Sie erhob sich und schüttelte die grauen Röcke aus. »Nicht weit von hier steht ein Turm ... ein alter Wachturm, der gebaut wurde, um uns vor erinnischen Angreifern zu warnen. Aber er gehört jetzt mir. Kommt Ihr mit? Ich glaube, Ihr könntet Ruhe gebrauchen.«

Corin stand langsam auf und hörte seine Gelenke und Sehnen knacken. Er konnte sich nicht erinnern, sich jemals so steif und wund gefühlt zu haben, nicht einmal nach ausgiebigen Waffenübungen mit Hart oder Brennan oder sogar mit seinem Onkel.

Sie führte ihn zu dem Turm auf einer Klippe hoch über dem Drachenschwanz. Das war der Rand der Welt, gezackt, rauh, todesverheißend für denjenigen, der von dort hinabfiel. Von hier aus konnte er Erinn und die Palisaden mit ihren kalkweißen Vorderseiten sehen. Darum mußte er an Aileen denken.

Das Innere des Turms war sauber weiß gekalkt. Der Turm selbst war rund und hatte nur zwei Stockwerke. Hinter der mit Pfosten abgestützten Tür war eine Holztreppe verborgen, die sich in das obere Stockwerk und weiter zum Dach des Wachturms hinaufwand. Es gab einen Tisch, Bänke, Kisten und Körbe mit Wildblumen. Und auch eine winzige überdachte Feuerstelle, in der sie gewiß ihr Essen kochte. Es war ein gemütliches, luftiges Heim und anders als alles, was er bisher kennengelernt hatte.

Sie servierte ihm Brot, Käse und Bier. Ihr Name war Sidra, wie sie ihm erklärte. Sie besaß eine Ziege, einige Hühner, zog Gemüse und webte auf ihrem Webrahmen aus Wolle Kleidung, die sie in der Stadt gegen andere Dinge eintauschte, die sie vielleicht brauchte.

Er sah sie überrascht an. »Ihr lebt *allein?*«

»Ja«, sagte sie und hob ein wenig das Kinn an.

»Warum? Habt Ihr keinen Ehemann?«

»Keinen Ehemann.«

»Und niemanden, der Euch beschützt?«

»Ich beschütze mich selbst.«

»Womit? Mit jenem Messer?«

»Ich habe auch ein Schwert«, sagte sie deutlich und schaute zu einer der Kisten.

Corin dachte an Keely, die so stolz auf ihren Umgang mit Waffen war, und ihm fiel ihre Unabhängigkeit ein. Aber Keely, so dachte er, hatte guten Grund für beides. Sie *war* begabt für Schwert und Bogen und Messer, weil ihre Brüder und ihr Onkel sie darin unterrichtet hatten, wie auch der Waffenmeister ihres Vaters, bevor Niall es unterbunden hatte.

»Sidra«, sagte er ruhig, »was verbergt Ihr vor mir?«

Sie seufzte und betrachtete die Tischplatte, während sie ihren Becher rastlos kreisen ließ. »Niemand wird mir Schaden zufügen«, sagte sie leise. »Niemand, der weiß, wer ich bin. Und mein Vater sorgt dafür, daß es bekannt wird.«

»Warum?«

Sie hob den Kopf und sah ihn an. »Ich bin Alarics Bastardtochter.«

Kapitel Sieben

Alarics Bastard?« Corin sah sie überrascht an. Und dann begann er zu lachen.

Sidra war wenig amüsiert. Sie errötete, und ihre braunen Augen glitzerten. Sie wollte aufstehen, aber er griff über den Tisch hinweg und faßte ihre Hand.

»Nein«, sagte er, »nein. Verzeiht mir. Ich lache nicht über *Euch*, sondern über die sonderbare Lage.« Er unterdrückte weiteres Lachen, obwohl das Geräusch drohend in seiner Kehle aufstieg. »Wie alt seid Ihr, Sidra? Achtzehn? Neunzehn?«

»Neunzehn.« Sie entzog ihm ihre Hand. »Warum fragt Ihr?«

»Weil du meine *Su'fala* bist.« Er lächelte, als sie unverständig die Stirn runzelte. »Meine Tante«, erklärte er ihr einfach. »Gisella, deine Halbschwester, ist zugleich meine Mutter.«

Dieses Mal errötete Sidra nicht, sondern erblaßte vollständig. »Gisella ist …« Sie brach ab, sah ihn wie blind an, schob dann ihren Stuhl zurück, stand auf und trat vom Tisch fort. »Cheysuli … ja, jetzt verstehe ich. Gisellas Sohn – *einer* ihrer Söhne … könnte dein Name Corin sein?«

Er nickte zustimmend.

Sidra seufzte und kämmte wie abwesend ihr braunes Haar. Sie flocht es nicht wie so viele andere Frauen, sondern trug es mit einem Lederband zurückgebunden. Fast frei herabhängend, lockte es sich bis zu ihren Hüften. »Corin«, murmelte sie, »Kronprinz von Atvia … wenn die Hexe es dir läßt.« Sie wandte sich jäh wieder um. »Du weißt, was sie tut, nicht wahr? Die Hexe? Die Ihlinihure meines Vaters?«

Corin erinnerte sich sehr gut daran, wie Alaric ausgesehen und geklungen hatte. Er fragte sich, wieviel Sidra wußte. »Ich habe ihn erst heute gesehen.«

»Dann weißt du es *tatsächlich*.« Sie setzte sich wieder hin und beugte sich zum Tisch vor. »Er war früher nicht so, Corin ... Er war nicht immer so. O ja, ich habe all die Geschichten gehört – du hast wenig Grund, Atvia *oder* meinen Vater zu lieben –, aber ich schwöre, er war nicht immer so, wie du ihn gesehen hast. Daran ist *sie* schuld.«

»Sidra ...«

»Ich habe es gesehen«, unterbrach sie ihn. »Ich habe gesehen, was sie ihm angetan hat und was es bedeutete, und ich habe es ihm gesagt. Ich habe ihm *gesagt*, er solle sie fortschicken, er solle sie *aufhalten,* damit sie ihn nicht vernichten könnte. Aber ich hätte es wissen müssen. Ich hätte mit ihrer Macht über ihn rechnen müssen.« Sie zuckte leicht die Achseln und beugte die schmalen Schultern vor. Diese Geste machte ihre Hilflosigkeit sehr deutlich. »Lillith ließ mich aus dem Schloß weisen.«

»Entgegen Alarics Wünschen?«

Sidra seufzte tief und starrte blind in ihren Becher. »Zu dem Zeitpunkt hatte er keine Wünsche mehr – keine Kraft mehr, Forderungen an sie zu stellen. Aber sie ist keine Närrin. Sie hat keine Magie gegen mich eingesetzt und mich auch nicht zu töten versucht. Nein. Sie hat mich einfach *hierher* geschickt ... wo ich weit von meinem Vater fort bin.«

Corin konnte den Alaric aus den Geschichten seines Vaters und den Alaric aus der Erzählung des Mädchens nicht vereinbaren. »Vergib mir, Sidra ... aber ich sehe ihn anders als du.«

»Nein.« Sie kratzte mit einem Fingernagel über das Holz und zog ein wahlloses Muster. »Nein, das tust du nicht.« Sie verfiel erneut in Schweigen und warf ihm dann einen schnellen Blick unter dichten Wimpern zu.

»Es geschah, nachdem Gisella nach Homana gegangen war, um den Mujhar zu heiraten. Der Herr von Atvia, der ohne seine Tochter einsam war, wandte sich anderen Frauen zu. Meine Mutter war eine von ihnen. Und mit ihr zeugte er eine Tochter, die er Sidra nannte.« Sie verzog kurz den Mund. »Meine Mutter starb. Er nahm mich auf. Meine Geburt war kein Geheimnis, und es kümmerte ihn nicht. Er liebte mich und machte das auch deutlich.«

»Was geschieht, wenn er tot ist?«

Die Frage war grausam, aber sie wich ihr nicht aus. »Was kann noch über dieses hinaus geschehen?« fragte sie. »Ich habe keinen Platz in der Erbfolge. Meine Mutter war ein einfaches atvianisches Mädchen, deren Schönheit, kurz gesagt, die Aufmerksamkeit des Herrn von Atvia erregte. Sie bedeutete ihm nichts. *Ich* habe ihm vielleicht einmal etwas bedeutet, aber Lillith hat dem ein Ende gesetzt.« Sidra schüttelte den Kopf. »Ich habe Atvia nichts zu bieten.«

»Außer dem Kind, das du trägst.«

Er bemerkte erneut die gespreizte Hand über ihrem Bauch. »Woher weißt *du* …«

»Du verrätst es selbst.« Er ahmte ihre Geste deutlich nach. »Ich habe es schon zuvor gesehen.«

Sidra wandte ihren Blick von ihm ab. »Es war einer der Wächter meines Vaters. Er ist jetzt fort … von der Hexe fortgeschickt … aber wenigstens läßt sie mir das Kind.«

»Im Augenblick.« Corin schüttelte den Kopf. »Ich bin inmitten politischer Intrigen aufgewachsen, Sidra. Du bist vielleicht ein Bastard – *und* auch das Kind –, aber es trägt königliches Blut in sich. Wenn es ein Sohn ist, was soll die Bevölkerung Atvias dann davon abhalten, sich zu entscheiden, ihm anstatt einem Fremden zu folgen, der gestaltwandelt?«

Sie sah ihn an. »Glaubst du, das Kind wird *dich* bedrohen?«

»Du hast selbst gesagt, Lillith erlaube dir, das Kind zu behalten – zumindest jetzt noch. Aber wenn es erst geboren ist, und wenn es ein Sohn ist – wer weiß, ob sie es dann nicht für sich haben will? Sicherlich wäre ein Kind leichter für sie zu kontrollieren als ein Cheysuli, der für ihre Macht unempfänglich ist.«

»Unempfänglich«, wiederholte Sidra. »Trägst du deshalb ihr Armband?«

Er hatte es vergessen. Jetzt, da er daran erinnert wurde, spürte er das Gewicht um sein Handgelenk wieder. Kalt. Es war so *kalt*. Er schüttelte düster den Kopf.

Sidra lächelte unerwartet. »Tante«, sagte sie belustigt. »Tante eines Mannes, der älter ist als ich.«

Er hätte vielleicht zurückgelächelt, aber er mußte an Aileen denken.

»Was ist los?« fragte Sidra. »Was beunruhigt Euch, Mylord?«

Es war das erste Mal, daß sie ihn mit seinem Rang ansprach. Es war üblich und er war seit seiner Kindheit daran gewöhnt, aber von ihr klang es seltsam. »Corin«, sagte er. »Ich dachte gerade an eine Frau.«

»Aha.« Sie nickte und seufzte dann. »Genauso, wie ich an einen Mann denke.«

Seine Hand ruhte auf Kiris Fell. »Wußte er, daß du ein Kind erwartest?«

»Nein.« Sidra goß weiteres Bier ein und trank davon. »Nein, er ging, bevor ich es ihm sagen konnte, bevor ich es selbst sicher wußte.«

»Und wenn du ihn jetzt benachrichtigen lassen würdest?«

Ihre Augen füllten sich mit Tränen. »Ich weiß überhaupt nicht, wo er sich aufhält. Und die Hexe würde es mir niemals sagen.«

»Und Alaric?«

Sidra wischte die Tränen schnell fort, als verachte sie sich dafür. »Ich bezweifle, daß er es weiß. Ich bezweifle, daß es sein Werk war.«

»Ich könnte ihn für dich fragen.«

Hoffnung rötete ihre Wangen und schimmerte in den geweiteten Augen. »Würdest du das *tatsächlich* tun?«

»Ich verspreche nichts«, belehrte er sie sanft. »Ich werde fragen. Aber ich bezweifle, daß Lillith mir mehr sagen wird, als sie dir gesagt hat.«

Sidra nickte und betrachtete ihre im Schoß verschränkten Hände. »Mir würde alles helfen.«

Corin erhob sich. »Ich sollte zurückgehen. Ich bin ein wenig plötzlich aufgebrochen.« Er war noch immer steif, noch immer wund, aber die Ruhe hatte ihm gutgetan. »Ich werde sehen, was ich herausfinden kann, und dich so bald wie möglich benachrichtigen.«

»O Mylord, ich danke Euch!«

Corin zuckte die Achseln und wandte sich zur Tür des Turms um. »Es ist wenig, was ich für dich tun kann, nachdem du mir geholfen hast.« Kiri trottete an ihm vorbei in den Nachmittag hinaus. Es wurde spät und bereits dunkel. Die Sonne versank am Himmel und blieb dann hinter einer Wand schwerer Wolken verborgen. Der Wind war eisig.

Sidra, die im Eingang stand, beobachtete Corins Aufbruch. »Nimm dich vor der Hexe in acht.«

»Hier nehme ich mich vor allem in acht.« Er hob verabschiedend eine Hand und wandte sich von ihr ab. Und dann blieb er jäh wieder stehen. »Warum kommst du nicht *mit* mir, Sidra? Frage Alaric selbst.«

»*Mit* dir!« Sie sperrte den Mund auf. »Ich habe dir erzählt, wie ich aus dem Schloß gewiesen wurde.«

»Dieses Mal kommst du auf meine Einladung. Wenn Lillith dich wieder abzuweisen gedenkt, wird sie sich mit mir auseinandersetzen müssen.« Er streckte eine Hand aus. »Komm mit mir, Sidra. Wir werden zusammen zu Alaric gehen.«

Sie zögerte nicht. Sie warf die Tür hinter sich zu und lief den Weg zu ihm hinab.

Lilliths schwarze Augen glitzerten. »Ihr seid ein Narr«, sagte sie kalt.

Sie standen ihr in einem der privaten Empfangsräume gegenüber. Corin hatte Sidra sofort zu Alaric bringen wollen, und es wäre ihm auch fast gelungen, aber Lillith regierte im Schloß. Sie waren, auf Lilliths Befehl hin, gewaltsam in diesen Raum geführt worden.

Corin blieb von ihrem Blick unbeeindruckt. Er war zu verärgert. »Was ich *bin*, Lillith, ist Alarics Enkel und der Erbe des atvianischen Throns. Wenn Ihr glaubt, Ihr könnt *mich* von ihm fernhalten, solltet Ihr Euch lieber noch einmal mit der Erbfolge vertraut machen.«

»Er stirbt«, sagte sie einfach. »Er hat vielleicht noch diese Nacht oder vielleicht auch noch den morgigen Tag. Ich kann mir bessere Zeitvertreibe für Euch vorstellen, als Bastarde hierherzubringen.«

»Ich werde hierherbringen, wen immer ich will«, erwiderte er. »Sie hat mehr Recht hierzusein als Ihr.«

»Sie wurde auf Geheiß ihres Vaters aus diesem Schloß gewiesen.«

»Auf *dein* Geheiß«, berichtigte Sidra sie scharf. »Warum läßt du mich meinen Vater nicht sehen? Laß *ihn* entscheiden, ob er mich hierhaben will oder nicht.«

Lillith sah Corin an und überging Sidra völlig. »Für sie ist hier kein Platz. Wir sind in diesem Schloß nicht auf Bastarde eingestellt.«

»*Ich* werde mich darauf einstellen.«

»Wie?« fragte Lillith. »Wer seid Ihr, daß Ihr das tun könntet? Ein Fremder. Ein Ausländer. Ein *Gestaltwandler*, der von *dem* Mujhar gesandt wurde, der Atvia seines Reichtums beraubt. Erwartet Ihr, willkommen zu sein? Erwartet Ihr, geliebt zu werden? Erwartet Ihr zu *regieren?*«

»Bei den Göttern, Ihlini ...«

»Bei *meinem* Gott!« Ihre Stimme erhob sich und erfüllte den Raum. »Ihr seid weit von Homana entfernt, Corin. Ihr seid weit von Euren Göttern entfernt.« Bevor er etwas sagen konnte, durchquerte Lillith den Raum bis zu ihm. Sie legte ihre Hand um sein Handgelenk, und das Silber erwachte flammend zum Leben. »Ihr habt hier keine Macht. Aber spürt Ihr die meine?«

Der Schmerz war unerträglich. Er spürte ihn durch seinen Körper rinnen wie Feuer, das jedes Gelenk annagte. Aber er konnte sich ihr entziehen, indem er die Überreste seiner schwindenden Kräfte heraufbeschwor. Und er rächte sich, während er sich ihr entzog. Bevor sie es verhindern konnte, schlug er ihr hart ins Gesicht.

Sie taumelte und fiel fast hin. Er sah den Abdruck seiner Hand auf ihrem Gesicht, sah den Zorn in ihren Augen. Er hatte noch niemals solchen Haß erlebt. Er hatte noch niemals eine solche Gewalt erlebt.

»Was könnt Ihr schon tun?« spottete er. »Ich bin ein *Cheysuli*, Hexe.«

Lillith schob sich das herabgefallene Haar aus dem Gesicht. Corins Handabdruck hob sich lebhaft rot von ihrer blassen Haut ab. »Was ich tun kann?« fragte sie. Und dann lachte sie seltsamerweise. »Ich kann *beobachten*, Cheysuli. Das wird mehr als ausreichend sein.«

Er fror bis auf die Knochen. »*Was* beobachten?«

Aber sie war bereits fort und hatte sie in dem Raum alleingelassen.

»Götter«, sagte Sidra schwach, »ich dachte, sie wollte dich töten.«

»Komm mit«, sagte er grimmig. »Es ist an der Zeit, daß wir deinen Vater aufsuchen.«

Er führte sie zu Alaric. Aber ihr Vater war bereits tot.

»Nein«, sagte Sidra, als sie vor der Tür seines Raumes standen.

»Ja«, belehrte der Wächter sie. »Gerade erst.«

»War Lillith hier?« fragte Corin knapp.

»Mylord, sie war hier. Sie war bei ihm, als er starb.«

»Wie passend«, sagte Corin tonlos und wollte den Raum betreten.

Der Wächter streckte seine Hellebarde vor die Tür.

»Nein, Mylord, ich bitte Euch – laßt sie ihn erst vorbereiten.«

»Oder laßt sie die Spuren von Lilliths Berührung beseitigen.« Corin legte eine Hand an die Hellebarde. »Wächter, tretet beiseite.«

»Mylord ...« Aber dann wurde die Tür geöffnet, und Gisella trat aus Alarics Raum.

Corin wich einen Schritt zurück. »*Jehana* ...« Und verfluchte sich sofort.

Sie sah ihn wie blind an. In ihren Augen war nichts als Kummer und eine eigenartige Verständnislosigkeit zu erkennen. Corin erinnerte sich an das, was Lillith über Gisellas geborgten Geist gesagt hatte. Jetzt, da Alaric tot war, würde seine Mutter wieder dem Wahnsinn verfallen, würde wieder zu der Frau werden, die ihre Kinder so bereitwillig hatte aufgeben wollen.

»Tot«, sagte Gisella. »Tot ... tot ... tot ...« Aber dann brach sie die Litanei ab. Sie sah Corin erwartungsvoll an. Und dann begann sie zu lächeln. »Bist du gekommen, um mich nach Hause zu bringen? Hat er dich geschickt, mich nach Hause zu holen?«

Corin unterdrückte ein Schaudern. »*Jehana* ... nein. Nicht nach Homana. Dein Platz ist hier ...«

Sie unterbrach ihn. Sie streckte eine Hand aus und berührte das lohfarbene Haar, das ihm bis auf die Schultern reichte. »Mein wunderschöner Junge«, sagte sie. »Mein starker, wunderschöner Junge ...«

Er wollte zurückweichen, ihr ganz aus dem Weg gehen, da ihm der Ausdruck in ihren Augen nicht gefiel, aber sie hatte ihn an die Wand zurückgedrängt. Und gerade, als er ihre Hand fortschieben wollte, verschränkte sie die Finger in seinem Haar.

»*Jehana* ...«

»Bleib hier«, sagte sie, »bleibe bei mir. Nicht Homana. *Atvia.* Atvia ist meine Heimat. Bleib. *Bleib.* Niall hat all die anderen ... *du* wirst bei mir bleiben ...«

Er mußte fast würgen, während er ihre Finger aus seinem Haar riß. »*Jehana* ... laß mich *in Ruhe* ...«

»*Corin wird bei mir bleiben* ...«

Er ergriff ihre Handgelenke und stieß sie fort, wobei er etwas von seinem Haar opferte. Schließlich hatte er sich von ihr befreit. Und bevor sie erneut die Hand ausstrecken konnte, bevor sie ihn erneut fangen konnte, wandte er sich um und wankte davon. Er konnte es nicht ertragen, ihr gegenüberzustehen.

»Mylord.« Sidra holte ihn auf halbem Weg durch den Gang ein. »Corin, warte ...«

Er entzog sich auch ihrer Hand, wollte von niemandem berührt werden. »Götter«, sagte er. »*Götter* ...« Und er sank gegen die Wand und wandte sein Gesicht von ihr ab.

»Ich weiß«, sagte sie, und er sah die Tränenspuren auf ihrem Gesicht. »Ich *weiß*. Komm mit mir, Corin.«

Sie führte ihn davon. Sie brachte ihn aus dem Schloß hinaus. Sie brachte ihn in den Turm und gab ihm Bier zu trinken. Sie nahm auch selbst zwei Schlucke und schob ihren Becher dann fort. Kummer, Erschöpfung und ein starrer leerer Ausdruck waren in ihren Augen zu erkennen. Aber allmählich schwand er, und es war Corins Sache, damit umzugehen.

Er setzte sich auf den Boden und nahm Kiri in die Arme. »Er hat mir nichts bedeutet«, sagte er tonlos. »Mir weniger als dir.«

»Ich weiß«, sagte sie sanft. »Er war immer freundlich zu mir, aber ich weiß, was er getan hat.«

Er barg die Füchsin an seiner Brust, als bräuchte er Kiris Kraft. »Ich habe Atvia niemals gewollt. Ich habe, solange ich denken kann, gewußt, daß es eines Tages mir gehören würde, aber ich habe es niemals gewollt. Ich wollte statt dessen Homana.«

»Es ist deine Heimat«, sagte Sidra.

»Mehr als das.« Er streichelte Kiri sanft und in seine

Tagträume verloren. »Mehr als das. Ich wollte nicht nur an einem vertrauten Ort bleiben. Ich wollte ihn für *mich*. Wollte ihn halten, regieren, lieben. Ich wollte Prinz von Homana anstatt Prinz von Atvia sein.« Er neigte den Kopf und rieb seine Wange an Kiris Fell. »Ich wollte Brennans Titel. Ich wollte Brennans Geburtsrecht. Und jetzt will ich seine Frau.«

Sidra saß ganz still.

»Ich ging nach Erinn, um ihr zu sagen, daß es an der Zeit sei, meinen *Rujholli* zu heiraten, und habe mich selbst in sie verliebt. Obwohl ich wußte, daß sie für Brennan bestimmt ist. Und ich wünschte, sie könnte vielleicht die meine werden.« Er starrte blind in die Dunkelheit von Sidras Turm. »Aber sie muß den Prinzen von Homana heiraten.«

»O Mylord … Es tut mir so leid für Euch.«

Corin seufzte und schloß die Augen. »*Er* wird Aileen bekommen. *Er* wird den Löwen bekommen. *Er* wird Homana bekommen.«

Die Nacht war inzwischen ganz hereingebrochen. Es hatte zu regnen begonnen. Sidra stand auf, entzündete eine zweite Kerze und schirmte sie mit der Hand ab. Sie wandte sich um und sah ihn über die Flamme hinweg an. »Wir mußten es wissen«, sagte sie. »Wir brauchten den Schlüssel.« Und dann öffnete sie Lillith die Tür.

Der Sturm drang in den Raum ein. »Strahan verlangt nach dir«, belehrte Lillith ihn. Hinter ihr befanden sich atvianische Soldaten.

Corin sah Sidra an.

»*Strahans* Kind«, sagte sie.

Er verschwendete keine Zeit mit Nachdenken, sondern sprang fast augenblicklich auf und rannte los, während Kiri vorauseilte. Sie erklommen zusammen die Stufen zum zweiten Stockwerk und gingen dann noch höher hinauf. Das Dach war ihr Ziel. Er entriegelte die Falltür am oberen Ende der Leiter und warf sie zurück, schob Kiri hoch und wankte dann auch selbst hindurch. Er schlug die Tür wieder zu und wußte, daß sie hindurchbrechen würden.

Der peitschende Wind und der Regen raubten ihm die Sicht. Er war im Handumdrehen durchweicht. Er bahnte sich fluchend seinen Weg zu der niedrigen Mauer und spähte in den Sturm hinaus.

Alles war Schwärze. Keine Sterne, kein Mond, keine Fackeln. Er konnte den Rand der Klippen nicht sehen. Er konnte überhaupt nichts sehen.

Die Tür hinter ihm wurde aufgeworfen.

»Kiri …«, sagte er laut. »Laß mich zuerst gehen, *Lir* … laß mich deinen Fall auffangen.«

Er ergriff die obere Kante der Mauer. Kletterte darüber hinweg und klammerte sich an die Felsen. Die mit Stiefeln verhüllten Zehen suchten nach Halt. Das Gestein war naß, glatt, unbarmherzig. Er würde jeden Augenblick fallen.

Er hörte das Rufen der Soldaten. Und ließ los.

Er fiel, zerkratzte sich die bloßen Arme. Und dann landete er, taumelte, fiel – stieß sich wieder hoch, naß, schmutzig, voller Schmerzen. Er blickte die Wand hinauf, kämpfte gegen den Regen an, versuchte, die Füchsin zu sehen. Jetzt konnte sie springen. Jetzt konnte er sie auffangen. Ohne ihn würde der Fall sie töten.

»Der Fuchs ist gefangen.« Er sah ein unheimliches Leuchten purpurfarbenen Lichts die Dunkelheit durchschneiden, und dann erkannte er Lilliths Silhouette.

»*Kiri* …«

»Gib auf«, rief sie. »Er will *dich* genauso wenig töten wie deine Brüder. Strahan braucht euch.«

Er war zu klug, um sich zu ergeben. Wenn Strahan ihn heil haben wollte, würde Lillith Kiri niemals etwas antun. Corin wußte, daß es schwierig werden würde, aber es bestand eine Möglichkeit, seinen *Lir* zu befreien.

Vorausgesetzt, daß ich mich selbst befreien kann.

Also wandte sich Corin um und lief los.

Durch den Regen und den Wind und die Dunkelheit ...

... und fiel vom Rand der Welt herab.

Er hatte nicht einmal mehr Zeit zu schreien.

Interludium

Der blendende Schein des Tors bildete Strahan als Silhouette ab und ließ ihn zu kaum mehr als einem Umriß werden. Sie konnte sein Gesicht nicht erkennen. Sie konnte seinen Ausdruck nicht erkennen. Aber sie hörte die Zufriedenheit in seiner Stimme.

»Einer, zwei, drei.« Er hielt inne. »Obwohl ich mir gewünscht hätte, daß der Jüngste weniger Schaden erlitten hätte.«

»Er wird genesen«, belehrte Lillith ihn. »Es kam ... unerwartet. Niemand konnte ihn aufhalten. Ich glaube, er war genauso überrascht wie wir alle, als er von der Klippe fiel.«

Strahan dachte darüber nach. »Ich denke, es wird seinen Sinn haben ... wenn auch vielleicht nur den, mir dabei behilflich zu sein, die anderen zu beeinflussen.« Das Licht bildete einen Strahlenkranz um ihn herum. »Ich denke, es ist an der Zeit zu beginnen.«

Lillith lächelte. »Wer wird der Erste sein?«

Flammen leckten aus dem Tor heraus und fielen in einem Funkenschauer wieder zurück. Sie beleuchteten Strahans Gesicht. »Ich muß sie erst prüfen, einen nach dem anderen, um erfahren zu können, wer das schwächste Glied bildet. Keiner von ihnen wird leicht zu knacken sein. Es wird eine Entdeckungsreise werden ... Ich muß sehr vorsichtig vorgehen. Nichts wird in Eile geschehen.« Er kniete sich hin, wandte ihr den Rücken zu. Sie sah, wie er sich über den Rand des Tors beugte, eine Hand ausstreckte, sich dann erhob und sie erneut ansah. Er hielt einen Silberbecher in Händen. Er war mit einer klebrigen Flüssigkeit und beißendem purpurfarbenen Rauch gefüllt. »Ich denke, der Erstgeborene wird zuerst an die Reihe kommen.«

Lillith atmete tief ein. »Er wird der Schwierigste sein.«

Der Becher strahlte silbern und purpurfarben. »Vielleicht genügt nicht, was ich Brennan zu bieten habe ... Er hat seine Angst möglicherweise überwunden. Aber ich kann seine Brüder benutzen ... Ich kann seinen Zwilling benutzen. Der Bund zwischen ihnen ist fast so stark wie derjenige zwischen Krieger und *Lir*.«

»Und du glaubst, Hart wird zu bezwingen sein?«

»Er vielleicht am leichtesten. *Ihm* kann ich eine Beständigkeit als Cheysuli bieten. Sie sind eine ungeheuer stolze Rasse, wie wir wissen, und eigensinniger als sie sein sollten.« Strahan lächelte und rieb sich nachdenklich die Unterlippe. »Aber jetzt fehlt ihm eine Hand. Jetzt ist er verstümmelt. Da ihm eine Hand fehlt, fehlt ihm seine Rasse ... Ich denke, das sollte genügen.«

»Und wenn *Hart* nicht zu bezwingen ist?«

Er sah sie über den Becher hinweg an. Rauch umgab sein Gesicht, aber seine Augen sahen noch immer hervor. »Dann wird alles Corin überlassen bleiben. Ich kann mit einem alle bezwingen.« Strahan nickte bedächtig. »Er ist ein ehrgeiziger Mann, und eifersüchtig auf den Ältesten. Das ist eine hervorragende Waffe. Es sollte nicht schwierig sein.«

Lillith runzelte die Stirn. »Schätze sie nicht falsch ein, Strahan. Sie sind alle nicht schwach.«

»Aber sie haben alle *Schwächen*. Und die beabsichtige ich zu nutzen.«

Das konnte ihr Stirnrunzeln nicht vertreiben. Sie war fast zweihundert Jahre älter als ihr Bruder. Sie kannte die Cheysuli besser. Sie kannte sie sehr gut.

Lillith betrachtete ihren Bruder, während Strahan aus dem Becher trank.

Teil V

Kapitel Eins

Die Tür wurde geöffnet. Licht strömte in die Zelle. Brennan, der zusammengekauert an der Mauer saß, schloß sofort die Augen.

»Kommt heraus«, sagte die Stimme.

Die Worte klangen seltsam. Brennan verstand sie zunächst nicht, sondern hörte sie nur. Und dann setzte er sie zusammen, begriff sie doch und starrte durch den schmalen Spalt, den er in seinen zu einem Schutzschild erhobenen Händen offengelassen hatte.

»Kommt heraus«, wiederholte die Stimme.

Er preßte sich an die Mauer, versuchte hineinzukriechen.

»Bringt ihn heraus«, sagte die Stimme, und Hände ergriffen ihn.

Sie brachten ihn bis zur Tür. Licht fiel auf ihn. Für einen Mann, der zu lange in der Dunkelheit gelebt hatte, war der Schein unerträglich.

Aber nicht unerträglicher als die Angst.

Er balancierte, vom Lichtschein geblendet, auf der Schwelle. Er wandte den Kopf beiseite, schloß die Augen, versuchte, dem Licht zu entgehen. Eine Fackel wurde noch näher an ihn herangehalten.

»*Seht* euch den Prinzen von Homana *an*.«

Es war Rhiannons Stimme. Brennan öffnete die Augen.

Allein in der Dunkelheit, hatte er alles Zeitgefühl verloren. Er wußte, daß Wochen vergangen waren. Er hatte nicht erwartet, daß es in Wahrheit Monate waren. Aber sie war bereits hochschwanger mit seinem Kind.

»Seht euch den *Prinzen von Homana* an.« Sie verspottete ihn. Dann deutete sie auf die Männer, die ihn festhielten. »Bringt ihn sofort zu Strahan.«

458

Allmählich drang es zu ihm durch. Er war aus der Zelle herausgelangt – aus der Zelle *befreit* –, sie hatten ihn aus der Zelle herausgeholt. Ihr Gestank klebte an ihm, wurde aber jetzt vom Geruch der Hoffnung ersetzt.

Weitere Treppen. Und dann schließlich eine Tür. Sie öffneten sie, stießen ihn hindurch, schlossen die Tür hinter ihm wieder.

Brennan fuhr herum, stolperte und versuchte, die Tür wieder aufzubekommen. Sie hatten ihn *erneut* eingesperrt.

Seine Fingernägel brachen an dem Holz. Der Riegel gab unter seinen verzweifelten Fingern nicht nach. Die Tür war sicher verschlossen. Nicht weniger sicher, als er hätte erwarten sollen. Er schloß die Augen, preßte sein Gesicht an das Holz und versuchte, sich zu beruhigen, aber die Angst war allgegenwärtig.

Nur sie hatte er seit Monaten empfunden.

Schließlich wandte er sich um. Auf alles gefaßt, lehnte er sich mit dem Rücken gegen die Tür. Aber der Raum war menschenleer. Niemand bewohnte ihn. Brennan atmete zitternd ein.

Der Raum war klein, erschien ihm aber im Vergleich zu seiner Zelle riesig. Die Wände waren schwarz – die vorherrschende Farbe in Valgaard –, aber weiche Teppiche bedeckten die Böden, genauso wie Wandteppiche die Wände aufhellten. Im Kamin brannte ein Feuer. Es gab Stühle und Tische und Kerzenhalter, die alle brennende Kerzen trugen. Darum mußte er blinzeln. Er war noch nicht wieder an Licht gewöhnt.

Und dann roch er das Essen.

Sein Magen verkrampfte sich sofort. Sie hatten ihn nicht verhungern lassen, da sie ihn lieber lebend haben wollten, aber er hatte weitaus weniger zu essen bekommen, als er gewohnt war, und es war sehr einfache Nahrung gewesen. Sein Körper schrie nach Besserem, und jetzt wurde es ihm angeboten.

Brennan betrachtete die Silberplatten. Heißes Fleisch: Rind, Wild, Schwein und Geflügel. Frisches Brot: hartes und weiches Grau- und Weißbrot, vor Frische duftend. Runde Käse: cremig elfenbeinfarben, hellgelb, ockergold. Obstkörbe: mit Äpfeln, Weintrauben, Birnen, Pfirsichen, Pflaumen und unzähligen anderen Sorten. Becher mit Wein und Bier und *Usca*.

Er ging schnell zum Tisch hinüber und streckte die Hand aus, um sich etwas von alledem zu nehmen. Er ergriff einen Weinbecher. Riß einen Brocken Rindfleisch ab. Und dann nahm er doch nichts davon zu sich, obwohl sein Magen danach schrie.

Seine Hände zitterten. Wein schwappte über den Rand des Bechers und tropfte auf seine Stiefel. Die Düfte waren überwältigend.

Er ließ das Fleisch wieder auf die Platte fallen und setzte den Becher ab, der durch das Zittern seiner Hände umkippte und auf dem Holz der Tischplatte widerklang. Der Wein wurde in einem Rinnsal blutroter Flüssigkeit vergossen.

Brennan wich zurück. Und dann wankte er, noch immer zitternd, zu einem Stuhl, ließ sich darauf nieder, beugte sich vor und hielt sich die Hände vors Gesicht.

Seine Haut fühlte sich schlaff und leblos an. Seine Nägel hatten schwarze Ränder. Er roch seinen eigenen Gestank. Er war vom Schmutz seiner Zelle überzogen. Der Brennan, den er gekannt hatte, war verschwunden.

Und sein Magen schrie nach Nahrung.

»Ihr beleidigt mich«, sagte Strahan.

Brennan zuckte zusammen. Er hatte nichts gehört, überhaupt nichts, und doch war die Tür geöffnet worden. Und dann schloß Strahan sie und kam zur Begrüßung seines Gastes heran.

»Ich biete Euch etwas zu essen.« Er deutete auf den Tisch. »Ich biete Euch Wein, Bier und Brot. Und Ihr rührt nichts davon an.«

Brennan hatte seit Wochen mit niemandem mehr gesprochen, und niemand hatte mit ihm gesprochen. Er konnte Strahan nur anstarren.

Strahans Augen verengten sich kaum merklich. Und dann lächelte er und setzte sich seinem Verwandten gegenüber.

Brennan hatte den Ihlini bis jetzt noch niemals gesehen. Er war mit Geschichten über diesen Mann und seine Magie groß geworden, aber er hatte ihn nie zuvor gesehen. Und jetzt, als er nur vier Schritte von ihm entfernt saß, erkannte er, daß die Geschichten neben dem Mann selbst verblaßten. Strahan war die Macht selbst.

Die Augen, dachte Brennan. *Götter, welch böse Augen.*

Eines blau, eines braun, in einem aus makellosen Knochen gestalteten Gesicht – leicht schrägstehend. Seine Schönheit machte ihn in keiner Weise unmännlich, aber seine Gesichtszüge waren genauso fesselnd wie die einer wunderschönen Frau. Er hatte eine schmale gerade Nase, geschwungene schwarze Augenbrauen und herabfallendes rabenschwarzes Haar, das von einem Silberdiadem zurückgehalten wurde.

Er war ein Mann, der durch Täuschung beherrschte, und Brennan spürte ihre Berührung.

Strahan sah ihn an. Sah ihn an und lächelte. »Ihr solltet Euch sehen.«

Das war nicht nötig. Brennan wußte, was Strahan sah, was er mit genauen Anweisungen umzugestalten befohlen hatte.

Die Haut des Ihlini war heller als Brennans Haut. Schlanke helle Hände glitzerten vor strahlenden Edelsteinen: Rubine, Saphire, Smaragde, sowie ein Diamant und ein Blutstein. Seine Nägel waren sauber und poliert. Er legte das Kinn müßig in eine Hand und tippte gegen seine Oberlippe.

Brennan wußte nicht, welches Auge er ansehen sollte, und so sah er keines an.

Strahan seufzte leicht. Sein weiches, graues Leder war weitaus sauberer als Brennans verschmutzte braune Kleidung. Und er roch nach duftenden Salben, die selbstverständlich wohlriechender waren als Brennans Gestank.

»Es ist schade«, sagte Strahan ruhig, »daß Ihr in einen solchen Zustand geraten seid. Ein Prinz sollte niemals so tief sinken – und auch ein Cheysulikrieger nicht.«

Brennan sah schweigend an sich hinab.

Strahan beobachtete ihn neugierig. »Hat der Schoß der Erde das bewirkt? Ich war dort, wißt Ihr. Ich habe die Marmor*lirs*, den bodenlosen Kerker und die runenversehenen Mauern des schmalen Ganges gesehen.« Er nickte. »Ich habe niemals Angst vor engen Plätzen gehabt, aber es muß schwer zu ertragen sein – besonders für einen Cheysuli.« Er hielt inne. »Besonders für Euch.«

Brennan befand sich nicht länger in dem Raum. Er war wieder im Schoß der Erde und sah die Marmor*lirs*. Er sah den Kerker. Er lernte die Bedeutung der Angst kennen.

»Es muß erschreckend sein zu wissen, daß man eingesperrt ist, daß man nicht gehen kann … zu wissen, daß man gefangen und hilflos und auf winzigem Raum allein ist … zu wissen, daß niemand die Schreie hören kann, daß niemand die Angst dämpfen kann, daß niemand sie für Euch mittragen kann.«

Brennans Atem beschleunigte sich. Starre Finger verschränkten sich ineinander.

»Und auch so schmutzig zu sein«, sagte Strahan mitfühlend. »Solche Demütigung – zusätzlich zu all der Angst. Es muß schlimm sein, wenn man sich wie ein Tier, nicht wie ein Mensch in einer Ecke erleichtern muß … mit Kerkerungeziefer zu ringen hat … den Gestank des eigenen Körpers riechen muß.« Er regte sich auf seinem Stuhl. Die Edelsteine an seinen Fingern glitzerten. »Wenn man Dinge hört … Dinge sieht … und zu ängstlich ist, um schlafen zu können …«

Brennan schloß die Augen.

»... und die ganze Zeit über weiß, daß man ganz leicht befreit werden könnte.«

Brennan öffnete die Augen.

Strahan beugte sich vor und nahm einen Becher Wein auf. »Wollt Ihr mir dienen, Brennan?«

Brennans Kopfhaut juckte. Läuse plagten ihn. Er konnte Strahan nur anstarren.

Strahan trank Wein.

Brennan atmete zitternd ein. Der Raum war warm, trocken, hell erleuchtet und mit den verführerischen Düften von Essen und Trinken angefüllt. Sein Körper schrie erneut nach Zuwendung. Sein zerschlagener Geist forderte sie.

Strahan stellte den Weinbecher ab. »Ich habe eine noch kleinere Zelle zur Verfügung.«

Brennan zuckte zusammen und haßte sich dafür.

»Sie wäre für Euren Zustand noch geeigneter.«

Brennan benetzte seine aufgesprungenen Lippen. »Nein«, krächzte er, bereit, es zu begründen.

Aber Strahan erhob sich. »Ihr werdet mich sicherlich entschuldigen. Ich habe mich um einiges zu kümmern. Meine Diener werden Euch zurückbegleiten.«

Er wandte sich ab. Ein beiläufiges Fingerschnippen ließ die Tür aufschwingen. Dort warteten Männer.

»Der Prinz zieht seine Zelle vor.« Strahans Stimme klang vollkommen gleichgültig.

Männer umringten Brennan. Sie hoben ihn aus dem Stuhl hoch, stellten ihn auf die Füße und hatten ihn schon aus dem Raum gebracht, bevor er auch nur ein Wort sagen konnte, bevor er sich auch nur wehren konnte. Es ging wieder die gewundene Treppe in die Tiefen von Valgaards Innerem hinab.

An der Zellentür widersetzte sich Brennan. Aber sie waren zu stark für ihn. Die Tür wurde geöffnet. Sie stießen ihn hindurch. Sie verschlossen sie, während er aufschrie.

Brennan starrte blind in die Dunkelheit und wußte, daß Strahan mit ihm noch nicht fertig war. Und dann begann er zu zittern.

Eine zweite Tür wurde aufgeschlossen. Ein zweiter Mann herausgebracht. Auch er wurde zu Strahan geführt.

Der Magier wandte sich vom Fenster um, als Brennans Bruder hereingeführt wurde. Er betrachtete Harts hageres Gesicht, blickte auf den lederumwickelten Stumpf und dann wieder in die gehetzten Augen. »Ich möchte mich entschuldigen«, sagte er freundlich. »Dar hat stark übertrieben.«

Hart befand sich sofort wieder in Ilsas Behausung. Zu dem Zeitpunkt, als Dar seine Hand auf dem Tisch festgenagelt hatte. Als die Klinge herabgesunken war. Als er erkannt hatte, daß er keine linke Hand mehr hatte. Und er befand sich in der Erinnerung des Schmerzes.

Zorn wallte in ihm auf. Aber er schwieg. Diese Befriedigung würde er Strahan nicht gewähren.

»Es macht Euch zornig«, sagte Strahan. »Glaubt Ihr, ich könnte das nicht erkennen?«

Wie bereits zur Gewohnheit geworden, barg Hart den Stumpf in seiner verbliebenen Hand und preßte ihn unbewußt in einer verletzlichen Geste des Rückzugs und des Selbstschutzes vorsichtig an seine Brust.

Strahan deutete auf das Essen und den Wein. »Möchtet Ihr etwas speisen? Möchtet Ihr etwas trinken? Ich würde die Sachen nicht gern verderben sehen.« Und dann hielt er inne, als sei er mitten in der Bewegung aufgehalten worden. »Aber natürlich ... ich hatte vergessen. Jemand wird das Essen für Euch schneiden müssen.«

Die Demütigung schnürte Hart den Magen zu und ließ seine Gesichtsfarbe kurz – zu kurz – einen Ton bleicher werden. Es kostete ihn alle Kraft, die Qual aus seiner Stimme herauszuhalten. »Wofür braucht Ihr mich?«

»Setzt Euch, Mylord von Solinde ... Ihr seid erschreckend blaß.«

Hart gedachte, die Aufforderung vollkommen zu mißachten. Aber die Blässe war nicht vorgetäuscht. Der Schock und das Fieber hatten seine Kräfte erschöpft. Er setzte sich langsam, zog den Stuhl einem Fall vor. Er merkte, daß er sich unbeholfen bewegte – er war es gewöhnt, beide Hände zu benutzen.

»Tut es weh?« fragte Strahan. »Ist der Verlust einer Hand dem Verlust eines Ohres in irgendeiner Weise ähnlich?«

Hart sah ihn entsetzt an. Er hatte vergessen, daß Strahan nur noch ein Ohr besaß. Das andere war ihm vor langer Zeit bei einem Kampf mit einem von Harts Verwandten auf der Kristallinsel genommen worden.

Strahan strich sich das lange Haar zurück und legte damit diese Seite seines Kopfes frei. »Wir alle erleiden Verluste, und einige von uns schlimmere als andere.« Er ließ die Haare wieder herabfallen. »Es war mein Pech, daß ich das Ohr ganz verloren habe. Hätte ich es noch gefunden, hätte mich der Sucher vielleicht wieder heilen können ... aber ich war etwas in Eile.«

Hart regte sich. »Wenn er so mächtig ist, wie Ihr behauptet, warum kann er Euch dann nicht einfach ein neues Ohr gestalten?«

»Fleisch wird aus Fleisch geboren«, sagte Strahan. »Das Original würde benötigt.«

Hart sah auf den Stumpf seines Handgelenks hinab. Er *spürte* die Hand dort, und doch sah er überhaupt nichts, wenn er hinblickte. Und wenn er sie bewegte, griff nichts zu. Aber der Schmerz war unvermindert spürbar.

»Ich weiß natürlich, daß der Verlust einer Hand Euch die Möglichkeit verwehrt, zu Eurem Stamm zurückzukehren.« Strahan sprach mit tiefem und beständigem

Mitgefühl. »Wir Ihlini sind nicht so hart. Der Geist eines Menschen kann noch nützlich sein, auch wenn das für seinen Körper nicht mehr gilt.«

Hart starrte blind dorthin, wo die Hand gewesen war.

»Aber ein verstümmelter Krieger kann seinem Stamm nur schwerlich nützlich sein«, bemerkte Strahan. »Wie kann er einen Bogen gebrauchen? Wie kann er sich wehren? Wie kann er seine Frau und seine Kinder vor Feinden beschützen?«

Hart gab sich große Mühe, ihn nicht zu beachten, aber das sanfte Schauen glückte.

»Und als Teil der Prophezeiung natürlich ... nun ... was bleibt ihm?« Strahan goß Wein ein. »Was bleibt ihm? Wie kann ein Krieger dienlich sein, wenn er nicht länger als Krieger angesehen wird?«

Schließlich regte sich Hart. »Mein *Jehan* hat ein Auge verloren.«

Strahan machte eine abwehrende Geste. »O ja, das hat er ... aber er besitzt noch ein zweites Auge.«

»Ich habe auch noch eine zweite Hand.«

»Eine Hand ist kein Auge.« Strahan hielt inne. »Was werden sie tun?« fragte er. »Werden sie Euch Euer Gold nehmen? Werden sie Eure Rune aus den Geburtslinien löschen? Und auch aus dem Pfad der Prophezeiung?«

Hart rang nach Atem. Er spürte, wie sich sein Magen langsam umstülpte.

»Werden sie Euer Zelt einreißen? Euch Eure *Cheysula* oder *Meijha* nehmen?« Strahan hielt erneut inne. »Oder wird keine Cheysulifrau Euren Namen mehr aussprechen dürfen?«

»Halt«, flüsterte Hart.

»Werden sie Euch Euren *Lir* nehmen? Oder wird der *Lir* dessenungeachtet fortgehen?«

»*Halt*«, sagte Hart.

»Es gibt keinen Platz mehr für Euch, Hart. Ihr seid jetzt ein stammesloser Krieger, der seiner Rasse nicht mehr dienen kann.«

Hart erhob sich so jäh, daß sein Stuhl umstürzte. »*Ku'reshtin!*« Aber bevor er Strahan angreifen konnte, ergriff dieser sein Handgelenk.

»Nein«, sagte der Magier und schloß seine Finger um das Leder, das den heilenden Stumpf schützte.

Der Schmerz war unerträglich. Hart schwankte.

»Nein«, sagte Strahan, »ich kann Euch etwas Besseres bieten.«

Schweiß lief Harts Gesicht herab und vermischte sich mit den Tränen des Schmerzes. »Ihr bietet mir den Verlust der Ehre … den Verlust dessen, was ich *bin* …«

»Der Dienst für mich wird das ersetzen.«

Hart befreite sein Handgelenk ruckartig und barg es dann an seiner Brust. Der Schmerz raubte ihm die Worte. Er konnte nur den Kopf schütteln.

Strahan seufzte. »Ihr Cheysuli seid so stur. Fast so stur wie ich.« Und bevor Hart antworten konnte, rief Strahan Männer herbei, die ihn wieder fortbringen sollten.

Die Hand lag kühl auf Corins Stirn. Sie nahm die Hitze fort. So lange hatte er Hitze empfunden. Hitze und unerträglichen Schmerz. Und jetzt nahm Strahan beides fort.

»Ihr seid ein glücklicher Mann«, belehrte der Magier ihn sanft. »Ihr wärt beinahe gestorben.«

Die Augen lähmten ihn vollkommen.

»Aber jetzt fühlt Ihr Euch besser. Eure Knochen beginnen zu heilen. Ich denke, Ihr werdet wieder gehen können, wenn auch möglicherweise nur humpelnd.« Strahan hielt inne. »Erinnert Ihr Euch, was geschehen ist?«

Corin erinnerte sich lebhaft. »Ich bin gefallen.« Die Stimme hallte in der Schwäche seines Körpers wider. »Ich fiel vom Drachenkopf.« Er sah Strahan klaren Blickes an. »Sie sagte, es sei *Euer* Kind.«

Strahans geschwungene Brauen hoben sich bis zu

seinem Diadem. Und dann lächelte er. »Möge der Sucher ihm vollkommene Gesundheit gewähren.«

Corins Haut juckte. Er hatte Schmerzen. Er wollte so gern aufstehen, wußte aber, daß er es nicht konnte. »Kiri?« sagte er einfach.

»Sie gehört mir. Es geht ihr gut – ich schwöre es.« Strahan ließ sich einen Stuhl bringen. Er setzte sich dicht neben Corins Bett. »Ihr versteht sicherlich, warum ich Euch fangen wollte.«

»Ihr wollt Atvia.«

»Aber nur für meinen Herrn. Ich bin kein habsüchtiger Mann.« Strahan glättete die Decken. »Habt Ihr große Schmerzen, Corin? Ich kann sie Euch nehmen.«

Corin erinnerte sich daran, wie Lillith Alaric seinen Verstand und sein Leben genommen hatte. Er lehnte entschieden ab.

Strahan lächelte, und dann lachte er. »Warum denkt Ihr nur stets das Schlechteste von mir? Wenn ich Euch tot sehen wollte, hätte ich Euch am Fuß der Klippe liegen- und vom Meer hinaustragen lassen. Vielleicht, um an den Strand Erinns gespült zu werden, wo Aileen um Euch hätte trauern können.«

Corin schloß die Augen. »Ich werde Euch Atvia nicht geben.«

»Ich habe im Augenblick einen guten Zugriff auf Atvia.« Strahans Handfläche legte sich erneut auf Corins Stirn. »Ich dachte eher an Homana.«

Corin öffnete die Augen ruckartig wieder.

»Ja, ich dachte mir schon, daß das Eure Aufmerksamkeit erregen würde.« Die Finger troffen vor Eis. Das Fieber begann zu weichen. »Sidra erzählte mir, daß Ihr die Braut Eures Bruders begehrt. Daß Ihr den Titel Eures Bruders begehrt. Daß Ihr den Thron Eures Bruders begehrt.«

Corin biß sich auf die Lippen. »Nehmt Eure Hand von mir fort.«

Kurz darauf folgte Strahan seiner Aufforderung. Der

Schmerz erneuerte sich. »Der Sucher ist ein großzügiger Gott. Oft gewährt er einem Mann, was dieser begehrt.«

»Warum *gibt* er Euch dann nicht einfach die von Euch gewünschten Länder?« Der Schmerz wurde schlimmer. Er war von Strahans Blick gelähmt. »Warum *nimmt* er sie nicht einfach?«

»Das wird er durch Männer wie mich tun.« Strahan riß die Bettdecken zurück und legte Schienen und Leinenverbände frei. »Beide Beine, Corin. Und zahllose Rippen. Ihr habt Glück, daß Eure Schädelknochen heilgeblieben sind, sonst könnte ich nichts für Euch tun.«

»Ihr könnt ohnehin nichts für mich tun, was ich annehmen würde.« Corin fuhr mit verletzten Fingern durch sein Haar, strich es sich aus dem Gesicht und zog absichtlich fest daran, um den Schmerz von seinen heilenden Knochen abzulenken. »Ich werde genesen. Der Schmerz wird weichen. Ihr tut überhaupt nichts für mich.«

»Ihr werdet genesen. Der Schmerz wird weichen. Aber ich kann viel mehr für Euch tun. Ich kann für Euch tun, was Ihr wollt.«

Corin brummte ironisch. »Es steht mir nicht zu, Homana zu vergeben.«

»Und wenn dem so wäre?« fragte Strahan sanft. »Wenn ich Euch anböte, es mit Euch zu teilen?«

»*Was* zu teilen?« fragte Corin. »Ihr würdet mich dennoch zu Eurem Günstling machen, und dann würde ich keinen Thron mehr brauchen.«

Strahan deckte ihn sorgfältig wieder zu. »Ein Günstling hat seinen Nutzen, aber das gilt auch für einen lebendigen Menschen. Ich würde lieber einen solchen einsetzen.«

Corin wandte den Kopf ab.

»Ich kann Eure Beine in Gallert verwandeln«, sagte Strahan ruhig. »*Ihr* habt die Macht zu genesen, aber ich kann alles wieder zunichte machen – einzig mit der Berührung meiner Hand.« Edelsteine schimmerten an seinen Fingern.

»Ihr habt meinen *Lir*«, sagte Corin rauh. »Wie kann ich hoffen, mich Euch widersetzen zu können? Welches Vergnügen hat ein Mann wie Ihr daran?«

»Ihr solltet lieber hoffen, mir helfen zu können.« Strahan berührte Corins Kopf. »Ich werde hiersein, wenn Ihr mich braucht. Träumt ein wenig, Mylord. Träumt von Eurer rothaarigen Prinzessin ... Träumt vom Thron Eures Bruders.«

Corin entglitt in die Dunkelheit. Er träumte von der Braut seines Bruders.

Kapitel Zwei

Licht strömte in die Zelle. Strahan stand im Eingang. »Ich habe ein Geschenk für meinen eigensinnigen Verwandten.«

Brennan wandte ihm den Rücken zu.

»Legt Eure Angst ab.«

Die Stimme klang ungewöhnlich weich. Brennan schloß die Augen.

»Seht«, sagte Strahan. »Ich zeige Euch das Leben eines Kriegers.«

Brennan stand mit dem Gesicht zur Wand, seine gespreizten Finger berührten übelriechenden Schlamm. Die Nägel gruben sich in glattes Gestein, um die Täuschung abzuwehren. Er haßte die Zelle. Er haßte, was sie ihm antat. Er haßte *sich* dafür. Er hatte sich an den Gestank gewöhnt, aber nicht an den Ekel, der in ihm den Wunsch erweckte, sich zu erbrechen.

Und dann bewegte sich die Wand. Stein schmolz dahin. Brennan öffnete die Augen.

Die Welt entfaltete sich vor ihm.

Homana. Die grasbewachsenen Ebenen außerhalb Mujharas, die sich ostwärts bis zum Stammeskeep erstreckten. Er war endlich aus Valgaard freigekommen – aus der winzigen Zelle freigekommen –, der alles berührenden Angst entkommen. Rund um ihn lag die Welt, eine helle, schimmernde Welt, eine aus Erde und Himmel und Sonne und Mond und der Wärme eines Sommertages bestehende Welt.

Brennan atmete zischend aus. Der Schmutz wich von ihm. Frische Lederkleidung schmückte seinen Körper. Er war jung und stark und voller Lebenskraft, und es drängte ihn, loszulaufen.

Dann komm, sagte Sleeta. *Was hält dich davon ab, Lir?*

Und er lief los, er *lief,* tauschte menschliche Haut gegen Katzenfell ein, erfuhr die endlose Freiheit der *Lir*gestalt. Er lief weiter, durch Wiesen und Wälder, und warf das Gewicht der Angst ab. Er verspürte nur Freiheit und das Versprechen des Tages.

Götter, triumphierte er, *das ist das Beste von allem.*

Und dann wurde ihm das alles plötzlich wieder genommen. Alles wurde auseinandergerissen. Alles wurde von der Dunkelheit der Zelle ganz und gar verschluckt.

Unter seinen Händen war Schlamm. Seine Freiheit wurde gestört und wieder durch Entwürdigung ersetzt.

»Sleeta«, sagte er nur.

»Kommt mit mir hinaus«, sagte Strahan. »Es gibt dort etwas, was Ihr sehen solltet.«

Brennan war zu benommen, um zu bemerken, wohin er ging. Er wußte nur, daß Strahans Diener ihn die Treppe hinaufführten, dann wieder irgendwo hinab und durch enge Gänge. Unheimliches *Gottesfeuer* glühte und machte Kerzen überflüssig. Stufe auf Stufe fiel unter seinen Stiefeln zurück, flach, ausgehöhlt, glatt – von Jahrzehnten der Benutzung abgewetzt. Oder waren es Jahrhunderte?

Hinab, hinab, hinab. Er dachte kurz an den Schoß der Erde. Aber hier befand er sich viel tiefer. Hier war es dunkler. Es stank nach der Unterwelt.

Ein Mann ging vor ihm, ein Mann hinter ihm. Er dachte flüchtig an Entkommen. Aber der Gedanke schwand sofort wieder. Er war nicht in der Verfassung, eine solche Narrheit versuchen zu können. Die Gefangenschaft hatte ihn genauso bis auf die Knochen abmagern lassen, wie die Zeit die Stufen abgewetzt hatte. Sogar ein Kind könnte ihn niederschlagen, und Strahans Männer waren keine Kinder.

Hinab, hinab, *hinab.*

Etwas plapperte in der Wand.

Brennans Atem klang rauh. Er versuchte, sich zu beruhigen, aber die langen Monate in der Zelle hatten ihn seiner Kraft beraubt. Er hatte Angst, und man konnte es erkennen. Strahan kannte seinen Mann. Er wußte, wie man seinen Stolz verringern konnte.

Hinab.

Und dann traten die Diener zur Seite.

Brennan hielt auf der Schwelle inne. Er dachte daran, sich umzuwenden und davonzulaufen, aber die Tür wurde schnell hinter ihm geschlossen. Das Echo des Geräuschs hallte durch die Säulen.

»Seht«, sagte Strahan, »der Audienzraum des Gottes.«

Brennan blickte, wie betäubt von der Unermeßlichkeit der Höhle, den säulenbestandenen Gang hinab. Die Höhle erstreckte sich in einer Vielfalt gewölbter Glasdecken vor ihm, Bogen um Bogen, deren jeder weitere höher reichte als der vorige. Die Höhle beherbergte ein feines Gitterwerk, das an die runenversehenen Stichbalken im Dach Homana-Mujhars erinnerte. Ein Gitter aus zartem Glas, das im Schein des Tors erstrahlte.

Etwas summte durch die gewundenen Säulen. Das *Gottesfeuer* erhob sich und erstarb dann wieder.

»Kommt weiter«, sagte Strahan, »*und seht das Tor des Gottes.*«

Brennan ging stetig weiter, und das Summen folgte ihm.

Strahan wartete jenseits des Tors. Er trug schwarze Lederkleidung und ein Samtwams in der Farbe tiefsten blutroten Purpurs. Das *Gottesfeuer* schimmerte in den Falten. Das Diadem auf seiner Stirn glühte. Rabenschwarzes Haar umgab seine Schultern.

Brennan ging, von der Öffnung in der Erde wie magisch angezogen, stetig weiter. Rund um das Tor tanzten Flammen, leckten, winkten. Der Speichel des Gottes stank.

»Da«, sagte Strahan. Er hielt eine rechteckige, schwarzlackierte Kiste in Händen, die vor sich windenden, karmesinroten Runen zu zittern schien.

Brennan blieb stehen. Er war nur noch zwei Schritte vom Rand des Tors entfernt, aber er schaute nicht hin. Strahan blickte ihn darüber hinweg an. Der schimmernde Zugang zur Unterwelt des Suchers lag zwischen ihnen. Das Reich Asar-Sutis.

Brennan hatte *Angst*. Aber in diesem Augenblick überwog der Zorn die Angst. »Man sollte denken, der Sucher würde besser *riechen*«, sagte er.

Strahans Lächeln schwand.

»Man sollte *erkennen,* daß ein Cheysuli nicht gebrochen werden kann«, sagte Brennan. Er hielt inne. »Nicht von seiner Bruderrasse.«

Die Runen wirbelten in rasenden Kreisen um den Rand der Kiste herum, bis keine Runen mehr erkennbar waren, sondern nur ein blutroter Fleck gespenstischen Lichts. Strahans Gesichtsausdruck war undeutbar.

»Sperrt mich ein«, sagte Brennan. »Sperrt mich für immer ein, aber ich werde Euch niemals dienen. Weder im Wahnsinn, noch in gesundem Geisteszustand.«

Strahans geschwungene Brauen hoben sich leicht, berührten die Rundung des schimmernden Diadems. Es bestand aus maserig gedrehten Formen, die in blutgeborenem Silber gefangen schienen. »Ich bin von Eurer Zuversicht einigermaßen beeindruckt.« Ein Finger tippte bedeutsam auf den Deckel der Holzkiste. Die Runen sanken wieder an ihren Platz. »Ich bewundere Eure Willenskraft. Aber es war keine leere Drohung: Ich kann einen Cheysuli brechen. Und ich beabsichtige es zu tun.«

»Wie?« fragte Brennan. »Ihr habt meinen *Lir.* Sei's drum. Ich kann nichts für ihre Befreiung tun. Ihr könnt sie töten, wenn Ihr wollt. Und wenn Ihr das tut, bin ich für immer frei, aber *Ihr* werdet mich vollkommen verlieren.«

»Es wird kein Todesritual geben«, belehrte Strahan ihn. »Keine Flucht vor dem Wahnsinn, den die *Lirlosigkeit* Euch bringen wird. Wollt Ihr Euch dazu verurteilen?«

Der Wahnsinn war für die Cheysuli ein Fluch. Der Verlust der Kontrolle in der *Lir*gestalt oder außerhalb davon wurde als unentschuldbar angesehen und war zudem möglicherweise tödlich. Ein *lirlos* gewordener Cheysulikrieger war mitunter kaum mehr als ein Tier, so daß der Tod vorzuziehen schien. Und so war das Ritual entstanden. Aber um dem Ritual Bedeutung zu verleihen, war Selbstmord verpönt. Ein Paradox. Und Strahan wußte zweifellos darüber Bescheid.

Brennan war dazu erzogen worden, die Bräuche seiner Rasse zu achten. Bei seiner Ehrenzeremonie, die dem Bund mit Sleeta gefolgt war, hatte er die Verantwortungen eines Kriegers angenommen und wohl gewußt, daß sogar der Mujhar von Homana sein Leben dem Willen der Götter schuldete. Das Ritual band Nialls Erben genauso wie andere, und er war darauf eingegangen.

Und jetzt wurde er geprüft.

»Ihr habt mehrere Monate mit dem Versuch verbracht, mich in den Wahnsinn zu treiben«, sagte Brennan. »Die *Lirlosigkeit* wird Erfolg haben, wo die Gefangenschaft versagt hat, aber was nütze ich Euch dann noch? Was nützt Euch ein wahnsinniger Mujhar?«

Strahan lächelte. »Er ist zumindest gestaltbarer als ein gesunder Mujhar. Seht Euch Shaine an.« Eine Ranke lebender Flammen leckte aus dem Tor herauf, berührte seinen Stiefel, tippte darauf, als wollte sie ihn erinnern, und fiel wieder zurück, als Strahan nickte. »Seht Euch Shaine, Euren fernen Verwandten an, der *uns* einst Homana-Mujhar übergab, weil er die Ihlini den Cheysuli vorzog.«

»Aber Carillon hat es zurückerobert ... Homana-

Mujhar *und* Solinde. Eure Heimat, Strahan ... und jetzt ein Lehen der Cheysuli.« Brennan zuckte die Achseln. »Tut Euer Schlechtestes, Ihlini. Ich kann Euch kaum daran hindern, aber vielleicht hindert Euch die Dummheit.«

»Und wenn ich die Katze in einem Übermaß an ... Grobheit töten würde? Was würdet Ihr dann sagen?«

»Ich würde leiden«, antwortete Brennan. »Ich würde Euch zweifellos bitten, damit aufzuhören. Aber wenn Ihr aufgehört *hättet* und ich meine Sinne noch beisammen hätte, würde der Kreislauf erneut beginnen.«

Strahan schüttelte den Kopf. »Ihr versteht nicht. Ich *brauche* Euch nicht gesund ... Ich bekomme einen leeren Menschen leichter in die Gewalt, als einen voller Cheysulistolz.«

»Warum dann diese Farce?«

Strahan seufzte. »Eine amüsante Unterhaltung. Aber wollen wir jetzt zu unserem Handel kommen? Ihr könntet feststellen, daß er Euch reizt.«

Brennan zuckte nur die Achseln.

»Ich will Homana«, sagte Strahan. »Und durch Euch kann ich es bekommen.«

Brennan schüttelte den Kopf.

»*Ihr* werdet es in einiger Zeit übernehmen. Ich werde Niall nicht töten. Soll er sein Leben leben ... Ich habe alle notwendige Zeit.« Strahans Augen verengten sich. »Der Handel sieht folgendermaßen aus, Brennan: Dient mir, und ich werde das Leben Eures Vaters verschonen. Ich werde das Leben Eures *Lir* verschonen. Ich werde Euch, durch die Wohltätigkeit des Suchers, Eure Lebenszeit und mehr gewähren.«

»Ich möchte nicht ewig leben.« Brennan überkreuzte seine dreckverkrusteten Arme. Der Glanz des *Lir*golds war durch den Schmutz getrübt, aber nicht seine Entschlossenheit. »Ich werde diesem Handel nicht zustimmen.«

»Nicht einmal, um Euren Verwandten zu retten?«

Brennan wagte Strahan keinen Vorteil zu verschaffen. Er biß die Zähne zusammen. »Ihr könnt sie nur einmal töten. Was ist *dann* mit Eurer Macht?«

»Ich kann die Prophezeiung zunichte machen.«

»Das habt Ihr schon so oft versucht.«

Strahan seufzte. »Ich sehe jetzt, daß dies zu nichts führt.«

»Nein.« Brennan lächelte. »Was bleibt Euch da noch, Ihlini?«

»*Dies*«, sagte Strahan und öffnete die Holzkiste.

Brennan schaute durch den Rauch. Und dann sah er Strahan angewidert an, wobei sein Ekel genauso offensichtlich war wie seine Verwirrung.

»Erkennt Ihr es nicht?« fragte Strahan.

»Eine menschliche Hand«, sagte Brennan tonlos. »Zweifellos mit Magie belegt, sonst wäre sie bereits verwest.«

»Es ist mehr als nur eine menschliche Hand. Es ist eine *Cheysuli*hand.«

Wie von Strahan beabsichtigt, schaute Brennan erneut hin. Sein Magen verkrampfte sich.

Strahan schloß die Kiste. »Ich sollte sehr vorsichtig sein. Hart könnte sie vielleicht zurückhaben wollen.«

Brennan atmete tief durch, als er wieder dazu in der Lage war, und schluckte die aufsteigende Galle hinunter. »Es war kein Ring daran«, sagte er fest.

»Er hat ihn verwettet.« Strahan schaute an Brennan vorbei. »Warum fragt Ihr ihn nicht selbst?«

Brennan fuhr herum. Sein Bruder kam zwischen den Säulen näher. An seinem linken Handgelenk war keine Hand mehr zu sehen.

»Ich habe die Macht.« Strahan sprach unendlich freundlich. »Dient mir, Brennan, und ich werde ihm die Hand wieder schenken.«

»*Rujho!*« Es war Hart, dessen Stimme im Schock durch die Höhle hallte. »Götter, Brennan – nicht *du!* Ich dachte, er hätte nur mich erwischt!«

Strahan lächelte herzlich. »Willkommen am Tor.«

Hart hatte kaum einen Blick für den Ihlini übrig. Er lief auf Brennan zu. »*Rujho* ...« Aber er verlangsamte seinen Schritt, als er sich dem Tor näherte. Das Licht beleuchtete sein Gesicht auf seltsame Weise und zeigte seine Hagerkeit und Verzweiflung. »Brennan, bist du heil?«

Brennan schluckte mühsam. »Heiler als du«, sagte er. »O Götter, *Rujho* ...« Er wandte sich jäh ab.

»Brennan!« Hart blieb plötzlich stehen. Der Schreck machte ihn ungeschickt. »Verstößt du mich bereits?«

»*Frage* ihn!« Brennan fuhr erneut herum und streckte einen Arm in Strahans Richtung aus. »Frage *ihn*, Hart!«

Hart wandte sich dem Ihlini zu. Der Schock, Brennan zu sehen, hatte das Gefühl seiner Beschädigung überwogen, aber jetzt war offensichtlich, daß Brennan es erfahren hatte. Er hatte es *erwartet*. Und das machte offensichtlich einen Unterschied.

Leere überwältigte ihn. Verzweiflung füllte ihn aus.

»Ich biete Eurem Bruder eine Wahl«, sagte Strahan, »und biete sie jetzt auch Euch.«

Hart seufzte erschöpft, zu erschöpft, um sich zu widersetzen, während er sich das herabgefallene Haar aus dem hageren Gesicht strich. Cheysuligesichter waren charakteristisch kantig, aus bemerkenswert auffallenden Knochen gebildet, aber Gefangenschaft, Krankheit und die Anspannung hatten Hart zu sehr zugesetzt. Wäre die dunkle Haut noch ein wenig fester gespannt gewesen, wären die Wangenknochen hindurchgestoßen. »Ihr habt ihn um Homana gebeten. Und jetzt bittet Ihr mich um Solinde.«

»Aber der Handel mit Euch wird anderer Art sein.« Strahans Finger breiteten sich über dem Deckel der Kiste aus und tippten müßig darauf. »Er sagt, nichts könne ihn dazu bewegen, in meine Dienste zu treten. Aber Ihr seid ein anderer Mensch. Was würdet *Ihr* von mir wollen?«

Harts Gelächter klang dem Wahnsinn nahe. »Meine

Freiheit«, sagte er sofort. »Die Freiheit meines *Rujholli*. Und nichts mehr mit Euch zu tun zu haben.«

»Unannehmbar.« Strahan lächelte. »Dient mir, Hart. Erkennt den Sucher als Euren Herrn an.«

»Und vernichtet die Prophezeiung.« Hart schüttelte den Kopf. Auch wenn er wild, unerbittlich und unbeeindruckt von Strahans Worten klingen wollte, wußte er doch, daß er genauso klang, wie er sich *fühlte:* furchtbar ängstlich, fast am Ende, durch den Verlust der Hand und seines Stammes am Rande des Zusammenbruchs. Er brauchte alle ihm verbliebene Kraft, um fest sprechen zu können und nichts von dem zu zeigen, was er in der verfallenden Hülle empfand. »Ihr habt mir eine Hand genommen, Ihlini … Ihr habt mir mein Erbe gestohlen. Ich bin, wie Ihr bereits sagtet, stammeslos und unvollständig. Es gibt für mich bei den Cheysuli keinen Platz mehr.« Er breitete die Arme aus und zeigte Hand und Stumpf. »Was habe ich noch zu verlieren?«

»Euren *Lir*.«

Hart lachte ihn an, obwohl es unsicher klang. »Rael ist *frei* … Dar hat ihn nicht erwischt. Versucht es erneut, Ihlini.«

»Er ist vielleicht frei«, räumte Strahan kurz darauf ein, »aber ihr seid getrennt. Mit der Zeit wird der *Lir*-bund schwächer werden, *zu* schwach … Er wird brüchig werden, so brüchig … bis er nicht mehr überleben kann und *zerbricht*.«

Hart atmete tief durch. »Dann soll es so sein, Ihlini. Ich ziehe den Wahnsinn – und den möglichen Tod – dem Dienst für Euch und Euren schändlichen Gott vor.«

Strahan nickte in Brennans Richtung. »Und das Leben Eures Zwillingsbruders.«

Hart sah Brennan an. Er bemerkte die Anspannung seines Körpers, die Öde in den gelben Augen. Er suchte nach einem Vorschlag, nach einem Hinweis darauf, was Brennan ihm sagen wollte. Aber er entdeckte nichts. Brennan wirkte zutiefst besiegt und in der Hoffnungslosigkeit gefangen.

Das erschütterte Hart mehr als alles andere. Er atmete erneut tief durch. »Ein müßiges Versprechen, Ihlini. Brennan wäre lieber tot, als zu wollen, daß ich Euer Günstling werde, nur um sein Leben zu retten.«

Brennan lächelte bittersüß.

Strahan dachte darüber nach. Er streichelte die Holzkiste. »Ich werde Euch das Mädchen geben.«

Zorn flammte erneut auf. »Habt Ihr sie nicht bereits *Dar* versprochen?«

»Dar ist entbehrlich.« Strahan strahlte plötzlich. »Würde Euch sein Leben genügen?«

Hart zog den linken Arm an seine Brust. »Ihr werdet töten, wen immer Ihr wollt, ungeachtet dessen, was ich will. Ich wäre ein Narr, wenn ich solche Bedingungen annähme.«

»Gebt nach«, schlug Strahan vor. »Der Dienst für mich wird Euch nicht schaden. Ihr werdet noch immer der Prinz von Solinde sein. Ich werdet noch immer die blonde Frau besitzen. Ihr werdet noch immer Eure Glücksspiele spielen können. Was könntet Ihr mehr wollen?«

Harts schwer erkämpfte Haltung begann zu erweichen. Sein Blick wurde leer. »Was *ich* will, könnt Ihr mir nicht geben.«

Brennan, der offensichtlich Angst bekam, trat einen Schritt auf Hart zu.

»Nein.« Strahans Stimme klang wie ein zischend durch die Höhle hallender Peitschenhieb. »Das ist *seine* Wahl – jetzt.«

»*Nein!*« schrie Brennan. Eine Flammenranke peitschte aus dem Tor heran und schlug ihn zu Boden.

Eine zweite Ranke blockte geschickt Harts Bewegung auf seinen Bruder zu ab. Sie drängte ihn zurück, bis er laut fluchte.

»Und jetzt«, sagte Strahan, »erzählt mir, was Ihr wollt.«

Hart barg schwankend seinen Arm. »Ich will meinen Stamm!« schrie er. »Ich will die Achtung und die Ehre meines Volkes und verabscheue die Trennung von ihm, die ich jetzt erleide.« Er stieß seinen linken Arm in die Luft und zeigte die Leere am Ende des ledergeschützten Handgelenks. Der Arm zitterte von der Anspannung seines starren Körpers. »Dar hat mich mit einem Schwertstreich meines Erbes beraubt. Ich bin ein verstümmelter Krieger, ein *nutzloser* Krieger ... nicht mehr für den Stamm geeignet. Und so bin ich meiner Verwandtschaft beraubt ...« Er schloß einen Augenblick die Augen, atmete dann zitternd ein und fuhr fort. »Wo bleibe ich dann, Ihlini? Warum sollte ich *Euch* dienen?« Hart stand am Rande des Tors, blind für die Flammen, während ihm die Tränen über das Gesicht liefen. »Ihr könnt mir meine Hand nicht zurückgeben – nicht mehr als Ihr Euer Ohr nachwachsen lassen könnt.«

Strahan öffnete die Kiste.

Hart starrte in hörbarem Schweigen auf die in Seide eingebettete Hand. Es war kein Blut zu sehen. Es war ein sauberer Schnitt gewesen, der keinerlei geronnenes Blut hinterlassen hatte. Er betrachtete die abgetrennte Hand seltsam leidenschaftslos und kühl abschätzend. Er bemerkte einige in der Kindheit und bei Waffenübungen erworbene Narben. Die Verdickung eines Knöchels. Die Sehnen unter der braunen Haut. Die Hand war nicht zu verwechseln. Er wußte, daß es seine Hand war.

Er ballte sofort eine nicht vorhandene Faust. Als sich das Zittern durch seinen Stumpf fortsetzte, schloß die Hand in der Kiste die Finger.

Hart schrie auf. Er schwankte am Rande des Tors. Flammen leckten herauf und drängten ihn zurück, bis er stolperte, bis er auf die Knie fiel. Er barg seinen Arm und wiegte sich.

Vor und zurück.

Vor und zurück.

Blind für seinen Bruder.

Strahans Stimme klang sanft. »Ihr müßt nur sagen, daß Ihr mir dienen wollt.«

Hart barg seinen Arm und wiegte sich.

Strahan sah Brennan an. »*Ihr* habt auch die Wahl.«

Brennan kniete auf dem Glasboden. Er konnte Hart nur anstarren und ein wenig an seiner Qual teilhaben.

»Ich werde Euch darüber nachdenken lassen.« Eine Handbewegung ließ einen Flammenzaun um sie herum entstehen, der sie in der Nähe des Tors festhielt. Dann ging Strahan fort. Rauch folgte ihm. Die Säulen sangen ihren Zwiegesang.

Corin stützte sich auf die Ellenbogen und biß als Antwort auf das Unbehagen in seinen Rippen und Beinen die Zähne zusammen. Er hatte tatsächlich Glück gehabt, daß er den Sturz von der Klippe überlebt hatte. Und daß er das darauffolgende Fieber überlebt hatte. Aber er *hatte* beides überlebt und genas jetzt. Und mit der Genesung erneuerte sich auch der Zorn – und blieb. Er war Gefangener des Ihlini.

Und doch befand er sich nicht in einer Zelle. Sein Raum war klein, aber recht gut ausgestattet. Das Bett war bequem, die Vorhänge reich gemustert, wenn es auch Runenfiguren waren, die er nicht kannte und die kennenzulernen er sich fürchtete. Die Tür war gewiß verschlossen. Wenn er gehen könnte, könnte er vielleicht hinausgelangen. Aber seine Beine waren noch nicht ganz geheilt.

Er hatte immer wieder versucht, Kiri durch die Verbindung zu erreichen. Aber Valgaard war das Behältnis von Strahans Macht, wodurch sogar das Alte Blut seine Wirkung verlor. Es würde Verstand anstatt von Magie nötig sein, sich dem Zugriff seines Gefangenenwärters zu entwinden.

Die Tür schwang auf. Corin spürte es, als Strahan

eintrat. Er sah üppige dunkle Kleidung, ein runenversehenes Diadem, die zwingenden, verschiedenartigen Augen. Und er wußte, daß die Zeit schließlich gekommen war, der vollendeten Macht in menschlicher Gestalt zu begegnen.

Der Raum lag im Dunkeln. Aber jetzt beugte sich Strahan über eine vergoldete Kerze, blies darauf und entzündete so den Docht. Die Flamme bestand aus reinstem Purpur.

Und noch eine. Und noch eine. Bis der Raum in gespenstisches *Gottesfeuer* getaucht war, den Auswuchs Asar-Sutis.

Strahan stand über ihm. »Die Zeit ist gekommen«, sagte er sanft. »Ihr müßt Eure Wahl treffen.«

Corin lehnte sich gemächlich gegen die aufeinandergestapelten Kissen, hörte das Knacken geschwächter Gelenke und spürte die Müdigkeit seines zerschlagenen Körpers. Er versuchte, die Anspannung seines starren Körpers zu lockern, wußte aber schon, daß es ihm nicht gelingen würde.

»Ich habe etwas für Euch.« Strahan legte es ihm in die Hand.

Corin betrachtete es. Ein Ring. Ein Ring aus schwerem Gold, sorgfältig mit Runen und einem blutroten, von klauenförmigen Zacken gehaltenen Rubin versehen. Der Ring des Prinzen von Homana.

Corin sah Strahan fröstelnd an. »Ihr habt meinen *Rujholli*.«

»Brennan. Hart. *Euch*.« Strahans Gesicht war in dem unheimlichen Licht voller gitterartiger Schatten. »Und außerdem Eure *Lirs*.«

Corins Blick wanderte erneut zu dem Ring. Er war ihm zu groß, wie er wußte, weil er einmal versucht hatte, ihn aufzustecken. Brennan war größer, schwerer, stärker gebaut als Corin. Hart war ihm eher ähnlich. Ihre Finger waren länger, stärker, brauner. Cheysuliähnlicher als Brennans.

Corin betrachtete das Siegel. Der Smaragd glitzerte noch immer auf der Haut. Das Gold schimmerte so hell wie je, wenn es sich auch durch das *Gottesfeuer* veränderte. Strahan hatte ihn nicht angerührt.

»Ein Handel«, schlug Strahan vor.

Corins Hand schloß sich krampfartig und verbarg den Ring in der Handfläche. »Es ist *Brennans* Ring.«

»Steckt ihn an, und er gehört Euch«, lächelte Strahan. »Wie auch alles, was er bedeutet.«

Corin schluckte schwer. »Ist er tot? Habt Ihr ihn getötet? Verspottet Ihr mich deshalb damit?«

»Er ist unbeschadet, und ich verspotte Euch nicht. Ich *biete* Euch etwas *an*.« Strahan hielt inne. »Wenn Ihr ihn wollt, gehört er Euch. Ihr braucht ihn nur anzustecken.«

»Ich bin Kronprinz von *Atvia*.«

»Ihr seid mein Gefangener.« Strahan rückte noch ein wenig näher. »Es gibt keinen Grund, das Angebot auszuschlagen, Corin. Ich verstehe sehr gut, wie es sich anfühlt, wenn man etwas sehr stark begehrt. Ich verstehe Leidenschaft und Ehrgeiz und den *Wunsch* danach, daß etwas erfüllt werden möge. Glaubt Ihr, ich täte dies aus Vergnügen?« Seine unheimlichen Augen wirkten in dem Purpurschein schwarz. »Brennan ist für sein Erbe ungeeignet. Homana fehlt ein angemessener Prinz. Es besteht *Bedarf* für Euch.«

»Ungeeignet …« Corin umklammerte den Ring in seiner Hand. »Was habt Ihr mit ihm getan?«

Strahans Edelsteine glitzerten. »Ich habe ihm gezeigt, was er ist: ein Mann, unfähig, zu regieren.«

»Brennan ist besser imstande dazu, als *jeder* andere Mann, den ich kenne!«

»Mehr als Ihr?« Strahan lächelte kühl. »Ich glaube, Ihr wertet Euch sinnlos herab … Und ich glaube, Ihr beurteilt *ihn* falsch.« Er wandte sich kurz ab, ging drei Schritte, wandte sich wieder um und blieb stehen. »Wenn ein Mann unfähig ist zu regieren, sollte er dann nicht ersetzt werden?«

»Mein *Rujholli* ...«

Aber der ärgerliche Protest wurde unterbrochen. »Wenn ein Mann unfähig ist, den Löwenthron innezuhaben, sollte er dann sein Herr sein?«

»Selbst *wenn* Brennan unfähig wäre zu regieren, wäre als nächster Hart an der Reihe!«

»Hart wird Solinde bekommen.«

Corin sprach sehr betont. »Mein *Jehan* hat die Reiche äußerst sorgfältig aufgeteilt. Ich bekomme Atvia.«

»*Euer* Reich, Corin, war durch Lilliths Macht über seinen Herrn viele Monate lang mein Reich. Aber jetzt ist Alaric tot. Sein Erbe ist verschwunden. Ich habe die Verwirrung genutzt, um die Angst zu bezwingen.« Strahan lächelte. »Ihr werdet dort nicht gebraucht.«

Corin seufzte. »Sie würden sich dennoch an Hart wenden. Er ist der Zweitgeborene. *Mir* würde Solinde bleiben.«

»Hart wird in Homana niemals anerkannt werden ... zumindest von den Cheysuli nicht.«

Ein Frösteln lief Corins Rückgrat entlang. »Was habt Ihr Hart angetan?« Eine Vorahnung ließ seinen Magen sich verkrampfen. »*Warum* würden sie ihn nicht wollen?«

»Weil ein verstümmelter Krieger keinen Platz bei den Stämmen hat.« Strahan zuckte die Achseln. »Durch ein großes Mißgeschick – er hat eine wichtige Wette verloren – fehlt Hart jetzt eine Hand. Die Cheysuli werden ihn nicht mehr als Krieger ehren. Er ist, wie er selbst sagt, *seiner Verwandtschaft beraubt*.«

»Verstümmelt ...« Corin konnte das Wort kaum aussprechen. Der Ring schnitt in die Haut seiner Handfläche ein. »O – *Rujho*, nein ...«

»Doch«, sagte Strahan, »und es war nicht *mein* Werk. Also braucht Homana dringend einen Prinzen, versteht Ihr? Einen gesunden Prinzen, der bereit ist, den Löwenthron einzunehmen ...«

Corin beendete seinen Satz verbittert mit den Worten: »... im Namen Asar-Sutis.«

Der Ihlini zuckte vielsagend eine Schulter. »Ein geringer Preis. Überlegt, was Ihr bekommen werdet – Homana, den Löwenthron ... *Aileen*.«

Corin hob ruckartig den Kopf. Er starrte den Magier an.

Strahan lächelte freundlich. »Muß ich Euch erinnern? Sie soll den *Prinzen von Homana* heiraten.«

Die vergoldeten Kerzen spuckten. Die Flammen tanzten und qualmten.

Corin umklammerte weiterhin den Ring. »Zeigt sie mir«, sagte er tonlos. »Zeigt mir meine *Rujholli*.«

Strahan neigte zustimmend den Kopf.

Kapitel Drei

Als Strahan die Höhle verließ, stieß das Tor ein tiefes, gurgelndes Glucksen aus, wie ein Mensch, der das Lachen unterdrückt. Das *Gottesfeuer* spielte weiterhin um den Rand der Öffnung. Ranken des Feuers leckten aus ihr heraus, ragten in die Luft und zogen sich unter aufsteigendem Rauch wieder zurück. In Reihen glasartiger Wölbungen gefangen, verstärkte sich das widerhallende Zischen.

Brennan erhob sich, stemmte sich unter Zuhilfenahme einer gespreizten Hand auf. Er trat sofort zu seinem Bruder.

Hart kniete noch immer auf dem unebenen Boden, den linken Arm an der Brust geborgen. Das Wiegen hatte aufgehört, nicht aber die Starre seines Körpers oder die Leere seiner Augen. Sein Gesicht zeigte die Anspannung der Gefangenschaft: tiefe Höhlungen unter den hohen Wangenknochen, dunkle Ringe unter blauen Augen, eine starre Leere des Gesichtsausdrucks, die nichts mit der Gefangenschaft, aber alles mit der ihm von Strahan angebotenen Wahl zu tun hatte.

Brennan berührte sanft den Scheitel von Harts gebeugtem Kopf. »*Rujho*, es tut mir leid.«

Harts Schluckgeräusch klang in dem Flammenkreis laut wider. »Das Schlimmste«, sagte er, »das *Schlimmste* ist, zu wissen, daß ich niemals wieder fliegen kann.«

Brennan atmete sehr tief durch, wohl wissend, daß er nichts sagen konnte, was die Qual seines Bruders gemildert hätte.

Hart wandte sein Gesicht Brennan zu. »Mit all den anderen Dingen könnte ich mit der Zeit vielleicht zu leben lernen – sogar damit, daß ich meiner *Verwandt-*

schaft beraubt wurde ... aber zu wissen, daß ich *für immer* erdgebunden bin ...«

»Ich weiß.« Brennan berührte Harts Kopf. »Ich weiß.«

»Du weißt *nichts.*« Hart stand unbeholfen auf. »Kein Krieger, dessen *Lir* keine Flügel hat, kann die Freiheit begreifen, die man in der Luft erlebt, das reine Wunder des *Fliegens* ...« Er brach einen Augenblick ab, da er erkannte, daß er fast die Kontrolle verlor. »Ich will Sleeta oder deine eigene *Lir*gestalt nicht herabsetzen, Brennan, aber es ist nicht dasselbe.«

»Nein«, sagte Brennan. Sein Blick ruhte auf dem lederumwickelten Stumpf. »Hart, was ist geschehen?«

»Dummheit«, sagte Hart verbittert. »Idiotie und Schlimmeres. Ich habe mich um den Preis eines dummen Spiels in die Hände des Feindes gegeben.«

»Du hast um deine *Hand* gewettet?«

»Nein. Schlimmer. Ich habe um Solinde gewettet.« Hart atmete tief ein und dann geräuschvoll wieder aus. »Es ist kompliziert, *Rujho,* und ich bin nicht stolz darauf. Aber du kannst das Ergebnis deutlich sehen.«

Brennan betrachtete seinen Bruder stirnrunzelnd genauer. »Was hat er dir angetan?«

»Mir? *Mir?* Nichts.« Brennan wandte sich ab, tat ein paar Schritte und fuhr wieder herum. »Nichts, was man sehen könnte, *Rujho* ... dazu ist er zu klug.«

»Sleeta?«

»Er hat sie. Irgendwo hier. Irgendwo versteckt.« Er schüttelte den Kopf. »Nahe genug, um mich vom Rande der *Lirlosigkeit* und des Wahnsinns fernzuhalten.«

»Aber nur gerade so«, sagte Hart tonlos. »Glaubst du, ich sehe das nicht? Ich kann es in deinen *Augen* sehen ...«

Brennan winkte ab. »Ja, ja«, sagte er kurz, »aber was ist mit Strahan? Ich weiß, warum er nach uns verlangt – um uns als Marionettenkönige zu mißbrauchen.

Aber warum diese umständliche Farce? Warum *zwingt* er uns nicht einfach seinen Willen auf? Er kann es. Leicht. Dies ist Valgaard, das Tor der Unterwelt – seine Macht ist offensichtlich. Es sollte doch einfach sein.«

»Das sollte es sein«, wiederholte Hart, »aber ist es das auch? Könnte seine Macht begrenzt sein? Braucht er *willige* Opfer?«

Brennan runzelte nachdenklich die Stirn. »Er hat andere Günstlinge, aber keiner davon ist ein Cheysuli ... keiner davon hat das Alte Blut ...«

»Aber dies ist *Valgaard*. Warum sollte das hier entscheidend sein?«

»Das sollte es vermutlich nicht sein.« Brennan zuckte die Achseln. »Wunschdenken, *Rujho* – aber könnte es sein, daß er mehr Macht braucht, um einen Cheysuli zu besitzen? Daß ihn jemand seiner Kraft berauben könnte, der sich seinem Einfluß widersetzt?«

»Strahans Kraft scheint grenzenlos zu sein.«

Brennan strich sich mit einer Hand durch das schmutzige Haar. »Ja. Aber welche andere Erklärung gibt es dann? Warum versucht er uns zu überreden, wenn seine Kraft doch ausreichen sollte?«

Hart schaute zum Tor. »Vielleicht ist es nicht mehr als eine weitere Facette seiner Launenhaftigkeit. Was würde ihm wohl mehr gefallen, *Rujho* – ein Cheysuli, der ihm zu dienen gezwungen wurde, oder einer, der den Dienst freiwillig angetreten hat?«

»Sogar Gisella wurde nicht gezwungen.«

Hart erschauderte. »Nein. Warum auch? Lillith hat sie so sehr verwirrt ...«

»... zumindest das, was durch die unglücklichen Umstände ihrer Geburt noch übriggeblieben war.« Brennan wirkte beunruhigt. Er verschwendete selten Zeit damit, an seine Mutter zu denken. »Aber dies ist etwas anderes, *Rujho* ...«

»Ja«, sagte Hart rauh. »Er *weiß*, wie er uns überreden kann.«

Brennan sah ihn scharf an und verspürte plötzlich Angst. Dieser Unterton in Harts Stimme, der Ausdruck in seinen Augen … Brennans Magen verkrampfte sich unter Vorahnungen. »Hart, ich kann auch nicht *annähernd* begreifen, was du verloren hast …«

»Ja«, sagte Hart kurz. »Kümmere dich um dich selbst, *Rujho*. Ich muß meine Wahl allein treffen.«

Und der Feuerzaun erlosch jäh.

Rauch brach aus dem Tor hervor und bedeckte den Boden. Er berührte ihre Knie, stieg aber nicht höher. Er breitete sich in der ganzen Höhle und im Gang aus und hüllte die Glassäulen ein. Strahan kam durch den Rauch heran und hielt wieder die runenversehene Kiste in Händen.

Hart atmete rauh. Brennan schaute fort.

»Tahlmorra lujhala mei wiccan, Cheysu«, sagte Strahan, während er sich ihnen näherte. Das Echo klimperte auf der Harfe des Suchers. »Solch eine allumfassende Feststellung, diese Aussage über Götter und Schicksal. Habt Ihr jemals daran gedacht, sie in Frage zu stellen, Euch aus solch blindem und bindendem Dienst zu befreien?«

Brennan schüttelte zögerlich den Kopf. »Nicht mehr, als Ihr Euren Dienst für den Sucher in Frage stellt.«

»Ah, aber ich habe meine Gründe.« Strahan blieb zwischen ihnen stehen, nahe am Rande des Tors. Und umrundete es dann ruhig bis zur anderen Seite. Er lächelte und machte eine Geste. »Nialls Söhne sollten ohne Mängel sein.«

Wie von ihm beabsichtigt, wandten sich Hart und Brennan um und schauten. Und beobachteten starr, wie Corin in die Höhle gebracht wurde. Es war offensichtlich, daß er nicht gehen konnte. Beide Beine waren fest in Holzschienen und Leinenverbände gewickelt. Ihlini trugen ihn auf einer Tragbahre heran. Er ruhte in aufeinandergestapelten Kissen, umklammerte die Tragbahre aber mit beiden Händen.

»Ihr könnt mir so viele Vorwürfe machen, wie Ihr wollt«, sagte Strahan, als sich Hart und Brennan mit zornigem Gesichtsausdruck wieder zu ihm umwandten, »aber auch das ist nicht mein Werk.« Er zuckte die Achseln. »Gebrochene Beine heilen. Er wird bald wieder gesund sein.«

»Vorausgesetzt, er geht auf den Handel ein, den Ihr ihm anbietet«, spie Brennan aus. »Ihr seid *Abschaum* ...«

»Tatsächlich?« Strahan lächelte. Er beobachtete, wie seine Diener die Tragbahre neben dem Tor absetzten. »Ich denke, ich wäre vielleicht lieber als *Befreier* berühmt.«

Hart trat zu Corin. »*Rujho* ...«

»Es geht mir recht gut«, sagte Corin. »Auch wenn ich es ungern zugebe – Strahan lügt nicht. Ich bin fast wieder geheilt.« Sein Blick ruhte auf Harts linkem Handgelenk. »Er hat mir gesagt ... Er hat mir *gesagt* ...«

Hart verzog den Mund. »Strahan lügt nicht.« Er seufzte. »Du weißt, was er von uns will.«

Corin wandte den Blick ab. »Ja. Er hat es sehr deutlich gemacht.«

Brennan trat an die Tragbahre und kniete sich hin. »Corin ...«

»Das genügt«, sagte Strahan. »Die Wiedervereinigung kann später erfolgen. Ich möchte, daß Ihr *mir* zuhört.«

Kurz darauf erhob Brennan sich. Hart wandte sich dem Ihlini ganz zu. Corin beobachtete ihn von seiner Tragbahre aus.

»Ich bin nicht mehr Abschaum als *Ihr*«, belehrte Strahan Brennan. »Was ich tue, tue ich für meinen Gott, für mein Volk, für mich selbst. Ich *glaube* an das, was ich tue, weil es gerecht ist.«

»Die Vernichtung der Cheysuli? Der Untergang Homanas?« Brennan schüttelte den Kopf. »Ich denke ...«

»Ihr denkt *nicht!*« Strahan erschreckte sie mit der Plötzlichkeit und Heftigkeit seiner Leidenschaft. Der Klang seiner Stimme hallte in der Höhle wider und durchlief die Säulen der gewaltigen Harfe des Suchers. »*Würdet* Ihr denken, dann würdet Ihr erkennen, daß sich das, was ich tue, nicht von dem unterscheidet, was Ihr tut, wenn es auch aus einem anderen Grund geschieht.« Jetzt klang seine Stimme kalt, während er sie alle einzeln betrachtete. »Als ich noch ein sehr kleiner Junge war, lernte ich, was Haß ist, und ich lernte, daß bei dem, was ich tun sollte, kein Raum für ihn war. *Und daher hasse ich Euch nicht.*« Er atmete tief durch, denn er war so sehr angespannt, daß die anderen dachten – beteten –, er könnte zerspringen. »Ich habe gelernt, was es heißt, mich darauf vorzubereiten, dem Gott meines Vaters mit ganzer Treue zu dienen, wohl wissend, daß der Weg des Suchers für mich der einzige Weg ist. Und als Carillon Tynstar und Electra tötete und mich somit meiner Eltern beraubte, lernte ich, was es heißt, den Wunsch nach Rache zu hegen – und wie ich mich davon *lösen* mußte, damit er mein Urteil, meine Bedürfnisse, meine Treue zu meinem Gott und zu *seinen* Bedürfnissen nicht beeinträchtigte.«

»Zweifellos«, sagte Brennan kühl. »Wir erkennen das Muster sehr deutlich.«

»Tatsächlich? Das glaube ich nicht. Ich glaube, Ihr seht nur *Euch selbst*, in einer Falle gefangen, obwohl die Falle weitaus mehr faßt als nur einen einzelnen Mann.« Strahan schüttelte den Kopf. »Ihr bewertet Euch zu hoch. Ihr verleiht Euch im Gewebe des Lebens zuviel Gewicht ... Ihr seid nur ein Vorgespinst dieses Gewebes, das der Ablehnung unterliegt.«

Brennan hob die Augenbrauen. »Wenn das wahr wäre ...«

»... würde ich es nicht auf Euch abgesehen haben?« Strahan schüttelte erneut den Kopf. »Ihr seid eine Zutat, aber kaum die Mahlzeit selbst.«

»Welch ein Unsinn ist das?« fragte Hart barsch. »Was soll dieses sinnlose Gerede von Haß, Rache und *Gewebe …?*«

Strahans seltsame Augen wirkten wieder ungeheuerlich zwingend. »Ich bin nicht anders als Ihr alle. Ich diene meinem Gott, wie Ihr dem Pantheon Eures Gottes dient. Ich bin der Vernichtung der Prophezeiung geweiht, wie Ihr ihrer Erfüllung geweiht seid. Warum? Weil die Erfüllung die Ihlini vernichten würde.« Er spreizte eine Hand. Die andere hielt noch immer die runenversehene Kiste fest. »Seht Ihr? Eine *einfache* Antwort für Euch: Ich glaube genauso stark an das, was ich tue, wie Ihr an Eure Prophezeiung glaubt. Macht mich das zu einem Scheusal? Macht mich das zu Abschaum? Macht mich das zu etwas anderem, als Ihr seid?«

»Wir töten Menschen nicht willkürlich«, sagte Corin kurz. »Wir …«

Aber Strahans Gelächter unterbrach seine Erwiderung. »O *nein?*« fragte der Ihlini. »Was ist dann mit den zweiunddreißig unschuldigen Seelen, die im Midden verbrannt sind? War *das* nicht willkürlich?«

Einen Augenblick lang konnten sie Strahan nur betroffen anstarren. Und dann regte sich Hart schuldbewußt.

»Aber wir versuchen kein ganzes Volk zu vernichten«, antwortete er tonlos. »Was war mit der Seuche, Strahan? Sie hat uns vor zwanzig Jahren fast alle getötet. Was war mit den *Kriegen*, Strahan? Wie viele Hunderte von Jahren hat Homana Solinde bekämpft, nur um die Ihlini abzuwehren? Was ist mit all den Fallen in der Verbindung und anderen magischen Dingen, die uns vernichten sollten?«

»Ein Krieg erfordert harte Maßnahmen«, sagte Strahan, »und dies *ist* ein Krieg, ein Kampf ums Überleben, den Ihr genauso rücksichtslos führen würdet, wenn Ihr nicht so blind wärt.«

»*Wofür* sind wir blind?« fragte Corin vorsichtig.

»Für Euch selbst«, belehrte Strahan ihn, während er von ihm zu Hart und zu Brennan hinüber schaute. »Wenn die Erstgeborenen erst gekommen sind, werden wir überflüssig sein – Ihlini *und* Cheysuli. Wir werden nicht mehr gebraucht werden.«

Brennan war sichtbar angewidert. »Das habe ich schon früher gehört.« Er dachte an Teirnan und an andere, ähnliche Empfindungen. »Das ist die reine Idiotie, Strahan – warum sollten die Götter uns bei der Geburt anderer Kinder zum Tode verurteilen?«

»Es ist der Lauf der Dinge«, sagte Strahan. »Wenn man einen Hengst und eine Stute aufzieht, um bereits bestehende Blutlinien zu verbessern, will man Nachkommen, die die besten Eigenschaften beider vereinen. Und dann zieht man Generation um Generation auf, um diese Charakteristiken *festzulegen*. Mit Hunden, Schafen und Vieh ist es dasselbe ... Und eines Tages, wenn man schließlich die Charakteristiken herausgebildet hat, die man erzielen wollte, erkennt man, daß man die Vorfahren nicht mehr braucht – sie sind unvollkommen entwickelt. Die neue Nachkommenschaft ist viel weiter gediehen.« Das Licht stellte sein Gesicht in einen seltsamen Schein. »*Mit Menschen ist es genauso.*«

Corin lachte auf. »Ihr schränkt das Haus Homana auf eine Auswahl von Hengsten und Stuten ein.«

»Seht Euch Eure Prophezeiung an«, fauchte Strahan ungeduldig. »Seid Ihr für ihre Verfügungen blind?« Er zitierte zungenfertig und verächtlich: »*Eines Tages wird ein Mann allen Blutes vier kriegführende Reiche und zwei magische Rassen in Frieden vereinen.*« Er betrachtete sie verärgert. »Hier eine Heirat, dort eine Heirat, das für die Prophezeiung erforderliche Blut erlangen ... kein anderes Königreich in Betracht ziehen, weil wir *dieses* brauchen, um die Prophezeiung zu erfüllen.« Er schüttelte angewidert den Kopf. »Eine Auswahl von Hengsten und Stuten ... Was glaubt Ihr *sonst* zu sein?«

Keiner von ihnen wußte eine Antwort.

Strahan nickte. »Ihr alle gehört zu den letzten Verbindungen in der Prophezeiung. Ihr vereinigt das Blut von drei Reichen: Homana, Solinde, Atvia. Euch fehlt nur noch Erinn, aber Kinder von Brennan und Aileen werden diesen Teil der Prophezeiung erfüllen, sowie auch Kinder von Keely und Sean. Und dann bleibt nur noch das Blut der Ihlini.« Schwarze Brauen berührten in einem Ausdruck kaum merklicher Belustigung das Diadem. »Das ist die größte Angst von allen – daß die Cheysuli mit den Ihlini schlafen könnten.«

Brennans Haut begann augenblicklich auf seinen Knochen zu brennen.

»Natürlich *ist* alles zuvor geregelt«, fuhr Strahan fort. »Die Cheysuli haben gut daran getan, sich so sehr der Prophezeiung gemäß fortzupflanzen, weshalb ich diesen erfolgreichen Plan übernehmen und für mich nutzen werde. Rhiannons Kind wird mein Kind heiraten, wenn die Geschlechter erst ausgewogen sind.« Er sah Brennan belustigt an. »Ich bezweifle, daß sich Brennan wieder freiwillig daran beteiligen wird, aber Sidra ist jung, und ich bin begierig. Ich werde das benötigte Paar rechtzeitig zur Verfügung haben.«

»Dann laßt uns gehen«, schlug Hart vor. »Was nützen wir Euch noch?«

»*Mir* nützt Ihr nicht mehr soviel. Aber dem Sucher wohl. Er will die Reiche, und ich werde alles, was in meiner Macht steht tun, um sie von jenen zu erlangen, die sie ihm vorenthalten wollen.«

»*Warum* will er sie?« fragte Hart. »Warum all diese Habgier, dieser anmaßende Ehrgeiz? Er *besitzt* die Unterwelt – warum muß er noch den Rest bekommen?«

Strahan wirkte zum ersten Mal wirklich verblüfft. »Warum? Weil er es tut.« Er zuckte die Achseln. »Es steht *mir* nicht zu, das Bestreben eines Gottes in Frage zu stellen.«

Corin nickte. »Und wenn *Ihr* ein Gott sein werdet?«

Strahan hielt mitten in der Bewegung inne. Er sah Corin verständnislos an.

»Ja«, sagte Corin. »Ich beginne die Zusammenhänge zu begreifen.« Er kämpfte um eine bequemere Haltung auf der Tragbahre. »Ein treuer Diener, Strahan, der für den Gott arbeitet –, aber was ist, wenn seine Aufgabe erfüllt ist? Wenn Ihr Erfolg gehabt habt? Gibt er Euch dann auch, was *Ihr* wollt?«

»Was *ich* will, ist unwichtig ...«

»Eigene Göttlichkeit?«

»Göttlichkeit!« Brennan erstarrte. »Ist es *das*, was ...«

»*Ich diene Asar-Suti!*« Strahans Ausruf hallte in der Höhle wider. »Er ist mein Gott, Mylord, *der Sucher,* das Behältnis all meiner Kraft ...«

»Und Ihr wollt Gleichheit.« Corin lächelte. »Ich erkenne einen ehrgeizigen Mann. Aber ich frage mich ... sieht Asar-Suti ihn auch?«

Strahans Augen verengten sich kaum merklich, aber sein Lächeln blieb ungetrübt. »Und weiß Brennan, wie sehr Ihr Aileen begehrt?«

Corins Arme fielen schlaff herab. Er sank in die Kissen zurück.

»Aileen?« fragte Brennan verständnislos. Dann sah er Corin an. »*Du* begehrst ...«

»Er sagte, du seist ungeeignet.« Corin antwortete kurz und, wie von ihm gewohnt, abwehrend.

»Ungeeignet! Ich? Und du hast ihm geglaubt?«

»Seid Ihr es nicht?« fragte Strahan.

Brennan keuchte fast. »Ich habe fast zweiundzwanzig Jahre meines Lebens damit verbracht, zu lernen, *wie* man regiert – ich bezweifle, daß ich ungeeignet bin!«

»Seid Ihr es nicht?« wiederholte Strahan. »Denkt zurück, Mylord von Homana ... denkt an Eure Angst zurück.«

Brennan wurde blaß.

»Ja«, sagte Strahan. »An Eure Angst vor engen dunk-

len Orten – an das Entsetzen des Eingeschlossenseins ...
an die Herabwürdigung des *Menschen,* der zu kaum
mehr als einem Tier wird.« Er lächelte. »Habt Ihr geglaubt, ich hätte es nicht gesehen? Rhiannon hat mir davon erzählt, und ich habe Euch in Eurer Zelle beobachtet.«

»Das genügt«, schrie Hart, als er Brennans Augen sah.

Strahan sah nur Brennan an. »Ich bitte Euch, mir freiwillig zu dienen, wie ich es auch schon zuvor getan
habe. Geht auf die Bitte ein, und ich werde Euch für
immer von dieser Angst befreien.«

Brennan schluckte schwer. »Nein.«

»Dann lebt erneut darin ... Zeigt Corin, wie *geeignet*
ihr zum Regenten seid.« Strahan hob die Hand, und
Brennans Welt veränderte sich.

Er war klein, so klein, so *winzig* in der Unendlichkeit
der Welt. Er kniete am Boden und hatte die Arme um
sich gelegt, hüllte sich hinein und versuchte, dem
Schmerz und der Angst angesichts der Gewißheit, allein zu sein, zu widerstehen.

Die Gewaltigkeit erstaunte ihn. Sie machte ihn bedeutungslos, ließ ihn dahinschwinden. Allein in der
Welt, kniete er auf einer ausgedehnten Felsebene, beobachtete die Welt um sich herum und merkte, wie sie
sich zu bewegen begann.

... wie sie sich *bewegte* ...

Sie begann sich wie ein fest zusammengepreßter
Ringmuskel auf ihn zuzubewegen. Falte um Falte,
von sich selbst verschlungen. Die Welt wurde kleiner
und kleiner und kleiner, bis er die Hände ausstrecken
und sie berühren konnte, und dann wurde sie noch
kleiner.

Die ganze Welt um ihn herum bebte. Und dann berührte sie ihn, obwohl er sich zurückzog. Sie kam
näher, *näher,* bis er nicht mehr atmen konnte, ohne
ihre Liebkosung zu spüren, ohne den Gestank ihres
übelriechenden Atems und den Schleim ihrer glas-

schwarzen Haut zu riechen. Von der Macht der Hilflosigkeit überspült, spürte er, wie die Welt noch näher
kam.

... so klein ...

... er konnte die Beine nicht ausstrecken ... konnte
sich nicht aufsetzen ... konnte die Arme nicht ausstrecken ...

Die Welt drängte rundum auf ihn ein.

... so dunkel ...

Er wurde in der Welt eingeschlossen, und sie war
taub für seine Schreie.

Brennan fiel rückwärts, rollte von einer Hüfte auf
den Rücken. Die verkrampften Oberschenkel zogen
sich zusammen und zitterten, zerrten an den verdrehten Sehnen. Sein Schädel schlug, von der Starre seines
Nackens losgelöst, auf dem Boden auf. Er lag da und
zitterte, naß vom Schweiß seiner Angst.

Er hörte schwach eine Bewegung. Aber niemand
kam ihm zu Hilfe.

»Welcher König fürchtet die Enge mehr als den Tod?
Fürchtet sie *so* sehr, daß er die Kontrolle verliert?« Er
deutete langsam auf Brennans zitternden Körper am
Boden. »Glaubt Ihr wirklich, Corin, daß er zum Regenten geeignet ist? Daß er für den Löwenthron geeignet
ist? *Daß er geeignet ist, mit Aileen Kinder zu zeugen?*«

»Halt!« schrie Corin.

Strahan riß die Kiste auf. »Dient mir, und ich werde
Euren Bruder wieder gesund machen.«

Corin starrte ihn verzweifelt an. »O ... Götter ... *haltet ein ...*«

»Ihr seht, was Brennan ist ... *Ich kann ihn daraus befreien!*«

»Es genügt!« schrie Corin.

»Nehmt den Löwenthron für mich ein. Verwaltet
Homana für mich. *Und nehmt die Frau für Euch selbst!*«

Corin hielt sich beide Ohren zu. »Bringt ihn zum
Schweigen ...«

Hart versuchte es. Gerade als Strahan noch etwas rufen wollte, sprang er vorwärts und über die Öffnung des Tors hinweg.

Flammen leckten empor. Sie umhüllten Hart im Sprung. Er schrie auf, landete, landete hart auf der anderen Seite, zu nahe, dem Tor *zu nahe ...*

Brennan, der von seiner Zerreißprobe noch immer geschwächt war, kämpfte sich auf Hände und Knie. »Hart ... *nein!*«

Strahan hielt stand. »*Corin ...*«

»Nein ...« Hart schabte mit Knien und Stiefeln am Rande des Tors entlang und verzog vor Schmerzen das Gesicht.

»Ich werde Euren Brüdern ihre Lirs geben ...«

»Corin ... *nein ...*«, keuchte Hart.

Brennan erhob sich schwankend. »Hart ... geh zurück ... *Hart ...*«

Plötzlich kniete Strahan vor Hart. Er streckte die Kiste vor. »Wollt Ihr sie? *Wollt Ihr sie?* Ihr braucht nur ein Wort zu sagen ...«

»Nein ...«, schrie Brennan.

Strahan lächelte fremd. »Ein vollständiger Cheysuli zu sein, vom ganzen Stamm geehrt ...«

»Laßt ihn in Ruhe!« schrie Corin.

»... wieder fliegen zu können ...«

Brennan stolperte vorwärts. »Hart ... *geh zurück ...«*

Flammen brachen aus dem Tor hervor und blendeten alle außer Strahan.

»... die Freiheit des Himmels zu erleben ...«

Hart schwankte. »*Ku'reshtin ...*«

»Nehmt *mich!*« rief Corin. »*Ich* werde den Dienst annehmen ...«

»Corin, Corin ... *nein ...*« Brennan versuchte, das Tor zu umrunden. Flammen leckten heraus, schlugen ihn nieder, schmetterten ihn zu Boden.

»Nehmt *mich!*« rief Corin.

Hart warf sich auf den Ihlini. Strahan fiel heftig zu

Boden, landete auf Hüfte und Ellenbogen. Ein Funkenschauer brach aus dem Tor hervor.

»Er ist *meineidig!*« schrie Strahan. »Ihr habt gehört,
was er gesagt hat ...«

Harts Hand lag auf der Kiste. Runen flammten auf,
wanden sich und umgaben die rechteckige Kiste dann
mit einer unheimlichen Schrift. Schneller, *schneller,* bis
sich die Schrift von dem Holz löste und auf Harts verbliebene Hand übersprang. Er schrie vor Schmerz auf,
ließ die Kiste aber nicht los.

Brennan, der sehr verwirrt war, versuchte aufzustehen, aber es mißlang. Er kroch, fast bewußtlos, langsam
auf seinen Bruder zu.

Hart entriß Strahan die Kiste. Er wandte sich wieder
zum Tor um. »... *meine* Wahl ...«, keuchte er und warf
die Kiste in die Flammen.

Er spürte den Verlust erneut. Er spürte die Schwertklinge herabsausen, die Haut, die Muskeln, die Gefäße
zerteilen und leicht durch den Knochen dringen. Er sah
das Blut. Sah die abgetrennte Hand. Sah, wie Dar ihn
auslachte.

Schmerz.

Hart schrie.

Ein Ihlinidiener ergriff Brennan. Ein zweiter zog
Hart von Strahan fort und schob ihn wieder um das
Tor herum. Strahan saß an dessen Rand und lachte,
einen Fuß in das eisige *Gottesfeuer* der Ihlini gehüllt.
Und dann kroch es langsam aufwärts, so *langsam,* berührte sein Knie, seinen Oberschenkel, seine Hüfte,
liebkoste sein Geschlecht. Und brach in Leidenschaft
auf, während es seinen übrigen Körper verschlang.

Das Feuer erstarb vor ihren erstaunten Augen
schnell. Statt dessen war ein feines Netzwerk aus
lavendelfarbener Spitze zu sehen, ein Gitter leben-
den Lichts, das die freiliegende Haut umhüllte.
Hände. Kehle. Gesicht. Es bildete sogar in seinem
Mund einen Teich und ragte beim Atmen aus seinen

Nasenlöchern heraus. Und Strahan lachte durch all das hindurch.

Er erhob sich. Er ging zu Corin, neigte seinen leuchtenden Kopf. Und dann kniete er sich hin und umfaßte das noch immer mit der Silberhandschelle versehene Handgelenk.

»*Das* ist nicht mehr nötig.« Die Handschelle fing Feuer, floß von Corins Hand ab, sammelte sich in Strahans netzwerkartiger Handfläche und formte sich dann zu einem Silberbecher. »Hier.« Strahan erhob sich, wandte sich um und kniete sich erneut an den Rand des Tors. Er tauchte den Becher ein. Hob ihn mit herabtropfendem *Gottesfeuer* wieder hoch. Sein Lächeln galt nur Corin allein. »Ich übergebe Euch den Taufbecher ... und willkommen in der Welt.«

Corins Gesicht war vom Schein des Bechers überzogen. Seine Augen waren blau, ganz blau, mit nur einer sehr kleinen Pupille.

»Corin!« schrie Brennan.

Corins Blick war von Strahans verwandelter Erscheinung gelähmt. Der Ihlini bot ihm den Becher dar. Die Fingernägel glühten. »Trinkt von Asar-Suti.«

Hart kämpfte vergeblich gegen den Mann an, der ihn festhielt. »Corin, *nein* ... ich habe sie fortgeworfen ... *ich habe sie fortgeworfen* ... dieses Opfer ist unnötig ...«

»Trinkt«, sagte Strahan und half Corin, den Becher festzuhalten.

»*Ku'reshtin!*« schrie Brennan. »Hast du das für Aileen getan?«

»Nein«, sagte Corin. »Ich habe es für mich selbst getan.«

Und er trank von Asar-Suti.

Kapitel Vier

Sie standen dem Magier Strahan in dessen aufwendig ausgestattetem Turmzimmer gegenüber. Sie saßen nicht, obwohl er saß, sondern zogen es vor stehenzubleiben. Hart barg seinen Arm, und Brennan wartete erstarrt ab.

Der Ihlini streckte die mit eleganten Stiefeln bekleideten Beine aus. Die unheimliche, nämlich lebendige Spitze war von seinem Körper abgeglitten, aber eine Aura der Macht schien geblieben – kaum wahrnehmbar, aber berauschend. Beide Cheysuli spürten sie. Keiner von ihnen beugte sich ihr.

Strahan lächelte. »Das Spiel hat sich verändert.«

»Ist es ein Spiel?« fragte Brennan rauh. »Eine Nachmittagsunterhaltung?«

»Es *ist* unterhaltsam.« Strahan lehnte entspannt – das Kinn in der Hand – in seinem Armsessel und hatte den Ellenbogen auf die Lehne gestützt. »Sowohl unterhaltsam als auch lehrreich … Aber nein, es ist kein Spiel. Jetzt ist es für keinen von uns mehr ein Spiel. Vor allem nicht für Corin.«

Hart trat einen einzigen Schritt vor. »Was habt Ihr ihm angetan?«

»Ich?« Eine geschwungene Augenbraue wurde angehoben. »*Ich* habe überhaupt nichts getan.«

»Diese *Gallenflüssigkeit*, die Ihr ihn zu trinken gezwungen habt …«

»Das Blut Asar-Sutis«, berichtete Strahan ihn ruhig. »Und ich habe ihn nicht gezwungen, es zu trinken. Habt Ihr gesehen, daß er sich abgewandt hätte? Habt Ihr gesehen, daß er gewürgt hätte? Habt Ihr gesehen, daß er ausgespien hätte?« Der Ihlini schüttelte den

Kopf mit dem herabfallenden rabenschwarzen Haar. »Nein. Er hat nichts davon getan. Er trank freiwillig und wurde damit vom Geist des Suchers durchdrungen. *Ihr* habt seine Augen gesehen.«

Brennan verlor die Geduld. »Er hatte keine Wahl ...«

»Er hatte *jede* Wahl.« Strahan beugte sich im Sessel vor. »Er hat mein Angebot aus eigenem freien Willen angenommen. Er hat aus eigenem freien Willen *getrunken.* Ich habe bei ihm nichts außer meiner Überzeugungskraft angewandt, und *das*, meine Cheysuliverwandten, ist Macht, die sich in nichts von Eurer Macht unterscheidet.« Er setzte sich wieder zurück. Die sorgfältig aufrechterhaltene Höflichkeit und die nachlässige Stimmung schwanden und wurden von deutlicher Eindringlichkeit ersetzt. »Nun, ich habe Corin. Das ist vollbracht. Was tue ich mit Euch?«

»Vollbracht«, wiederholte Hart. »*Vollbracht?* Wenn Ihr glaubt, wir werden das auf sich beruhen lassen ...«

Strahans Augen flammten auf. »*Ich denke, Ihr werdet genau das tun, was ich Euch sage.*«

Das ließ sie beide erstarren.

Der Ihlini stemmte sich aus dem Sessel hoch. Er trat sehr nahe an Hart heran, obwohl er ihn nicht berührte, und hielt ihn mit stetem Blick an seinem Platz fest. »Es ist Euer Pech«, sagte er deutlich, »daß Ihr erwählt habt, Eure Unversehrtheit aufs Spiel zu setzen. Jetzt seid Ihr wirklich von Eurem Volk abgeschnitten, und es war Euer eigenes Werk. Macht *Euch* das zum Vorwurf. Ich habe nichts damit zu tun!«

Hart wollte zurückweichen, zwang sich aber stillzustehen. Dem Ihlini so nahe, konnte er Strahans Macht spüren, als sickere sie durch die Poren seiner Haut.

»Eure Entschlossenheit ist lobenswert«, fuhr Strahan fort, »und ich bewundere ihre scheinbare Unbedingtheit. Ich *will* standhafte und treue Männer, die bereit sind, das zu opfern, was ihnen am meisten bedeutet. Aber ich glaube, Ihr beurteilt meine Bereitschaft falsch, solche Männer in die Formen zu pressen, die mir am ehesten dienlich sind.«

»Bereitschaft«, wiederholte Brennan mit Nachdruck. »Ein vertrautes Wort, Ihlini ... aber warum ist sie so wichtig? Wenn Ihr soviel Macht habt, warum *zwingt* Ihr Hart und mir Euren Willen nicht einfach *auf*? Warum preßt Ihr uns *nicht* in die Formen, die Euch am ehesten dienlich sind?« Er spreizte die Hände. »Hier stehen wir, Magier – warum gestaltet Ihr den Ton nicht?«

In Strahans unterschiedlichen Augen flackerte etwas auf. Kurz, sehr kurz, aber Hart hatte es gesehen und Brennan ebenfalls.

Harts Augen verengten sich. »Ihr habt uns«, sagte er deutlich. »Was können wir tun, um Euch von Euren Plänen abzubringen, uns zu den von Euch gewollten Günstlingen zu *machen*.«

Strahan schnippte mit den Fingern, und die Tür sprang auf. »Ihr könnt gehen.«

Hart blieb stehen. Brennan trat neben ihn.

Strahans helle Haut wirkte jetzt um die schrägstehenden Wangenknochen herum dunkler. »Ihr könnt *gehen*.«

»All diese Drohungen«, sagte Hart ruhig. »All diese Versprechungen ... waren es alles leere Drohungen und Versprechungen?«

»Ist es so, daß wir es *bereitwillig* tun müssen?« fragte Brennan. »Warum solltet Ihr sonst soviel Zeit mit dem Versuch verschwenden, uns körperlich zu brechen, in der Hoffnung, uns *überzeugen* zu können? Ist es so, daß einem nicht freiwillig handelnden Günstling etwas fehlt, das Ihr braucht? Etwas, was *uns* eigen ist?«

»So eigen, daß Eure Bemühungen ohne es nutzlos wären?« Hart lächelte. »Ich glaube, wir haben Euch besiegt, Strahan. Ich glaube, wir haben letztlich gewonnen.«

Strahan schwieg.

Brennan lächelte. »Und was sind wir? Prinzen. Mehr als Cheysuli – *Prinzen*, die Reiche erben sollen. Homana. Solinde.« Er nickte. »Ihr könnt nicht allein regieren, also hofft Ihr, durch uns regieren zu können. Aber es gibt keinen Marionettenkönig, wenn der König *zu sehr* Marionette ist ...«

»Ihr braucht uns im Vollbesitz unserer geistigen Kräfte«, sagte Hart betont. »Ihr braucht uns geistig gesund. Und wenn Ihr uns Euren Dienst *aufzwingt*, wird uns das fehlen, was Ihr braucht ...«

»... und das Volk wird uns niederwerfen.« Brennan spreizte langsam die Hände. »Tötet unsere Körper, tötet unseren Geist – und es bleibt Euch nichts.«

»Wer hat jetzt die Macht?« fragte Hart. »Wenn Ihr Sleeta tötet, wird Brennan wahnsinnig. Dann habt Ihr schon einmal keinen Günstling in Homana. Das Volk wird es nicht zulassen. Rael habt Ihr nicht gefangen – was ist also für mich geplant?« Er hob seinen linken Arm. »Ich habe sie fortgeworfen, Strahan. Ihr könnt meine Hand nicht mehr benutzen.«

»Macht?« Strahan nickte, wandte sich ab und fuhr wieder herum. »Ja, ich brauche etwas. Und ich habe es.«

»Was ist denn noch geblieben?« fragte Brennan.

»Corin«, sagte Strahan, und ihr Triumph schwand.

*

Der jüngste von Nialls Söhnen betrachtete den Mann, der ihm gegenüberstand. Einen Augenblick lang erkannte er ihn nicht – er kannte sich kaum selbst noch –, und dann kam ihm ein Name in den Sinn. *Strahan.* Strahan, der Ihlini genannt.

Strahans Umrisse waren verschwommen. Sein Gesicht war ein weißer, nur von den Augenhöhlen, der Nase und dem Mund unterbrochener Fleck. Und dann wurde er deutlicher sichtbar, die Höhlen gingen allmählich in etwas Erkennbares über, und Corin wußte, wem er gegenüberstand.

Er erschauderte wie ein Mensch, der aus tiefem traumlosen Schlaf erwacht. Er erkannte, daß er in einem wuchtigen Sessel saß und von hohen Rücken- und Seitenteilen, sowie einem gepolsterten Sitz gehalten wurde. Er barg seinen schlaffen Körper, wie eine Frau ein schlafendes Kind birgt.

Schlafend. Ja, er hatte geschlafen. Oder etwas Ähnliches.

Strahan stand vor ihm und hielt einen Becher in Händen. Einen schwarzen Glasbecher, der anders aussah als der Silberbecher, der das Blut des Gottes enthalten hatte. Dieser roch nach Wein.

»Trinkt.« Strahan hielt ihm den Becher hin. »Das wird helfen, Euch wiederherzustellen.«

Corin nahm den Becher zögernd entgegen. Die Welt um ihn herum erschien ihm gedämpft, wie mit vielen Tüchern bedeckt. Er fühlte sich schwer, massig, und seine Bewegungen schienen dementsprechend langsam. Seine Finger schlossen sich um den Becher, spürten die Wärme des Glases, führten es zu seinem Mund. Er trank in tiefen Zügen, seufzte und spürte, wie sein Kopf gegen den Sessel sank.

Strahan nahm ihm den Becher wieder fort. »Es braucht Zeit«, sagte er, »bis Ihr Euch daran gewöhnt habt. Ihr werdet Euch unbehaglich fühlen, aber das wird vergehen. Ich verspreche es.«

Corin betrachtete den Magier. Er sah die klaren Flächen seines Kinns, seiner Wangenknochen, seiner Stirn und die schiefe Stellung seiner unterschiedlichen Augen. Solch klare, zarte Züge, und doch war sein Geschlecht unverkennbar.

Strahan lächelte und setzte sich in einen Sessel gegenüber von Corin. »Ich dachte, es würde vielleicht Hart«, sagte er ruhig. »Ich habe ihn unterschätzt, weil ich glaubte, daß das Verlangen nach seiner Rasse seine Bestimmung überwöge. Aber Ihr werdet mir genauso nützlich sein.«

Corin schluckte schwer. Seine Stimme schien aus so großer Ferne zu erklingen, als spreche ein anderer Mensch. »Hart wird oft falsch beurteilt. Die Menschen sehen nur seine Schwäche, seinen Wunsch nach Vergnügen. Sie schauen nicht tiefer in ihn hinein.«

Strahan dachte darüber nach. »Was wird ihn dann brechen? Ich kann seine Hand nicht ersetzen.«

»Der Verlust seines Platzes im Stamm.« Corin runzelte leicht die Stirn. »Ihr habt ihm seinen Halt genommen ... Er wird eines Tages daran zerbrechen, gleichgültig, was er sagt. Bietet ihm Hilfe an. Er wird sie beizeiten vergüten.«

Der Ihlini strich sich über die Stirn. »Und Brennan?«

»Ihn werdet Ihr vielleicht niemals gewinnen können.« Corin setzte sich im Sessel zurecht. Seine Knochen kribbelten. Sein Körper *juckte*. »Ich wüßte keinen Weg, ihn zu überzeugen. Brennans besondere Kraft liegt in seiner unvergleichlichen Treue zu Verwandtschaft, Stamm und Prophezeiung.« Er zuckte die Achseln. »Das macht ihn zu einem leicht einzuschätzenden Mujhar – aber auch zu einem sehr guten Mujhar.«

»Dann sollte er vielleicht nicht Mujhar *sein*.« Strahan nickte nachdenklich. »Ich habe Euch Versprechungen gemacht, und ich beabsichtige sie zu halten. Brennan wird zweifellos entbehrlich werden ... Homana wird einen neuen König brauchen. Ich kann Euch an seine Stelle setzen.«

Corin rieb sich die kribbelnde Kopfhaut. »Aileen ...« Er erschauderte. »Was ist mit *Aileen*?«

Strahan winkte ab. »Wenn ich Homana und Solinde in der Gewalt habe, ist es nicht mehr wichtig, wen sie heiratet. Die Prophezeiung wird nicht mehr vollendet werden können, ganz gleich, welches Kind geboren wird.« Er zuckte die Achseln. »Ich brauche sie nicht mehr. Alaric hat darin versagt, sie auf Atvia einzustimmen, und es war keine Zeit für einen zweiten Versuch.

Jetzt ist es nicht mehr nötig. Ihr könnt sie bekommen, Corin. Das war ein Teil unseres Handels.«

Corin blinzelte wiederholt. Der Raum war hell, zu hell. Er blinzelte gegen das Licht an.

»Es wird schwierig werden«, sagte Strahan sanft. »Ich werde die standhafte Entschlossenheit Eurer Rasse und die Überheblichkeit Eurer Überzeugungen nicht unberücksichtigt lassen. Aber ich brauche Eure Brüder, Corin. Kann ich auf Euch zählen?«

Corin runzelte die Stirn. »Es gibt vielleicht eine Möglichkeit«, sagte er. »Wollt Ihr mir darin vertrauen?«

Strahan lächelte still, wobei seine gleichmäßige Zahnreihe sichtbar wurde. »Vertrauen? Es ist kein *Vertrauen* nötig. Wenn ich Euch etwas zu tun befehle, werdet Ihr es fraglos tun. Das ist der Dienst.«

Tief in Corins Innerem flackerte etwas auf. Stumme Verweigerung. Aber sie wurde so schnell von Teilnahmslosigkeit erstickt, daß er es kaum bemerkte.

»Es gibt vielleicht eine Möglichkeit«, sagte er erneut. »Ihr sehnlichster Wunsch ist die Freiheit. Ihr Verlangen danach könnte ihre Vorsicht und ihr Mißtrauen vielleicht überschatten.«

»Ja.« Strahan nickte. »Wir werden ein Szenarium ersinnen und ihnen dann geben, was sie wollen.«

Corin schloß die Augen. Die Welt war unerträglich hell, und seine Haut war unerträglich schwer. »Ich kann sie Euch liefern.«

»Gut«, sagte Strahan. Er goß sich Wein nach.

Die Zelle war für Brennan neu, nicht aber für Hart. Sie war größer, heller, bequemer als die winzige, in der Brennan monatelang gehaust hatte. Zwei dicke Kerzen brannten in entgegengesetzten Ecken. Ein schmales Bett stand an einer Wand, die, wie auch die anderen, kühl, aber trocken war – ohne übelriechenden Schlamm. Der Bewohner hatte – anders als sein Bruder – auch einen Eimer zur Verfügung, um sich zu erleichtern.

Hart setzte sich auf das Bett, lehnte sich an die Wand, barg seinen linken Arm. Er starrte in unsichtbare Fernen.

Brennan bemerkte den Rückzug sofort. »Hart …«

»Fort«, sagte er. »*Fort.*« Er betrachtete die Leere an der Stelle, wo einst seine Hand gewesen war. »Und ich habe es mir selbst angetan.«

Brennan setzte sich langsam auf den Rand des Bettes. Er verspürte ein unsicheres Gefühl der Erleichterung, daß *er* noch immer beide Hände besaß, und Schuldgefühle, weil dem so war. »Wenn du auf Strahans Handel eingegangen wärst …«

»Ich *weiß!*« schrie Hart. »*Ich weiß*, Brennan – du brauchst mich nicht daran zu erinnern.«

Brennan schrak innerlich zurück, obwohl sich sein Körper nicht regte.

»Ich weiß«, wiederholte Hart. »Ich weiß, daß ich das Richtige getan habe. Ich *weiß*, daß es so am besten war – die Möglichkeit auszuräumen, der Versuchung zu erliegen –, aber das zu wissen, macht es nicht besser. Corin *ist* der Versuchung erlegen … Ich habe umsonst gehandelt.«

Brennan atmete zitternd ein. »Nicht umsonst«, sagte er ruhig. »Jener Handel wurde auch mir angeboten, bevor man dich in die Höhle brachte. Und als ich dein Gesicht sah und erkannte, wie sehr das Wissen deinen Geist verheerte, wußte ich, daß es sehr leicht möglich war, daß Strahan mich zu gut eingeschätzt hatte.«

»Er hat dir *meine Hand* versprochen?«

»Er hat mir versprochen, dich wieder vollständig werden zu lassen, genau wie er es dir versprochen hat.« Brennan kratzte heftig, als eine Laus über seine Kopfhaut lief.

»Was noch?«

Brennan seufzte. »Die Leben aller meiner Verwandten.« Er schaute zu Hart. »*Und* die Befreiung von der Angst.«

Hart massierte seinen Unterarm oberhalb der Manschette. Er runzelte die Stirn und wollte offensichtlich nicht reden. »Du hast es mir niemals erzählt«, sagte er schließlich – augenscheinlich verletzt. »Du hast mir niemals von deiner Angst erzählt. Du hast mir sonst *alles* erzählt …«

»Alles außer dem.« Brennan schaute zu Boden. »Ich habe mich geschämt.«

»Es *mir* zu erzählen?«

»Es überhaupt jemandem zu erzählen.« Er warf Hart einen flüchtigen Blick zu. »Vor allem dir, denn du hast vor nichts Angst.«

Harts Gesicht verhärtete sich. Er zog die Mundwinkel in stummem Kampf ganz kurz nach unten. »Also hast du die Angst in dir verschlossen, bis Strahan das Geheimnis entdeckte.« Er seufzte tief. »O *Rujho*, es tut mir leid … Ich hätte dir vielleicht dabei helfen können.«

»Das müßte ich selbst tun.« Brennan zuckte die Achseln. »Aber jetzt …« Er hielt inne. »O Götter, Hart – was sollen wir tun? Wie begegnen wir Corin?«

»So wie wir Strahan begegnet sind.«

»Er ist unser *Rujholli!*«

»Und er hat seiner Rasse den Rücken gekehrt, um Asar-Suti zu dienen.«

»Tatsächlich?« fragte Brennan. »Hat er das *tatsächlich* getan?«

»Du hast seine Augen gesehen. Du hast gesehen, wie seine Beine geheilt wurden.« Hart lehnte den Kopf gegen die Wand. »Du hast gesehen, wie er aufgestanden und gegangen ist, wie er sich an den Rand des Tors gekniet hat.«

»Um dem Sucher zu huldigen.« Brennan schloß angewidert die Augen. »Was wird Strahan mit ihm *tun?*«

»Er wird ihn benutzen«, sagte Hart tonlos. »Wofür sonst ist Macht nütze?«

Brennan wandte den Kopf und betrachtete seinen

Bruder. Vorher, beeindruckt von dem Verlust von Harts Hand, hatte er auf nichts anderes geachtet, nichts anderes *gesehen*. Aber jetzt schaute er hin, jetzt *sah* er und war entsetzt über Harts körperliche Anspannung, die der seinen so ähnlich war, und war gleichermaßen entsetzt über den Mangel an Entschlossenheit. Hart hatte Gewicht verloren, Muskelkraft, die für einen Cheysuli charakteristische, hohe Belastbarkeit.

Noch schlimmer und ein Hinweis auf etwas weitaus Ernsteres als körperliche Beeinträchtigungen war Brennans Erkenntnis, daß Hart auch die Zuversicht verloren hatte, die ihn sonst von allen anderen Kindern Nialls unterschied.

Das erschreckte ihn aus irgendeinem unverständlichen Grund. Er erwartete nicht, daß Hart die Umstände *erleichterten*, noch daß er sie als besonders erfreulich empfand, aber Brennan hatte sich an die unheimliche Fähigkeit seines Bruders gewöhnt, im Schlechten noch das Gute zu erkennen. In diesem Augenblick aber erkannte er, daß er, auch wenn er stets gehofft hatte, Hart würde ein wenig seiner Unreife ablegen, die rastlose Suche seines Bruders nach ablenkender Unterhaltung doch wertgeschätzt hatte. Und jetzt fehlte diese Neigung.

Brennan zwang sich zu lächeln. »Wenn wir ein Glücksspiel hätten ...«

In Harts Augen flackerte etwas auf. Zuerst Entsetzen, dann eine Erinnerung, dann ein tiefer und beständiger Zorn, der Brennan in seiner Heftigkeit verblüffte.

»*Kein* Spiel!« sagte Hart wild.

»Hart ...«

»*Kein Spiel* ...« Und er sprang auf, stieß sich mit einem Arm vom Bett hoch und durchschritt die Zelle wie ein Tier.

Brennan sah ihn erschreckt an. »Hart ... was ist in Solinde *geschehen?*«

»Das!« Hart streckte seinen linken Arm vor. »*Das* ...

511

und meine Dummheit, meine unglaubliche Leichtgläubigkeit.«

»Hart, *jedermann* ist irgendwann einmal leichtgläubig.«

»Nicht so.« Hart hielt in seinem Schritt inne und lehnte sich wieder gegen die Wand, preßte die Schultern an das Gestein. »O Brennan, ich war solch ein Narr. Sie haben sorgfältig eine Falle errichtet und einen ausgezeichneten Köder ausgelegt, und ich habe ihn vollständig geschluckt und mir nicht einmal die Mühe gemacht, daran zu *schnuppern*.« Er seufzte. »Aber ich dachte, sie wäre genau solch eine Marionette wie ich.«

»Aha.« Brennan seufzte. »Sie.«

»Ich war noch *niemals* solch ein blinder geistloser Narr.«

»Du bist nicht der erste.«

»Aber ich hätte es *wissen* müssen … Ich hätte es *erkennen* müssen.« Hart schloß die Augen. »Alles wegen einer Wette, der *entscheidenden* Wette, und ich war von vornherein der Verlierer, selbst wenn ich gewonnen hätte.«

Brennan achtete mehr auf Harts Zustand als auf seine Worte. »Ja, nun, tröste dich mit der Tatsache, daß du Strahan nicht das *Kind* gegeben hast, nach dem er verlangte.« Er rückte bis an die Wand zurück. »Das Mädchen aus dem Wilden Löwen – erinnerst du dich an sie?«

Hart runzelte die Stirn. »Aus dem Löwen? Nein. Welches Mädchen? Und welches *Kind?*«

»Das Mädchen, das ich vor Reynald von Caledon, Einars ruhmreichem Cousin, gerettet habe.«

»O ja, jetzt erinnere ich mich.« Hart runzelte die Stirn. »Was hat *sie* mit alledem zu tun?«

»*Sie* hat *mir* eine Falle gestellt. Eine wahrhaft ausgeklügelte Falle.« Er legte einen Arm über sein Gesicht. »Ich habe sie zu meiner *Meijha* gemacht, Hart. Ich habe sie geschwängert.«

»Das kommt vor. Aber warum …«

»Sie ist eine Ihlini. Die Tochter von Lillith und Ian.« Er nahm den Arm wieder herunter. »Das Kind wird mit *Strahans* Kind schlafen, um ihm die ersehnte Macht zu verschaffen.«

Hart starrte ihn wie betäubt an. »O *Brennan* …«

»Aber ich habe keine Hand verloren.« Brennan erhob sich, trat zu Hart, legte ihm einen Arm um den Hals und zog ihn an sich. »Götter, *Rujho* … es tut mir so furchtbar leid …«

Die Tür schwang auf. Corin betrat die Zelle.

Er war gesund, trug keine Schienen oder Verbände mehr. Er hatte sich rasiert und gebadet. Er war wieder sauber und roch nach Duftöl anstatt nach dem Gestank der Kerker Valgaards. Sein Haar war gewaschen, geschnitten, glänzend und gewiß frei von Läusen. Seine Kleidung wirkte makellos und entschieden im Stil der Ihlini gehalten.

Kiri lief neben ihm. Und hinter ihm kamen zwei Ihlini heran.

»Ich wollte meinen *Lir*«, sagte er, »und Strahan hat sie mir gegeben.«

Brennan löste seinen Arm von Hart.

Corin hob die rechte Hand und zeigte den Rubinsiegelring, der einst Brennans Zeigefinger geschmückt hatte. »Ich verlangte Homana«, sagte er, »und Strahan hat es mir versprochen.« Seine Augen wirkten seltsam. Die Iris war größer als die Pupille und machte einen unheimlichen, verwirrten Ausdruck. »Ich wollte deinen Titel, ich wollte deinen Thron und ich sagte, daß ich deine Frau wollte. Und Strahan wird sie mir geben.«

»Tust du dies wegen *Aileen?*«

»Wegen Aileen und allem anderen.«

Brennans Magen rebellierte. »Bei allen Göttern von Homana …«

Aber Corin schüttelte den Kopf. »Beim Gott der Unterwelt.«

»Nein ...«, schrie Hart, konnte Brennans Sprung aber nicht verhindern.

Corin wurde an die Wand geschleudert. Brennans Finger gruben sich tief in die Haut seiner Kehle. »Ich schwöre dir, ich werde dem Sucher die Mühe ersparen, deine Seele aus ihrer Hülle zu befreien.«

»Brennan, *nein*.« Hart griff nach Brennans Arm und erwischte nur die Kleidung. »Brennan ...«

Die beiden Ihlini zogen Brennan von Corin fort und schleuderten ihn durch die Zelle. Er stolperte, fiel, blieb liegen, die Beine gespreizt, während er sich auf beide Ellenbogen aufstützte und Corin unverwandt anstarrte, der die beiden Ihlini fortwinkte. Sie traten in den Gang hinaus.

»Es liegt an euch, wie ihr behandelt werdet«, belehrte Corin seine Brüder. »Diese Art der Unterbringung ist sicherlich nicht *nötig*.«

»Vorausgesetzt, wir tun, was Strahan will«, sagte Hart verärgert.

»So ist es.« Corin betrachtete das Bett, das Bettzeug, den Eimer, die zwei trüben Kerzen. Und dann sah er Brennan an. »Du warst niemals ein Narr, während all der Jahre nicht, die ich dich schon kenne. Warum solltest du dann jetzt zum Narren werden?«

Brennan wandte den Kopf und spie gezielt aus.

»Corin ...« Hart trat vor, sah, wie sich die Ihlini anspannten, und blieb stehen. »Corin, du *weißt*, was er dir angetan hat – zu was er dich machte ...«

»Es war meine eigene Wahl.« Seine Augen hätten in den Schatten schwarz erweitert sein müssen, aber seine Pupillen schienen nicht vorhanden. »Es gibt Dinge auf der Welt, die ich schon immer wollte, und so bekomme ich sie.«

»Indem du sie stiehlst.« Brennans Stimme klang tödlich, während er sich langsam aufsetzte. »Meinen Titel, meinen Thron, meine *Braut* ...«

»Ja!« zischte Corin. »Warum solltest *du* sie wollen?

Du hast dir niemals auch nur die Mühe gemacht, ihr zu *schreiben*.«

Brennan stand da und versuchte sein zerknittertes Wams einigermaßen zurechtzuziehen. »Du hast offensichtlich mehr als das getan, während du in Erinn warst.«

Corins Mund war nur noch eine schmale weiße Linie. »Ich bin nicht gekommen, um über Aileen zu sprechen. Ich bin gekommen, um mit *euch* zu sprechen, um euch Ratschläge zu erteilen, wie ihr euch verhalten solltet.«

»Und um uns zweifellos auch zu raten, daß wir tun sollen, was Strahan sagt«, sagte Hart trocken und angewidert.

»Es *ist* das Beste«, belehrte Corin ihn ruhig. »Ihr habt recht, ihr beide.« Er warf einen schnellen Blick auf die schweigenden Ihlini. »Er braucht Männer, die *bereit* sind, Günstlinge zu werden. Wenn diese Bereitwilligkeit nicht vorhanden ist, wendet der Sucher Macht an, deren Ergebnisse wenig wirkungsvoll sind.« Seine seltsamen Augen richteten sich einen Augenblick nach innen und nahmen dann wieder den unheimlichen Ausdruck an. »Strahan zieht es vor, durch geistvolle Männer zu regieren – wie ihr bereits sagtet. Aber er *ist* auch bereit, es anders zu handhaben.« Er strich sich eine Locke zurück, runzelte die Stirn und fuhr dann fort: »Wenn nötig, wird er euch zwingen, einzuwilli-gen – und benutzen, was von Euch übriggeblieben ist.«

»Er kann kaum durch Idioten regieren«, sagte Brennan. »Das Volk wird uns niemals anerkennen.«

»Eine Weile würden sie es tun. Ihr würdet nicht sofort wahnsinnig werden.« Corin zuckte die Achseln. »Es würde einige Zeit dauern, in der Strahan seinen Zugriff auf die Thröne Homanas und Solindes festigen könnte. Letztlich hättet ihr natürlich überhaupt keinen Verstand mehr und würdet eingesperrt. Aber bis dahin wäre der Schaden bereits entstanden.« Er schaute von einem zum anderen. »Warum wollt ihr euch länger weigern? Es nützt nichts, überhaupt nichts … Er wird euch zerbrechen, und schließlich werdet ihr sterben. *Lirlos*, ohne Freunde, allein.« Er hielt jäh inne, runzelte erneut die Stirn und seufzte dann. »Denkt darüber nach: Nehmt ihn an und regiert mit Würde, mit Rechtschaffenheit, oder lehnt ihn ab und verliert alles, was auch nur annähernd an Freiheit des Geistes und der Seele erinnert.«

Brennan atmete tief, tief durch. »Es gab eine Zeit, Corin, und das ist noch gar nicht so lange her, als du vor den Verwandten und dem Stamm einen Schwur geleistet hast. Bei deiner Ehrenzeremonie, bei der du unseren *Jehan* als *Shu'maii* benanntest. Bei der du das *Lir*gold angelegt und die Verantwortungen eines Kriegers und alle Treuebünde, die das einschließt, angenommen hast.« Er sprach sehr fest. »Und jetzt stehst du hier vor mir und willst mir erzählen, daß du *diesen Schwur* bereitwillig *brechen* willst?«

Corin blinzelte nicht einmal. »Ich habe einen anderen Schwur geleistet.«

Hart sank so unbeholfen auf das Bett, als seien seine Kniesehnen durchschnitten worden. »Nein … nein … *nein* …«

»O doch, er hat es getan«, sagte Brennan kalt, »und ich verstoße ihn als meinen *Rujholli*.«

Nichts regte sich in Corins Augen. »Du kannst dich von mir aus auch *selbst* verstoßen, Brennan … Ich habe lange beobachtet, wie du deine Rolle als Prinz von Homana gespielt hast, da ich sie doch selbst begehrte. Und jetzt gehört sie doch noch mir …«

»Wie?« schrie Brennan. »Wenn ich seinen Dienst *tatsächlich* annehme, wird Homana noch immer mir gehören!«

Corin lächelte. »Nein«, sagte er, »nein. Es wird schließlich mir gehören. Deine Fähigkeit zu regieren wird in Frage gestellt werden. Ist deine *Jehana* nicht immerhin als die wahnsinnige Gisella bekannt?«

»Sie hat auch *dich* geboren.«

»Aber ich habe keine Angst vor engen und dunklen Orten. *Meine* geistige Gesundheit steht nicht in Frage.« Er wandte sich zu den im Gang wartenden Ihlini um. »Wartet nicht. Sie werden in Eurer Gegenwart keine Zugeständnisse machen. Geht zu Strahan. Ich werde ihm die Antwort bringen, sobald ich sie bekommen habe.«

Die Ihlini wandten sich um und verschmolzen mit den Schatten.

Brennan schüttelte langsam den Kopf. »Wenn du glaubst, daß ich irgend etwas zustimme, was du vorschlägst, oder *mit* dir einen Fuß aus dieser Zelle setze ...«

»Ich denke, du wirst es tun.« Corin massierte kurz seine Kehle. »Du verrätst dich. Du bist so bereit, das Schlechteste von mir zu glauben. Wenn ich Hart wäre, würdest du nicht so schnell urteilen.« Er seufzte, beugte sich zu Kiri hinab, streichelte sie und richtete sich dann wieder auf. Er lächelte –, es wirkte ein wenig ironisch. »Ja, du *hast* es geglaubt ... Nun, Strahan ebenfalls. Zumindest weiß ich, daß die letzte Nacht es wert war.«

Hart richtete sich auf dem Bett zögernd auf. Brennan konnte Corin nur anstarren.

Corin seufzte. »Ich habe die ganze letzte Nacht mit Fingern in meiner Kehle verbracht, während ich versuchte, mich von dieser widerlichen, übelriechenden Galle zu befreien, die Strahan das Blut des Gottes nennt. Aber wenn ihr noch länger zögert, werde ich es erneut trinken müssen ... Zwei Becher stehen noch aus, ehe ich wirklich ihm gehöre.« Er deutete auf die Tür. »Ich würde *in der Tat* vorschlagen, daß wir gehen.«

Sie verließen sprachlos den Raum.

Kapitel Fünf

Corin führte sie einen gewundenen, von Fackeln erhellten Gang entlang. Die Flammen waren hell und gelb, zwar nicht unheimlich und ihlinipurpur, aber Hart, der an wenig Licht, und Brennan, der an Dunkelheit gewöhnt war, empfanden die Beleuchtung als beunruhigend. Sie blinzelten und mieden die Lichtkreise. Corins fast pupillenlose Augen blieben weit geöffnet und wirkten seltsam zerstreut.

Brennan verlangsamte seinen Schritt. Schließlich wandte sich Corin um. »Wenn wir zögern ...«

»Was ist dann?« Brennan unterbrach ihn jäh. »Ich gehe ohne Sleeta nirgendwohin.«

Corin lächelte und schaute zu Kiri hinab. »Ich weiß. Das erwarte ich auch nicht von dir. Sleeta befindet sich in der Höhle.«

»In der Höhle?« Hart blieb sogleich stehen. »*Dort* bringst du uns hin?«

»Möchtest du vorschlagen, daß wir durch den Vordereingang fliehen?« fragte Corin trocken. »Valgaard ist ein Labyrinth von Tunneln und Gängen und Geheimfluchten. Aber ich kenne erst einen. Ich bin erst jetzt zu dem Gott gekommen, und Strahan erzählt mir noch nicht alles.« Er betrachtete sie näher und entdeckte Zweifel in den grimmigen Gesichtern. »O ja, ich verstehe ... Ihr seid jetzt unsicher. Nun, ihr habt die Wahl. Kommt mit mir oder bleibt hier.« Corin wandte sich um und ging weiter, während Kiri neben ihm hertrottete.

Hart fluchte. Brennan seufzte und schüttelte den Kopf. Und dann zuckte er die Achseln, stieß sich von der Wand ab und murmelte ergeben Verwünschungen.

»Kiri ist bei ihm«, erklärte Hart. »Wenn er uns hereinlegen wollte – würde Kiri ihn dann begleiten?«

»Die *Lir*verbindung ist hier unwirksam«, sagte Brennan über die Schulter. »Sie weiß genauso viel über seine Absichten wie wir.«

»Aber würde er *sie* irreführen?«

»Er ist nicht mehr der Corin, den wir kannten. Wer weiß, was er tun würde?«

Sie umrundeten eine Ecke und holten ihn wieder ein, als er in den Schatten wartete. Das *Lir*gold schimmerte in seinem lohfarbenen Haar. Die *Lir*bänder an den Armen waren unter den Ärmeln seines dunkelgrauen Wamses verborgen.

»Ich werde euch hier herausbringen«, sagte Corin deutlich.

»Dann tu es«, antwortete Brennan.

Er führte sie in einen wieder anderen Gang. Er war kurz, zu kurz, und endete blind. Aber Corin hielt inne, berührte einen Stein, und ein Teil der Wand glitt zur Seite. Kühle Luft strömte ihnen aus dem dahinterliegenden Tunnel entgegen. Die nächstgelegene Fackel wurde gelöscht.

Brennan atmete rauh, als sich die Dunkelheit um ihn herum schloß. Hart, der hinter ihm kam, trat näher heran und berührte kurz tröstend seine Schulter.

»Wir sind fast da«, erklärte Corin ihnen und betrat den dunklen Tunnel.

»Die Götter mögen mir vergeben, wenn ich unserem *Rujholli* Unrecht tue ...« Aber Brennan beendete den Satz nicht. Er folgte Corin einfach.

Der Tunnel öffnete sich bald in eine in den glatten Basalt geschnittene Grotte. Und diese öffnete sich zu der in die gewaltige Höhle hinabführenden Treppe. *Gottesfeuer* tropfte aus Spalten des Gesteins und spritzte auf die Stufen. Corin stieg abwärts, ohne zu warten.

Harfensaiten summten in der Ferne. Und etwas plapperte in der Wand.

Er führte sie aus dem Gang heraus in die gewölbte Höhle und weiter zum Tor. Er blieb an seinem glühenden Rand stehen und deutete in den Schein.

»Dort *unten?*« fragte Hart.

»Ich bin bei euch«, sagte Corin. Er sah sie beide mit unheimlichem, verstörtem Blick an. »*Ich* kann Euch den Weg zeigen.«

Die Brüder wichen wie ein Mann vom Rand des Tors zurück.

Corin trat noch näher heran. »Es ist unsere einzige Chance.«

»Unsere – unser *aller* Chance?« Brennan verengte die Augen. »Oder nur Harts und meine?«

Corin runzelte die Stirn. »Ich komme mit euch. Glaubt ihr, ich würde es wagen, hier zu bleiben?«

Hart kaute auf seinen Lippen, während er die Öffnung betrachtete. »Durch das Tor selbst?« Er klang zweifelnd.

Brennan war mißtrauisch. »In den Schoß des Gottes.«

Corin beugte sich hinab. Er griff mit einer Hand in das Tor und nahm lebendiges *Gottesfeuer* auf. »Kalt«, sagte er. »*Kalt*. Ihr werdet frieren, aber niemals verbrennen.«

»Nein«, sagte Brennan. »Ich werde jenen Ausgang nicht nehmen.«

»Warum versucht Ihr dann nicht *diesen?*«

Sie fuhren wie ein Mann auf der Stelle herum. Strahan trat aus dem Basalt.

Gottesfeuer säumte sein tiefschwarzes Gewand. Das Silber auf seiner Stirn schimmerte im Schein des Tors lila-weiß. Hinter ihm waren nur Schatten, aber kein Ausgang zu sehen.

Er deutete auf das Gestein. »Dort drinnen wartet Sleeta. Warum geht Ihr nicht hinein, und besucht sie?«

»Eine Falle«, sagte Brennan kurz und von Strahans Erklärung unbeeindruckt.

»Tatsächlich?« Strahan trat näher an sie heran, zwischen das Tor und das Glas der Höhlenwände. Corin, der am Rande des Tors stand, sank sofort in tiefer Ehrerbietung auf die Knie. Er beugte den Kopf.

»Ku'reshtin«, sagte Brennan verbittert, während Hart die Augen schloß.

Der Ihlini nickte gemächlich und legte anerkennend eine Hand auf das lohfarbene Haar. »Gut gemacht, Corin. Ihr habt getan, was Ihr verspracht.«

Corin wandte sein Gesicht Strahan zu. »Und Ihr habt getan, was ich *erhoffte* …« Er sprang auf, schloß beide Arme um Strahan und hielt die Arme des Magiers fest. Noch während sich Strahan wand, streckte Corin einen Fuß vor, um Strahan zum Stolpern zu bringen und ihn in das Tor stürzen zu lassen.

Flammen brachen auf. Strahan schrie, aber dann wurde seine Stimme zum Schweigen gebracht.

»*Jetzt!*« Corin lief auf die Glaswand zu.

»Aber dort *ist* nichts!« schrie Brennan.

Corin und Kiri verschwanden.

»*Ich* werde nicht warten.« Hart lief ebenfalls auf die Dunkelheit zu.

Brennan wollte ihm folgen, blieb dann aber stehen. Er erinnerte sich zu deutlich an die Macht, die ihn hatte dahinschwinden lassen. Er erinnerte sich zu deutlich an die Angst, die ihn gefangen hielt.

Er zitterte. Schweiß brach auf seiner Haut aus.

Und dann spie das Tor den Ihlini wie einen Scheiterhaufen lodernd wieder aus, und Brennan schaute nicht mehr zurück.

Er bemerkte sofort, daß dort ein Spalt war. Eine Lücke im Gestein oder etwas anderes von Gott oder Menschen Erschaffenes. Er glitt hindurch und verließ die Höhle in dem Augenblick, als Strahan aufschrie.

Er lief schnell. Der Gang umschloß ihn, seine bloßen Arme schabten daran entlang. Er hörte das Klingen von *Lir*gold auf Basalt. Es war eine enge tiefe Röhre, erfüllt vom Gestank der Unterwelt. *Gottesfeuer* schimmerte in Rissen auf. Im Augenblick war er dankbar dafür, denn sonst hätte er nichts gesehen.

Er lief weiter und achtete nicht auf seine Magenkrämpfe. Ein enger dunkler Ort ... und der einzige verfügbare Ausgang.

»Beeile dich!« rief Hart. Das Echo trug den Ruf zurück, hallte wider, und dann sah Brennan sie alle. Hart. Kiri. Corin. Und Sleeta unmittelbar dahinter, deren Augen im purpurnen *Gottesfeuer* glühten.

»*Lir* ...« Er stolperte und fiel beinahe hin.

»Keine Zeit«, sagte Corin atemlos. »Der Außenhof liegt unmittelbar vor uns.«

Brennan gewann sein Gleichgewicht wieder. »Strahan *lebt*.«

Corins Gesicht war starr. Angst ließ seine blauen Augen schwarz werden. »Dann kann er mich noch immer *aufhalten*.« Er wandte sich jäh um und stieß die verborgene Tür auf.

Cheysuli und *Lirs* strömten aus dem Basalt in den Hof, während ihre Schritte auf den Pflastersteinen widerhallten. Rund um sie herum herrschten Dunkelheit und der Atem Asar-Sutis. Die Sterne waren nur ein vom Schleier des übelriechenden Rauchs noch gedämpftes, schwaches Schimmern.

»Ich habe vergessen, was Tageslicht ist«, bemerkte Hart lachend. »Werden wir jemals die Sonne wieder sehen?«

»Nicht wenn wir uns hier länger aufhalten.« Corin eilte im Laufschritt auf die Tore zu, während Kiri hinter ihm herlief. Hart ergriff Brennans Arm. Mit Sleeta neben sich folgten sie ihrem Bruder.

Das Gestein bewegte sich unter ihren Füßen. Es brach unter ihren Stiefeln auf und warf sie zu Boden. Einmal, zweimal, dreimal – und jedes Mal verloren sie mehr Vorsprung. Ein Teil der Steine schmolz und haftete an ihren Stiefeln. Andere Pflastersteine explodierten um sie herum und regneten als rauchende Geschosse wieder herab.

Hart fiel hin. Ein Schmerz brannte in seinem Armstumpf. Die fehlende Hand verkrampfte sich und suchte Halt an dem Gestein.

»Auf ... auf ...« Brennan zog ihn vom Boden hoch.

Corin war bereits zu den Toren gelangt. Er riß hastig den Querbalken aus seinen Halterungen.

»Keine Wachen«, keuchte Hart. »Warum stellt er keine Wachen auf?«

»Braucht ein Ihlini welche?« Brennan sprang zur Seite, als ein Pflasterstein unter seinem rechten Stiefel knallte und Splitter rauchenden Gesteins durch die Luft fliegen ließ. Ein Splitter schnitt seine Wange.

»Jetzt ... *jetzt* ...« Corins Schrei wurde fast von dem Kreischen und Pfeifen umherfliegender Pflastersteine verschluckt.

Die wuchtigen Tore hingen nun nur noch lose in den Angeln und begannen langsam zu kippen. Corin nahm Kiri hoch und rannte hindurch, während sie herabkrachten. Donnergrollen erfüllte den Hof. Wenn Strahan nicht bereits genau wußte, wo sie sich befanden, dann würde es ihm der Lärm sicherlich anzeigen.

Brennan keuchte erstaunt, während er und Hart über das umgestürzte Holz weiterliefen. »Bei den Göttern ... Strahan benutzt Valgaard *selbst*, um uns aufzuhalten!«

»Er versucht es«, keuchte Hart. »O Götter – ich hatte *dies* vergessen!«

Sie waren durch die Tore hindurchgeeilt. Die Mauern Valgaards fielen hinter ihnen zurück. Das Feuerfeld erstreckte sich vor ihnen in die Nacht. Falte auf Falte aus Gestein, alle übereinandergelegt, hier eine Welle, dort eine Kräuselung – ein trügerischer Teppich verhexten Gesteins. Der Gott hatte Humor.

Sie liefen. Stolperten. Fielen hin. Standen wieder auf

und liefen weiter, verfluchten die Schattentaschen, die sich nach ihren Stiefeln ausstreckten. Große Kessel gluckerten, Gasflüsse spritzten, Rauch drang aus Öffnungen. Er legte sich auf die Haut, knebelte die Kehle, reizte die Augen. Hustend, keuchend, würgend stolperten sie über die aufgebrochene Erdkruste, taumelten über das Rückgrat der Erde selbst und entwanden sich ihrer Haut und Muskeln. Ihr Inneres roch faul.

Schatten ragten über ihnen auf. Die leibhaftige Dunkelheit erstreckte sich über den Boden. Und dann änderten sich die Regeln.

Unerwartet entstanden außer ihren Bewegungen noch weitere. Sie warfen einander eilige Blicke aus geröteten Augenwinkeln zu, und dann weiteten sich ihre Augen plötzlich. Das Feld war ein vom Gott der Unterwelt selbst erschaffenes, groteskes Brettspiel, und die Figuren lebten.

»Das Gestein ... *bewegt sich* ...«, krächzte Brennan.

Die Schatten veränderten sich. Die Dunkelheit verlagerte sich. Das Muster der Angst wandelte sich. Strahans Steinmenagerie wurde in der schwefelfarbenen Undurchdringlichkeit lebendig.

Hart erinnerte sich daran, daß sein Vater ihnen Geschichten darüber erzählt hatte, wie er freiwillig nach Valgaard gekommen war, allein, sogar ohne seinen *Lir*, um einen Handel mit Strahan einzugehen. Er erinnerte sich sehr deutlich an Nialls Beschreibungen der Schlucht des Gottes, die so scharf in den schwarzen Basalt einschnitt. Er hatte den Schwefel als Kind riechen können und hatte gegen den Rauch angeblinzelt, während er sich Strahans Lager vorstellte. Jetzt befand er sich selbst darin und durchlebte dieselben Zweifel und Ängste, die Niall kennengelernt hatte.

»Achtet auf die Steine«, keuchte Corin. »Erinnert ihr euch, wie *Jehan* uns erzählt hat, sie könnten sich bewegen?«

Brennan fiel über eine hervortretende Stelle. Er landete sehr hart. Ein Spalt öffnete sich unter ihm. Er versuchte fluchend aufzustehen, bevor der Speichel des Suchers hervorbräche.

Hart ergriff einen Arm und Corin den anderen, während Dampf aus dem Spalt drang. Sie zogen Brennan zusammen heraus, wobei seine Stiefelspitzen über das Gestein schabten, und zwangen ihn wieder zu stolperndem Lauf. Pranken und Zähnen und schlagenden Schweifen ausweichend, die alle aus dem wellenförmigen Gestein gestaltet waren, flohen sie auf den Durchlaß zu, der sie aus Strahans Reich hinausführen würde.

»Es ist nicht mehr sehr weit«, keuchte Hart. »Wir sind fast da ...« Das Gestein teilte sich unter seinen Stiefeln, während er sprach. Er sprang darüber hinweg, stolperte, taumelte weiter und achtete nicht auf das zornige Gurgeln.

Sleeta schwebte wie fließende Seide auf Samt durch die Schatten. Brennan verlangte es danach, in die Verbindung eintreten zu können, die von ihm so verzweifelt ersehnte Unterhaltung wieder aufzunehmen, aber ein solcher Versuch war so nahe am Tor sinnlos. Hier hatte der Ihlini die Vorherrschaft, solange er den Gott verehrte.

Corin fluchte, als eine Dampfwolke sein Gesicht und die Hände einhüllte. Er verlangsamte seinen Schritt, blieb stehen und rieb sich hastig über die brennenden Augen. Tränen nahmen ihm die Sicht, und er wagte nicht, blind voranzulaufen.

Kiri jaulte und zwickte ihn in die Knöchel. Und dann spürte er die *Gegenwart* ...

»Corin ... *lauf!*« schrie Brennan.

Er konnte rechtzeitig genug wieder sehen, um einen riesenhaften Greif auf sich herabsinken zu sehen, dessen Steinschnabel weit geöffnet war. Neben dem Zischen des Dampfes war das Knirschen von Stein auf Stein und das Jaulen seines *Lir* zu hören.

Corin drehte sich fort und spürte die Berührung des verhexten Gesteins, als eine Schwinge grausam seinen Schädel liebkoste. Er sah, daß seine Brüder warteten, beide auf dem Sprung, weiter zu fliehen. Und ihre mangelnde Bereitschaft, ihn zurückzulassen, erneuerte seine schwindenden Kräfte.

»... komme ...«, keuchte er und lief weiter.

Und dann konnte er plötzlich nicht mehr laufen.

Er fiel heftig hin. Versuchte, wieder aufzustehen. Und dann wußte er, was Strahan getan hatte.

»Meine Beine!« schrie er. »*Meine Beine ...*«

Wie Gelee, hatte Strahan gedroht. Während Corin ausgebreitet auf dem heißen Gestein lag und vergeblich aufzustehen versuchte, erkannte er, daß die Heilung zurückgenommen worden war. Er verspürte keinen gewaltigen Ansturm von Schmerzen, und die Knochen waren auch nicht erneut gebrochen, sondern es war lediglich eine Rückkehr in den Zustand seiner Beine, bevor er sich dem Gott überantwortet hatte – fast geheilt, aber nicht ganz. Seine Knochen waren zerbrechlich und seine Muskeln durch die Einengung der Schienen und Verbände geschwächt.

Kiri leckte sein Gesicht. Ihre kühle Nase stupste ihn an den Hals und drängte ihn verzweifelt, aufzustehen. Und dann hoben Hart und Brennan ihn auf und *zogen* ihn, während die Welt um sie herum in Flammen aufging.

»Es ist nicht mehr sehr weit«, keuchte Hart und zog mühsam mit einer Hand Corins linken Arm über seine Schultern.

»Und wir werden dich ihm doch stehlen«, entschied Brennan.

Und obwohl sie ihn voranzogen, mußte Corin sich zusammenreißen, nicht zu schreien.

Durch ihre Last verlangsamt, fiel es Hart und Brennan jetzt schwerer, den grotesken Nachbildungen der *Lirs* auszuweichen. Keine der Nachbildungen war besonders beweglich, da sie aus Gestein anstatt aus Fleisch und Blut bestanden, aber ihr Vorteil lag darin, daß sie für Rauch, Hitze und Flammen unzugänglich waren. Während Hart und Brennan noch langsamer wurden, um den sichersten Weg mit Corin zu finden, drangen die gewaltigen Wesen weiter vor.

Corin zitterte. »Kalt«, sagte er. »... kalt ...«

Brennan lachte rauh. »Wenn nur die Winter so ›kalt‹ wären ...«

»Gleich, *Rujho*«, keuchte Brennan. »Gleich haben wir den Durchlaß passiert.«

»Sieh nur!« rief Hart aus. »Schau über die Öffnung!«

Brennan sah hin, erkannte die unbeschadete Linie weißer Schwingen vor der Dunkelheit und lachte rauh. »Dachtest du, Rael würde uns *verlassen?*«

»... so lang ...«, krächzte Hart.

»*Laßt mich herunter*«, sagte Corin. »Runter ... runter ... *runter* ...«

»Wir sind gleich da ...« Brennans Kehle brannte. »Gleich hindurch ...«

»*Runter!*« schrie Corin.

Sie trugen ihn durch den dampfverhüllten, engen Durchlaß in eine andere Welt. Auch diese hatte unter der Gegenwart des Ihlini gelitten, aber hier war der Schaden weniger groß. Hier sahen sie statt Gestein nur Erde, auch wenn die Schicht dünn und an manchen Stellen verfärbt war. Die Bäume waren vom Wind und den Launen der Natur zerstört, die Wurzeln den Elementen preisgegeben, aber sie bestanden aus Holz, nicht aus Gestein, aus Laub anstatt aus Dampf.

In Strahans Lager war es Sommer gewesen. Hier herrschte Winter, und der Boden war von Frost überzogen.

»Zu dem Baum dort«, keuchte Brennan, und sie setzten Corin vorsichtig darunter ab.

Er versuchte fast augenblicklich, von ihnen fortzukriechen, strebte unbeirrt auf den Durchlaß zu.

»Corin ... *warte* ...« Hart ergriff einen von Corins Armen und war entsetzt, als er die Angespanntheit der Sehnen unter der Haut spürte. »Corin ...«

»... gehe zurück ...«, keuchte Corin. »... gehe zurück ... der Sucher.«

Heftiger als beabsichtigt, zogen seine Brüder ihn zurück und zwangen ihn an seinen Platz.

»Sieh dir seine Augen an«, sagte Brennan.

Hart schüttelte den Kopf, als er die verkleinerten Pupillen bemerkte. »Das Gift ist noch nicht vollständig unwirksam.«

Corin versuchte, die Beine anzuziehen, aber Schwäche und Steifheit machten es ihm unmöglich. »Götter ...«, sagte er »... o ... *Götter* ...«

»Zumindest ruft er *unsere* Götter an«, sagte Brennan trocken. »Halt ihn fest, Hart.«

»Je weiter wir vom Tor fortkommen, desto sicherer wird er sein.«

»Zweifellos. Aber wir müssen seine Beine verbinden ...«

»Wir müssen ihn *heilen*«, sagte Hart scharf. »Aber ich bezweifle, daß wir die Magie so nahe an Valgaard heraufbeschwören können.«

Corin erschauderte unter ihren Händen. »... ich brenne ...«, murmelte er. »... ich brenne ...«

Über ihnen schrie Rael aufgeregt.

»Ob mit gebrochenen oder heilen Knochen – wir gehen«, sagte Brennan fest, und sie hievten Corin gemeinsam wieder hoch.

Die Entfernung schloß den Durchlaß. Mit jedem Schritt ließen sie das Feld aus Rauch und Gestein, die brodelnde, glasartige Festung und das Tor der Unterwelt weiter hinter sich. Die Sterne schienen jetzt heller. Der Mond war von Rauch und Dampf befreit und zeichnete ihnen den Weg vor.

»... *runter* ...«, bat Corin.

»Noch nicht«, rief Brennan durch zusammengebissene Zähne. »Erst wenn wir eine größere Entfernung zwischen dich und Valgaard gelegt haben.«

»Der Sucher ... *der Sucher* ...« Corin erschauderte in ihrem Griff.

»Gib ihn auf«, befahl Hart knapp. »Irgendwo in diesem Körper mit der homanischen Haut ist das Alte Blut, Corin ... genauso viel wie in Brennan und mir. Rufe es an. *Nutze es* ...«

Er stolperte, fluchte, biß sich gegen den Schmerz in seinem Armstumpf auf die Lippen.

Und dann erwachten die *Lir*verbindungen jäh wieder zum Leben, und sie alle schrien auf.

»Runter ...«, keuchte Brennan, und sie setzten Corin so sanft wie möglich ab. Kiri preßte sofort ihre Schnauze an seinen Hals. Als Brennan die Arme für Sleeta öffnete, sah er wieder Vernunft in Corins Blick zurückkehren.

Während sich sein Zwilling hinkniete, um Sleeta an seine Brust zu drücken, erhob sich Hart. Er trat von seinen Brüdern fort und streckte beide Arme in die Luft. Der weiße Falke Rael schwebte aus der Dunkelheit heran.

Lir ... *Lir* ... *o Götter. Rael* ... Hart bemerkte, sogar in der Verbindung, eine ungewohnte Nichtübereinstimmung. *Rael* ... *Rael* ... *Rael* ...

Shansu, tröstete der Falke ihn. *Shansu, mein Lir* ... *mein stolzer, tapferer Krieger* ...

Siehst du? Siehst du? klagte Hart. *Der Ihlini hat mich vernichtet* ...

Rael strich noch näher heran. *Ich sehe Stärke, Stolz und eine unerbittliche Entschlossenheit, den Künsten Asar-Sutis zu widerstehen.*

Ich bin vernichtet, Lir ...

Shansu, tröstete der Falke. *O Lir, es ist so lange her* ... Und er ließ sich kurz und unendlich sanft auf dem ausgestreckten Arm nieder, dem die Hand fehlte. Er berührte mit dem gebogenen Schnabel Harts Schulter, während seine Augen glänzten, erhob sich dann wieder in die Luft und schwieg zu Harts Tränen.

Brennans Arme hielten die Katze. Die bloße Haut spürte das trockene Fell, die Finger berührten hervorstehende Rippen unter der gespannten Haut, die Augen suchten eine Wahrheit in ihren Augen.

Sleeta, begann er und wollte sie ausfragen, aber dann schob er die Worte beiseite, um sich der Erneuerung der Verbindung hinzugeben. Es war nicht nötig, sie irgend etwas zu fragen, er konnte alles durch die Verbindung wahrnehmen. Er erkannte Angst und Schmerz, Qual und Zorn – und den Stolz, der sie so stark machte.

Alles ist gut, sagte sie. *Alles ist gut, Lir.*

Sie war schwer, so schwer, auch wenn sie nicht mehr ihr übliches Gewicht hatte. Sie legte ihm sanft ihre Zähne an Wange und Kinn und knabberte daran, katzenähnlicher als gewöhnlich. Eine große Pranke tätschelte seinen Oberschenkel, die andere preßte seine Hüfte.

»*Leijhana tu'sai*«, flüsterte Brennan. Und wußte nicht, ob er den Dank an Sleeta oder an die Götter gerichtet hatte.

Corin wand sich am Boden. Seine Knochen brannten.

Lir, sagte Kiri, *versuche noch stärker, es zu überwinden.*

Er hielt inne, und seine Beine verkrampften sich. *Der Sucher,* sagte er. *Das Tor.*

Denk statt dessen an mich.

... es brennt ... Er spürte ihre Kraft durch die Verbindung. *Götter ... Kiri ... es brennt ...* Er stützte sich auf einen Ellenbogen und wollte nach ihr greifen. Und dann übergab er sich ohne Vorwarnung.

Brennan und Hart brachen die Begrüßung ihrer *Lirs* jäh ab und wandten sich wieder ihrem Bruder zu.

»Wir sind noch zu nahe«, sagte Hart besorgt.

»Dann schick Rael los, einen sicheren Platz zu suchen, einen Ort, wo wir Corin unterbringen können, bis die Krise vorüber ist.« Brennans Stimme klang scharf. »Wir haben keine Möglichkeit, ihn zu heilen, bis wir einen angemessenen Zufluchtsort gefunden haben.«

Hart trat sofort in die Verbindung ein. *Wir brauchen einen sicheren Platz,* sagte er. *Einen Ort, an dem Strahan uns nicht finden kann.*

In Ordnung, sagte Rael und strich ostwärts auf den Molonpaß zu.

»*Shansu*«, sagte Brennan zu Corin. »Ich verspreche dir, *Rujho,* daß Strahan nicht siegen wird.«

Hart befühlte Corins Stirn. »Und auch sein übelriechender Gott nicht.«

Corin atmete mühsam. »Ich dachte, wenn ich mich dazu bringen könnte, das Blut auszuspeien ... könnte ich siegen ... könnte ich die Macht überwältigen ...« Er verzog das Gesicht vor innerem Schmerz und biß die Zähne fest zusammen. »Strahan verlangte so sehr nach euch ... ich dachte, wenn ich so *handelte,* als hätte er gesiegt, wenn ich ihn überlistete, könnte ich eine Möglichkeit zur Flucht ersinnen ...« Er schlug mit dem Kopf auf den Boden, bis Brennan ihn umfaßte und festhielt. »Ich wußte, wenn ich das Blut erneut trinken würde, wäre ich wahrhaft verloren ...« Er biß sich auf die Unterlippe. »Ich mußte einen Ausweg finden ... Ich ließ ihn glauben, er hätte gesiegt, damit er mir einen ... einen Geheimausgang zeigen würde ...« Er verkrampfte sich. »*O Götter, es schmerzt!*«

»Sei jetzt ruhig«, sagte Brennan sanft. »Das hat bis später Zeit.«

Corins Blick ruhte starr auf Brennans Gesicht. »Aber ... du mußt wissen ... Ich liebe Aileen *tatsächlich!*« Sein Mund verzog sich vor Schmerz. »Ich begehre sie *tatsächlich,* Brennan ... Strahan hat meine Schwäche entdeckt.«

»Und er hat deine Stärke entdeckt.« Brennans Gesicht war starr, obwohl seine Stimme nichts preisgab.

»Jeder von uns begehrt etwas, Corin, auch gegen unseren Willen. Ein großer Teil von Strahans Macht besteht nur, weil wir sie ihm geben ... Er läßt uns selbst Schuld auf uns laden, anstatt sie uns aufzuzwingen.«

»Und ich wollte den Löwenthron *tatsächlich* ... schon solange ich mich erinnern kann ...«

»Corin.« Brennan beugte sich zu ihm herab. »Ich schwöre dir – es ist unwichtig. Glaubst du, ich könnte dich nach dem, was du für uns getan hast, dafür hassen?«

»Ich könnte es.« Corin versuchte ein Lächeln. »Ich könnte es an deiner Stelle. Aber jetzt – *jetzt*, glaube ich ... Ich glaube, es wird keinen Platz für mich geben ...«

Hart ergriff seine starre Hand. »Gib doch *jetzt* nicht noch auf.«

»Ich bin so *müde*«, murmelte Corin.

Lir, sagte Sleeta scharf. *Der Mann.*

Brennan schaute schnell auf. Und öffnete dann erstaunt den Mund. »*Jehan* ...?«

Hart wandte sich um. Auch sein Gesicht spiegelte das Erschrecken wider. Und dann atmete er geräuschvoll aus und lachte leise. »Es ist nicht *Jehan*, Brennan ... Es ist Carillons Bastard. Der Taubstumme.«

»Carollan«, keuchte Brennan. »Bei den Göttern, ich hatte vergessen, daß er in Solinde lebt.«

Carollan näherte sich ihnen stolpernd. Er war, genau wie ihr Vater, ein großer, kräftig gebauter Mann, obwohl das Alter ihm inzwischen die Beweglichkeit der fließenden Bewegungen genommen hatte. Sein Haar war grau und zu einem Zopf zusammengebunden. Anders als bei Niall, waren seine Augen noch immer unvermindert blau. Und waren beide auf Corin gerichtet.

Er kniete sich hin, während Hart und Brennan zur Seite wichen. Seine Hände waren unendlich sanft, während er Corins Augen, Mund und Ohren untersuchte und die dünnen Rinnsale verfärbten Bluts fortwischte.

532

»*Jehan?*« Corins Kopf rollte schwach von einer Seite zur anderen, bis Carollan ihn festhielt. »*Jehan* ... hat Strahan dir dein Auge zurückgegeben?«

Die großen Hände trösteten. Carollan hob Corin vorsichtig, lagerte ihn an seiner breiten Brust und begann den Weg zurückzugehen, auf dem er gekommen war.

Hart und Brennan zögerten nicht, sondern traten sofort neben ihn. Und die *Lirs* folgten ihnen.

Kapitel Sechs

Er war weißhaarig, wirkte aber dennoch seltsam jugendlich. Sein Gesicht schien alterslos, obwohl der Ausdruck in den himmelblauen Augen sowohl von früher erlebten als auch für die Zukunft erwarteten Dingen berichtete. Er kümmerte sich mit unendlicher Geduld und Sanftheit um Corin, obwohl er aufgrund seiner zerstörten Hände Carollans Hilfe brauchte. Er wehrte besorgte Fragen von Brennan und Hart ruhig und höflich ab und richtete seine ganze Aufmerksamkeit nur auf den jüngsten Sohn Nialls. Und schließlich ergaben sich Hart und Brennan der aufgezwungenen, unbeugsamen Geduld.

Taliesin. Sie kannten ihn ausreichend gut, obwohl keiner von ihnen dem Mann jemals zuvor begegnet war. Außerdem war er mehr als nur ein Mann: er war ein Ihlini, ein ehemaliger Diener des Suchers, der Harfenist Tynstars, des Vaters Strahans selbst, und später auch der seines Sohnes. Taliesin von den Ihlini, der – bis auf die Anwesenheit von Carillons Sohn – von aller Welt abgeschieden lebte.

Hart betrachtete die Hände des Harfenisten. Solche zerstörten, verkrümmten Hände, die kaum noch gebraucht werden konnten. Taliesin konnte mit ihnen noch einige kleinere Dinge tun, aber schwierigere Aufgaben erforderten gerade, bewegliche Finger und Hände ohne verkrümmte Knochen. Er hatte einst für solindische Könige und Königinnen und Magier musiziert. Jetzt errettete er den Cheysulisohn eines homanischen Königs vor dem Tode.

Hart betrachtete seinen Armstumpf. Wie er das Fehlen seiner Hand haßte, das Fehlen der Finger, des Dau-

mens, der Handfläche, wohl wissend, daß es ihn zu einem Leben abseits seines Volkes verurteilte. Er setzte sich langsam in seinem Sessel zurück und kratzte sich wie abwesend am Kopf. Raels Gegenwart auf der Rücklehne des Sessels tröstete ihn, obwohl er wußte, daß die *Lir*verbindung durch seine Unfähigkeit zu fliegen für immer getrübt sein würde. Das Fehlen einer Hand bedeutete, wenn man es aus der Sicht eines Raubvogels betrachtete, den Verlust eines Flügels. Vielleicht war noch ein unbeholfenes Hüpfen möglich, aber einem Huhn anstatt einem Falken zu ähneln ...

Hart schloß die Augen. Er war so erschöpft, durch die Wirkung so *geschwächt* ... Er brauchte dringend Ruhe und richtige Nahrung, sowie eine Zuflucht vor Sorge und Angst.

Eine Hand berührte seinen Arm. Er riß die Augen auf und schaute zu Brennan hoch, der ermutigend zu lächeln versuchte, was jedoch mißlang. Er erkannte sich selbst in Brennans Gesicht: zu blaß, zu hager, zu schmutzig. Und die Augen waren, auch wenn sie gelb statt blau waren, voller Erinnerungen und mehr als einer Spur Verwirrung.

Strahan hat uns alle berührt ... Hart setzte sich aufrechter hin und beugte sich vor, während Brennan zu dem Bett zurückging, auf dem Corin lag. Taliesin hatte deutlich gemacht, daß er ihre Hilfe nicht brauchte – er sagte, Caro genüge ihm –, aber sie konnten dennoch nicht umhin, von Zeit zu Zeit an Corins Bett zu treten. Um hilflos auf ihn herabzublicken, der sein Möglichstes getan hatte, dem Sucher und dem Ihlini zu trotzen, obwohl sie ihn die ganze Zeit über für einen Verräter ihres Volkes gehalten hatten.

Taliesin seufzte, strich sich eine Strähne dünnen weißen Haars aus dem Gesicht und wandte sich dann zu ihnen beiden um. Caro kniete noch immer neben Corin. Er konnte nicht hören, was gesagt wurde, und hätte auch nicht darüber sprechen können, wenn er es gehört hätte. »Corin wird sich erholen«, beruhigte der Harfenist sie. »Er hat selbst mit seiner Heilung begonnen, indem er sich zwang, sich zu übergeben ... Der von mir verabreichte Arzneitrank wird das Brennen in seinem Blut lindern, bis es vorbei ist. Das entsteht, wenn man das Blut des Suchers trinkt. Ich habe es selbst erlebt. Er hat Glück, daß er nur einen Becher davon getrunken hat, sonst hätten wir einen schweren Stand, ihn von Strahan zurückzugewinnen.« Er seufzte. »Und was seine Beine betrifft, so wird die Zeit sie von selbst heilen, aber Zeit ist kein Luxus, den auch nur einer von Euch beanspruchen könnte.« Er erhob sich und ließ die verkrümmten Hände in die weiten Ärmel seines blauen Gewandes gleiten. »Wenn ich glaubte, daß Ihr auch ohne ihn gingt, würde ich Euch nach Homana-Mujhar weiterschicken.«

»Warum?« fragte Brennan scharf. »Stimmt in Mujhara etwas nicht?«

Der Harfenist suchte einen Platz und ließ sich mit einer Ruhe darauf nieder, die die Dringlichkeit seiner Worte Lügen strafte. »Nichts, was Eure Rückkehr nicht wieder geraderücken könnte, obwohl das die Dinge nicht endgültig regeln wird. Euer Cousin hat in Eurer Abwesenheit großen Schaden angerichtet. Unter den Stämmen herrscht Unruhe.«

»Cousin?« Hart runzelte die Stirn. »Teirnan? Warum? Was hat Teir getan?«

Brennan fluchte heftig. »So hat er es also gemeint, der Narr.«

»*Was* hat er so gemeint?« Hart betrachtete seinen Bruder stirnrunzelnd. »Klär mich auf, *Rujho*.«

Brennan machte eine ungeduldige Geste. »Er schwor, die Prophezeiung zu verleugnen, weil er nicht anerkennen will, daß Cheyusli und Ihlini eines Tages nebeneinander bestehen und zusammenleben müssen, um die Blutlinien zu vermischen.«

»Ja, nun, ich bin von dieser Idee auch nicht sehr begeistert. Aber – die Prophezeiung *verleugnen?*« Hart schüttelte den Kopf. »Teir handelt manchmal etwas vorschnell, aber daß er dem den Rücken kehrt, was unserem Leben Bedeutung verleiht? Das kann ich mir nicht vorstellen.«

»Ich *schon*«, sagte Taliesin sanft. »Und er hat es getan, Hart. Ich erfahre hier in Solinde wenig genug, und die Gerüchte verlieren oft ihren wahren Bezug, aber einige Wahrheiten sickern durch. Und Ihr müßt Euch doch daran erinnern, daß die Leute in *Solinde* Nachrichten von Schwierigkeiten in Homana nur zu bereitwillig aufnehmen.«

»Die es dort gibt?« fragte Brennan bissig.

»Daß sich Teirnan von seinem Stamm zurückgezogen hat«, antwortete Taliesin. »Daß er sein Zelt abgerissen und den *Shar Tahl* formell gebeten hat, sein Runenzeichen aus den Geburtslinien zu löschen.« So ruhig sprach er über Cheysuliangelegenheiten. »Er hat noch andere Unzufriedene versammelt, und sie sind in ganz Homana zusammen von Stamm zu Stamm gezogen, um Krieger für die Sache der *A'saii* zu gewinnen.«

»Idiotie!« Harts Verblüffung und Unglaube wurden überdeutlich. »Was hat er vor?«

»Er *hofft*, die Cheysuli in zwei getrennte Parteien aufspalten zu können: in diejenigen, die der Prophezeiung geweiht sind, und diejenigen, die sich seit kurzem dagegen gewendet haben.« Taliesin zuckte die Achseln. »Niall hat so gehandelt, wie ich es erwartet hatte, nachdem ich ihm die Wahrheit erzählte. Er – und Ian – konnten nicht länger blind an das Ihlini*übel* glauben, wenn nur ein Teil von uns Asar-Suti verehrt. Sie haben eingesehen, daß wir doch nicht so schlecht sind – zumindest die meisten von uns –, und daß es vielleicht nicht unmöglich wäre, sich vorzustellen, daß ein Cheysuli mit einer Ihlini schlafen und sie Kinder mit allem erforderlichen Blut gebären könnte.« Seine Augen drückten eine heitere Gemütsruhe aus, auch wenn seine Worte einer Ketzerei gleichkamen. »Einige von Euch haben bereits Kinder von Ihlini.«

»Aber keine Erstgeborenen.« Brennan klang angespannt. »Und nicht freiwillig.«

»Ihr habt nur zu freiwillig mit Rhiannon geschlafen«, erwiderte Taliesin sanft, »obwohl Ihr, zugegebenermaßen, nichts von ihrem Erbgut wußtet.«

»Und darum sollen wir glauben, daß die Erstgeborenen durch *Schwindel* entstehen?« Brennan schüttelte den Kopf. »Ich bin nicht Teir, Harfenist, aber ich kann unmöglich glauben, daß der Tag kommen wird, an dem Cheysuli und Ihlini in Frieden miteinander leben können.«

»Oder miteinander schlafen können?« Taliesin lächelte und zuckte die Achseln. »Die Götter sind keine Narren, Brennan … Sie planen die Dinge sehr geschickt und unter unübertrefflichen Vorwänden, wenn es nötig ist. Ich werde Euch eine eigene Prophezeiung stellen.« Sein Blick wirkte sehr losgelöst. »Einst wird der Tag kommen, an dem ein Prinz des Hauses Homana eine aus Asar-Suti geborene Ihlinifrau heiraten wird.«

»Nein.« Einstimmig.

»… und aus diesem freiwilligen Bündnis wird ein Kind entstehen, das als der Erstgeborene bekannt sein wird, der Junge, der eines Tages regieren darf.«

»Und dagegen kämpft Teirnan an«, sagte Hart grimmig. »Ich beginne zu verstehen.«

»Und werdet Ihr Euch ihm anschließen?« fragte der Harfenist. »Oder werdet Ihr Eure Rolle in der Prophezeiung übernehmen?«

Hart schüttelte den Kopf. »Ich spiele keine Rolle darin. Ich bin der mittlere Sohn, dem weder ein Haus noch eine Prinzessin versprochen wurden.« Er schaute kurz zu Brennan. »Ich war einst Prinz von Solinde. Ich war einmal ein Krieger.« Er hielt den Armstumpf hoch. »Jetzt bin ich nur noch ein Mann ohne Stamm.«

»Und Solinde ist ein Reich ohne König.« Taliesins

Lächeln wirkte unbeschreiblich sanft. »Was auch immer Ihr von mir haltet, weil ich ein Ihlini bin, so werdet Ihr, hoffe ich, doch auch erkennen, daß ich ein Mann bin, der sein Land liebt. Das Haus von Solinde ist gefährdet. Es ist Zeit für ein *neues* Haus, das auf starken, stolzen Wurzeln ruht. Ich glaube, Eures würde das gewährleisten.«

»Ich bin ein Cheysuli ...« Aber Hart brach ab.

»Ihr seid vieles«, erklärte Taliesin ihm freundlich, »und alles ist von unschätzbarem Wert.«

Brennan sah einen stummen, verbitterten Protest in Harts Augen und machte Anstalten, selbst die Erklärung zu liefern, wohl wissend, daß es für seinen Bruder zu schmerzlich war. »Taliesin – ich denke, Ihr mißversteht etwas. Uns wurden als Kindern alle Cheysuliüberlieferungen beigebracht. Alle Bräuche, alle Rituale, aller Glaube.« Er rieb sich müde über die Stirn. »Ein Brauch ist, so grausam es auch klingen mag, daß ein Krieger, dessen Körper verstümmelt wird oder dauerhaft beeinträchtigt ist, den Pflichten eines Kriegers nachkommen zu können, seinen Stamm freiwillig verläßt. Er ist ...«

»... *seiner Verwandtschaft beraubt.*« Harts knappe Unterbrechung ließ Brennan jäh verstummen. »Es ist vielleicht kein so hartes Urteil wie das Todesritual, denn es beinhaltet nicht den Verlust des Lebens ...«, seine Stimme klang verbittert und spöttisch »... aber es enthält *sehr wohl* den Verlust seines Stammes und seiner Verwandten, es sei denn, sie erwählten, ihn zu begleiten.« Hart zuckte in sprechender Anerkennung seiner mißlichen Lage die Achseln. »Ich kann wohl kaum vom Mujhar und allen anderen Mitgliedern des Hauses Homana erwarten, mir ins selbstgeschaffene Exil zu folgen.«

Taliesins blaue Augen wirkten merkwürdig selbstzufrieden. »Wirklich ein harter Brauch.«

»Aus der Notwendigkeit entstanden.« Hart zuckte

erneut die Achseln, als versuche er das, was dieser Brauch, der ihn stammeslos machen würde, beinhaltete, beiseitezuschieben. »Es ist das Gesetz des Überlebens.«

Der Ihliniharfenist nickte nachdenklich. »Ich verstehe: Die Schwachen können die Starken herabziehen.«

Brennans Stimme klang jetzt sanfter. »Zur Zeit unserer Vorfahren, als die Welt noch sehr jung war, wurden die Schwachen zum Sterben zurückgelassen, damit die Starken weiterziehen konnten.« Er sah seinen Zwilling nicht an, den er, trotz des Verlustes einer Hand, für ausreichend stark hielt, und wohl wissend, daß der alte Brauch zur damaligen Zeit – selbst in seiner grausamen Anwendung – Sinn machte. »Ein Mann, der in Zeiten der Hungersnot an einer Krankheit sterben wird, nimmt Nahrung zu sich, die besser einem anderen Menschen gegeben würde, und verursacht so vielleicht zwei Tode statt einem.«

Taliesin lächelte nicht mehr, aber seine Stimme klang eigenartig heiter. »Ich bestreite nicht, daß jene Zeiten vielleicht zu solch harten Bräuchen berechtigt waren. Sicherlich haben wir Ihlini Anpassungen durchgemacht, um überleben zu können. Aber die Zeit, von der ihr sprecht, ist vergangen. Hart ist mehr als nur ein Krieger, er ist auch Prinz von Solinde.« Er zuckte die Achseln und kam damit aufkeimenden Protesten zuvor. »Außerdem denke ich, daß Ihr Euch – als loyale Diener der Prophezeiung – in Erinnerung rufen solltet, daß es einen *Grund* dafür geben könnte.«

Harts Gesicht war starr.

»*Tahlmorra*«, sagte Brennan hohl. »Ein weitaus ausdrucksvolleres Wort als ›Grund‹.«

»Dann, Mylord, könntet Ihr vielleicht meinen, daß die Notwendigkeit solch starren Festhaltens an einem überholten Brauch verwirkt ist«, bemerkte der Harfenist. »Ihr könntet – als *Cheysuli*prinz von Homana – vor das Stammeskonzil treten und ihnen sagen, daß die Notwendigkeit keine Gültigkeit mehr hat. Jetzt ist die Zeit für einen neuen Brauch gekommen, nach dem ein verstümmelter Mann nicht nur für körperliche Aufgaben eingesetzt werden kann.«

Hart schaute prüfend zu Brennan, als er jäh erkannte, was eine solche Änderung sowohl für ihn als auch für andere bedeuten könnte. Brennan war von der Bedeutsamkeit dieser Idee wie betäubt, aber Hart wußte, daß er nicht widersprechen würde. Doch er wußte es besser, als daß er zu sehr auf etwas gehofft hätte, was niemals wahr werden würde. Das Stammeskonzil und die *Shar Tahls*, deren Aufgabe es war, die Beständigkeit der Überlieferung aufrechtzuerhalten, beschützten die Cheysulibräuche besonders stark. Das war der Grund, warum dieses Volk, sowohl von innen als auch von außen, so schwer zu vernichten war.

»Die Notwendigkeit besteht *tatsächlich* nicht mehr«, sagte Brennan nachdenklich. »Hart ist ein genauso guter Krieger wie jeder andere Cheysuli, den ich kenne, und es gibt keinen Grund zu glauben, daß das Fehlen einer Hand ihn von seinen Verantwortungen fernhalten könnte.« Er nickte. »Wenn ich vor das Stammeskonzil treten *sollte* ...«

Hart zuckte die Achseln. »Wir leben jetzt in einer Friedenszeit, *Rujho*. Wenn der Krieg zurückkehren sollte ...«

»Es wird niemals wieder Krieg geben. Wenn Corin in Atvia und Keely mit Sean von Erinn verheiratet ist, wer sollte uns dann noch bekämpfen? Solinde?« Brennan spreizte die Hände. »Würdest du einen Krieg gegen deine *Rujholli* beginnen?«

Hart seufzte, setzte sich im Sessel zurück und betrachtete den auf der Rückenlehne kauernden Rael. »Genauso wenig wie gegen meinen *Lir*.«

»Und so nähert sich die Prophezeiung der Erfüllung.« Taliesin lächelte und stand auf. »Ihr seid so nahe daran, daß Ihr es nicht erkennen könnt. Aber Ihr habt – gerade eben – eine der wichtigsten Notwendigkeiten für ihre Erfüllung geschaffen: vier kriegführende Reiche in Frieden zu vereinen.«

»Also bleiben noch die zwei magischen Völker«, sagte Brennan grimmig. »Ich glaube, sogar die Götter haben die Kraft des Hasses zwischen den Cheysuli und den Ihlini unterschätzt.«

»Ich denke, die Götter wußten sehr gut, wie stark dieser Haß sein würde«, widersprach der Harfenist. »Eltern sind nicht blind für Groll zwischen ihren Kindern.« Er schaute von einem zum anderen, angefangen bei Brennan – und bei Corin endend. »Es kommt jedoch eine Zeit, wenn die Kinder daraus entwachsen müssen. Und so wird es auch mit den Cheysuli und den Ihlini geschehen.« Der Harfenist trat zur Tür. »Es ist Eure Aufgabe, die Erdmagie heraufzubeschwören, um die Heilung von Corins Beinen zu vollenden. Ihr könnt nicht darauf warten, daß sie auf natürliche Weise heilen. Und damit meine Gegenwart die Magie nicht stört, werde ich eine Weile fortgehen.«

Die Tür wurde geschlossen. »Götter«, sagte Hart, »ich bin so müde, daß ich bezweifle, überhaupt *irgend etwas* heraufbeschwören zu können.«

»Für Corin werden wir es tun müssen.« Brennan kniete sich kurz hin und verschränkte seine Hände im Fell hinter Sleetas Kopf, um Kraft aus dieser Berührung zu ziehen. *Lir, o Lir, wir sind alle so erschöpft, so verflucht schwach, und doch müssen wir alle stark sein.*

Sie drängte vorwärts und preßte ihren Kopf gegen sein Kinn. *Du wirst so stark sein, wie es notwendig ist.*

Hart trat an das Bett und berührte kurz Carollans Schulter. »*Leijhana tu'sai*«, sagte er, wohl wissend, daß Caro es nicht hören konnte. Aber er wußte auch, daß dies nicht wichtig war und die Dankbarkeit auch nicht schmälerte. »*Leijhana tu'sai*, Verwandter, aber das ist unsere Aufgabe.«

Carollan trat bereitwillig zur Seite, ohne dabei unterwürfig zu wirken. Er gab ihnen lediglich den benötigten Raum, zog sich zu Taliesins Sessel zurück und beobachtete sie mit den Augen ihres Vaters.

Brennan trat ebenfalls an Corins Seite. Kiri lag zusammengerollt an seiner Hüfte und hatte die spitze Schnauze unter seine schlaffe Hand geschoben. Ihre hellen Augen beobachteten die Bewegungen, die sie in Vorbereitung für das Heraufbeschwören der Magie ausführten. Sleeta saß neben Brennan und drängte einen Hinterlauf gegen sein angewinkeltes Bein. Rael verließ die Sessellehne nicht, aber seine Verbindung zu Hart war durch die kurze Entfernung nicht geschwächt.

»Ich habe das noch nie gemacht«, sagte Hart unruhig.

»Ich auch nicht.« Brennan strich sich eine Locke aus dem Gesicht. »Komm mit, *Rujho*. Jetzt ...«

Er entglitt schnell, *zu* schnell, in die Leere. Er empfand Angst und ein überwältigendes Gefühl der Hilflosigkeit. Was wäre, wenn sein Ungeschick Corin das Leben kostete?

Lir. Lir. Sleeta war in der Verbindung bei ihm, verlieh ihm ein gutes Stück Kraft und Mut, obwohl ihre eigene Kraft und ihr eigener Mut auch sehr geschwächt waren.

Hart! schrie er in der Verbindung. *Ich brauche dich, Rujho ...*

Und plötzlich war Hart da, taumelte durch die Leere wie ein in einem Flutgang gefangener Korken. Brennan spürte, daß Hart genauso viel Angst hatte wie er selbst. Und er mußte innerlich lachen. Zwei ängstliche Krieger wollten ihren bewußtlosen Bruder heilen, indem sie eine Macht heraufbeschworen, die noch keiner von ihnen jemals ganz berührt hatte.

Wir brauchen einen Shar Tahl, sagte er zu Sleeta.

Ihr müßt euren Rujholli heilen. Sanfter Zwang.

Brennan seufzte. Nachdem sie nun verbunden waren, lösten er und Hart die Verbindung zu ihren Körpern und sanken unter die Ebene, die sie als Welt kannten.

Abwärts.

Abwärts, bis sie Bewußtseinsebenen anrührten, von deren Dasein sie nichts geahnt hatten, solch grenzenlose Macht, wie sie sie sich niemals hatten vorstellen können.

. *Komm mit uns,* sagte Brennan.

Wir brauchen dich, erklärte Hart.

Die MACHT regte sich träge.

Es gibt einen Mann, der deine Hilfe braucht, belehrte Brennan sie. *Einen Krieger, einen Cheysuli, aus dem Alten Blut geboren, Abkömmling der Erstgeborenen, Vorfahr jener, die zurückkehren werden.*

In Not, sagte Hart. *Von Asar-Suti berührt, der die Götter, wie wir sie kennen, vernichten will, um die Oberherrschaft zu erlangen.*

Die MACHT erhob sich.

Komm mit uns, forderte Brennan Sie auf. *Zeige dem Sucher, daß seine Macht im Vergleich zu deiner Macht nichts wert ist.*

Er braucht dich, erklärte Hart.

Die MACHT erhob sich und ließ sie mit einer einzigen Berührung entflammen. Und dann schleuderte Sie sie – zu schnell – aufwärts, durch alle Ebenen und Schichten und ließ sie zur Welt hindurchbrechen, wo sie einen Mann auf seinem Bett aus Schmerz liegen sahen und ihn ihm einfach nahmen. Knochen fügten sich zur ganzen Gestalt zusammen. Starre Sehnen wurden beweglich. Adern pulsierten voller Blut, vom Feuer des Suchers befreit.

Und dann war die MACHT genauso schnell wieder fort, und sie waren wieder Menschen, erschöpft, schmutzig und übel nach sich selbst riechend. Und sie wußten, daß sie weiterziehen mußten.

Corin, der jetzt wieder bei Bewußtsein war, schaute zu ihnen hoch. »*Leijhana tu'sai*«, sagte er benommen. Trotz Brennans Protest, zog er den Rubinsiegelring von seinem Finger und drückte ihn seinem ältesten Bruder in die Hand. »Er gehört dir«, sagte er so fest wie möglich und schlief mit einer Hand in Kiris Fell wieder ein.

Hart lag mit dem Rücken auf dem Holzboden, und es kümmerte ihn nicht, daß seine gespreizte Haltung recht unschicklich wirkte, und ebensowenig, daß der Boden hart war. Er schloß die Augen, seufzte schwer und übergab sich zum ersten Mal seit Monaten dem Genuß vollkommener Entspannung.

»Wir ziehen morgen früh weiter«, sagte Brennan rauh. »Wir dürfen keine Zeit verschwenden.«

»Morgen früh«, stimmte Hart müde zu, und schlief ebenfalls ein.

Brennan lachte erstickt und streichelte Sleetas Fell. *Wenn unser Jehan uns jetzt sehen könnte ...*

Er würde weinen, antwortete Sleeta. *Aber es wären Freudentränen.*

Taliesin konnte Brennan und Hart nicht die Art Bad bieten, die sie benötigt hätten, da er keine Wanne oder etwa einen sorgfältig gearbeiteten Eichenbottich besaß, so daß sie sich so gut wie möglich behalfen. Das Wasser wurde in einem Kessel über dem Feuer erhitzt, und sie schrubbten sich mit rauher Seife und noch rauheren Tüchern ab und lösten so die Schmutzschichten. Taliesin gab ihnen eine Kräuterseife für die Haare, um sich von den Läusen zu befreien, aber sie ließen sie sich nicht schneiden. Das konnte warten. Es gab wichtigere Dinge als ihre Haarlänge.

Brennan erzählte seinen Brüdern, was er über Tiernans Betrug und die verräterischen Absichten ihres Cousins wußte. Dann gestanden sie, einer nach dem anderen, wie sie von Strahan eingenommen worden waren, von Liebe, Begierde, Habsucht und Ehrgeiz verraten. Sie ließen alten Groll, versteckte Empfindungen und wahre Gefühle zutage treten und verarbeiteten sie so gut sie konnten. Als der Morgen heraufdämmerte und es Zeit war zu gehen, war jeder von ihnen in seiner Beziehung zu seinen Brüdern mit sich ins Reine gekommen. Jeder von ihnen glaubte jetzt ein besserer Mensch zu sein.

Und jeder von ihnen wußte genauer denn je, wie bindend das *Tahlmorra* war.

Taliesin untersuchte Harts Armstumpf, sagte, daß er heilen würde, und gab zu, daß er noch weiter schmerzen mußte.

»Und *das* wird bleiben«, sagte er freundlich. »Der Verlust eines Gliedes ist etwas, was der Geist nie ganz begreift. Es wird einige Zeit dauern, bevor Ihr aufhört, mit Eurer nicht mehr vorhandenen Hand nach Dingen zu greifen und erwartet, daß sich die Finger darum schließen. Es braucht Zeit, bis die Empfindungen einer Hand nachlassen. Im einen Augenblick werdet Ihr schwören, daß sie noch da sei … im nächsten werdet Ihr es besser wissen.« Er hatte seine eigenen Erfahrungen damit. »Es tut mir leid, Hart, aber daran kann man nichts ändern. Sogar die Götter können nicht zurückgeben, was so entschieden zerstört ist.«

»Asar-Suti hätte es gekonnt«, sagte Hart grimmig. »Zumindest hatte Strahan das versprochen. Es war sein Preis.«

»Aber nicht *Eurer*.« Taliesins blaue Augen in dem alters- und faltenlosen Gesicht blickten freundlich. »Verdammt Euch nicht, weil Ihr ehrenhaft gehandelt habt. Ihr habt getan, was nötig war.«

»Nötig.« Hart seufzte und legte die weiche Ledermanschette wieder an, die den Stumpf vor Verletzungen schützte. »Ja, nötig … *und* meine eigene Entscheidung.«

»Und ich sage Euch erneut, daß Ihr daran denken müßt – falls es Brennan nicht gelingen sollte, die Cheysuli dazu zu bewegen, die Überlieferung zu ändern –, daß in Solinde andere Bräuche herrschen. Wir werfen Menschen nicht weg.« Taliesin wandte sich zu Brennan und Corin um. »Ihr könnt es Euch nicht leisten, noch mehr Tageslicht zu verschwenden. Caro hält draußen Nahrung und Wasser für Euch bereit. Ihr solltet jetzt besser gehen.«

Brennans Gesicht war sauberer als seit Wochen, aber die Anspannung hatte für immer Falten hineingegraben. Er runzelte die Stirn. »Seid Ihr sicher, daß Strahan Euch hierfür nicht bestrafen wird?«

Der Harfenist nickte. »Er hat keine Ahnung, wo ich bin, und ich gebrauche einfache Magie, um es dabei zu belassen. Strahan ist zu eingebildet, um sich an die Schutzzauber zu erinnern, die ich benutzt habe. Er denkt in Begriffen wie Eroberung und nicht an einfachen Schutz.« Er lächelte. »Er wird nicht sehr lange suchen. Er wird mehr damit beschäftigt sein, den Sucher zu besänftigen, der mit Versagern leicht die Geduld verliert. Er wird seine Zeit in Valgaard verbringen, anstatt Euch zu suchen.« Seine Augen verengten sich. »Aber ich warne Euch, nehmt Euch dennoch vor ihm in acht – er *wird* einen anderen Weg ersinnen. Er wird eines Tages erneut versuchen, sich Euch in den Weg zu stellen.«

»Wir sollten jetzt besser gehen«, sagte Corin.

Sie konnten nicht mehr tun, als sich zu bedanken. Und das taten sie reichlich, während Taliesin an der Tür stand und beobachtete, wie sie in die reifüberzogene Landschaft hinauszogen. Drei zerschlagene, aber von den Göttern berührte Männer und ihre *Lirs*, eine Katze, ein Fuchs und ein Falke: die Kinder der Götter.

Kapitel Sieben

Niall beugte sich in Deirdres Sonnenraum über deren Schulter und deutete mit einem Finger auf den in den Wandbehang eingearbeiteten Löwen. »Wer ist das?«

»Shaine«, belehrte sie ihn und schob seinen Finger beiseite. »Dieser ist Shaine, dieser Carillon und *jener* ...«

»Wo bin *ich*?«

»Hier.« Sie deutete auf den richtigen Löwen. »Aber es wird noch etwas dauern, bis ich zu dir komme. Alle diese anderen Löwen, und die Geschichten eines jeden ...« Deirdre grinste. »Es wird noch Jahre dauern.«

Niall seufzte und richtete sich auf. »Ja«, sagte er grimmig. »Und es wird auch noch Jahre dauern, bis ich weiß, was meinen Söhnen widerfahren ist.«

Sie schaute schnell auf, sah sein Gesicht und legte den großen Wandteppich beiseite. »Niall ...«

»Monate!« rief er aus. »Und wie viele davon sind verschwendet? Wie viele dieser Monate habe ich geglaubt, Hart und Corin hielten sich lediglich in ihren jeweiligen Reichen auf und erlernten das Geschäft des Regierens, während ich ebenfalls glaubte, Teirnan und die *A'saii* wären für Brennans Verschwinden verantwortlich?« Er fluchte, schritt ärgerlich zum nächsten Fenster und schaute auf den Innenhof hinaus. Heftige Bewegung war innerhalb der Mauern entstanden, aber er war zu aufgewühlt, um nach der Ursache zu fragen. »Bei den Göttern, ich hätte es wissen müssen. Wieder *Strahan* und seine ewige Einmischung.«

Sie stand hinter ihm, wollte ihn berühren, gab aber dem Verlangen nicht nach. Er war zu verärgert und voller Selbstanklagen, um Freundlichkeiten anzunehmen. »Und woher *solltest* du es wissen?« fragte sie streng. »Du hast mir selbst gesagt, daß die Ihlini seit Jahren stillgehalten haben ... Warum hättest du jetzt einen Grund haben sollen, an Strahan zu denken?«

»Genau deshalb – *weil* es jahrelang ruhig war.« Niall lehnte sich mit der Stirn an das Gestein. »Götter, Deirdre ... *meine Söhne* ...«

»Ich weiß.« Jetzt berührte sie ihn doch. »Ich weiß, Niall. Aber du hast selbst gesagt, daß es unwahrscheinlich ist, daß er sie *töten* will. Strahan benutzt Menschen statt dessen lieber.«

»Er verlangte nach ihnen bereits vor zweiundzwanzig Jahren ... Und er hätte sie beinahe bekommen. Und jetzt, da er sie *tatsächlich* hat ...« Niall wandte sich um. »O Götter, ich habe solche Angst. Zu welcher Art Menschen wird er sie machen?«

Sie seufzte, wohl wissend, daß sie ihm keine Antwort geben konnte. »Wann schickst du das Heer nach Valgaard?«

»Morgen früh.« Seine Hände ruhten auf ihren Schultern. »Ian und ich gehen mit ihnen.«

Sie nickte mit starrem Gesicht. »Die Götter gewähren ...«

Aber was auch immer sie wünschte, daß die Götter gewährten, es wurde niemals ausgesprochen. Ein Diener öffnete die Tür des Sonnenraums schwungvoll. »Mylord! *Mylord!*«

»Was ist?« fragte Niall gereizt.

Brennan trat um den Diener mit den weit geöffneten Augen herum. »Er will sagen, *Jehan*, daß alle deine Söhne zurückgekehrt sind.« Brennan schob den Diener freundlich zur Seite und hielt die Tür selbst auf, während Hart und Corin und die verschiedenen *Lirs* den Sonnenraum betraten. Plötzlich war das Zimmer voll.

»Alle meine Söhne ...«, sagte Niall rauh.

»Einer, zwei, drei.« Hart grinste. »Es sei denn, Deirdre hat es während unserer Abwesenheit geschafft, noch einen weiteren Sohn zu bekommen.«

»Nein«, sagte sie fassungslos – und lachte dann vor Freude laut auf.

Niall sah seine Söhne nur stumm an. Einer, zwei, drei, wie Hart gesagt hatte. Aber sie waren nicht mehr die Söhne, die er gezeugt und jahrelang gekannt hatte. Etwas hatte einen jeden von ihnen tiefgreifend verändert. Es gab einen spürbaren Unterschied.

Brennan: viel zu hager und mit seltsam gehetztem Blick in den gelben Augen, obwohl sein Lächeln ehrlich war. Sein Wams schien schmutzig und verkrustet, aber es verlangte Niall nicht danach zu fragen, wie es dazu gekommen war, denn er hatte eine ziemlich genaue Vorstellung davon. Er wollte nur sicher sein, daß Brennan unversehrt war, und das war nur zu offensichtlich. Sein Haar war ziemlich sauber, wenn auch zu lang, und er hatte die übliche stolze Haltung eingenommen, aber es war etwas an der Art seiner Bewegungen, was von etwas Unbekanntem zeugte.

Corin: bärtig wie ein erinnischer Straßenräuber, der weniger cheysulihaft denn je wirkte, obwohl er, wie Niall feststellte, unterschwellig einen Eigensinn zeigte, der ihm bisher stets gefehlt hatte oder von schlechter Laune überdeckt worden war. Und obwohl er sich so angespannt bewegte, als warte er auf etwas, erkannte Niall keinen Zorn, keine Feindseligkeit, keinen Widerwillen, seinen Platz im Hause Homana anzuerkennen. Er hatte zweifellos gelitten, war aber jetzt ebenso zweifellos mit sich im Reinen.

Bei Hart, der das vertraute Grinsen zeigte, war eine veränderte Haltung erkennbar. Sie waren alle in zerrissene und verschmutzte Kleidung gehüllt, obwohl sie sich gewiß einen oder zwei Tage vor ihrer Ankunft gereinigt hatten, wenn auch nur die Arme und die Gesichter. Aber Harts Haltung und Verhalten zeugten von außerordentlich großer Erleichterung und freudiger Erregung. Er stand steif in der Nähe der Tür und hatte eine Hand hinter seinem Rücken verborgen, als wolle er etwas darin verstecken. Auch als er von der Tür forttrat und sie zufallen ließ, hielt er den Unterarm auf dem Rücken versteckt.

Aber darum würde er sich erst später kümmern. Jetzt kam die Zeit für Feierlichkeit und für Erklärungen. Er atmete tief und erleichtert aus. »O Götter ... alle meine Söhne ... *leijhana tu'sai* ...«

»Wir haben während der letzten zwei Wochen wiederholt ähnliche Empfindungen ausgedrückt.« Corin trat zum nächsten Sessel und sank hinein, während er die Füße auf einen Schemel setzte. »Ich bin fußwund, hungrig und erschöpft, aber auch glücklich.«

Brennan trat zu seinem Vater und umfaßte dessen Arm. Aber Niall überging die Geste vollkommen, und riß Brennan statt dessen in eine rauhe Umarmung. »Du weißt nicht, wie oft ich die Götter um die sichere Rückkehr meiner Söhne angefleht habe.«

Corin lachte. »Nun, sie müssen es leid geworden sein, das zu hören. Wir alle haben auch darum gefleht.«

Nialls gesundes Auge war feucht geworden, als er seinen ältesten Sohn losließ. Die andere Augenhöhle wurde von der Augenklappe verborgen. Sein lohfarbenes Haar war jetzt von mehr Silbersträhnen durchzogen, und tiefe Linien schienen in sein Gesicht gegraben, aber sein Lächeln verbannte die Spuren des Alters, die die Sorge hinzugefügt hatte. »Geht es euch gut? Euch allen?« Er wollte Corin und Hart genauso umarmen, wie er Brennan umarmt hatte, aber Corin hatte sich bereits niedergelassen und bemerkte die beabsichtigte Geste offensichtlich nicht, und Harts Haltung verbot Vertrautheit, auch von seiten seines Vaters.

»Ganz gut«, antwortete Brennan. »Aber laß uns dir zunächst versichern, daß wir nicht Strahans Günstlinge geworden sind, die gesandt wurden, um dir zu schaden. Dank Corin sind wir lediglich wir selbst, wenn auch ein wenig angegriffen.« Er schaute kurz zu Hart, wandte sich dann um und suchte sich einen Platz.

Niall schob ihm etwas verspätet einen Sessel hin. Deirdre bedeutete Hart, ihren Platz einzunehmen, aber er schüttelte den Kopf und behielt seinen Posten neben der Tür bei – oder hatte zumindest die Absicht. Denn dann wurde die Tür jäh geöffnet. Hart, der die Arme ausstreckte, um nicht zwischen Wand und Tür zerquetscht zu werden, sah, wie sein Vater erblaßte.

Aber da stand Ian schon im Raum. »Bei den Göttern, es ist *tatsächlich* wahr! Ihr seid alle zurückgekehrt!«

Schweigen antwortete ihm. Er hielt jäh inne, sah seinen Bruder an und wandte sich dann zögernd zum mittleren Sohn des Mujhar, seinem persönlichen Lieblingsneffen, um.

Harts Gesicht war starr. »Ich wollte es dir später erzählen.«

Niall fand die Sprache wieder. »*Strahan* hat dir das angetan?«

»Nein, *Jehan*. Meine Dummheit hat mir das angetan.« Verbitterung klang in seiner Stimme mit. »Ein hoher Preis, aber ich habe ihn bezahlt.«

Eine drängende Stimme erklang vom Gang her. »Corin? *Corin!*«

Corin seufzte. Und dann scheuchte Keely ihren Onkel zur Seite, um gewaltsam an den Menschen in der Nähe der Tür vorbei in den Sonnenraum zu gelangen.

»Corin …« Aber sie brach ab, wandte sich um und schaute zu Hart.

»Warum erzählen wir es nicht?« fragte er unsicher. »Warum sagen wir es nicht allen, damit es vorbei ist: *Der Sohn des Muhjar ist seiner Verwandtschaft beraubt.*«

Brennan riß seinen Blick jäh los und sah zu Boden. Er konnte den Schmerz in Harts Augen nicht ertragen.

»Komm her«, sagte Niall.

Kurz darauf kam Hart der Aufforderung seines Vaters nach. Er war sich all der Blicke bewußt, betrachtete aber nur das eine blaue Auge seines Vaters. »*Jehan* ...«

»Wenn du glaubst, daß ich dich weniger lieben werde, weil dir eine Hand fehlt, dann hast du überhaupt keinen Verstand«, sagte Niall deutlich. »Wenn du denkst, daß ich den Schmerz – sowohl den leiblichen als auch den seelischen –, den solch ein Verlust bewirkt, nicht verstehen kann, dann sieh dir erneut mein Gesicht an.«

Hart fühlte sich benommen. Er atmete tief durch, befeuchtete die Lippen und wich dem Gesagten nicht aus. »Nein, *Jehan*. Aber du bist der Mujhar. Sie haben es nicht gewagt, dich aus dem Stamm zu weisen.«

»Das hatte damit nichts zu tun«, sagte Niall sanft. »Ein Auge zu verlieren, so hat Taliesin mir erklärt, ist kein Zeichen körperlicher Schwäche oder einer Verderbtheit des Geistes. Ich bin kein geringerer Mensch, weil ich nur noch ein Auge besitze. Und obwohl es wahr ist, daß der Verlust eines Auges einen Krieger weniger beeinträchtigt als der Verlust einer Hand, verstehe ich, was du empfindest.«

Hart schaute zu Boden und hegte aufrührerische Gedanken.

»Ich *verstehe* es«, wiederholte sein Vater.

Kurz darauf nickte Hart.

»Setz dich«, forderte Niall ihn auf. »Keely, läßt du bitte Wein bringen? Ich glaube, den könnten wir jetzt alle gebrauchen.«

»*Usca*«, sagte Corin und grinste über Keelys übertriebenen Hofknicks, bevor sie den Raum verließ.

»Also.« Niall nahm den letzten von Deirdres Sesseln ein, während sie sich auf dem ihm am nächsten stehenden Stuhl niederließ. »Ich schäme mich«, sagte er tonlos. »Ich schäme mich, daß ich Strahans Absichten nicht eher erkannt habe. Aber als Brennan und Rhiannon so bald nach Teirnans Lossagung verschwanden, fürchtete ich, das sei das Werk der *A'saii* – und nicht der Ihlini, nicht nach so langer Zeit.« Er schüttelte traurig den Kopf. »Ich habe Wochen mit dem Versuch verbracht, Teirnan eine Falle zu stellen, und habe dabei nur Zeit und Mühe verschwendet. Bis schließlich der schwachköpfige Sohn eines Kleinpächters mutig genug war, vorzutreten und mir zu erzählen, daß er *gesehen* hätte, wie Rhiannon Brennan verschwinden ließ, verstand ich nicht, was vor sich ging.«

»Ich auch nicht«, sagte Ian grimmig. »Wir waren alle blinde Narren –, und das hat Strahan die nötige Zeit verschafft.«

Niall schaute kurz zu Ian, der Rhiannon gezeugt hatte, und wandte den Blick dann von dem offenkundigen Schuldgefühl in den Augen seines Bruders ab. Er seufzte und rieb seine alten Narben. »Dann wußte ich, daß er euch alle wollte, *jeden* meiner Söhne, und daß eine weitere Verzögerung euren Tod oder Schlimmeres bedeuten könnte. Und so erhob ich ein Heer, um in Valgaard selbst einzumarschieren.« Niall lächelte verzerrt. »Wir wollten morgen früh aufbrechen… Aber ich denke, das ist jetzt nicht mehr nötig.«

»Es sei denn, du willst Strahan ein für allemal ausschalten.« Brennan schüttelte den Kopf. »Er ist ein ausgezeichneter Gegner, *Jehan*. Er braucht das Töten, aber ich glaube, für ihn wird mehr als ein Heer nötig sein – sogar mehr als ein Cheysuliheer.«

»Oder weniger«, bemerkte Ian. »Vielleicht ein einziger Mann statt eines Heeres.«

»Nein«, sagte Niall sofort. »Im Augenblick möchte ich kein Mitglied meiner Familie irgendwo in der Nähe Valgaards oder des Ihlini wissen. Wir sind zum ersten Mal seit fast einem Jahr wieder zusammen, und ich möchte das lieber genießen.«

»Seit fast einem Jahr?« Corin grinste. »Unsere Verbannung ist also noch nicht beendet… Willst du Hart und mich wieder fortschicken?« Er warf seinem mittleren Bruder einen Blick zu, woraufhin dieser aber lediglich die Achseln zuckte und unsicher lächelte.

Keely kehrte zurück. »Der Wein kommt gleich«, sagte sie und trat hinter Corins Sessel. »*Und, Mylord Mujhar,* wenn Ihr Corin wieder fortschicken wollt – oder Hart –, *wohin auch immer,* werdet Ihr Euch mit *mir* auseinandersetzen müssen.«

Niall lächelte erneut. »Ja, ja, das sehe ich. Aber nein, ich beabsichtige sie nirgendwohin zu schicken, es sei denn, sie wollen gehen.« Er schaute mit einer erhobenen lohfarbenen Augenbraue in Keelys Richtung. »Hast du Aileen erzählt, daß Brennan endlich zu Hause ist?«

Corin erstarrte in seinem Sessel. Er spürte Keelys Hände auf seinen Schultern, die sanft zudrückten, als wollte sie ihn trösten. »Sie weiß es«, sagte Keely kurz angebunden. »Jedermann im Palast weiß es.«

Ian nickte. »Ich habe Tasha mit der Neuigkeit zum Stammeskeep geschickt, so daß Maeve vielleicht heute abend auch zu Hause sein kann.«

»Maeve ist im Stammeskeep?« fragte Brennan überrascht.

Niall runzelte die Stirn. »Sie wollte den *Shar Tahl* aufsuchen. Sie hat den Schwur einer *Meijha* geleistet, Brennan – in gutem Glauben, wenn sie die Lage auch falsch beurteilt hat. Jetzt, da Teir sich von seinem Stamm losgesagt hat, will sie die Schwüre formell widerrufen.«

»Teir ist ein Narr«, erklärte Hart.

»Teir ist mehr als das«, sagte Keely grimmig. »Er ist *verwandtschaftslos,* vom *Shar Tahl,* vom Stammesführer, verbannt. Der Stammeskeep und Mujhara sind ihm verwehrt – nicht, daß er überhaupt hierherkommen wollte –, sowie auch alle anderen Stämme.« Sie verzog das Gesicht. »Aber in Wahrheit geht er hin, wohin er will, und versammelt andere Krieger.«

»Wie viele?« fragte Brennan tonlos.

»Das ist nicht bekannt.« Ian trat zur Seite, als ein Diener mit Wein und Bechern hereinkam. Ian nahm ihm alles ab, entließ den Mann, stellte die Sachen auf den Tisch und begann Wein einzuschenken. »An einem Tag heißt es, er habe sieben Männer zur Verfügung, am nächsten Tag spricht man von siebzig.«

»Er ist gerissen«, sagte Niall. »Viel gerissener, als ich geglaubt habe. Ceinn hat ihn mit den Geschichten der alten Zeiten großgezogen, als die Rasse noch vollkommen reinblütig war ... Und jetzt hat sich Teirnan der Wiederherstellung der alten Sitten verschrieben, ohne die Prophezeiung zu berücksichtigen.«

Brennan schüttelte den Kopf, während er sich vorbeugte, um einen Becher von Ian entgegenzunehmen. »Wie kann ein Krieger, der in Ehrfurcht vor der Prophezeiung aufgezogen wurde, eben jener Prophezeiung den Rücken kehren? Ich gebe zu, daß ich von der Notwendigkeit, mit den Ihlini zusammenzuleben, wenig begeistert bin –, aber mich der Nachwelt zu verweigern? Nein.« Brennan schüttelte den Kopf. »Teirnan muß verrückt sein.«

»Nicht verrückt.« Ian brachte Corin den erbetenen *Usca*. »Eher entschlossen. Wir, als Volk, sind mit einer verzehrenden Hingabe gesegnet – wir lassen alles andere außer acht –, damit die Prophezeiung erfüllt werden kann. Wir sind bei mehr als einer Gelegenheit beschuldigt worden, der Wahrheit gegenüber blind und taub zu sein, uns in engstirniger Einbildung zu verschließen und zu glauben, wir würden den einzigen richtigen Weg kennen.« Er betrachtete seinen Bruder. »*Einige* nennen uns vielleicht sogar Verfluchte.«

Niall nickte nachdenklich. »Wir haben einst geglaubt, kein Ihlini könnte uns etwas anderes als Böses zufügen wollen. Wir haben es von einer alten Frau anders gelernt, einer alten *Ihlini*frau, die gezwungenermaßen in Homana lebte, und von einem alterslosen Harfenisten, der mir zeigte, daß ein ehemals dem Su-

cher verschriebener Ihlini seine Treue im Namen des Friedens und eines gemeinsamen Lebens brechen und tatsächlich *für* die Prophezeiung arbeiten kann.«

»Und es noch immer tut.« Hart griff mit der linken Hand nach dem Wein, hielt erstarrt inne und streckte dann die rechte Hand aus. »Taliesin hat uns vor Strahan Zuflucht gewährt.«

»Und es war auch Taliesin, der uns, zusammen mit Carollan, unseren jüngsten *Rujholli* zurückgegeben hat.« Brennan lächelte Corin an. »Wenn du ihm nicht erzählst, was du – sogar in Strahans Gegenwart – alles vollbracht hast, dann werde *ich* es tun.«

Corin zuckte die Achseln. »Ein anderes Mal.«

Niall lächelte. »Auch das hat sich geändert.« Seine Augen glänzten. »Kein Groll mehr gegenüber deinem ältesten *Rujholli*.«

Corin starrte ihn an. »Du hast es gewußt?«

Graue Brauen hoben sich. »Wie konnte ich es nicht wissen? Glaubst du, ich wäre blind? Ich wußte sehr gut, wie sehr du begehrtest, was Brennan zustand. Und jetzt?« Niall lächelte. »Ich glaube, du hast gelernt, daß du dich um wichtigere Dinge kümmern mußt als um die deines *Rujholli*.«

»Dinge wie: zu überleben«, sagte Hart trocken. »Die Götter wissen, daß wir ein Dutzend Mal hätten sterben können.«

»Ich ja.« Brennans Stimme klang hohl, als er sich, in diesem Augenblick, wieder in der winzigen Zelle fand. Er erschauderte, stand jäh auf und setzte seinen noch nicht geleerten Weinbecher ab. »*Jehan*, es gibt noch mehr zu erzählen. Aber ich glaube, das muß bis später warten.« Er rückte sein Wams zurecht. »Ich habe etwas zu erledigen ... Ich muß mit jemandem ins Reine kommen.«

Corin, der sofort an Aileen dachte, sprang auf – und hielt inne, als sich Brennan zu ihm umwandte. Er zuckte mit Unbehagen die Achseln. »Ich ... ich werde ein Bad nehmen. Ich bin schmutzig.«

»Das sind wir alle.« Hart erhob sich ebenfalls und leerte seinen Weinbecher. »Ich glaube, ich werde den versäumten Schlaf nachholen.«

Dann verließen Nialls Söhne, einer nach dem anderen, schweigend den Raum, während sie ihre *Lirs* in die Schlafräume vorausschickten. Mit ihren Gedanken beschäftigt, kümmerten sie sich nicht umeinander. Nicht einmal Corin dachte an Brennan, so sehr er es auch gewollt hätte. Er wandte sich, genau wie Hart, ab, und Brennan ging allein weiter.

Es war früher Morgen. Sonnenlicht drang durch die bunten Glasfenster und bemalte die Große Halle mit einer Vielzahl lebendiger Farben. Aber Brennan achtete nicht auf das Licht, achtete nicht auf den Löwen, sondern trat statt dessen an den Rand der Feuergrube. Er säuberte sie von Holz und Asche, ergriff den Eisenring und öffnete den Deckel.

Er schaute in die Öffnung hinab und betrachtete die in die Dunkelheit führenden Stufen. Einhundertundzwei Stufen – weitaus weniger als in Valgaard auf dem Weg zum Tor des Gottes.

Zeit genug für solch törichte Angst, wie ich sie erfahren habe ... Ich werde dem Feind niemals wieder eine solche Waffe in die Hand geben.

Aber das Sonnenlicht, wie hell es auch scheinen mochte, konnte die Dunkelheit nicht auflösen. Und so wandte Brennan sich ab, wollte eine Fackel entzünden – und sah sie innen vor den Türen stehen.

Rothaarig. Grünäugig. Zart wie eine Weide. Sie trug den Kopf auf dem schlanken Hals hoch aufgerichtet. Das glänzende Haar fiel in Locken bis zu ihren Hüften hinab.

»Sie haben mir gesagt, daß du zurückgekehrt wärst.« Er hörte einen erinnischen Einschlag in ihrer Stimme, der weitaus deutlicher durchklang als Deirdres Akzent.

Diese Frau, dieses Mädchen, das ich heiraten soll, hat uns wegen Corin beinahe alle die geistige Gesundheit gekostet.

Aber das konnte er ihr nicht sagen. Noch nicht. Vielleicht niemals. Im Augenblick stand zu vieles zwischen ihnen. Wegen Corin. »Ich bin zurückgekehrt«, sagte er. »Ja.« Er wußte nicht, was er sonst noch sagen sollte.

»Und du bist in Sicherheit.«

»Ja«, stimmte er ihr zu. »Und ich bin in Sicherheit.« Und dann gab er einer Regung nach und fügte hinzu: »Und mein jüngster *Rujholli* ebenfalls.«

Sie schrak nicht zurück, obwohl sie ihn ohne Zweifel gehört hatte. Sie antwortete auch nicht, während sie ruhig die Länge der Halle von den Türen zur Feuergrube entlang schritt. Und dann stand sie vor ihm. Sie war erheblich kleiner als er, und er stellte seltsamerweise fest, daß er das Bedürfnis hatte, sich bei ihr zu entschuldigen. Corin hatte auf der Heimreise von Solinde wenig genug über Aileen gesagt, es vermieden, als befürchtete er, Brennan könnte durch seine Worte noch mehr verletzt werden.

Aber Brennan war nicht verletzt. In diesem Augenblick, da er der Fremden gegenüberstand, die er heiraten würde, wußte er nicht, wer er war.

Er atmete tief durch. »Du liebst Corin.«

»Ja«, sagte sie nur.

»Und er liebt dich.«

Sie preßte die Lippen zusammen. »Damals«, sagte sie ruhig. »Ich weiß nicht, wie lange diese Liebe angehalten hat.«

Groll stieg in Brennan auf und erstarb dann wieder. Er lächelte bitter. »Sie hat angehalten«, teilte er ihr vorwurfsvoll mit. »Das kann ich dir versichern.«

Sie schwieg. Er erkannte, daß sie keine Schönheit war und sicherlich nicht die Art Frau, deren Begleitung Corin gewöhnlich gesucht hätte. Aber sie *war*, wie er erkannte, als er sie ohne Vorurteile betrachtete, stolz wie eine Cheysuli, und besaß einen ebenso strahlenden

Geist. Und er erkannte, als er diesen Stolz, diesen Geist sah, daß Aileen von Erinn genauso in die Umstände verstrickt war wie der Prinz von Homana selbst.

Wie gehe ich damit um?

Aber er erhielt keine Antwort. Ihrem Gesichtsausdruck war nichts zu entnehmen. Und er war sich bewußt, daß dasselbe auch für ihn galt.

Brennan seufzte. »Corin wirkt verändert«, sagte er. »Ich habe es sofort bemerkt, als ich wieder sehen konnte, aber ich habe nicht erkannt, warum. Die Umstände waren nicht geeignet, darüber nachzudenken.« Sie sah ihn fest an, die Hände in den Falten ihres Gewandes verschränkt. Und doch wußte er es besser. Dies war nicht Aileen, der er gegenüberstand, sondern eine völlig andere Frau. Eine Frau, die wußte, daß sie nicht mehr für ihn empfand als er für sie. »Verändert«, wiederholte er. »Und das rührt, meiner Meinung nach, nicht alles von der Gefangenschaft her. Ich glaube, es liegt an dir. Und so muß ich letztlich Dankbarkeit statt Vorwürfen aussprechen, denn das hat uns das Leben gerettet.«

Sie wich seinem Blick nicht aus. »Nichts davon war beabsichtigt. Ich wollte es genauso wenig wie Corin. Es …« Sie hielt inne, seufzte und fuhr dann leise fort. »… ist einfach *geschehen*.«

Brennan dachte an Rhiannon. Nichts von alledem war ›einfach geschehen‹, sondern sorgfältig geplant gewesen, aber er verstand, was Aileen meinte. Und er wußte, daß er ihr keine Vorwürfe machen konnte. »Ich bewundere deine Ehrlichkeit«, sagte er plötzlich. »Ich habe in letzter Zeit wenig Ehrlichkeit von Frauen erfahren.« Er hielt inne. »Du kennst die Geschichte.«

»Ja. Keely hat es mir erzählt.«

Vertraue auf Keely … Aber jetzt war nicht die Zeit dafür. Jetzt war die Zeit für Ehrlichkeit. »Aileen … Ich kann dir nicht versprechen, daß es leicht werden wird. Eine vorbereitete Heirat ist schwierig genug, besonders

wenn sie bereits in der Wiege vereinbart wird, aber jetzt, *damit* ...«

Ihre kühle Stimme unterbrach ihn. »Ich weiß es genauso gut wie du, Brennan. Glaubst du, ich hätte nicht nächtelang darüber nachgedacht und mich gefragt, was ich tun würde, wenn du und Corin heimkämt?« Eine Spur des inneren Feuers erleuchtete die erinnischen Augen – grün wie Smaragde, dachte er –, und er ahnte Aileens Leidenschaft. »Ich glaube, es wird so schwer werden, wie wir es uns machen.«

Brennan ließ alle Vorsicht beiseite. »Und wenn Corin hierbleibt? Was ist dann? Wird von mir erwartet werden, daß ich *teile?*«

Das Feuer loderte hoch auf und ließ ihre Augen leuchten. »Ich denke, das ist dann eine Sache zwischen Corin und mir.«

Er lachte einmal ungläubig auf. »Tatsächlich? Werde ich so leicht beiseite geschoben?«

Ihre Haut war sehr hell, und er sah ihre Wangen erröten – hell scharlachrot, passend zum Glanz ihres Haars. »Er hat mich verlassen«, sagte sie. »Er hat mich *verlassen*, Mylord zukünftiger Ehemann, weil er seinem Bruder nicht die Verlobte stehlen wollte. Dein Bruder ist ein ehrenwerter Mann. Glaubst du, er würde dieses Ehrgefühl *hier* ablegen?«

Damit warf sie ein neues Licht auf Corin. Noch vor wenigen Wochen hätte Brennan protestiert, sie erweise ihm zuviel Freundlichkeit. Jetzt glaubte er das nicht mehr. Er hatte Corins unerwartetes Ehrgefühl schon in Valgaard erkannt.

»Nein«, sagte er ruhig. »Es war falsch von mir, das anzudeuten.«

Ein Teil ihrer Anspannung schwand. »Tatsächlich? Nein. Das glaube ich nun wieder nicht. Du hast angenommen, was jeder Mann hätte annehmen können, der solchen Verwicklungen ausgesetzt wird.« Aileen schüttelte den Kopf und verzog den Mund. »Es tut mir leid,

Brennan. Keiner von uns hat um diese Entwicklung der Dinge gebeten, aber sie wurde uns von den Göttern in den Schoß gelegt ... von unserem launischen *Schicksal*.« Sie seufzte. »Keely hat mir gesagt, du seist ein guter Mann, wenn auch ein wenig phantasielos.«

Er dachte einen Augenblick darüber nach. Und verwarf den Gedanken dann wieder. Er blieb, was auch immer er war. »Und hat sie dir auch von meiner Angst erzählt? Von dem Makel des Prinzen von Homana?«

Aileen sah ihn an. Und dann lächelte sie. »Wenn du damit meinst, daß er eine Wanne mit heißem Wasser und Duftöl gut gebrauchen könnte, dann ja – dann sehe – *rieche* – ich einen Makel. Aber ansonsten – nein. Keely hat mir nichts von einem Makel erzählt, nichts von einer *Angst*.«

»Dann sollte ich dir davon erzählen.« Er trat zur Wand, nahm eine Fackel aus ihrer Halterung, entzündete sie an einer Kerze und kehrte zur Feuergrube zurück. »Komm mit mir hinab«, sagte er. »Komm mit mir hinab, *Meijhana*, und erzähle mir, wie ein übellauniges, hitzköpfiges Cheysuliprinzchen das Herz der Aileen von Erinn gewinnen konnte.« Er lächelte. »Und ich werde dir erzählen, wie Corins ältester *Rujholli* seiner Angst begegnen und sie vernichten will.«

Ihre grünen Augen weiteten sich überrascht. »Willst du es wirklich wissen?«

»Nein«, sagte er wahrheitsgemäß, »aber dann kann ich *dir* zuhören, und nicht dem Zähneklappern.«

Sie runzelte die Stirn. »Meine Zähne klappern nicht so leicht.«

»Meine schon.« Er tat den ersten Schritt die Treppe hinab. Wandte sich um, um die Frau anzusehen, die sein Bruder liebte, wohl wissend, daß er eines Tages vielleicht das gleiche Gefühl entwickeln würde. »Kommst du, Aileen?«

Kurz darauf folgte sie ihm.

Corin lag auf dem Rücken, mitten auf seinem Bett. Es fühlte sich seltsam an, nach so vielen Monaten wieder darin zu liegen, die vertrauten Düfte zu riechen, die vertraute Wärme und Weichheit der Matratze zu spüren. Er hatte in Strahans Glasfestung so wenig Wärme und Weichheit erfahren.

Er suchte mit einer Hand nach Kiri, fand sie und verlor sich in schweigender Unterhaltung. Sie blieb ungebrochen, bis seine Schwester den Raum betrat.

»Corin?«

Er wandte den Kopf.

»Du willst nach Atvia zurückgehen.«

Es war eine Feststellung, keine Frage. Er dachte einen Augenblick darüber nach und nickte dann. »Ich glaube schon.«

Keely trat näher ans Bett heran. »Und wenn ich dich zu bleiben bäte?«

Seine Magenwände verkrampften sich. »Weißt du, um *was* du mich da bätest?«

»Ich weiß es.« Sie stand starr neben seinem Bett. »Aileen hat sich mir anvertraut.« Sie zuckte leicht, aber deutlich angespannt die Achseln. »Wir sind uns nahegekommen, Corin, da wir uns seltsam ähnlich sind ... Sie hat mir erzählt, was geschehen ist – und wie es geschehen ist.« Sie setzte sich jäh hin. »Götter, *Rujho*, ich weiß, wie du dich fühlen mußt! Aber wenn du nach Atvia gehst, läßt du mich ganz allein.«

»Ich bin auch zuvor schon nach Atvia gegangen.«

»Das war für ein *Jahr*. Ich wußte, daß du wieder nach Hause kommen würdest, aber jetzt, *jetzt* ...« Sie seufzte und schüttelte den Kopf. Der lohfarbene Zopf schaukelte mit der Bewegung. »Du wirst gehen und niemals wieder zurückkommen.«

Er streichelte Kiri unbeirrt weiter und bewahrte Schweigen.

Keelys Tonfall änderte sich. »Du hast *Angst*. Ich sehe es.«

»Ja.« Er wehrte sich nicht gegen dieses Eingeständnis.

»Du, Corin?«

»Ich habe Grund dazu.« Er ließ die Finger durch Kiris Fell gleiten. »Alaric ist tot. Atvia ist für jeden Einfluß Lilliths – und Strahans – offen. Und *Jehana* ist auch dort – die geistlose, verdrehte *Jehana*.« Er ließ den Kopf auf dem Kissen hin- und herrollen. »Jemand muß gehen, Keely … Und Atvia gehört mir.«

»Überlasse es einem anderen.«

»Nein.«

»Corin …«

»Ich werde weder vor der Verantwortung davonlaufen, noch sie beklagen. Ich habe endlich etwas Eigenes, etwas, was niemand sonst haben wird. Atvia gehört *mir*. Es ist meine Aufgabe, wieder Ordnung in das Reich zu bringen, *meine* Aufgabe, Licht statt Dunkelheit zu schaffen. Es ist *meine* Aufgabe, nicht Brennans, nicht Harts, nicht deine.« Er schüttelte erneut den Kopf. »Eines Tages, Keely, wirst du lernen, daß nein zu sagen nicht immer die Antwort ist. Und auch nicht, den Rücken zu kehren.«

»Dann *wirst* du gehen.«

Corin seufzte. »Ja.«

Keelys Stimme klang verbittert. »Weil die Prophezeiung es erfordert.«

»Genauso sehr wie sie deinen Dienst erfordert. Und du *wirst* ihr dienen, Keely, gleichgültig, wie schwierig, wie fordernd sie sein und wie viele Opfer sie von dir verlangen wird. Du bist nicht wie Teirnan.« Corin setzte sich auf, wandte sich um und schwang die Beine über die Bettkante. Er trug noch immer seine Stiefel. Es machte ihm nichts aus, daß er seine Bettwäsche verschmutzt hatte. »Sei, wer *du* sein mußt, Keely, aber laß mich tun, was *ich* tun muß.«

Sie lehnte sich leicht gegen ihn. »Dann tue es. Ich werde dich nicht daran hindern. Ich bin keine solche

Närrin, daß ich es dir jetzt noch verweigern würde – nach solch einer hübschen Ansprache. Aber *du* bist ein Narr, wenn du glaubst, daß ich dich für diese neuentdeckte Entschlossenheit nicht verfluchen werde.«

»Ich bin kein Narr. Ich weiß, daß du es tun wirst.«

Keely atmete tief durch. »Wirst du sie noch sehen, bevor du gehst?«

»Das wollte ich jetzt tun.«

Sie öffnete den Mund, schloß ihn aber dann wieder und wich seinem Blick aus.

Kurz darauf nickte er. »Sie ist zu Brennan gegangen.«

»Sie haben ... sie sagte, es gäbe etwas zwischen ihnen zu klären, Dinge, die Brennan über sie wissen müßte, und Dinge, die sie über ihn erfahren müßte. Sie sagte, wenn sie es solange auf sich beruhen ließe, bis sie dich gesehen hätte ...« Sie brach ab, fühlte sich offensichtlich unwohl. »O Corin ...«

»Also später. Dann werden wir beide besser darauf vorbereitet sein, uns voneinander zu verabschieden.« Corin nickte. Seine ›neuentdeckte Entschlossenheit‹ hielt letztlich stand und war etwas, womit er leben konnte. »Und jetzt würde ich gern ein Bad nehmen, wenn du nichts dagegen hast.« Er beugte sich vor und zog seine Stiefel aus, einen nach dem anderen, froh über die Tätigkeit. Und dann sah er seine Schwester verwirrt und in bestürztem Verständnis an. »O Götter, Keely ... Hart kann mit seiner verbliebenen Hand nicht einmal mehr *das* tun!«

Keely legte den Kopf in unausgesprochenem Kummer über verlorene Hände und verlorene Brüder an seine Schulter und wußte nicht, was für sie schlimmer war oder sein würde.

Hart stieß seine Zimmertür auf, lehnte sich erschöpft und wie betäubt dagegen, trat schließlich zur Seite und schloß sie wieder. Er hielt, wie immer, nach Rael Ausschau. Der Falke saß, wie immer, auf seiner Stange, die Schwingen eingefaltet, vollkommen ruhig und zufrieden damit, schweigend abzuwarten.

Hart seufzte. Er wanderte ziellos zum Bett, setzte sich auf den Rand und starrte blind zu Boden. Er fragte sich, ob er krank wäre. Schwermut war ihm sonst fremd.

»Götter«, sagte er laut. Eine überaus vielsagende Bemerkung. Er beugte sich müde vor, griff nach seinen Stiefeln und erkannte plötzlich, daß er sich nicht mehr frei zu seiner Bequemlichkeit ausziehen konnte.

Das ließ ihn erstarren. Andererseits war er schon länger, als er sich erinnern konnte, nicht *gefordert* gewesen, seine Kleidung oder Stiefel zu wechseln. In Valgaard hatte keine Notwendigkeit dafür bestanden, und auf der Reise von Taliesins Hütte nach Mujhara war nicht mehr Zeit gewesen, als den Kopf in einen Eimer zu tauchen und sich das Gesicht und die Hände – *die Hand* – sauberzuschrubben.

Hart betrachtete seine Stiefel. Seine Hand. Und die Hand, die nicht mehr da war. »*Götter ...*«, sagte er. Er schluchzte und legte die Arme vors Gesicht.

»Laßt mich es tun«, sagte die Frau, und er riß erschreckt die Arme herunter.

Ilsa. Er starrte sie an wie ein Narr.

Ilsa. In seinem Zimmer.

»Laßt mich es tun«, wiederholte sie und kniete sich hin, um ihm die Stiefel auszuziehen.

Hart wich unbeholfen zurück. Plötzlich stand er ungefähr zehn Fuß von ihr entfernt, starrte sie noch immer an, immer noch durch ihre Gegenwart verstummt, erfüllt von tiefster Demütigung, weil sie Zeugin seiner Hilflosigkeit geworden war.

Und dann begann der Zorn zu überwiegen. »Geht«, sagte er knapp.

Ilsa erhob sich. Ihre strahlende Schönheit war noch nicht verblaßt, und er erstaunte darüber erneut. »Hart«, sagte sie, »es macht mir nichts aus.«

Er zitterte. »Ihr habt es gewußt.«

»Dar hat mir erzählt, was er getan hat.« Sie war totenbleich. »Er dachte, ich würde es für gut befinden.«

»Und das habt Ihr *nicht* getan?«

»Ich war entsetzt.« Ihre Stimme klang gefaßt. Zunächst glaubte er, sie spräche, ohne über ihre Worte nachzudenken. Aber er spürte ihre unterschwellige, fast greifbare Anspannung. »Ich schwöre Euch, ich wußte nicht, was er vorhatte. Ich wußte nicht, daß er so weit gehen würde.«

»Aber Ihr habt es dem Mujhar nicht gesagt.« Er erinnerte sich zu deutlich an das Entsetzen seines Vaters.

Sogar ihre Lippen waren bleich. »Ich wußte nicht, wie ich es ihm hätte sagen sollen. Nicht nachdem ich erfahren hatte, wie er sein Auge verlor. Ihm da zu sagen, daß auch sein Sohn durch Ihliniverrat verstümmelt worden war …?« Ilsa schüttelte den Kopf. »Ich konnte es nicht tun. Ich dachte, ich überlasse es besser Euch.«

Er dachte erneut an Dar. »Ihr wart im Haus.« Sein Tonfall klagte absichtlich an.

Ilsa atmete tief ein. Schlanke Finger kneteten die graublaue Seide ihres Gewandes. »Dar kam zu mir«, sagte sie. »Wir tranken Wein. Wir sprachen über Euch. Ich sagte ihm, ich wolle nicht, daß Ihr zu Schaden kämt, und auch er und Solinde nicht. Und er lachte und sagte, das würde auch nicht geschehen, da die Wette nur ein Spiel wäre.« Ihre Stimme schwankte kurzzeitig. Sie beruhigte sich wieder und fuhr fort. »Ich habe ihm in die Augen gesehen und gewußt, daß er mich belog. Aber da war es bereits zu spät. Er hatte dem Wein ein Betäubungsmittel zugesetzt. Ich … schlief ein.« Sie errötete, die eisigen Augen zeigten Zorn. »Morgens kam er triumphierend zu mir und sagte, der Feind sei außer Gefecht gesetzt. Und er erzählte mir, was er getan hatte.«

Hart verlangte es ihn danach, ihr zu glauben. »Hat er Euch alles erzählt?«

»Ja.« Sie wandte den Blick nicht ab, als er ihr den Armstumpf hinhielt. »Er hat mir alles ganz genau erzählt, wohl wissend, daß es mich entsetzen würde, und er zog sein Vergnügen daraus.« Ilsa atmete zitternd ein. »Ich schwöre, *ich schwöre*, ich hatte nichts damit zu tun.«

Seine Augen verengten sich. »Warum seid Ihr hier? Was habt Ihr meinem *Jehan* erzählt, daß er Euch bleiben ließ?«

Sie wirkte bestürzt. »Die Wahrheit. Daß ich möchte, daß Ihr nach Hause kommt.«

»*Nach Hause?*«

Finger verkrampften sich in einer Geste verhaltener Einsicht. »Nach Solinde«, verbesserte sie sich.

Er nickte grimmig. »Das würde Dar gefallen.«

»Das würde Dar nicht gefallen«, sagte sie ruhig, »weil er weiß, daß er dann getötet werden wird.«

Das riß Hart aus seiner Verbitterung. Er sah sie an und sah den Kummer in ihren Augen, den sie erfolglos zu verbergen versuchte. »Ich bin nicht tot. Es war eine *Hand*, nicht mein Kopf.« Und er wußte, während er dies sagte, daß die ersten Samen, die Taliesin so sorgfältig ausgesät hatte, Wurzeln zu treiben begannen.

»Es war Verrat«, sagte sie fest. »Er hat den Prinzen von Solinde angegriffen und seine Person auch auf andere Weise bedroht. Ich hatte keine andere Wahl, als den Regenten um Dars Verhaftung zu bitten, und ich habe es sofort getan.« Sie hielt unbeholfen inne. »Nun ist es Eure Aufgabe, zu befehlen, wann die Verhandlung stattfinden soll.«

»Meine Aufgabe?«

»Ihr seid der Prinz von Solinde.«

Das leugnete er nicht. »Warum eine Verhandlung, Ilsa? Damit andere zu Dars Gunsten aussagen können? Man sollte denken, die Solinder wären froh, mich loszusein, ungeachtet der Umstände.«

»Einige schon«, stimmte sie ihm zu, »aber nicht alle.«

»Was ist mit Euch?« fragte er. »Was ist mit dem letzten Glied von Bellams Blutlinie?«

Ilsa atmete tief ein. »Ich kam hierher, um Euch nach Hause zu holen ...« Sie verbesserte sich schnell: »... nach *Solinde*. Ich kam, um Euch zu sagen, daß wir einen Prinzen unseres Blutes brauchen.« Sie lächelte schwach und ein wenig bitter. »Vielleicht besitzt Ihr nicht *ganz* unser Blut, aber zumindest ein wenig davon. Electra war sowohl Eure als auch meine Verwandte, auch wenn wir das gern übersehen. Ich bin *nicht* die einzige, die das Blut von Bellams Haus in sich trägt. Das sollte letztlich jene freuen, die gegen Euch sind.« Ilsa schaute kurz auf ihre verschränkten Hände hinab. »Ich kam hierher, um Euch zu sagen, daß ich schon *vor* Dars Besuch entschieden hatte – darum sandte ich den Boten –, und daß ich Euch erwählt habe.«

»Tatsächlich?« Es war eine überflüssige Frage. Er war nicht sicher, ob er ihr glauben sollte.

»Ja«, belehrte sie ihn ruhig und streckte ihre geschlossene rechte Hand vor.

Kurz darauf nahm er an, was sie ihm darbot. Die schweren Ringe klangen aneinander. Er schaute auf das Dritte Siegel hinab. Auf das Zweite Siegel, das Tarron gehört hatte. Und auf das Erste Siegel, das in Nialls Besitz gewesen war.

»Die Drei«, sagte Ilsa.

»Ich weiß.« Er fühlte sich leer. »Ich glaube nicht, daß ich das kann.«

»Da ist auch noch dies.« Ilsa streckte ihre andere Hand vor. Als er keinerlei Anstalten machte, auch den Inhalt dieser Hand anzunehmen, wandte sie die Hand um und öffnete sie. Auf ihrer Handfläche schimmerte der Saphir.

»Mein Siegelring«, platzte er bestürzt heraus.

»Ich habe ihn von dem Schankmädchen zurückgeholt, nachdem Dar mir erzählt hatte, sie besäße ihn.«

Er lächelte bitter. »Sie wollte ihn mir nicht verkaufen.«

»Sie hat ihn auch *mir* nicht verkauft.« Ilsa erwiderte sein Lächeln. »Ich habe ihn von ihr zurückgewonnen, Hart.«

Er sah sie entsetzt an. Und begann dann zu lachen.

Ilsa lächelte ebenfalls, aber die Belustigung schwand schnell wieder. »Werdet Ihr zurückkommen, Hart? Solinde braucht Euch.«

»Um den Befehl für die Tötung eines Patrioten zu geben?«

Sie hielt seinem Blick stand. »Wenn es Euch lieber ist – wenn es eine *Prüfung* ist –, werde ich es selbst tun.«

»Wie Ihr mein Pferd mit dem gebrochenen Bein getötet habt.«

Sie hob einen Augenblick das Kinn. »Ich tue, was getan werden muß. Es sind die Erfordernisse des Landes.«

Er sah sie seltsam eindringlich an. »Man hat mir erzählt«, sagte er zögernd, »daß in Solinde andere Bräuche herrschen.«

»Ja«, antwortete sie vorsichtig.

»Man hat mir erzählt, daß es in Solinde nicht so wichtig sei, wenn einem Mann eine Hand fehlt. Wenn einem *König* eine Hand fehlt.«

Sie verstand. »Mylord, in Solinde ist – *für Könige* – nur wichtig, daß ihnen nicht das Nötige fehlt, um mit ihren Frauen Kinder zu zeugen.«

Hart lächelte verzerrt. »Nein«, sagte er, »das fehlt mir nicht.«

Sie hob erneut ihr zartes Kinn. »Dann wirst du mit mir nach Hause kommen?«

Er betrachtete sie eine Weile. Und dann wandte er sich um, legte die Drei von Solinde auf einem Tisch ab und trat näher an die Frau heran. Er nahm den Saphirsiegelring aus ihrer Handfläche auf und ließ ihn über ihren Daumen gleiten, da er wußte, daß er für jeden ihrer anderen Finger zu groß war.

Er blieb ernst. »Nur, wenn du diesen trägst.«

»Die Erfordernisse des Landes.« Aber ihre Augen lachten.

Niall saß zusammengesunken in seinem Sessel. Fast alle waren fort: seine Söhne, seine Töchter, sein Bruder. Nur seine *Meijha* war geblieben.

Deirdre stand hinter seinem Sessel. Sie beugte sich herab, umarmte ihn und drückte ihn kurz. »Sie *alle*«, sagte sie. Mehr war nicht nötig.

»Sie alle«, wiederholte er. »Aber *Götter*, wie verändert sie sind.«

»Hast du etwas anderes erwartet?« Sie stellte die Frage sacht, denn sie wußte, daß sie ihn verletzen würde. »Du, der ein Auge an den Ihlini verloren hat?«

Er seufzte, griff aufwärts nach ihren Armen unter seinem Kinn und hielt sie fest. »Jeder von ihnen«, sagte er, »so verändert. Corin, glaube ich, hat gewonnen, obwohl ihn etwas quält. Ich habe es bemerkt. Und Brennan – da ist etwas in seinen Augen, *etwas* ...« Er erschauderte. »Und *Hart* ...« Niall brach jäh ab, nahm seine linke Hand von Deirdres Arm und betrachtete sie, betrachtete die Handfläche, die Finger, den Daumen. »Fort«, sagte er hohl und ließ die Hand dann auf seinen Oberschenkel sinken. »Er wird nicht aufhören, *Meijhana*. Ich kenne ihn und seine Art zu gut ... Der Ihlini wird nicht aufhören.«

Sie trat um den Sessel herum und stellte sich nahe neben ihn, während sie mit einer Hand sein von Silberfäden durchzogenes Haar zurückstrich. »Nein.«

»Er wird sie erneut aufs Korn nehmen, oder mich, oder Ian, oder jemand anderen mit dem *richtigen* Blut ... Er wird sie aufs Korn nehmen und fangen und alles tun, sie für seine Bedürfnisse zurechtzubiegen ... um die Wünsche seines Gottes zu befriedigen.«

»Ich weiß.«

»Strahan *gibt* nicht auf.«

»Nein.« Deirdre kniete sich neben den Sessel und verschränkte ihre Hände um seinen Unterarm, wobei sie die Anspannung der Sehnen unter der bloßen Haut spürte. Das *Lir*gold schimmerte an seinen Armen. »Aber die Cheysuli auch nicht. Genauso wenig wie deine Söhne aufgegeben haben.«

»Nein.« Niall nahm eine ihrer Hände in die seinen. »Dafür *leijhana tu'sai*.« Er seufzte. Betrachtete die Falten von Garn und Wandteppich. Betrachtete sie wie abwesend. Und langsam wich ein Teil der Anspannung. Belustigung nahm ihren Platz ein. »Was hattest du gesagt, *welcher* Löwe ich bin?«

Deirdre lachte und zeigte ihn ihm.

Epilog

Sie ging festen Schrittes durch den Gang mit den gedrehten Säulen, schritt unter den Glasebenen hindurch, die über ihrem Kopf ineinander übergreifende Bögen bildeten. So wunderschön, das Ganze, in seiner gläsernen Großartigkeit, in seiner scharfgeschnittenen und bedrohlichen Schönheit. Genau wie ihr Bruder, dachte sie.

Dann sah sie ihn, wo er die ganze Nacht und den ganzen darauffolgenden Tag verbracht hatte. Jetzt war die nächste Nacht hereingebrochen, auch wenn das im Herzen Valgaards schwer zu erkennen war. Wenn man nach Licht verlangte, brauchte man nur das *Gottesfeuer* heraufzubeschwören.

Lillith tat es nicht. Sie schritt durch die Dunkelheit zum Tor. Dort hielt sie inne und wartete.

Er schaute nicht auf. Er antwortete in keiner Weise auf ihre Anwesenheit. Er saß mit überkreuzten Beinen am Rand des Tors, den Kopf gesenkt, und blickte wie erstarrt in die Öffnung. Das schwarze Haar hing ihm über die Schultern. Das Glühen des *Gottesfeuers* berührte das Diadem und ließ es in der tiefen Dunkelheit lodern.

»Also sind sie fort«, sagte sie. »Du hast sie erneut verloren.«

Strahan antwortete nicht.

»Es wird nichts nützen, darüber zu grübeln.«

»Ich denke nach. Ich grübele nicht ... Das *ist* ein deutlicher Unterschied.«

Sie war erleichtert. Er klang wie sonst. »Ja«, stimmte sie ihm zu, »das ist ein Unterschied, und ich bin froh, daß du ihn erkennst.«

Strahan seufzte. »Was willst du, Lillith?«

»Dir mein Beileid aussprechen, wenn du willst, und dich ermutigen, wenn du es brauchst.«

»Nein und nein.« Eine blasse schlanke Hand wischte nicht vorhandenen Staub von einem Knie.

Lillith wartete. Er schwieg. Vielleicht grübelte er *doch*. »Strahan.« Sie kniete sich hin, breitete die blutroten Röcke aus und betrachtete über das Tor hinweg sein Gesicht. Es wirkte in dem Schein wie eine Maske. »Du hast es versucht.«

Kurz darauf nickte er. »Und ich werde es erneut versuchen. Vielleicht werde ich *dieses* Mal erfolgreich sein … Ich habe bereits einen Plan.«

Einen Plan. Lillith lächelte. Sie bewunderte ihren Bruder.

Schließlich sah er sie an. »*Zeit* ist nicht wichtig.«

Sie hob die geschwungenen Brauen. Sein Gesicht war ihrem bis auf die verschiedenfarbigen Augen so ähnlich.

Er sagte beiläufig: »Ich habe alle Zeit der Ewigkeit.«

HEYNE
BÜCHER

Das Rad der Zeit

*Robert Jordans
großartiger
Fantasy-Zyklus!*

06/5521

Heyne-Taschenbücher